한국 고전문학 작품론

2 한글소설

민족문학사연구소 편

한국 고전문학 작품론

2

한글소설

여성과 대중이 사랑한 폭넓고 다채로운 서사

Humanist

《한국 고전문학 작품론》시리즈를 펴내며

'고전문학'은 근대 이전 시기에 생산된 한국문학, 즉 한국문학의 전통을 지칭하는 말입니다. '오래된 전통'이기에 고전문학은 오늘날의 우리에게 매우 낯선 대상이며, 그것을 이해하고 그 문학적 의미를 해석하는 일 역시 쉽지 않습니다.

중등 교육의 현장에서 문학 교육은 여전히 국어 교과(국어, 문학)의 영역에서 큰 비중을 차지하고 있습니다. 문학 교육이 제대로 이루어지기 위해서 갖춰야 할 것은 여럿이지만, 그 가운데 '작품에 대한 신뢰할 수 있는 이해와 해석'은 문학 교육의 기초라고 말할 수 있습니다. '작품에 대한 신뢰할 수 있는 이해와 해석'을 바탕으로 교사는 학생들에게 알아야 할 것, 생각해 보아야 할 것 등을 제시할 수 있으며, 학생들의 주체적·창의적 해석을 촉발시킬 수 있고, 나아가 학생들과 의미 있는 대화적 관계를 형성할 수 있습니다. 문학 수업뿐 아니라 문학 텍스트를 활용한 모든 수업에서도 '문학작품에 대한 신뢰할 수 있는 이해와 해석'을 바탕으로 할 때 그 텍스트를 온당하고 적절하게 활용할 수 있습니다.

그런데 중등 교육 현장에 제공되는 작품에 대한 지식·정보들 가운데는 신뢰할 수 없는 것이 많습니다. 학계에서 인정되고 있는 정설이나 통설이 아닌 견해, 학계에서 이미 폐기된 견해가 제공되는가 하면, 심지어는 잘못된 지식·정보가 제공되기도 합니다. 뿐만 아니라 제공되는 지식·정보는 암기를 전제로 한 단편적 지식의 나열에 그칠 경우가 많아서 흥미로운 수업을 가능케 하는 바탕 자료의 구실을 하기 어렵습니다. 이해와 해석의 차원에서 쟁점은 무엇인지, 정설이나 통설이 어떻게 정설이나 통설이 될 수 있었는지, 여전히 남아 있는 문제는 무엇인지 등을 제대로 알아야 보람 있는 수업, 흥미로운 수업, 창의성을 촉발하는 수업을 할 수 있습니다.

이러한 문제점은 고전문학 교육의 경우에 더욱 심각합니다. 고전문학의 경우는 작품과 독자와의 시간적·장르적 거리가 멀고 낯설어서 교육 현장에 제공되는 지식·정보에 많은 부분 의존합니다. 제공되는 지식·정보가 낡고 불만족스러워 스스로 관련 논문이나 저서를 참고하고자 해도, 읽어내기 쉽지 않을 뿐 아니라 방대한 자료를 섭렵하려면 상당한 노력과 시간을 들여야 합니다. 그렇기에 대부분 최신의 연구 결과를 반영한 교육 자료를 구성하기 어려운 형편입니다.

이러한 문제를 해결하기 위해서는 교사나 교사를 꿈꾸는 학생들에게 작품의 이해와 해석에 길잡이 역할을 해줄 수 있는 제대로 된, 신뢰할 수 있는 교육 자료를 제공하는 것이 무엇보다 필요합니다. 작품의 이해와 해석을 올바르게 안내하는 신뢰할 만한 책, 기존의 정전뿐만 아니라 새롭게 주목되고 있는 작품까지도 그 의미를 알 수 있도록 안내하는 책, 학생들이 작품과의 만남을 통해 새로운 안목과 지혜와 상상력을 기를 수 있도록 돕는 책을 중등 교육 현장에 제공하는 것이 필요합니다. 민족문학사연구소에서 《한국 고전문학 작품론》을 기획하게 된 이유가 여기에 있습니다.

　《한국 고전문학 작품론》은 고전소설 2권(한문소설, 한글소설), 한문학 2권(한시와 한문산문, 고전산문), 고전시가 1권, 구비문학 1권 등 모두 6권으로 구성되어 있습니다. 한국 고전문학의 주요 작품들은 물론 새로 주목해야 할 작품들까지 포함하여 고전소설 68항목, 한문학 100여 항목, 고전시가 50여 항목, 구비문학 40여 항목 등 전체 260여 항목을 100여 명의 전문 연구자가 집필하여 묶어내었습니다. 집필에 참여한 인원 면에서나 규모 면에서 전례를 찾기 어려울 정도로 방대한 작업이 이루어진 것입니다.

　검인정 제도가 시행된 이후 중등 국어 영역의 교과서(국어, 문학)에는 다종다양한 고전문학 작품이 제시·수록되고 있으며, 교육과정이 거듭 바뀌면서 학습해야 할 작품의 수 또한 크게 늘어나고 있습니다. 《한국 고전문학 작품론》을 고전문학의 전 영역을 포괄하는 방대한 규모로 간행하는 이유가 여기에 있습니다.

　《한국 고전문학 작품론》은 각 작품의 전문 연구자가 집필한 작품론이지만, 그렇다고 해서 전문 연구자들의 '학술 논문 모음집'은 아닙니다. 중등 교육의 현장에서 의미 있는 교육 자료로 활용되도록 학술 논문과 같은 작품 해석의 수준과 엄격함은 유지하면서도 독자들이 이해하기 쉽게 서술 분량을 줄이고 내용을 풀고 가다듬었습니다.

　《한국 고전문학 작품론》을 간행하기 위해 민족문학사연구소 연구기획위원회 안에 '고전문학작품론 간행 기획소위원회'를 구성한 것은 2014년 3월이었습니다. 그해 말까지 기획위원들이 여러 차례 회의를 거듭하면서 영역별 집필 항목을 구성하였고 필자를 선정하였습니다. 이후 원고 청탁으로부터 간행에 이르기까지 참으로 오랜 시간이 걸렸습니다. 물론 그 시간은 중등 교육 현장에서 의미 있게 활용될 수 있는 교육 자료를 제공하고자 하는 정성스런 마음을 담아내는 시간이었습니다.

《한국 고전문학 작품론》을 간행하기까지 많은 분들이 도움을 주셨습니다. 무엇보다도 집필을 맡아주신 필자들께 감사드립니다. 고전문학 학계 최고의 연구자들이 필자로 참여하여 협력해 준 덕분에 《한국 고전문학 작품론》이 간행될 수 있었습니다. 영역별 집필 항목, 집필의 수준과 방식을 정하는 과정에 이필규, 전경원 두 분의 현직 교사께서 큰 도움을 주셨습니다. 두 분께 감사드립니다. 《한국 고전문학 작품론》과 같은 방대한 규모의 출판을 기꺼이 맡아준 휴머니스트 출판사와 특히 이 책의 산파 역할을 해준 문성환 문학팀장에게 감사드립니다.

《한국 고전문학 작품론》은 교사나 교사를 꿈꾸는 학생들에게 작품의 이해와 해석에 길잡이 역할을 할 수 있는 책으로 기획되었으나, 고전문학 관련 대학 강의에서도 활용될 수 있을 것입니다. 뿐만 아니라 고전문학에 관심이 있는, 고전문학을 보다 깊이 있게 감상하고자 하는 일반 독자들에게도 의미 있는 책이 될 것입니다. 《한국 고전문학 작품론》이 이분들의 손에 들려 마음에 어떤 소중한 흔적을 남기기를 기대해 봅니다.

2017년 11월
기획위원 모두

머리말

여성과 대중이 사랑한 폭넓고 다채로운 서사

17세기 이전까지는 한문소설이 상층 남성 지식인을 중심으로 홀로 득세했다면, 임란과 병란을 거치면서 신분제가 동요하고 상업경제 사회로 전환되는 가운데 여성 독자 중심의 한글소설이 다수 창작되고 향유되기 시작했다. 이념성보다 인간(개인)에 대한 관심이 커진 17세기 이후 비약적인 발전을 하게 된 한글소설은 수신서뿐만 아니라 오락적 독서물로서 큰 인기를 누리게 되었다.

한글소설 중 선편(先便)을 차지하는 〈홍길동전〉은 적서 차별이라는 사회문제를 정면에 내세운 영웅소설이자 사회소설에 해당한다. 17세기 후반에는 김만중의 〈사씨남정기〉, 조성기의 〈창선감의록〉, 그리고 〈소현성록〉 같은 수준 높은 작품이 출현해 일찍부터 한글소설의 위상과 가치를 한껏 높여 놓았다. 18세기 들어 사대부 여성들이 주된 소설 독자층으로 급부상하면서 〈완월회맹연〉, 〈명주보월빙〉 등의 국문장편소설을 경쟁적으로 세책점에서 빌려다 읽었다. 여러 대에 걸친 가문 간 혼인과 가정

내 구성원 간의 갈등을 거대한 서사 전개를 통해 보여줌으로써 충효열의 유교 이념을 강조하고, 가문의 융성과 가문 내 구성원의 바람직한 예절과 행동 규범을 드러낸 가문소설이 상층의 한글소설 독자층을 중심으로 폭넓게 읽혔다.

한편 하층민들이 향유하던 한글소설도 있었다. 18세기 후반에 소설을 전문적으로 낭독하던 전기수들이 즐겨 들려주었던 〈숙향전〉, 〈소대성전〉, 〈심청전〉, 〈임경업전〉 등이 그러하다. 특히 〈임진록〉, 〈박씨전〉, 〈임경업전〉 등 역사적 인물과 사건을 소재로 한 역사영웅소설과 〈조웅전〉, 〈소대성전〉, 〈유충렬전〉 등 군담 소재 창작영웅소설이 하층민과 일반 서민 대상 독서물로 큰 인기를 누렸다. 주로 '영웅의 일대기적 삶'이라는 유형화된 서사 구조에 맞춰 천상계와 현실계를 연결하는 운명적인 세계관에 입각해 오락적 요소가 강한 독서물로 창작되었다. 한글소설은 주 독자층이 여성과 하층민이었기에 대중 지향적 내용과 민중의 세계관이나 미의식이 담겨 있는 경우가 많다. 충효열 등 유교 윤리와 권선징악을 강조하는 작품으로부터 하층민의 삶의 애환과 지혜, 해학과 풍자가 가득한 작품에 이르기까지 그 스펙트럼이 다양하다.

19세기에는 판소리계 소설, 세태소설, 가정소설, 우화소설 등의 한글소설이 나타났다. 이들 작품들은 권선징악을 주제로 유형화된 서사 구조를 지니고 있어 서민 독자들의 읽을거리로 안성맞춤이었다. 간신의 발호와 국가의 위기, 악한 계모로 인한 전실 소생의 고난, 첩의 간계로 인한 가정 파탄, 부당한 힘을 가진 자의 횡포와 미력한 자의 수난 등을 그린 전반부 서사가 후반부에 이르러 권선징악이라는 윤리적 기준에 의한 결말 내지 해결로 끝나는 작품들이 적지 않다. 이는 교훈과 재미를 동시에 추구하고자 한 통속소설의 성격을 잘 보여준다.

한글소설의 출현은 어문일치의 작품 창작과 독서가 가능해졌다는 의미와 더불어 우리 민족의 정서와 의식을 담보한 서사문학의 창출이 자유로워졌다는 의미도 지니고 있다. 유교 이념에 질식되지 않은 채 생기발랄한 인간의 욕망을 담아낼 수 있었기 때문에 17세기 이후로 사회 전반에 걸쳐 강력한 독서물로 각광받고, 여러 시대에 걸쳐 폭넓게 읽힐 수 있었다. 이 책에는 한글소설 중 많은 사랑을 받았던 총 35편의 작품을 엄선해 그 고유한 작품의 결을 맛볼 수 있도록 했다.

　한글소설이 주로 음독과 낭독에 의해 향유된 청자 중심의 현장성을 지닌 문학이라면, 한문소설은 묵독으로 향유된 상층 지식인들의 문학이었다. 또한 한글소설이 우리말 해독자 내지 청취자 중심의 독서물이였기에 흥미성이 강했다면, 한문소설은 유교 이념 중심의 주제 의식과 불교적 내세관, 윤회 사상, 도교적 초월주의 사상과 함께 은유와 내면 성찰의 경향이 강하다. 한글소설은 기존 한문소설의 영향을 받았지만, 상층 남성 향유층의 성격에서 탈피한 새로운 색깔로 다채로운 작품 세계를 열어나가면서 근대소설과 만나고 있다.

2017년 11월
기획위원 이민희

차 례

● 제1장 영웅군담소설

● 제2장 가정소설

● 제3장 세태소설

제1장

영웅군담소설

영웅소설은 고난과 시련을 극복한 영웅적 인물에 관한 이야기를, 군담소설은 전쟁담을 주 서사로 하는 일련의 작품을 의미한다. 이 두 가지 주요 서사, 곧 영웅담과 전쟁담을 아우르면서 18~19세기에 비슷한 서사 구조와 유형화된 인물 형상을 통해 폭넓은 인기를 누렸던 일련의 작품을 특별히 영웅군담소설이라 부른다. 이때의 영웅이란 비범한 능력을 지니되 개인적 가치보다 집단의 가치를 우선적으로 실현하는 인물을 말한다. 군담을 통해 영웅성을 드러내고, 소위 '영웅의 일생(또는 일대기)' 구조를 기본적 서사 틀로 삼는 작품이 이에 해당한다. 이들 작품은 '고귀한 혈통 – 신이한 출생 – 가족의 이산과 시련 – 조력자의 도움 – 위기의 극복(전쟁에서의 승리) – 부귀영화(천상으로의 복귀)'라는 일정한 서사 유형을 갖는다.

영웅군담소설은 작자와 창작 시기를 알 수 없지만, 몰락 양반이 생계유지를 위해 썼을 것으로 추정된다. 분량이 비교적 짧고 흥미 본위의 통속성이 강화되어 방각본과 구활자본 형태로 출판·향유되었다. 이런 영웅소설 중에는 남장 여성을 주인공으로 한 여성영웅소설도 포함된다. 영웅군담소설에서는 권선징악적 주제, 행복한 결말, 인물의 일대기적 구성, 우연한 만남, 전형적 인물의 설정 등과 같은 특징을 여실히 확인할 수 있다.

영웅군담소설은 역사영웅소설과 창작영웅소설로도 대별된다. 전자는 역사적 인물, 사건, 배경에 기초해 주인공의 영웅적 면모를 부각시킨 작품으로 〈임경업전〉, 〈임진록〉, 〈박씨전〉 등이 이에 속한다. 후자는 역사적 사실과 무관하게 허구적으로 창작된 작품으로 〈소대성전〉, 〈조웅전〉, 〈유충렬전〉, 〈장풍운전〉, 〈이대봉전〉, 〈정수정전〉, 〈홍계월전〉 등이 있다. 허균의 〈홍길동전〉은 중간적 위치에 있다 하겠다.

一 二 三 四 五 六 七 八 九 十

욕망의 서사, 타자의 서사, 타자화의 서사

불온한 욕망의 서사
—

〈홍길동전〉은 홍길동의 일생, 그의 욕망의 성취 과정을 보여주는 소설이다. 그렇다면 홍길동이 욕망한 것은 무엇일까?

> "대장부가 세상에 태어나 공맹을 본받지 못하면, 차라리 병법을 외워 대장군의 도장을 허리에 빗겨 차고 여러 나라를 정벌하여 나라에 큰 공을 세우고 이름을 만대에 빛내는 것이 장부가 즐길 일이라. 나는 어찌하여 일신이 적막한가! 아버지와 형이 있으나 호부호형을 못 하니 심장이 터질 것 같도다. 어찌 원통하지 않겠는가!"

어린 길동이 글을 읽다가 탄식하며 한 말이다. 원통함에 심장이 터질 것 같다는 말에 그 억울함이 절절히 배여 있다. 그렇다면 무엇이 억울하다는 말인가? 대장부의 삶을 살 수 없어 억울하다고 한다. 아버지를 아버지라고, 형을 형이라고 부를 수 없어 억울하다고 한다.

그렇다면 대장부의 삶이란 무엇인가? 공맹(공자와 맹자)을 본받는 삶이 대장부의 삶이며, 장수로서 큰 공을 세우는 것이 대장부의 삶이라 한다. 공맹을 본받는 것은 문관(文官)의 삶이며 장수로서 큰 공을 세우는 것은 무관(武官)의 삶이니, 문무의 관리로서 높은 벼슬에 올라 이름을 빛내는 것이 대장부다운 삶이라는 것이다. 그런데 길동은 왜 대장부의 삶을 살 수 없는가? 첩(妾)의 자식인 서자(庶子)로 태어났기 때문이다. 서자는 문무의 높은 벼슬에 오를 수 없기 때문이다. 아버지를 아버지라고, 형을 형이라고 부를 수 없는 것 또한 서자이기 때문이다. 현실의 제도가 서자를 차별하여 대장부다운 삶을, 호부호형을 금했기 때문이다.

길동이 현실의 제도를 인정하고 받아들였다면 대장부의 삶을 살 수 없는, 호부호형을 할 수 없는 처지를 그토록 원통하게 여기지는 않았을 것이다. 그런데 길동은 이를 받아들이지 않았다.

"재상가 천비(賤婢)의 소생이 비단 너뿐이 아니거든, 네 어찌 방자함이 이와 같으냐? 앞으로 다시 이런 말을 하면 눈앞에 두지 않으리라."

아버지인 홍 판서가 길동을 꾸짖는 말이다. 홍 판서의 말처럼 길동은 천한 노비가 낳은 자식인 서자이다.* 서자인 주제에 호부호형을 바라니 가

---

* 엄밀히 말해 양반 신분의 첩이 낳은 자식은 서자, 노비 신분의 첩이 낳은 자식은 얼자(孼子)이지만, 포괄적인 의미로 서자라 칭한다.

당치 않은 것이다. 잘 알고 있듯이 조선의 남성들은 여러 첩을 거느리는 것을 당연시했으며, 신분이 높을수록 형편이 좋을수록 더 많은 첩을 두었다. 그러니 서자의 수가 얼마나 많았겠는가! 홍 판서가 '너뿐이 아니'라고 말하는 것은 그 수많은 첩의 자식들은 '너처럼 바라서는 안 되는 것을 바라지 않는다'는 말이다. 그렇기에 방자하게 굴지 말고 가만히 있으라는 것이다. 현실의 제도를 받아들이고 순응하라는 것이다.

하지만 홍길동은 순응하지 않았다. 대장부의 삶을 살기 위해 집을 나가 도적의 우두머리가 되었으며, 이로 인해 병조판서를 제수받았고, 급기야 율도국의 왕이 되었다. 욕망할 수 없는 것을 욕망한 것에 그치지 않고 끝내 '대장부 되기'의 욕망을 이루어냈다. 하지만 그 욕망은 현실의 제도가 허용하지 않는 욕망이며, 그렇기에 그 욕망의 실현 과정은 현실의 제도를 부정하는 과정일 수밖에 없는 것이었다. 〈홍길동전〉을 '불온한 욕망의 서사'라 말하는 이유가 여기에 있는 것이다.

—

과연 불온한 텍스트일까?

—

〈홍길동전〉은 홍길동이 '불온한 욕망'을 성취하는 과정을 보여주는 텍스트이지만, 홍길동의 그 불온한 욕망이 현실에서 실제로 실현될 수 있는가에 대해서는 비관적인 인식을 드러내고 있는 텍스트라고 말할 수 있다. 왜 그런가? 텍스트의 서사 세계에서는 서자인 홍길동이 대장부가 되고자 하는 자신의 욕망을 성취했다. 그런데 홍길동이 이룬 성취는 제도적인 변혁을 수반한 것이 아닌 홍길동 개인에게만 적용될 수 있는 매우 예외적인 성취였다.

길동의 아버지 홍 판서는 자객 특재를 죽이고 집을 떠나는 길동에게 '호부호형'을 허락했다. 그러니 적어도 홍 판서의 집안에서는 적서의 차별이 해소되었다고 말할 수 있다. 하지만 그렇다고 해서 길동이 사회적·국가적인 차원에서 대장부의 삶을 살 수 있게 된 것은 아니다. 길동은 이미 자객 사건 이전에 어머니 춘섬에게 집을 나가겠노라고 말했다. 이는 자신의 차별 문제가 집안에서 해결될 수 있는 일이 아님을, 집안에만 머물러서는 해결할 수 없는 일임을 알았기 때문이다.

　길동이 도적의 우두머리가 되어 도적질로 팔도(八道)를 소란케 해 병조판서를 제수받는 경우도 마찬가지이다. 조선의 임금이 길동의 바람대로 병조판서에 제수하겠다고 한 것은 그를 체포하려는 책략일 뿐이었다. 하지만 임금은 길동이 병조판서를 제수받은 뒤 조선을 떠나겠다고 하자 병조판서에 제수한 것을 거두어들이지 않고 조선을 떠나게 내버려둔다. 이로 인해 길동은 대장부의 욕망을 성취했으나 그것은 길동에게만 해당되는, 조선을 떠나는 조건에 의해 실현된 예외적이며 명목뿐인 성취에 불과한 것이었다.

　길동이 율도국의 왕이 된 것도 마찬가지이다. 이 또한 차별의 문제가 엄존하고 있는 조선의 경계를 벗어난 공간에서 이룩된 성취이기에 조선의 영토 안에서 차별 문제를 해결하는 것과는 거리가 멀다. 결국 길동의 불온한 욕망 성취는 그 동기의 불온성에도 불구하고 그 결과는 전혀 불온하지 않은 것이 되고 말았다.

　홍길동이 자신의 욕망을 성취할 수 있었던 것은 '비범한 능력'을 지닌 '신기한 사람'이었기 때문이다. 홍 판서의 태몽, 무녀의 예언, 특재와의 대결, 활빈당 우두머리로서의 활동, 울동과의 대결, 율도국 정벌 등의 대목에서 볼 수 있듯이, 길동은 보통 사람들과는 다른 비범한 능력을 지닌 인물로 형상화되어 있다. 길동은 점을 쳐서 미래의 일을 예견하는 능력을 지니고 있으며, 자신의 몸을 감추고(둔갑술) 다른 모습으로 바꾸고(변신술) 여러 몸으로 나누는(분신술) 능력을 지니고 있다. 뿐만 아니라 풍백(風伯), 황건역사(黃巾力士), 오방신장(五方神將) 등의 귀신을 부리기도 하며, 공중으로 치솟아 사라지기도 하고, 공중에서 갑자기 나타나기도 한다. 이러한 술법들을 자유자재로 부리는 능력을 도술력이라 말할 수 있는데, 홍길동이 자신의 욕망을 성취할 수 있었던 것은 바로 이러한 도술을 부리는 능력을 지니고 있었기 때문이다. 〈홍길동전〉의 서사 세계에서 이처럼 홍길동을 도술을 부리는 인물로 형상화한 것 또한 〈홍길동전〉에서 제기하는 차별의 문제가 텍스트 외부의 실제 현실에서 '현실적으로' 실현되기 어렵다는 비관적 인식을 드러내고 있는 것이다.

〈홍길동전〉을 적서 차별이라는 신분적 불평등의 문제에 대해서 비관적인 인식을 드러낸 텍스트라고 파악하는 것에서 더 나아가 양반 사대부들이 지켜야 할 윤리적 규범을 충실히 따르고 있는 텍스트라고 파악하기도 한다.

> 이때 길동이 두 사람을 죽이고 하늘을 살펴보니, 은하수는 서쪽으로 기울고 달빛은 희미하여 시름을 돕는지라. 또 분한 마음을 참지 못해 초란마저 죽이려고 하다가 상공이 사랑하심을 깨닫고 칼을 던지며, 집을 떠나 살길을 찾자 생각하고는 곧바로 상공 침소에 나아가 하직을 아뢰고자 했다.

길동은 특재와 관상녀를 죽이고 난 후, 자신을 죽이려는 계교를 꾸민 초란마저 죽이려고 하다가 그만둔다. 그 이유는 아버지인 홍 판서의 애첩임을 깨달았기 때문이라고 한다. 아버지에 대한 효심이 그의 행동을 제어한 것이다. 〈홍길동전〉에서 '길동의 효'를 드러내는 대목은 이뿐만이 아니다. 형인 인형이 자신을 잡고자 붙인 방을 보고 제 발로 찾아가 체포되는 것도 아버지와 가족을 위한 효심의 발로이며, 아버지가 돌아가신 뒤 스스로 찾아가 예를 갖춰 치상(治喪)하고 안장(安葬)하는 것에서도 길동의 효심을 읽어낼 수 있다.

〈홍길동전〉은 또한 임금에 대한 충성이라는 윤리적·이념적 규범을 충실히 따르고 있는 텍스트라고 파악하기도 한다. 이를 확인하기 위해 길동이 병조판서를 제수받은 뒤 임금에게 조선을 떠나겠노라고 말하는 내용을 들어보자.

> "신이 전하를 받들어 만세 동안 모시려 하였사오나, 한갓 천비의 소생인 지라 문과에 급제해도 옥당에 참여하지 못할 것이요, 무과에 급제해도 선전관에 천거되지 못할 것이니, 이런 까닭에 마음을 정하지 못하고 팔방으로 여기저기 돌아다녔습니다. 무뢰배들과 함께 관아를 치고 조정을 시끄럽게 한 것은 신의 이름을 드러내어 전하께 알리려는 것이었습니다. 임금의 은혜가 망극하여 신의 소원을 풀어주셨으니 충성으로 섬기는 것이 옳사오나, 그렇게 하지 못하고 전하를 하직하고 조선을 영영 떠나 끝없는 길을 가려 하옵니다."

길동이 활빈당의 두목이 되어 관아를 치는 등 소란을 부린 것은 임금에 대한 충성과는 거리가 먼 것임이 분명하다. 하지만 길동은 이런 불충의 행동이 문과에 급제해도 옥당(玉堂)에 참여하지 못하고 무과에 급제해도 선전관에 천거되지 못하는, 서자로서 차별받는 자신을 드러내고자 한 것이었다고 말한다. 대장부로 태어났지만 대장부의 삶을 살 수 없기에 일시적으로 불충한 행동을 한 것이며, 임금을 충성으로 섬기고자 하는 것이 자신의 본심임을 토로하고 있는 것이다.

〈홍길동전〉에서 심중히 제기하고 있는 적서 차별의 문제는 조선의 신분 차별의 모순 가운데 본질적인 것은 아니다. 적서 차별의 문제가 해결된다고 하더라도 조선의 신분제도에 어떤 근본적인 변화(사민평등)가 야기되는 것은 아니기 때문이다. 그렇기에 조광조(1482~1519)나 이이(1536~1584)와 같은 양반 사대부들이 서얼의 차별을 폐지하거나 완화하는 조치를 건의하기도 했고, 영조나 정조 같은 왕들이 서얼 차별을 완화하는 조치를 시행할 수 있었던 것이다.

적서 차별의 문제를 제기하는 것이 조선의 신분 질서를 근본적으로 부정하는 것은 아니므로, 길동은 자신의 불충을 충성을 하기 위한 방편이었을 뿐이라고 말할 수 있었던 것이며, 임금은 또한 이를 받아들일 수 있었던 것이다.

—

그렇지만 불온하다

—

〈홍길동전〉은 봉건 이념의 핵심이라고 할 '충'과 '효'를 근본적으로 부정하지 않는 텍스트라고 말할 수 있는 면이 있다. 하지만 그렇다고 해서 〈홍길동전〉이 '충'과 '효'의 기치를 훼손하지 않은 텍스트라고 말할 수 있는 것은 아니다.

"길동아, 네 한번 집을 나간 후로 살았는지 죽었는지 알지 못하여 아버님께서 병이 깊어지셨거늘, 너는 갈수록 불효를 끼칠 뿐 아니라 나라에 큰 근심이 되니, 네 무슨 마음으로 불충불효를 행하며, 또한 도적이 되어 세상에 비할 수 없는 죄를 짓는 것이냐? 이런 이유로 전하께서 진노하시어 나에게 너를 잡아들이라 하셨으니, 이는 피하지 못할 일이라. 너는 일찍 서울로 나아가 전하의 명을 순순히 받으라."

인형이 자신이 붙인 방을 보고 찾아온 아우 길동에게 울면서 한 말이다. 인형은 길동에게 불충불효를 행했다고 말하는데, 그 이유는 두 가지이다. 첫째, 집을 나간 후 소식을 전하지 않아 아버지를 병들게 했다는 것이다. 둘째, 도적이 되어 나라에 큰 근심이 되었다는 것이다. 집을 나간 것도 도적이 된 것도 서자로서의 차별 때문이니, 길동이 차별을 인정하지 않으려는 생각을 바꾸고 행동을 멈추지 않는 한 길동의 불효불충은 계속될 수밖에 없는 것이다.

그렇다면 길동은 생각을 바꾸고 행동을 멈췄는가? 길동은 자신의 생각을 바꾸지 않았다. 하지만 자신의 행동은 멈췄다. 행동을 멈췄기에 불효불충에서 벗어날 수 있었으나, 생각을 바꾸지 않았기에 대장부로서의 욕망 추구는 계속되었던 것이다.

앞서 언급한 것처럼, 길동의 생각은 조선의 체제를 근본적으로 부정하는 것은 아니었다. 하지만 그렇다고 해서 조선의 체제가 길동의 생각을 용납하는, 용납할 수 있는 것은 아니었다. 그렇기에 길동의 생각은, 그러한 생각을 품고 있는 것만으로도 불온한 것이라고 말할 수 있다. 그런데 길동은 그 생각을 품고 있는 것에서 더 나아가 자신의 생각을 현실에서 실현하고자 했다.

"신의 아비가 나라의 은혜를 많이 입었사오니 신이 어찌 감히 패씸한 일을 행하오리까? 신이 본디 천비 소생이라, 그 아비를 아비라 못 하옵고 형을 형이라 못 하오니 평생 한이 맺혔기에 집을 버리고 도적의 무리에 참여했으나, 백성은 추호도 범하지 않았으며 각 읍 수령 중에 백성을 착취하고 괴롭히는 자의 재물만을 빼앗았습니다. 이제 십 년이 지나면 떠나갈 곳이 있사오니, 엎드려 빌건대 전하께서는 근심하지 마시고 신을 잡으라는 명령을 거두소서."

길동이 여덟 명의 분신으로 나타나 임금에게 자신이 한 행동을 변명하는 말이다. 활빈당이라는 도적의 무리를 이끌고 각 읍 수령 중에 백성을 착취하고 괴롭히는 자의 재물은 빼앗았으나 백성에게는 그렇게 하지 않았다는 것이다. 재물을 빼앗기는커녕 백성에게는 탐관오리에게 빼앗은 재물을 나누어 주었으니, 백성들에게 그는 도적이 아니라 의적이었던 것이다.

길동이 조선의 임금에게 의적임을 말하는 것은 자신의 행동에 정당한 면이 있음을 드러내고 싶었기 때문이다. 하지만 그렇게 자신의 정당성을 드러냈다고 해서 조선의 임금이 그의 행동을 용납했는가? 길동이 사라지자 조선의 임금은 여전히 길동을 잡으라고 명령한다. 탐관오리를 징벌하고 백성을 구휼하는 일은 해야 할 일이지만, 그 일은 길동이 해서는 안되는 일이기 때문이다.

누가 해야 하는가? 당연히 조선의 임금이 해야 할 일이다 징벌도 임금이 해야 할 일이며 구휼도 임금이 해야 할 일이다. 임금이 해야 할 일을 길동이 하고 있다는 것은 임금이 해야 할 일을 제대로 하지 못하고 있다는 것을 의미한다. 임금이 해야 할 일을 임금이 아닌 일개 서자인 길동이 하고 있으니, 이는 임금의 절대성을 훼손하는 불온한 행동이며 그렇기에 용납할 수 없는 일인 것이다.

"전날 네 얼굴을 자세히 보지 못하였도다. 오늘 비록 달빛 아래이긴 하나 얼굴을 들어 나를 보라."
길동이 이 말에 비로소 얼굴을 들었으나 눈을 뜨지 아니하거늘, 임금께서 말씀하셨다.
"네 어찌 눈을 뜨지 아니하느냐?"
길동이 대답했다.
"신이 눈을 뜨면 전하께서 놀라실까 하옵니다."

길동이 임금에게 하직하는 장면이다. 길동은 자신이 눈을 뜨면 임금이 놀랄 것이기에 눈을 뜰 수 없다고 말한다. 임금의 명령에 따르지 않고 오히려 이 명령을 제압하고 있는 것인데, 그럼에도 불구하고 임금은 길동을 추궁하지도 벌하지도 않으며 길동의 요구대로 벼 일천 석을 내어주고 조선을 떠나게 내버려둔다. 그의 비범성에 굴복한 것이다. 길동이 자신의 생각을 바꾸지 않고도 불효불충한 행동을 멈춘 것은 그의 비범한 능력에 임금이 굴복했기 때문이다.

길동의 생각은, 비록 조선의 신분제도를 근본적으로 부정하는 것은 아니었다 해도, 적서의 불평등에 대한 시정을 요구하는 것이었으며, 그렇기에 용납할 수 없는 불온한 것이었다. 그럼에도 불구하고 〈홍길동전〉에서는 그의 생각이 그대로 관철되고 있다. 그렇게 관철될 수 있었던 것은 홍길동 개인의 차원에서만, 조선을 떠난다는 조건 하에서만 그의 생각이 용납되는 타협이 있었기 때문이다.

길동의 생각은 타협적 방식으로 해소될 수도 있는 것이지만, 길동의 행동은 타협으로 해소될 수 있는 것이 아니다. 그의 행동은 임금의 절대성, 그 절대적 권위를 심각하게 훼손하는 것이기에, 임금을 정점으로 하는 봉건적인 수직적 위계를 근본적으로 부정하는 것이라 해석될 수도 있다. 그래서 〈홍길동전〉을 '혁명소설'이라 호명하기도 한다.

하지만 〈홍길동전〉을 혁명소설이라 호명하는 것은 지나치다. 왜 그런가? 〈홍길동전〉이 임금의 절대성을 훼손하고 있는 것은 사실이지만 임금의 절대성을 훼손하는 것 또한 체제를, 체제를 떠받들고 있는 봉건 이념을 근본적으로 부정하는 것은 아니기 때문이다.

일찍이 맹자는 임금답지 못한 임금은 그 자리에서 내쫓아야 한다고 말한 바 있다. 임금의 잘못을 비판하는 것에서 더 나아가 내쫓아야 한다고 말하고 있으니, 맹자는 임금의 절대성을 몹시 훼손한 사람이라고 말할 수 있다. 하지만 맹자는 체제를 이념적으로 수호하던 조선의 양반 사대부들이 받들어 모시던 유학의 성인(聖人)이다. 그런 맹자가 임금답지 못한 임금을 내쫓아야 한다고 말한 것은 임금의 절대성은 임금다운 임금일 경우에만 보장될 수 있음을 강조한 것이며, 그렇기에 맹자의 말은 봉건 이념과 체제를 부정하기 위한 것이 아니라 오히려 이를 지켜내기 위한 방도에 해당하는 것이라 할 수 있다.

〈홍길동전〉은 길동의 행동을 통해 임금의 절대성이 훼손되는 것을 보여준다. 하지만 그렇다고 해서 이념과 체제를 근본적으로 부정하고 있는 것은 아니다. 적서의 차별을 없애고 탐관오리를 징벌해야 한다는 〈홍길동전〉의 비판은 불온한 것이지만 봉건 이념과 체제의 틀 안에서의 불온함인 것이다.

타자의 서사, 타자화의 서사

〈홍길동전〉은 길동이 율도국의 왕이 된 후 죽음을 맞이하는 것으로 종결된다. 길동은 율도국에서 대장부가 되고자 하는 불온한 욕망의 최대치를 불온하지 않게 성취한다. 그런데 율도국에서의 그 성취는 두 가지 면에서 우리를 당혹케 한다.

첫째, 조선에서의 길동은 서자를 타자화하는 것에 대한 저항 혹은 비판의 주체였음에도 불구하고, 율도국에서 여전히 이러한 사회적 타자를 배출할 수 있는 제도를 그대로 답습하고 있다는 것이다. 왕이 된 길동은 백씨, 조씨, 궁녀를 아내로 두어 세 아들과 두 딸을 낳으며, 백씨 소생의 큰아들을 세자로 책봉한다. 이는 일부다처제 혹은 처첩제, 장자계승제를 부정하지 않고 있는 것으로, 차별에 대한 〈홍길동전〉의 문제의식과 모순되는 것으로 독해될 수 있다.

둘째, 타자였던 홍길동이 제도나 율도국에 살고 있는 존재들을 타자화하면서 정복을 정당화하고 있다는 것이다. 조선을 떠나 제도로 온 길동은 그곳에서 울동의 무리에게 납치된 백씨와 조씨를 구출한다. 그런데 〈홍길동전〉은 백씨와 조씨를 납치한 울동의 무리를 '짐승', '괴물', '요괴'로 서술하면서 이들을 타자화한다.

그 짐승이 길동을 문 앞에 세우고 들어가더니, 이윽고 나와 들어오기를 청했다. 길동이 들어가 보니 화려하게 채색한 누각이 웅장한데, 그 가운데 흉악한 요괴가 의자에 누워 신음하다가 길동이 들어오는 것을 보고 몸을 겨우 일으키면서 말했다.

길동이 자신이 쏜 화살에 맞은 울동을 대면하는 장면이다. 이 장면의 서술만으로도 짐승, 요괴라 언술되는 이들이 실은 길동과 같은 '사람들'이라는 것을 알 수 있다. 그럼에도 불구하고 울동의 무리를 짐승, 요괴 등으로 호명하는 것은 낯선 존재인 이방인을 배타적으로 바라보고 있기 때문이다. 울동의 무리가 백씨와 조씨를 납치했다는 것을 알기 이전부터 〈홍길동전〉은 길동의 시각과 발화를 통해 이들을 짐승이라 언술하고 있는데, 이는 울동의 무리를 차별적으로 배제해야 할 '절대적 타자'로 인식했기 때문이다.

이러한 인식은 율도국 정벌에서도 그대로 나타난다. 길동은 율도국이 그 넓이는 수천 리이고 사방이 막혀 있는 견고하고 풍요로운 나라이기에 그곳에 뜻을 두고 정복한다. 길동은 '천명(天命)'을 내세워 율도국을 정벌하고 자신의 왕국을 건립하지만, 이는 이주민이 선주민을 식민화한 것에 다름 아니다. 이러한 정복의 논리에도 이방인을 절대적 타자로 인식하는 시각이 내재되어 있는 것이다.

〈홍길동전〉은 대장부가 되고자 하는 욕망을 주제적으로 실현하는 소설이기에 '욕망의 서사'라 말할 수 있다. 차별당하고 배제되는 서얼, 빈민의 문제를 적극적으로 제기하고 있는 소설이기에 불온한 '타자의 서사'라 말할 수도 있다. 하지만 사회적 타자를 배출하는 구조까지 문제 삼는 그런 소설은 아니다. 적서의 차별이라고 하는 불평등은 시정되어야 하지만 일부다처제나 처첩제는 문제 삼지 않으며, 빈민의 처지에 공감을 드러내기는 하지만 근본적 해결의 전망까지 제시하지는 않는다.

〈홍길동전〉은 '조선'이라고 하는 공동체 내부의 타자에 대한 공감을 드러내고 있는 '타자의 서사'이지만, 그 외부의 존재들은 배타와 정복의 대상으로 바라보는 '타자화의 서사'이기도 하다. 타자의 주체적 의지를 구체적으로 형상화한 대항 서사의 층위와 타자에 대한 정복 서사의 층위가 병존하고 있는 소설이 〈홍길동전〉인 것이다.

– 김현양

참고 문헌

권순긍 글, 김선배 그림, 《홍길동전 – 아버지라 부르지 못하고 형이라 부르지 못하니》, 휴머니스트, 2014

김현양 옮김, 《홍길동전·전우치전》, 문학동네, 2010.

김경미, 〈타자의 서사, 타자화의 서사, 〈홍길동전〉〉, 《고소설연구》 30, 한국고소설학회, 2010.

김현양, 〈조선 중기 '욕망하는 주체'의 등장과 소설의 기원〉, 《민족문학사연구》 52, 민족문학사연구소, 2013.

이상구, 〈〈홍길동전〉의 서사 전략과 작가의 현실 인식〉, 《국어교육연구》 52, 국어교육학회, 2013.

이지영, 〈〈홍길동전〉에서 보여준 사족(士族)의 가족 윤리의 실천 문제〉, 《우리문학연구》 45, 우리문학회, 2015.

二

전쟁고아의 운명적인 사랑

아버지를 배반한 사랑

—

고전소설 중에는 〈심청전〉처럼 아비를 위해 딸이 목숨을 버리거나, 〈사씨남정기〉처럼 지아비를 위해 부인이 모욕과 고난을 감수하는 작품도 있지만, 연인을 위해 아버지와 갈등하는 작품도 있다. 백 선군이 근본도 모를 여인인 숙영 낭자를 사랑하며 부모와 갈등을 겪는 〈숙영낭자전〉이나, 이선이 전쟁고아에 술집 여자와 다를 바 없는 숙향을 사랑하여 아비 몰래 결혼하는 〈숙향전〉이 바로 그런 작품이다. 〈숙영낭자전〉에서 백 선군이 숙영 낭자를 데려왔을 때에 부모가 그 아름다움에 반하여 처음에 숙영 낭자를 용납하는 것과 달리, 〈숙향전〉에서는 부모와 자식의 갈등이 처음부터 격렬하다. 남주인공 이선은 아비의 지엄함을 두려워하여 숙향과 몰래 결혼했다가 들키고, 아비 이 상서는 이런 숙향을 용납하지 못해 부하 관

리에게 '살인 명령'까지 내리기 때문이다. 더구나 그 부하 관리가 실은 숙
향을 전쟁 통에 버린 친아버지라는 점에서 이선과 숙향의 사랑은 사회의
기존 질서와 윤리에 전면적인 도전장을 내밀고 있다. 아비로 대변되는 보
수적인 체제는 젊은이들의 자유로운 사랑을 용납할 권위와 자격이 있는
것일까? 과연 젊은이들의 사랑은 어떻게 하여 그 정당성을 인정받고 축
복 속에 가정을 이룰 수 있을까? 〈숙향전〉은 이런 오래된 질문과 대답을
담아낸 애정소설이다.

　파격적인 애정 갈등을 다루었기 때문인지 〈숙향전〉은 조선 시대부터
널리 사랑을 받아왔다. 이에 대해서는 두 가지 측면에서 자료가 남아 있
다. 첫째는 이 작품의 독서에 대한 기록이다. 조선 시대에는 거리에서 국
문소설을 읽어주는 것을 직업으로 삼은 이가 있었는데, 이를 '전기수(傳奇
叟)'라고 했다. 조수삼(1762~1849)이 지은 《추재집(秋齋集)》을 보면, 전기
수가 지금의 청계천 부근에서 매일 자리를 옮겨가며 책을 읽어주고 돈을
받았던 것이 적혀 있다. 이때 전기수가 읽었던 책 중에 〈심청전〉과 〈소대
성전〉 그리고 〈숙향전〉이 있었던 것이다.

　〈숙향전〉은 전기수가 읽어줄 정도로 인기 있던 작품일 뿐만 아니라 일
본인들이 조선어를 배울 때에 교재로 사용되었던 책이기도 했다. 18세기
에도 시대의 일본 유학자였던 아메노모리 호슈〔雨森芳洲, 1668~1755〕가 남
긴 문헌을 보면, 그는 35세(1702)에 부산에 건너와 〈숙향전〉으로써 조선
어를 배웠다고 한다. 이는 〈숙향전〉이 조선의 문물과 언어를 익히는 데에
유용할 정도로 대중적인 작품이었음을 증명할 뿐만 아니라, 늦어도 17세
기 말에는 〈숙향전〉이 창작되었음을 보여주고 있다.

　〈숙향전〉의 인기를 보여주는 또 다른 자료는 바로 여러 문학작품들이
다. 〈숙향전〉이 독자들에게 많은 사랑을 받으면서, 숙향의 형상이나 사건

등이 일종의 전형성을 얻게 됨으로써 다른 문학작품에 인용되기도 했다. 고전소설에서는 〈두껍전〉, 〈홍부전〉, 〈심청전〉, 〈춘향전〉, 〈배비장전〉 등이 그 사례이다. 〈춘향전〉에서 이 도령은 그네 뛰는 한 여인을 발견하자 방자에게 "선녀가 내려와 놀고 있냐"고 묻는다. 방자가 아니라고 하자, 이번에는 "이선이 사랑하던 숙향이 아니냐"고 또 묻는다. 그네 뛰는 춘향이 이 도령 눈에는 숙향으로 보였던 것이다. 너무나 어여뻐서 선녀 같은 여인을 가리킬 때 상투적으로 쓰일 정도로 숙향은 유명했던 인물임을 알 수 있다.

소설뿐만 아니라 사설시조에서도 〈숙향전〉이 발견된다. 19세기에 지어진 시조집 《남훈태평가》에는 〈숙향전〉의 남주인공인 이선이 나귀를 타고 천태산 마고할미가 숙향을 수양딸로 삼아 살고 있는 데를 찾아가는 장면이 묘사되어 있다. 심지어 마고할미가 기르는 청삽사리까지 등장하는 것을 보면, 조선 시대 사람들은 〈숙향전〉에 대해 매우 세부적인 것까지 기억하고 즐겼던 것을 알 수 있다.

이토록 〈숙향전〉이 널리 인기를 끌 수 있었던 까닭은 작품이 훌륭할 뿐만 아니라 비교적 이른 시기에 작품이 지어졌기 때문이기도 하다. 앞에서 〈숙향전〉에 대한 독서 기록을 통해 〈숙향전〉의 창작 시기가 늦어도 17세기 말로 추정된다고 했는데, 이에 따라 현재 남아 있는 이본의 수도 60여 종에 이른다. 국문 필사본이 40여 종으로 가장 많고, 경판본과 활자본 그리고 한문본과 일본어 번역본까지 있다. 한문본 일부와 일본어 번역본을 제외하면 각 이본 간의 차이는 그리 크지 않다.

〈숙향전〉의 기본 성격

〈숙향전〉의 기본 성격에 대한 입장은 크게 네 가지로 나뉜다. 각 입장들은 서로 배타적이라기보다는 〈숙향전〉의 서로 다른 측면에 집중하고 있어서 보완적이다. 그리하여 각 입장들은 일정한 의의와 동시에 한계를 지니고 있다.

첫째는 이 작품이 이른바 '영웅의 일생 7단계'를 가지고 있으니 영웅소설이라는 조동일 교수의 입장이다. 이러한 판단은 〈숙향전〉의 등장을 소설사에서 가장 유력한 양식의 변천 속에서 해명할 수 있다는 점에서 의의가 있다. 하지만 〈숙향전〉의 서사 전개에서 숙향이 신이한 능력으로써 국가를 위기에서 구하는 장면이 없고, 숙향이라는 인물의 정체가 오직 애정이라는 개인적 욕망을 추구할 뿐 영웅다운 면모를 보이지 않는다는 점에서 〈숙향전〉을 영웅소설로 이해하는 것은 한계가 있다.

둘째는 이 작품이 신선과 선녀가 등장하고 천상계가 지상계보다 우월한 공간으로 설정되며, 초현실적인 요소들이 개입하여 갈등이 해소된다는 점에서 신성소설로 이해한 이상택 교수의 입장이다. 이는 이 작품의 제재가 지닌 특성을 신성성으로 적절하게 짚어내면서, 신성 문화에서 세속 문화로 이행하는 문화사적 흐름 속에서 작품이 지닌 위상을 밝혔다는 점에서 의의가 있다. 그러나 주인공이 갈등에 처하고 이것이 해결되는 과정에서 정말로 세속적인 욕구와 갈등이 없었는지 의심이 되고, 갈등에 내재된 사회 현실을 등한시하고 있다는 점에서 한계가 있다.

셋째는 이 작품이 천상계에서 죄를 지은 주인공이 지상에 내려와 고난을 겪다가 원래의 신분으로 돌아가는 적강(謫降) 화소를 지녔다는 점에서 적강소설로 이해하는 성현경 교수의 입장이다. 이는 고전소설에서 널리 발견되는 서사 구조인 적강 화소가 〈숙향전〉에서 원형에 가깝게 드러나고 있다는 문학사적 의의를 제시함과 동시에, 천상과 지상, 시혜와 보은, 자기 정체로부터의 분리와 회복이라는 〈숙향전〉의 여러 문학적 현상과 의미들을 통합하여 이해하게 한다는 의의가 있다. 그러나 적강 화소는 고전소설에서 매우 보편적인 요소여서 이것만으로는 〈숙향전〉의 독자적인 미학과 의미 등을 구체화하는 데에 한계가 있다.

마지막으로는 이 작품을 신분을 초월하여 애정을 이루려는 남녀와 이를 방해하는 현실 사이의 갈등을 다룬 애정소설로 보는 입장이다. 〈숙향전〉을 애정소설로 보는 입장은 지금까지 살펴보았던 여러 관점과 배치되는 것은 아니다. 오히려 앞서의 연구자들도 〈숙향전〉이 애정소설이라는 점을 부정하지 않았고, 애정소설로 보는 최근의 경향에서 앞선 연구자들의 성과가 배척되지도 않는다. 다만 연구자들은 작품의 기본 성격을 애정소설로 간주하여, 애정 결연과 갈등이 어떻게 진행되고 그것의 의미는 무엇인지를 탐색한다. 그리고 이 과정에서 영웅소설, 신성소설, 적강소설 등의 자질이 변증법적으로 수용되고 있다.

애정소설로서 〈숙향전〉의 문학적 의의를 현실성이라는 측면에서 설명한 이는 이상구 교수이다. 그는 〈숙향전〉에서 숙향의 고난은 조선 후기 세태가 사실적으로 반영된 것이며, 애정 결연을 이루려는 이선과 숙향을 향한 이 상서의 갈등은 봉건적 신분제도의 동요가 반영된 것이라고 했다. 이러한 해석은 천상계와 신성성 위주로 작품을 바라보던 기존 논의와 충돌하지만, 작품의 인기와 사회적 의미를 설명하는 데에 기여했다. 하지만 이러한 사회 반영적 측면만 부각할 뿐 작품 고유의 미학적 의의를 충실히 설명하지 못한다는 한계도 지적되고 있다.

〈숙향전〉에 대한 최근의 연구는 이러한 연구사적 흐름을 바탕으로 〈숙향전〉의 구조, 세계관, 환상성, 서술 전략 등 다양한 측면에서 이루어지고 있다. 그만큼 〈숙향전〉의 문학적 의의는 매우 풍요롭고 그 양상도 매혹적이라고 할 만하다. 과연 그 구체적인 모습은 어떠한지 지금부터 살펴보겠다.

—

숙향과 이선의 고난

—

〈숙향전〉의 서사는 크게 둘로 나뉜다. 전반부는 숙향이 다섯 번 죽을 액을 지내고 이선과 결혼하기까지의 이야기이고, 후반부는 이선이 황태후의 병을 고치기 위해 선계로 약을 구하러 갔다 오는 이야기이다. 전반부와 후반부는 이처럼 사건 전개의 주인공이 바뀌었다는 점에서 서로 상관없는 것처럼 보이지만, 실상은 천상계에서 예정된 숙향과 이선의 운명을 각자가 실현하는 과정이라는 점에서 연속성을 띤다. 즉 이선은 구약(求藥) 여행을 통해 자신의 정체를 온전히 이해하고 숙향뿐만 아니라 매향과의 결혼까지도 수용함으로써 천정(天定) 인연을 완결하고, 훗날 다시 승천하여 본래의 자리로 돌아가게 되는 것이다.

〈숙향전〉에서 숙향이 겪는 다섯 번의 액은 모두 죽을 고비이지만, 지상계에서는 숙향이 액을 겪어야 하는 아무런 이유도 찾을 수 없다. 즉 이는 모두 천상계에서 숙향이 저지른 죄를 갚기 위한 과정인 것이다. 이는 숙향이 세 살 때에, 그 아름다움이 단명을 초래할까 두려워하여 아비인 김전이 왕균이라는 사람을 불러 관상을 보게 했을 때에 분명하게 드러난다. 왕균은 숙향이 천상에서 하느님께 죄를 지어 인간 세상에 귀양 온 탓에 전생의 죄를 이승에서 다 갚은 후에야 귀하게 될 것이라고 한다. 구체적으로 그는 숙향이 다섯 번의 죽을 고비를 넘긴다고 예언했고, 이는 실제로 이루어진다.

숙향이 겪는 첫 번째 액은 도적들의 난리를 만나 부모와 이별하고 도적들에게 죽을 뻔한 사건이다. 이로써 숙향은 전쟁고아가 된다. 이 사건의 의미는 두 가지 측면에서 이해된다. 적강소설의 입장에서 보자면, 이는 자기 신분과 정체성의 완전한 상실을 의미한다. 천상계에서 월궁항아를 모시던 선녀 소아가 태을선군과 글로써 희롱하고 월연단이라는 선약을 훔쳐다 태을선군에게 준 죄 때문에 인간세계로 내려옴으로써 신성한 선녀는 비속한 인간이 되었다. 또한 이제 인간세계에서 부귀를 누리던 김전의 딸 숙향은 전쟁 통에 버려져서 비루한 고아가 되었다. 그리하여 본격적으로 지상계에서 속죄의 과정을 시작하게 된다. 다른 한편으로 이 과정은 아무런 영웅적 능력도 없는 일상인들이 전쟁 통에 자식을 버리는 전쟁의 참혹함을 사실적으로 반영하고 있다. 임진왜란과 병자호란을 겪은 조선 사람들의 경험이 투영된 것이다.

숙향이 겪는 두 번째 액은 명사계(冥司界)에 다녀온 것이다. 명사계는 말 그대로 저승 세계이다. 부모를 잃고 산속에서 헤매던 숙향은 우연히 파랑새를 쫓아갔다가 후토부인(后土夫人)을 만나게 된다. 숙향은 후토부인에게서 자신의 전생 이야기와 앞으로의 고난에 대해 듣게 된다. 이 장면은 비록 나중에 숙향이 모두 기억하지 못하게 되기는 하지만, 숙향에게 자신의 죄가 무엇인지 그리고 인간 세상에서 자신이 어떤 과업을 수행해야 하는지를 제시한다는 점에서 의의가 있다.

숙향이 겪는 세 번째 액은 포진강에 투신한 것이다. 후토부인은 숙향을 사슴에 태워 장 승상 댁 동산으로 보냈고, 숙향은 장 승상 댁에 몸을 의탁하여 열다섯 살까지 살게 된다. 그러다가 장 승상 댁 노비인 사향의 모함으로 도적 누명을 쓰자 집을 나와 포진강에 몸을 던지게 되는 것이다. 숙향은 다시 선녀와 용녀의 도움으로 목숨을 구하고, 네 번째 시련의 장소인 갈대밭으로 인도된다. 세 번째 액은 영웅소설의 입장에서 보자면, 부모로부터 버려져 죽을 위기에 놓인 주인공을 원조자가 맡아 성장시키는 과정으로 이해된다. 또한 적강소설의 입장에서는 물로 자신을 정화함으로써 전생의 죄를 씻는다는 의미도 있다. 더불어 전쟁고아가 겪어야 할 수난을 사실적으로 보여주기도 한다. 즉 숙향은 장 승상 댁에서 일종의 노비로 지내다가 다른 노비와의 갈등에 못 이겨 죽기까지 하려 했던 것이다.

숙향이 겪는 네 번째 액은 갈대밭에서 불에 타 죽을 뻔한 것이다. 선녀는 포진강 가에 숙향을 내려주며 갈 길을 일러주었는데, 숙향은 이를 따라가다가 갈대밭에서 큰 불을 만나 죽게 되었다. 그러자 화덕진군(火德眞君)이라는 신선이 나타나 불을 끄고 발가벗은 숙향을 안전한 곳, 마고할미가 살고 있는 술집 이화정에 가라고 한다. 이 사건은 물로써의 정화에 이어 불로써의 정화라는 의미를 갖는다. 또한 열다섯 살의 숙향이 발가벗은 채 새로운 삶을 시작한다는 점에서 소녀가 숙녀가 되는 성숙의 의미를 띠기도 한다. 실제로 마고할미의 집에서 숙향은 드디어 이선을 만나 결혼하게 되기 때문이다.

숙향이 겪는 다섯 번째 액은 낙양의 옥에 갇혀 낙양 태수에게 죽을 뻔한 것이다. 이선이 마고할미의 집에 있던 숙향을 찾아오고, 이선의 고모인 여 부인의 주선으로 둘은 결혼하게 된다. 하지만 이 사실을 알게 된 이선의 아비 이 상서는 자신에게 고하지도 않고 비천한 여자와 결혼했다고 하여 낙양 태수 김전에게 숙향을 죽이라고 하고 이선은 태학에 보낸다. 다행히 월궁항아의 도움으로 숙향은 목숨을 건지고 이화정에 돌아오지만 곧 마고할미는 하늘로 돌아간다. 다시 의탁할 곳이 없어진 숙향을 마고할미의 청삽사리가 인도하여 결국 숙향은 이 상서의 집에 들어가게 된다. 이 상서 부부에게 결혼 자격이 있는 여인인지 시험받게 되는 것이다. 다섯 번째 액은 이선과 숙향의 애정 결연에 대한 아버지 이 상서의 반대가 격렬하게 드러나는 사건이다. 감옥은 단군신화에 나오는 동굴처럼 숙향에게는 죽음과 재생의 공간으로 기능하여 숙향은 일종의 통과의례를 수행하게 된다. 이 상서와의 갈등은 조선 후기 신분제의 동요에 대한 지배층의 위기의식과 대응을 반영하고 있다고 볼 수 있다. 이선과 숙향은 비록 신분은 다르지만 대등한 입장에서 결연했고 이는 봉건 신분제에 대한 도전으로 이해된다. 이 상서가 숙향을 죽이려고 하는 것은 이러한 도전을 용납할 수 없었기 때문인 것이다.

숙향이 치르는 다섯 가지 고난은 천상계에서 정해진 운명을 실현하는 과정이자 동시에 인간이라면 성장하기 위해 누구나 겪어야 되는 통과의례를 체험하는 과정이기도 하다. 즉 소녀가 부모로부터 독립하여 유아기를 마치고, 노동을 하면서 소녀는 여성으로 성장하여 훌륭한 배우자를 만나 새로운 가정의 구성원으로서 정체성을 확보하는 과정으로 이해되는 것이다. 이런 면에서 보자면, 숙향의 고난에 대한 해석은 신성소설이나 영웅소설 그리고 적강소설의 것을 바탕으로 점차 애정소설의 현실성과 여성 성장담으로 확장하고 있음을 알 수 있다.

이선이 겪는 고난은 크게 두 단계로 구분된다. 첫 번째 단계는 이선이 숙향과 결혼하려고 찾아가는 과정이고, 두 번째 단계는 숙향과 결혼한 이후 황태후의 병을 고칠 약을 찾아 선계 여행을 떠나는 것이다. 두 고난은 각각 '구혼 여행'과 '구약 여행'이라는 점에서 성격을 달리한다. 더구나 후자는 이미 숙향과 결혼하여 부모에게 인정을 받고 벼슬까지 높아진 다음에 가는 여행이라는 점에서 전자와 연관성이 없어 보인다. 그러나 실상은 그렇지 않다.

첫 번째 까닭은 이선이 구약 여행을 떠나는 계기가 양왕의 천거에 있기 때문이다. 원래 이 상서는 이선과 양왕의 딸 매향을 정혼시키기로 양왕과 약속했는데, 이선이 이를 어기고 숙향과 결혼하고 나아가 매향을 둘째 부인으로도 맞이하지 않으려 하자 양왕이 화가 나서 이선을 구약 여행자로 추천했다. 즉 이선의 구약 여행은 이선이 숙향과의 결혼을 지키기 위해 양왕과 갈등하는 과정에서 등장한 것이다. 그렇다면 이선에게 구약 여행은 구혼 여행의 결과를 지키기 위한 방편임을 알 수 있다.

두 번째 까닭은 구약 여행의 내용과 결과가 천상계의 운명을 실현하는 과정이기 때문이다. 이선은 구약 여행에서 자신의 전생을 온전히 이해하고, 천상계에서의 죗값을 치르기 위해서는 힘들어도 구약 여행을 피할 수 없으며 나아가 매향과의 결혼도 받아들여야 한다는 것을 알게 된다. 그리하여 이선은 구약 여행에서 돌아와 황태후를 살리는 것뿐만 아니라 매향과도 결혼하게 된다. 그리고 나중에 일흔 살이 되어서는 구약 여행 때에 얻은 환약을 먹고 숙향과 더불어 승천하게 된다. 즉 구약 여행에서 황태후의 약을 구하는 것은 표면상의 사유일 뿐이며, 작품 전체에서 구약 여행은 이선과 숙향에게 주어진 천상의 운명을 깨닫고 실천하는 과정임을 알 수 있다.

결국 〈숙향전〉에서 숙향의 고난과 이선의 고난은 적강한 두 존재가 애정 결연이라는 형식을 통해 천상계의 죗값을 치르고 자신의 정체를 탐색하여 본래의 자리로 돌아가게 하는 과정이라 하겠다.

인간은 운명의 도구일 뿐인가?

〈숙향전〉은 고전소설 중에서도 환상성이 가장 강하게 드러나는 작품이다. 천상계와 지상계라는 공간 설정, 천상계에서 죄를 짓고 태어난 주인공, 천상계의 운명을 구현하는 사건 전개, 그리고 그 과정에 개입하는 온갖 초월적인 존재들과 변신 및 동물의 보은과 같은 초월적인 사건들에서 환상성이 확인된다. 이러한 환상성에 주목하면 〈숙향전〉은 지상계보다는 천상계가 중요하고, 속세 인간들의 욕망과 의지보다는 선계 존재들의 능력과 의지가 더 강력해 보인다. 그리하여 〈숙향전〉에서 인물들은 천상의 운명을 실천하는 도구일 뿐이며, 이 작품은 세상의 존재와 이치는 이미 결정되어 있다는 운명론을 드러내는 것처럼 보인다.

〈숙향전〉의 세계관을 운명론으로 간주하는 것은 작품에 형상화된 공간, 인물, 사건 등의 실상에 부합하고, 나아가 지상에서의 신분이 달랐던 숙향과 이선의 사랑을 절대적인 것으로 간주하게 한다는 점에서 의의가 있다. 즉 운명론을 통해 이들의 사랑은 현세의 불평등한 제도를 초탈하고 이에 도전하는 의의를 부여받게 되는 것이다. 이는 이선과 숙향의 결혼을 주선하려는 여 부인과 이에 반대하는 이 상서의 대화에서 잘 드러난다.

여 부인이 상서를 심하게 꾸짖으니 상서가 아무 말도 못하고 가만히 생각하다가 여쭙기를,
"누님께서 주관하신 줄 몰랐나이다. 예전에 양왕이 구혼하여 허락했는데, 요즘 '선이 부모 모르게 미천한 사람을 얻었다' 하여 조정에 시비가 들끓기에 낙양 수령에게 기별했나이다."

하니 여 부인이 말했다.

"부부의 인연은 하늘이 정한 것이며, 애정에는 천하고 귀한 것이 없는지라. 옛날 송나라 황제도 정궁을 폐하고 후궁을 맞이하여 죽을 때까지 사랑한 일이 있소. 내가 비록 그대 모르게 주관했으나, 그 낭자는 첩과는 다르오. 또한 선이 급제하여 벼슬이 높아지면 두 부인을 얻는 것이 어렵지 않을 것이니, 그때 상서가 원하는 가문을 골라 며느리를 구해도 될 것이오. 그러니 더 이상 낭자를 죽이려 하지 마시오."

이 상서는 이선의 결혼이 양왕과의 약속을 깰 뿐만 아니라 조정에 시비가 들끓을 정도로 법도에 어긋나는 것이어서 아예 숙향을 죽여야 한다고 주장하지만, 여 부인은 애정에는 귀천이 없고 하늘이 정한 것이라고 옹호한다. 이 상서의 공격성이 속세의 제도에 기반을 둔 것이라면, 여 부인의 애정관은 운명론에 기반을 두고 있다.

그러나 운명론은 다른 한편으로 지상계와 인간에 대해 소극적인 가치 평가를 내포하기도 한다. 운명론에 따르자면, 인간이 삶을 영위하는 지상계란 천상계의 죗값을 치르는 비루한 유배지일 뿐이고, 인간의 삶이란 천상의 운명을 실현하는 피동적인 과정에 불과하다. 즉 인간세계의 고결함과 인간 존재의 자유의지가 부정되는 꼴이 되는 것이다.

〈숙향전〉은 이러한 운명론에 대해 더 깊은 이해를 보여준다. 원래 천상계에서 이선, 숙향, 매향은 태을선군, 소아, 설중매였다. 지상에서는 이선이 숙향과 결혼했다가 나중에 매향을 둘째 부인으로 맞이하지만, 천상계에서는 그 반대이다. 즉 태을선군은 설중매와 결혼했음에도 불구하고 소아와 사랑하는 관계가 되어 그 벌로 지상에 내려오게 된 것이다. 여기서 중요한 것은 천상계에서 죄로 간주되었던 태을선군과 소아의 사랑이 지상계에서는 어떤 고난에도 불구하고 실현해야 할 가치로 제시된다는 점이다. 그래서 이선은 구혼 여행에서는 숙향이 전쟁 통에 병신이 되었는데도 결혼하겠느냐는 뭇 선관들의 시험을 당하고, 구약 여행에서는 힘든 여행을 그만하고 돌아가라는 조롱을 무수히 받으면서도 숙향과의 애정을 지고의 가치로 추구한다. 그리하여 일흔 살이 되었을 때에 이선은 매향이 아니라 숙향과 함께 승천하게 된다. 천상계에서 부정되었던 인연이 지상계에서 인간의 의지로써 실현되고 나아가 이것이 천상계로까지 다시 연장되고 있음을 확인할 수 있다.

〈숙향전〉은 겉으로는 인간의 삶은 천상의 운명을 실현하는 과정일 뿐이라는 운명론과 숙명론을 보여주지만, 더 깊이 보면 인간의 자유의지야말로 천상의 원리를 구현하는 존귀한 것임을 드러낸다. 그리고 여기에서 〈숙향전〉의 환상성은 비현실적이고 허무맹랑하다는 지급한 인식을 뛰어넘게 된다. 숙향과 이선의 사랑은 천상의 운명이고, 술집 여자로 살아야 했던 숙향의 삶은 마고할미에게 보호받는 것이었다는 이해를 통해, 환상성은 인간의 욕망과 현실에 고결성을 부여하는 소설적 장치로 이해되는 것이다. 이선과 숙향의 사랑을 인정하지 못했던 이들의 부모도 이러한 고결성을 이해하고 받아들이게 되면서 더 존엄한 존재가 되고 부귀영화를 누린다는 점은, 결국 인간 존재와 삶에 깃든 고결함이야말로 애정소설로서 〈숙향전〉에서 우리가 확인할 수 있는 가치임을 보여준다.

– 이정원

참고 문헌

이상구 옮김, 《숙향전·숙영낭자전》, 문학동네, 2010.

차충환 옮김, 《숙향전》, 지만지, 2013.

최기숙 저, 이광택 그림, 《숙향전》, 현암사, 2004.

성현경, 《한국옛소설론》, 새문사, 1995.

윤경희, 〈이대본 〈숙향전〉에 나타난 조명론적 세계관〉, 《한국고전연구》 1, 한국고전연구학회, 1995.

이상구, 〈〈숙향전(淑香傳)〉의 현실적 성격〉, 《고전문학연구》 6, 한국고전문학회, 1991.

이상택, 〈고대소설의 세속화 과정 시론〉, 《고전문학연구》 1, 한국고전문학회, 1971.

이유경, 〈〈숙향전〉의 여성 성장담적 성격과 그 과정에서 나타나는 환상의 기능과 의미〉, 《고전문학과 교육》 22, 한국고전문학교육학회, 2011.

조동일, 《한국소설의 이론》, 지식산업사, 1977.

차충환, 〈〈숙향전〉의 구조와 세계관〉, 《고전문학연구》 15, 한국고전문학회, 1999.

三
'만고충신'이라 불린 영웅, 임경업의 팩션

사실에 허구가 더해진 스토리텔링
—

〈임경업전〉은 조선 인조 대의 무신 임경업(1594~1646)의 일생을 일대기 형식으로 엮은 한글소설로서 〈임장군전〉이라고도 불린다. 〈임경업전〉은 〈임진록〉, 〈박씨전〉과 함께 대표적인 역사소설 또는 역사군담소설로 손꼽힌다. 〈임경업전〉은 적어도 1680~1690년쯤에 지어졌고, 1702년 당시에는 민간에 널리 읽혔다는 기록이 있다. 전하는 텍스트로는 목판본과 활자본, 세책본 등이 있다. 목판본은 경판본 〈임장군전〉 3종과 연세대 소장본이 전한다. 경판본 3종은 국립중앙도서관에 소장된 27장본, 일본 동양문고에 소장된 21장본, 단국대학교 율곡기념도서관 나손문고에 소장된 16장본이다. 연세대 소장본은 1780년쯤 출판된 것으로 가장 이른 시기의 목판본이다. 활자본은 세창서관에서 간행된 〈임경업전〉이 있다. 목판본과 활자본은 전체적인 내용에는 별 차이가 없으나, 활자본은 뒤에 이루어진 임경업의 연보를 참조하여 보충한 것으로 보인다. 동양문고본 세책본은 전체적으로 목판본과 큰 차이는 없지만 결말 방식이 다르다. 경판본에서는 임경업의 후손이 나라에서 주는 벼슬을 받지 않고 농사를 지으며 세상을 잊고 살았다고 했는데, 동양문고본에서는 임경업의 아들들이 높은 벼슬을 하고 부귀를 누리는 '행복한 결말'로 끝난다.

소설의 내용을 간추리면 다음과 같다.

충주 달천촌에서 태어난 임경업은 25세에 무과에 급제하고, 사신을 따라 중국에 갔다가 황제의 명을 받고 군대를 일으켜 가달국에게 항복을 받고 호국을 보호하여 큰 공을 세운다. 병자호란 때에는 호국의 공격으로부터 조선을 구하려 했지만 뜻을 이루지 못한다. 뒤에 중국으로 직접 들어가 볼모로 잡혀간 소현세자와 봉림대군을 온갖 어려움을 이겨내고 본국으로 돌려보낸다. 자신도 조선으로 돌아오지만 김자점에 의해 역적으로 몰려 죽음을 맞는다. 뒤에 김자점은 처단을 당하고, 임경업은 누명을 벗게 된다.

〈임경업전〉은 임경업 장군의 일대기를 쓴 것처럼 보이지만, 허구적인 내용이 많은 작품이다. 임경업에 대한 실제 전기와 소설을 대비해 보면, 임경업의 초년 시절, 초임 및 재임 벼슬과 공적, 남경 동지사 수행 사실, 호국의 청병장이 되어 가달과 싸운 사건, 후반부의 세자 귀환 공로 등 적지 않은 내용이 허구이다. 소설에서 실제 인생사와 부합하는 부분은 '명과 내통한 사실이 드러나 청으로 끌려가던 도중 탈출하여 명으로 망명했다가 청에 붙잡히고, 조선으로 돌아와 억울하게 죽은 사건' 정도이다. 이러한 몇 가지 사건을 중심으로 하여 임경업의 일생을 완전히 새롭게 재구성한 것이 〈임경업전〉 또는 〈임장군전〉이다. 이 소설들은 임경업을 '만고충신', '비극적 영웅', '민족적 영웅', '민중적 영웅' 등으로 그렸고, 독자들은 그러한 주인공에게 깊은 공감을 느꼈던 것으로 보인다.

—

〈임경업전〉에 투영된 작가 의식

—

김기동 교수는 소설 〈임경업전〉이 "만고충신 임경업의 국가에 대한 충성을 표현하는 동시에, 당시 우리 민족의 배청숭명 사상을 표현"한 것이라고 했다. 배청숭명 사상이란 조선 사대부들이 멸망한 명나라를 추모하고, 새로 건국된 청나라를 무시하고 배격했던 일과 생각을 말한다. 1616년 누르하치는 흩어진 만주족을 모아 후금을 건국하고, 1636년 청 태종은 '청(淸)'으로 국호를 바꾼 뒤 중국을 통일했다. 명나라는 1644년 멸망했음에도 불구하고, 조선의 사대부들은 청나라가 새로운 중국의 맹주임을 인정하지 않고 망한 명나라를 추모했다.

장덕순 교수는 작품의 허구적 부분들은 임경업을 영웅화하는 한편, 병자호란에서의 실제 패배에 대한 정신적 승리를 과시한 위안이요 일종의 복수라고 지적했다. 서대석 교수는 이 작품의 작가 의식을 호국에 대한 적개심과 김자점에 대한 증오감으로 요약하며, 이를 민족의식의 반영으로 보았다. 이윤석 교수는 현재 많은 이본이 전하지만, 이것들이 모두 한 작가의 글에서 비롯된 것이라고 주장했고, 작가가 임경업이라는 한 '비극적인 인간의 운명'을 널리 나누기 위해서 창작한 것이라고 했다. 이복규 교수는 〈임경업전〉의 주제를 "영웅의 좌절에 대한 안타까움"이라고 했다. 박경남 교수는 "역신 김자점에 대한 징계와 숭명배청의 충신 임경업의 선양을 통한 국민 일반의 충성심 고취"를 위해 왕실·사대부 집권층이 소설과 실기라는 두 가지 방편을 모두 이용한 것이라고 했다.

이처럼 대부분의 연구자들은 〈임경업전〉을 허무맹랑한 통속소설로 치부하지 않고, 매우 진지하며 일관된 작가 의식과 민족의식이 깔려 있는 작품으로 보았다. 그리고 '비극적 영웅의 좌절에 대한 안타까움의 표현', '임경업의 충성심, 배청숭명 사상과 김자점에 대한 증오심' 등으로 작가 의식 및 창작 의도를 파악했다. 작품을 읽으며 좀 더 구체적으로 주인공 임경업이 어떠한 인물로 그려져 있는지 살펴보자.

—

공간 설정에 담긴 의미

—

남경과 명 황제

소설에서 임경업은 작품 초반에 백마강 만호, 천마산성 중군 벼슬을 하면서 세운 공을 인정받아 남경 동지사 이시백의 군관으로 발탁되고, 그 뒤로 공을 세워 그의 이름을 중원에 널리 알린다. 임경업은 명나라의 수도 남경(南京)에 가서 황제를 만나고 대원수가 되어 가달을 물리치는 등 큰 공을 세운다. 흥미로운 것은 명나라의 수도가 처음부터 '남경'으로 설정되었다는 점이다. 이것은 작가의 창작 의도와 밀접한 연관이 있다. 작가는 작품 첫 부분에서 임경업이 1624년 남경 동지사 사신단 일원으로 참여했다고 밝혔다. 그런데 이 시기는 실제 임경업이 활동한 시기와 맞지 않는다. 조금 더 주목해야 할 점은 실제 역사상에서 1624년에 명나라 수도는 남경이 아닌 북경이라는 사실이다. 1368년 명 건국 후 영락제가 수도를 남경에서 북경으로 옮긴 것이 1421년이니, 북경이 명의 수도임을 모르는 조선인은 없었을 것이다. 그렇다면 명의 수도를 남경이라고 한 것은 착각일까?

작품을 전체적으로 살펴보면, 이는 착각이나 오류가 아니라 작가가 〈임경업전〉의 시간적 배경을 '이자성의 난'으로 인해 명이 멸망하고 남명(南明) 정부(1644~1662)가 수도를 남경에 정한 1644년 이후로 설정했기 때문이라는 점이 드러난다. 작가는 이후에 임경업이 호국으로 잡혀가다가 도망쳐 명으로 망명한 사건 등에 손쉽게 맞추기 위해 처음부터 중국의 수도를 남경으로 잡은 것이다. 이 점에서 수도를 남경으로 설정한 것은 매우 의도적인 것이며, 서사적으로도 의미가 있다. 소설에서 남경은 처음부터 끝까지 명나라의 수도였다.

역사적으로 보면, 1368년 세워진 명나라는 1644년 3월 19일 이자성이 이끄는 대순군(大順軍)에 의해 멸망되었다. 마지막 황제인 숭정제는 34세의 젊은 나이에 황궁 뒷산인 경산에서 목을 매 자결했다. 이로부터 2개월 뒤인 5월 15일, 명나라의 대신들과 황족들은 명의 두 번째 수도였던 남경으로 피란하여 주유숭을 황제로 옹립하고 남명(南明) 정부를 수립한다. 남명 정부의 초대 황제인 홍광제는 1644년부터 1645년까지 남경을 수도로 정하고 그곳에서 재위했으나, 1645년 양주(楊洲)가 함락되자 탈출하다가 붙잡혀 북경으로 압송되어 사형을 당했다. 그 뒤에 주율건이 융무제로 1646년 복건(福建)에서 즉위했지만, 남명 정부는 북벌에 실패하고 융무제는 청군에 붙잡혀 복건에서 사형을 당한다. 그리고 1649년 복거성에서 즉위한 마지막 황제인 영력제 주유랑 역시 청군에 쫓겨 다니다가 복건에서 곤명(昆明)으로, 그리고 다시 버마(지금의 미얀마)까지 도망쳤다가 1662년 오삼계의 손에 의해 목이 달아나고, 남명 정부의 명 재건 운동은 좌절되였다. 남경에서 버마까지 남부 중국과 동남아시아 공간을 떠돌면서 남명 정부가 버틴 시간은 18년이었다.

임경업이 갑자년(1624) 명나라에 사신으로 갔을 때 그의 직책이 '남경 동지사'였으니, 1624년의 명나라는 남명 정부로 보는 것이 합당하다. 이러한 남경 중심의 시공간 설정에는 작가의 독특한 세계 인식과 서사 세계의 특성이 드러난다.

북경과 호왕

북경은 작품 초기에는 분명하게 드러나지 않았지만, 작품의 중반부 이후부터 결말 부분까지는 확실히 호국의 수도로 설정되었다. 1624년 임경업이 명나라에 사신으로 파견되었을 때 호국이 이미 북경을 차지하고, 명은 남경에 수도를 정하고 있었다는 설정은 흥미롭다. 당시 호국은 남경의 명나라에 조공을 바치고 있는 책봉 국가였으며, 힘이 미약하여 임경업의 지휘를 받는 명군의 도움을 받아 가달을 물리칠 수 있었다. 호왕은 임경업을 위하여 무쇠로 된 만세불망비(萬世不忘碑)까지 세워 명과 임경업의 은혜를 잊지 않겠다고 했으나, 뒤에 은인 임경업을 배신하고 조선을 침범하여 세자와 대군을 볼모로 잡아갔다. 이로 인해 호국 및 호왕은 배은망덕한 국가와 인물로 그려질 뿐이다.

호국은 청나라를 말한다. 청나라는 누르하치가 1616년 건국한 만주 여진족의 나라이다. 작가는 작품에서 한 번도 '후금'이나 '청'이라는 국호를 사용한 적이 없다. 오로지 '호국(胡國)'이라는 통칭만을 사용했다. 이는 일차적으로 청나라를 오랑캐 나라라고 얕잡아 보는 생각 때문일 수도 있지만, 한편으로는 청나라가 중원을 차지하고 있는 현실 정치에 대해 작가가 구체적 서술을 일부러 피한 결과 때문이기도 하다.

〈임경업전〉에서 '호왕'이라고 소개된 인물을 실제 역사의 인물과 대비해 본다면, 청 태조 누르하치(1559~1626, 처음 가달의 침입을 받은 왕)일 수도 있고, 태종 홍타이지(홍태시·황태극, 1592~1643, 병자호란을 일으킨 왕)일 수도 있고, 청 세조 순치제(1638~1661, 임경업과 소현세자, 봉림대군을 풀어준 왕)일 수도 있다. '호왕'은 이처럼 실제 여러 청 황제의 이미지가 묘하게 겹치는 형상이다.

—

소설 속 임경업의 캐릭터
—

남명 정부의 구원장

문학작품에 형상화된 공간에는 그곳에 깃든 역사와 기억, 또 그곳에서 거주하고 활동했던 인물들을 불러내는 힘이 있다. 병자호란 이후 '남경'이라는 공간은 조선인들에게 명의 멸망과 남명 정부의 수립, 홍광제, 영력제 등을 떠오르게 했을 것이다. 실제 남경이라는 역사 공간에 거주했던 홍광제를 비롯한 남명 정부의 인물들이 수행한 일은 청나라에게 빼앗긴 북경과 강북 지역을 회복하고, 소위 '중화' 위주로 천하의 중심을 바로잡는 일이었다. 작가는 그 역사적 과업과 그 공간에 임경업을 '남명 정부의 구원장'으로 형상화했다.

소설 〈임경업전〉에 그려진 남경의 황제는 완전히 허구적 인물이라기보다는 실제 남명 정부의 황제였던 홍광제나 영력제의 이미지와 부분적으로 들어맞는다. 그 명의 황제는 임경업의 충성심을 믿고 그에게 대원수 직책을 내려 군대를 지휘해 호국을 구원하도록 했다. 또 뒤에 호국으로 잡혀가다가 탈출하여 다시 찾아온 임경업을 안무사(按撫使)로 임명하여 호국을 멸하도록 하는 임무를 부여했다.

소설에서 임경업은 그 망명 정부의 황제가 거주하고 있었던 남경에 들어가 황제를 도와 실지(失地) 회복 운동, 명 재건 운동을 직접 수행했다. 고립되어 있던 남명 정부에 임경업이 구원장으로 파견되어 명 재건 운동을 도운 소설 속 행위는 임진왜란 때 명의 도움을 받았던 조선으로서 대단히 절의 있는 보은 행위였을 것이다. 그렇기에 소설의 뒷부분에서 임경업이 독보에게 속아 북경으로 잡혀갔을 때, 이 말을 들은 명의 장수 황자명은 "어찌 하늘이 우리 명을 이렇게 망하게 하시나이까!" 하며 탄식할 정도였다. 이렇듯 남경에서 구원장 임경업의 활약은 서사 세계에서 매우 의미 있는 것이었다.

요컨대 〈임경업전〉의 작가가 명나라의 수도를 남경으로 설정한 것은 명 멸망 후 남명 정부의 수립을 기점으로 한 것이고, 그 공간에서 임경업은 호국에 맞서 명나라를 재건하려는 남명 정부의 구원장이자 협력자로서 활약했다.

만고충신 임경업

〈임경업전〉의 작가는 병자호란 이후에 전개되는 서사에서는 '조선의 종묘사직 보전'에 거의 모든 관심을 기울였다. 그 공간과 시간에서 임경업은 '조선 종묘사직의 수호자'로 형상화된다. 그는 호국에 대한 무비(武備)를 철저하게 했고, 볼모로 잡혀간 세자와 대군이 돌아올 수 있게 했다. 이러한 역할을 근거로 작가는 임경업을 '만고충신'으로 형상화한다. 이를 좀 더 구체적으로 살펴보면 다음과 같다.

첫째, 임경업은 무비를 철저하게 했다. 임경업이 천마산성 중군을 다시 제수받았을 때, 그는 산성 보수 임무가 중요한 줄 알고 조정에 요청해 건장한 군사들을 역군으로 보충했다. 또 역군들을 잘 먹이고 친히 성 쌓는 일을 함께 하며 군사들을 격려함으로써 일 년 만에 산성 보수 임무를 무사히 마칠 수 있었다. 작가는 이 점을 매우 의미 있게 여겨 구체적으로 형상화했다.

호국이 압록강 유역으로 군사 3만 명을 이끌고 내려와 조선을 위협했을 때, 의주를 지키고 있던 임경업은 의주 군영의 군사 훈련을 엄중히 했고, 조선의 사정을 엿보던 압록강 건너 호병들을 진압하여 호국 장졸의 사기를 꺾어놓았다. 임경업은 이후에도 군사를 조련하고 무기와 장비를 보수하며 의주의 성첩(城堞)을 정비하여 훗일을 대비했다. 그 기세가 너무나 엄중했기 때문에 병자년에 호국이 조선을 침범할 때 호국의 선봉장이었던 용골대는 임경업이 지키고 있던 의주를 피하여 바다로 군사를 내기까지 한 것이다. 심지어 호란을 당하여 남한산성에 피란하여 외롭게 성을 지키던 임금과 조정 대신들은 오로지 임경업이 와서 구해주기만을 기다렸다. 조선에 장수가 많았지만, 소설에서는 임경업 외에는 호국의 침략에 대응하여 조선을 지킬 장수가 없는 것으로 그리고 있다. 그만큼 임경업은 무비를 철저히 하여 외적에 맞서 종묘사직을 지킬 유일한 장수로 형상화된 것이다.

둘째로, 볼모로 잡혀간 세자와 대군을 환국하게 한 임경업의 공로는 무비보다 더 큰 공으로 인식된다. 〈임경업전〉에는 병자호란의 참상이 다른 어떤 소설보다 구체적으로 묘사되었다. 작가는 특히 강화도에서 왕대비와 왕자 삼형제가 사로잡히고, 남한산성으로 피란한 인조가 항복한 사건을 구체적으로 서술하고 있다. 그중에서도 가장 집중적으로 묘사된 것은 소현세자와 봉림대군이 호장들에게 끌려가기 전에 대비, 중전, 임금과 이별하는 장면이다. 작가는 석 장에 걸쳐 세자와 대군이 볼모로 호국에 잡혀가는 장면을 자세하게 서술했다. 특히 임금과 대비, 중전, 세자와 대군의 육성을 직접 전하며 극심한 슬픔과 고통스러움을 묘사했다. 상대적으로 민초들의 참상, 고난에 대한 서술은 간략한 편이다. 임경업이 평생 사명으로 삼은 것은 호국에 볼모로 잡혀간 소현세자와 봉림대군의 환송이었다. 호국 군사들에게 끌려가던 세자와 대군이 의주를 지키던 임경업과 잠시 만나 대화한 장면을 보면 다음과 같다.

"신이 이 일을 알았으면 어찌 일이 이렇게 되도록 보고만 있었겠습니까? 신의 몸이 만 번 죽어도 아깝지 않으니 전하께서는 슬픔을 참으시고 행차하소서. 뒷날 신이 힘을 다하여 호국을 멸하고 전하를 모셔 오겠습니다."

세자와 대군이 말하기를, "우리 목숨이 장군에게 달렸으니 병자년 원수를 갚고, 오늘 말을 잊지 말라."

경업이 말하기를, "신이 비록 재주가 없으나 명대로 하겠습니다."

위 인용문에서 경업은 두 왕자에게 자신의 목숨을 걸고 호국을 멸하고 세자·대군이 환국할 수 있도록 돕겠다고 약속한다. 두 왕자는 경업에게 자신들의 목숨이 달려 있다며 환국할 수 있도록 도와 달라고 간곡히 당부했다. 뒤에 경업은 이 약속을 지켰다. 작가는 우리가 일반적으로 생각하는 것 이상으로 세자와 대군이 볼모로 잡혀간 사실과 그 고통스러움에 대해 정서적인 면에서 묘사했고, 그 일이 종묘사직의 보전에 심각한 위협을 주는 사건임을 지속적으로 보여주거나 암시했다.

뒤에 경업은 피섬을 지키던 명의 황자명 장군과 내통한 혐의로 호국으로 끌려가다가 조선으로 탈출했다. 한동안 숨어 지내던 경업이 승려 독보와 선원들을 속여 배를 얻어 타고 강제로 배를 남경으로 돌리게 한 것은, 그렇게 하지 않으면 호국을 공격하여 세자와 대군을 구출할 기회가 없다고 보았기 때문이다. 뒤에 독보의 배신과 간계로 말미암아 경업은 호병들에게 붙잡혔으나, 그는 호왕 앞에서 "무도한 오랑캐 놈"이라고 꾸짖고 목숨을 구걸하지 않았다. 경업의 강직함에 탄복한 호왕은 손수 맨 것을 끌러 손을 이끌어 자리에 앉히고, "장군이 내게는 역신이지만 조선에는 충신이구나. 내 어찌 충절을 해치리오. 장군의 소원대로 하리라. 즉시 세자와 대군을 놓아 보내라."라고 명했다.

이리하여 별궁에 갇혀 있던 소현세자와 봉림대군은 조선으로 돌아갈 수 있었고, 마침내 조선의 종묘사직에 밀어닥쳤던 위기는 해소되었다. 물론 이것은 실제 사실과는 거리가 먼 내용이지만, 아무튼 이로 말미암아 경업은 세자와 대군의 구출에 결정적 공을 세운 인물이 되었다. 세자, 대군의 무사 송환을 그의 과업으로 여겼던 임경업은 마침내 임무를 완수했고, 결과적으로 종묘사직을 보전한 영웅이 되었다. 이러한 형상화 과정을 통해 임경업은 만고충신이요 국가적 영웅으로 승화되었다.

—

비극적 결말과 김자점이라는 악인

—

실제 역사에서 제대로 활약하지도 큰 공을 세우지도 못했던 임경업은 소설 〈임경업전〉에서 조선과 명을 위해 대단한 활약을 하고 공을 세운 장수로, 노 호국의 위협 앞에서 명에 대한 의리를 지키고 종묘사직을 보전한 장수로 다시 태어났다. 하지만 임경업의 역사적 사명은 거기까지였다. 호왕의 호의 덕분에 본국으로 돌아올 수 있었던 경업은, 김자점의 간계 때문에 누명을 쓰고 갑자기 허망하게 죽고 말았다.

그런 까닭에 김자점은 시대의 공적이 되었고, 독자들은 김자점에 대한 공분을 표출하게 되었다. 김자점은 다음과 같은 일련의 행동과 이유로 서사 세계에서 용서할 수 없는 악인으로 낙인찍혔다.

첫째, 그는 권력 지향적 인물로, 그 목적이나 구체적인 지향은 명확히 나타나 있지 않으나 조정 곳곳에 자신의 무리를 심어놓고 처음부터 나랏일을 마음대로 처리하려고 했다.

둘째, 그는 호국에 대한 대처와 방비를 제대로 하지 못한 무능한 인물이다. 그는 호국이 조선을 침략했을 때 고위직에 있었으나, 무사안일하고 무능해서 결국 병자호란 패배의 빌미를 제공했다.

셋째, 그는 임경업을 모해하고 간계를 부려 억울하게 죽게 했다. 그는 임경업을 '황명을 거역하고 도망하여 남경에 들어가 조선을 치고자 한 반역자'라고 누명을 씌워 임금에게 고발했다. 임금이 이를 받아들이지 않았음에도 불구하고 그는 자신의 동류(同流)들로 하여금 임경업에게 역적의 죄목을 씌워 국경에서 잡아 오게 했다. 그리고 한양에 도착한 경업을 감옥에 잡아 가두고, 풀어주라는 임금의 지시를 거역하고 무사들로 하여금 무수히 난타하여 감옥에서 죽게 했다. 이 일은 김자점이 악인으로 낙인찍힌 가장 결정적 사건이었다. 조선을 구한 충신을 이렇게 죽였으니, 이런 악인이 없다.

물론 작품 속 임경업의 죽음과 김자점의 관계는 실제 역사와는 차이가 있다. 실제 역사에서 1646년 6월 임경업은 죄인이 되어 조선 사신 이경석에 의해 본국으로 송환되었으며, 18일 서울에 도착하여 인조의 친국을 받았다. 조정에서는 임경업을 심기원의 옥사에 관련시키려 했다. 임경업은 심기원으로부터 은 700냥과 승복 및 도움을 받은 것은 시인했지만, 역모 가담은 강하게 부인했다. 그러나 임경업이 달아날 당시 형조판서로 있다가 그 사건으로 파직된 원두표와, 임경업과 지난날 가장 가까웠던 김자점이 그의 처형을 주장했다. 김자점은 임경업이 평안 병사(兵使) 겸 의주 부윤으로 있을 때 도원수로서 서북면의 방어에 전 책임을 졌고, 이후에도 경업을 옹호했던 인물이다. 그런데 임경업을 죽여야 된다고 주장한 것은, 경업에게 죄를 덮어씌워 자기를 지키기 위함이었다. 결국 1646년 6월 20일, 임경업은 심기원 사건에 연루되었고, 또 자기 나라를 배반하고 남의 나라에 들어가서 국법을 어겼다는 죄를 뒤집어쓴 채 형리의 모진 매를 이기지 못해 숨지고 말았다. 그의 나이 53세였으며, 그는 고향인 충주의 달천에 묻혔다.

소설(경판 27장본)에서는 그 뒤 김자점의 죄가 모두 밝혀져 참혹하게 죽임을 당하고, 그의 삼족(三族)까지 능지처참 되었다. 임금은 임경업의 자손들에게 상을 내리려 했지만, 그들은 공명에 뜻이 없어 이를 거부하고 농업에 힘써 세상을 잊었다고 했다. 세책본인 동양문고본에서는 임경업의 세 아들 가운데 두 아들이 높은 벼슬을 하고 부귀를 누리는 결말로 끝맺고 있다.

조선에서는 1680년대 이래 국가 차원에서 대대적인 정표(旌表, 착한 행실을 세상에 드러내어 널리 알림) 사업을 전개하거나, 임경업이나 김응하와 같이 명나라 중심의 질서를 지키기 위해 목숨을 바친 인물들의 전기를 편찬했다. 이는 이미 멸망했지만 임진왜란 때 조선을 위해 군사를 파병한 명에 대한 의리를 더욱 강조하고 내면화하기 위한 작업 가운데 하나였다. 소설 〈임경업전〉의 작가는 이러한 17세기 말의 시대 의식을 공유하며 임경업을 만고충신으로 재탄생시켰다.

임경업의 삶과 그 의미

〈임경업전〉은 1700년을 전후한 시기에 대단한 인기를 누렸다. 〈임경업전〉 때문에 살인 사건이 일어나기도 했다. 조선 후기에는 소설 낭독을 전문적으로 하던 '전기수'라는 직업이 있었는데, 한 전기수가 서울의 어느 담뱃가게 앞에서 〈임경업전〉을 낭독할 때였다. 김자점이 임경업에게 없는 죄를 씌워 죽이는 대목에 이르렀을 때, 한 사람이 흥분해서 담배 써는 큰 칼로 "네가 자점이더냐?" 하며 낭독자를 죽인 일이 일어났다. 일명 '담뱃가게 살인 사건'이라고 부르는 사건이다. 그만큼 〈임경업전〉은 당시 사람들에게 강한 인상을 주었을 뿐 아니라 많은 영향력을 끼쳤던 작품이다. 작가의 시선이나 작품 내용을 보면, 임경업은 '민중적 영웅'이라기보다는 '충신'이나 '애국지사'에 가깝다. 엄밀히 말하면, 임경업은 그의 삶이나 행적으로 볼 때 '민중적 영웅'이라고 하기는 힘들다. 오히려 국가적 명분이나 '숭명반청'이라는 시대적 이데올로기를 구현했던 인물에 가깝다. 하지만 소설 작가나 독자들은 임경업이 정부에 제대로 대접받지 못하고 허망한 죽음을 당한 데 대한 안타까움을 느꼈다. 조선 정부나 사대부들, 그리고 임경업에게 역적의 누명을 씌운 김자점을 허구로나마 응징하려 한 것이 결말의 의미가 아닐까 한다.

〈임경업전〉은 사실에 허구를 더한 스토리텔링이다. 작품을 읽으면서 충신 임경업의 삶과 지향점, 병자호란에 대해 조선 사람들이 지녔던 한과 열망을 느끼고 생각해 볼 수 있다면 좋겠다. 임경업이 추구했던 충신의 삶은 오늘날 '애국'이라는 가치로 대체할 수 있을까? 국가적 임무를 수행하기 위해 자신의 개인적 성취와 가정을 희생하는 것은 어떤 의미가 있을까? 자신의 개인적 성취, 사랑과 효, 가족의 행복, 국가적 임무 사이에서 고민했을 임경업의 삶에 대해 한 번쯤 생각해 보자.

- 권혁래

참고 문헌

권혁래 글, 이정빈 그림, 《임경업전 – 적병들의 머리가 가을바람에 낙엽 날리듯 떨어지니》, 휴머니스트, 2015.

이복규 옮김, 《임장군전》, 지식을만드는지식, 2009.

이윤석·김경숙 교주, 《홍길동전·임장군전·정을선전·이대봉전》, 경인문화사, 2007.

권혁래, 〈〈임경업전〉의 주인공 형상과 이데올로기〉, 《고소설연구》 35, 한국고소설학회, 2013.

박경남, 〈임경업 영웅상의 실체와 그 의미〉, 《고전문학연구》 23, 한국고전문학회, 2003.

서대석, 〈〈임경업전〉 연구〉, 《고전소설연구》, 국어국문학회, 1979.

서혜은, 〈경판 〈임장군전〉이 대중화 양상과 그 의미〉, 《고소설연구》 27, 한국고소설학회, 2009.

이복규, 《임경업전 연구》, 집문당, 1993.

이윤석, 〈〈임경업전〉 연구〉, 연세대학교 박사학위논문, 1984.

四
임진왜란의 기억과 소설적 상상력

〈임진록〉에 대한 당대의 평가

〈임진록〉은 '임진왜란'이라는 역사적 사실을 소재로 한 작품이다. 임진왜란을 전후하여 이루어진 설화가 여러 담당층을 거쳐 전승되다가 후일 소설로 정착된 것으로 보인다. 전쟁 당사자인 일본에 대한 분노를 담고 있는 내용이라 일제강점기에는 금서로 지목받아 불태워지는 수난을 겪기도 했다. 하지만 그 때문에 가치가 더욱 높아지고 은밀히 전파되어, 현전하는 이본이 100종이 넘는다.

많은 이본 가운데 한국학중앙연구원 도서관에 소장된 한문본 〈임진록〉 서문에는 이 작품과 관련된 많은 정보가 담겨 있어 흥미롭다. 그 번역문 전문을 들어본다.

민간에 널리 전하고 있는 〈소대성전〉, 〈조웅전〉, 〈홍길동전〉, 〈전우치전〉 따위는 오로지 한 사람의 영웅적 인물의 어려운 사적을 기록한 것으로, 언문을 알 뿐인 어리석은 사람을 만족시킬 뿐이어서 혹 기이하거나 혹 허탄하여 등불을 돋워가며 읽는 한마디 말에 지나지 않는다. 반면에 〈임진록〉은 신종 황제가 우리나라를 돌봐준 은혜와 선조 대왕이 나라를 다시 일으켜 세운 일들이 모두 이야기 속에 들어 있으니, 이 책은 참으로 우리나라의 보배스러운 역사다. 죽사 주인이 역사책을 꽤 좋아하여 〈수호지(水滸誌)〉, 〈서한연의(西漢演義)〉, 〈삼국지〉, 〈서상기(西廂記)〉 등 완상하지 않은 것이 없었는데, 언문책 중 볼만한 글이 있으면 비록 규방에 비장되어 빌릴 수 없는 것이라도 연고에 따라 빌려다 한번 읽고 난 후에야 만족하곤 했으니, 조석이 그의 호를 '죽하지사'라 하였음은 옳다고 하겠다. 이제 책을 읽는 겨를에 임진년 이래 8년간의 사실을 살피고자 널리 읽혀지는 한글본(〈임진록〉)을 구하여 순서대로 읽어가며 정신을 쏟았더니, 높은 인기가 종종 촉한 시절의 여러 장수 때문임을 알았다. 그래 그 사적을 사랑하여 〈임진록〉을 번역하여 한문본 한 권으로 만들었다. 여러 영웅의 일들을 여러 집안에 전하는 간추린 족보와 별로 어긋남이 없게 했으니, 혹 이 책을 보는 이들은 장단을 쳐가며 그 사실 여부를 나타낼 것이다. 이 책은 앞서 초들었던 〈소대성전〉, 〈조웅전〉, 〈홍길동전〉, 〈전우치전〉 따위의 여러 책과는 함께 논할 것이 아니다. 내게 사실을 쓰라고 청하기로 변변찮은 글임을 꺼리지 않고, 선유들이 썼던 서문의 예를 본받아 책머리에 싣는다.

광서 2년 병자년(1876) 겨울 하순에 상당부원군(한명회)의 후학 율산이 서문을 씀.

글의 끝부분 내용으로 보아, 이 서문은 1876년 한명회의 후학인 율산이라는 사람이 쓴 글이다. 이 글에서 주목할 점은, 〈임진록〉이 한 사람의 일대기를 중심으로 한 소설이 아니라 역사로 인식되고 있다는 점, 명나라 황제의 도움과 선조에 의해 임진왜란이 극복된 일이 이야기 속에 들어 있다는 점, 한글본 〈임진록〉이 당대에 널리 읽혔으며 한글본을 한문으로 번역했다는 점, 그리고 여러 영웅의 일들을 사실에 입각하여 서술했다는 점 등이다.

〈임진록〉에 대한 본격적인 연구가 이루어지기 이전에 쓰인 평가이지만 〈임진록〉의 장르적 성격, 이본, 내용, 주제 의식 등에서 많은 것을 시사하고 있다. 이를 토대로 〈임진록〉에 대해 좀 더 자세히 살펴보자.

—
〈임진록〉의 이본과 형성
—

〈임진록〉은 다른 고전소설처럼 특정 인물의 생애를 중심으로 전개되는 구성을 취하지 않고, 임진왜란이라는 역사적 사건을 뼈대로 하면서 임진왜란 때 활약했던 많은 인물의 활약상을 파노라마처럼 전개하고 있다. 여러 인물이 등장하지만 인물과 인물 간의 관련성은 적다. 게다가 인물의 활약상에 허구적인 내용이 많기도 해서 설화적 측면이 돋보인다. 이로 인해 근원 설화의 소설화 과정에 주안점을 두는 학자들은 〈임진록〉을 '전설의 종합'으로 되어 있다고 보아 '설화'라고 했고, 짜임새를 중시하는 학자들은 전설이 일정한 질서대로 구성되어 있다고 보아 '소설'이라고 했다. 설화냐 소설이냐의 논란은 1970년대를 지나면서 '소설'이라는 쪽으로 판가름이 났다.

〈임진록〉의 이본은 표기 문자에 따라 한문본과 한글본이 있으며, 전승 방식에 따라 필사본, 방각본, 활자본 등으로 나뉜다. 주종을 이루는 것은 한글 필사본이다. 표기와 전승 방식에 따라 〈임진록〉의 이본을 나누는 것은 비교적 단순하지만, 내용에 따라서 나누는 것은 좀 복잡하다. 작품의 내용이 역사적 사실에 충실한 것과 허구적 성격이 강한 것, 그리고 역사적 사실과 허구적 내용을 결합한 것 등 다채롭게 나타나기 때문이다.

이런 까닭에 〈임진록〉은 소설의 이본을 분류하는 일반적인 방법과 달리, 비슷한 내용의 이본들을 묶어 '이본군'으로 분류하기도 한다. 세 가지 핵심 이본군은 '역사 계열', '최일영 계열', '관운장 계열'이다. 이들은 임진왜란을 제재로 삼고 있으며, 몇 가지 공통된 화소를 가지고 있다. 하지만 거의 별개 작품이라 볼 수 있을 만큼 내용적인 차이가 크다.

'역사 계열'은 임진왜란과 관련된 역사적 사실을 중심으로 전개되는 이본군이다. 국립중앙도서관에 소장되어 있는 한문본이 역사 계열의 대표적인 이본이다. 역사 계열에서 변이된 이본도 있는데, 경판본이 그것이다. 이는 역사 계열을 바탕으로 하면서, 이순신 이야기와 임진왜란 관련 문헌 기록 등이 복합적으로 결합된 이본이다. 〈임진록〉 이본 가운데 주석 및 현대어역이 가장 많이 이루어져 있다.

'최일영 계열'은 가공의 인물 최일영을 주인공으로 설정하여 그의 출생과 성장 및 출세 과정을 임진왜란과 관련된 다양한 화소와 엮은 이본군이다. 최일영을 중심으로 실존 인물의 행적이나 관련 설화 등이 전개되는 것이 특징이다. 최일영 계열은 〈임진록〉 이본 가운데 가장 많다. 허구적 인물인 최일영의 일대기를 바탕으로 임진왜란의 과정을 재구성하다 보니 허구화의 폭이 매우 크다. 국립중앙도서관 소장 한글본이 대표적인 이본이다.

'관운장 계열'은 관운장이 선조의 꿈에 나타나 왜승(일본 승려)을 잡아 죽이라고 지시하는 이야기로 시작되는 이본군이다. 역사적 사건과 허구적 서사의 안배, 이본군 내에서 한문본의 비중이 크다는 점 등으로 볼 때 최일영 계열보다 역사 계열과의 친연성이 크다.

〈임진록〉은 언제 어떻게 형성되었는지, 작가가 누구인지 확실치 않다. 많은 이본이 내용상 큰 차이를 보이는 데다, 전승 과정에서 삽화를 수용하기도 하고 각종 설화가 끼어들기도 했기 때문이다. 다만, 이본군 가운데 역사 계열의 한문본이 가장 이른 시기에 형성되었다는 데는 이론이 없다. 따라서 〈임진록〉의 형성 시기는 역사 계열 한문본을 중심으로 살펴보는 것이 합리적이다.

〈임진록〉의 형성 시기는 '임진왜란 직후인 17세기', '17세기 중후반' 또는 '18세기 중반에서 19세기 초'로 추정된다. 18세기 중반에서 19세기 초로 추정하는 의견은 '임병양란 이후'라는 막연한 시기에서 좀 더 구체적으로 시기를 설정한 결과이다. 역사 계열은 임진왜란의 야사 기록물들을 토대로 하여 문헌 설화와 같은 성격의 허구적인 이야기들을 삽입하고 있다. 이를 바탕으로, 역사 계열과 비슷한 체제의 야사 기록물인 민순지의 《임진록》(6권 6책, 1738)이나 이긍익의 《연려실기술(燃藜室記述)》이 저술되고 나서 본격적으로 문헌 설화집들이 출현하기 시작한 18세기 중엽 이후에 형성되었을 것으로 본 것이다. 그러나 이 주장은 한문본 〈임진록〉 형성에 영향을 준 것으로 추정되는 문헌 가운데 직접적인 영향 관계를 따질 만한 기록이 없다는 것이 문제점으로 제기되었다.

이와 달리 역사 계열 한문본이 임진왜란 직후인 17세기 초에 형성된 것으로 보는 의견도 있다. 그 근거는 일본인과 도요토미 히데요시에 대한 적개심이 강하지 않은 점, 중화사상이 두드러진 점, 김덕령에 대한 진혼

의식이 두드러지지 않은 점, 천명론과 조선 문신에 대한 긍정적 평가 및 무장에 대한 부정적 평가가 있는 점 등이다. 이러한 점을 들어 작품의 형성 시기를 임진왜란 직후, 명나라 멸망 이전에 조·일 교섭이 이루어지던 때로 추정한 것이다. 이 주장은 그 근거가 충분한 설득력을 확보하지 못했다는 것이 약점으로 지적되었다.

이러한 논의에서 한 걸음 더 나아가 17세기 중후반에 형성되었을 것이라는 주장이 제기되었다. 역사 계열 한문본에는 의주로 피란 갔던 선조 일행이 서울로 돌아오는 길에 황해도 해주에 머물렀는데, 그 부분에 '인조의 탄생 이야기'가 삽입되어 있다. 인조 탄생 이야기가 훗날 덧붙여졌을 가능성도 있지만, 그렇지 않다면 〈임진록〉 한문본은 효종 즉위년인 1649년 이후 창작된 것으로 추정할 수 있다는 것이다. 작품 내용이 전반적으로 명나라의 '재조지은(再造之恩, 거의 망하게 된 것을 구원하여 도와준 은혜)'을 강조하는 숭명 의식이 강하고, 선조에서 인조로 이어지는 정통성이 강조되었기 때문이다. 즉 재구성된 임진왜란의 역사를 통해 인조의 병자호란 치욕을 조금이나마 씻고, 병자호란 전후의 대응에 대한 의문이나 불만을 불식하며, 인조반정 이후 국왕의 정통성을 옹호하고자 하는 의도가 깔렸을 가능성이 높다는 말이다. 전란 복구 작업 이후 '북벌론'이 제기되고, 이른바 '조선 중화주의'가 기세를 떨치는 17세기 중후반으로 추정한다는 것이다.

역사 계열의 형성 시기 문제가 쟁점으로 남더라도, 최일영 계열과 관운장 계열이 역사 계열보다 늦은 18세기 중후반에 형성되었다는 추정에는 대체로 동의하고 있다.

〈임진록〉의 내용과 주제 의식

〈임진록〉 연구 초창기에는 국문학 연구가 민족 수난을 극복하기 위한 방편으로 인식되었고, 〈임진록〉은 민족적 감정의 차원에서 주목받았다. 그래서 '정신적 승리의 문학'이라거나 '복수 문학'이라고 하며, 민족적 울분을 잘 대변한 작품이라는 평가를 받았다. 민족의 역량을 확인하고 전란을 승리로 이끄는 정신을 찾아내는 데 주력했기 때문이었다. 앞서 인용한 서문에서 '신종 황제가 우리나라를 돌봐준 은혜와 선조 대왕이 나라를 다시 일으켜 세운 일들이 모두 이야기 속에 들어 있으니'라고 했는데, 그럼에도 불구하고 '명나라 황제의 은혜와 선조의 노력에 의해 임진왜란이 극복되었다'는 주제 의식은 부각되지 않은 셈이다.

그러나 〈임진록〉의 다양한 이본을 연구한 결과, 이본마다 내용과 성격이 다르다는 사실이 드러났다. 이에 따라 주제 의식이 다양하다는 점도 분명해졌다. 물론 일본에 대한 적개심과 승리 및 보복 의지, 위정자들의 무능과 지배 집단의 모순에 대한 비판, 그리고 이민족에 대한 우월 의식 등은 공통적으로 드러나지만, 좀 더 세밀하게 들여다보면 그 이상의 의미들도 읽어낼 수 있다.

우리에게 많이 알려진 〈임진록〉 이본은 경판본과 국립중앙도서관 소장 한글본이다. 역사 계열을 대표하는 이본과 최일영 계열을 대표하는 이본이다. 두 이본은 많은 연구자가 연구 대상 자료로 활용하기도 하고, 중등 교과서에 소개되기도 했다. 이 두 작품을 비교해 읽음으로써 〈임진록〉이 갖고 있는 공통의 주제와 함께 또 다른 주제를 찾을 수 있다.

역사적 사실을 바탕으로 한 경판본 〈임진록〉

경판본은 3권으로 구성되어 있다. 역사적 사실에 바탕을 두고는 있으나, 비현실적인 장면이나 허구적인 내용이 많아 '역사 계열 변이형'으로 분류되기도 한다.

경판본의 내용을 보면, 일본국의 유래와 수길의 탄생 이야기를 시작으로 해서 임진왜란의 발발과 파죽지세로 북진하는 왜군, 왜군의 기세에 눌려 제대로 대응하지 못하고 패전을 거듭하는 조선 장수들의 모습이 그려진다. 급기야 선조가 피란을 떠나고, 명나라에 구원을 요청하여 이여송이 출전하고, 의병장들의 육지전에서의 활약과 이순신의 해전 활약으로 전쟁이 끝난다. 이 내용이 2권까지에 해당되는데, 사실상 작품의 본모습일 것으로 추정된다.

3권은 내용이 다소 이질적이다. 느닷없이 최일경이 등장하는데, 이는 방각본 제작 과정에서 추가로 들어간 것으로 보인다. 방각본은 독자들을 의식하고 제작되었기에 자연스럽게 분량이 확대되었을 것이다. 예를 들면, 이순신의 어린 시절 이야기부터 정읍 현감 재직 때의 일화, 논개와 김덕령과 강홍립의 활약상 등이 삽입되었다. 특히 비역사 계열에서 흔히 볼 수 있는 강홍립·김응서의 정왜담(征倭談, 일본을 정벌한 이야기)과 사명당의 정왜담이 삽입된 것은 이러한 추정을 뒷받침하는 요소이다. 역사 계열로 분류되는 국립중앙도서관 한문본이 이순신의 전사에서 끝나는 것으로 미루어 보아도 그러한 추정이 가능하다. 결국 경판본은 1, 2권의 내용을 바탕으로 하고, 다른 이본에서 독자들에게 흥미를 끌었던 내용을 3권에 합성한 것으로 보인다.

1, 2권을 중심 내용으로 볼 때, 경판본은 역사적 사실을 바탕으로 왜군의 활약상과 조선 장수들의 대응 양상을 다양하게 보여줌으로써 임진왜

란의 전 과정을 간략하게 담아내려는 의도로 서술된 것으로 볼 수 있다. 그런데 일본 정벌담 이전까지의 사건 전개는 대체로 역사적 사실에 기인하지만, 사실과 완전히 부합하는 것은 아니다. 어디까지나 임진왜란을 바탕으로 작가의 상상력이 동원된 소설적 구성을 취하고 있기 때문에, 비현실적인 사건 전개가 두루 드러난다. 이 과정에서 왜에 대한 적개심과 승리 및 보복 의지, 위정자들의 무능과 지배 집단의 모순에 대한 비판, 그리고 이민족에 대한 민족적 우월 의식 등이 표출되기도 한다.

역사 계열 작품은 작품의 시작을 일본의 유래와 수길의 탄생 과정으로 하고 있다는 점이 특징이다. 그리고 수길을 일본인이 아닌 중국인 박수평의 아들로 설정한 점 또한 특이하다. 이에 대해서는 '왜에 대한 폄하 현상'이라는 평가가 있다. 왜왕을 서불(徐市)의 후손으로 설정한 것은 진시황을 속이고 왜국에 들어가 나라를 세웠다는 의미가 내재해 있기 때문에, 결국 왜인들은 진시황을 배반한 자의 후손이 됨으로써 폄하가 된다는 것이다. 수길이 중국인 박세평의 아들로 설정된 것은, 박세평의 부인이 수길을 임신한 상태에서 왜에 잡혀 평신의 아내가 되었고 그 이후에 수길을 낳았으니, 왜의 야만성과 함께 자신의 핏줄도 모르는 수길에 대한 멸시감 때문이라고 했다. 우리 민족의 우월 의식이 바탕이 된 것으로 보는 것이다. 다른 한편으로는 평소 오랑캐라 여기며 멸시하던 일본의 침략에 속수무책이었던 당시 조선인의 상처 받은 자존심을 조금이나마 회복하고자 수길을 중국인으로 설정했을 것으로 보기도 한다. 왜장에게 제대로 한번 대항해 보지도 못하고 전쟁 초기에 조선 조정이 피란을 가는 상황에 이르렀으니, 이런 상황은 신이한 능력을 가진 영웅만이 만들 수 있을 것이라 생각한 것이다. 그래야 그 치욕이 그나마 반감될 테니까.

전쟁 초기에 일본 장수의 능력이 부각되고 상대적으로 조선 장수는 무능력하게 그려진 것도 같은 맥락에서 볼 수 있다. 중화의 혈통을 가진 영웅, 그의 부하 장수들의 활약으로 인해 조선이 맥을 못 춘 것으로 설정하는 것이 조금은 자존심이 덜 상하는 일이다.

육지에서 왜적에 대항하는 조선의 장수는 한결같이 패배를 거듭한다. 그 이면에는 무능력하게 대응하는 조선 위정자들과 장수들에 대한 비판이 담겨 있다. 조선의 힘만으로 왜적을 감당할 수 없는 상황이 되자 결국 명나라에 구원병을 요청하고, 우여곡절 끝에 이여송이 출전하여 전세를 바꾸어놓는다. 이여송으로 대표되는 명나라 군대는 조선의 위기를 극복할 희망이었다. 그러나 기대와는 달리 이여송은 소극적인 태도로 일관하고, 왜적을 물리치는 데 결정적인 활약을 보여주지 못하고 돌아간다. 더군다나 조선의 왕에게 오만방자한 태도까지 보여 부정적으로 서술되었다. 분노의 대상을 침략 당사자인 일본뿐만 아니라 명나라와 당대 지배층으로 확대한 것이다.

조정이나 명나라가 우리를 지켜내지 못했지만 신적 존재의 도움이 있었음을 은연중 드러내고 있다. 이일과 이원익이 왜장 종일에게 패하여 위기에 처했을 때 공중에 한 도사가 나타나 도술로 도와준 이야기, 이순신이 자고 있을 때 꿈에 신인이 나타나 왜적의 내침을 알려주어 이순신이 대비하고 있다가 물리친 이야기, 조호익이 산상(山上) 이인의 지시로 왜적을 찾아 승리한 이야기, 관운장이 도성에 현신하여 왜적들을 엄살하고 도성을 찾은 이야기 등이 그것이다. 우리 민족이 신의 도움을 받을 수 있다는 민족적 선민의식을 드러낸 것이다.

설화적 성격이 강한 한글 필사본 〈임진녹〉

국립중앙도서관에 소장되어 있는 한글본 〈임진녹〉은 역사적 사실보다 설화적 성격이 강한 최일영 계열의 대표적 이본이다.

이 작품은 최일영의 탄생으로 이야기가 시작된다. 특정한 인물의 출생으로 사건이 전개되는 것은 일반적인 고소설의 서사 문법을 따른 것이다. 가공인물 최일영이 사건을 주도해 나가기 때문에, 역사상 실존했던 인물이 갖는 한계를 뛰어넘는 구성과 표현이 두드러진다. 그만큼 흥미롭게 이야기가 전개되기도 한다.

최일영의 출생과 입신에 이어 최일영이 선조의 꿈을 임진왜란의 징조로 해석하는 이야기가 나온다. 최일영은 이 일로 왕에게 노여움을 사 삭탈관직당해 동래로 유배를 간다. 그 뒤 여느 이본처럼 임진왜란이 발발하고 조선에 상륙한 왜적이 파죽지세로 도성으로 치고 올라온다. 서술자는 속수무책으로 당하는 조선의 현실을 슬퍼한 후에 여러 장수를 등장시켜 전란을 극복하는 과정을 보여준다.

여러 장수 가운데 이순신이 가장 먼저 등장한다. 그런데 이순신의 활약 장면이 많지 않을 뿐 아니라, 전쟁 초기에 전사하는 것으로 설정하고 있다. 이순신의 행적이 정리된 것은 이순신이 죽고 나서 200년이나 지나서이다. 1795년에 《이충무공전서》를 편찬할 때 조카 이분(1566~1619)에 의해서 행록이 기록된 것이다. 이후의 이순신 행적은 거의 모두 이 행록에서 나온 것으로 볼 수 있다. 〈임진록〉 이본 가운데 이 작품이 이순신에 대한 내용이 가장 간략한데, 이는 이순신의 행적이 정리되기 전에 지어진 것이기 때문일 것으로 보인다.

이순신에 이어 신길원, 강홍립, 정충남, 김응서, 김덕령, 이여송, 사명당이 등장해 활약을 펼친다. 실존 인물의 활약상이지만, 허구적 장면 구성과 표현이 흥미롭다. 이순신이 마홍에게 죽고, 마홍이 강홍립에게 죽고, 청동이 정충남에게 죽고, 정충남이 청정에게 죽고, 청정이 이여송에게 죽는 등 허구적으로 설정한 전투 장면이 흥미롭게 전개된다. 특히 이여송은 조선의 장수 김응서·강홍립과 명나라 장수 한태익·백설남·남태경 등을 거느리고 출전하면서 영웅적 면모를 드러낸다.

그런데 이여송의 영웅적 활약에 못지않게 눈길을 끄는 것이 그에 대한 부정적 형상이다. 이여송은 구원병을 이끌고 조선에 올 때 갖은 핑계를 대면서 머뭇거린다. 즉 구원병을 이끌고 압록강을 건너면서는 강물이 넘쳐 건너지 못한다며 회군하려 하고, 용국을 먹고 싶다고 떼를 쓰고, 조선 왕은 왕의 상(像)이 아니라며 오만방자하게 굴기도 한다. 그때마다 유성룡과 최일영이 기지를 발휘해 모두 응대해 주니 그제야 조선 장수와 명나라 장수를 거느리고 출전하여 활약을 펼친다. 이여송의 영웅적 활약은 기대에 못지않은 훌륭한 모습이다. 명나라 구원병에 대한 기대를 이여송의 활약을 통해 충족시킨 셈이다. 그런데 문제는 그 다음이다. 이여송은 왜장을 물리친 후에 조선 산천을 돌아다니며 지맥을 끊는 행위를 일삼는다. 급기야 태백산신의 질책을 듣고 본국으로 쫓겨 간다. 이여송을 이렇게 그린 것은 명에 대한 이중적 태도를 보여주는 것이다. 구원병으로 참전하여 조선을 위기에서 건진 은인의 나라라는 긍정적 시각이 있는가 하면, 전쟁 당시 명나라 군사의 횡포를 겪었던 조선인의 의식 속에 싹트고 있던 배명(排明) 의식, 곧 민중적 거부감이 드러나기도 한 것이다. 이여송이 지맥을 끊었다는 이야기는 임진왜란 이후 제기되었던 일부 계층의 명에 대한 반감과 서서히 싹트기 시작한 민족의식의 반영으로 보기도 한다.

이 작품에서는 선조에 대한 비판 의식도 두드러진다. 서두에서 선주는 꿈을 통해 임진왜란에 대한 예시를 받지만, 꿈의 의미를 이해하지 못하는 무능함을 보인다. 급기야 자신의 꿈을 전란의 징조로 해몽한 최일영을 유배 보내기까지 한다. 이여송이 왕의 상이 아니라고 하자 명나라 진 앞에

칠성단을 쌓고 단 위에 올라가 방성통곡하는 장면에 이르면 국왕의 면모는 전혀 찾아볼 수 없다. 최일영의 능력에 대비되는 선조의 무능은 가혹한 비판을 받기에 충분하다.

선조에 대한 비판이 가장 잘 드러나는 부분은 김덕령이 억울하게 죽는 장면이다. 선조가 김덕령을 역적으로 지목하여 죽이려 하나 아무리 매를 쳐도 죽지 않는다. 그러자 김덕령은 '효자 충신 김덕령'이라는 현판을 요구하고, 왕이 이를 들어줌으로써 김덕령은 스스로 다리의 비늘을 떼고 죽는다. 이를 보고 선조는 "진실로 충신이다."라고 한탄한다. 죄 없는 김덕령을 죽이려 하는 선조와 억울한 죽음을 거부하는 김덕령의 대립은 봉건사회에서 부당한 권력에 의해 희생된 민중들이 지닌 지배 계층에 대한 저항의지를 반영한 것으로 보기도 한다. 어쨌든 김덕령은 선조로부터 '효자충신'이라는 이름을 받음으로써 생전의 한을 풀지만, 선조는 충신과 효자를 죽인 패악한 군주가 되고 만 것이다. 스스로 자기모순에 빠짐으로써 무능력한 모습을 드러낸 셈이다. 설화적 성격이 강한 한글본 〈임진녹〉에서 보여준 국왕의 무능함에 대한 비판이나 이여송의 부정적 형상은 이 소설이 지배 계층은 물론 명나라에 대한 반감의 정서가 적지 않았음을 반영한 결과이다.

—

〈임진록〉의 소설적 상상

—

역사 계열과 최일영 계열에서 공통되는 이야기는 작품의 말미에 등장하는 '김응서와 강홍립의 일본 원정 이야기'와 '사명당에 의한 왜왕의 항복 이야기'이다. 앞에서도 언급했지만 경판본의 경우는 1, 2권이 주 내용이며, 제작 과정에서 3권의 내용이 첨부된 것으로 볼 수 있다. 그것도 최일영 계열의 해당 내용을 옮겨온 듯한 인상이 강하다. 그만큼 이야기가 흡사하다. 일본 정벌 이야기는 어쩌면 〈임진록〉이 말하고자 하는 주된 내용이 아닌가 싶다. 일본 정벌담은 꾸며낸 이야기로, 일본에 대한 적대감 또는 복수 의지의 표현이라는 숨은 뜻을 가지고 있다.

김응서와 강홍립은 실제 인물이다. 임진왜란 때 활약하지는 않았다. 명나라가 후금(후에 청나라)을 무찌르려고 조선에 군사를 요청했을 때 명나라에 원정을 간 장수들이다. 그러나 이들은 패배하여 오랑캐(후금)에게 항복을 한다. 강홍립은 나중에 조선을 공격하는 장수가 되어서 조선으로 오지만, 김응서는 포로로 잡혀 있으면서 몰래 오랑캐의 사정을 일기에다 써서 조선으로 보내려다가 들켜 죽고 만다. 〈임진록〉에서는 이 두 인물을 일본 원정에 참여한 장수로 설정했는데, 이는 두 인물에 대한 평가라는 의미도 지닌다. 역사적 사실이야 어찌 되었든 당시의 일반 민중은 강홍립에게는 오랑캐 나라에 항복한 의리 없는 인물이라는 부정적 평가를, 김응서에게는 항복한 후에도 오랑캐의 사정을 조선에 알린 의리 있는 인물이라는 긍정적 평가를 내렸다.

그 평가가 소설 속에 반영되었다. 일본 원정에 앞서 김응서에게는 잠시 머물렀다 바다를 건너라는 신의 계시가 내린다. 김응서를 긍정적으로 보았기 때문에 신이 도와준다는 식이다. 김응서는 일본에 가서는 왜왕이 제안한 화친을 거부하고, 배신한 강홍립을 죽이고 자신도 죽어 충절을 지킨다. 이에 반해 강홍립은 김응서의 요청을 무시하고 행군을 재촉했다가 일본의 복병을 만나 모든 군사를 죽게 한 무능력한 장수로 그려진다. 이에 그치지 않고 왜장을 보고 두려워하는 나약한 장수이자, 왜왕의 화친에 응하는 변절자의 모습도 보인다. 당연히 김응서에게 죽임을 당하고 말았다.

'사명당에 의한 왜왕의 항복 이야기'에 등장하는 사명당도 실존했던 인물이다. 사명당은 임진왜란이 일어나자 승려들을 중심으로 의병을 모집하여 왜적에 저항했으며, 왜장 가등청정(가토 기요마사)을 세 차례나 방문해 화해의 담판을 했다. 그리고 60세에는 임금의 편지를 가지고 일본으로 건너가 당시의 최고 권력자인 덕천가강(도쿠가와 이에야스)을 만나서 강화를 맺고 임진왜란 때 잡혀 온 포로 3000여 명을 데리고 귀국한다. 소설 속의 사명당은 결말부에 집중적으로 등장하는데, 그는 초인적인 능력을 발휘하거나 신의 도움으로 왜왕의 항복을 받아 오는 인물로 묘사되어 있다. 이 이야기는 〈임진록〉의 거의 모든 이본에 나온다. 사명당은 일본에 건너가 왜왕에게 항복을 받기 전에 몇 차례의 시험을 받는다. 사명당이 시험을 받는 내용은 이본에 따라 다르지만, 대개 일만 팔천 칸의 병풍에 쓴 시 외우기, 연못에서 유리(또는 구리) 방석 타기, 불에 달군 무쇠(또는 구리)방 안에서 견디기, 백목·비단 방석을 가려 앉기, 불에 달군 철(또는 구리, 무쇠)마 타기 등이다. 사명당은 왜왕의 이와 같은 시험을 초월적인 능력을 발휘하여 다 극복하고 나서 왜왕에게 항복을 받아낸다.

사명당이 왜왕에게 항복을 받아낸 이야기는 김응서와 강홍립의 일본원정 이야기와 마찬가지로 일본에 대한 적대감 또는 복수 의지를 표현한 것이다. 그렇지만 사명당의 행위는 더 강한 복수 의지를 표현한 것이다. 이것은 사명당의 능력을 더 높게 평가한 결과이기도 하다. 왜왕의 항복을 받아낸 이야기의 밑바탕에는 일본보다 조선이 우월하다는 우월 의식도 자리하고 있다.

〈임진록〉은 국가적 위기를 헤쳐 나가기 위해서는 먼저 무능한 지배층이 책임을 느껴야 하며, 그릇된 현실 인식을 바로잡아야 한다고 주장하고 있다. 국왕과 조정의 무능을 신랄하게 비판한 것은 당대 현실을 비판적으로 인식한 결과라고 할 수 있다. 그리고 정왜담을 통해 왜적을 향한 적개심을 표출함으로써 문학을 통한 정신적 복수도 드러내고 있다.

이렇게 〈임진록〉은 위정자들의 무능과 지배 집단의 모순을 비판하는가 하면, 명나라로 대표되는 이민족에 대해서 민족적 우월 의식을 드러내고 있고, 왜에 대해서는 적개심과 정신적 승리 및 보복 의지를 보여주고 있다. 민중적이고도 민족적인 문학의 면모를 보여주고 있으나, 여성을 비롯한 약자의 참상을 외면한 남성 영웅 중심의 이야기라는 비판을 받기도 한다.

– 장경남

참고 문헌

소재영·장경남 역주, 《임진록》(한국고전문학전집 4), 고려대학교 민족문화연구소, 1993.

장경남 글, 이경국·김성삼 그림, 《임진록 – 조선의 영웅들 천하에 당할 자 없으니》, 휴머니스트, 2014.

소재영, 《임병양란과 문학의식》, 한국연구원, 1980.

송하준, 《조선 후기 역사소설과 민족 정체성의 재구성》, 학자원, 2015.

임철호, 《임진록 연구》, 정읍사, 1986.

임철호, 《임진록 이본 연구》 1~4, 전주대학교 출판부, 1996.

정길수, 〈전쟁의 기억과 〈임진록〉 – 〈임진록〉 '역사 계열' 한문본을 중심으로〉, 《국문학연구》 29, 국문학회, 2014.

五

허구적 상상으로 극복한 병자호란의 치욕

여성 영웅 박씨 이야기의 등장

—

〈박씨전〉은 금강산에 살던 산골 처녀 박씨가 명문가 자제인 이시백과 결혼하여 일정 기간 준비를 거친 후 병자호란이라는 국가의 위기 상황을 당했을 때 자신이 지니고 있던 초인적 능력을 발휘하여 통쾌한 복수를 한다는 이야기이다.

주인공인 박씨가 허구적 인물이고, 오랑캐 장수인 용골대의 목을 베어 효시하는 등 역사적 사실과 어긋나는 부분이 있기는 하지만, 병자호란이라는 역사적 사건을 소재로 했기에 역사소설로 본다. 흥미로운 점은 인조, 이시백, 임경업, 김자점, 그리고 용골대 등 병자호란 때 활약했던 실제 인물과 박씨라는 가공의 여성 인물이 같이 등장하면서 실존 인물보다 허구의 인물에 초점이 맞춰져 있다는 것이다. 더구나 남성이 아닌 여성이 국가의 위기를 극복하는 주체로 등장하고 있어 더욱 흥미를 끈다.

지금 전하고 있는 〈박씨전〉은 한글 필사본과 활자본뿐이다. 한문본이나 방각본(필사본으로 전해 오던 것을 영리를 목적으로 민간의 출판업자가 출판한 책)이 전하지 않는데도 이본이 100종이 넘는다. 그만큼 인기가 있었다는 말이다. 그런데 왜 한문본이나 방각본이 존재하지 않을까? 그것은 〈박씨전〉의 형성 과정과 독자층에 대한 접근을 통해 알 수 있다.

〈박씨전〉의 형성 시기와 배경에 대해서는 두 가지 학설이 있다. 하나는 〈임진록〉, 〈임경업전〉 같은 여타의 역사군담소설과 더불어 임병양란 직후인 17세기 중엽에 출현했으리라는 견해이다. 또 다른 하나는 〈임경업전〉과의 연관성(〈박씨전〉 말미에 〈임경업전〉에 대한 언급이 나타난다.)을 염두에 둔 것으로, 〈임경업전〉이 1780년 이후에 형성되었고 〈박씨전〉은 방각본이 없는 점을 근거로 19세기 후반에 형성되었으리라는 견해이다.

〈임경업전〉은 사실에 기반을 두고 있으며, 병자호란 직후 전쟁의 참담한 후유증 속에서 영웅을 기다리는 욕구에 부응해 형성된 것으로 본다. 임경업의 이야기가 민간에 전승되다가 〈임경업전〉으로 형성되는 것은 17세기 후반 이전으로 추정하는 것이 타당하다. 〈박씨전〉 역시 병자호란의 위난을 극복하고 치욕을 설욕하는 데에 초점이 맞추어져 있는 것으로 볼 때, 병자호란의 상흔이 아물지 않았던 17세기 후반 이전에 형성되었을 듯하다.

〈박씨전〉 후반부에 있는 임경업 관련 이야기는 이미 존재하는 소설 〈임경업전〉의 줄거리에서 삽화를 차용한 흔적이 있으니, 〈박씨전〉이 〈임경업전〉의 영향 아래 이루어졌다고 할 수 있다. 〈박씨전〉이 한문본이나 방각본으로 출판되지 않은 이유는 '사대부 부녀자'라는 한정된 독자층을 중심으로 읽혔기 때문인 것으로 추정했다. 내용 면에서 여성 의식이 탁월하게 부각된 것도 향유층이 여성 중심이었다는 점을 뒷받침한다.

〈박씨전〉의 형성과 관련하여 또 하나 중요한 점은 내용이 전반부와 후 반부로 나뉘는 것이다. 아름다운 여인으로 탈바꿈하기 이전과 이후로 나 뉘는 것인데, 이것과 관련하여 작품의 구조적인 통일성 문제는 물론 생성 연원의 문제까지 제기되었다.

작품의 전반부에서 박씨는 신이한 능력을 드러낸다. 조복 짓기, 양마득 금(養馬得金, 말을 길러 재물을 얻음) 같은 삽화는 《삼국유사》 속 〈선도산 성 모 설화〉, 《삼국사기》 속 〈온달전〉 등과 유사하고, 아버지가 딸의 결혼 상 대자와 내기를 벌이는 모티프는 〈주몽신화〉, 〈제석본풀이〉 등에 그 연원 이 있다. 그리고 후반부는 여장군 등장 설화 가운데 어떤 설화를 바탕으 로 형성되었을 것으로 추정한다. 이렇게 〈박씨전〉은 문헌 설화와 구비 설 화를 바탕으로 형성된 것으로 추정하는 가운데, 대체로 30여 편에 이르는 설화가 거론되었다. 그런데 근원 설화 탐색은 작품 전체의 구조적 차원에 서가 아닌 지엽적인 삽화의 일치나 유사성에서 추정된 것이라는 점에서 문제가 있다. 근원 설화 문제는 작품의 유기적 구성과 관련해서 주제적 의미를 실현하는 데 어떻게 기여하고 있는가 하는 측면에서 다루어져야 할 것이라는 과제를 남겼다.

구성의 통일성 문제는 작품의 형성 과정을 언급하면서 일단락되었다. 즉 전반부는 전승되어 오던 설화를 바탕으로, 후반부는 역사적인 사건을 소재로 하여 이루어졌다고 하더라도, 작자는 이것을 분명히 하나의 유기 적인 작품으로 재구성했다는 것이다. 전반부에서 보여준 주인공의 모든 능력이 궁극적으로 후반부에 나타나는 주인공의 활약을 위한 준비의 성 격이므로 구조적인 완결성을 띤다. 전반부에서의 박씨의 언행이 후반부 에 등장하는 사건들의 복선이 되고 있는 것도 이를 뒷받침하고 있다. 박씨가 초당의 이름을 '피화당'이라고 짓고, 그 이유는 나중에 알게 될 것이라고 하는 것이 그 예이다. 이렇게 보면 〈박씨전〉은 나름대로 분명한 창작 의도하에 형성된 것임을 알 수 있다.

앞에서 말했던 것처럼 〈박씨전〉의 이본은 상당히 많다. 그에 못지않게 이 소설의 명칭 또한 '박씨전, 박부인전, 박씨부인전, 명월부인전, 정경충열명월부인 박씨전, 조선국충열부인 박씨전, 박씨부인언행장' 등과 같이 다양하다. 이 가운데 가장 많은 것은 '박씨전'이고, 원본에 가장 가까운 이본의 제명도 '박씨전'이다. 따라서 대표적인 명칭은 '박씨전'이라고 부르는 게 온당하다. 물론 특정한 이본을 언급하는 경우에는 원제목을 따르는 것이 마땅하다.

여러 이본 가운데 고려대학교 도서관에 소장된 필사본 〈박씨전〉을 가장 이른 시기에 나온 것으로 평가한다. 필사 연대도 가장 빠르고 보존 상태도 양호하기 때문에 이 작품을 원본에 가까운 우수한 이본으로 보는 것이다.

1910년대에는 활자본 〈박씨전〉이 많이 출판되었다. 내용을 들여다보면 당시에 개작한 작품들이 적지 않다. 그 가운데 특히 한성서관본(1915)은 사뭇 다른 내용으로 개작되었다. 이시백의 탄생 설화로 '기자 치성'을 삽입했고, 후반부에 가서 원병장으로 간 임경업이 호국 부마를 거절하는 이야기, 왕세자 귀환담, 임 장군의 타살 등 〈임장군전〉의 스토리를 그대로 추가했다. 또한 필사본에 있는 박씨의 조복 짓기, 피화당 나무 심기, 미녀로 변신한 후 원유회에서 비단옷과 재주 자랑하는 대목 등은 삭제했다. 활자본의 존재는 이본의 다양성 측면에서 검토해야 할 것이다.

—
박씨의 잠재된 능력, 가정에서 국가로 확대
—

〈박씨전〉은 병자호란 패배의 치욕을 소설적 상상으로 극복하려는 의도를 가진다. 그 과정에서 여성의 힘과 능력으로 문제를 해결하고 있다는 데에 주목할 필요가 있다.

박씨의 능력은 일단 가정에서 발휘되고, 점차 국가 차원으로 확대된다. 소설 전반부는 가정 내 갈등을 다루며, 주된 갈등은 박씨와 이시백의 갈등이다. 외모가 추한 박씨를 며느리로 맞아들여서 빚어진 갈등이다. 박씨는 흉한 외모 때문에 시어머니에게 멸시당하고, 남편 시백은 겉돌기만 한다. 하물며 비복들까지 박씨를 박대한다. 그래서 박씨는 후원에 피화당을 짓고 숨어 지낸다. 박씨가 피화당에 거처하는 것은 허물을 벗기 전까지 주인공이 겪는 시련 과정, 즉 격리나 소외를 의미한다. 동시에 피화당은 박씨가 영웅적인 존재로 재탄생하는 공간이면서, 오랑캐가 범접할 수 없는 신성한 공간이기도 하다.

박씨는 남편과 떨어져 피화당에서 지내면서 서서히 자신의 능력을 발휘한다. 조선 시대의 여성은 가정의 일에만 전념할 뿐 사회적인 일에는 간섭할 수 없도록 제도화되어 있었다. 따라서 여성이 자신의 성취 욕구를 실현할 수 있는 길은 자녀의 출산과 양육뿐이었다. 여성은 가문을 계승할 아이를 낳고 그들의 성장을 통해 자신의 존재 의의를 확인했던 것이다. 이로써 여성이 담당하도록 되어 있는 사적 영역인 가정은 일차적으로 사회적인 일에 종사하는 남성의 편안한 휴식처, 그리고 사회로 진출하기 전의 남성을 훈련하는 공간으로서의 역할을 담당했다. 사실상 조선 시대의 이상적인 여성이란 바로 이러한 사회의 요구에 충실한 인물이었다. 박씨

또한 이러한 요구에서 자유로울 수 없었다. 박씨가 보여준 능력들은 모두 남성 또는 가정을 위한 것이었다. 바느질을 잘해서 임금께 선물을 받고, 재산을 늘리기 위해 말을 길러 팔고, 남편이 과거에 급제하는 것을 돕는 등 주로 가정 내에서 여성이 해야 할 몫이었던 것이다. 박씨는 가정 내에서 잠재된 능력을 발휘하면서 자신의 존재를 부각시킨다.

박씨가 가정 내에서 맡았던 일은 이시백이 장원급제 함으로써 마무리된다. 시백이 과거에 급제하자 박씨는 아버지 박 처사를 만난 후 허물을 벗고 아름다운 여성으로 변모한다. 박씨의 변신은 작품 구성상 사건 전개의 전환점 구실을 한다. 비범한 부덕(婦德)과 부공(婦功)은 물론 신묘한 도술로써 여성의 우수한 능력을 보이는 계기가 되기 때문이다. 또한 변신은 박씨가 전생에 지은 죄 때문에 추한 탈을 쓰고 태어난 징벌 의식이 끝났음을 나타낸다. 징벌이 구제됨으로써 박씨는 남편을 비롯한 시집 식구와 다른 사대부 부인들의 사회에 받아들여진 것이다. 따라서 박씨의 변신은 다른 세계에 편입하는 입사식의 의미를 가지기도 한다.

작품의 후반부는 병자호란이라는 국가적 위기를 극복하는 이야기이다. 박씨가 영웅적 활약을 보이고, 병자호란의 굴욕적 패배를 설욕하는 것에 이야기의 초점이 맞추어져 있다.

박씨는 피화당에서 앞으로 벌어질 사건을 예견하고 남편 시백에게 알려 그 내용을 임금께 아뢰게 한다. 그러나 김자점의 반대로 받아들여지지 못하고, 결국 조선은 오랑캐의 침범을 받는다. 급기야 왕은 남한산성으로 피란을 갔다가 항복을 하고 만다. 이렇게 오랑캐에게 패한 사건 전개는 병자호란이라는 역사적 사실에 바탕을 둔 것이다. 이와는 달리 피화당에서 보이는 박씨의 행동은 외부에서의 패배와는 다른 양상이다. 오랑캐에게 패배하지 않고 오히려 오랑캐 장수를 무찔러 승리하는 것으로 바꾸어

놓았다. 남성들이 지키지 못해 손상당했던 국가적 자존심을 박씨라는 여성이 회복한 것이다. 이를 통해 민족의식의 각성 또는 당대 정치 상황의 비판을 작품의 주제로 보기도 한다.

박씨는 피화당에 침입한 용골대 형제를 물리쳤다. 용골대의 동생 용울대는 피화당에 들어갔다가 죽임을 당했다. 피화당에 심었던 나무들이 군사가 되고, 가지와 잎은 무기가 되어 용울대를 제압했다. 피화당 주인 박씨의 도술과 조화로 용울대는 목숨을 잃었다. 여기서 피화당이라는 공간은 특별한 의미를 갖는다.

피화당은 오방의 방위에 따라 흙을 두고 나무를 심은 곳으로, 나무들로 둘러싸여 그 안에 풍운조화를 품고 있는 공간이다. 규방 여성의 일상생활 공간이면서 용골대 형제와 같은 외적의 침입을 적극적으로 방어하는 안전한 공간이다. 피화당은 실제 전쟁에서는 전혀 마련되지 않았던, 조선 여성들을 보호하는 공간이며 완벽한 자기방어 체계를 갖춘 공간이다. 용울대를 처치하는 장면에서 보듯이 단지 피란처이기만 한 것이 아니라 병자호란 당시 죽어갔던 여성들의 원억함, 그 전쟁의 기억을 가진 이들에 대한 보상과 치유를 제공하는 공간이기도 하다. 피화당과 같이 완벽한 피란처이자 안전지대는, 특히 여성들에게 더 혹독했던 전쟁 체험에 대한 허구적 보상의 의미가 있다.

용울대는 오랑캐를 대표하는 인물로 설정되어 있는데, 그를 죽인 것은 오랑캐에 대한 복수를 상징하는 것이다. 동생의 원수를 갚으려고 온 용골대 또한 겨우 목숨을 구하고, 오히려 박씨의 훈계를 듣고 물러난다. 용골대는 뒤에 임경업에게도 곤욕을 치르나 죽지는 않는다. 박씨의 초능력과 임경업의 능력으로 보아 용골대를 충분히 제거할 수 있었을 것이나, 소설 속에서는 천의 또는 왕명을 거역하지 못하여 살려 보낸다고 했다. 이는 오랑캐의 승리라는 역사적 사실을 무시할 수 없었기 때문이다. 박씨의 도술로 오랑캐를 퇴치하고 응징하는 설정은 가능했겠지만, 역사적 사실까지 뒤바꿀 수는 없었던 것이다.

박씨가 국가적인 위기를 극복해 내자 왕은 박씨의 말을 듣지 않은 것을 뉘우친다. 그리고 조선의 정기를 새롭게 태어나게 한 인물이라며 상을 내린다. 병자호란을 맞아 아무런 힘도 쓰지 못한 지배 계층의 남성들을 비판하면서 한편으로는 박씨를 칭송하는 것이다. 박씨는 무너져가는 국가의 기강을 되살린 영웅으로 받들어졌다. 박씨가 허물을 벗기 전에 했던 활동은 가정의 질서를 확립하는 것이었고, 전쟁 중에 영웅적 능력을 발휘하여 국가적 위기를 극복한 것은 사회적·국가적 질서를 바로 세우기 위한 활동이었다.

―

병자호란의 치욕을 소설적 상상력으로 극복

―

〈박씨전〉은 병자호란이라는 역사적 사건을 배경으로 하고 있고, 역사상 실존했던 인물들이 등장한다. 역사적 사건이나 인물을 소재로 했기에 '역사소설'이라고 일컫는다. 병자호란이라는 전쟁을 배경으로 한 소설이기 때문에 '전쟁소설'이기도 하다. 또 여주인공 박씨의 영웅적 활약을 그리고 있기 때문에 '여성영웅소설'이라고도 부른다. 이렇게 다양한 성격을 갖고 있기 때문에 많은 사람이 즐겨 읽지 않았나 싶다.

그렇다면 왜 이런 이야기를 만들어냈을까? 그 이유를 알려면 우선 병자호란에 대해 살펴볼 필요가 있다.

조선 시대에는 두 번의 큰 전쟁이 있었는데, 임진왜란과 병자호란이 그것이다. 두 번의 전쟁으로 조선이 입은 피해는 실로 엄청났다. 이중 병자호란은 임진왜란보다 규모가 작은 전쟁이었으나 조선인이 당한 치욕과 울분은 임진왜란 때보다 훨씬 심했다. 역사서를 보면 청나라 태종이 1636년(병자년)에 친히 12만 명의 군사를 이끌고 조선을 침공한 것으로 병자호란이 시작되었다고 기록하고 있다. 청나라 군대는 12월 1일 집결하여 12월 2일 중국 심양(선양)을 출발했다. 이때 선봉에 선 장수는 마부태와 용골대이다. 이들은 의주 부윤으로 있던 임경업이 백마산성을 군게 수비하고 있음을 알고, 이를 피하여 밤낮으로 달려 심양을 떠난 지 10여 일 만에 서울에 도달했다. 조정에서는 뒤늦게 청나라의 침입을 알았고, 당시 조선의 국왕이었던 인조는 궁궐을 버리고 남한산성으로 피란을 갔다. 청나라 군대는 남한산성을 포위하고 성 안과 밖의 연락을 끊어버렸다. 인조는 남한산성에서 1637년 1월 30일까지 45일간 항전하다가 결국 청나라 측의 요구를 받아들여 항복했다. 인조가 삼전도(지금의 송파구 삼전동에 있었던 나루)에 나가 세 번 절하고 아홉 번 머리를 조아리는 항복 의식을 청나라 태종에게 하고 나서야 전쟁이 끝났다.

인조의 항복으로 이 전쟁은 우리 민족 역사상 가장 치욕적인 사건으로 기록되었다. 더구나 전쟁 직후에는 소현세자와 봉림대군 형제를 비롯한 수많은 부녀자가 청나라로 끌려갔고, 해마다 청나라에 공물을 바쳐야 하는 상황에까지 이르렀다. 사정이 이러하니 이후 청나라와의 관계는 나빠질 수밖에 없었다. 청나라에 대한 반감이 서서히 일어나기 시작한 것이다. 청나라에 잡혀갔던 봉림대군이 인조의 뒤를 이어 왕위에 등극하는데, 바로 효종이다. 효종은 병자호란의 치욕을 갚기 위해 청을 물리쳐야 한다는 이른바 '북벌론'을 내세웠다. 북벌론은 이후 조선 사회를 지배했고, 〈박씨전〉 출현의 한 동인이 되기도 했다.

〈박씨전〉의 후반부 주요 내용은 병자호란의 진행과 비슷하게 전개된다. 그렇다면 소설 속에서는 병자호란이 어떻게 진행되는지 살펴보자.

오랑캐가 임경업을 피해 다른 길로 조선을 침략한다. 인조는 남한산성으로 피란을 가서 저항하다가 결국 항복을 하고 만다. 세자와 대군, 그리고 여인들이 청나라로 끌려간다. 소설의 후반부에 전개된 이러한 내용은 실제 역사적 사실과 어느 정도 일치한다. 이와 동시에 실존 인물 이시백과 임경업이 등장하는 점, 박씨가 왕명을 어길 수 없다고 하면서 적군을 놓아주는 장면, 여성이어서 완전한 승리를 거두지 못했다고 하여 분함을 삭인다고 하는 장면에서도 역사적 사실성은 드러나고 있다. 특히 청나라로 끌려가는 부인들이 자신의 처지를 한탄하는 장면은 비참한 역사 그대로이다.

역사 속의 병자호란은 조선이 완전히 패배한 전쟁이었다. 하지만 소설 속에는 역사적 사실과는 다른 장면이 등장한다. 오랑캐 왕이 조선을 침략하려 하지만 신인, 즉 박씨가 무서워 함부로 결정을 내리지 못하는 장면, 자객 기홍대가 박씨에게 혼이 나 쫓겨나는 장면, 박씨가 오랑캐 장수 용울대를 죽이고 그 형 용골대를 혼내주는 장면, 임경업이 돌아가는 오랑캐 군대를 혼내주는 장면 등이다. 소설에서는 박씨의 활약을 통해 부분적인 승리를 이끌어낸 것이다. 그래서 〈박씨전〉을 '정신적 승리'의 문학이라고 한다. 실제 역사에서는 패배했지만 허구 공간인 소설에서나마 승리하도록 꾸몄다는 말이다. 청나라에 당한 조선의 치욕을 그렇게라도 극복하려고 했던 것이다.

한편 〈박씨전〉을 무속 신화적 입장에서 해석한 경우가 있는데, 이는 〈박씨전〉 해석의 새로운 시각이다. 즉 이 작품이 서사적 측면에서 당(堂) 신화의 구성 요소와 대응하며, 박씨가 여성신적 특성을 갖고 있다는 해석이다. 박씨의 적강과 호적 퇴치는 당신(堂神)의 좌정 과정 및 영험의 발현과 긴밀하게 연결될 수 있다. 당 신화가 무속 신앙이라는 민족 정신세계의 바탕을 이루면서 사람들의 근본적 삶(출산과 죽음, 풍요와 안정 등)과 깊은 관련을 맺고 있었다는 데서 〈박씨전〉 창작 당시 매우 용이하게 작용되었을 것이다. 즉 병자호란이라는 전쟁을 치르면서 사람들은 극도의 공포와 함께 패배라는 역사적 치욕을 경험했다. 그 때문에 현실적으로 극복하기 어려운 상황을 신이한 존재를 통해 해소하려 했고, 가장 가까이 존재하던 당 신화의 서사적 구성 요소가 원용되었을 가능성이 있다는 것이다.

그리고 박씨의 여성신적 특성을 통해 고전 서사의 전통적 여성신 형상의 변이를 끌어냈다. 박씨의 외모는 기이하고 흉측한 형상으로 묘사되었다. 거기에 대식가의 특성을 부여함으로써 신적 존재, 창세신적 특성을 짐작하게 하는데, 이러한 특성은 남성성과 여성성이 분리되지 않은 원초적 신의 면모라고 할 수 있다. 하지만 박씨는 조복을 지어내고 남편을 뒷바라지하는 역할을 수행함으로써 여성성을 지닌 신의 면모도 동시에 보여준다. 여기에 변신을 통해 인격화된 모습을 갖추어 신과 인간과의 구별을 모호하게 함으로써 변모해 가는 신의 형상, 인간이 인식하는 신의 형상의 변모를 짐작할 수 있게 한다. 〈박씨전〉은 병자호란이라는 민족적 치욕을 초월적 존재로 볼 수 있는 여성 영웅 박씨를 통해 문학적으로 설욕하고자 했던 허구적 서사인 것이다.

– 장경남

참고 문헌

김기현 역주,《박씨전·임장군전·배시황전》, 고려대학교 민족문화연구소, 1995.

장경남 글, 이영경 그림,《박씨전》, 현암사, 2006.

장재화 글, 임양 그림,《박씨전 – 낭군 같은 남자들은 조금도 부럽지 않습니다》, 휴머니스트, 2013.

곽정식, 〈〈박씨전〉 연구의 현황과 과제〉,《문화전통논집》 8, 경성대학교 한국학연구소, 2000.

김나영, 〈신화적 관점에서 본 〈박씨전〉 소고〉,《고소설연구》 16, 한국고소설학회, 2003.

김미란, 〈〈박씨전〉 재고 – 역사소설로서의 성격을 중심으로〉,《고소설연구》 25, 한국고소설학회, 2008.

장효현, 〈〈박씨전〉의 문체의 특성과 작품 형성 배경〉,《한글》 226, 한글학회, 1994.

조혜란, 〈여성, 전쟁, 기억, 그리고 〈박씨전〉〉,《한국고전여성문학연구》 8, 한국고전여성문학회, 2004.

六

영웅이 된 거지 이야기

거지의 성공 - 출세와 혼인

—

우리 속담에 '소대성 낮잠 자기'라는 말이 있다. 이 속담은 크게 성공할 인물이 때를 만나지 못해 빈둥거리고 있는 상황에서 쓰는 말이다. 그렇다면 속담에까지 등장한 소대성이란 인물은 누구일까? 속담 속 인물 소대성은 조선 후기의 소설 독자들이 널리 애독했던 〈소대성전(蘇大成傳)〉의 주인공이다. 소설의 주인공이 속담으로까지 거론되고 있으니, 〈소대성전〉이 얼마나 인기가 있었는지 짐작할 수 있다.

〈소대성전〉의 인기는 지금까지 전해지고 있는 이본으로도 알 수 있다. 〈소대성전〉은 필사본(국문본, 한문본), 판각본(경판본, 완판본), 활자본 등 여러 형태로 전해지고 있으며, 그 수는 대략 백수십 종에 이른다. 이처럼 여러 형태로 반복적으로 생산되었을 뿐만 아니라 오늘날까지 여러 이본을 남기고 있기에, 많은 독자가 흥미롭게 읽었던 인기 있는 작품이었을 것이라고 말하는 것이다.

그렇다면 〈소대성전〉은 어떤 내용일까? 〈소대성전〉은 소대성의 두 가지 현실적 성취를 보여주는 작품이다. 첫 번째 성취는 외적(북흉노, 서선우)과의 군사적인 대결을 통한 '출세'이다. 명문가 자식으로 태어났지만 고아가 되어 거지로까지 전락한 인물인 소대성은 외적의 침입을 물리쳐 나라를 위기에서 구하고 왕이 된다. 이런 구국의 행위는 평범한 사람이 할 수 없는 일이기에 소대성을 영웅적 인물이라 일컫는 것이며, 출생으로부터 고난을 거쳐 구국의 영웅이 되기까지의 일생을 서사화하고 있기에 〈소대성전〉을 '영웅소설'로 분류하는 것이다.

〈소대성전〉을 '군담소설'로 분류하기도 한다. 소대성의 영웅적인 면모는 무력(도술력)을 바탕으로 한 군사적인 대결을 통해 이루어지기 때문이다. 영웅소설 가운데는 외적의 침입으로 조성된 국가적 위기를 군사적인 대결을 통해 해결하는 내용을 포함하고 있지 않은 작품도 있다. 그렇기에 〈소대성전〉과 같이 주인공이 군사적 대결을 통해 국가적 위기를 영웅적으로 해결하는 조선 후기의 소설들을 한정해 '영웅군담소설'이라 일컫기도 한다.

두 번째 성취는 이채봉과의 '혼인'이다. 미천한 거지인 소대성은 명문가의 규수인 이채봉과 혼인을 한다. 이 혼인이 마침내 이루어지는 것은 소대성이 노국의 왕이 된 이후이기는 하지만, 이 승상이 거지꼴인 소대성을 발견하고 집으로 데려온 직후로부터 소대성과 이채봉과의 혼인 문제가 제기되고 서술된다. 소대성에게 이채봉과의 혼인은 가족의 소멸(고아가됨) 상태에서 벗어나는 일이며, 영웅 되기의 시작이자 완성을 의미하는 사건이기도 하다.

영웅군담소설의 주인공은 군사적 대결을 통해 외적의 중국 침입/침략으로 조성된 국가 갈등을 해결하거나, 역신·간신의 찬역이나 박해에 의해 조성된 정쟁 갈등을 해결하거나, 혼인을 둘러싼 혼사 갈등을 해결한다. 이 셋을 영웅군담소설의 주요 갈등이라 말할 수 있는데, 영웅군담소설은 이 세 갈등이 선택적으로 결합·변주되면서 구성된다. 〈소대성전〉은 국가 갈등을 중심으로 혼사 갈등을 부수적으로 결합시켜 소대성의 영웅적 성취와 성공을 서사화한 작품인 것이다.

앞서 말했듯이, 조선 후기의 독자들은 〈소대성전〉을 애독했다. 이는 소대성의 출세와 혼인에 공감했기 때문일 것이다. 구체적으로 말하면, 〈소대성전〉의 국가 갈등과 혼사 갈등의 서사 층위에서 공감할 만한 어떤 의미를 읽어냈기 때문일 것이다. 그렇다면 그것은 과연 무엇일까?

성공의 과정 - 영웅의 길

소대성의 성공과 관련하여 무엇보다 먼저 주목해야 할 것은 그가 초라하기 그지없는 거지와 다름없는 인물이라는 점이다. 소대성의 아버지는 병부상서를 지내다가 벼슬에 뜻이 없어 낙향한 인물이지만, 소대성은 잘난 아버지가 죽은 후 유리걸식하며 품팔이를 하는 신세가 된다. 아버지의 삼년상을 치른 후 가산이 탕진되자 소대성은 백금 오십 냥만을 들고 집을 나선다. 그리고 구십 노모(老母)의 장례를 치르지 못해 통곡하는 노인에게 가진 돈을 모두 주어버리고는 그야말로 거지 신세가 된다.

거지 소대성이 거지 신세에서 벗어나게 되는 것은 이 승상이라는 인물을 만나게 되면서부터이다. 이 승상은 청룡이 하늘로 솟구쳐 오르는 꿈을 꾸고는 그곳으로 찾아가 잠자고 있는 소대성을 발견한다. 남루한 옷에 머리털은 풀어헤쳐졌으며, 두 뺨으로 때가 줄줄 흘러내리고 있는 소대성의 몰골은 그야말로 거지 행색 그대로이다. 아무리 청룡이 하늘로 솟구치는 꿈을 꾸었다고는 하지만 이러한 소대성에게서 무엇을 기대할 수 있겠는가? 하지만 이 승상은 그 몰골 밑에 감추어져 있는 소대성의 진면목을 꿰뚫어 본다. 그러고는 자신의 집으로 데리고 와 소대성을 자신의 딸 이채봉과 혼인시키려고 한다.

그렇지만 지인지감(知人知鑑, 사람을 알아보는 능력)이 있는 이 승상 이외에 소대성의 진면목을 누가 알아볼 수 있겠는가? 소대성과 이채봉의 혼사를 둘러싸고 이 승상과 그의 처 왕씨 부인 사이에 논쟁이 벌어진다.

왕 부인 (부인이 이 승상을 감히 말리지 못하고 눈을 들어 생을 보니 얼굴이 웅장하고 풍모도 화려하나 아름다운 선비의 모습은 아닌지라) 채봉은 매우 연약한 체질이기에, 아름답고 재주 있는 선비를 사위로 얻어 슬하에 즐거움을 보려고 했사옵니다. 소생(蘇生)은 이러한 내 뜻과 맞지 않으니 탄식만 할 뿐이옵니다.

이 승상 부인 말씀이 어찌 이렇듯 무식합니까? 자고로 군자가 때를 만나지 못하면 초야에 묻혀 남이 알까 자신을 숨기는 법입니다. 소생은 명문가의 자손이고 또 가슴속에 만고의 흥망을 품고 있으니, 머지않아 이름이 천하에 진동할 것입니다. 어찌 그의 미천함을 꺼려하고 미워해 이런 군자를 버리려고 하십니까? 부인이 오늘은 그를 멀리 여기나 후일에는 공경할 것이니, 내 말을 허투루 여기지 마소서.

자신의 소중한 딸을 '아름답고 재주 있는 선비'와 혼인시켜 즐거움을 보고자 하는 왕 부인의 눈에는 미천한 소대성이 천하에 이름을 떨치고 자신이 앞으로 공경할 그런 인물로는 보이지 않는다. 왕 부인에게 이 승상이 말하는 소대성의 미래는 믿기 어려운 일이다. 자신의 뜻과는 다르지만 가장인 남편의 말에 따라야 하는 것이 아내의 도리인지라 왕 부인은 이 승상의 말을 일단 받아들인다. 하지만 이 승상이 소대성과 이채봉의 혼인을 성사시키지 못하고 죽자 왕 부인은 다시 자신의 뜻을 내세우고, 혼사 문제를 둘러싼 논쟁은 재연된다.

채봉 듣자오니 소생(蘇生)이 서당을 떠났다 하옵니다. 무슨 까닭으로 하직 인사도 없이 나갔사옵니까?

왕 부인 너는 규중처자라. 외객(外客)의 들어오고 나감을 알아 무엇하리오?

채봉 소녀가 소생의 거처를 묻는 것이 여자의 행실이 아니라 하오나, 전일에 부부가 되기로 약속을 했습니다. 정열(貞烈)을 지키는 것은 여자의 떳떳한 일이기에, 소생의 거처를 물었사옵니다.

왕 부인 그러면 네가 소생을 위하여 수절하려고 하느냐? 승상이 취중에 언약을 했으나, 혼인의 예를 갖추어 부부가 된 것은 아니니, 소생은 곧 남이라. 더러운 말로 가문을 욕되게 말라.

채봉 아버지 앞에서 두 사람이 예를 갖춰 약속을 했으니 이미 부부의 인연을 맺은 것이옵니다. 어머니도 그 자리에 계셨으니 아실 것입니다. 옛날 초왕의 딸이 다섯 살 때 자신을 백성의 며느리로 주겠다는 초왕의 말을 듣고, 장성하여 초왕에게 간하여 백성의 며느리가 되었습니다. 초왕 딸의 절행을 욕되다고 말하는 이가 없사오니, 제 어찌 다섯 살짜리 어린아이만 못하오리까.

왕 부인 내 뜻을 거스르니 오늘부터 모녀의 정을 끊을 것이라.

이채봉은 왕 부인이 자객을 시켜 소대성을 죽이려 해 소대성이 집을 떠났다는 것을 알고는 왕 부인에게 격렬하게 항의한다. 소대성과의 혼약을 지켜야 한다는 이채봉과 소대성과의 혼약은 취중 언약에 불과하니 지키지 않아도 된다는 왕 부인 사이에 화해할 수 없는 긴장이 조성된다. 이채봉은 절의를 내세우나, 예를 갖춰 혼인을 한 것은 아니라는 왕 부인의 논리 또한 사리에서 벗어난 것은 아니다. 이 논쟁의 핵심은, 너무나 뻔히 알 수 있듯이, 소대성을 바라보는 왕 부인의 '현실성'과 이채봉(이 승상)의 '가능성' 사이의 대립이다. 소대성의 미천함은 결국 사위 삼기를 원치 않는 왕 부인에게 거절의 근거였으며, 이로 인해 소대성은 '大成'의 과정에서 쓰라린 패배를 맛보았던 것이다.

그렇다면 이렇듯 미천한 인물 소대성은 어떻게 성공할까? 소대성의 성공 과정을 추적하기 위해 또 하나의 논쟁을 살펴보자.

흉노 왕 나는 북방 요호국 웅천 땅의 왕이라. 명을 하늘께 받아 대병(大兵)을 거느려 명나라를 멸하고 천하 강산을 건져내려 하거늘, 너희는 이와 같은 천의(天意)를 알지 못하고 감히 내게 항거하느냐.

서경태 무지한 오랑캐야, 무슨 말을 하는 것이냐. 하늘이 두렵지도 않은가? 천지가 이치에 밝아 너희가 하늘의 뜻에 반하는 줄 아시고 나에게 명하여 너희를 소멸시키라 하셔서 대군을 일으켜 여기에 온 것이다. 네 만일 천의에 순종하면 죄를 용서할 것이나, 그렇지 아니하면 너희 서북 오랑캐를 다 함몰하고 네 머리를 베어 천자께 바치리라.

흉노(서북 오랑캐)의 왕과 명나라 장수 서경태의 설전이다. 흉노 왕은 중원을 차지하려고 명나라를 침략하면서, 자신의 기병을 하늘의 뜻이라 주장한다. 이를 패퇴시키고자 하는 서경태 역시 천의를 내세워 흉노 왕을 질책한다. 적대하는 두 세력 모두 천의를 앞세워 심각하게 대립하고 있는 것이다.

중국(명나라)이나 중국을 침입한 외적이나, 자신들이 패권을 차지하는 것을 '천의'라고 말한다. 이로부터 천의란 '동아시아의 이상적인 국가 질서'를 의미하는 것임을 알 수 있다. 오랑캐의 왕도 명나라의 장수도 자신의 승리가 동아시아 국가 질서의 이상을 수립하는 것임을 확언하고 있는데, 이러한 사태는 상당히 충격적인 것이다.

왜냐하면 소설의 시간적 배경이 되는 명대(明代)나 이 소설이 읽히던 조선 후기에, 동아시아 국가 질서의 이상은 중국을 정점으로 하여 변방의 오랑캐들이 수직적으로 질서화되는 것이었으며 그것을 하늘의 뜻이라 여겼기 때문이다. 그러므로 외적이 중국을 침입해서는 자신들이 패권을 차지하는 것이 동아시아 국가 질서의 이상을 실현하는 것이라고 주장하는 것은 문제적 상황임이 분명하다. 소대성의 성공은 바로 이러한 문제적 상황 속에서 이루어지는 것이다.

〈소대성전〉에서는 북흉노의 침입 때문에 발생한 중국과 외적의 대립이 매우 첨예하게 형상화되어 있다. 황제가 외적의 침입을 막기 위해 친히 출전해야 할 만큼 위기가 고조되고 있을 뿐만 아니라 급기야 황제가 외적에게 항복해야 하는 지경에까지 처하게 된다.

> 호왕이 달려와 세 장수와 군사들을 다 죽이니 명나라 황제는 함정에 빠진 호랑이라. 어찌 망극하지 아니하리오. 명제 하늘을 우러러 통곡 왈,
> "죽기는 서럽지 아니하나 사직이 오늘날 내게 와 망할 줄을 어찌 알았겠는가. 죽어 황천에 가면 태종 황제를 무슨 면목으로 뵈리오."

하며 슬피 운다.

이때 호왕이 명제가 탄 말을 공격하니 명제가 땅에 떨어지거늘, 호왕이 창으로 명제의 가슴을 겨누며 꾸짖어 왈,

"죽기가 서럽거든 항서(降書)를 써서 올려라."

명제가 매우 급한 중에 대답하기를,

"지필(紙筆)이 없으니 무엇으로 항서를 쓰리오."

호왕이 크게 소리하여 왈,

"목숨을 아낄진대 네 옷을 떼어내고 손가락을 깨물어서 써라."

하니 차마 아파서 못하는구나. 소리가 나는 줄도 모르고 통곡하니, 용의 울음소리 구천에 사무치는지라. 하늘이 어찌 무심하리오.

이처럼 〈소대성전〉에서는 외적의 침입 때문에 일어난 위기가 매우 심각하게 서사화된다. 이러한 위기 속에서 홀로 외적을 물리치고 황제를 구원하여 명나라를 중심으로 하는 동아시아의 국가 질서를 수호하는 자가 바로 소대성이다. 소대성은 그렇게 하여 노국의 왕이 되었으며, 이것이 그가 이룬 성공의 종착점이었다.

사실 소대성의 성공은 미리 예정되어 있었던 것이라 할 수 있다. 미천하다는 이유로 이채봉과의 혼인을 이루지 못하고 이 승상의 집을 떠난 소대성은 청의동자의 계시로 청룡사 노승(老僧)을 찾아가 산중에서 병서를 공부하며 지냈다. 그리고 청룡사 노승, 죽은 이 승상, 옥포산 선관 등의 도움으로 신물(神物 - 말, 갑옷, 무기)을 얻고 곤경에서 벗어나 공을 이룰 수 있었다. 특히 옥포산 선관은 소대성이 적의 계교에 속아 죽을 위기에 처한 것을 구해주었다. 이러한 인물들의 도움이 아니었다면 소대성의 성공은 불가능했을 것이다.

노국의 왕이 된 후 소대성은 이채봉을 다시 찾아가 혼인을 이룬다. 이로써 소대성이 성공하는 과정에서 제기된 두 개의 논쟁은 종결되었다. 미천한 인물이었던 소대성이 성공한 것은 미래의 가능성에 손을 들어준 것이며, 중국을 중심으로 한 동아시아의 국가 질서가 고수되어야 한다는 점을 분명히 확인시켜 준 것이었다. 소대성의 성공은 천상의 뜻을 대행하는 여러 인물의 도움으로 가능했던 것이었으니, 하늘의 뜻이 무엇인지도 분명해졌다.

하지만 아직 남은 문제가 있다. '하늘은 왜 미천한 인물인 소대성에게 하늘의 뜻을 실현하도록 했는가?' 하는 것이다. 〈소대성전〉은 독자들에게 소대성과 이채봉의 혼인과 외적과 명나라의 군사적 대결이 어떻게 될 것인가에 서사적 관심을 집중하게 만든다. 그리고 거지 소대성이 지체 높고 아름다운 규수를 차지하고 세계를 평정하는 것으로 끝을 맺는다. 〈소대성전〉은 독자들에게 끊임없이 소대성을 동정하고 지지하도록 유도하고 있지만, 조금만 거리를 두고 생각하면 이는 매우 불합리한 것이다. 당대의 현실적 맥락에서 본다면, 소대성은 결코 동정이나 지지를 받을 수 없는 인물이기 때문이다. 어떻게 거지가 지체 높고 아름다운 규수를 차지하고 세계의 질서를 지탱할 수 있겠는가?

—

성공의 의미

—

다시 '소대성 낮잠 자기'라는 속담을 상기해 보자. 앞서 언급했듯이 '소대성 낮잠 자기'라는 속담은 크게 성공할 인물이 알아주는 이 없고 때를 만나지 못해 빈둥거리고 있는 상황에서 사용된다. 이는 일 없이 빈둥거리는 인물이 의외의 성취를 이룰 수 있다는 말이기도 하다.

〈소대성전〉에서 위기에 처한 세계의 질서를 지켜낸 인물은, 세계의 중심임을 내세워 온갖 현실의 기득을 향유하는 황제가 아니라 그 세계의 질서 속에서 소외된, 주변적 타자인 소대성이었다. 그렇기에 소대성의 성공을 의외의 사건이라 말할 수 있는 것이다. 이채봉과의 혼약·혼인도 마찬가지이다. 천한 거지가 명문가의 규수와 혼약을 맺고 혼인을 할 수 있다는 것 또한 의외의 사건이라 할 수 있다. 그렇기에 소대성의 출세와 혼인, 그 성공을 서사화한 〈소대성전〉을 조선 후기 하층민의 욕망과 염원이 반영된 작품으로 평가하는 것이다.

〈소대성전〉은 소대성의 출세를 통해 동아시아 국가 질서의 중심은 '중국 - 황제'라는 인식을 드러낸다. 또한 소대성의 혼인을 통해 가정(가문)의 중심은 '남성 - 가부장 - 아버지·남편'임을 드러낸다. 소대성이 황제를 위기에서 구해내고, 이채봉이 아버지의 뜻을 따라 소대성을 남편으로 여기고 수절하는 것은 이러한 인식을 반영한 것이다. 이 때문에 〈소대성전〉을 보수적인 인식을 드러내는 작품이라 평가하는 것이다.

하지만 〈소대성전〉에서 우리가 주목해야 할 점은 따로 있다. 〈소대성전〉은 소대성과 황제를 대비적으로 형상화함으로써 보수적인 인식에 균열을 만들어낸다. 세계 질서의 중심인 황제가 유약함과 비굴함의 극치를 보일 때 소대성은 홀연히 나타나 당당하게 황제를 구원한다. 타자인 소대성을 세계 질서를 수호하는 주체로 내세우는 반면에, 주체인 황제는 세계의 위기와 무너지는 질서의 표상으로 그려내고 있는 것이다.

〈소대성전〉은 또한 이채봉과 왕 부인을 대비적으로 형상화하여 보수적 인식에 균열을 만들어낸다. 이채봉은 아버지의 뜻에 따르고, 왕 부인은 남편의 뜻에 따르지 않는다. 그래서 왕 부인이 가부장적 인식에 균열을 내는 인물이라 생각할 수 있다. 하지만 왕 부인이 남편의 뜻을 따르지 않는 이유는 소대성이 '중심 - 가부장 - 남성'으로서 모자람이 있기 때문이다. 소대성의 모자람을 문제 삼지 않는 이 승상과 이채봉은 누가 '중심 - 가부장 - 남성'이 될 수 있는가 혹은 되어야 하는가에 대해 개방적이다. 반면에 왕 부인은 대단히 폐쇄적이다. 이는 가부장의 뜻을 따르지 못할 만큼 '중심 - 가부장 - 남성'의 자격이 중요하다는 보수적 인식을 왕 부인을 통해 역설적으로 드러낸 것이며, 가부장의 뜻을 따르는 이채봉을 통해 오히려 이러한 인식에 균열을 내고 있다.

〈소대성전〉은 영웅군담소설 가운데 문헌 기록을 통해 그 존재 시기를 알 수 있는 몇 안 되는 작품 가운데 하나이다. 일본 대마도의 통역관이 1794년에 남긴《상서기문(象胥記聞)》의 기록, 조선 후기 문인인 이옥(1760~1812)이 1799년 10월 18일부터 1800년 2월 18일까지 합천 해인사에 머물 때 〈소대성전〉의 인본(印本, 인쇄한 책)을 보았다고 하는 기록 등을 통해, 적어도 18세기 말에는 〈소대성전〉이 존재하고 있었음을 확인할 수 있다. 20세기 초에 활자본으로도 간행되었으니, 〈소대성전〉과 독자와의 만남은 적어도 100여 년 이상 지속된 것이다.

〈소대성전〉은 많은 독자가 읽었던 인기 있는 작품이었다. 백수십 종에 이르는 이본, 이본 가운데 남아 있는 판본(경판본, 완판본)의 수가 〈조웅전〉 다음으로 많다는 점, 연작본(〈용문전〉)과 개작본(〈낙성비룡〉)이 창작되었다는 점 등으로 그 인기를 추정할 수 있다. 게다가 영웅군담소설로는 드물게 한문본(〈대봉기〉)까지 남아 있어 폭넓은 독자가 애독한 작품이었음을 알 수 있다.

그렇다면 다시 처음의 질문으로 돌아가 보자. 〈소대성전〉이 이렇듯 오랜 시간 동안 많은 독자에게 환영받았던 이유는 무엇일까? 다른 영웅군담소설과 마찬가지로 〈소대성전〉 역시 보수적인 인식을 주제로 담아내고 있다. 소대성과의 혼약을 지키고자 하는 이채봉의 '수절'이나 위기에 처한 명 황제를 구해내는 소대성의 '충절'은 중세적 질서를 옹호하고자 하는 보수적인 인식이라 할 만하다. 하지만 〈소대성전〉은 '중심 – 가부장 – 남성'의 자리에 '거지'라고 하는 사회적 하층을 놓아, 기존의 '중심 – 가부장 – 남성' 주체의 무능함과 주체 인식의 폐쇄성을 비판한다. 이는 다른 영웅군담소설에서는 만날 수 없는 〈소대성전〉만의 독특한 작품적 성취에 해당하는 것이다. 비록 〈소대성전〉은 하층이 주인이 되는 새로운 세상을 그려내지는 못했지만, 하층의 가능성을 신뢰하고 당당하게 내세웠으며 이를 확인시켜 주었다. 오랜 시간 동안 〈소대성전〉이 독자들에게 인기를 얻었던 이유는 바로 여기에 있는 것이 아닐까.

– 김현양

참고 문헌

신해진 옮김, 《소대성전》, 지식을만드는지식, 2015.

김동욱, 〈〈소대성전〉의 주인공 소대성의 인물 형상 연구〉, 《고전문학연구》 50, 한국고전문학회, 2016.

김현양, 〈영웅군담소설의 연구사적 조망〉, 《민족문학사연구》 46, 민족문학사연구소, 2011.

서혜은, 〈경판 〈소대성전〉의 대중화 양상과 그 향유 의식〉, 《한국사상과 문화》 75, 한국사상문화학회, 2014.

七
윤리적 이념과 중세 질서 수호를 위한 노력

조선조 최고의 인기 소설 - 〈조웅전〉
—

〈조웅전〉은 고전소설 가운데 가장 인기 있는 소설로 알려져 있다. 고전소설은 조선 후기인 18세기에 이르러 방각본으로 출간되는데, 방각본은 나무판에 글자를 새겨 종이에 찍어 만든 것으로, 소설이 주종을 이루었다. 영리를 목적으로 등장한 방각본의 출간 대상은 많은 독자가 찾는 소설이었다. 방각본으로 출간된 소설 가운데 〈조웅전〉이 가장 많았다는 것은 그만큼 독자가 많았다는 증거이다.

〈조웅전〉은 인기만큼 이본도 필사본, 방각본, 활자본 등으로 다양하다. 이본의 형성 과정을 살펴보면, 서울의 세책집에서 만들어 빌려주던 것을 서울과 전주의 방각본 업자가 각기 축약해서 경판본과 완판본을 만들었고, 이 최초의 경판본과 완판본에서 여러 종의 방각본 이본이 나온 것으로 추정한다. 그리고 20세기에 새로운 인쇄 기술로 간행한 활자본은 완판본을 저본으로 제작한 것으로 본다. 이제까지 〈조웅전〉 이본 연구에서 비교 대상이었던 경판본과 완판본은 서로 직접적인 연관은 없지만, 선행하는 세책을 저본으로 축약한 것이라는 공통점이 있다.

방각본은 완판 16종, 경판 6종, 안성판 1종이 전해지고 있다. 완판본 16종은 모두 上·二·三의 3권으로 이루어져 있는데, 장수(章數)에 따라 104장본, 88장본, 89장본, 96장본, 91장본의 5종으로 구분한다. 이중 104장본(김동욱 소장본)을 가장 오래된 것으로 본다. 경판본은 30장본, 20장본, 17장본, 16장본 등 4종이 있다. 〈조웅전〉 연구자들이 작품 분석의 대본으로 삼은 것은 주로 완판 104장본이고, 경판 30장본은 보조로 활용했다.

경판본은 완판본보다 훨씬 분량이 적지만 내용은 많이 다르지 않다. 완판본은 조웅이 번국의 왕이 되어 선정을 베풀었다는 데서 끝나지만, 경판본은 조웅이 제왕이 되어 많은 자녀를 두고 부귀영화를 누렸다고 자세히 서술하고 있다. 또한 조웅이 송나라 황실에 충성심을 표현하는 내용, 남녀결연의 애정담, 천상계와의 접촉 과정 등을 서술하는 대목에서 양적·질적인 차이가 있다. 전체적으로 보면, 완판본은 경판본에 비해 세부 묘사가 풍부하며 삽입 가요와 각종 문예문이 존재하는 등 다채롭다.

작품에 삽입되어 있는 다수의 시가와 문예문은 여타 영웅소설과 변별되는 〈조웅전〉의 특징이다. 삽입 시가는 한시, 사(詞), 곡(曲), 가(歌), 동요, 시조 등이다. 이 가운데 한시는 모두 6편으로 조웅이 철관도사를 찾아갔다가 만나지 못한 채 초당의 벽에 써둔 오언절구 1편, 화산도사가 조웅에게 보여주기 위해 큰 바위에 써둔 칠언절구 1편, 조웅이 장 소저와 헤어지며 부채에 써준 시, 화산도사가 검의 주인을 기다리며 써놓은 칠언율시 2편, 기타 고시 1편 등이다.

이 외에도 〈조웅전〉에는 여러 문예문이 들어 있다. 이두병의 죄과를 적은 경화문 벽서, 왕 부인이 왕렬에게 보낸 서간과 위왕이 조웅에게 보낸 서간, 조웅의 아버지 조정인의 공덕을 기리기 위해 세운 만세불망비의 비명, 조정인의 화상 뒤에 뒷날 다시 만날 것을 예언한 내용의 기(記), 장 진사가 장 소저에게 남겨두었던 유서, 기타 선문(先文)과 노문(路文), 최식의 격서와 주문 등이 그것이다. 이 밖에도 그 실체가 뚜렷하지 않은 실용문의 일종인 단자(單子), 관자(關子)를 비롯하여 도교의 의식 행사에서 사용되는 축귀문까지 수록되어 있다.

〈조웅전〉의 작자는 알 수 없지만 문예적 특징으로 미루어 볼 때, 한문에 대한 소양이 상당한 지식층으로 보기도 한다. 반면 한문 시구의 수준이 그리 높지 않은 점으로 보아, 자구를 맞추고 간단한 압운법이나 익혔을 정도의 무인 또는 관아에서 일하는 중인층이었을 것으로 보기도 한다. 삽입 시가로 가사나 민요조 운문을 즐겨 쓴 것도 한시보다는 한글 시에 더 익숙했던 계층이었음을 짐작케 한다. 이와는 달리 작품 내용과 관련하여 조선 후기 세도정치에 대한 반감과 저항 의식을 가지고 있던 사람들, 즉 중인층이나 농민층으로 추정하는 경우도 있다.

〈조웅전〉의 창작 시기에 대해서는 18세기 후반에서 19세기 초로 보는 설과 17세기 말에서 18세기 초로 보는 설이 있다. 작품 구성을 보면, 사건의 연결이 비교적 자연스럽고 감정이나 정서적 소통이 긴밀한 관계로 진행되는 등의 특징을 보이고 있어, 〈조웅전〉은 소설에 대한 기교나 독자층의 요구가 어느 정도 성숙된 시기인 18세기 이후에 전문성을 갖춘 작가가 창작한 작품으로 보기도 한다. 아울러 방각본 소설의 출현 시기를 감안하더라도 18세기 후반 이전으로 올라가지는 않는다. 따라서 〈조웅전〉의 창작 시기는 대체로 18세기 후반에서 19세기 초가 아닐까 추정하고 있다.

완판본 〈조웅전〉을 중심으로 내용을 살펴보면, 1권은 조웅의 고난과 무예 습득 및 결연의 내용을 담고 있다. 2권은 서번 왕의 위협과 야욕을 꺾어 위국을 안정하게 만들고, 계양도에 위리안치(圍籬安置)되었던 태자를 구해냄으로써 천하 쟁패의 기초를 닦는다는 내용이다. 3권은 조웅이 천하를 차지한 이두병과 천하의 패권을 놓고 다투어 이두병을 제거한 후 태자를 등극시키고 송나라 황실을 회복한다는 내용이다.

3권의 내용 구성으로 보아, 이 작품은 '영웅의 일대기'를 근간으로 하는 다른 영웅소설과는 질적인 차이가 있음을 알 수 있다. 일반적으로 영웅소설에 등장하는 주인공은 '영웅의 일생'을 살아가는 한 존재 혹은 '가족에서 분리된 일개인이 영웅적 역량을 발휘'하는 인물이다. 주인공은 일개인의 힘과 투쟁으로 신분을 상승시키고 분리된 가족을 회복하는 존재로 그려지는 것이다. 이는 〈조웅전〉도 마찬가지이다. 〈조웅전〉도 주인공인 조웅 개인의 투쟁을 그리고 있다. 그런데 〈조웅전〉을 자세히 읽어보면, 서사의 초점이 조웅의 영웅적 활약과 그것으로 얻은 부귀영화, 즉 개인적 욕망의 성취에만 맞춰져 있지 않다는 것을 알 수 있다. 〈조웅전〉은 주동인물 조웅과 반동인물 이두병이라는 두 인물 간의 대립을 중심축으로 하면서, 이들의 갈등과 대립을 통해 윤리적 가치를 드러내고, 송 황실 회복이라는 체제 수호의 임무를 수행하는 서사를 보여주고 있다.

—

조웅과 이두병의 대결 - 충효의 실현

—

〈조웅전〉의 전편을 지배하고 있는 것은 조웅과 이두병의 갈등과 대립이다. 갈등은 조웅의 아버지 조정인이 이두병의 참소로 자살하자 송 문제(文

帝)가 조정인의 죽음을 슬퍼하고 조웅을 가까이하면서 야기되었다. 작품에서는 조정인과 이두병이 왜 대립하는지 분명하게 서술되어 있지 않다. 다만 몇 가지 사건을 통해 유추할 수 있다. 조정인은 송 문제가 황제 자리에 오른 지 10년 되던 해에 남쪽에서 일어난 반란을 평정한 공으로 '충신'으로 불렸다. 그런데 충신 조정인이 자살한 사건이 발생했다. "간신인 우승상 이두병이 조 승상을 시기하여 황제에게 거짓 죄를 아뢰자, 조 승상은 독약을 마시고 자살"한 것이다. 이른바 '충신 대 간신'의 대립과 갈등을 보여준다.

조웅과 이두병의 본격적인 갈등은 황제인 송 문제로 비롯되었다. 조정인이 자살하자 송 문제는 조정인의 죽음을 슬퍼하며 충렬묘를 세워 애도한다. 이러한 송 문제의 행동을 이두병이 못마땅해 하면서 갈등 관계는 '이두병과 조웅의 갈등'으로 옮겨간다. 유복자로 태어난 조웅을 송 문제가 "충신의 자식은 충신이요, 소인의 자식은 소인이로다."라고 하면서 총애하자 이두병과 그의 아들들은 조웅이 벼슬을 하면 부친의 원수를 갚으려 할 것이라 생각하고 조웅의 등용을 꺼린다. 이 때문에 갈등이 빚어진 것이다.

송 문제와 이두병 사이의 갈등을 황권과 신권의 갈등으로 보기도 한다. 조정인의 자살은 황제의 권위를 옹호하는 세력(조정인)과 황제의 권위에 대항하는 세력(이두병) 사이의 권력투쟁에서 황제의 권위를 옹호하는 세력이 패했음을 의미한다는 것이다. 이 경우에도 황제 옹호 세력은 충신이며, 대항 세력은 간신으로 볼 수 있어 '충신 대 간신'의 대결 구도는 유지된다.

송 문제와 조정인의 패배는 급기야 송 문제 죽음 이후에 이두병의 황제 찬탈로 귀착된다. 송 문제의 죽음을 기회로 조정을 장악한 이두병은 역모를 일으켜 결국 여러 신하의 추대를 받는 형식으로 천자(天子)의 자리에 오른다. 이두병은 역신이 된 것이다. 이두병의 황제 찬탈로 이야기의 초점은 조정인과 이두병의 '충신 대 간신'의 대결에서 조웅과 이두병의 '충신 대 역신'의 대결로 바뀌었다. 조웅과 이두병의 대결은 일면 부친의 원수를 갚는 개인적 차원의 복수로 볼 수 있지만, 깊이 들여다보면 국가적·윤리적 차원으로 확대된다. 충신과 역신의 대립은 중세적 이념이나 질서의 위기를 표상하는 것으로, 이들의 대립은 선과 악의 대결이다. 이두병이 황제 자리를 차지한 것은 역신의 행위이며, 이는 악으로 규정된다. 이에 대립하는 조웅은 역신을 제거하고 황제를 바로 세우는 충신이며, 선으로 규정된다. 역신의 황제 찬탈로 겪는 조웅의 고난, 그리고 조웅의 역신 제거와 황실 복위는 조웅에게 주어진 숙명인 것이다. 조웅이 태생적으로 세계의 거짓 중심인 이두병과 대립할 수밖에 없음을 의미한다. 실제로 〈조웅전〉은 이두병과 조웅의 기나긴 싸움의 과정이 그려진다. 역신 때문에 붕괴된 황실을 조웅이 회복하는 과정이 작품의 주된 서사인 것이다.

　조웅과 이두병의 대결은 조웅이 이두병을 비판하는 데서 시작된다. 이두병이 황제로 자칭하면서 국법을 새롭게 하고 태자를 폐하여 외객관(외국 사신을 접대하던 관사)에 내치는 행동을 하자 조웅이 이를 비판한다. 어린 조웅은 이두병과 대적할 힘이 부족했기에 경화문 밖에 방문(榜文)을 붙여서 이두병의 소인됨과 역적됨을 비판하는 것으로 대항했다. 그리고 스스로는 '전조 충신 조웅'이라고 밝힌다. 이에 분노한 이두병은 조웅을 잡으려고 한다. 그러나 조웅을 잡지 못하자 충렬묘의 화상(畵像)을 찾아 화풀이를 하려고 했으나, 화상이 없어서 충렬묘와 조웅의 집을 불태우는 것으로 분을 푼다. 그리고 방을 붙여 조웅 모자를 잡아 바치면 천금(千金) 상에 만호후(萬戶侯)를 봉하겠다고 한다. 이두병에게 패배한 조웅은 시련의 길로 들어선다. 조웅이 겪는 시련의 과정은 단순한 고난의 길이 아니라 영웅적 능력을 부여받기 위한 단련의 과정이다. 조웅은 월경대사를 만나 영웅적 자질을 획득함으로써 이두병과의 대결을 예비한다.

조웅은 이두병을 피해 도망하면서 온갖 고난을 겪다가 월경대사를 만나 안정을 찾는다. 그는 월경대사와 철관도사에게 여러 가지 무예를 배운 후에 위기에 빠진 위왕을 구한다. 조웅이 위왕을 돕는 장면은 이두병과의 본격적인 대결에 앞선 것으로 주목할 필요가 있다. 오랜 고난 끝에 월경대사와 철관도사에게 구원된 조웅이 영웅적 능력을 발휘하는데, 그 첫 싸움이 위왕을 도와 서번의 침략을 물리치는 것으로 이야기가 전개된다. 다른 영웅소설의 주인공이 초월적 존재에게 수학한 직후 국가적 위난에 참여하여 공을 세우는 것과 다른 모습이다.

철관도사는 천기를 보고 서번이 대국을 치려는 것을 예견한 후에 조웅을 불러 "지금 서번이 강성하여 대국을 취하려고 하니 네가 가서 큰 공을 이루되, 형세를 보아 위국을 돕고 이어 대송을 회복하라."라고 한다. 철관도사는 조웅에게 먼저 위왕을 도우라고 했다. 조웅의 궁극적인 목표는 송나라 회복에 있음을 말하면서 형세를 보아 위왕을 도우라는 것은 어떤 의미인가? 서번은 제후국에 불과한데 황제의 나라인 대국을 침략하니 물리쳐야 하는 것이다. 서번 왕이 위왕을 공격한 것도 같은 맥락이다. 대국을 취하려고 하는데 위왕이 장애가 되기 때문이다. 위왕은 대국 황제를 정점으로 한 지배 질서를 추종하는 인물이기에, 서번 왕에게는 먼저 제거해야 할 대상에 해당된다. 그러므로 조웅이 위왕을 도와 서번 왕을 물리치는 것은 대국 중심의 질서 회복을 위한 정치적 세력 규합의 의미를 지니고 있는 것이다. 대국은 다름 아닌 중국이다. 중국은 선(善)이며 중국의 지배 질서에 도전하는 오랑캐는 악으로 규정된다. 조웅과 같은 영웅적 주인공은 중국과 황제를 중심으로 하는 '절대선'을 지켜나가는 인물이다.

조웅이 이두병과 직접 대결하기에 앞서 서번 왕을 제압함으로써 송나라 황실을 회복하기 위한 기반은 마련되었다. 조웅에게 남은 것은 태자를 구해 황실의 보위를 잇게 해서 송나라 황실을 회복하는 것이다. 그것은 송나라를 이두병의 대국 찬탈 이전의 황실로 되돌리는 것이다.

조웅은 이두병의 반역을 제압하고 송나라를 회복하기 위해 유배지에 갇혀 있는 태자를 구하러 나선다. 조웅은 먼저 절도에서 사약을 받을 위기에 처한 태자를 구한 후에 송 황실을 회복하기 위해 세력을 모아 기병한다. 그의 기병은 부친의 원수를 갚기 위한 목적도 있었지만, 그보다 중요한 명분은 송나라 황실의 회복이었다. 그래서 조웅은 스스로를 송나라의 충신으로 자처한다. 결국 조웅은 이두병이 보낸 수많은 장수와 대결해서 승리하고, 이두병은 그의 부하 황덕의 배신으로 결박당한 채 조웅 앞에 잡혀 온다. 그러자 조웅은 사로잡혀 온 이두병을 꾸짖고 징벌한 후에 태자를 황제의 자리에 오르게 한다.

조웅은 결국 역신에게 빼앗겼던 송나라 황실을 복위시킴으로써 과거의 질서를 되찾았다. 조웅의 '충'은 황실 회복으로 구현된 것이다. 뿐만 아니라 부친 조정인의 복수도 함께 이루었기에 '효'도 구현했다. 조정인이 위기에 빠진 송 문제를 도와 나라를 다시 일으킨 것처럼, 조웅도 이두병에게 망한 송나라를 회복하는 공을 세움으로써 부친의 승리를 완결시켰다. 충신과 역신의 대립에서 충신의 승리로 귀결된 것이다. 효와 충의 실현으로 유교적 도덕률을 실천했고, 나아가 대국 중심의 기존 세계로의 회복을 이루었다. 영웅 조웅의 궁극적 욕망은 다름 아닌 대국 중심의 질서 수호에 있었던 것이다.

천명에 의한 조웅의 활약 – 세계 질서의 회복

조웅이 송 황실을 회복하는 과정에서 많은 인물이 등장한다. 유복자로 태어난 조웅은 비록 송 문제에게 칭찬을 받지만, 이두병에게 대적할 수 없는 나약한 인물에 불과했다. 이러한 조웅을 영웅적 인물로 변모시키는 존재가 바로 구원자 또는 조력자이다. 이들의 도움을 통해 조웅은 현실의 고난을 벗어날 뿐만 아니라 자신의 사명을 달성할 수 있는 능력을 얻게 된다. 그 핵심 인물이 바로 월경대사와 철관도사이다.

월경대사는 비범한 승려이다. 조웅과 그의 어머니가 이두병에게 쫓겨 죽음을 눈앞에 두고 있을 때, 이들 모자를 구원하여 거처를 제공하고 조웅에게 글과 술법을 가르쳐준 인물이다. 철관도사는 비범한 도인으로 조웅의 실질적인 스승이다. 조웅에게 병법과 무술, 도술을 가르치고 명마를 주어 비로소 영웅이 되게 한다. 뿐만 아니라 조웅의 능력이 실현될 것임을 운명적으로 예언하기도 하며, 그 시기를 알려주어 조웅이 행동할 수 있게 한다. 화산도사는 천하 명검인 삼척검을 준 인물이다. 이들 비범한 인물이 조웅을 도운 것은 하늘의 명령, 즉 천명이 있었기 때문이다.

조웅은 서번 왕을 치기 전에 꿈을 꾼다. 꿈속에서 역대 제왕들이 나타나 나누는 대화 가운데 "하늘이 송 황실을 회복하고자 하여 조웅에게 명했더니, 불쌍하도다, 조웅이 일시 위기를 만나 내일 미명(未明)에 서번의 간계에 들어 죽을 듯하니 불쌍하도다."라는 말을 한다. 조웅이 일시적인 위기를 맞지만 극복할 수 있을 것이라는 예언이다. 이 대화에서 핵심은 조웅이 하늘의 명으로 송 황실을 회복한다는 것이다. 송 황실 회복은 천명에 따른 영웅의 임무 수행인 셈이다.

조웅에게 직접적인 도움을 준 월경대사, 철관도사, 화산도사 못지않게 중요한 역할을 하는 것은 초월적 존재이다. 초월적 존재가 도와주는 까닭은 조웅이 천명을 수행하기 때문이다. 초월적 존재는 조웅이 위기에 처할 때마다 등장하여 위기를 벗어나도록 도와준다. 초월적 존재는 하늘의 명령을 대신하는 대리적 인물, 즉 천상적 인물이다. 천상적 존재인 도사의 도움은 절대적으로 작용한다. 예를 들어, 조웅이 합곡에 이르렀을 때 한 노인이 천명도사의 글을 전하여 위기를 벗어나도록 도와준다. 그런가 하면 조웅이 일대·이대·삼대 3형제와 대결할 때 그들의 스승인 도사가 3형제에게 나타나 조웅과 대결하지 말고 때를 기다리라고 한다. 그들이 말을 듣지 않자 도사는 천시(天時)를 모른다고 꾸짖은 다음 오히려 조웅을 도와준다. 천상적 인물의 도움으로 영웅이 탄생하고 지상의 질서가 복구될 수 있었던 것이다. 조웅은 천명에 따라 역신 이두병을 물리치고 송나라 황실을 회복한 것이다.

그렇다면 이러한 해석이 가능한 배경은 무엇인가? 〈조웅전〉이 등장한 18세기의 조선 사회는 '북벌론'이 사상적 기저를 이루던 시대였다. 건국 이래 200여 년간 평온을 유지하던 조선은 임진왜란과 병자호란으로 위기를 맞이한다. 이 두 전쟁은 당시 오랑캐 국가로 취급받던 일본과 만주족이 세계의 중심인 중국에 대항하는 과정에서 일어난 전쟁이다. 명나라를 점령하려던 일본의 계획은 무산되었지만, 만주족은 중원을 장악하고 청나라를 세웠다. 중원을 장악한 청나라가 조선을 공격한 것이 병자호란인데, 이 전쟁에서 조선의 왕인 인조가 항복한 사건은 훨씬 후대끼지 심각한 상처로 남아 있었다. 당시 지배 계층은 오랑캐가 세운 청나라를 물리쳐야 한다는 북벌의 논리를 앞세워 자신들의 권력을 유지하고 강화했다. 북벌론은 오랑캐의 침입을 물리치고 옛 질서를 회복한다는 논리이다. 즉

〈조웅전〉에서 조웅의 활약으로 송나라 황실을 회복하는 서사는 북벌론과 연관되어 있다.

이러한 관점에서 보면, 〈조웅전〉을 주인공 조웅이 천명에 따라 외적의 침입 때문에 균열된(전도된) 중국 중심의 국가 질서를 군사적 대결을 통해 회복하는 소설이라고 평가한 것은 온당하다고 할 수 있다.

—

흥미 위주의 대중소설을 지향한 영웅군담소설

—

〈조웅전〉은 영웅의 일대기를 기본 구조로 하고 있기에 영웅소설로 분류된다. 그런데 작품의 구성과 내용을 보면 여타의 영웅소설과는 여러 면에서 다르다. 첫째, 주인공의 탄생에서 기자 정성이나 태몽, 천상인의 하강과 같은 모티프가 없다. 둘째, 서술자의 개입이 있기는 하지만 빈번하지 않고, 사건을 전개하는 과정에 운문을 삽입하여 인물의 심리나 상황을 압축적으로 전달한다. 셋째, 영웅소설의 주인공들이 대부분 천상계 인물의 후신으로서 초인적인 능력을 발휘하여 위기를 극복하는 것과 달리, 이 작품의 주인공은 자신의 힘보다는 초월적 존재의 조력으로 운명을 개척해 간다. 넷째, 부모의 허락 없이 혼인하는 이야기를 다루고 있어 전통적 유교 윤리에 어긋나는 애정관을 보인다. 이렇게 〈조웅전〉은 영웅소설의 서사 문법에서 다소 벗어나 있다. 오히려 흥미 위주의 군담이 많은 부분을 차지하고 있어 〈조웅전〉을 군담소설로 분류하기도 한다.

군담소설은 조선 후기에 유행했던 국문소설로, 주인공이 전쟁을 통해 영웅적 활약을 전개하는 작품군을 지칭한다. 이 가운데 허구적인 주인공을 설정하고 실제 역사와는 무관한 가공적 사건을 꾸며낸 작품을 '창작

군담소설'이라 한다. 실제로 〈조웅전〉의 서사 전개에서 군담은 중요한 몫을 차지한다. 이야기의 3분의 1이 군담으로 이루어져 있다는 점에 주목한다면 군담을 사건 전개에서 중요한 요소로 삼고 있음을 알 수 있다. 일반적으로 태평한 세계 질서를 어지럽히는 악(오랑캐 또는 간신)에 맞서 주인공이 악을 제거하고 태평한 세계 질서를 회복하기 위해 군사적인 대결을 펼치는 것이 군담이다. 〈조웅전〉이 이에 해당한다.

〈조웅전〉이 중세 이념과 체제 수호를 위한 영웅의 활약상을 보여주는 점에서 영웅소설로 간주할 여지는 충분하다. 그러나 군담을 통해 주제 의식을 강화하거나 흥미를 제공하는 측면도 간과할 수 없다. 이렇게 영웅소설과 군담소설의 성격을 가진 일련의 작품을 영웅군담소설로 분류하기도 한다. 영웅군담소설은 영웅의 일대기 구조로 되어 있으면서 동시에 고난 극복의 수단으로 전쟁이 등장하는, 즉 영웅소설과 군담소설의 특성을 공유하는 작품군을 일컫는다. 이에 의거해 〈조웅전〉도 영웅군담소설로 분류하는 것이다.

〈조웅전〉은 대중의 흥미를 끌기 위해 다양한 화소를 첨가하고 있다. 우선 군담의 강화인데, 조웅이 황실을 회복하기 위한 싸움에 강백이 합류하여 활약을 펼치는 것이 이에 해당한다. 이 싸움에서 강백은 조웅이 이끄는 군의 선봉장으로서 영웅적인 활약을 보여준다. 특히 강백은 반신반인의 적장인 일대·이대·삼대 형제와의 전투에서도 그 용맹함을 드러낸다. 강백은 명실상부한 조웅 군의 선봉으로 송나라 황실 회복에 결정적 기여를 한다. 강백의 용맹과 활약은 〈조웅전〉에 조웅 이외의 영웅도 존재함을 보여주는, 소위 복수 영웅의 활약으로 보기도 한다. 복수 영웅의 활약은 연의소설에서 볼 수 있는 것으로, 흥미를 고려한 측면이 강하다.

소설적 흥미를 위한 구성의 예로 결연담도 있다. 조웅과 장 소저의 결연담은 여타의 소설과는 다른 양상을 띤다. 남녀 주인공이 하늘에서 정해 준 인연에 따라 중매로 만나는 것이 아니라 자유결혼의 형태를 취하고 있기 때문이다. 조웅과 장 소저가 결연을 하게 된 계기는 도사에게 수학하던 조웅이 용마를 얻어 모친을 만나려고 길을 떠나 강선암으로 가던 길에서였다. 둘의 결연 과정은 이야기 전개 과정에서 꼭 필요한 것은 아니다. 조웅은 출신(出身, 처음으로 벼슬길에 나섬)하기 전에 모친을 만나러 가던 도중에 몸이 곤하여 장 진사 집에서 하룻밤을 묵는데, 그날 밤 그곳에서 장 소저를 만나 인연을 맺은 후에 모친을 찾아가서 만나고 다시 돌아와 철관도사 밑에서 지낸다. 조웅이 모친을 만나러 가도록 사건을 설정한 것은 조웅의 출신과는 무관하게 장 소저와의 결연을 이루기 위한 의도로 볼 수 있다. 이런 점에서 조웅의 결연담은 이야기 전개와는 관계없이 독자의 흥미를 끌기 위해 설정된 사건이라고 할 수 있다.

〈조웅전〉은 다양한 문예문을 포함하고 있는 특징을 보인다고 했는데, 이 점과 아울러 서술 방식에도 특징적인 면모를 보인다. 가령 소설의 시작을 "송 문제 즉위 이십삼 년이라"라고 하거나, 송 문제가 충렬묘에 거둥한 때도 "월명년 추구월 병인일에 문제 충렬묘에 거둥하실새"라 하고, 황제가 별세한 날도 "정묘 삼월 삼일에 황제 붕(崩)하시니" 등으로 서술한다. 조웅의 행적을 서술할 때도 "세월이 여류하여 부인의 나이는 오팔이요, 웅의 나이는 구 세라", "세월이 여류하여 웅의 나이 십오 세라" 등으로 서술하고 있다. 즉 간지로 시간의 경과를 나타내는 편년체 서술 방식을 취하고 있는 것이다.

이 편년체 방식을 "객관성을 유지하기 위해 《사기》와 같은 사서로부터 작가가 의도적으로 차용한 것" 또는 "역사적 사실과 맞지 않는 극히 주관적인 것으로서 객관적 서술 태도를 가장하려는 것"이라고 평가하기도 한다. 이는 〈삼국지연의〉와 같은 연의소설의 서술 기법과 비슷한 것으로, 이를 근거로 〈조웅전〉은 연의소설과 가깝다는 평가를 내리기도 한다.

〈조웅전〉이 연의소설의 서술 방식을 따르고, 군담 위주의 전개와 함께 결연담과 같은 흥미 화소를 삽입한 것은 대중적 흥미를 고려했기 때문이다. 〈조웅전〉은 조선 후기에 소설의 대중적 인기에 힘입어 등장한 대중소설의 면모를 띠고 있다.

– 장경남

참고 문헌

김현양 글, 김광배 그림, 《조웅전》, 현암사, 2004.

이헌홍 역주, 《조웅전·적성의전》(한국고전문학전집 23), 고려대학교 민족문화연구소, 1996.

김현양, 〈〈조웅전〉의 현실성과 낭만성 – 갈등 양상과 인물 형상을 중심으로〉, 《연세어문학》 24, 연세대학교, 1992.

안기수, 〈〈조웅전〉에 나타난 욕망의 구조와 의미〉, 《어문연구》 85, 한국어문교육연구회, 1995.

이윤석, 〈방각본 〈조웅전〉의 원천〉, 《동방학지》 166, 연세대학교 국학연구원, 2014.

임성래, 〈완판본 〈조웅전〉의 대중소설적 기법 연구〉, 《열상고전연구》 9, 열상고전연구회, 1996.

전성운, 〈〈조웅전〉 형상의 기저와 영웅의 형상〉, 《어문연구》 74, 어문연구학회, 2012.

전성운, 〈〈조웅전〉에 나타난 예지담의 양상과 의미〉, 《우리어문연구》 48, 우리어문학회, 2014.

조희웅, 〈〈조웅전〉 이본고 및 교주보〉, 《어문학논총》 12, 국민대학교 어문학연구소, 1993.

八

최치원을 통해 본 16세기 반(反)중화 의식

주체성 확보를 위한 조선의 외교 정책

—

조선은 중국과 근접해 있고, 중국에게 '사대(事大)'의 의리를 오랜 기간 지켜왔다. 그래서 천자와 제후의 나라로 서로 인정하고 있으면서도, 조선에서 볼 때 중국은 그리 좋은 나라만은 아니었다. 이러한 상황은 태종과 세조가 등극했을 때와 관련지어 볼 수 있다. 한 나라의 임금인데도 명나라의 허락을 받아야 했기에 임금으로서 수치심을 느꼈을 수도 있다.

특히 세조는 중국에서 온 사신이 문제를 제기하면 "전례와 조선의 고사를 근거로 대답하고, 변명을 하거나 논쟁을 벌이지 말고 모두 전하에게 미루라."라고 하여 중국 사신의 고압적 태도에 직접 맞서려고 했다. 심지어 세조는 1459년(세조 5)에 여진에게 직첩(職牒)을 하사했고, 1460년(세조 6)에는 중국 조정의 관작(官爵)을 받은 건주(建州) 야인을 죽이기까지 했다. 그리하여 중국에서는 이를 문책하기 위해 장녕 일행을 조선에 사신으로 보냈다. 하지만 세조는 건주 야인들이 조선의 백성이며, 반란의 혐의가 명백했다는 근거를 들어 당당하게 맞섰다.

이와 같은 세조의 대응은 중국과 보다 대등한 입장에서 외교에 임하려는 노력에서 비롯되었다. 세조의 자주적 외교는 중국과 조선의 관계가 상하의 수직 관계가 아니라 공동 문화권의 일원이라는 공감대를 형성하기 위한 방편이자 조선의 위상을 높이기 위한 수단이라고 할 수 있다. 이러한 노력은 집현전 학사와 중국 문사 간의 시문 수창(酬唱)에서도 그대로 드러난다.

집현전 학사들은 국정의 실무에 대한 지식뿐 아니라 문한(文翰)의 능력까지 겸비한 문사 집단으로서, 시문 수창의 주요 담당층이었다. 이들이 시문 수창을 담당했던 이유는 명나라가 문한을 겸비한 문사들을 선발하여 사신으로 보내왔기 때문이다. 조선이 중국과 대등한 위치를 점할 수 있는 것은 바로 '문학'이라 생각했기에 집현전 학사들은 중국 문사들과의 시문 수창을 통해 사대(事大) 현장에서 격식과 내용을 갖춘 시문을 창작하여 국가의 위상을 드높이고, 문장화국(文章華國, 문장으로 나라를 빛냄)의 이념을 구체적으로 표현했다. 이는 곧 문화적 개별성과 조선에 대한 자부심의 표현이었다.

〈최고운전〉에는 이러한 상황이 그대로 드러난다. 중국 황제가 뒤뜰에서 시 읊는 소리를 듣고 읊는 자가 신라 유생임을 알게 된다. 이에 황제는 조그마한 나라의 선비가 과연 실력이 어떠한가를 판단하기 위해 중국의 문재(文才)들을 선발하여 신라로 보낸다. 그러나 중국 사신들이 신라에서 만난 사람은 이제 겨우 여섯 살 아이였다. 중국 학사들은 어린아이라하여 아주 폄하하고 얕보지만, 이러한 중국 사신들은 아이와의 실제 시문 문답을 통해 자신들의 무지를 깨닫게 된다.

시를 지어 부르기를 "노는 물결 아래 비친 달빛을 뚫고" 하자, 그 아이는 "배는 물 한가운데 비친 하늘을 누르네" 하였다. 학사가 다시 "물새는 떴다 잠겼다 하고" 하자, 그 아이는 "산 구름은 끊겼다 이어지곤 하네" 하였다. 학사가 다시 "희롱하여 새와 쥐는 어찌 찍찍거리는고" 하자, 그 아이는 곧 답하여 "개와 닭도 멍멍 짖어댄다네" 하였다. 학사가 "개가 멍멍 짖는다는 것은 괜찮다 하겠으나 닭도 멍멍대느냐" 하니, 그 아이는 "새가 찍찍거린다는 말은 괜찮겠지만 쥐도 찍찍거립니까" 하였다. 학사들이 말이 막혀 대답하지 못하고 스스로 재능이 그 아이에게 미치지 못함을 알고……

중국 황제가 문재가 출중한 학사들을 뽑아 보냈지만 그들의 학식이 한갓 어린아이만 못함을 보여주어 중국 문사들을 조롱하고 있다. 조선이 힘의 논리에서는 약소국이지만 문장의 논리로서는 중국과 대등하다는 의지를 〈최고운전〉 전반에 드러낸 것이다. 세조와 집현전 학사들이 보여주었던 조선의 주체성 확보를 〈최고운전〉의 작가는 어린아이의 지략을 통해 보여주고 있다.

지금까지 조선이 주체성을 확보하기 위해 어떠한 노력을 펼쳤는가에 대해 알아보았다. 그러면서도 조선은 중국에게 '사대의 예'를 다하기도 했다. '사대'의 정도에 따라 중국에 대한 조선의 주체 의식 확보가 달라지는데, 사대 의식의 변화는 중종반정을 통해 확연히 구분된다. 조선은 개국한 이후 왕위 계승 문제로 몇 번의 변란을 맞았다. 조선 전기에는 태종과 세조, 그리고 중종이 그 대표적인 예라고 할 수 있다. 내부적으로도 문제가 많았지만, 더욱 큰 문제는 반정에 따른 왕위 교체 때 명나라에 허락을 받기 위해 주문(奏文)을 작성하는 것과 사신 파견이었다. 특히 중종반정은 박원종을 비롯한 공신들이 주도했기에 더욱 사안이 중요했다. 그래서인지 세조와 중종의 주문은 완전히 다른 양상을 보인다.

흔히 고려 말부터 조선조까지는 중국에 사대의 예를 다했다고 한다. 하지만 앞서 말한 바와 같이 조선 초기에는 중국과 대등하게 인식하는 색채를 띠기도 했다. 중종반정 이후로는 그 상황이 달라진다는 것을 염두에 두고 볼 때 〈최고운전〉에 표현된 '반중화 의식'은 분명 중종반정을 전후로 하여 생겼다고 추측할 수 있다.

〈최고운전〉에 표출된 '반중화 의식'의 형성 시기는 두 가지로 생각할 수 있다. 하나는 중종반정 이후 반정공신(反正功臣)들이 주문을 올려 사대주의를 표방하기 이전에 형성되었을 것이라는 생각이고, 다른 하나는 중종반정 이후 사대주의가 너무 심각해지자 이에 대한 반작용으로 나왔을 것이라는 추측이다.

〈최고운전〉에 표현된 반중화 의식은 16세기에 가지고 있던 반중화 의식과 조선 초기에 견지했던 주체 의식이 무뎌졌다고 여겼던 인사들의 의식이 반동으로 작용하여 재생되었다고 생각한다. 〈최고운전〉에서 그러한 부분을 보기로 하자.

"대국은 어른입니다. 지금 중원이 어른의 도리로 소국을 대우한다면 소국이 어찌 감히 소자의 도리로써 대국을 섬기지 않을 수 있겠습니까. 이번에는 이미 그렇게 아니 하고 도리어 쳐들어오려고 함 속에 계란을 담아 우리나라에 보내 시를 짓게 했습니다."

중국이 대국으로서 조선을 부당하게 대우하고 있는 것에 대한 강한 반발이 드러난다. 또 〈최고운전〉의 작가는 최치원이 중국에 갈 때 신라 왕에게 오십 척짜리 모자를 달라고 하여 그것을 쓰고 중국에 가서 모자가 문을 통과하지 못하자 "소국의 문에서도 들어갈 수 있는데 더구나 대국의 문에 모자가 걸리다니"라고 하여 중국을 냉소적으로 표현하고 있다. 이러한 상황은 기존 정치에 대한 반동이 아니고서는 서술하기 힘들기에, 적확한 고증이 더 필요하겠지만 〈최고운전〉은 적어도 중종반정(1506) 이후에서 선조 12년(1579) 사이에 창작되었다고 추정할 수 있다.

이러한 자료를 통해, 외관상으로는 천자와 제후국이라는 동아시아의 틀을 깰 수 없지만 문학적인 측면에서 자국의 독자성을 지키려는 노력을 〈최고운전〉에서 찾을 수 있다. 이는 동아시아 문화권에서 시문 능력의 고하가 문화국의 우열을 드러내기에, 작은 변방의 나라지만 함부로 여길 수 없도록 하기 위한 의도로 볼 수 있다. 이는 세조 대와 같이 정부의 주체적 외교 정책이 뒷받침되었기에 가능할 수 있었다. 〈최고운전〉에서 어린 아이와 중국 사신의 문답을 초반부에 넣은 것은 당시 조선이 중국보다 문학적으로 우수하다는 것과 함께 중국과 대등한 의식을 보이기 위한 장치라 할 수 있다.

—

도교의 확산과 문학적 수용

—

〈최고운전〉은 시대 상황만으로는 온전히 설명할 수 없는 작품이다. 왜냐하면 〈최고운전〉 전반에 걸쳐 '금돼지 설화'와 최치원의 신이성, 여러 조력자의 등장, 용궁과 천상 인물들과의 만남 등이 드러나기 때문이다. 이를 통해 〈최고운전〉에 도교적 세계관이 깔려 있음을 알 수 있다.

한반도에 도교가 처음 전래된 것은 삼국 시대로 보고 있지만, 실제로는 도교 수입 이전부터 중국 도교와 비슷한 고유의 선도(仙道)가 전해 왔다고 한다. 이러한 도교적 요소들은 불교 세력에 밀려 빛을 보지 못한 채 불교에 흡수되거나 민간신앙 속에 잠적해 버렸다고 할 수 있다.

조선 초기에는 세종과 같은 현군의 등장으로 이인(異人)이나 도교 설화가 회자되지 않았다. 그러나 15세기 말에서 16세기 초에는 연산군과 같은 폭군의 등장으로 지배 계층 간의 갈등이 심화되고 거듭된 사화로 많은 선비가 자연으로 은거하면서 동서 간의 당쟁이 치열해졌다. 이러한 시대에 출사하지 않고 초야에 묻혀 방외인(方外人)으로 자처하면서 음양술과 방기술에 능통하고 또한 선술(仙術)을 지닌 이인으로서의 일화를 남긴 사람들이 있다. 곧 김시습으로부터 홍유손, 정희량, 서경덕, 전우치, 박지화, 서기, 이지함, 한무외, 남궁두 등이 그들이다.

이들은 대개가 유학자이면서도 도교에 흥미를 느껴 작품과 저술을 남기기도 했다. 유자들은 현실에서 이룰 수 없는 자신들의 이상을 허구화된 세계에서 실현하고자 했는데, 이를 가장 잘 구현할 수 있었던 도구가 바로 도교라고 생각했던 것 같다. 도교는 신이성과 초월성을 추구하는 종교이다. 신이성과 초월성은 현실에서 이룰 수 없는 것들을 이룰 수 있도록 하는 화소이다. 그렇기에 유자들은 도교를 문학작품에 수용하여 현실 돌파의 출구로 삼았다.

16~17세기에 형성된 신선전과 유선(遊仙) 문학은 도교의 영향으로 이룩된 장르라고 할 수 있다. 또 신선전이나 유선시, 유선 사부 등이 많이 창작된 것으로 보아 16세기에 도교가 조선의 유자들에게도 상당한 영향을 끼쳤을 것이라 생각된다. 또 도교는 유교와 달리 민족의 주체성과 우월성

을 강조한다. 민족의 시조로 유자들은 '기자'를 섬기고 있지만, 도교에서는 '단군'으로 상정하고 있다는 것이 그 증표라고 할 수 있다.

16세기 말을 대표하는 〈최고운전〉에서도 당시 시대적 조류에 편승하듯 도교적 색채가 다분하며, 최치원의 신이성과 함께 도교적 공간도 다수 발견할 수 있다. 금돼지가 거처하던 곳의 묘사를 보면 "세상에 어찌 이런 곳이 있으랴. 반드시 신선이 사는 곳일 것이다." "천궁의 자미전과도 같았다." "이 땅은 인간 세상이 아니니 죽는 이치가 없으니"라고 묘사되고 있다. 또 최치원의 신이성은, 최치원이 금돼지의 아들이라 의심해 버렸지만 "하늘이 그 아이를 돌보아 선녀를 보내서 젖을 먹여 길렀다."라고 하는 부분을 통해 간접적으로 알 수 있다. 이후 최치원의 신이성은 〈최고운전〉의 여러 조력자, 이를테면 위이도에 비를 뿌려준 이목, 간장 적신 솜을 준 한 노파, 부적을 준 여인 등으로 더욱 부각된다. 이 조력자들의 행동과 말을 통해 〈최고운전〉의 도교적 경향을 읽어낼 수 있다.

최치원이 선계 인물이라는 증거는 다음의 예에서 알 수 있다.

"최치원은 천상에 있을 때 작은 죄를 지어 인간 세상에 귀양 가게 된 것이니, 인간 세상의 녹록한 사람이 아니다. 만약에 최 문장이 있어 막을 것 같으면 중지하고 부디 함부로 죽이지는 말라 하시었소."

위 예문은 천승(天僧)이 이목을 잡으러 왔다가 최치원에게 하는 말이다. 최치원은 천상에 있을 때에 월궁에 계화가 아직 피지 않았는데 이미 피었다고 거짓을 고해 인간 세상에 귀양 온 자이다. 최치원의 적강을 밝히는 것은 그가 원래는 '천선(天仙)'이었으므로 인간계의 어느 누구든지 심지어 황제까지도 대항할 수 없는 인물임을 드러내기 위한 방편이다. 〈최고운전〉에서 최치원의 우월성은 우리 민족의 우월성이요, 천승이 최치원에게 머리 숙이고 이목이 종학(從學)하겠다고 한 것은 유·불·도가 회통하는 가운데 도교 우위의 세계관을 제시하는 것이라 하겠다.

이로 볼 때 〈최고운전〉은 조선 초기부터 가지고 있던 '반중화 의식'을 주제로 하여 16세기에 창작된 소설이라고 규정할 수 있다. 또 〈최고운전〉의 작가는 16세기에 성행했던 도교 의식을 바탕으로 민족의 주체성 및 우월성을 표현하려고 했던 것 같다.

—

〈최고운전〉에 내포된 '반중화 의식'의 의미

—

조선 시대 전반에 걸쳐 조선은 중국에게 힘으로 저항할 수 없었기에 중국을 압도할 방안을 모색해야만 했다. 그 방안이 바로 뛰어난 인적자원을 동원한 문학적 대응이다. 그리하여 중국 학사들이 여섯 살 먹은 아이에게조차 문답에서 지는 상황을 제시했고, 이어 그 수모를 갚기 위해 중국 황제가 여러 가지로 애쓰지만 결국 조선은 쉬운 나라가 아님을 〈최고운전〉의 작가는 의도적으로 보여주고 있다. 그렇기 때문에 신라 시대의 명문장가였던 '최치원'을 주인공으로 내세운 것이다.

최치원은 신라뿐만 아니라 중국에서도 빈공과에 합격하여 관리를 지냈던 인물이었기에 더욱 적격이었을 것이다. 겉으로는 사대의 의리를 지키고, 속으로는 우리의 독자성을 찾기 위해 '문장화국'의 이미를 부각히여 중국과 대등함을 표현했다고 본다.

〈최고운전〉에서 '반중화 의식'을 표현하면서 조선의 자존심을 세운 일화가 바로 석함 속에 계란이 들어 있음을 알아맞힌 일이다. 중국이 신라에 석함을 보낸 이유는 신라에 뛰어난 인물이 있는가를 시험하기 위함이다. 이는 중국이 조선에 행했던 견제 방법 가운데 하나로 볼 수 있다. 그러나 이 문제를 해결한 사람은 정부의 고관대작이 아니라 일개 파경노(破鏡奴, 나 승상 댁 나 소저의 거울을 깨뜨리고 그 집의 노비가 되었다고 하여 최치원 스스로 붙인 이름)인 최치원이었다. 그것도 붓을 발에 꽂고 잠만 자다가 시 한 수를 완성하여 문제를 푼다. 파경노가 붓으로 문제를 해결한다는 것은 최치원이 신라 당대의 유명한 문장가였기에 가능했던 장치이다. 결국 최치원은 석함 안에 알에서 부화한 병아리가 죽어 있다는 것을 알아낸다. 판도라의 상자와 같이 그 안을 알 수 없도록 만들어진 석함이지만 최치원은 신통력을 발휘해 그 속에 무엇이 들어 있는지를 알아맞혀 조선에 인재가 있음을 중국에 알렸다.

석함 안의 상황은 조선의 상황으로 대치시켜 볼 수 있다. 중국의 속국으로 중국의 허락 없이는 아무것도 하지 못하는 조선의 암담함을 소설이라는 문학 장치로 변형시킨 것이다. 이 암담함을 옳게 적시한 작중인물 최치원이 중국을 상대로 국위를 선양하게 된다. 최치원을 내세워 붓으로 시를 써서 문제를 풀었다는 것은, 조선은 중국처럼 무력으로 행세하는 것이 아니라 문치(文治)로 해결한다는 것을 보여준 것이다. 최치원이 중국에 있을 때 황소와 이비의 무리를 글로 감복하게 만들었다는 일화에서도 그 증거를 찾을 수 있다.

〈최고운전〉에서 반중화 의식은 최치원이 중국 황제에게 직접 항변하는 모습에서 잘 드러난다.

"온 하늘 아래에는 임금의 신하 아닌 사람이 없고, 온 세상 땅에는 임금의 땅 아닌 곳이 없다 하였다. 너는 신라인이나 신라도 나의 영토요, 네 임금도 내 신하거늘 네가 나의 사신을 꾸짖는 것은 어째서인가?"라고 하였다. 최치원은 공중에 한일자를 긋고는 그 위에 뛰어올라 "여기도 폐하의 땅이요?" 하니 황제가 크게 놀라 용상에서 내려와 머리를 조아리며 사과하였다.

황제의 말에서 중국이 조선을 어떻게 인식하는지를 알 수 있다. 조선은 중국의 한 영토에 불과하고 조선의 임금마저도 중국 황제의 신하이니 자신의 명령은 모두 따라야 한다는 것을 강조하고 있다. 실제로 중국이 조선에 대해서 이러한 강압으로 '업신여김'을 행했기에 조선의 주체성 회복을 주장하는 〈최고운전〉의 작가는 반중화 의식을 노골적으로 제시한 것이다. 그리하여 〈최고운전〉의 작가는 뛰어난 지략과 시문 능력을 보여준 최치원이 중국 문사보다 낫다는 것을 표현하고 있다.

〈최고운전〉에서의 반중화 의식은 최치원이 중국 조정의 모략에 대응하는 과정에서도 잘 드러난다. 최치원이 모략에 대응할 수 있었던 것은 그의 능력에 의한 것이기도 하지만, 여러 조력자가 도와준 덕분이었다. 그들이 바로 간장 적신 솜을 준 노파, 어떤 여인의 정체를 알려준 노옹, 부적을 주며 함정을 피해 가도록 일러준 여인 등이다.

노인은 최치원에게 "중원에 들어가면 반드시 큰 화를 만날 것이니 부디 조심하라"고 알려준다. 이 예언에서 중국에 대한 불신을 알 수 있다. 그런데 불신에서만 그치는 것이 아니라 불신하는 대상을 무찌를 수 있도록 알려준다는 것이 더 중요하다.

뛰어난 능력을 가진 최치원도 할 수 없는 일을 노인이나 여인이 해결하도록 도와준다. 이들은 도교에서 말하는 선승이나 도사들이지만, 단순한 종교적 차원이 아닌 민중의 염원이 이들의 말 속에 담겨 있다고 볼 수 있다. 천제까지도 인정한 최치원이지만 조력자들의 도움이 없었다면 최치원은 중국에서 살아남지 못했을 것이다. 이 조력자들의 도움은 바로 민중의 도움이다. 곧 〈최고운전〉에 서술된 설화적 요소는 바로 민중에게서 회자되었던 이야기가 소설에 투영된 것으로 볼 수 있다. 여기에 민중의 반중화 의식이 담겨 있다고 생각한다. 왜냐하면 이 조력자들의 신분이 일반 민중을 묘사하고 있어서 그들을 대변한다고 볼 수 있기 때문이다. 〈최고운전〉의 작가는 도교적 인물을 내세워 이들의 능력을 최치원에게 제공하여, 현실에서는 조선에 압박만 가하는 중국을 조롱하며 하찮게 묘사하고 있다.

이와 관련지어 볼 문제가 하나 더 있다. 바로 최충이 아내를 금돼지에게서 구출해 온 뒤에 아이를 낳았는데, 이 아이를 금돼지의 아들로 의심하여 갖다 버린 일이다. 그런데 최충은 다시 그 아이를 자기 자식으로 인정하고 데려오려고 하지만 버려진 아이는 가지 않겠다고 한다.

"부모가 애초 나를 금도야지 자식이라고 하여 이곳에 버렸는데 지금은 부끄럽지 않아서 보시려 하는 것인가. 옛날 여불위는 미희가 임신한 후에 진왕에게 바쳐서 일곱 달 만에 정을 낳으니, 정은 실로 여씨였으나 왕은 버리지 않았다네. 하물며 우리 어머니께서는 나를 밴 지 석 달 만에 문창의 변을 만났다가 달을 넘겨 어머니를 되찾고 여섯 달이 지나 나를 낳은 것이네. 이로 본다면 과연 금도야지의 아들이 아님이 명백하여 의심할 나위가 없네. 그런데도 바닷가에 버렸으니 그 잔인 각박한 행위가 너무하지 않은가. 지금 내가 무슨 면목으로 우리 부모님을 가서 뵌단 말인가. 그래도 억지로 나를 만나려 한다면 나는 바다로 들어가 버리겠네."

위 예문을 통해서 알 수 있는 중요한 단서는 아들이 아버지를 부정하고 있다는 것이다. 애초에 아버지는 아들을 부정했으나 부정했던 아들을 다시 찾으려 한다. 하지만 아들은 그 아버지를 받아들이려 하지 않고, 바다로 들어가겠다고 협박까지 한다. 〈최고운전〉 서두에서 한 가정에서의 '아버지'에 대한 부정을 이야기하고 있지만, 실은 중국이 더 이상 조선의 상국(上國)이 아니라 대등한 나라임을 표현하기 위한 방편으로 〈최고운전〉의 작가가 이용하고 있는 것으로 볼 수 있다.

조선은 명의 속국이자 제후의 나라이다. 가정으로 치면, 명은 아버지요 조선은 아들인 셈이다. 이러한 구조는 유교의 화이론(華夷論, 중국을 존중하고 오랑캐를 물리친다는 세계관)에 그 근거를 두고 있지만, 근원은 힘의 논리에 있다. 조선은 무력을 앞세운 중국에게 항거할 힘이 없었다. 그렇다 보니 민족의 주체성 확보 면에서 할 수 있는 일은 중국보다 나은 것을 찾는 일이었는데, 그것이 바로 '문학'과 '도교'였다. 문학은 문명의 우열을 비교하는 잣대로서, 도교는 주체성을 확보하고 현실을 돌파하는 도구로서의 의미를 가지고 있다. 또 전술했듯 도교는 신이성과 초월성을 강조한다.

도교적 상상력을 문학에 수용한 것은 현실의 좌절이나 암담함에서 탈출하는 통로로 삼기 위함이다. 〈최고운전〉에서 최치원의 활약이 바로 그것이다. 그러나 현실의 높은 벽을 넘는 것은 어려운 문제였던 것 같다. 〈최고운전〉의 마지막을 보면, 임금이 사냥놀이를 나왔다가 최치원이 말을 타고 지나가는 것을 보고 어전으로 잡아 오게 하고는 "네가 공이 많아 죄를 주지 못하겠으니 이 이후로는 내 앞에 나타나지 말라."라고 했다.

중국 황제 앞에서도 최치원은 지략을 사용하며 당당한 모습을 보였고, 중국 황제는 이러한 최치원을 인정해 주었다. 천제까지도 최치원의 실력을 인정했는데 정작 본국의 임금은 이런 최치원을 도외시하고 있는 것이다. 이상은 높았지만 그 이상을 실행할 수 없었던 조선의 암담한 시대 상황을 〈최고운전〉의 작가는 은유적으로 표현하고 있다. 결국 〈최고운전〉은 16세기에 중국과의 관계에서 주체성을 잃은 무능한 관리들을 비판하던 민중의 염원이 '반중화 의식'이라는 대명제 아래 창작된 소설이라고 말할 수 있다.

- 조상우

참고 문헌

정학성 편역, 〈최문헌전〉, 《역주 17세기 한문소설집》, 삼경문화사, 2000.
조상우 글, 김호랑 그림, 《전우치전·최고운전》, 현암사, 2013.

김남이, 〈집현전 학사의 문학 연구〉, 이화여자대학교 박사학위논문, 2001.
김덕수, 〈조선 문사와 명 사신의 수창과 그 양상〉, 《한국한문학연구》 27, 2001.
김현룡, 〈〈최고운전〉의 형성 시기와 출생담 고(攷)〉, 《고소설연구》 4, 한국고설학회, 1998.
박일용, 〈〈최고운전〉의 작가 의식과 소설사적 위상〉, 《고전문학연구》 16, 한국고전문학회, 1999.
정출헌, 〈〈최고운전〉을 통해 읽는 초기 고전소설사의 한 국면〉, 《고소설연구》 14, 한국고소설학회, 2002.
조상우, 〈〈최고운전〉에 표출된 '대중화(對中華) 의식'의 형성 배경과 의미〉, 《민족문학사연구》 25, 민족문학사연구소, 2004.
최기숙, 〈권력 담론으로 본 〈최치원전〉〉, 《연민학지》 5, 연민학회, 1997.

一二三四五六七八 **九** 十

B급 영웅 이야기

하나이면서 여럿인 〈전우치전〉

전우치가 구름을 타고 가다가 굽어보니 저잣거리에서 두 사람이 돼지머리를 붙들고 싸우고 있었다. 우치가 내려와 그 까닭을 물으니 한 사람이 대답했다. "돼지머리를 쓸 데가 있어 먼저 값을 정했는데, 저 사람이 관리랍시고 빼앗아가려 해 다투고 있소." 우치가 관리를 속이려고 진언을 외우니, 그 돼지머리가 입을 벌리고 관리를 물려고 했다. 그러자 관리가 놀라 달아났다.

구름을 타고 하늘을 날아다니며 부적을 붙이고 주문을 외면서 몸을 변신하여 못된 사람을 혼내고 어려운 사람을 도와주는 〈전우치전〉은 환상적인 도술과 강자에 대한 징치, 약자에 대한 구제 등을 통하여 독자들에게 통쾌함을 선사하는 대표적인 고전의 하나이다. 2009년에 원작을 상당히 개작하고 과거와 현대를 넘나드는 이야기로 각색한 영화로 만들어져 많은 관객의 호응을 받았으며, 최근 그 인기에 힘입어 후속편이 제작된다는 소식도 들린다. 전우치는 영화 말고도 드라마나 만화 등 다양한 문화 콘텐츠에서 즐겨 찾는 소재가 되었다.

〈전우치전〉은 16세기 중종 대를 전후해서 활동한 실존 인물 전우치(田禹治)와 관련된 다양한 한문 기록들을 활용하여 19세기경에 만들어진 한글소설이다. 16~19세기 한문 기록에 나타나는 전우치는, 개성 출신으로 도술을 발휘하여 가난하거나 병든 사람을 구제하기도 하고 세상을 속이고 우롱하고 다닌다. 그러다가 화담 서경덕 등 자신보다 도술이 높은 사람과의 도술 대결에서 패배하기도 하고, 백성을 미혹하게 한다는 죄목으로 쫓기다가 자결했다고 하는 등 다양한 일화가 전하는 인물이다. 긍정적인 면모도 전하지만 요술을 통해서 혹세무민했다는 평가도 많아서 정확한 실체를 파악하기가 쉽지 않다. 한글소설로 만들어지기 이전에 한문을 자유롭게 읽고 쓸 수 있는 조선 시대의 지식인들 사이에서 벌써 전우치에 대한 평가가 일관되지 않았다는 의미일 것이다. 전우치에 대한 이런 다양한 시각이 모아지고 나름대로의 구조화를 통하여 가다듬어지면서 통속적인 대중소설로 완성된 것이 한글소설 〈전우치전〉이다.

우리나라의 한글 고소설은 대부분 작자와 창작 시기에 대한 정보가 알려져 있지 않다. 한글로 무엇인가를 기록한다는 것 자체가 크게 환영받지 못하는 행위였고, 소설이 문학의 여러 장르 중에서도 특히 부정적으로 인식되었던 조선의 전반적인 사회적 분위기 때문에 대중들이 즐겨 읽는 소설을 만들고도 작가가 떳떳하게 자신의 이름을 밝히지 않았다. 사정이 이렇다 보니 한글 고소설 시장에는 저작권이라고 할 만한 인식이 없었고,

필요하다면 누구나 소설의 창작 또는 개작에 참여할 수 있었다. 이러한 결과로 모방작이라고 할 만한 유사한 성격의 작품들이 다수 생겨났고, 같은 제목의 작품 내에서도 내용이 약간씩 다른 많은 이본이 나타났다. 이것은 우리나라의 고소설이 중국이나 일본 또는 다른 문화권의 소설과 비교되는 독특한 특성이다.

〈전우치전〉은 현재 알려져 있는 이본이 30종 정도 되는데, 이중에는 굉장히 독특한 내용을 담고 있는 것들도 있다. 우리가 익숙하게 알고 있는 〈전우치전〉은 구미호에게 도술을 터득한 전우치가 국왕이나 권력자를 징치하고 곤궁에 빠진 백성들을 도와주다가 강림도령·서화담과의 도술 대결에서 패배하고 결국 서화담을 따라 산으로 들어갔다는 내용이다. 학교 교육에서도 이런 〈전우치전〉을 가르치고, 대중매체에서도 이런 〈전우치전〉을 활용한다. 그런데 〈전우치전〉 이본 가운데 10여 종은 전혀 다른 이야기를 하고 있다.

강원도 관노의 아들로 태어난 전우치는 노승에게 수학하여 도술을 습득한다. 집안을 해치리라는 점괘를 믿은 부친으로부터 살해의 위협을 느끼고 출가하여 도적의 우두머리가 되어서 절의 재물을 약탈한다. 그 후 전우치는 중국 황제를 찾아가 황금 대들보를 탈취하고 온갖 도술을 부려 황제를 농락한 후 조선으로 돌아온다. 조선의 왕이 우치를 잡으려 하니 우치가 스스로 자수하여 중국 황제를 농락한 이유를 말하고 다시 중국으로 들어간다. 중국 황제가 우치를 잡아 죽이려 하지만 우치는 도술로 다시 황제를 농락하고 사라진다. 전우치가 연나라 공주와 도술 대결에서 승리하여 그녀와 혼인하고, 나중에 연나라의 왕이 된다는 것으로 작품은 마무리된다. 이런 내용을 가지고 있는 〈전우치전〉은 전우치의 영웅적인 활약상을 강조하고 중국에 대한 조선의 민족적 우월감을 드러내려는 의도가 있다고 볼 수 있다. 이런 독특한 〈전우치전〉도 일부 존재한다는 사실을 일단 인식하면서, 이 글에서는 우리에게 더 익숙하고 가장 잘 알려진 이본인 경판 37장본(서울에서 판매를 목적으로 목판에 새겨 인쇄하여 만들어진 37장 분량의 책이라는 뜻)을 중심으로 살펴보기로 한다.•

그동안 학교 교육에서 〈전우치전〉을 이해하고 설명할 때, 강자에 대한 징치와 약자에 대한 구제 등을 통해서 사회의 구조적인 모순을 드러내고 해결하려는 개혁적 성격이 강한 소설이라는 긍정적인 시각도 있었던 반면, 작품의 구조가 단순한 삽화 나열식으로 되어 있다든가, 주인공 전우치의 성격이 자의적이고 행동에 일관성이 없다는 이유로 〈홍길동전〉의 아류작 같은 수준이 높지 않은 작품이라는 시각도 함께 존재했다. 이 글에서는 〈전우치전〉이 이렇게 양면적인 평가를 받게 된 원인들을 점검해 보고, 새로운 해석의 방향에 대해 고민해 보기로 한다.

—

환상적인 도술의 세계

—

〈전우치전〉에 대한 본격적인 논의를 펼치기 전에 작품의 내용을 좀 더 구체적으로 확인해 보면, 〈전우치전〉은 내용상 다섯 개의 큰 단락으로 나누

• 경판 37장본은 작품 제목이 '전우치전'이 아니라 '전운치전'이고, 주인공 이름도 '전운치'로 되어 있다. 이는 모친의 태몽에 구름(雲)이 몰려오면서(致) 동자가 나타났기 때문에 부모가 이름을 그렇게 지은 것이다. 〈전우치전〉 이본 중에서도 경판 37장본처럼 제목이 '전운치전'으로 되어 있는 것들이 여럿 존재한다. 〈전우치전〉 전승의 과정에서 보자면, 한문 기록에는 '전우치(田禹治)'로 표기되다가 19세기 한글소설로 만들어지면서 '전운치'가 나타나게 되었고, 20세기 초 이후 현재까지 다시 '전우치'로 복귀하는 과정을 거친 것 같다. 이 글에서는 통상적으로 사용하고 있는 '전우치전'으로 통일하기로 하고 넘어간다.

어 이해할 수 있다.

출생 – 도술 습득 – 도술 행적 – 도술 대결 – 입산수도

'출생' 단락에서, 고려 말 전숙과 최씨 부인에게 오래도록 자식이 없었는데 최씨가 신선들이 산다는 영주산에서 약초를 캐던 선동이 품속으로 들어오는 꿈을 꾸고 임신하여 아들 우치를 낳는다. 총명한 아이로 성장하던 우치는 어린 나이에 부친을 여의고 모친을 모시고 살아가게 된다.

'도술 습득' 단락에서 전우치는 구미호로부터 두 차례 도술을 배우게 된다. 부친의 친구 윤공에게 글공부를 배우러 다니던 중, 길가에서 젊은 여자로 변신한 구미호와 인연을 맺으면서 그녀의 입 안에 있던 여우 구슬 호정(狐精)을 빼앗아 도술을 습득하게 된다. 그 후 전우치는 과거 공부를 하기 위해 세금사라는 절에 머물다가 젊은 과부로 변신한 구미호의 실체를 적발하고 꾸짖으면서 그녀로부터 천서(天書)를 빼앗아 또 한 차례 도술을 깨우치게 된다. 전우치가 고상한 도사나 노승을 통해 도술을 습득한 것이 아니라 요망한 구미호를 통해서 습득했다는 사실은 전우치라는 인물에 대한 평가, 더 나아가 〈전우치전〉의 작품 평가에도 관계된다고 논의가 되어왔다.

'도술 행적' 단락은 도술을 습득한 전우치가 본격적으로 자신의 도술을 마음껏 발휘하는 대목으로, 작품에 나타나는 순서에 따라 간단하게 정리하면 다음과 같다.

① 국왕 농락
② 상서 양문기 징치

③ 하급 관리 징치

④ 소생·설생 징치

⑤ 호조 창고지기 장계창 구제

⑥ 가난한 백성 한재경 구제

⑦ 선전관 징치 1

⑧ 염준 반란 진압

⑨ 선전관 징치 2

⑩ 음란한 승려 징치 1

⑪ 도승지 왕연희 징치

⑫ 음란한 승려 징치 2

⑬ 투기 심한 민씨 징치

이 단락들의 대부분은 전우치가 도술을 발휘하여 누군가를 징치하거나 구제한다는 내용이다. 몇 가지만 뽑아서 살펴보면, ① 도술을 습득한 전우치는 더 이상 과거 공부에 매진하지 않고 선관으로 변신하여 고려 왕에게 옥황상제의 명령이라며 황금 대들보를 만들게 하고 약속한 날 다시 나타나 유유히 그것을 가지고 사라진다. ④ 사치와 향락의 파티를 즐기며 없어 보이는 사람을 무시하는 소생·설생에게 성기를 사라지게 하는 도술을 부려 곤궁에 빠지게 한다. ⑦, ⑨ 선전관이라는 벼슬을 제수받고 궁궐에 들어간 신입 관리 전우치를 선임 선전관들이 업무적으로 과도하게 몰아치고 또 신고식을 억지로 강요하는 횡포를 저지르자 도술을 부려 그들의 부인을 몰래 데려와 기생처럼 술시중을 들게 한다든지 귀신과 도깨비를 시켜 지옥으로 보내는 꿈을 꾸게 하여 반성하게 한다. ⑪ 전우치를 모함하던 도승지 왕연희의 모습으로 변신하여 그의 집으로 가서 진짜 왕연희 행세를 하면서 진짜 왕연희는 구미호의 모습으로 바꾸어버려 고초를 겪게 한다.

한편 징치와 구제는 동전의 양면과 같아서 누군가를 징치한다는 것은 다른 누군가를 구제한다는 의미이고, 누군가를 구제한다는 것은 다른 누군가를 징치한다는 의미이다. ② 상서 양문기는 형사소송에서 사법적인 판단을 내려야 하는 고위 관료이다. 전우치가 양문기를 징치하는 이유는 양문기가 자기와 친분이 있는 조씨 성을 가진 사람을 풀어주고 대신 이씨 성을 가진 사람에게 누명을 씌워 진범으로 만들어 처벌하려 했기 때문이다. 결국 양문기에 대한 징치는 이씨를 구제하는 셈이 된다. 양문기는 고위 관료이고 이씨는 힘없는 백성이다. ③ 일반 백성들이 먼저 구입한 돼지머리를 얄량한 권력으로 중간에서 탈취하는 하급 관리를 징치하는 대목이나 ⑩, ⑫ 과부에게 음심을 품고 그녀를 차지하려던 승려를 징치하는 대목 등은 징치와 구제가 동시에 발생한다는 것을 잘 보여준다. ⑤ 단지 장부를 잘못 정리한 죄로 사형이라는 형벌을 받게 된 창고지기 한재경을 구원하는 것은 결국 국가의 형법 체계가 불합리하다는 것을 드러내는 것과 같고, ⑧ 백성들을 노략하고 죽이면서 국가에 반역을 일으킨 염준을 징치하는 것은 결국 힘없는 백성을 구제하는 것과 같은 의미이다. 징치의 대상은 예외 없이 상대적으로 강자이고, 구제의 대상은 약자라는 것도 일관되게 나타난다.

전우치가 발휘하는 기상천외하고 환상적인 도술은 독자들의 흥미를 이끌어내는 중요한 수단으로 작용하고, 약자의 편에 서서 권력자들을 징치하는 전우치의 태도는 독자들의 마음을 위로하는 역할을 수행하게 된다. 그런데 이런 식의 여러 일화가 병렬적이면서 반복적으로 나열되는 것이 도술 행적 단락의 서술 방식이고, 개별 대목 사이에 인과관계가 긴밀하지 못하기 때문에 단순 나열식 병렬 구조라는 평가를 받아왔던 것이다.

'도술 대결' 단락은 전우치와 동문수학하던 친구 양봉한이 상사병을 앓고 죽어가자 전우치가 나서서 도술로써 친구가 흠모하던 정씨 과부를 납치하는 것으로 출발한다. 그런데 지금까지 한 번도 자신의 도술에 대항하는 사람을 만나본 적이 없던 전우치에게 고수들이 나타나 도술 대결이 시작되는 것이다. 과부를 납치하여 돌아가던 전우치 앞에 강림도령이라는 인물이 나타나 도술 대결을 펼치게 되고, 이 대결에서 강림노령이 승리하면서 전우치의 올바르지 못한 도술 사용을 경고하게 된다. 다시 서화담을 찾아간 전우치는 그와의 도술 대결을 펼쳐 이번에도 패배를 맛본다. 서화담 역시 국왕을 농락하고 함부로 도술을 남발하는 전우치를 꾸짖으며 나중에 자신과 함께 영주산에 들어가 신선의 도를 닦을 것을 제안한다.

'입산수도' 단락에서 전우치는 모친을 정성으로 봉양하다가 모친이 세상을 떠나자 자신을 찾아온 서화담을 따라 영주산에 들어가는 것으로 작품은 마무리된다.

—

〈전우치전〉, 무엇이 논쟁거리인가?

—

〈전우치전〉을 이해하는 데 있어서 논란의 여지가 있는 부분은 작품의 구조 또는 구성과 관련된 문제와 전우치 행동의 정당성에 대한 문제라고 할 수 있다.

기존에는 〈전우치전〉의 작품 구조에서 각각의 단락들이 서로 유기적이고 필연적인 인과성을 가진 완결된 구조를 지니지 못하고 여러 개의 삽화가 단순하게 나열된 삽화 편집적 구조 또는 단순 나열식 구조라는 지적이 지배적이었다. 큰 단락의 차원에서 본다면, '전우치의 출생 – 도술 습득 – 도술 행적 – 도술 대결 – 입산수도'로 이어지는 서사는 나름대로 전우치의 일생을 순차적으로 따라가면서 자연스럽게 연결된다고 할 수 있지만, 특히 도술 행적 단락에 나타나는 많은 구체적인 행위 사이에는 필연적인 인과성을 발견하기가 쉽지 않다는 것이다. 국왕을 농락하여 황금 대들보를 탈취한 전우치가 벌이는 다음 사건이 양문기를 징치하고 이씨를 구제하는 것이어야 할 필연적인 이유가 없어 보이고, 선임 선전관들의 횡포를 징치하는 것과 반란군 염준을 진압하는 것 사이에도 필연적인 인과성이 도드라지지 않으며, 나머지 대목들 사이에서도 인과적 연결이라고 명확하게 느껴지는 부분은 많지 않다. 그러나 이들 대목들 사이에 정말 아무런 연결고리가 없는 것일까?

도술 행적 단락을 구성하고 있는 ①에서 ⑬까지의 작은 대목들은 전우치가 관리가 되기 이전의 행동(①~⑥)과 국가에 소속된 관리인 상태에서 벌이는 행동(⑦~⑨), 그리고 다시 관직을 버리고 궁에서 탈출한 다음의 행동(⑩~⑬)으로 나누어 볼 수 있다. 관리가 되기 이전의 전우치는 도술을 부려 국왕으로부터 황금 대들보를 탈취하는 것을 시작으로 고위 관료, 하급 관리, 부유한 관리의 자제로 볼 수 있는 젊은 서생들을 차례로 징치하고, 사회적·경제적으로 열등해서 억울한 누명을 쓰거나 삶의 고단함을 느끼는 백성 장계창과 한재경을 국가를 대신해서 구제한다. 국왕으로부터 부유한 관리의 자제까지, 다시 말해 당시 권력의 최고위층에서부터 권력층의 가족들까지 권력 부패의 스펙트럼을 펼쳐서 보여주고 그들을 히나하나 징치하는 것으로 화소를 배치한 설정은 결코 우연적이라고 보기 힘들다.

전우치는 자진해서 국가에 형식적으로 굴복하고 선전관 벼슬을 받아

궁궐에 들어가서 선임 선전관들의 관습적인 횡포를 한 차례 징치하고, 이어 반란을 일으켜 국가는 물론 백성들의 삶까지 위협하는 염준을 진압한 다음 관리로서 명망을 얻는다. 그러나 선임 선전관들은 아직도 전우치에게 앙심을 품고 있고, 이에 전우치는 그들을 지옥으로 보내는 꿈을 꾸게 함으로써 결국은 굴복하게 만든다. 이렇게 선전관의 징치 대목 사이에 염준의 반란 진압 대목을 집어넣은 것 역시 나름대로 구상의 결과일 것이다. 단순하게 처리하자면 별개의 사건으로 나열할 수도 있었기 때문이다. 궁에서 나온 다음 도승지 왕연희에 대한 징치 대목 앞뒤에 음란한 승려를 징치하는 대목을 나누어 배치한 것도 마찬가지로 의도와 구상의 결과로 이해하는 것이 마땅하다.

이렇게 〈전우치전〉의 구조를 좀 더 적극적으로 이해한다면, 이 작품이 강자를 징치하고 약자를 구제하는 여러 개의 삽화를 아무 생각 없이 나열하기만 한 것은 아니라는 것을 알 수 있다. 물론 필연성이 극도로 강화된 완결된 형태의 구조라고는 할 수 없겠지만, 삽화들 사이에 일정한 관계를 포착할 수 있으며, 그것은 한글소설 단계에서 이름 모를 〈전우치전〉의 작가가 구상한 결과일 것이다. 한문 기록으로 전해지는 전우치에 대한 일화는 기록자의 전우치에 대한 인식 태도에 따라 다양하면서도 극단적이며 단편적이다. 〈전우치전〉은 이러한 기록들을 어느 정도 수용하면서 한글소설로 만들어졌기 때문에, 애초에 전우치에 대한 전혀 새로운 상상 또는 구상에서 출발하여 작품을 기획할 수는 없었다. 이미 알려져 있는 삽화들을 나름대로 유기적으로 연결하면서 흥미로운 대중 서사로 완성한 것이 현재의 〈전우치전〉이라고 본다면, 이러한 구조가 〈전우치전〉을 이해하고 평가하는 데에 단점으로만 지적되어서는 안 되고, 보다 적극적으로 작품의 의도를 찾아내려는 접근 태도가 요구된다고 할 수 있다.

〈전우치전〉과 관련해서 점검해야 할 두 번째 논쟁거리는 주인공 전우치의 행동에서 정당성을 발견할 수 있느냐 하는 것이다.

모친을 홀로 모시고 살아가던 전우치는 구미호를 통해 두 차례에 걸쳐 도술을 습득한 다음부터 과거 공부를 중단하고, 노모를 봉양해야 한다는 명분으로 도술을 발휘하여 국왕으로부터 황금 대들보를 탈취하고 그것을 팔아 생계를 이어가는 것으로 설정되어 있다. 이는 모친에 대한 효도를 성취하기 위해서 국가에 대한 충성을 저버린 것이고, 사적인 이익을 추구하기 위해 공적인 책임을 망각한 정당하지 않은 행위라고 이해될 수 있다. 전우치와의 도술 대결에서 승리하여 그를 굴복시키는 강림도령과 서화담 역시 작품 속에서 전우치를 징계하는 논리로 국왕으로 대표되는 국가에 대한 불충(不忠)을 들고 있다. 그러나 〈전우치전〉에 형상화된 국왕은 현명하고 어진 임금이 아니다. 권력의 최정점에 문제가 있으므로 그 이하 고위 관료부터 시작해서 하급 관리, 그리고 관리들의 자제들까지도 부패하고 있는 것이다. 전우치의 도술 행각은 부패한 권력의 횡포와 약자를 돌보지 않는 사회의 구조적 모순에 경고를 던지는 메시지인 것이다.

물론 그 과정에서 전우치는 자신에게 직접 위해를 가하는 인물에게 사적인 감정을 실어서 도술을 사용하는 것처럼 보이기도 한다. 선전관 징치와 왕연희 징치 대목이 특히 그러한데, 개인의 문제가 집단의 문제와 무관하지 않다고 생각한다면 다른 해석이 가능하다. 신입 선전관 전우치가 느끼는 선임 선전관들의 관습적인 횡포는 사실 전우치 자신이 겪지 않더라도 언제든 다른 신입 관리들이 당할 수밖에 없는 문제일 것이다. 그린 면에서 선임 선전관들은 적폐 세력이라고 볼 수 있다. 따라서 전우치가 그들을 징치하는 이유는 감히 자신에게 위협을 가했기 때문이 아니라 신입 관리에 대한 선임 관리의 오래된 관습적인 폐해를 개혁하고자 하는 것으로 이해할 수 있다. 도승지 왕연희의 경우도 마찬가지로 개인적인 문제가 아니라 구조적인 문제에서 기인하는 것으로 이해할 수 있다. 전우치의 모든 도술 행위를 정당했다고 평가하기는 어렵겠지만, 그중 일부는 전우치 개인의 사사로운 욕망을 실현하기 위한 것이 아니라 공공의 이익을 목적으로 했다고 볼 수도 있음을 인식해야 한다.

결국 〈전우치전〉을 지금 우리가 읽어내는 데에는 보다 적극적인 독법이 필요하다. 기존의 이해와 해석에만 얽매여서는 〈홍길동전〉의 수준 낮은 아류작이란 평가에서 벗어나기가 힘들어 보인다. 그러나 19세기 한글소설 〈전우치전〉을 만들고 읽었던 사람들에게 전우치는 사회에서 제거되어야 할 부정적인 인물로 인식되지는 않았을 것이다. 인식과 행동의 한계가 분명히 존재함에도 불구하고 힘들고 고달픈 삶을 살아가던 사람들에게 전우치는 어떤 희망을 안겨주는 존재였을 것이다.

—

B급 영웅 전우치의 가능성

—

〈전우치전〉은 여러모로 한글 고소설 중에서도 일반적이지 않은 작품이다. 주인공이 어려움을 겪다가도 어쨌든 결말에 가서는 성공하여 부귀영화를 누리는, 소위 말하는 해피엔딩으로 작품을 마무리하고 있지도 않고, 완벽한 성격과 능력을 갖춘 영웅적인 주인공이 등장하여 가정과 국가의 위기 상황을 극복하고 있지도 않으며, 중국이 아닌 우리나라를 배경으로 하고 있으면서도 국가 및 권력에 대항해서 사회적 모순에 도전하는 내용을 담고 있기까지 하다.

한글 고소설 가운데 가장 많은 작품이 존재하는 유형인 영웅군담소설에서는 고귀한 집안의 아들로 태어나 젊은 시절 고난을 겪다가 스승을 만나 무공을 연마한 다음 외적의 침입 등 국가적 위기 상황에서 국가와 국왕을 구하고 흩어졌던 가족과도 상봉함으로써 가정을 재건하고 국가를 보존하는 영웅들이 주인공이다. 소대성, 유충렬, 조웅 같은 인물들이 대표적으로 그러한 완벽한 영웅에 해당한다. 이들은 가정적 차원에서 효(孝)와 국가적 차원에서 충(忠)을 모두 성취한 A급 영웅이라고 볼 수 있다. 그들에 비한다면 전우치는 여러 가지 면에서 결격 사유가 있는 B급 영웅이다. 내밀하게 읽어내지 않는다면 방자하게 국왕을 농락하고 자신의 이익을 위해 사적으로 도술을 발휘하는 하자가 많은 영웅이다.

그러나 A급 영웅들이 자신의 가정과 국가의 안녕만을 생각할 때, B급 영웅 전우치는 힘없는 백성들을 생각했고 국가적·사회적 모순을 개선하려는 노력을 기울였다. A급 영웅들이 이미 갖추어졌던 것을 원래대로 회복하려는 보수적인 현재를 완성했다면, B급 영웅은 아직 갖추어지지 않은 진보적인 미래를 꿈꿨다. 과거에는 그런 생각을 할 수 없었을지 모르지만, 건강한 국가와 사회는 A급 영웅만으로 유지되지 않고 B급 영웅의 존재도 필요하다는 것은 지금의 시각으로 볼 때 자명한 사실이다.

〈전우치전〉은 여러모로 〈홍길동전〉과 자주 비교가 되어왔다. 우리나라를 배경으로 하고 있으면서도 대담하고도 직접적으로 사회의 구조적인 모순들을 들추어내어 그것을 개혁하려는 의지를 주인공이 강하게 보인다는 점에서, 사회소설이라는 이름으로 소중하게 다루어져야 마땅하다. 그러나 홍길동은 전우치에 비해서 훨씬 더 진지하고 성찰적이며 완벽하다. 자신에게 가해진 서자라는 속박을 사회제도의 신분 문제로 해석하여 문제 삼고, 약자 구제와 강자 징치라든지 부의 재분배, 권력의 횡포 등의 문제에 진지하게 접근하여 해결해 나간다. 그러한 결과로 결국에는 율도국이라는 이상적인 사회를 구축하기도 한다. 반면 전우치는 홍길동에 비해 훨씬 즉흥적이고 장난스러우며 위험하다. 슬슬 구름을 타고 다니면서 눈에 띄는 문제 상황에 즉흥적으로 개입하여 자신만의 방식과 판단만으로 징치 또는 구제를 한다거나, 문제의 본질을 명확하게 깨닫지 못하고 단지 자신에게 굴복시키는 행위를 일삼는다. 그러다 결국 도력 높은 서화담에게 패배하여 부족한 공부를 하러 산으로 들어간다.

전우치는 홍길동과 비교해도 B급 영웅의 굴레를 벗어나지 못한다. 그러나 홍길동은 우리나라를 버리고 해외에 율도국을 세웠다. 율도국이 아무리 이상적인 사회라 한들, 홍길동이 떠난 조선 사회가 그 후 어떤 모습이었을까를 상상해 보면 뒷맛이 개운하지는 않다. 전우치도 결국 서화담에게 굴복하여 현실을 떠나 영주산으로 들어가지만, 좀 더 깊은 공부를 하고 난 다음에는 왠지 어느 날 구름을 타고 다시 나타나게 될 것 같은 기대감이 훨씬 크다. 홍길동은 자신의 의지와 판단에 따라 우리나라를 떠난 것이지만, 전우치는 도술 대결에서 패배한 결과로 불가피하게 현실에서 떠난 것이기 때문이다.

유충렬보다도 못하고, 홍길동보다도 못한 전우치를 주인공으로 하는 소설 〈전우치전〉은 B급 영웅의 가능성을 지금 우리에게 시사하고 있는지도 모른다. 최근 다양한 콘텐츠로 전우치가 다시 소환되는 것은 아마도 이러한 이유와 관련이 있을 것이다.

– 전상욱

참고 문헌

김현양 옮김, 《홍길동전·전우치전》, 문학동네, 2010.

변우복, 《전우치전 연구》, 보고사, 1998.

정환국, 〈전우치 전승의 굴절과 반향〉, 《민족문학사연구》 41, 민족문학사학회, 2009.

최삼룡, 〈전우치전〉, 김진세 편, 《한국고전소설작품론》, 집문당, 1990.

최윤희, 〈〈전우치전〉의 구성과 의미에 대한 재고찰〉, 《우리문학연구》 48, 우리문학회, 2015.

신기한 영웅의 국가 질서 회복과
해체된 가족 복구의 서사

작자와 창작 시기, 유형과 문체적 특성
—

〈유충렬전〉은 작자와 창작 연대를 알 수 없는 한글소설로서, 영웅소설 혹은 군담소설 유형의 전형적인 작품으로 평가받는다. 이 작품의 작자 및 창작 시기에 대해서는 영웅소설 또는 군담소설의 작자 및 창작 시기의 문제와 함께 거론되었다.

　이 유형의 소설은 처음에는 중국 소설 〈삼국지연의〉의 영향과 임병양란기의 시대적 분위기와 맞물려 임병양란기에 출현했다는 것이 통설이었다. 작품 속의 군담에 보이는 전쟁 소재를 중시하면서 〈삼국지연의〉, 영웅소설, 시대적 분위기를 연결시켜 출현의 동인과 시기를 추정했던 것이다. 그러나 〈삼국지연의〉의 영향은 부분적이고 지엽적인 것에 불과하다는 사실이 분석적으로 지적되면서 작품이 당쟁 시대의 사회상과 밀접하게 관련되어 있다는 사실이 주목되기에 이르렀으며, 거기서 실세한 양반의 권력 회복의 욕망을 출현 동인으로 보게 되었다. 하지만 이처럼 단일하게 보는 것은 무리라는 비판과 함께 역사소설의 영향, 영웅 출현의 시대적인 요청, 작자와 독자의 영웅의 행동에 대한 대리 충족의 욕구 등 세 가지 사실이 출현 동인으로 작용했다는 견해가 제시되기도 했다. 이러한 견해를 바탕으로 작자층을 몰락 양반으로 설정했고, 19세기에는 그들이 전문적인 작자층을 형성했을 것이라고 추정하는 데에 이르렀다. 〈유충렬전〉도 작품의 주제 및 문체가 상하층 모두에 수용될 수 있다는 점과 특히 평민적인 문체를 기반으로 하고 있으면서도 한문 어구 등을 남용한 흔적이 있다는 점을 들어, 과거에 양반이었다가 서민화한 몰락 양반 또는 중인으로서 전문 작가급에 속했던 인물 등이 작자일 것으로 보고 있다.

창작 시기에 대해서는 17세기 말 내지 18세기 초로 추정한 견해가 있는가 하면 19세기 이후로 잡은 경우도 있다. 대체적으로 19세기에 나온 것으로 보는 견해가 우세하다. 이는 〈유충렬전〉이 상당한 인기를 얻었지만 18세기 말에서 19세기 초의 문헌인《추재집》이나《상서기문》등에 이름이 보이지 않는다는 점, 이본 간의 차이가 심하지 않다는 점, 출간 횟수로 보아 방각본보다도 활자본 단계에서 상대적으로 더 많은 인기를 얻었다는 점, 소설이 가사체 율문을 본격적으로 수용한 것은 19세기의 일인데 이 소설에서 율문적 문체가 두드러진다는 점 등에 근거한 것이다.

〈유충렬전〉의 이본은 필사본, 방각본, 활자본 등이 있다. 특이한 것은 방각본 가운데 완판본이 내다수라는 점이다. 안성판본은 온전하지 못한 상태의 이본으로 한 종류가 발견되었고, 경판본은 발견된 바가 없다. 다양한 이본에도 불구하고 이본 간에는 내용상 차이가 거의 없다. 완판본의 경우는 상·하 분권 1책으로 되어 있으며, 상권 39장, 하권 47장으로 총 86

장이다.

〈유충렬전〉은 소설의 하위 유형상 영웅소설, 군담소설, 또는 적강소설로 분류한다. 작품의 순차적 구조가 '영웅의 일대기' 형식을 갖추고 있어 영웅소설로, 작품의 내용에서 군담이 차지하는 비중이 가장 커서 군담소설로, 천상적 존재가 지상으로 하강해 활약한다는 적강 화소를 지니고 있어 적강소설로 보는 것이다. 세 가지의 유형적 특징은 별개의 것도 상치되는 것도 아니다. 오히려 상호 보완적인 관계를 맺고 있으므로 여러 가지 명칭으로 불릴 수 있다. 그런데 영웅의 긴 생애 중에서 군담은 영웅적 활약상을 보여주는 한 부분이고, 적강 화소는 영웅의 탄생을 보여주는 한 부분이므로 영웅의 일대기가 군담과 적강 화소를 포함하고 있다. 이런 이유를 들어 영웅소설로 분류하려는 경향이 강하다.

그러나 여전히 〈유충렬전〉과 같은 유형의 작품을 두고 영웅소설 또는 군담소설로 분류하려는 시각이 상존하고 있다. 이 문제를 해결하기 위해 '영웅군담소설'이라는 유형을 설정해 〈유충렬전〉을 이 유형에 귀속시키기도 한다. 영웅군담소설은 영웅의 일대기 구조로 되어 있으면서 동시에 고난 극복의 수단으로 전쟁이 등장하는, 즉 영웅소설과 군담소설의 특성을 공유하는 작품군을 말한다. 〈소대성전〉, 〈조웅전〉 등도 이에 해당된다.

〈유충렬전〉은 여타의 소설과 다른 문체적 특성을 보인다. 이 작품의 문체에 대해서는 "상당한 부분에서 일상어 체계에 접근하고 있으며 부분적으로 판소리체 또는 운문체"도 나타난다거나, "평민적 가락을 흡수한 구어체적 성격"을 띤다는 정도로 언급되었다. 그러다가 본격적인 연구 결과 "율문 지향적 문체"로 보기에 이르렀다. 율문적 문체는 서술자의 주관적 정조를 표출하기 쉬운 4·4조 연첩 2음보 형식을 말한다. 가사의 문체와 비슷하기에 가사적 문체라고도 한다.

율문적 문체는 인물의 외양이나 재주, 경치 등 묘사 대상의 출중함을 드러낼 때, 전투 장면을 드러낼 때, 작중인물이 위험에 처하여 비장감을 자아내는 위기의 순간, 그리고 상봉 장면 등에서 나타난다.

이제 유충렬은 물 가운데 부모 잃고 도로에 개걸타가 이내 몸이 장성하여 살던 터를 다시 보니 장부 한숨 절로 난다. 우리 부모는 어디 가시고 이런 줄을 모르시는가, 상전벽해 한단 말을 곧이 아니 들었더니 이내 일을 생각하니 백년 인생 초로 같고 만세 광음 유수로다.

위의 인용문은 유충렬이 가족과 이별하여 떠도는 중에 자신의 심경을 드러내는 장면이다. 가족과 헤어진 유충렬의 고통과 슬픔을 형상화하는 데 주정적인 율문적 문체가 쓰인 것이다.

〈유충렬전〉의 율문 지향적 문체는 소설 향유층과도 관련이 있는 것으로 본다. 율문적 문체는 '읽기'보다는 '낭독'하기에 적합한 형식인데, 낭독은 주로 민중층의 소설 향유 방식이다. 〈유충렬전〉은 주로 민중층에서 향유되었던 대중소설이었음을 보여준다는 것이다.

—

충신에 의한 국가 질서 회복의 서사

—

유충렬은 간신 성한남에 의해 죽을 위기를 맞이하지만 조력자인 강 승상을 만나 위기를 벗어나고, 초월적 존재의 도움으로 영웅적 능력을 갖춘 후에 위기에 처한 황제를 구하고 다음과 같이 말한다.

"소장은 동성문 안에 살던 정언주부(正言注簿) 유심의 아들 충렬이옵니다. 사방을 떠돌아다니며 빌어먹으면서 만 리 밖에 있다가 아비의 원수를 갚으려고 여기 잠깐 왔습니다. 폐하께서는 정한담에게 핍박을 당하실 줄 꿈에도 생각하지 못하셨습니까? 예전에 정한담을 충신이라 하시더니 충신도 역적이 되나이까? 그놈의 말을 듣고 충신을 멀리 귀양 보내어 다 죽이고 이런 환란을 당하시니 천지가 아득하고 해와 달이 빛을 잃은 듯하옵니다."

　유충렬이 아비 원수를 갚으러 왔다고 하면서 황제의 무능을 비판하는 장면에서 국가 질서의 문제와 가족의 문제가 만나고 있음을 볼 수 있다. 유충렬이 비판하는 황제의 무능함은 국가의 문제이다. 아비 원수 갚으러 왔다는 말은 가족의 문제이다. 국가의 문제와 가족의 문제는 〈유충렬전〉을 구성하고 있는 두 가지 서사적 관심이라 할 수 있다.

　〈유충렬전〉은 국가의 위기를 영웅이 해결하는 서사이다. 이는 작품의 도입부에서 이미 암시되어 있다. 이 소설은 명나라 황제가 창해국(신선들이 사는 가상의 나라)의 사신인 임경천에게 자신의 근심을 토로하는 내용으로 시작된다. 황제가 걱정하는 일은 주변국(외적, 오랑캐)의 침략 위협으로, 황제는 이에 대처하고자 도읍을 옮기려 한다. 그러나 임경천은 조만간 신기한 영웅이 태어나 나라를 지켜줄 것이니 도읍을 옮길 필요가 없다며 황제를 안심시킨다.

　이야기의 배경으로 국가의 위기 상황을 설정한 것은 이 작품의 독특한 면모이다. 국가적 위기의 구체적인 실상은 황제의 무능과 외적의 강성이다. 정한담과 같은 간신의 등장도 국가의 위기를 초래한 것이다. 이렇게 여러 가지로 겹친 위기 상황을 극복해 낼 인물이 바로 유충렬이다.

유충렬은 원래 천상 세계에서 죄를 지어 지상 세계로 내려온 인물이다. 유충렬과 대립 관계에 있는 인물 정한담도 죄를 짓고 지상으로 내려온 인물이다. 천상적 존재의 지상계로의 하강과 이들의 대립은 이미 예견된 것이다. 유충렬과 정한담은 각각 천상계의 자미성과 익성이 적강한 존재로, 지상계에서 전개될 이들의 대결은 천상계에서 벌어졌던 대결의 연장이다. 그것도 충신과 간신의 대립이라는 선악의 대립 구도로 바뀌는데, 바로 운명적인 대결이다.

그런데 둘의 대결은 처음부터 바로 이루어지지 않는다. 본격적인 대결을 하기 전에 또 다른 대결 구도를 만들고 있다. 유심과 정한담의 대결, 강희주와 정한담의 대결이 먼저 이루어지고, 최종적으로 유충렬과 정한담의 대결이 이루어진다. 대결 구도는 '충신 대 간신'의 대결로 점층적 전개를 보이고 있다. 마지막의 유충렬과 정한담의 대결은 본대결이면서 정한담에게 패한 아버지 유심과 장인 강희주의 복수를 대신하는 형식이다.

우선 유심과 정한담의 대결을 보자. 유심과 정한담의 갈등은 외적의 소행을 징벌하는 문제를 바라보는 시각 차이에서 비롯된다. 정한담과 최일귀가 외적을 치겠다고 했을 때 유심이 황실의 미약함을 이유로 들어 기병하는 것이 불가하다고 주장한다. 조공을 바치지 않는 오랑캐를 치자는 정한담의 주장에 유심이 새알로 바위를 치는 격이라고 하자 정한담이 반격을 했다. 정한담의 반격으로 유심은 역신으로 몰려 죽을 위기에 빠졌으나 유배 가는 것으로 마무리되었다. 유심과 정한담의 대결은 유심의 패배로 끝났다. 유심의 패배로 유충렬의 가족은 해체되는 위기를 겪게 된다. 유충렬은 아버지의 유배로 아버지와 이별을 겪고, 뒤이어 정한담의 공격으로 어머니와도 헤어지게 되었다. 유심과 정한담의 대결은 간신에 의한 충신의 패배로 귀결되었으며, 이로 인해 유심의 가족은 해체되었고 유충렬은 고아로 전락했다.

　다음으로 강희주와 정한담의 대결이다. 강희주는 고아가 된 유충렬을 구한 전직 승상이다. 강희주는 유충렬을 구해주고 자신의 딸 강 소저와 혼인시킨다. 이어서 강희주는 유심과 같은 충신을 풀어주라는 상소를 올린다. 그런데 이것이 빌미가 되어 오히려 정한담 일파에 의해서 역신으로 몰려 위기에 빠진다. 강희주도 유심과 마찬가지로 정한담에게 패배해 죽을 위기에 몰렸으나 황태후의 도움으로 목숨을 건진 후 옥문관으로 귀양 가게 된다. 정한담에 패배한 결과 강희주의 부인 장 부인과 딸 강 소저는 노비로 잡혀가고, 유충렬은 아내와 헤어져 다시 고난의 길을 걷게 된다. 강희주가 정한담과의 대결에서 패한 결과로 주인공의 처가족 모두 흩어지게 된 것이다. 유충렬의 모든 불행의 원인을 적대자인 정한담에게 둔 것이다. 주인공이 자신의 불행을 극복하기 위해서는 필연적으로 적대자와 대결할 수밖에 없는 구도이다.

　정한담은 충신과의 대결에서 승리를 거두면서 황제를 능멸하는 악인으로 자리한다. 악인 정한담은 유충렬이 제거해야 할 대상이 되었다. 유충렬과 정한담의 대결은 황제를 보호하려는 유충렬과 황제의 자리를 빼앗으려는 정한담과의 싸움이다. 그러므로 이 싸움은 왕권 수호 세력과 이를 빼앗으려는 세력의 대결로 이루어지며, 주인공은 왕권 수호자의 위치에서서 그의 적대자와 싸우게 된다.

　정한담이 권력을 잡은 황실은 주변 오랑캐의 공격을 받는다. 황제는 정한담과 최일귀로 적을 막게 했으나 정한담과 최일귀는 적과 내통하여 도성으로 쳐들어온다. 황제는 어쩔 수 없이 금산성으로 도망하자 정한담은 옥새를 빼앗으려고 금산성을 공격한다. 황제는 산동 육국에 구원병을 청했으나 구원병이 정한담의 군사에게 패하자 할 수 없이 옥새를 목에 걸고 항서는 손에 들고 방성통곡하며 항복하러 나온다. 이처럼 급박한 위기의 상황에서 유충렬이 등장하여 황제를 구하고 정한담을 사로잡는다. 유충렬과 정한담의 대결은 유충렬의 승리로 마무리되었다.

유충렬의 승리로 옛 황실은 권위를 되찾았다. 이로 인해 이 소설은 천자를 수호하는 것을 당면한 과제로 삼으면서 기존의 지배 체제와 가치관을 옹호하려는 주제 의식을 보이고 있다고 평가하기도 한다. 〈유충렬전〉의 당면 과제를 '천자의 수호'에 둔 것은 임경천의 예언 및 유충렬의 태몽과 탄생 장면을 통해 드러난 '천명'이 실현된 것이다. 이는 중세적 국가 질서와 정치 질서의 동요가 천자를 중심으로 수습되어야 한다는 인식을 반영한 것으로 이해한 결과이기도 하다.

—

가족 간의 분리와 재회의 서사

—

유충렬이 병법과 무술을 터득하여 정한담과 최일귀를 물리쳐서 황제를 구한 뒤, 사건의 중심은 유충렬 일가가 재회하는 과정으로 이어진다. 〈유충렬전〉은 영웅의 고난과 성공에만 관심을 갖는 것이 아니라 가족의 이산과 재회에도 큰 의미를 두고 있는 것이다. 유충렬 가족이 재회하는 장면은 완판본의 경우 약 46면에 해당하는 방대한 분량을 차지한다. 정한담이 사로잡힐 때까지의 내용이 약 47면 정도인 것을 보면 그것이 얼마나 많은 비중을 차지하는지 짐작할 수 있다.

유충렬은 정한담을 사로잡아 그를 부모와 상봉한 뒤 죽이려고 옥에 가둔다. 이어서 유주로 가서 부친을 학대한 유주 자사를 처벌한 후에 호왕을 죽이고 황태후와 태자를 구하여 상봉한다. 그리고 북해상 무인도로 달려가서 아버지 유심과 상봉하여 황성으로 돌아온다. 귀환한 유충렬은 전쟁의 설움을 겪은 장안 백성들의 칭송을 들으며 정한담을 처치한다. 그 뒤 번국을 정벌하여 탐학한 번왕을 징벌하고 호국 장수 마철 형제를 물리친 뒤 장인 강희주와 상봉한다. 그리고 회수에서 모친에게 제사 지내다, 소문을 들은 모친과 상봉한다. 이어지는 강 낭자와의 만남은 상당히 극적으로 진행된다. 관비의 수양녀가 되어 목숨을 부지하고 있던 강 낭자는 관비의 수청 요구에 응하지 않아 박대를 받고 있었다. 강 낭자를 불쌍히 여긴 연심이 대신 수청을 드는데, 유충렬에게도 대신 수청을 들다가 발각되어 문초를 당하는 과정에서 사실을 고백함으로써 강 낭자와 유충렬은 재회한다.

가족 재회 과정에서 보는 것처럼, 여러 인물의 고난을 심각하게 그려낸 것은 〈유충렬전〉의 또 다른 특징이다. 주인공의 가족뿐만 아니라 황제의 가족, 더 나아가 일반 백성의 가족에게까지 시선이 미치고 있다. 가족의 문제가 특별한 누군가에만 심각하게 제기되는 특수한 문제가 아니라 모든 사람에게 두루 해당되는 보편적인 문제라는 것을 의미하는 것이다. 이 소설이 여러 인물의 고난을 심각하게 그리고 있는 이유는 바로 가족으로부터 이탈된 삶의 고단함을 극명하게 보여주기 위함이기도 하다. 외적의 침입과 간신의 반역을 물리쳐 나라를 구한 뒤 가족을 구하여 재회하는 후반부를 비중 있게 그린 것은 가족을 무엇보다 소중하게 생각하는 의식을 드러낸 것이다.

유충렬의 유랑과 유충렬 가족의 수난은 조선 후기에 유랑민이 처한 비극적 상황과 다름없는 것으로 보기도 한다. 여기서 하층민의 체험과 소망의 투영을 읽어내는 것이다. 요컨대 〈유충렬전〉은 영웅이 겪는 가족의 분리와 재회를 통해 하층민의 고난을 형상화하고 있으며, 이러한 현실적 고난에 맞선 민중적 꿈과 복수 의식이 구현된 작품으로 보는 것이다.

〈유충렬전〉을 충신과 간신의 대결, 국가의 위기와 극복이라는 구조로만 해석할 경우 다양한 인물들을 둘러싸고 일어나는 사건은 제대로 해석하지 못할 수 있다. 이 소설을 흥미 있게 대하는 이유는 각각의 인물들에 얽혀 있는 복잡한 삶의 양태가 인간 경험의 핍진성을 잘 보여주고 있기 때문이다. 가족의 이산을 통해 겪는 인간적 고난의 실체는 상하층이 다르지 않다. 유충렬의 유리걸식이나 장 부인의 고난, 강 낭자의 하층 체험 등은 민중의 경험에 근거한 것으로, 국가의 위기와 전란이 닥치면 누구나 겪을 수 있는 현실적 소재이다. 이 작품을 가족 간의 분리와 재회의 서사로 보는 이유이다. 가족의 분리와 재회에는 '가족애'가 존재한다. 이는 절대적인 것이어서 '가족주의'라고도 한다.

이 소설이 가족애를 바탕으로 가족 문제의 보편성과 독자성을 드러내고 있지만 그렇다고 해서 가족의 문제만이 본질적 서사라고 말할 수는 없다. 비록 유충렬이 위기에 처한 황제를 구한 뒤 아비 원수 갚으러 왔다고는 했으나, 그의 영웅적 행위가 지향하는 궁극적인 목표에는 국가의 문제를 해결하고자 하는 욕망이 포함되어 있다. 유충렬의 내면에 가족의 문제뿐만 아니라 국가의 문제를 해결하고자 하는 욕망이 내재되어 있는 것이다. 국가의 문제를 해결하고자 하는 욕망은 간신과 외적에 의해 조성된 지배 질서의 위기를 극복하고자 하는 것이며, 실제 작품은 국가의 문제가 해결됨으로써 끝이 난다. 비록 가족의 문제가 국가의 문제와 병치되면서 국가의 문제를 상대화하는 해석이 있지만, 그렇다고 해서 그것이 국가의 문제를 해결하고자 하는 유충렬의 열망을 거짓된 혹은 위장된 욕망으로 무화시키지는 않는다. 〈유충렬전〉에서 '국가'와 '가족'은 서로의 가치를 내세우며 버티면서 맞서는 길항적 관계로 교직되어 있는 것이다.

역사 현실의 문제와 소설적 상상

유충렬이 멸망의 위기에 빠진 명나라를 구해 새로운 명나라를 건설하고 있다는 구성은 조선 후기의 숭명배청 의식을 반영한 것으로 보기도 한다. 숭명배청은 임진왜란 때 조선을 도운 명나라를 숭상하고 청나라를 배척한다는 것인데, 이것은 병자호란의 치욕으로 빚어진 것이다. 청나라는 명나라를 공격하기에 앞서 조선을 쳐서 후환을 없애려고 했다. 그래서 병자호란을 일으켜 인조의 항복을 받아냈다. 오랑캐인 청나라에 항복한 것은 조선인 모두에게 치욕적인 사건으로 기억되었다. 병자호란의 치욕은 숭명배청으로 표출되었다. 이러한 당대인들의 수치심을 소설적 상상으로 극복하고자 한 것이 〈유충렬전〉이라는 것이다.

소설의 배경으로 명나라를 설정하면서 황실이 미약하고 외적이 강성하다고 한 것은 당시 명나라의 상황을 반영한 것이다. 이 같은 상황 설정은 멸망한 명나라를 재건해야 한다는 당시 조선인들의 열망과 함께 청나라에 복수해야 한다는 생각에서 나온 것이다. 소설에서 유충렬이 호국을 물리치는 데 많은 지면을 할애한 것은 이에 대한 반영이다. 유충렬을 등장시켜 명나라를 재건하게 함으로써 청나라에 굴복했던 현실적 패배를 소설을 통해서나마 극복하고자 한 것이다.

유충렬이 사로잡혀 간 황후와 태후, 태자를 구하러 떠날 때 황제가 "부모처자를 되놈에게 보내고 나 혼자 살아 무엇하리"라고 말하는 중에 호국왕을 '되놈'이라 표현한 것에서 청나라에 대한 적대감을 발견할 수 있다. 특히 "부모처자를 되놈에게 보내고 나 혼자 살아 무엇하리"라는 황제의 발언은 병자호란 당시의 조선의 현실을 그대로 나타낸 것이다. 당시 조선에서는 전쟁의 패배로 세자와 대군 등을 포함하여 수많은 사람이 포로로 청나라에 잡혀갔던 적이 있다. 그리고 조선인들은 이들이 끌려가는 것을 무기력하게 보고 있을 수밖에 없었다. 이러한 상황에서 청나라에 대한 적개심은 훗날을 기약하는 복수심으로 발전했을 가능성이 크다. 이러한 적대감에 토대를 둔 복수심은 호왕이 황후와 태후, 태자를 죽이려고 하는 위기의 순간에 유충렬이 등장하여 이들을 구하는 과정에서도 드러난다.

유 원수가 호왕을 불러 외쳤다.
"여봐라! 호왕 놈아! 황후와 태후, 태자를 해치지 마라!"
자객이 비수를 번득이며 태자의 목을 치려 할 때, 난데없는 벽력 소리가 하늘로부터 들리더니 어떤 대장이 제비같이 달려 들어왔다. 모두가 당황하고 놀라 주저주저하고 있을 때, 천사마가 눈을 한 번 깜짝이자 동문 큰 길가에서 장성검이 불빛이 되어 십 리 백사장 넓은 뜰에 다섯 줄로 늘어선 기마병을 씨도 없이 다 베었다. 성으로 달려 들어가 대궐문을 깨치고 그 안에 있던 모든 신하를 단칼에 무찌르고, 용상을 깨부수며 호왕의 머리를 풀어 손에 감아쥐고 동문 큰길가로 급히 오니, 이때 황후와 태후, 태자는 자객의 칼끝에 혼백이 흩어져서 기절해 엎어져 있었다. 유 원수가 급히 달려들어 태자를 붙들어 앉히고 황후와 태후를 흔들어 깨우니, 한참 지난 후에야 겨우 정신을 차렸다.

유충렬은 호왕에게 '여봐라! 호왕 놈아!'라고 외치는데, 이는 호국에 대한 적대감을 그대로 드러낸 것이다. 이어지는 유충렬의 행동은 더욱더 자극적이다. "분한 마음을 이기지 못하여 장성검을 높이 들어 호왕의 머리를 베어 칼끝에 꿰어 들고 호왕의 간을 내어 낱낱이 씹었다."라는 서술은 청나라에 대한 당대인들의 적대감과 복수심을 반영한 표현이다. 유충렬이 서번국이나 토번, 가달에 가서는 항복을 받는 것으로 사건을 마무리하고 있는 점을 고려할 때, 호국에 대한 잔인한 징벌은 명나라에 대한 외적의 반란을 징계하는 수준으로 설명하기에는 어려운 면이 있다.

결국 〈유충렬전〉은 당대 사회의 숭명배청 의식을 작품에 반영하면서, 현실적으로 멸망한 명나라를 재건해야 한다는 당대인들의 열망을 소설화한 것으로 해석된다. 그리고 독자들은 청나라에 대한 유충렬의 복수 행위를 통해서 자신들의 복수심을 대리 충족시키면서 정신적 위안을 삼은 것이다.

- 장경남

참고 문헌

장경남 글, 한상언 그림, 《유충렬전 - 천상의 별이 지상에 내려와 나라를 구하니》, 휴머니스트, 2016.

최삼룡·이월영·이상구 역주, 《유충렬전, 최고운전》(한국고전문학전집24), 고려대학교 민족문화연구소, 1996.

김현양, 〈〈유충렬전〉과 가족애〉, 《고소설연구》21, 한국고소설학회, 2006.

박일용, 〈〈유충렬전〉의 문체적 특징과 그 소설사적 의미〉, 《홍대논총》25, 홍익대학교, 1993.

박일용, 〈〈유충렬전〉의 서사 구조와 소설사적 의미 재론〉, 《고전문학연구》8, 한국고전문학회, 1993.

이상구, 〈〈유충렬전〉의 갈등 구조와 현실 인식〉, 《어문논집》34, 안암어문학회, 1995.

진경환, 〈영웅소설의 통속성 재론〉, 《민족문학사연구》3, 민족문학사연구소, 1993.

최혜진, 〈〈유충렬전〉의 문학적 형상화 방식〉, 《고전문학연구》13, 한국고전문학회, 1998.

+

동성혼을 통한 여성 담론의 속살

남장(男裝) 여성 영웅의 판타지

그녀는 세상에서 흔히 추구하는 부부의 영예와 치욕을 원수같이 여겼다.
평소 이를 싫어하여 그녀는 이렇게 말하곤 했다.

"여자는 죄인이야. 애당초 어떤 일이든 자기 마음대로 할 수 없고 남의
규제를 받을 수밖에 없는 운명이야. 그러니 남아가 못 된다면 차라리 부
부간의 인연을 끊는 것이 옳아."

그러면서 언니들의 생각을 구차하다 여겨 비웃었다.

동성 간 혼인과 부부 생활이라는 흥미로운 소재를 다룬 소설 작품 〈방
한림전〉은 여성영웅소설 중에서도 독특한 위치를 점한다. 여성영웅소설
은 여성 주인공의 영웅적 활약상에 주목한 소설을 말하는데, 남성 영웅을

주인공으로 한 영웅소설이 유행한 후 19세기 중후반에 나타난 후발 주자에 해당한다. 그만큼 다채로운 서사적 소재와 통속적 요소를 지니고 있고, 신소설과도 만날 여지가 다분한 작품군이다. 남성영웅소설에서 여자 주인공이 현실 세계에서의 고난과 위기를 극복하기 위해 불가피하게 남장(男裝)을 했다면, 여성영웅소설에서는 재주와 능력이 많은 여성 주인공이 어려서부터 남장을 한 채 무술을 익히고 시문을 배운 후 세상에 나가 자기 능력을 마음껏 펼치는 등 여성의 역할과 비중이 대거 확대된다. 〈방한림전〉은 남장 여성 주인공의 활약상은 물론이고 동성 간 혼인 이야기를 주 서사로 다루고 있어 현대인에게도 관심을 끌기에 충분하다.

〈방한림전〉 외에 〈이대봉전〉, 〈정수정전〉, 〈옥주호연(玉珠好緣)〉, 〈홍계월전〉 등도 여성영웅소설에 해당하는 작품들이다. 이 작품들은 기본적으로 영웅의 일생 구조에 입각해 여성의 일생을 그려내되, 통속소설로서의 재미와 흥미 본위의 서사를 구성하는 데 주안점을 둔다. 여자 주인공은 무술에 출중하며 시와 문에도 뛰어나 뭇 남성보다 앞선다. 또한 여자 주인공은 훌륭한 집안에서 태어나 일찍 부모를 여의고 어렵게 세상을 살아가지만, 남장을 하고 자신의 출중한 능력을 발휘해 나라에 공을 세워 그 능력을 인정받은 후에는 사회의 일원으로서 당당히 행복한 가정을 꾸리고 살아간다는 영웅의 일생 구조에 충실한 인물로 그려진다. 〈방한림전〉에서는 어려서부터 시문과 무예가 출중했던 남장 여성 방관주가 민심이 흉흉한 지방에 파견되어 백성을 잘 다스렸는가 하면, 오랑캐와 싸워 승리를 거둠으로써 나라를 위기에서 구하는 등 전형적 영웅의 면모가 잘 나타나 있다.

〈방한림전〉이 다른 여성영웅소설과 가장 차이나는 점은 여자 주인공인 방관주가 어려서부터 자발적으로 남장을 하고자 했고, 커서도 스스로의 판단에 의해 여성으로 살기를 거부했다는 데 있다. 그것도 임금과 친인척, 심지어 장인·장모까지 속인 채 평생을 남자로 살아간다. 〈방한림전〉은 가히 남장 여성 이야기의 끝판이라 부를 법하다.

그렇다면 방관주가 가짜 남성으로라도 살고 싶었던 이유는 무엇일까? 사실 방관주가 어린 나이에 남장을 한 것은 어떤 깊은 뜻이 있어서가 아니었다. 작품에서는 단지 천성이 소탈하고 성격상 검소한 여자아이였기에 남장을 마다하지 않았다고 했다.

하루는 부모가 붉은 비단옷과 색깔 있는 옷을 관주에게 입히려 했다. 그러나 관주는 천성이 소탈하고 검소하여 화려한 옷보다 오히려 삼베옷을 더 좋아했다. 모친은 딸의 소원대로 남자 옷을 지어 입히고, 아직은 나이가 어려 바느질이나 길쌈질 등을 가르칠 필요가 없다고 생각했다. 대신 시 짓는 법과 글 쓰는 법을 가르쳐 보았다. 그랬더니 나이는 어리지만 글 쓰고 시 짓는 능력이 남달랐다.

방관주의 이런 모습을 부모 입장에서는 오히려 은근히 반겼을지도 모를 일이다. 어리다는 핑계를 대긴 했지만, 못내 아들을 원했던 터라 남자의 일, 곧 공부를 허락한 것이라 볼 수 있다. 천성이 소탈한 방관주의 성격에다 부모의 관용적 교육관이 어린 관주의 정체성 형성에 영향을 미쳤을 가능성은 농후하다. 부모가 실제로 여자 옷 대신 남자 옷을 입히고, 친척에게 아들이라고 속인 것을 볼 때, 관주의 남장은 부모의 남아 선호 심리가 투영된 결과라 할 것이다.

그런데 남장한 관주를 전폭적으로 후원해 주던 부모가 갑자기 죽었다. 그러나 고아 관주는 약해지기는커녕 오히려 이를 기회로 삼아 남장을 고집한 채, 여자의 행실과 규범을 따르지 않을 것을 천명했다. 물론 그것을 고집하게 된 내적 근거가 작품에서는 잘 보이지 않는다. 다만 일찍부터 독립심 강한 여자아이였음을 그녀의 반응을 통해 짐작해 볼 따름이다. 결과적으로 어린 나이에 부모를 잃었지만, 그것이 오히려 관주로 하여금 확고한 자기 정체성을 갖게 만들었다고 할 것이다.

방관주는 세상 사람들을 감쪽같이 속인 채 작품 말미까지 남자로 살아간다. 이 과정에서 무수한 의혹과 곤란한 상황이 방관주의 가정과 사회생활 속에서 벌어졌을 것임을 상상하는 것 자체만으로도 독자들은 흥미를 느끼기에 충분하다. 평생 정체가 탄로 나지 않은 채 남자로서 요구되는 사회적 역할을 일반 남성들보다도 더 뛰어나게 감당했지만, 수염이나 목소리 등 생물학적 차이도 큰 의심 없이 넘어가야 했고, 동성 간 혼인에 따른 자식 문제까지도 주워 온 아이 낙성을 낳은 아이인 양 속여 키워야만 했다.

이 하나하나가 극적이다. 언제 탄로가 날지 궁금하게 여기는 독자들에게는 적당한 긴장감을 자아내기에 충분하다. 비현실적 상황을 있을 법한 서사 장치로 꾸며냄으로써 긴장과 흥미를 배가시키고 있는 것이 이 작품이 갖는 매력이다. '아예 불가능한 일은 아니야. 일어날 수 있을 법한 재미난 이야기야.'라는 공감과 함께 또 다른 희망을 꿈꾸게 만들어준다는 점에서, 억압당하고 약자로 지내야만 했던 조선 시대 여성들의 입장에서 일종의 카타르시스마저 느낄 수 있다. 이런 점을 고려한다면 〈방한림전〉은 조선 후기 여성 영웅에 관한 판타지를 충실히 재현해 낸 소설 작품이라 할 것이다.

동성혼 주인공들의 꿈, 그 욕망의 실체

작품 속 유모는 당대 보편적 윤리 의식과 가치 판단 능력을 지닌 인물을 대변한다. 유모를 통해 제기되는 반론은 당대 공식적이면서 일반적인 남녀관이 어떠했는지를 잘 보여준다.

"이제 소저(방관주)의 나이 아홉 살입니다. 규방의 여자는 열 살이 되면 문밖을 나서지 않는다고 하였습니다. 그러니 이제라도 공자는 다시 생각하셔서 우스운 행동은 그만두시고, 여자로서의 행실을 따르는 것이 좋을 것입니다." (중략)

"매사에 부인(영혜빙)과 낭군(방관주)은 즐기시기만 합니다. '기둥에 불이 붙어도 제비와 참새는 오히려 즐긴다'더니 바로 두 분을 두고 하는 말이 아닌가 싶습니다. 풀과 나무, 온갖 짐승들도 모두 음양으로 나뉘어 있는 것이 자연스런 일이거늘 낭군과 부인께서는 인륜을 끊었습니다. 이제 나이가 스무 살이 되었으니 두 소저의 청춘이 아깝지도 않으십니까? 또한 위로 두 어른의 위패를 모실 일을 근심하지 않을 수 없으니, 훗날 장차 어찌하려 하십니까? 더욱이 부인께서는 침묵하시고 갈수록 고집을 부리셔서 진실을 부모님께 고하지 않으시고 매번 앵혈을 감추어 스스로 자식이 없는 체하시니 어찌 이상한 일이 아니겠습니까?"

유모는 여자의 도리를 운운하면서 방관주와 영혜빙 모두에게 여성으로 돌아갈 것을 권고하고 있다. 그러나 이런 권고에도 불구하고 두 주인공의 태도는 변하지 않았다. 이런 갈등 상황 제시는 방관주와 영혜빙의 태도가 일시적 감정에 의한 것이 아니고 이미 평소에 가지고 있었던 소신의 결과였음을 의미한다. 방관주와 영혜빙의 이런 반응은 의도적인 일탈임을 확인시켜 준다. 이런 캐릭터의 창조야말로 〈방한림전〉만이 보여줄 수 있는 특질이다. 위 인용문 말미에 유모의 입을 빌려 '앵혈'의 유무를 운운한 것도 실은 두 여자 주인공이 처녀라는 사실, 곧 동성 간 부부임을 부각시키기 위함이라 할 것이다. 이렇듯 작자가 공을 들인 부분은 분명 부부 관계, 곧 동성 간 남편과 아내의 관계에 관한 것이었다. 주인공 방관주와 영혜빙의 동성 간 혼인 이야기가 막장 드라마처럼 치닫지 않는 이유도 이와 무관하지 않다.

그렇다면 동성 혼인을 한 두 주인공이 궁극적으로 지향한 바는 무엇일까? 작품을 자세히 들여다보면 방관주와 영혜빙의 목적이 서로 달랐음을 알 수 있다.

방관주가 여자의 도리를 거부하고 남성성을 지향한 것은 한마디로 남성에 대한 콤플렉스 때문이었다. 무슨 말인가? 근대 이전 남성 중심 사회에서는 아무리 여성이 뛰어나다 할지라도 사회적으로 인정받을 수 있는 기회가 원천적으로 봉쇄되어 있었다. 따라서 방관주는 여성이 지닌 열등의식을 넘어서고자 '남성 되기', '가장(家長) 되기'를 궁극적 삶의 목적으로 삼았다. 방관주가 성공한 남성 내지 진짜 가장인 양, 영혜빙을 지아비를 받드는 아내이자 사회 활동을 하지 못하는 여성으로 대하는 태도에서 방관주의 속마음을 엿볼 수 있다.

승상(방관주)이 집에 돌아와 조정에서 있었던 일을 부인(영혜빙)에게 말하고, 낙성을 불러 서진(書鎭)과 책을 주면서 말했다.

"내가 폐하로부터 받은 것을 네게 전하노라."

어사(낙성)가 매우 기뻐하며 두 손으로 받아 공경을 표하고 물러났다. 승상이 통천관(通天冠)을 직접 써보자, 그 모습을 본 부인이 웃으며 말했다.

"군자가 상으로 받은 것을 아들과 자신만 갖고 첩에게는 아무것도 주지 않으시니 이찌 된 일입니까?"

승상이 웃으며 말했다.

"이 물건은 모두 부인에게 당치 않은 것들이오. 그래서 부인에게 주지 않은 것이오. 지금 부인의 명예와 지위는 모두 나로 말미암은 것이지 않소. 이를 흡족하게 여길 것이지 투정을 부리니 당신은 욕심이 참으로 많소."

이에 부인이 빙그레 웃으며 말했다.

"나에게 당치 않은 것이라면 그대에게도 맞지 않는 것이 아니겠습니까? 끝까지 이리도 시원한 척하시렵니까?"

이 말을 듣자마자 승상의 얼굴에서 웃음이 사라지고 흥이 떨어졌다.

동성 부인인 영혜빙에게 자신이 남자 남편인 것처럼 말하면서 은연중 그런 대접을 받기를 원했던 방관주. 그녀는 무의식적으로 자신을 성공한 가장 남성으로 인식하고 남성의 사회적 역할을 중시하고 있었음을 알 수 있다. 그렇다고 그녀가 스스로 당대 여성의 억압적 현실을 분명히 인식하고, 그 불합리한 부분을 바꾸거나 저항하고자 한 것도 아니었다. 어려서는 성격과 기질 때문에 남장을 했던 것뿐이었고, 커서는 그것이 체화된 나머지 자신을 남성과 동일시하고 남성의 지위와 역할을 행하려 했을 뿐이었다. 결국 남장을 지속하고 동성혼을 감행한 이면에 두절한 현실 인식과 비판 의식이 깔려 있었다고 할 만한 근거는 보이지 않는다.

이에 반해 영혜빙은 방관주와는 또 다른 생각을 갖고 있었던 자유로운 영혼이었다. 그녀는 평소 여성이 남성에 비해 차별을 받아야 하는 이유를 이해할 수 없었다. 영혜빙은 아내는 남편에게 반드시 순종해야 한다는 여필종부(女必從夫) 같은 유교적 사고방식 자체를 거부하고자 했다. 유교 이데올로기에 속박된 남편과 아내의 관계가 너무나 불합리하다는 것을 잘 알고 있었기 때문에 평소 '여자로 태어난 것 자체가 죄인'이라는 생각을 머릿속에 항상 갖고 있었던 것이다. 그래서 남장한 방관주를 알아차리자마자 현실과 타협하는 척 혼인을 함과 동시에 자신이 꿈꿔온 이상적 삶을 영위할 기회를 스스로 붙잡을 수 있었다. 부부의 인연을 맺으면서 남성이 아닌 여성의 정체성을 유지한 채 지기(知己)로 지낼 수 있는 일석이조의 결과를 영혜빙 스스로 결정하고 주도한 것이다.

이렇게 본다면 '여성으로서 어떻게 살 것인가'라는 문제의식과 여성성 문제를 진지하게 문제 제기하고 있는 영혜빙이야말로 진정한 의미의 주인공이라 할 것이다. 그만큼 작자는 방관주보다 영혜빙이 훨씬 더 혁신적이고 진보적인 사고를 지닌 영특한 여성임을 드러내는 데 세심한 배려를 기울였다. 자신의 평소 생각을 실천에 옮길 수 있는 기회를 놓치지 않고, 남장한 방관주를 한 번에 제대로 알아보고 그 사태에 유연하게 대처함으로써 자신의 목적을 달성한 영혜빙. 영혜빙이 방관주보다 더 매력적이고 입체적이면서 현실적으로 다가오는 이유가 바로 여기에 있다. 이에 비해 방관주는 여성의 삶을 비웃고 남성의 삶을 철저히 따르면서 끝내 여성으로서 남성 콤플렉스를 버리지 못했다. 이런 점에서 방관주는 오히려 당대 가부장제를 옹호하고자 한 인물이라는 의심마저 갖게 만드는 인물이라 하겠다.

그러나 그것도 거기까지다. 방관주는 자신의 약점(일종의 콤플렉스)을 망각하지 않았기 때문에 거기서 더 나아가지 않았다. 어느 한쪽으로 치우치거나 과장하지 않고 사회적 처신 또한 신중을 기했다. 그렇기 때문에 가정 안팎에서 원만한 부부 관계를 유지한 채 죽기 직전까지 남장 여성의 비밀을 유지할 수 있었다. 그러면서 바둑을 두며 논다거나 서로 농담을 주고받으며 집 안에서 지냈다. 이는 여성 간 유대와 행복을 드러내는 한 증거가 된다. 서사 전개 측면에서 볼 때 방관주가 낙성을 입양하는 것도 후사 잇기를 통해 자연스레 그 동성 간 혼인과 가정을 지속적으로 유지할 수 있도록 돕는 탁월한 해결 장치에 해당한다. 그렇기에 〈방한림전〉은 캐릭터별로 개성 있는 내면 심리를 보여주는 한편, 가정 유지라는 외적 형식을 절묘하게 결합시켜 놓았다. 서로의 필요에 의해 혼인을 하고 부부가 된 두 여성 주인공의 기막힌 콜라보 이야기라고나 할까.

—

영웅소설의 그림자, 그 한계

—

여성이 현실을 인식하는 것과 그 현실의 제약을 뛰어넘어 실천하는 것은 별개다. 이때 후자의 모습을 여실히 보여주고 있는 〈방한림전〉은 사실 여부를 떠나 논쟁적 내용을 제공하고 있다는 점에서 의미가 있다. 이럴수록 올바른 감상과 독서가 요구된다.

한 가지, 작품 말미에 죽은 방관주와 영혜빙이 낙성의 꿈에 나타나 두 사람의 정체를 밝히는 대목을 어떻게 평가할 수 있을까?

"우리는 본래 문곡성(文曲星)과 항아성(姮娥星)이다. 금슬이 너무 좋아 잠시도 떨어져 있지 않았기 때문에 상제께서 우리가 맡은 일을 성실히 하지 않는다고 여기셨다. 이때 태을진인(太乙眞人)이 상제에게 우리를 모함했다. 이에 상제께서 문곡성은 방씨 집안에 내치시고 항아성은 영씨 집안에 내치셨던 것이다. 문곡성은 본래 남자였기 때문에 남자의 일을 한 것이다. 그런데 여자로 태어나게 한 것은 거짓으로 부부가 되어 하늘에서 너무 제멋대로 놀았던 것을 벌하고자 했기 때문이었다. 지난 일을 생각하면 할수록 우습고도 한심하도다."

방관주와 영혜빙은 원래 천상계 인물로서, 그곳 세상에서 너무 금슬이 좋았기 때문에 불성실하다 여겨 내쳐졌다고 했다. 이는 결국 방관주가 원래 천상계에서 남자였기 때문에 비록 현실에서는 여자로 태어났지만 남자의 기질을 지닐 수 있었고, 영혜빙이 여자로 계속 산 것은 벌을 받았기 때문이라는 것이다. 그렇다면 두 여자 주인공이 부부로 사는 것은 실은 자신들의 의지가 아닌, 하늘의 뜻에 의한 것이라는 의미가 된다. 두 여인의 동성혼과 지기로서의 부부간 이상적인 생활 영위가 실은 개인의 주체적 자각과 의지의 실천이 아니라고 한다면 그 의미는 퇴색될 수밖에 없다. 원래 천상에서 남자였기에 방관주는 현실계에서 남성적 생각과 기질을 표출할 수밖에 없었던 것이고, 부부의 인연을 맺었던 것도 천상에서의 인연을 연장한 것에 불과한 일이 되고 만다. 이런 설정은 영웅소설에서 흔히 보이는 서사적 유형성(천상계 존재의 현실계로의 적강 – 천정연(天定緣)에 의한 주인공의 만남 – 천상으로의 복귀)에서도 자유롭지 못하다. 그렇다면 〈방한림전〉은 동성 결혼을 흥미 제공 차원에서 만든 것이며, 다른 일반 영웅소설과 성격 면에서 크게 다르지 않다는 평가도 가능하다. 이런 점이 〈방한림전〉의 한계로 지적될 만하다.

〈방한림전〉은 원문 끝부분에 "이찬이 필사하다. 오자와 낙서가 많으니 보는 사람은 알아서 보소서. 경자년(1900) 윤팔월 초육일에 쓰다."라고 적고 있어 1900년 9월 29일에 필사된 사실이 확인된다. 그렇다면 필사 시기는 이미 개화사상이 사회 전반에 퍼지고 신분제와 남녀 관계가 새롭게 인식되던 때였다고 할 것이다. 근대사회로 진입하던 시기에 남녀 관계를 재음미하고 그 관계를 역전시켜 생각할 법한 사회적 분위기가 형성된 상황에서 창작된 작품일 가능성이 높다. 〈방한림전〉 필사 이후 수년이 못 되어 신소설 〈혈의 누〉(1906), 〈자유종〉(1907)과 같은 신여성의 모습을 그린 작품이 등장했다. 이로 본다면 〈방한림전〉의 작자 의식과 신소설의 작자 의식, 그리고 작품 세계 간 거리는 그다지 멀어 보이지 않는다.

아울러 〈방한림전〉은 참신한 소재임에도 불구하고 사실 당시 독자들에게 비상한 관심을 불러일으키지는 못했던 것으로 보인다. 현전 이본이 3종에 불과하고 그동안 작품 자체를 잘 몰랐다는 사실이 이를 방증한다. 현재 전하는 이본들은 〈방한림전〉, 〈낙성전(落星傳)〉, 〈쌍완기봉(雙婉奇逢)〉인데, 이중 〈낙성전〉은 방관주와 영혜빙의 입양 아들인 낙성을 중심으로 한 이야기이다. 〈쌍완기봉〉은 기봉(奇逢), 곧 방관주와 영혜빙의 기이한 만남 자체에 초점을 두었다. 〈방한림전〉과 〈낙성전〉에서는 방관주의 영웅적 모습이 부각되지만, 〈쌍완기봉〉에는 방관주 자신이 여자인 것을 애통해하고 원망하는 모습이 강조되고 있다. 이런 차이는 아마도 독자 취향을 고려한 출판 전략 결과 때문이라 할 것이다. 〈방한림전〉과 〈낙성전〉이 대중 독자가 좋아할 만한 요소를 고려해 창작한 영웅소설이라면, 〈쌍완기봉〉은 남녀 간 예의 문제와 남성이 되지 못한 여성의 한스러움을 담아내고자 한 가문소설에 가깝다.

〈방한림전〉의 현재적 가치와 의미는 독자들이 이 작품을 이렇게 읽어내고, 거기에 어떤 의미를 부여하느냐에 따라 달라질 수밖에 없다. 〈방한림전〉을 여러 시각에서 읽어낼 수 있다면, 그것 자체가 문제작임을 증명하는 것이 된다. 오늘날 현대사회에서 남성으로서 여성으로서 우리는 얼

마나 평등한 모습으로 살고 있으며, 우리 사회에서 현대판 방관주와 영혜
빙은 없는지 생각해 볼 일이다.

– 이민희

참고 문헌

이민희 글, 김호랑 그림, 《방한림전 – 여자와 여자가 만나 부부의 연을 맺으니》, 휴머니스
　　트, 2016.
장시광 옮김, 《방한림전 – 조선시대 동성혼 이야기》, 이담북스, 2010.

이민희, 《쾌족, 뒷담화의 탄생》, 푸른지식, 2014.
장시광, 《한국 고전소설과 여성 인물》, 보고사, 2006.
정병헌·이유경, 《한국의 여성영웅소설》, 태학사, 2000.
차(배)옥덕, 《백년 전의 경고 – 방한림전과 여성주의》, 아세아문화사, 2000.

二　　　　　十
남성이고 싶었던 여성의 일생

《명심보감》과 〈홍계월전〉

—

《명심보감(明心寶鑑)》은 조선 시대에 어린이들이 글을 익히고 삶의 도리를 배웠던 책이다. '명심'은 마음을 밝힌다는 뜻이고, '보감'은 자신을 비추는 거울로서 보물과 같다는 뜻이다. 그만큼 인생에 교훈이 되는 훌륭한 말씀들을 모아놓은 책인데, 여기에 부인들이 갖추어야 할 네 가지 덕이 제시되어 있다. 소개하자면, '맑고 절개가 곧으며, 분수를 지키며 몸가짐을 고르게 하고, 한결같이 얌전하게 행동하고, 행실을 법도에 맞게 하는 것'이다. 오늘날의 시각에서 보지면 조금 답답한 감이 있지만, 이것은 조선의 계집아이, 나아가 모든 여성의 삶을 규정하는 기본 원칙이었다.

　여성의 삶에 대한 조선의 보편적 사유를 이해하고 나면 〈홍계월전〉이 얼마나 파격적인 작품이었는지 실감이 난다. 〈홍계월전〉은 홍계월이라는 계집아이가 어려서부터 남복(男服)을 입고 남자처럼 성장하여 평국이라는 이름으로 대원수가 되어 출세했지만 여성임이 밝혀져서 친구 보국과 결혼하여 생을 마치는 이야기이다. 평국은 보국의 아내이지만 아내답게 사는 것에 저항한다. 다음은 그러한 갈등이 가장 잘 드러나는 장면이다.

원수가 갑옷 위에 검은 군복을 껴입고 백사장에 나서며 깃발을 높이 들고 말을 채찍질하여 보국의 진으로 달려갔다. 이에 보국은 정말로 적장인 줄 알고 갑옷을 단단히 여미고 말 위에 올라 달려들었다. 평국이 곽 도사께 배운 도술을 부리니 갑자기 큰 바람이 일어나고 검은 구름과 안개가 자욱하여 지척을 분간할 수 없게 되었다. 보국이 놀라고 겁을 내어 어찌할 줄 몰라 하는 사이에 평국이 소리를 높게 지르며 달려들어 보국의 창을 빼앗아 내던지고 보국의 멱살을 잡아 공중으로 치켜들었다. 그러고는 보국이 숨이 막혀 버둥거리는 것도 아랑곳하지 않고 말을 채찍질하여 천자 있는 곳으로 달려가니, 보국이 몸을 뒤틀어 겨우 한 차례 숨을 크게 쉬고 외쳤다.

"평국은 어디 가서 보국이 죽는 줄 모르는고?"

보국이 울며 외치는 소리가 처량하게 퍼지자 진지에 있던 군사들이 모두 술렁거리고 천지가 떠들썩해졌다. 원수가 이 말을 듣고 보국을 땅에 내려놓고는 웃으며 말하였다.

"네가 어찌 평국에게 달려오며 평국을 부르느냐?"

평국이 손뼉을 치며 크게 웃으니, 보국이 그제야 고개를 들어 보니 과연 평국이었다. 보국이 평국을 보니 슬픈 마음은 간데없고 도리어 부끄러움을 걷잡을 수 없었다.

홍계월은 평국이라는 이름의 대원수로서 보국을 농락한다. 《명심보감》
에서 가르치는 여자다운 덕이라고는 찾아볼 수 없다. 얌전하지도 않고, 지
아비를 섬기는 아녀자의 도리도 없다. 오히려 남편 보국의 멱살을 잡아
숨통을 조여버린다. 겁을 먹고 울다가 상대가 부인인 것을 알게 된 보국
을 향해 호탕하게 웃어 보이는 대원수 평국, 아니 보국의 아내 홍계월의
이야기는 바로 이러한 파격성 때문에 여성영웅소설 중에서도 가장 극단
적인 부류에 속한다.

여성영웅소설은 연구사 초기에는 '여걸소설, 여성계 영웅소설, 여호걸
계 소설, 여장군형 소설' 등으로 불리다가 차츰 '여성영웅소설'이라는 명
칭이 정착했다. 그만큼 이런 종류의 소설들을 한데 묶는 기준에 대해 합
의가 어려웠고 이들에 대한 구분도 다양했다. 대표적으로 정병헌과 이유
경 교수의 견해를 따르자면, 첫 번째 유형은 〈박씨전〉처럼 여성 주인공이
남성을 대리인으로 내세워서 자신의 능력을 드러내는 경우이다. 두 번째
유형은 〈설제전〉처럼 여성 주인공이 스스로의 의지에 따라 남장을 한 후
직접 공적인 영역에 진출하여 영웅적 능력을 발휘하지만, 여성임이 밝혀
진 뒤에는 가정의 삶에 만족하는 경우이다. 세 번째 유형은 〈홍계월전〉처
럼 남장을 한 후 영웅적 활약을 보인 주인공이 여성으로서의 정체가 탄로
난 뒤에도 공적인 영역에서 자신의 능력을 인정받고 그동안 획득한 지위
를 계속 유지하는 경우이다. 이런 분류는 남성보다 능력이 뛰어난 여주인
공을 다룬 작품들을 포괄적으로 이해할 수 있게 한다는 점에서 의의가 있
지만, 첫 번째 유형의 경우 나머지들과 서사 구조가 너무 차이가 나서 여
성영웅소설의 범주에 넣기가 곤란하다는 단점이 있다.

여성영웅소설의 전개를 다룬 정병설 교수의 분류는 이런 고민을 담고
있다. 즉 그는 아예 넓은 범주의 여성영웅소설과 좁은 범주의 여성영웅소

설를 구분한다. 이에 따라 전자에는 ① 여성 주인공의 등장, ② 여성 주인공이 자신의 역량을 외부 활동을 통해 보여줄 것이라는 두 가지 기준을 제시했고, 후자에는 ① 여성 주인공의 '영웅의 일생'을 보여줌, ② 여성 주인공이 남장 출전하여 자신의 영웅적 역량을 보여줌, ③ 앞의 것들이 서사의 유일한 중심축일 것이라는 기준을 제시했다. 결국 여성영웅소설의 범주를 구분할 때 문제가 된 것은 여주인공이 영웅적 능력을 직접 발휘하느냐의 여부와 그러한 서사 전개가 영웅의 일생 구도에 맞춰 진행되느냐의 여부라고 할 수 있다.

여성영웅소설의 출현은 범주화와 관련을 맺는다. 먼저 문학적 측면에서 보자면, 기존에 있던 영웅소설이 인기를 끌면서 여성 독자의 관심을 끌 만한 내용을 추가하거나 기존의 남성 독자들에게 새로운 흥미를 주기 위해 여성영웅소설이 탄생했다는 것이다. 여기엔 주몽 신화의 소서노나 '내 복에 살지'와 같은 민담에서 발견되는 진취적이고 자존감 있는 여성 인물에 대한 문학적 전통과 〈설인귀전〉과 같은 중국 소설의 영향도 관여했다. 한편으로는 17세기 이후 조선 사회에서 가부장제가 심화되면서도 동시에 여성의 자아 정체성에 대한 새로운 인식이 등장한 것이 여성영웅소설의 출현 배경으로 이해된다.

〈홍계월전〉은 18세기 이후 본격화된 여성영웅소설 중에서도 독특한 지위를 갖고 있다. 전반부에서는 다른 작품들처럼 영웅의 일생 구도에 따라 내용이 전개되지만, 후반부에서는 다른 작품들과 달리 남편에 대한 자신의 우위를 적극적으로 증명하는 호쾌한 서사가 전개되기 때문이다. 이본은 대략 40여 종이 남아 있는데, 방각본은 확인되지 않고 필사본과 구활자본뿐이다. 내용은 거의 차이가 없고 서술의 구체성이나 마지막 전쟁 에피소드의 첨가 여부가 차이가 난다.

—

남자의 옷을 입고 영웅의 일생을

—

〈홍계월전〉에서 여주인공이 '영웅의 일생'을 살아가는 것은 이 작품을 여성영웅소설로 구별하는 가장 중요한 사유이다. 그렇다고 〈홍계월전〉이 매우 유형적이기만 한 작품은 아니다. 가령 〈이대봉전〉과 같은 여성영웅소설에서는 여주인공뿐만 아니라 남주인공도 영웅의 일생을 살아가지만, 〈홍계월전〉에서는 그렇지 않다. 남주인공 '여보국'의 출생은 아예 소개되지 않고, 그는 무예와 병법을 배우고 전쟁을 치르는 모든 과정에서 평국보다 열등한 면모를 보인다. 그만큼 〈홍계월전〉은 철저히 여주인공 위주의 작품이고 이것은 후반부에 나타난 홍계월과 여보국의 갈등과 더불어 이 작품의 특징이다.

〈홍계월전〉의 전반부를 영웅의 일생 구도에 따라 살펴보자.

① **고귀한 혈통** 홍계월은 전임 이부시랑인 홍무의 딸로 태어난다. 고귀한 집안의 출신임은 많은 영웅에게서 발견되는 특징인데, 그래야만 그의 영웅적인 행적이나 공동체에 대한 사명감과 가문을 복원하려는 욕망 등이 설명되기 때문이다.

② **비정상적인 출생** 홍 시랑은 선녀가 옥황상제께 죄를 짓고 지상에 내려오는 태몽을 꾸고 계월을 얻는다. 이러한 출생 과정은 홍계월의 영웅적인 능력과 행적을 정당화한다.

③ **탁월한 능력** 홍계월이 자라면서 너무나 아름답고 영민하자 아비 홍 시랑은 그의 앞날이 염려되어 곽 도사라는 사람에게 관상을 보게 했다. 곽 도사는 홍계월이 다섯 살에 부모와 이별했다가 열여덟에 다시 만나 부귀

공명을 누리리라 예언했다. 홍계월의 운명을 걱정한 홍 시랑은 홍계월에게 남자 옷을 입히고 사내아이처럼 글을 가르치니 계월은 한 번 배운 것을 잊지 않았다. 나중에 홍계월이 부모와 헤어져 평국이란 이름으로 무예를 배울 때에도 보국과 비교할 수 없을 정도로 탁월했다.

④ **기아와 죽을 위기** 홍계월이 다섯 살 때에 전란이 일어나 가족이 흩어지게 된다. 아버지는 도적에 잡혀 그 부하가 되었다가 벽파도로 유배를 가고, 어머니도 도적에게 잡혔다가 도망하여 여승이 되지만 다시 남편을 만나게 된다. 가문이 몰락하는 이 단계는 영웅소설에서 영웅으로 하여금 인생의 사명을 부여한다는 점에서 필수적이다.

⑤ **조력자에게 구출되어 양육됨** 도적들이 강물에 던졌던 홍계월은 여공에게 구출되어 양육된다. 여공은 계월에게 평국이라는 이름을 지어주고, 아들 보국과 함께 기른다. 또 이들은 곽 도사에게 무예와 병법, 도술 등을 배운다. 이는 미성숙한 영웅이 세상에 나가기 위해 당연히 거쳐야 하는 단계이다.

⑥ **자라서의 위기** 홍계월이 처음에 겪었던 위기가 개인적이고 가문의 몰락을 의미했다면, 자라서 겪는 위기는 공동체적이고 가문의 복원을 지향한다. 홍계월은 과거에 급제하여 벼슬에 오르고 오랑캐가 침입하자 대원수로 나가 싸운다. 죽을 위기를 겪기도 하지만 승리하고, 이로써 그는 부귀공명을 누릴 자격을 얻게 된다.

⑦ **투쟁에서의 승리** 홍계월은 오랑캐를 물리치는 과정에서 벽파도에 유배된 부모를 만나 해후한다. 또한 오랑캐를 물리쳤기에 가문은 다시 부흥하게 된다.

〈홍계월전〉의 전반부가 영웅의 일생 구도에 따라 전개된다는 점에 대

해서는 이견이 없지만, 그것의 목적과 결과가 무엇인지는 논란이 있었다. 영웅소설에서 남성 영웅들은 출전하여 공을 세움으로써 몰락한 가문을 복원한다. 그리고 그 부산물로써 혼사 갈등을 해결한다. 즉 사사로이 정혼한 여성과 권력자가 추천하는 여성 사이에서 갈등을 겪다가 둘 모두와 결혼할 수 있는 자격을 얻거나, 자신 때문에 고난을 겪던 여주인공을 구원하게 되는 것이다. 여성영웅소설에서는 여주인공이 가문 회복보다는 남녀 결합에 더 관심을 갖는데, 홍계월에게는 별다른 혼사 갈등이 없고, 평국과 보국이 결혼하는 것은 나중의 일이다. 오히려 홍계월은 전공을 세움으로써 유배지에서 고생하던 부모를 구원하고 봉양하게 된다. 이런 점에서 보자면 〈홍계월전〉은 다른 여성영웅소설과 달리 일반적인 영웅소설의 구도를 더 충실하게 따르고 있음을 알 수 있다.

홍계월이 여성임에도 남성 영웅처럼 행동하고 영웅의 일생을 살아갈 수 있는 가장 큰 이유는 그가 남복을 입었기 때문이다. 이를 여성이 남성의 옷을 갈아입었다는 뜻으로 '남복개착(男服改着)'이라고 하거나, 여성이 남성처럼 살게 되는 결과에 주목하여 여자가 변하여 남자가 된다는 뜻으로 '여화위남(女化爲男)'이라고 한다. 여성영웅소설에서 여화위남은 남성영웅소설에는 없는 독자적인 요소인데, 그 계기는 여러 가지이다. 〈방한림전〉처럼 스스로 입거나 〈홍계월전〉처럼 운명을 피하기 위해 부모가 입히기도 한다. 계기는 다양하지만 결과는 여성으로 하여금 남성의 삶을 살수 있게 한다는 것이다. 또한 정체를 감춘 채 살아가는 여주인공의 삶은 그 자체로 서사적 긴장을 유발한다. 즉 여화위남은 여성 주인공이 영웅소설의 서사에 안착할 수 있게 하는 장치이자 영웅소설에는 없던 서사적 긴장을 불러일으키는 흥미 요소이고, 남성처럼 입신양명을 누리고 싶었던 여성들의 욕망을 허구적으로 실현시킬 수 있게 하는 수단이었다.

특별히 〈홍계월전〉에서는 운명을 피하기 위해 아비가 옷을 입힌다는 점에서 남녀의 성에 따른 봉건적인 차별이 약하게 드러나고 있다. 이는 나중에 계월의 시아버지가 되는 여공이 아들 보국과 며느리 계월 사이의 갈등에서도 계월의 입장을 이해하거나, 천자가 평국으로 하여금 보국의 군례를 받게 하도록 허락하는 데서도 드러난다. 그만큼 〈홍계월전〉의 서술 시각은 다른 여성영웅소설에 비해 여성에 대해 개방적인 태도를 보이고 있는 것이다.

—

남편의 첩을 죽이고

—

홍계월은 평국으로 살아가면서 대원수가 되고 부모도 유배지에서 구하여 높은 벼슬을 누리게 한다. 가문을 복원하고 입신양명을 이룬 것이다. 그러나 전쟁터에서 돌아와 병을 앓다가 천자가 보낸 어의의 진찰을 받고 여성임이 탄로 나자, 스스로 정체를 밝히고 벼슬을 내려놓는다. 천자는 이런 평국에게 계속 대원수의 벼슬을 하게 하고, 보국과의 결혼을 주선한다. 그리고 여기서부터 〈홍계월전〉은 다른 여성영웅소설에 없는 갈등이 시작된다. 홍계월은 비록 보국의 아내가 되었지만 계월로서 살아가기보다는 평국으로서 살아가기를 희망하는 것이다.

봉건사회에서 허락된 여성의 삶이란 남편에게 순종하고 가정을 지키는 것이지만, 홍계월은 이를 거부한다. 이러한 갈등은 홍계월이 남편 보국의 첩 영춘을 죽이는 데에서 잘 드러난다.

계월 부부가 시부모를 모시고 이렇듯 정담을 나누며 하루를 보내었다.

해가 져서 본궁으로 돌아가려고 금덩을 타고 군사들의 호위를 받으며 중문으로 나오는데, 계월이 눈을 들어 영춘각을 바라보니 보국의 애첩 영춘이 난간에 걸터앉아 내려다보고 있었다. 계월이 분노가 치솟아 가마를 세우고 무사를 호령하여 영춘을 잡아들이라고 하였다. 무사들이 영춘을 잡아 가마 앞에 무릎 꿇리자 계월이 호령하였다.

"네가 중군장의 힘만 믿고 교만함이 가소롭구나! 감히 난간에 높이 걸터앉아 내게 예의를 갖추지 않으니 너같이 요망한 년을 어찌 살려두리오? 당당히 군법으로 처단하리니, 무사들은 무엇하느냐! 문밖에 내어 목을 베어라!"

말이 끝나기도 전에 무사들이 달려들어 영춘을 잡아내어 베었다. 이 광경을 본 군졸과 시비들이 놀라고 두려워 바로 보지 못하였다.

영춘은 군인이 아닌데도 대원수에게 무엄하게 행동했다는 죄로 참형을 당했다. 홍계월이 영춘에게 죄를 물을 때에 중군장인 남편 보국의 힘을 믿고 교만하다고 했으니, 계월과 영춘의 갈등은 보국이라는 남성을 두고 벌어지는 두 여자 사이의 다툼이다. 기존 논의에서는 이에 대해 우리가 가정소설에서 흔히 발견할 수 있는 처첩 갈등의 양상이라고 해석했다. 즉 가부장인 남편의 애정을 둘러싼 처와 첩 사이의 갈등으로 이해한 것이다. 이는 우리가 다른 소설에서 볼 수 있는 익숙한 갈등 양상이고, 실제로 계월과 영춘의 신분이 처와 첩이라는 점에서 설득력이 있다.

하지만 이 사건을 가정소설의 처첩 갈등으로 이해하는 것은 한계가 있다. 먼저 영춘의 정체가 모호하다는 점이다. 영춘은 보국의 애첩으로만 등장하지 성격이나 구체적인 죄상이 나타나지 않는다. 가정소설에서 첩은 아름다우면서도 사특한 존재이다. 남편을 미혹되게 하여 가정을 위기에 빠트리면서 동시에 착한 처를 괴롭히는 존재인 것이다. 또한 엄벌에 처해질 만한 악한 일을 자행하여 처벌의 정당성이 서사로 드러난다. 이에 비하면 영춘은 계월을 내려다본 것 외에는 잘못도 없고 그 도덕성은 아예 드러나지도 않는다.

영춘의 처형을 둘러싸고 인물들이 보인 반응도 처첩 갈등의 양상과는 거리가 있다. 애첩의 죽음에 분노하는 보국에게 아버지 여공은, 계월은 의기가 당당하여 보국을 부릴 만한 사람이니 함부로 비난할 수 없다고 계월을 감싼다. 또한 계월도 보국이 자신에게 오지 않음을 슬퍼하면서도 자신이 남자가 되지 못했음을 분하게 여긴다. 즉 영춘의 죽음은 남편의 사랑을 둘러싸고 처첩 사이에 벌어졌던 갈등의 결과가 아니라, 이제는 부부가 된 계월과 보국 사이의 권력 다툼이 전개되는 과정의 일부라고 하겠다.

실제로 〈홍계월전〉의 후반부는 아내로서 남편인 보국에게 순종하지 않으려는 계월과 이를 용납하지 않는 보국 사이의 갈등이 여러 상황을 통해 반복된다. 결혼이 결정되고 나자 계월은 이제 다시는 보국의 군례를 받지 못하게 됨을 안타깝게 여기고, 이를 알게 된 천자는 군례를 허락한다. 계월은 여복을 벗고 대원수의 갑옷을 갖추어 입고 군대를 출동시킨다. 대원수의 부하인 중군장 보국은 이를 알고 분노하여 대원수 앞에 일부러 늦게 도착했다가 군법에 따라 벌을 받게 되자 머리를 조아리며 용서를 빈다. 계월과 보국은 일종의 기 싸움을 벌이는 것이다.

영춘이 죽고 아슬아슬하게 유지되던 부부의 결혼 생활은 오왕과 초왕이 나라를 배반하여 장안을 침범하자 다시 위기를 맞는다. 여성의 삶을 살던 계월에게 대원수로서 전쟁을 치르라는 명령이 떨어진 것이다. 전투 중에 중군장 보국이 죽을 위기에 놓이자 대원수 평국이 나가 목숨을 구하고 평소 남자라고 자신을 업신여기던 보국을 조롱한다. 또한 적군의 계략으로 천자가 항복할 상황에 놓이자 평국이 달려가 천자를 구한다. 대원수 평국은 누구도 대신할 수 없는 지략과 용맹을 발휘하는 것이다. 천자는 이런 평국을 아껴서 보국과 무술 대결을 펼치도록 허락하고, 평국은 보국의 멱살을 쥐어 잡고 항복을 받아낸다. 천자는 이런 광경을 보고 웃더니 보국에게, 전쟁이 끝나면 평국이 예로써 섬길 것이니 더 이상 부부의 도리를 상하게 하지 말라고 당부한다. 이런 지경에 이르자 결국 보국도 평국을 받아들이고 부부로서 화목하게 지내게 된다.

〈홍계월전〉의 후반부는 계월이 보국을 섬기며 부부로서 애정을 나누며 사는 것보다는 보국에게 명령을 내리며 대원수로서 사는 삶을 더 지향하고 있음을 보여준다. 이 과정에서 영춘이 죽고, 대원수 평국이 아니라 아내 계월만을 인정하려는 보국은 곤욕을 치르는 것이다. 그러므로 〈홍계월전〉의 후반부는 겉으로는 계월과 보국의 갈등을 다루지만 속으로는 계월로서의 삶과 평국으로서의 삶에 대한 여성들의 심리적 갈등을 담아내고 있다. 공적인 세계에서 남편조차 부하로 부리면서 용맹을 떨치는 삶에 대한 동경에는 조선 후기 여성 독자들의 새로운 자의식이 반영되어 있는 것이다.

―

홍계월의 삶, 역설과 비극

―

여보국의 아내 홍계월이 아니라 대원수 평국이고자 하는 여주인공의 욕망과 그 서사적 형상화를 우리는 어떻게 보아야 할까?

가장 먼저 관심을 끄는 것은 이러한 욕망을 성취하는 과정이 전형적인 영웅소설의 형식을 취하고 있다는 점이다. 즉 영웅소설에서 주인공이 겪는 문제는 전쟁에서의 승리를 통해 해결되는데, 〈홍계월전〉에서도 마찬가지이다. 영춘을 죽이는 것도 대원수의 지위와 위엄에 근거했고, 남편 보국을 욕보이는 것도 대원수로서의 용맹함을 발휘해서였다. 이렇게 본다면 〈홍계월전〉의 후반부는 남성영웅소설이나 다른 여성영웅소설에서 찾아보기 힘든 설정을 보여주고 있기는 하지만, 군담을 통해 모든 문제를 해결한다는 점에서 오히려 더 영웅소설적이다.

문제는 계월과 보국은 비록 부부이지만 힘겨루기를 통해 어떻게 부부 관계를 유지할지 해결책을 모색할 뿐 부부의 근간이라 할 애정을 보여주지는 않는다는 점이다. 이는 다른 영웅소설에서 남녀 주인공의 관계가 비록 남성의 성취에 대한 보상의 형식을 띤다 할지라도 애정 관계를 형성하는 것과 대조되고, 아내 노릇에 만족하는 다른 여성영웅소설의 여주인공들과도 대조된다.

그리고 여기에서 〈홍계월전〉의 문학적 의의에 대해서는 상반된 평가가 존재하게 된다. 즉 여성의 삶이 집안에 한정되었던 조선 시대에 〈홍계월전〉은 여성의 자아실현을 허구적으로나마 구현한 작품이라는 긍정적인 평가와 더불어 남성적인 기준에 따른 여성의 삶이 진정으로 여성 의식을 구현한 것인지 의심스럽다는 부정적인 평가도 공존하는 것이다. 더구나 대원수 평국으로서의 삶은 실제의 것도 가능한 것도 아니다. 여주인공은 이렇게 허구의 인생을 살아가면서 끊임없이 남성으로 태어나지 못한 것을 한탄한다. 〈홍계월전〉이 찬양하는 것은 홍계월의 삶 자체가 아니라 평국으로서의 삶, 그것도 대원수로서의 삶뿐이다. 따라서 〈홍계월전〉에서 홍계월이 고난을 딛고 높은 벼슬에 오르고 나라를 위한 공을 세우고 심지어 죄를 지었던 아버지마저 구원하여 봉양하는 동안, 조선 시대 여성의 삶은 폄하되고 남성의 삶만이 보람 있고 살 만한 것이라고 제시된다. 여성을 인간 존중의 관점에서 이해하고 부당한 현실을 개혁해야 한다는 여성 의식의 관점에서 보자면, 홍계월의 삶은 역설적이고 비극적이다.

– 이정원

참고 문헌

이정원 글, 이수진 그림,《홍계월전 – 계집아이에게 사내 옷을 입히면 운명도 알아보지 못할 것이니》, 휴머니스트, 2015.

조광국 옮김,《홍계월전》, 문학동네, 2017.

류준경, 〈영웅소설의 장르 관습과 여성영웅소설〉,《고소설연구》12, 한국고소설학회, 2001.

박경원, 〈〈홍계월전〉 연구〉, 부산대학교 석사학위논문, 1991.

이인경, 〈〈홍계월전〉 연구 – 갈등 양상을 중심으로〉,《관악어문연구》17, 서울대학교 국어국문학과, 1992.

장시광, 〈동아시아의 고전여성문학 – 여성영웅소설에 나타난 여화위남(女化爲男)의 의미〉,《한국고전여성문학연구》2, 한국고진여성문학회, 2001.

정병설, 〈여성영웅소설의 전개와 〈부장양문록〉〉,《고전문학연구》19, 한국고전문학회, 2001.

정준식, 〈〈홍계월전〉 이본 재론〉,《어문학》101, 한국어문학회, 2008.

조은희, 〈〈홍계월전〉에 나타난 여성의식〉,《우리말글》22, 우리말글학회, 2001.

제2장

가정소설

가정소설은 특별히 조선 후기에 일반화된 일부다처제라는 문제적 가족 구성에서 벌어지는 가정 내 구성원 간의 갈등을 다룬 일련의 작품군을 지칭한다. 처첩 간의 갈등은 물론, 동서(同壻) 간의 질투, 형제간의 다툼, 계모와 전처 자식 간의 대립 등 가정 내에서 벌어질 수 있는 다채로운 국면을 다룬다.

가족 구성원 간의 갈등 내용을 놓고 볼 때 〈사씨남정기〉, 〈창선감의록〉, 〈조생원전〉처럼 처와 첩, 처와 처 사이의 애정 갈등을 다룬 쟁총형 가정소설과 〈장화홍련전〉, 〈김인향전〉, 〈콩쥐팥쥐전〉처럼 계모와 전처 자식 사이에서 벌어지는 갈등 관계를 다룬 계모형 가정소설로 대별 가능하다. '쟁총(爭寵)'이란 애정 문제로 첩과 다툰다는 뜻으로, 흔히 집안 내 여성 중 본부인과 첩, 또는 여러 부인들 사이의 다툼과 갈등이 주가 되는 작품을 말한다. 그런데 쟁총형이든 계모형이든 간에 두 작품군은 가정 내 갈등 해소가 최종 목표이다. 따라서 두 작품군 공히 권선징악과 개과천선을 기본 주제로 삼고 있다. 이 과정에서 악인은 저지른 잘못과 악행이 들통나서 처벌을 받거나 회개하여 선인이 되고, 선인은 다시 가정 내 조화와 질서를 얻게 된다는 결말로 처리된다.

17세기 후반에 나타난 〈사씨남정기〉와 〈창선감의록〉, 18세기에 출현한 〈장화홍련전〉이 비교적 이른 시기의 가정소설들이다. 그리고 18세기 후반 이후로는 통속적 성격이 강한 가정소설이 다수 등장한다. 〈조생원전〉, 〈쌍선기〉 등이 대표적이다. 17세기 후반에 등장한 초기 가정소설은 당대에 일어날 법한 가정 내 현실적 갈등 상황과 사건을 소재로 권선징악적 결말을 주제로 내세우고 있다. 이들 작품은 주제가 현실과 밀착되어 있어 여성의 수신서 내지 교양 도서로 즐겨 읽혔다. 또한 심심함을 푸는 한편, 허무맹랑한 이야기지만 깨달을 만한 것이 있다는 소설 긍정론에 부응할 만한 작품들이었다. 사대부 남성의 취향에도 맞았기 때문에 소설에 대해 부정적이던 분위기 속에서 긍정적 평가를 이끌어내기도 했다. 또한 가정소설에서 자주 보여주는 처첩 간 갈등이나 축첩으로 인한 가정 내 비극 양상은 다른 소설뿐 아니라 근대 서사문학에 이르기까지 중요 제재 측면에서 적잖은 영향을 미쳤다.

—

신념을 지킨 선(善), 제도가 낳은 악(惡)

〈사씨남정기〉에 대한 루머

—

고전소설의 주요 레퍼토리 가운데 하나는 처와 첩이 대립하는 이야기이다. 선한 처는 악한 첩의 음모에 휘말려 위험에 빠진다. 그러나 진실은 밝혀지기 마련이어서, 악한 첩의 음모는 세상에 밝혀지고 선한 처는 제자리를 되찾는다. 그리고 악독한 첩은 결국 비참하게 죽게 된다. 이러한 레퍼토리의 원조가 바로 〈사씨남정기(謝氏南征記)〉이다. 흡사 아침 드라마에서나 볼 법한 이 이야기를 지은 사람은 김만중이다. 김만중은 당대 정치에 깊숙하게 관련되어 유배와 복직을 반복하며 관직 생활을 이어나간 인물이었다. 이러한 김만중이 부녀자들이나 보는 것으로 치부되었던 소설을, 그것도 처와 첩의 갈등을 다룬 소설을 지었다는 것이 그저 놀랍기만 하다.

그러나 더욱 놀라운 사실은 〈사씨남정기〉가 한글로 지어졌다는 점이다. 한글은 당시 사대부들에게 무시되었던 문자였고, 그래서 사대부들이 한글로 남긴 글을 만나기가 쉽지 않다. 그래서일까, 김만중이 남긴 어떤 책에도 〈사씨남정기〉를 지었다는 기록이 없다. 김만중이 〈사씨남정기〉를 한글로 지었다는 사실을 알게 해준 사람은 김춘택이다. 김춘택에게 김만중은 작은할아버지였고, 김만중과 자주 접촉했으므로 〈사씨남정기〉의 저자가 김만중이라는 김춘택의 증언은 그대로 믿어도 좋을 것이다.

사실 김만중은 그의 저작 《서포만필》에서 자국어로 된 문학의 중요성을 말한 바 있으며, 소설에 대해서도 긍정적인 인식을 가지고 있었다. 어머니를 위해 하룻밤 만에 지었다는 〈구운몽〉의 저자이기도 하니, 김만중이 〈사씨남정기〉의 저자라는 것은 신빙성이 있다.

〈사씨남정기〉를 김만중이 지었다는 점은 명확해 보이지만, 이에 대한 부정확한 기록은 여러 낭설을 낳게 했다. 그 가운데 가장 도드라진 루머는 창작 동기에 관한 것이다. 김만중과 같은 명문 사대부의 남성이 왜 처와 첩의 다툼을 다룬 이야기를 지었던 것일까?

대체로 〈사씨남정기〉의 창작 동기는 김만중이 정치에 깊숙하게 연결되어 있다는 점에 초점을 맞추어, 당시의 정치적인 상황을 비유적으로 드러낸 것으로 추정되었다. 즉 숙종이 인현왕후를 폐비시키고 장희빈을 가까이한 것을 소설로 만든 것이 〈사씨남정기〉이고, 이를 통해 김만중은 숙종에게 인현왕후를 내쫓고 장희빈을 왕후의 자리에 올린 사건이 잘못되었다는 깨달음을 주려 했다는 것이다. 김만중이 속한 서인은 인현왕후를 지지했는데, 장희빈이 왕후가 되는 것을 반대하다가 유배를 가게 되었다는 그의 정치적 이력과 함께 〈사씨남정기〉의 줄거리는 인현왕후와 장희빈을 둘러싼 사건들과 일치하고 있다는 점에서 이 의견은 상당한 근거를 갖는 것으로 보인다. 조선 시대에도 이러한 견해를 볼 수 있으니, 이규경의 저서인《오주연문장전산고》가 대표적이다.

그런데 정말 김만중은 숙종의 마음을 돌리기 위해서 한글로〈사씨남정기〉를 지었던 것일까? 숙종의 마음을 돌리기 위해서라면 어째서 한문이 아닌 한글로 지은 것일까? 장희빈을 지지한 남인 세력을 동청과 같은 악인으로 묘사했는데, 어째서 남인들은 김만중을 그냥 두었을까? 이런 점들이 김만중이〈사씨남정기〉를 정치적 사건에 빗대어 지었다는 의견을 의심하게 만든다. 더구나〈사씨남정기〉는 김만중이 장희빈의 왕후 추대 이전에 지었으며, 인현왕후가 복위했을 때 이미 김만중은 이 세상 사람이 아니었다. 그런 점에서〈사씨남정기〉가 정치적인 사건을 빗댄 작품이라는 의견은 타당해 보이지 않는다.

〈사씨남정기〉가 정치적인 이유로 지어졌다는 의견은 그저 루머일 뿐이다. 이 루머는 김만중이라는 대문장가가〈사씨남정기〉라는 한글소설을 지은 것은 분명 어떤 깊은 뜻, 특히 어떤 정치적 의도를 달성하기 위한 것이라는 후대 사람들의 믿음 때문일지도 모른다. 하지만〈사씨남정기〉가 이런 창작 배경을 가진 작품이 아니라 하더라도 충분히 매력적이며 또한 중요한 작품이다.

—

〈사씨남정기〉가 지닌 매력

—

우리가 흔히 소설이나 영화에서 만나는 '통속적인 이야기'들은 선악의 대립을 통해 이야기를 구성하곤 한다. 대개의 아침 드라마가 법 없이도 살 것 같은 순진무구한 여자와 천하에 둘도 없는 악녀의 대립을 공식으로 삼는 것과 마찬가지이다. 이 외에도 상업 영화와 같은 통속적인 영상물에서 이런 레퍼토리의 이야기를 찾는 것은 어렵지 않다. 그런데 우리에게 아주 익숙한 이 선인과 악인의 대립 구도는 언제부터 시작된 것일까?

우리 소설사에서 악인이 등장하기 시작한 것은 17세기에 접어들면서부터이다. 이전의 작품들에서 악인이 등장하는 이야기는 찾아보기 어렵다. 본격적으로 악인이라고 할 만한 인물은 〈운영전〉에 처음 등장한다. 〈운영전〉에 등장하는 김 진사의 노비 '특'은 악인의 모습을 보여주는 최초의 인물이다. 하지만 특이 주인공인 운영과 직접적인 대립 관계를 형성하면서 갈등을 만들고 사건을 진행시키는 것은 아니다. 본격적으로 선인과 악인의 대결로 이야기가 전개되는 작품은 〈사씨남정기〉라 할 수 있다.

〈사씨남정기〉의 주인공 사씨는 매우 아름다운 외모를 지니고 있지만, 그것보다는 현숙한 성품이 더욱 강조된다. 그녀는 유씨 가문의 며느리가 되었으나 10년이 다 되도록 아이를 갖지 못하자, 가부장인 유연수에게 먼저 첩을 들이라고 권유하는 인물이다. 사씨는 자신의 안락함보다는 유씨 가문의 번성을 위해 더욱 힘쓰는 것으로 묘사된다.

반면 교씨는 몰락한 양반가의 후예로, 스스로 누군가의 아내가 되기보다는 재상가의 첩이 되기를 바라는 인물로 그려진다. 즉 교씨는 부귀공명을 바라고 있는데, 이러한 성격은 이어지는 이야기에서 교씨가 왜 악인이 되는가를 알 수 있는 단초로 작용한다.

이 두 여성은 처와 첩이라는 지위로, 아들을 낳은 여성과 낳지 못한 여성으로 구분된다. 사씨는 처라는 우월한 지위에 있지만 아들을 낳지 못한 여성인 데 반해, 교씨는 비록 사씨보다 지위가 낮은 첩이지만 아들을 낳음으로써 유씨 가문의 대를 이을 수 있게 해주었다. 이들은 서로 가진 것과 갖지 못한 것 사이에서 미묘한 평형을 이루고 있었다.

그런데 10년 동안 태기가 없던 사씨가 아들을 낳게 되자 상황은 변하게 된다. 정실부인인 사씨가 갑자기 아이를 임신하고 곧 아들 인아를 낳게 되자 교씨는 불안한 마음에 휩싸인다. 교씨는 오로지 아들을 낳아 유씨 집안의 대를 잇기 위해 유씨 집안에서 첩으로 맞이한 것인데, 사씨가 아들을 낳게 됨으로써 교씨는 유연수의 집안에서 존재 이유가 사라지게 되었기 때문이다. 교씨는 아들을 낳아 유연수의 총애를 차지하려고 자신의 배 속에 있던 아이의 성별을 여자에서 남자로 바꾸는 사술까지 동원했다. 교씨 스스로도 외모, 성품까지 모두 사씨에게 뒤지지만 오로지 아들을 낳았다는 이유로 유연수의 공경을 받을 수 있었다고 고백했다. 그러나 이제 정실부인인 사씨가 아들을 낳았으니, 교씨는 자신에게 쏠리던 유연수의 마음이 돌아설 것을 걱정하게 된다. 그렇게 된다면 자신이 꿈꾸었던 부귀공명과는 영영 멀어지게 될 것이 뻔하기 때문이다.

이미 〈예상우의곡〉을 연주하고 신분이 기생이었던 설도와 앵앵의 시를 읊다가 사씨에게 꾸중을 들은 교씨는, 이것을 부풀려 유연수에게 사씨를 참소한 적이 있었다. 자신을 꾸짖은 사씨에게 원한을 품어서이다. 그러나 교씨는 사씨가 인아를 낳게 되자 사씨에 대한 본격적인 질투와 모함을 하게 된다. 부귀공명의 욕망을 품고 있던 교씨는 사씨의 아들 출산으로 자신의 지위가 불안해지자 악인의 길로 들어서게 된 것이다. 교씨는 주변의 시비들을 재물로 꾀어 사씨를 몰아낼 음모를 꾸미고 그것을 실행에 옮김으로써 악인으로서의 모습을 드러내기 시작한다.

이때 등장하는 인물이 동청이다. 동청은 유연수의 서기(書記)로 유연수의 집안에 들어온 인물인데, 원래 인물됨이 바르지 못한 사람이었다. 그는 교씨의 재물에 유혹되어 사씨를 쫓아낼 음모에 가담하게 된다. 사씨는 유연수가 석낭중에게 소개받은 동청을 서기로 들이려 하자 소문이 좋지 못함을 이유로 그를 거절하라고 했지만, 유연수는 사씨의 말을 듣지 않고 그를 서기로 채용함으로써 집안의 화를 자초하게 된다. 동청은 사씨를 참소하기 위해서 사씨의 필체를 위조하여 교씨와 장주를 저주하는 가짜 글을 짓는가 하면, 사씨에게 훔친 옥가락지를 냉진을 시켜 유연수에게 보임으로써 사씨가 간음을 했다고 의심하게 만든다. 결국 교씨의 반대에도 불구하고 교씨의 아들인 장주를 죽여 그것이 사씨의 사주를 받은 사씨의 시비 설매의 짓으로 꾸밈으로써 사씨를 집안에서 쫓아내는 데 성공한다. 동청은 사씨를 몰아낸 이후 교씨와 간음을 하면서 간신 엄숭에 의지해 유연수를 모함하여 유배를 보내고 유연수 집안의 모든 재물을 차지하는 데 이른다. 이로써 선은 몰락하고 악이 득세하게 된다.

그러나 억울한 일을 당한 사씨는 자신의 신념을 잃지 않고 그것을 지키기 위해 노력한다. 유연수의 가문에서 쫓겨난 사씨는 친정으로 돌아가지 않고 시부모의 묘소를 지키면서 유연수가 잘못을 뉘우쳐 자신을 다시 부르기를 기다린다. 자신은 잘못한 것이 없으니, 여전히 유연수의 부인으로써 유연수의 집안과 연결되어 있기를 원했던 것이다. 또한 악인들의 음모를 피해 장사로 두 부인을 찾아갔으나 이미 두 부인이 떠났다는 말을 듣고 목숨을 버리려고 하나, 꿈에 나타난 아황과 여영을 비롯한 여러 열녀의 설득으로 마음을 고쳐먹고 살아서 자신의 운명이 바뀌기를 기다린다. 이때 목숨을 부지한 것은, 꿈에서 만난 열녀들의 설득으로 인해 자신의 신념이 달성될 수 있다는 확신이 생겼기 때문이다. 이처럼 사씨는 자신의 신념을 지키기 위해 노력하는 인물로 그려진다.

마침내 유연수는 진실을 알게 되어, 다시 만난 사씨에게 용서를 구한다. 황제의 명으로 관직을 되찾은 유연수는 가족과 재회하고, 사씨의 간곡한 제안에 따라 임씨를 첩으로 맞게 된다. 그러면서 교씨가 죽이려 했던 사씨의 아들 인아도 찾게 된다. 궁지에 몰렸던 선인들은 다시 제자리를 찾는다.

반면 악인인 세 사람은 오로지 자신의 이익만을 좇다가 결국 비참한 최후를 맞는다. 동청은 자신을 돌봐주던 엄숭이 몰락하자 탄핵을 받고 죽게 되는데, 그의 죽음은 교씨와 사통하고 있었던 냉진의 참소에 의한 것이었다. 동청의 재물을 갖고 교씨와 도망을 친 냉진은 강도들에게 모든 재물을 빼앗겨 거지나 다름없이 되었다가 결국 죽고 만다. 의지할 곳이 없어진 교씨는 창기로 그 신분이 떨어지고 마는데, 결국 유연수에게 발각되어 죽음을 맞이한다. 악인은 한때 선인을 몰아내고 부귀공명을 누렸으나, 처참한 죽음으로 결말을 맞게 된다. 권선징악, 복선화음의 주제는 이렇게 완성된다.

이러한 이야기 흐름이 작위적으로만 느껴지지 않는다. 〈사씨남정기〉 하면 으레 인간 심성의 문제를 잘 포착한 작품으로 평가되는데, 그것은 교씨를 비롯한 인물들의 성격 형성이 치밀하게 구성되어 있기 때문이다. 교씨는 처음부터 악인으로 묘사되지 않는다. 비록 부귀공명을 원하여 사씨를 모함하기는 하지만, 교씨가 악인으로서 본격적인 모습을 보이는 것은 사씨가 아들을 낳으면서부터이다. 교씨의 악행은 첩이라는 지위가 가진 현실적인 문제에서 비롯된 것으로 묘사되기에 악인이 된 이유가 설득력 있게 전달된다. 이러한 점은 유배가 풀려 집으로 돌아가는 유연수를 만난 설매의 모습에서도 잘 드러난다.

"사 부인께서 비복을 자식처럼 대해 주셨으나 저는 납매와 교씨의 꾐에 빠져 이러이러하게 옥가락지를 훔쳐냈고 저러저러하게 장주를 눌러 죽였습니다. 사 부인께 쫓겨나는 화를 입혔으니 저의 죄는 만 번 죽더라도 오히려 가벼울 것입니다. 교씨는 동청과 사사로이 통정했고, 저주한 일은 교씨와 이십랑의 짓입니다. 저주하는 글은 동청이 쓴 것이고요. 상공께서 유배 가신 것 역시 동청이 교씨와 함께 꾸민 짓입니다. 동청이 벼슬을 얻은 뒤 교씨는 집안의 재물을 모조리 쓸어 싣고 동청에게 갔으며, 인아 공자를 강물에 빠뜨려 죽게 했습니다. 첩이 비록 천하지만 일찍이 이런 일은 본 적이 없었습니다. 교씨는 질투가 많고 잔혹하여 시비들이 만약 동청에게 가까이 가기라도 하면 번번이 온갖 형벌로 가혹하게 다스렸습니다. 제가 비록 생명을 보전하고 있지만 죽을 곳을 알지 못하겠습니다."

유연수를 만난 설매는 비록 교씨의 꾐에 빠져 악행을 저질렀으나 교씨의 질투로 언제 죽을지 모른다고 한다. 교씨가 주는 달콤한 재물에 눈이 멀어 악행에 가담했던 설매는 죽음의 위기에서 후회를 하고, 그 후회는 유연수에게 진실을 털어놓는 것으로 이어진다. 이러한 장면의 흐름은 별로 어색해 보이지 않는다. 설매의 행동 변화는 충분히 설득력 있게 구성되어 있어서 자연스러워 보이기 때문이다. 또한 설매로부터 모든 사실을 알게 된 유연수는 지난날의 잘못된 결정을 후회한다. 그러면서 이후의 이야기가 사씨와의 결합으로 이어질 수 있는 계기를 마련하게 된다.

이처럼 〈사씨남정기〉는 인물들의 성격과 이야기를 치밀하게 구성하여 독자들의 고개를 끄떡이게 한다. 이야기의 큰 줄기는 선인과 악인의 대립이지만, 그 안에서 묘사되는 인물들의 행동이나 이야기의 흐름은 인과적으로 구성되어 설득력 있게 전달되기에 지금 읽어도 지루하게 느껴지지 않는다.

〈사씨남정기〉 비틀어 보기

〈사씨남정기〉를 다 읽고 나면, 선인은 복을 받고 악인은 벌을 받는다는 고전소설의 '상투적'인 주제가 가장 먼저 떠오르게 된다. 사씨는 선인으로, 교씨는 악인으로 뚜렷하게 대비되면서 이야기가 진행되기 때문이다. 시종일관 자신의 신념을 지키려 했던 사씨는 결국 누명이 벗겨져 유연수의 아내로 복귀했지만, 교씨는 자신이 저지른 악행의 결과로 죽음이라는 비참한 최후를 맞이했다. 교씨와 함께 사씨와 유연수를 모함했던 동청과 냉진 역시 교씨와 마찬가지로 비참하게 죽고 말았다. 이때 악인을 파멸로 몰고 간 것은 재물과 권력에 대한 끝없는 욕심이었다. 더 많은 재물을 갖기 위해, 더 많은 권력을 쥐기 위해 교씨와 동청, 냉진은 장주를 죽이고 인아 역시 죽이려 하는 등 해서는 안 될 행동들을 서슴없이 저질렀다. 그 결과 이들은 모두 죽음에 이르게 되었다. 그 과정은 치밀한 구성과 세밀한 묘사로 이루어져, 독자들에게 무절제한 욕심은 파멸을 부른다는 교훈과 함께 재미까지 선사한다.

한편 〈사씨남정기〉는 당대 사회의 특성과 연관하여 논의되어 왔다. 이때 당대 사회의 특성이란 유교적 이념을 말한다. 논의의 핵심은 〈사씨남정기〉에서 사씨와 교씨의 갈등 배경이 되는 유교적 가족제도인 가부장제가 표현되는 방식이 유교 이념을 옹호하는 것인지, 아니면 그 제도를 비판하고 있는 것인지 하는 것이다.

우선 〈사씨남정기〉가 유교 이념을 옹호하는 작품이라는 의견을 들어보자. 가장, 즉 집안의 어른인 남성이 가정의 모든 결정권을 쥐고 있는 구조에서 가족 문제의 최종적인 책임은 가장에게 있다. 비록 혼인을 한 지 10

년이 다 되도록 아이를 낳지 못한 사씨의 의견이라 할지라도 교씨를 첩으로 들인 결정은 유연수의 몫이었다. 사씨의 반대에도 동청을 집안에 끌어들여 위기를 자초한 것 역시 유연수의 선택이었다. 교씨와 동청, 냉진의 계획이 치밀했지만, 그들의 꾀에 넘어가 사씨를 내친 것 역시 유연수의 잘못이었다.

그러므로 사씨와 유연수의 고난에는 교씨 일당 못지않게 유연수의 잘못이 크다. 그렇지만 〈사씨남정기〉에서 유연수는 어떤 책임도 지지 않으며, 심지어 피해자로 그려지기까지 한다. 잘못은 오로지 교씨 일당에게만 있는 것처럼 묘사되며, 그러므로 모든 죄를 뒤집어쓰고 죽음을 맞이하는 것 역시 교씨 일당에게만 해당하는 일이다.

이처럼 가정 내의 문제를 일으킨 장본인이라 할 수 있는 유연수는 아무런 책임을 지지 않고 오로지 첩인 교씨에게만 그 책임을 묻는다. 그런 점에서 이 작품은 유연수를, 가부장을, 그리고 유교 이념을 옹호하는 작품으로 이해되었다. 작품의 마지막 즈음에 등장하는 유연수의 새로운 첩인 임씨는 교씨와는 달리 현숙한 여성으로 그려지는데, 이는 〈사씨남정기〉의 성격을 분명하게 드러내는 부분이라 할 수 있다. 같은 첩이지만 교씨는 악독한 여성으로 그려지는 반면, 임씨는 사씨와 같이 현숙한 여성으로 묘사된다. 그러므로 교씨가 일으킨 문제는 가족제도가 가진 문제 때문이 아니라 교씨라는 문제적 개인에 의한 것이라고 〈사씨남정기〉는, 김만중은 말한다. 이러한 이유로 〈사씨남정기〉는 봉건적인 이념을 지향하는 소설로 비판받기도 한다.

그러나 교씨가 악인이 된 것은 단지 교씨가 나쁘기 때문이라고만 볼 수 없다. 그녀가 처한 상황, 즉 첩이라는 불안한 지위가 그녀를 악인으로 만든 원인으로 볼 수도 있다. 이렇게 보면 〈사씨남정기〉에서 사씨가 겪어야 했던 모진 고난의 근본적인 원인은 '처첩제'라는 불합리한 제도 때문이라 할 수 있다. 즉 불합리한 가족제도 때문에 여성들은 서로 대립하게 되었는데, 〈사씨남정기〉에는 이러한 점이 잘 드러나 있다. 이러한 시각에서 남쪽으로 쫓겨 간 사씨는 물론, 첩이라는 위치 때문에 악행을 저지를 수밖에 없었던 교씨 역시 처첩제의 희생자가 된다.

더구나 〈사씨남정기〉에서 교씨가 처음부터 악인이었던 것은 아니다. 비록 교씨는 부귀공명을 원하여 첩이 되었지만, 악인으로 변한 까닭은 교씨를 옭아맨 가족제도의 횡포 때문이었다. 교씨는 아들을 낳아야만 그 가치를 인정받을 수 있었고, 실제로 아들을 낳자 그녀는 가부장인 유연수에게 공경을 받을 수 있었다. 하지만 유연수의 처인 사씨가 아들을 낳자 교씨와 교씨의 아들은 유연수의 집안에서 가치 없는 존재로 전락할 위기에 처하게 된다. 교씨는 유연수의 집안에서 쓸모없는 존재가 되었는데, 여기에서 벗어나고자 악인으로 변하게 되었던 것이다. 그리고 한번 타락한 이후로는 끝도 없이 악의 세계로 빨려들고 말았다.

이처럼 교씨가 악인이 되는 과정은 조선 시대의 제도가 여성을 차별하고 억압하는 데서도 그 원인을 찾을 수 있다. 이러한 점들을 고려한다면, 〈사씨남정기〉는 가부장제 때문에 희생된 여성들을 그린 작품으로, 유교적 가족제도를 비판하는 '근대적'인 시각을 가진 작품으로 독해된다.

자신의 욕망을 표현하고 성취하기 위해 노력한다는 점에서 교씨를 근내적인 성격을 보이는 인물로 평가하기도 했다. 〈사씨남정기〉가 근대적인 가치를 보여주고 있는 작품이라는 평가를 이러한 방식으로도 증명하려고 했다. 그러나 교씨의 욕망은 다른 사람을 해치고 결국 자신까지도 파멸로 이끈다는 점에서 긍정적인 것으로 해석할 수는 없을 것이다.

지금까지 〈사씨남정기〉의 해석들은 대체로 시대적 배경과 근대성이라는 두 가지 잣대로 평가되어 온 듯하다. 또한 어떤 부분에 주목하는가에 따라서 작품에 대한 평가는 엇갈렸다. 이러한 해석들이 틀렸다고 말할수는 없지만, 지금을 사는 우리에게 어떤 의미를 줄 수 있는가에 대해서는 길을 알려주고 있지 못한 인상이 짙다. 〈사씨남정기〉를 통해 단지 '선악의 대립을 바탕으로 흥미를 끌어내는 이야기' 이상의 의미를 찾는 것은 어려운 것일까? 지금의 우리에게는 아무런 울림도 주지 않는 이야기일까? 물론 그렇지 않다.

'자기'를 잃지 않는 자세

여성에 대한 편견으로 구성된 상투적인 이야기의 기원이든, 근대적 혹은 반근대적인 주제를 구현한 작품이든, 이러한 해석은 과연 우리에게 어떤 의미를 가질 수 있는가? 더구나 〈사씨남정기〉가 탄생했던 17세기 즈음의 조선에서 신분제와 가부장제, 처첩제와 같은 것들은 모두 당연한 것으로 자리 잡고 있었으며, 당대의 시선으로 보자면 이런 것들을 기준으로 작품의 가치를 평가하는 것은 전적으로 옳은 태도는 아니다.

여기에서는 이러한 시선들을 넘어서 〈사씨남정기〉가 우리에게 어떤 의미를 줄 수 있는가를 사씨의 행동을 통해서 살펴보려고 한다. 앞서 〈사씨남정기〉는 인간 심성의 문제를 치밀하게 묘사하고 있는 작품으로 평가받아 왔다고 말했다. 사씨를 통해 묘사되는 인간 심성의 문제는 무엇일까? 혹시 거기에서 〈사씨남정기〉의 새로운 진면목을 발견할 수 있지 않을까?

사씨는 오로지 자신의 신념을 지키기 위해서 역경과 고난을 이겨내려고 했다. 이기든 지든, 죽든 살든 그런 것들은 사씨에게 중요한 것이 아니었다. 겉으로 보기에 사씨는 교씨 일당의 음모에 무방비로 당하는 답답한 인물인 것 같다. 그러나 사씨는 자신의 신념에 따라 어떤 역경에서도 반드시 지켜야 할 것들을 지켜내려 했다. 오직 자신이 옳다고 생각하는 신념을 지키는 것, 그것을 위해 노력하는 것이 사씨에게 의미 있는 행위였다. 즉 사씨는 어떠한 어려움에도 '자기'를 잃지 않았던 주체적인 사람이었다.

이것은 불의의 시대를 대처하는 하나의 방식이다. 당장 눈으로 보이는 결과가 아닌 내면의 도덕적 가치를 더욱 소중하게 여기고 그것을 지켜나가겠다는 자세, 그리고 그 결과는 행복할 것이라는 낙관적인 전망이야말로 〈사씨남정기〉에서 사씨를 통해 구현된 이상적인 세계이다. 이것이야말로 우리가 사씨의 행동에 감탄할 수 있는 이유일 것이다.

– 윤정안

참고 문헌

김현양 글, 배현주 그림, 《사씨남정기 – 남쪽으로 쫓겨간 사씨, 언제 돌아오려나》, 휴머니스트, 2012.

류준경 옮김, 《사씨남정기》, 문학동네, 2014.

류준경, 〈〈사씨남정기〉를 통해 본 소설사의 전변의 한 국면〉, 《국문학연구》 31, 국문학회, 2015.

신재홍, 《고전소설의 착한 주인공들》, 태학사, 2012.

조현우, 〈〈사씨남정기〉의 악녀 형상과 그 소설사적 의미〉, 《한국고전여성문학연구》 13, 한국고전여성문학회, 2006.

二二二二二二二二
바르게 산다는 것은 무엇인가?

바르게 산다는 것의 의미
—

어려서부터 우리는 바르게 살아야 한다고 교육 받는다. 그리고 바르게 사는 것이 옳다는 것을 부정하는 사람은 없을 것이다. 하지만 우리는 바르게 사는 것이 쉽지 않다는 것 또한 알고 있다. 때로는 자신의 의지 부족으로, 때로는 어쩔 수 없는 상황 때문에 우리는 바르게 사는 대신 편법을 쓰거나 슬쩍 옳지 못한 행동을 하기도 한다. 그런데 이마저도 옳고 그름이 분명한 경우에나 해당되는 것이다. 살아가다 보면 옳고 그름이 분명하지 않은 경우가 적지 않다. 그리고 이런 상황에 놓이게 되면 우리는 윤리적 갈등에 빠지게 된다.

〈창선감의록(彰善感義錄)〉은 '선'과 '의'에 관한 이야기라는 뜻이다. 제목만 보면 고전소설에 대한 대표적인 선입관 중 하나인 인과응보를 떠올릴 수도 있겠다. 물론 〈창선감의록〉은 인과응보를 이야기한다. 하지만 이 작품이 인과응보를 이야기하는 방법은 단순하지 않다. 〈창선감의록〉은 조선 시대에 널리 읽혔던 소설 가운데 하나이다. 만약 일방적으로 선과 의를 드러냈다면 많은 독자에게 공감을 불러일으키지 못했을 것이다.

〈창선감의록〉에 등장하는 인물들의 성격은 뚜렷하다. 선한 사람과 그렇지 않은 사람, 현명한 사람과 어리석은 사람이 분명하게 구분된다. 그러나 이들이 겪는 갈등은 인물의 성격에 따라 단순하게 구분되지 않는다. 〈창선감의록〉은 이 문제를 매우 섬세하게 다루고 있는 작품이다. 즉 '이념과 현실 사이의 거리'에 대해 질문을 던지고 나름대로의 답을 모색하고 있는 것이다.

—

정도(正道)와 권도(權道) 사이

—

중국 고대 신화에서 성군으로 유명한 순(舜)임금은 왕이 되기 전 효자로 널리 알려졌다. 어리석은 아버지는 후처가 낳은 아들을 편애했고, 계모와 이복동생은 틈만 나면 순을 모함했으며 심지어 죽이려고까지 했다. 그럼에도 불구하고 순은 부모와 동생을 원망하지 않았고, 끝까지 자식 도리와 형으로서의 도리를 지켰다. 순에 대한 소문을 들은 요(堯)임금은 두 딸을 순에게 시집보냈고, 훗날 왕위까지 물려주었다. 순은 요임금의 기대에 부응하여 천하를 태평하게 다스렸는데, 이로 인해 아버지는 의로워지고, 어머니는 자애로워지고, 형은 동생에게 너그럽게, 동생은 형에게 공손하게, 자식은 부모에게 효성스럽게 되었다고 한다.

〈창선감의록〉의 주인공인 화씨 가문의 둘째 아들 화진은 바로 순임금을 모델로 한 인물이다. 화진은 아버지의 첫째 부인 심씨와 이복형 화춘의 학대를 묵묵히 감수한다. 심지어 심씨가 어머니를 죽이려 했다는 죄목으로 자신을 관가에 고발하자 어머니와 형이 죄를 받게 될 것을 염려하여 거짓으로 자신의 죄를 인정한다. 이렇듯 극단적인 상황에서도 효라는 이념을 묵수하는 화진의 면모는 많은 연구자에 의해 비판적으로 평가되었는데, 대체로 화진의 효가 관념적이고 현실적으로 무력하며 도리어 가문의 위기를 불러일으킨다는 것이었다.

실제로 화진의 이런 대응은, 그가 의도한 것은 아니었지만 화씨 가문이 심각한 위기에 처하게 되는 원인이 된다. 그가 감옥에 갇힘으로써 두 부인 중 윤옥화는 간신 엄숭의 아들 엄세번에게 끌려갈 위험을 맞닥뜨리게 되고, 남채봉은 화춘의 첩 조씨가 보낸 독이 든 죽을 먹고 죽었다가 가까스로 살아난다. 그리고 자신을 학대하고 모함한 어머니 심씨와 화춘마저 옥에 갇히는 등 화씨 가문은 범한, 장평, 조씨 등 악인에 의해 몰락의 위기에 처하게 된다.

이념을 묵수하는 태도는 화진에게만 국한된 것이 아니다. 화진의 두 부인도 비슷하다. 앞서 언급했듯이 남채봉은 조씨가 보낸 죽에 독이 있음을 알면서도 차라리 죽는 편이 낫다면서 마셔버린다. 그리고 윤옥화는 남채봉의 죽음과 화춘이 자신을 엄세번에게 보내려는 계략을 알게 되자, 마침내 죽을 곳을 얻었다며 탄식한다.

화진과 두 부인 윤옥화, 남채봉은 윤리적으로 이상적인 인물이기는 하지만 이들이 보여주는 모습은 오늘날의 독자가 보기에는 쉽게 이해가 되지 않는다. 그렇다면 조선 시대에 〈창선감의록〉을 선호했던 당시의 독자들에게 이들의 모습은 어떻게 받아들여졌을까? 당시의 독자들도 오늘날의 우리처럼 이들의 모습에서 답답함을 느꼈을까? 그렇지는 않았을 것이다. 만약 그랬다면 〈창선감의록〉이 그토록 널리 읽히지 않았을 것이기 때문이다. 오히려 당시 독자들은 오늘날의 우리와는 다른 시각에서 이들을 바라보지 않았을까?

어떤 사안에 대해 윤리적 판단을 내리고 행동으로 옮길 때, 우리는 당연히 상황이 어떠한지를 고려하기 마련이다. 이는 과거에도 마찬가지였다. 조선 시대에는 이를 '정도(正道)'와 '권도(權道)'라는 개념으로 설명했는데, 도(道)를 행할 때 올바른 방법으로 행하는 것을 '정도'라고 하고, 상황에 따라 그 방법을 달리하는 것을 '권도'라고 한다.

정도와 권도라는 관점에서 보면, 화진과 윤옥화와 남채봉은 어떤 경우에도 정도를 지키려는 인물이라고 할 수 있을 것이다. 윤리적 갈등과 이를 둘러싼 논란이 발생할 수 있는 상황에서 이들은 주저 없이 정도를 택한다. 비록 이로 인해 숱한 고난을 겪지만 결국 모든 문제가 해결되고 더 큰 보상을 받는다는 점에서, 이들이 겪은 고난들은 정도를 지키는 것의 정당함과 마땅함을 보여준다. 아마도 조선 시대의 독자들은 화진과 윤옥화와 남채봉에게서 이런 것들을 발견하고, 또 여기에 공감했을 것이다. 따라서 화진과 윤옥화와 남채봉을 융통성 없이 단순히 이념을 묵수하기만 한 인물로 간주하기보다는 〈창선감의록〉에 등장하는 다른 인물들과의 관계 속에서 이해하는 것이 좋을 것이다.

화진과 윤옥화와 남채봉의 인물 형상을 이렇게 설명할 수 있는 까닭은 〈창선감의록〉의 서사에서 중요한 축을 담당하고 있는 윤여옥과 진채경이라는 인물 때문이다. 윤여옥은 윤옥화의 쌍둥이 남동생이고, 진채경은 윤여옥의 정혼녀이다. 이들은 권도를 행하는 인물이라고 할 수 있다.

간신 조문화는 진채경을 며느리로 삼으려고 하다가 거절당한 일이 있었다. 이에 앙심을 품은 조문화는 진채경의 부친인 진형수에게 재물을 착복한 혐의를 뒤집어씌우고 혼인을 겁박했다. 이 사실을 알게 된 진채경은 거짓으로 혼인을 받아들인 후 부친이 옥에서 풀려나 유배지로 떠나자 시간을 끌다가 남장을 하고서 자취를 감춘다. 혹시나 자신 때문에 윤씨 가문에 피해가 있을까 염려해서였다.

진채경은 위기의 상황에서도 당황하거나 절망하지 않는다. 오히려 기지와 용기를 발휘하여 능동적으로 위기를 극복할 뿐만 아니라 이 과정에서 자신이 지켜야 할 명분과 도리를 잃지 않는다. 조문화를 피해 남장을 하고서 회남의 숙부에게 가는 중에도 정혼자인 윤여옥과 윤씨 가문을 위해 혼인을 주선하는 모습에서 진채경의 그러한 면모를 볼 수 있다.

윤여옥의 경우, 그동안 풍류남아로서의 면모가 주목을 받아왔다. 이는 어떤 상황에서도 군자로서의 자세를 잃지 않는 화진과 대조되었기 때문이다. 이런 까닭에 윤여옥에 대해서는 소설의 흥미를 높이는 역할을 한다는 평가가 내려지기도 했다. 물론 윤여옥이 이런 면모를 가지고 있는 것은 사실이다. 예컨대 일부러 바둑을 엉터리로 두어 정혼녀 진채경과 실랑이를 벌이면서 그 와중에 슬쩍 진채경의 손을 잡는 모습이나, 화씨 가문에 몰래 들어가 여장을 하여 누이 윤옥화 행세를 하면서 조씨를 혼쭐내는 모습 등이 그 단적인 예이다.

그런데 윤여옥이 풍류남아로서의 면모를 가지고 있기는 하지만, 어디까지나 정인군자(正人君子, 마음씨가 올바르며 학식과 덕행이 높고 어진 사람)로서의 선을 지키려고 한다. 윤여옥은 여장을 하고서 누이 윤옥화 대신 엄세번에게 가서 엄세번의 이복누이 엄월화를 만나고는 이렇게 생각한다.

'내가 변복(變服)하고 남을 속인 것은 비록 마지못하여 한 일이었다고는 하나 군자의 바른 도리가 아니지. 하물며 어두운 방 안에서 남의 집 처자

와 무릎을 맞대고 다정하게 대화까지 나누었어. 스스로 돌이켜 보자니 부끄러움을 견딜 수 없구나.'

그리고 비록 엄월화를 희롱하기는 하지만 어디까지나 이는 누이 윤옥화가 혹시나 누명을 쓰게 될까 염려해서였다.

'이 집안 사람들은 모두 나를 누이(윤옥화)로 생각하고 있어. 내가 남자라는 사실은 까맣게 모르고 있단 말이야. 그런데 나는 이미 세번과 마주 앉아 이야기를 주고받았으니, 내가 일단 이 집을 떠난 뒤에는 끝내 누이의 누명을 씻을 방법이 없을 것이야. 저 처자(엄월화)를 한번 희롱하여 내가 누이가 아니라는 것을 분명하게 밝혀두어야 하겠군.'

윤여옥은 끝까지 군자로서의 면모를 잃지 않는다. 그런 까닭에 엄월화는 윤여옥을 지아비로 섬기겠다고 결심하고 그의 탈출을 돕게 된다. 그리고 뒤늦게 이 사실을 알게 된 엄월화의 친모는 윤여옥을 어진 사람이라며 감탄하고, 엄숭은 크게 기뻐하면서 "그 사람이 의기가 저와 같으니 필시 내 딸을 저버리지는 않을 것"이라고 한다.

이렇듯 화진·윤옥화·남채봉과 윤여옥·진채경은 윤리적인 논란이 발생할 수 있는 상황에서 서로 상반되는 대응을 보여준다. 그럼에도 이들 사이에는 공통점이 있다. 정도이든 권도이든 올바른 도리를 잃지 않는다는 점이다.

권도란 단순히 상황 논리에 따라 그때그때 원칙을 바꾸는 것이 아니라 변화된 상황에 맞추어 도를 실천하는 것을 말한다. 따라서 진정한 의미의 권도가 가능하려면 권도를 행하는 사람이 올바른 판단 능력과 도덕성을 갖추고 있어야 한다. 권도만을 강조하게 되면, 자칫 권도의 본래 취지는 물론이고 정도마저 놓칠 수 있기 때문이다.

그런데 문제는 그것이 쉽지 않을뿐더러 그것이 진정한 의미의 권도인지 아니면 현실에 영합한 것인지 구별하기 어려운 경우가 있다는 점이다. 맹자는 남녀가 무언가를 주고받을 때 직접 하지 않는 것이 예(禮)이지만, 제수(弟嫂)가 물에 빠졌을 때 손을 잡아 구하는 것은 권도라고 설명한 바 있다.

하지만 복잡한 현실 속에서 맹자가 말한 지극히 특수한 경우를 참조하여 행동하기란 불가능에 가깝다. 이런 점에서 볼 때, 〈창선감의록〉은 화진·윤옥화·남채봉과 윤여옥·진채경을 통해 정도와 권도가 각각 나름의 가치와 역할을 하고 있음을 구체적으로 보여준다고 할 수 있다. 그리고 이는 소설이라는 장르만이 감당할 수 있는 역할이었을 것이다.

—

효(孝)와 열(烈) 사이

—

'아빠가 좋아, 엄마가 좋아?'라는 식의 질문을 받아본 경험이 다들 있을 것이다. 성겁기 짝이 없는 질문이라고 치부할 수도 있지만, 구체적인 상황에 처하게 되면 이 질문은 심각한 의미를 띠는 것으로 바뀔 수 있다.

〈창선감의록〉에서 진채경은 효(아버지)와 열(남편)을 사이에 두고 양자택일의 상황에 처하게 된다. 앞서 언급했듯이, 진채경은 자신의 혼사가 빌미가 되어 부친 진형수가 모함을 받아 옥에 갇히게 되자 부친의 목숨을 구하기 위해 거짓으로 조씨 가문과의 혼인을 받아들인다. 그런데 이 과정에는 한 가지 심각한 문제가 있었다. 진채경이 이미 윤여옥과 정혼한 상태라는 것이다. 이런 상황에서 조문화가 혼인을 요구한 것은 진씨 가문과 진채경에 대한 모욕이라고 할 수 있다. 하지만 진채경은 이에 대해 이렇게 말한다.

"옛날 효녀 중에는 스스로 관비(官婢)가 되기를 청하여 제 아비의 죽음을 면하게 한 자가 있었으며, 또한 자신의 몸을 팔아 제 부모의 장사(葬事)를 치르게 한 자도 있었습니다. 소녀의 신체발부는 모두 부모님께서 주신 것입니다. 이제 부친께서 중죄를 받을 형편에 놓이신 마당에 자식 된 자로서 어느 겨를에 일신의 욕과 불욕을 논할 수 있겠습니까?"

진채경의 태도에는 조금의 망설임도 없다. 물론 진채경이 이렇게 말한 것은 나름대로의 계획이 있었기 때문이다. 하지만 더욱 중요한 것은 진채경이 효와 열 사이에서 효를 우위에 두었으며, 그렇게 하는 데에 조금도 망설임이 없었다는 사실이다. 다음은 남장을 한 진채경이 길을 떠나면서 하는 말이다.

"내가 박명한 여자로서 부모님께 화를 끼쳐 자칫 어버이를 잃는 슬픔을 겪으며 길이 천하의 죄인이 될 뻔했지. (중략) 이제부터는 맹세코 슬하를 떠나지 않음으로써 부모님께서 길러주신 은혜에 보답하고, 부모님께서 세상을 버리시는 날 나도 함께 목숨을 끊고 저승으로 따라가야지. 그러면 아마도 한을 남기지 않으면서 죄의 값을 치를 수 있을 것이야. 부부의 도리가 비록 사람의 대륜(大倫)이라고는 하나 부모의 은혜와 비교한다면 오히려 경중의 차이가 있는 법이지. 내 이미 결심이 섰으니 결코 흔들림이 없을 것이야."

진채경은 부부의 도리가 큰 윤리이기는 하지만 부모의 은혜와 비교하면 가볍다고 한다. 양친이 돌아가시는 날 자신도 목숨을 끊어 함께 저승으로 따라가겠다고 할 정도이다. 이렇듯 진채경에게 효란 다른 어떤 것과도 바꿀 수 없는 절대적 이념이자 윤리이다.

한편 엄월화는 진채경과 유사한 갈등 상황에 놓이게 되는데, 그 대응이 진채경과 상반된다는 점에서 흥미롭다. 여장을 한 윤여옥의 정체를 알게 된 엄월화는 윤여옥에게 훗날 정식 혼례를 거쳐 자신을 맞아줄 것과 예에 맞지 않는 행동으로 자신을 더럽히지 말 것을 부탁한다. 그러자 윤여옥은 자신의 행동이 지나쳤다면서 자리에서 물러나고, 엄월화가 자신 때문에 수절을 한다고 하면 어떻게 할 것인지 고민한다. 윤여옥으로서는 간신 엄숭의 사위가 될 수는 없다고 생각하는 것이다. 그런데 바로 이때 엄월화는 자신은 이미 윤씨 집안 사람이기 때문에 윤여옥을 위험에서 구하지 않을 수 없으며, 이는 자신의 백년대사를 위함이라고 생각한다. 그러면서 윤여옥에게 빠져나갈 계획을 이미 생각해 두었다면서 이렇게 말한다.

"저의 아버지는 부귀가 지나치게 성하고 화복(禍福)을 임의로 행사했으므로 천하 사람들로부터 원한을 사고 있습니다. 이제 방정하고 강개하신 공자로서 권세를 탐하는 집안과 혼인을 한다는 것은, 단지 공자께서 원하시지 않을 뿐만 아니라 첩도 역시 감히 바랄 수 없는 일입니다. (중략) 하지만 공자께서 만일 저의 아버지와 오라버니의 허물을 문제 삼지 않고 마침내 큰 은혜를 베풀어 첩을 버리시지만 않는다면, 비록 비복들 틈에 끼어 이불을 나르고 비질을 하게 하더라도 첩은 달게 받아들일 것입니다. 만일 공자께서 첩을 버리신다면, 첩은 응당 규방 속에서 신의를 지키면서 끝까지 대문만을 바라보며 살아갈 것입니다."

엄월화에게 부친 엄숭과 오빠 엄세번이 정치적으로 윤씨 가문과 대립된다는 사실은 전혀 중요하지 않다. 게다가 엄월화는 윤여옥의 맹세를 받기 위해 자신의 가문을 '권세를 탐하는 집안'이라고 하면서 부친과 오라버니의 잘못을 거론한다. 이는 진채경이 열(烈)보다 효(孝)를 우위에 두었던 것이나 화진이 모친 심씨의 잘못을 감추기 위해 스스로 죄를 뒤집어썼던 것과 비교해 보면 전혀 다른 태도이다.

이처럼 진채경과 엄월화는 효와 열 사이에서 어느 하나를 택해야 하는 상황에 처해 있다는 점에서 유사하다. 하지만 그 대응은 전혀 다르다. 그렇다면 〈창선감의록〉의 작가는 왜 이렇게 두 사람의 대응을 정반대로 설정해 놓았을까? 작가는 작품 곳곳에서 효는 사람이라면 반드시 지켜야 할 절대적 가치이자 윤리라고 서술했다. 진채경이나 화진에게는 절대적인 윤리였던 효가 엄월화에게는 그렇지 않다는 것인가?

우리는 이 문제를 두 가지 측면에서 생각할 수 있다. 하나는 진채경(처)과 엄월화(첩)의 차이이고, 다른 하나는 화진(남성)과 엄월화(여성)의 차이이다. 효가 절대적인 의미를 가진 윤리라고 하더라도 결국 그것이 현실 속에서 구현될 때에는 상황에 따라 차이 또는 차별이 있을 수밖에 없다. 작가가 의도한 것인지는 알 수 없지만, 〈창선감의록〉은 효라는 이념의 절대성을 이야기하면서도 이 점을 드러내고 있는 것이다.

—

뉘우침과 용서

—

끝으로 살펴볼 주제는 뉘우침과 용서이다. 다음과 같은 질문을 한번 던져보자. '어떤 잘못을 저질렀어도 당사자가 진심으로 뉘우친다면 용서받을 수 있는가?' 〈창선감의록〉은 용서받을 수 있다고 말한다. 여기에 해당하는 사람은 주인공 화진의 모친 심씨와 이복형 화춘이다.

심씨와 화춘은 어리석고 두려움이 많다는 결함을 지닌 인물이다. 이들은 화욱이 화진을 편애하는 데에 불만을 가지고 있었으며, 화씨 가문의 계승권을 화진이 차지하게 되지 않을까 늘 노심초사했다. 그리고 화욱이 세상을 떠나자 이들은 화진에게 모친을 죽이려 했다는 누명을 뒤집어씌우고, 며느리 윤옥화를 속여 간신 엄세번에게 보내려고 하고, 조씨의 남채봉 독살을 묵인하는 등 온갖 패악을 저지른다. 이들의 패악은 조씨와 장평, 범한 등 악인에 의해 더욱 조장되는데, 이로 인해 화씨 가문은 그 존립 여부가 불투명해질 만큼 심각한 위기에 빠지고 만다.

결국 악인들 사이의 반목으로 화진의 누명이 벗겨지고, 이와 동시에 화진이 변방에서 일어난 반란을 진압하는 공을 세움으로써 화씨 가문은 위기에서 벗어난다. 그리고 이 과정에서 갖은 고초를 겪은 심씨와 화춘은 자신의 잘못을 뉘우치고 선한 심성을 회복한다. 이에 대해 작가는 "사람은 곤궁하면 본연의 착한 심성으로 돌아가는 법이다. 저들 모자가 곤액을 겪지 않았더라면 어찌 저렇게 될 수 있었겠는가?"라고 논평한다.

그런데 아무리 잘못을 뉘우쳤다고는 하지만 이들을 진심으로 용서하고 받아들이는 것은 그리 쉬운 일이 아니다. 사람인 이상 마음에 앙금이 남지 않을 수 없고, 의심이 들 수도 있다. 이런 점을 감안할 때, 잘못을 뉘우친 심씨가 저잣거리에서 처형을 당하게 된 조씨의 죄목을 하나하나 따지다가 도리어 비웃음을 받는 장면은 상당한 의미가 있다. 심씨의 추궁에 대해 조씨는 다음과 같이 따지면서 대든다.

"심 부인은 나를 책망할 자격이 없습니다. 부인의 아들이 예를 알고 있었더라면, 내가 비록 음란하게 유혹했다 하더라도 어찌 담을 넘을 리가 있었겠습니까? 부인이 인자하고 현명하여 참언을 믿지 않았더라면, 내가 무슨 수로 임씨를 무고할 수 있었겠습니까? 부인이 진정 남 부인이 숙녀라는 사실을 알고 있었더라면, 무엇 때문에 부인 자신은 남 부인에게 매질까지 한 뒤 행랑에 가두었던 것입니까? 부인의 아들이 단정한 벗과 교유하면서 내외의 법도를 엄하게 지켰더라면, 내가 어떻게 다른 사람을 따라 달아날 수 있었겠습니까? 부인이 한림 부부를 차별하지 않고 친자식처럼 사랑했더라면, 내가 비록 해를 끼치려 한들 어떻게 틈을 얻을 수 있었겠습니까? 구멍이 뚫려야 바람이 들어오고 고기가 썩어야 벌레가 생기는 법입니다. 부인의 집안은 애초 깨끗했는데 내가 홀로 어지럽게 만들었다는 말입니까?"

그러자 저잣거리에 있던 사람들은 크게 웃으면서 조씨의 대꾸에 공감을 표시한다. 이는 잘못을 뉘우쳤다는 것을 인정받기 위해서는 적지 않은 시간과 노력이 필요하다는 것을 보여준다. 이런 까닭에 〈창선감의록〉에서는 심씨와 화춘이 개과한 후 얼마나 변모했는지를 지속적으로 보여주고 있다.

그중에서 가장 눈길을 끄는 것은 화진과 윤옥화 사이에서 태어난 아들 천린을 화춘이 양자로 들여 화씨 가문을 잇도록 한 것이다. 심지어 화춘은 자신과 임씨 사이에서 아들이 태어났음에도 불구하고 이런 결정을 바꾸지 않는다. 애초에 갈등의 근본적인 원인이 심씨와 화춘이 가문의 계승권을 화진에게 빼앗길지도 모른다는 두려움에 있었다는 점을 고려하면 의미심장한 설정이 아닐 수 없다. 심씨와 화춘의 이러한 결정은 잘못을 뉘우치더라도 용서를 받는다는 것이 얼마나 어려운 일인지를 보여준다.

이 또한 〈창선감의록〉의 현실적인 면모를 드러내는 것이라고 하겠다.

- 엄기영

참고 문헌

이래종 옮김, 《창선감의록》(한국고전문학전집 32), 고려대학교 민족문화연구원, 2003.

이지영 옮김, 《창선감의록》(한국고전문학전집 10), 문학동네, 2010.

이래종, 〈〈창선감의록〉 이본고〉, 《숭실어문》 10, 숭실대학교 숭실어문학회, 1993.

이지영, 〈〈창선감의록〉의 이본 변이 양상과 독자층의 상관관계〉, 서울대학교 박사학위논
문, 2003.

임형택, 〈17세기 후반 규방소설의 성립과 〈창선감의록〉〉, 《동방학지》 59, 연세대학교 국
학연구원, 1988.

진경환, 〈〈창선감의록〉의 작품 구조와 소설사적 위상〉, 고려대학교 박사학위논문, 1992.

가정불화의 원인과 현상을 파헤치다

고전소설 〈장화홍련전〉을 만나다

—

〈장화홍련전〉은 전래동화로 널리 알려져 있다. 그러니까 〈장화홍련전〉은
어린아이들을 위해 지어진 것, 혹은 어린아이들이 읽어야 하는 것으로 알
려져 있다는 말이다. 그러나 이 작품은 조선 후기에 지어진 것이며, 어린
아이들을 대상으로 만든 작품이 아니라 성인들이 독자였던 소설이다. 또
한 이 작품은 완전한 허구가 아니라 실제 있었던 일을 바탕으로 만들어진
소설이다. 심지어 이 작품을 자세히 들여다보면, 조선 후기 가족제도의 변
화라든가 상속 문제와 같이 현실적인 문제가 얽혀 있어 '동화'로 취급될
만한 성격의 작품이 아니다. 현대사회에 접어들어 과거보다 이혼이 잦아
지면서 계모 가정이 많이 발생하고 있다는 점도 이 작품을 허투루 볼 수
없게 만드는 요소 가운데 하나이다.

〈장화홍련전〉은 1656년 지금의 평안북도 철산에서 실제로 있었던 일을 바탕으로 한 이야기이다. 그런데 이 이야기는 처음부터 장화와 홍련을 주인공으로 내세운 이야기는 아니었을 것이다. 이 작품에 나오는 전동홀은 1656년 철산 부사로 부임했는데, 그가 부임하자마자 미해결 사건을 해결함으로써 장화와 홍련의 이야기가 세상에 알려졌던 것으로 보인다. 1818년 전동홀의 6대손인 전만택이 편집한 《가재공실록》의 여러 기록에 전동홀이 장화와 홍련의 원한을 풀어주었다는 내용이 있어 이를 증명한다. 또한 억울하게 죽은 여인의 원한을 남성 관리가 풀어주었다는 내용은 우리 야담집은 물론 중국 이야기책에서도 흔히 발견되는 것이므로, 전동홀의 이야기가 전해진 것은 이와 같은 사정이 반영된 것으로 생각할 수 있다. 그러므로 이 이야기는 부사의 뛰어난 실력을 드러내는 이른바 '실력담'으로 출발했을 것이다. 그러던 것이 어느 순간 장화와 홍련을 주인공으로 한 이야기로 변한 것이 바로 〈장화홍련전〉이다. 전동홀의 실력담이 당대의 여성 독자들을 의식하여 장화와 홍련을 주인공으로 내세운 이야기로 바뀐 것으로 보인다. 실제로 이 작품은 80종이 넘는 이본이 발견되어 그 인기를 짐작할 수 있다. 작품의 인기는 〈김인향전〉과 같이 비슷한 내용을 담고 있는 작품의 출현으로도 알 수 있다.

〈장화홍련전〉이 현실을 바탕으로 만들어진 작품이어서인지 이 작품 속에는 현실의 문제가 제법 설득력 있게 그려진다. 조선 전기만 해도 남성이 여성의 집으로 '장가를 가는' 서류부가혼(婿留婦家婚)이 대체적인 결혼 풍습이어서 계모가 존재하기 어려웠다. 16세기 사람인 율곡 이이가 어머니 신사임당의 집에서 컸던 사연은 바로 이러한 이유 때문이다. 그런데 조선 중기를 거쳐 후기로 갈수록 유교적인 풍습이 자리를 잡으면서 혼례역시 유교의 예절에 따라 바뀌게 된다. 혼례식은 여성의 집에서 올리지만,

결혼식을 치르고 나면 남자의 집으로 가서 사는 방식인 '친영제(親迎制)'로 바뀌면서 여성이 남성의 집으로 '시집을 가는' 형태가 점차 자리 잡게 된다. 그러므로 조선 후기에는 계모가 남자의 집에 살게 되는 일이 흔해 진다. 그러면서 전처의 자식들과 갈등이 생길 여지가 많아지게 된 것이다. 〈장화홍련전〉은 이러한 가족제도의 변화와도 관련이 된다.

또한 계모가 전처의 자식인 장화와 홍련을 살해하는 이유로 작품에 제 시되는 것은 '재산 문제'이다.

"이는 다름이 아니라 소녀의 어미가 재산을 많이 가져와 논밭이 천여 석, 돈이 수만 금, 노비가 수십 명이 되었는데, 소녀 자매가 출가하면 그 재물 을 많이 가져갈까 봐 그리했던 것입니다. 계모는 소녀 자매를 시기하는 마음을 품어 죽여 없애고 자기 자식들이 그 재산을 모두 차지하게 하려 고 밤낮으로 저희를 없앨 계책을 생각했습니다."

장화와 홍련은 억울함을 풀기 위해 사또 앞에 나타나는데, 이때 그녀들 은 계모가 자신들을 죽인 이유가 재산 문제 때문이라고 한다. 장화와 홍 련에 의하면, 계모는 전처 자식들을 죽여 자신이 낳은 자식들이 집안의 재산을 모두 차지하게 만들려고 음모를 꾸민 것으로 되어 있다.

조선 후기의 법률과 관습에 의하면, 계모의 자식은 전처의 자식보다 적 은 재산을 물려받게 된다. 장화의 결혼 이야기가 오고 가는 시기에 계모 가 장화를 죽이겠다고 마음먹는 이유가 여기에 있다. 더구나 딸들에 대한 특별 재산 상속은 시집을 가면서 이루어진다는 점과 전처의 두 딸만을 편 애했던 아버지의 태도를 고려한다면, 자신이 낳은 아들을 위해 전처의 딸 을 죽이겠다는 흉계를 실행할 시점은 바로 장화가 시집을 가기 전이었던 것이다.

이처럼 〈장화홍련전〉이 만들어진 과정과 그 안에 담긴 조선 후기 사회의 현실을 들여다보면, 이 작품을 단지 동화로 취급하는 것은 문제가 있다는 사실을 알 수 있다.

계모는 왜 전처의 자식들을 죽여야 했나?

전래동화가 된 다른 고전소설들과 마찬가지로 〈장화홍련전〉 역시 선과 악의 대립이 드러난다. 전처의 자식들은 순진무구한 어린 소녀들로, 계모는 악독한 심성을 가진 못된 여성으로 설정되었다. 그래서 장화와 홍련 자매가 귀신이 되어서 자신들의 억울함을 부사에게 호소하여 악독한 계모에게 복수하는 것은 당연한 결과였다. 이와 같이 악을 행한 자는 반드시 벌을 받는다는 권선징악을 잘 보여주는 이야기로 〈장화홍련전〉은 소비되었다. 그런데 정말 계모는 악인이었기 때문에 장화와 홍련을 죽인 것일까? 아들에게 돌아갈 재산을 탐내 죄 없는 전처의 자식 장화에게 낙태를 했다는 누명을 씌워 죽였던 것일까? 아무리 아들을 위한 일이라고 하지만, 그것이 죄 없는 전처의 자식들을 죽여야 하는 이유가 되는가? 혹시 계모의 악행에는 다른 이유가 있지는 않을까? 이러한 질문들에 답하기 위해서는 우선 조선 후기 사회에서 계모의 사회적 조건을 알아볼 필요가 있다.

앞서 우리는 조선 후기 가족제도의 변화로 조선 전기에는 잘 보이지 않던 계모라는 존재가 등장했으며, 살인의 이유가 재산 문제 때문임을 살펴보았다. 그러나 〈장화홍련전〉을 더 잘 읽어내기 위해서는 계모를 옭아맨 여러 정황을 알아야 한다. 왜냐하면 계모는 예나 지금이나 편견으로 둘러 싸인 존재이기 때문이다. 어린 시절 동화책으로 만났던 신데렐라의 계모 나 백설공주의 계모는 모두 악인이었다. 그들은 의붓딸의 미모를 시샘하 거나 이유 없이 전처의 자식을 괴롭히는 못난 어른으로 그려졌다. 이뿐이 아니다. 우리의 무가인 〈칠성풀이〉에서도 계모는 역시 전처의 자식들을 괴롭히는 못된 여성이며, 그리스·로마 신화에 등장하는 프릭소스와 헬레 역시 계모의 모진 구박을 견뎌야만 하는 여리고 순진무구한 아이들로 그 려진다. 이처럼 계모가 악인이라는 인식은 동서고금을 막론하고 계속되 고 있는 편견이다. 친부모에 의한 아동 학대가 더 많다는 것이 통계로 드 러나고 있음에도, TV 속에 나오는 계모의 악행을 보면서 계모이기 때문 에 아이들을 학대한다고 생각한다. 그런데 계모는 무조건 나쁘다는 우리 의 편견이 사실이 아니라면 어떤 이유로 계모가 살인자로 지목되었는가 를 알 필요가 있을 것이다.

예나 지금이나 누군가의 후처가 되려면 주변의 따가운 시선을 견뎌야 한다. 거기에 죽은 전처의 자식까지 돌봐야 하는 처지라면 누구나 후처로 들어가는 것을 말린다. 이러한 부정적인 시선 때문에 여성들은 후처가 되 는 것을 꺼리게 된다. 게다가 계모에 대한 편견과 어린 전처 자식과의 관 계맺음에서 겪을 어려움을 생각한다면, 후처이자 계모가 되는 것을 선택 하는 것은 쉽지 않은 일일 것이다. 그러므로 여성들이 후처가 되기를 선 택하는 경우는 결혼할 남성과의 애정이 너무나도 강해서가 아니라면 경 제적인 이익 같은 현실적인 이유가 따르게 된다.

조선 후기를 살던 여성들 역시 후처가 되는 것을 피하려고 했다. 유교 가 사회를 지배하던 조선 후기의 가정에서 가사는 여성만의 영역이었으 며, 자식 특히 아들을 낳지 못하면 칠거지악의 하나로 집안에서 쫓겨날지 모르는 위치에 놓여 있었다. 아내가 죽은 남성은 후처를 맞이하고자 했는데, 이때의 결혼은 사랑보다는 가사를 돌보거나 아들을 낳기 위한 기능적인 이유 때문이었다. 또한 후처로 들어오는 여성은 대체로 처녀였으며, 나이도 남성과 차이가 많이 나는 경우가 대다수였다. 예나 지금이나 처녀가 나이 든 홀아비와 결혼하는 것은 일반적인 상황은 아니다. 그래서 후처 자리는 신분이 낮거나 몰락한 집안의 여성이 주로 들어가게 되었다. 이들은 사회적으로 지위가 낮거나 궁핍한 집안 사정 때문에 어쩔 수 없이 후처의 지위를 받아들이게 되는 것이다. 그렇다면 후처로 들어가는 여성들의 지위는 형편없을 수밖에 없다.

후처의 지위가 형편없다는 것은 그들이 사회적 약자임을 의미한다. 즉 그들에게 씌워진 편견에 항변할 위치가 아닌 것이다. 이들은 다른 사람들의 불편한 시선을 견뎌야 하며, 억울한 일을 당해도 돌아가 호소할 친정도 변변치 않다. 하물며 전처의 자식들이 있어 후처이자 계모가 되어야 하는 여성들은 어떠하겠는가? 더욱 심각한 상황에 놓이게 되는 것은 뻔하다. 사회적 약자인 데다가 전처의 자식들을 괴롭힐 것이라는 편견도 감수해야 하는 존재가 계모이기 때문이다.

계모는 전처의 자식을 괴롭히는 악독한 인간이라는 인식 뒤로 이와 같은 편견에 사로잡힌 존재라는 것은 〈장화홍련전〉을 이해하는 데 매우 중요한 요소이다. 이 작품 역시 계모에 대한 편견으로 인해 계모를 악인으로 그리고 있을 가능성이 높기 때문이다.

계모에 대한 편견이 존재한다는 것을 염두에 두고 〈장화홍련전〉을 좀 더 자세하게 읽어보자.

얼굴은 한 자가 넘고, 두 눈은 통방울 같고, 코는 질병 같고, 입은 메기 같고, 머리털은 돼지 털 같고, 키는 장승처럼 크고, 목소리는 이리와 승냥이 소리 같았다. 허리는 두어 아름이나 되고, 곰배팔이에 수종다리에 쌍언청이를 다 갖추고, 주둥이가 길어 칼로 썰어 놓으면 열 사발이나 될 지경이었다.

얼굴은 쇠로 얽어 만든 멍석 같으니 차마 쳐다보기 어려울 정도로 생김새가 흉측했는데, 마음 쓰씀이는 더욱 망측했다. 이웃 험담하기, 집안사람들 이간질하기, 불붙는 데 키질하기같이 못할 짓만 찾아다니며 하니 잠시라도 집안에 두기 어려울 지경이었다.

모든 이본에서 이렇게 계모의 외모를 묘사하는 것은 아니지만, 우리에게 가장 익숙한 이본에서 계모에 대한 외모 묘사는 이와 같이 끔찍하다. 아마도 고전소설에 등장하는 여성 가운데 이렇게 못생긴 여자는 없을 것이다. 〈박씨전〉의 박씨가 견줄 만한데, 그나마 박씨는 탈을 벗고 미인으로 거듭난다. 그러나 〈장화홍련전〉의 계모는 '차마 쳐다보기 어려울 정도'의 외모를 가진 여성으로 묘사된다. 생김새에서부터 계모는 악독하다는 편견을 더해준다. 뒤따르는 성격에 대한 묘사 역시 계모가 악독하다는 것을 드러내는 데 몰입한다. 그러나 좀 더 자세하게 작품을 읽어보면 단지 악독한 심성만이 계모가 장화와 홍련 자매와 대립하는 이유가 아니라는 것을 알 수 있다.

가장인! 배 좌수는 장화와 홍련을 불쌍히 여기고 편애할 뿐, 집안의 대를 이을 계모나 계모의 자식들에게 어떤 애정도 드러내지 않는다. 이버지인 배 좌수가 계모를 영입한 이유는 가사를 돌보고 아들을 낳기 위해서였다. 다행히 계모는 아들을 낳아주었다. 그렇다면 계모는 자신이 해야 할 일을 충실하게 수행한 셈이다. 그러나 가장인 배 좌수는 계모는 물론 계모가 낳은, 배 좌수 집안의 대를 이을 큰아들에게 어떤 애정도 보이지 않는다. 그러므로 계모가 배 좌수에게 원망을 품는 것은 당연한 것인지도 모른다. 계모는 배 좌수로부터 아내로서의 대접을 받지 못하고 있었고, 계모의 자식 역시 푸대접을 당하고 있었다. 그리고 배 좌수가 장화와 홍련만을 편애하기 때문에 계모나 계모가 낳은 아들에게 사랑을 주지 않는 것이라면, 이들 자매 역시 계모가 사랑할 만한 대상은 아닐 것이다.

장화와 홍련 자매는 계모를 어머니로 인정하지 않았다. 이 어린 자매는 죽은 어머니만을 그리워할 뿐 작품 어디에서도 계모를 어머니로 받들고자 하는 의지를 보이지 않는다. 물론 어린 나이에 어머니를 잃은 자매가 계모를 어머니로 받아들인다는 게 심정적으로 무척 어려운 일임은 분명하다. 그러나 집안의 가장인 배 좌수로부터 아내 대접을 못 받고 있었던 계모의 입장에서 전처 자식들의 냉랭한 태도는 계모로서도 받아들이기 어려운 상황이었을 것이다. 계모는 배 좌수의 집안에서 아내이자 어머니의 지위를 기대했으나, 배 좌수와 장화·홍련 자매의 냉랭한 태도 때문에 아내도 어머니도 아닌 존재가 되었다. 가족이지만 가족이 아닌 존재, 이것이 〈장화홍련전〉 속의 계모가 처한 상황이었다.

—

〈장화홍련전〉을 읽는 여러 시선

—

〈장화홍련전〉의 계모는 일종의 희생양이다. 가족의 문제는 모두 계모 때문에 비롯된 것이며, 계모만 없다면 모든 문제가 해소될 것이라는 막연한 믿음이 계모를 악인으로 만든다. 물론 현실에서 계모가 문제를 일으키는 존재가 되기도 한다. 가끔 뉴스에서 만나는 계모들은 모두 전처의 자식들에게 몹쓸 짓을 하는 못난 사람들이다. 그러나 문제는 친부모의 학대는 특수한 경우로 취급하면서 왜 계모의 학대에 대해서는 '계모이기 때문'에 당연한 것이라고 생각하느냐이다. 이것은 명백히 계모에 대한 편견에서 비롯된 것이다. 앞서 〈장화홍련전〉을 자세하게 읽어보면서 계모가 살인을 저지른 이유는 단지 계모가 악한 심성을 가지고 있어서가 아니라, 남편인 배 좌수와 의붓딸인 장화·홍련의 냉랭한 태도가 큰 이유임을 알 수 있었다. 일방적으로 계모의 성격만이 문제인 것은 아니다. 이와 같이 계모에게 씌워진 편견이 〈장화홍련전〉을 둘러싸고 있는 중요한 요소라는 사실은 여러 연구자에 의해 지적되어 왔다.

그러나 〈장화홍련전〉에 대한 주목은 계모에 대한 문제보다는 작품 속에 드러나는 가부장제의 문제를 어떻게 해석할 것인가로부터 시작되었다. 이것은 조선 사회가 봉건사회에서 근대사회로 전환한다는 것을 보여준다는 중요한 해석의 근거로 사용되었는데, 덕분에 〈장화홍련전〉은 이른 시기의 문학사에서부터 거론되었다. 〈장화홍련전〉에 드러나는 가부장제의 모순, 즉 가부장의 무능으로 벌어지는 가정의 살인 사건은 가부장제가 안고 있는 문제를 드러내는 것으로, 이것이 봉건사회의 모순을 폭로한다고 보았다. 가족제도의 변화와 이것의 현실적인 상황이 〈장화홍련전〉에 반영되어 있다는 연구 방법은 그러나 다른 결론을 이끌어내기도 한다.

가부장제의 모순을 보여준다는 점에서 〈장화홍련전〉은 근대적인 면모를 보여주는 작품으로 거론되었다. 하지만 〈장화홍련전〉의 결말을 본다면, 이 작품은 '그럼에도 불구하고' 계모에게 속아 상화의 의붓동생이자 큰아들에게 장화를 죽이라고 직접 명령한 아버지를 살려준다는 점에서 봉건적인 사회의 유지를 지지하는 작품으로 해석되기도 했다. 계모가 죽은 쥐의 가죽을 벗겨서 장화가 낙태한 증거로 삼아 장화를 모해했으나,

장화의 죽음은 계모의 결정만으로 되는 것이 아니고 가부장인 아버지의 승인이 있어야만 가능한 것이었다. 그런데 이 어리석은 가장은 그만 계모에게 속아 그렇게도 애지중지하던 딸을 가문의 명예를 위해 죽이라고 했던 것이다. 따라서 장화와 홍련의 죽음에 가부장인 배 좌수 역시 큰 책임이 있었다. 그러나 계모가 모든 이본에서 처참한 죽음을 맞이한 것과 달리, 배 좌수는 비록 장화와 홍련이 살려 달라고 애원하기는 했지만, 대부분의 이본에서 아무런 처벌도 받지 않고 살아난다. 그런 점에서 봉건제도를 수호하려는 의지를 읽어낼 수 있는 것이다. 같은 해석 방법이지만 어떤 장면에 초점을 맞춰서 볼 것인가에 따라 해석의 방향은 전혀 달라진다.

이러한 해석의 연장선에서 〈장화홍련전〉의 계모를 긍정하는 연구도 잠깐 등장했다. 개인의 욕망을 추구한다는 점에서 계모의 행위를 긍정하는 것인데, 이러한 시각은 계모의 행위가 살인이라는 매우 극단적이고 부정적인 형태로 드러나기에 설득력이 없었다.

〈장화홍련전〉에 대한 최근의 연구들은 계모에 대한 편견을 중심으로 이루어지고 있다. 계모에 대한 편견을 염두에 두고, 가정불화의 유일한 원인이 계모에게 있다는 귀신이 된 장화와 홍련의 목소리에 의문을 제기하고 작품의 의미를 파악하려는 것이다. 그 결과 가정불화의 모든 책임을 계모에게 뒤집어씌우는 방식을 통해 가부장제의 모순을 감춤으로써 가부장제의 강화에 기여하고 있다는 방식으로 논의가 모아졌다.

이렇게 논의들을 펼쳐놓고 보면, 〈장화홍련전〉을 해석하는 방법은 결국 어떤 인물을 통해서 들여다보느냐로 결정되는 듯하다. 조선 후기 가족제도의 변화 안에서 배 좌수라는 가부장을 통해서 작품을 볼 것인가, 아니면 새로이 가정에 영입된 계모를 통해서 볼 것인가에 따라서 작품에 접근하는 방식도 다르고 해석도 달라진다. 선택된 인물을 긍정적으로 해석할 것인가 부정적으로 해석할 것인가에 따라서 작품의 의미 역시 다르게 평가된다.

—

'지금' 우리가 〈장화홍련전〉을 읽어내는 한 방법

—

어떤 시각에서 〈장화홍련전〉을 바라보든 〈장화홍련전〉은 가정 내의 불화를 계모에 대한 편견에 기대어 계모 한 사람에게 그 책임을 전가함으로써 이야기가 전개되고 있다는 것에는 모두 동의하고 있다. 그런데 어쩌면, 계모가 아버지와 의붓딸들의 냉대에 저항한 것은 아니었을까? 가정에서 아내이자 어머니로서 제 위치를 찾지 못했던 소외된 계모가 자신의 권리를 찾기 위한 처절한 몸부림으로 해석할 수도 있지 않을까? 계모에 대한 편견으로 전처 자식들과의 갈등에서 무조건 가해자가 될 수밖에 없었던 계모의 처지를 고려해 본다면, 비록 계모가 살해라는 극단적인 방법을 선택하긴 했지만, 계모의 목소리에 한 번쯤 귀를 기울일 필요가 있지는 않을까?

계모가 가정불화의 원인일 가능성은 충분히 있다. 반대로 전처의 자식들로 인해 갈등이 발생할 수도 있다. 《조선왕조실록》을 보면, 계모가 상속받을 재산을 노리고 계모를 모함하는 의붓자식들의 이야기를 볼 수 있다. 갈등의 원인이 늘 계모는 아니라는 말이다. 그런데도 〈장화홍련전〉과 같은 작품이 인기를 얻었다는 것은 계모에 대한 편견이 아니고서는 설명할 수가 없다.

그렇다면 왜 우리는 지금 〈장화홍련전〉을 읽어야 하는지에 대한 문제를 제기할 수 있다. 더구나 〈장화홍련전〉은 전래동화의 형태로 만들어져

아이들의 독서물로 꾸준히 만들어지고 있다. 대체로 권선징악, 즉 악독한 계모는 반드시 벌을 받는다는 내용이 이 이야기의 교훈으로 제시된다.

그러나 이것은 온당한 태도인가? 현대사회는 이혼 가정과 재혼 가정이 늘어나고 있으며, 이로 인해 계모도 점차 늘어나는 추세이다. 그런데 악독한 심성을 지니고 있으며, 늘 전처의 자식들을 구박하고, 심지어 살인까지도 서슴지 않는 계모는 반드시 벌을 받을 것이라는 이야기를 계속해서 아이들에게 읽게 하는 것이 옳은 일인가? 차라리 아이들의 독서 목록에서 이 작품을 빼는 것이 낫지 않을까?

다시 〈장화홍련전〉의 내용을 찬찬히 떠올려 보자. 배 좌수의 가정에서 살인 사건이 벌어진 이유는 무엇인가? 그것은 다만 계모의 잘못만은 아니었다. 심정적으로 어울리기 힘든 계모와 전처의 자식들을 잘 조율하지 못했던 아버지, 이미 죽은 친어머니만을 그리워하며 계모를 냉대한 장화와 홍련 모두 가정불화의 책임을 면하기 어려울 것이다. 계모 역시 자신을 인정해 주지 않는다는 이유로, 또한 자신의 아들이 더 많은 재산을 물려받게 하기 위해 전처의 자식들을 살해했다는 것은 용서받기 어려운 행동이다.

이렇게 가정불화의 원인을 펼쳐놓고 보면 그 책임이 가족 구성원 모두에게 있는 것임을 알 수 있다. 아버지, 전처의 자식, 그리고 계모 모두 화목한 가정을 이루기 위해서 노력하지 않았다. 그 결과는 전처의 자식과 계모의 죽음으로 이어졌다. 그렇다면 〈장화홍련전〉을 권선징악의 교훈을 담은 이야기, 즉 악독한 계모는 반드시 벌을 받는 이야기로 읽을 필요는 없어 보인다. 계모가 영입된 가정에서 가족 구성원들이 화목한 가정을 이루기 위해 노력하지 않았을 때 어떤 결과를 맞게 되는가를 잘 보여주는 이야기로 읽을 필요가 있다. 아버지는 계모와 자식들 사이에 생길 수 있는 갈등을 조정해야 한다. 전처의 자식들은 계모가 친어머니의 자리를 빼앗는다는 부정적인 시선으로 계모를 바라볼 필요가 없다. 그리고 계모는 전처의 자식들과 사이좋은 관계가 될 수 있도록 노력해야 한다. 이러한 관점에서 〈장화홍련전〉은 소개되고 이해될 필요가 있다.

— 윤정안

참고 문헌

권순긍 글, 조정림 그림, 《장화홍련전 – 억울하게 죽어 꽃으로 피어나니》, 휴머니스트, 2012.

김별아 글, 권문희 그림, 《장화홍련전》, 창비, 2003.

신동흔 외, 〈착한 아이의 숨은 진실 – 〈장화홍련전〉에 깃든 마음의 병〉, 《프로이트 심청을 만나다》, 웅진지식하우스, 2011,

윤정안, 〈계모를 위한 변명 – 〈장화홍련전〉 속 계모의 분노와 좌절〉, 《민족문학사연구》 57, 민족문학사학회, 2015.

이종서, 〈'전통적' 계모관의 형성 과정과 그 의미〉, 《역사와 현실》 51, 한국역사연구회, 2004.

정지영, 〈〈장화홍련전〉 – 조선 후기 재혼 가족 구성원의 지위〉, 《역사비평》 61, 역사비평사, 2002.

조현설 외, 〈남성 지배와 〈장화홍련전〉의 여성 형상〉, 《고전문학과 여성주의적 시각》, 소명출판, 2003.

四
고난을 이기고 현실적 욕망을 구현하다

시대의 변주, 〈채봉감별곡〉
—

〈채봉감별곡(彩鳳感別曲)〉은 기존의 고소설과 비슷하면서도 다른 면이 있다. 이러한 유형을 '신작 구소설'이라 일컫는다.[*] 그런데 〈채봉감별곡〉은 다른 신작 구소설에 비하면 그 시대 배경과 줄거리가 전대의 고소설과 비슷하다고 할 수 있다. 그러나 분명 고소설과 다른 점도 있다. 그러면 〈채봉감별곡〉의 줄거리를 간단히 살펴보자.

평양에 사는 김 진사 부부는 딸을 하나 둔 양반으로 삶이 풍족했다. 그런

---

[*] 조동일과 이은숙이 '신작 구소설'로 명명한 이후 이 명칭을 사용하고 있으나, '신작 고소설'로 불러야 한다는 연구자도 있다. 필자는 두 용어를 다 사용해도 된다고 본다.

데 김 진사는 더 나은 삶을 위해 벼슬을 구하려고 서울로 간다. 그사이 김 진사의 딸 채봉은 우연히 취향의 도움으로 가난한 선비 장필성과 만나 결혼을 약속한다.

김 진사는 세도가인 허 판서를 만나 딸을 첩으로 주는 조건으로 과천 현감 자리를 받기로 하고는 평양으로 내려온다. 김 진사는 딸 채봉의 의견은 생각지도 않고 평양의 재산을 처분하여 부인과 채봉을 데리고 서울로 간다.

서울로 가는 길에, 채봉은 장필성과의 언약을 지키기 위해 취향과 모의한 후 도망한다. 이 일을 모르고 있던 김 진사 부부는 주막에서 도둑을 만나 재산을 모두 잃는다. 김 진사 부부는 채봉을 찾지도 않은 채 서울로 가서 허 판서를 만나 과천 현감을 제수받은 뒤에 채봉을 찾고자 한다. 그런데 허 판서는 약속을 지키지 않은 김 진사에게 화가 나서 김 진사를 가두고는 돈 오천 냥을 주거나 채봉을 데려오라고 한다.

김 진사 부인은 채봉을 찾기 위해 평양에 내려왔는데, 취향의 집에서 채봉을 만난다. 김 진사 부인은 채봉에게 허 판서의 첩이 되어 아버지를 구하자고 한다. 그러나 채봉은 첩이 되느니 기생이 되어 장필성과의 약속을 지키고자 한다. 채봉은 취향 어미에게 부탁을 해서 기생이 되고, 몸값을 받아 어머니에게 주어 아버지를 구하라고 한다. 채봉은 기생이 된 후 이름을 '송이'로 바꾼다.

기생이 된 송이는 자신의 머리를 올려줄 사람은 장필성밖에 없다고 생각한 후 한시를 기방 벽에 붙여놓고 이 시의 대구를 찾는 사람과 첫날밤을 보내겠다고 한다. 이 한시는 장필성이 채봉을 처음 만났을 때 써준 시에 대한 대구이다. 친구를 통해 우연히 장필성이 이 한시를 보고 기방에 와서 문제를 푼다. 이후 장필성은 채봉(송이)을 만나 그간의 사정을 듣고는 운우지정을 나눈다.

이렇게 지내다가 새로 온 평안 감사 이보국이 송이의 서화가 뛰어나다는 말을 듣고 몸값을 지불하여 송이를 비서로 채용한다. 장필성도 송이를 보기 위해 자진하여 이방으로 자원하여 감영에 들어간다. 그러나 채봉과 장필성은 감사에게 들킬까 저어하여 서로 만나지 못한다. 채봉은 장필성이 그리워 〈추풍감별곡〉을 짓고는 잠이 든다.

〈추풍감별곡〉을 본 평안 감사는 채봉에게 그 연유를 묻고 그간의 사정을 듣는다. 평안 감사는 채봉과 장필성의 사연을 안타깝게 여겨 이 둘을 결혼시키고, 김 진사도 풀려나와 채봉의 가족은 다시 행복하게 산다.

이와 같이 〈채봉감별곡〉은 조선 후기의 부패한 사회상을 배경으로 채봉과 장필성의 애틋한 사랑을 다룬 소설이다. 이 소설에서는 채봉의 현실적 판단과 함께 자신의 욕망을 구현하려는 의지가 강하게 나타난다. 그러나 채봉의 주변 사람들은 채봉을 힘들게 하거나 아무런 도움이 되지 못한다. 딸을 팔아 벼슬을 구하려는 아버지 김 진사, 남편을 구하기 위해 딸에게 첩으로 가라고 권하는 어머니, 자신의 정인(情人)이 기생이 되어 있는데 그 사람을 구하지 못하는 가난한 장필성 등이 그 예이다. 채봉은 이러한 시련을 평안 감사의 도움을 기화로 하여 극복하는데, 이후 신여성과 비견할 수 있는 인물이라 할 수 있다.

그동안 고소설 연구자들은 〈채봉감별곡〉을 〈청년회심곡〉, 〈부용상사곡〉과 함께 연구해 왔다. 그 이유는 소설 중간에 시가가 삽입되어 있고, 애정류 소설이며, 봉건주의 해체의 문예적 양상을 가지고 있기 때문이다. 그리하여 〈채봉감별곡〉에서는 근대성을 중요한 키워드로 삼고 있다.

〈채봉감별곡〉은 채봉과 장필성의 혼사 장애, 채봉의 고난 극복, 평안 감사의 도움 등이 중요한 사항이라 할 수 있으며, 당시 또는 전대의 시대상을 적절하게 변주하고 있는 작품이라 할 수 있다.

또 〈채봉감별곡〉은 형식적으로 아주 독특한 면을 가지고 있다. 바로 희곡 대본과 같이 대화의 인물을 밝히고 있다는 것이다. 주인공 이름을 쓴 후 그 사람의 대사를 쓰는 방식을 취하고 있다. 어찌 보면 변사가 무성영화 대본을 읽듯이 대화 장면을 사용하고 있는 것이다.

—

욕망 구현의 화신, 채봉

—

〈채봉감별곡〉은 전대 고소설의 연장선상에 있으면서 약간 다른 면도 아울러 가지고 있다. 그럼에도 불구하고 전대 고소설이 가진 특징은 다 갖추고 있다고 하겠다. 그 시작이 바로 채봉과 장필성의 만남이다. 채봉이 손수건을 잃어버렸는데, 이때 장필성이 한시를 지어 채봉에게 수작을 건다. 그 시 내용을 보기로 하자.

出佳人分外香	수건이 가인에게 나옴은 분외의 향기인데
天公付與有情郎	하늘이 유정랑에게 붙여 주셨도다
慇懃寄取相思句	은근히 서로 생각하는 글귀를 부치노니
擬作紅絲入洞房	비기여 붉은 실을 지어 동방에 들이노라

우연을 필연으로 가장하는 것으로, 남자들이 여자에게 하는 대표적인 수작이라 할 수 있다. 어찌 보면 선남선녀들 사이에서는 당연한 것이다. 이에 채봉은 다음과 같은 한시로 장필성에게 대구를 한다.

勸君莫想陽臺夢　권하노니 그대는 양대의 꿈*을 생각지 말고
努力讀書入翰林　힘을 써 글을 읽어 한림에 들어갈지어다

　채봉은 장필성의 수작을 딱 잘라 거절한다. 그런데 아주 싫어서 거절하는 것 같지는 않다. 열심히 독서를 해서 한림에 들어가면 만날 수도 있다는 여지를 남겨두고 있다. 왜냐하면 이 일이 있은 후에 둘은 결혼을 언약하기 때문이다.

　이 대구를 주요하게 살펴본 이유는, 이 대구로 인해 채봉과 장필성이 새로운 만남을 갖기 때문이다. 채봉은 아버지 김 진사 때문에 졸지에 기생이 된다. 그러나 그것은 채봉이 선택한 것이다. 허 판서의 첩으로 가지 않으려고 스스로 기생이 된 것이다. 여기에는 장필성이라는 존재가 큰 역할을 한다. 채봉은 장필성과 한 언약을 지키기 위해 최선의 선택을 한 것이다. 김 진사도 구하고 장필성과의 언약도 지키기 위한 방안이었다.

　채봉은 기생이 된 후 이름을 '송이'로 바꾼다. 기생이지만 정절을 지키기 위한 다짐이라 볼 수 있다. 이를 실현하기 위해 송이는 '勸君莫想陽臺夢 努力讀書入翰林'이라는 시구를 써놓고, 이 시구가 어느 시의 대구인가를 맞추는 사람과 첫날밤을 치르겠다고 한다. 그런데 이는 장필성만이 아는 답이다. 송이는 장필성과의 언약을 지키기 위해 고군분투하고 있는 것이다. 여러 사람이 도전을 했으나 답을 낼 사람은 없었다.

　그러던 어느 날 장필성은 한 기생이 이상한 문제를 냈다는 말을 친구에게 듣고 그 시구를 보았다. 그는 지난날 채봉이 지은 시구임을 알고 의아해하며 기방에 간다. 양반집 규수였던 채봉이 기방에 기녀 송이로 앉아

• **양대의 꿈**　남녀가 연애를 하거나 성관계를 맺는 것을 의미함.

있는 것이다. 기생 어미는 허름한 차림으로 온 장필성을 반기지 않았다. 돈이 없어 보였기 때문이다. 그런데 허름한 행색의 장필성은 송이가 낸 문제를 푼다. 기생 어미는 어쩔 수 없이 장필성이 송이와 첫날밤을 치르는 것을 보고만 있었다. 이제 송이의 바람이 실현된 것이다. 송이는 장필성에게 그간의 사정을 이야기하면서 서로 궁금했던 것들을 주고받는다.

하지만 둘이 계속 만나기 위해서는 장필성이 기방에 드나들 돈이 필요했다. 그래서 송이가 가난한 장필성에게 돈을 대주며 둘만의 시간을 가질 수밖에 없었다. 여기서 장필성은 아주 무기력한 모습을 보인다. 결국 송이의 돈도 다 떨어지고 만다. 이때 장필성이 무엇이라도 해야 하는데, 그 방안을 찾지 못한다.

장필성과 달리 채봉은 자신에게 온 고난을 극복하기 위해서 여러 방안을 찾는다. 자신이 이루려고 했던 욕망을 우선순위에 두고 그것을 위해 노력하는 것이다. 채봉은 자신의 욕망을 구현하려는 의지가 강한 인물이라 할 수 있다. 그런데 채봉의 이러한 의지도 후반부에 평안 감사를 만나면서 약해지고 만다.

—

채봉의 운명 개척자, 평안 감사 이보국

—

고소설에서 자주 등장하는 것이 바로 주인공의 고난이다. 하지만 주인공이 고난을 당할 때 반드시 누군가가 나타나서 도와준다. 독자들은 이것을 하늘의 계시로 인정해 버린다. 일명 '동양적 예정론'이라 부르기도 한다. 도움을 주는 존재는 노인, 동물, 동자 등 다양하다. 그런데 고소설에서는 이러한 존재의 도움이 신성해 보이기도 한다.

그러나 〈채봉감별곡〉과 같은 신작 구소설이나 애국계몽기(1896~1910) 신문 연재소설에서는 신이한 인물이 아닌 권력을 가진 인물이 등장인물을 도와준다. 〈일념홍〉에서는 일본 공사가 고종에게 직접 전화를 걸어 감옥에 갇힌 남자 주인공 이정을 풀어준다. 이는 일념홍이 우연히 일본 공사를 만나 도움을 주었기 때문에 가능했던 일이다.

〈채봉감별곡〉에서도 조력자가 등장한다. 그가 바로 평안 감사 이보국이다. 이보국은 여러 가지 벼슬을 거친 후 이제 쉬기 위해서 평안 감사로 자청하여 온 인물이다. 그런데 약간은 허구적 인물이라는 것이 나이에서 드러난다. 나이가 80세인데, 이는 신비성을 가장한 것으로 보인다. 그 당시 평균연령을 감안한다면 80세에 무엇을 할 수 있었을까? 〈채봉감별곡〉은 기존의 고소설에 비해 현실성을 강조하려고 했는데, 절대 권력의 조력자인 이보국만큼은 어쩔 수 없었던 것으로 보인다.

평안 감사 이보국은 기생 송이에 대한 이야기를 듣는다. 서화에 능통하고 시를 잘 짓는다고 하니 감사가 궁금하여 가서 보기로 한다. 이보국이 가서 보니 송이가 실제 소문과 다르지 않았다. 그래서 자신이 정사를 보는 데 도움을 받고자 송이를 비서로 채용하고 기방에서 데리고 나가려 한다. 송이는 자신이 기방에서 나갈 수 있는 기회라고 생각하여 선뜻 이보국의 제안을 받아들인다. 이보국은 기생 어미에게 송이의 몸값을 치르고 평양 감영으로 데려가서 일을 시킨다.

평안 감사는 채봉을 별채에 두고 아무도 근처에 가지 못하게 한다. 평안 감사가 등장하기 전까지 채봉은 자신의 고난을 직접 해결하고 극복하는 근대적인 여인이었다. 그런데 평안 감사 등장 이후 수동적 인간으로 전락하고 만다. 기방을 나오면 장필성을 만날 수 있을 것 같았으나 정작 아무도 만날 수 없어서 외로움을 느낀다.

이때 장필성은 채봉이 감영에 있는 것을 알고 채봉을 만나기 위해 이방을 자원한다. 장필성은 이방이 되었지만 채봉을 만나지 못해 안타까워한다. 그러자 하루는 채봉이 책상에 앉아 자신의 소회를 담은 장문의 글을 짓는데, 바로 〈추풍감별곡〉이다. 채봉은 장필성을 그리워하는 글을 짓고는 잠깐 존다. 이보국이 마침 채봉의 처소를 지나다가 이 광경을 보고 들어가 〈추풍감별곡〉을 보고는 채봉을 깨워 이렇게 말한다.

"내가 너를 친딸이나 다름없이 귀해하는 터이니, 무슨 사정 있거든 내게 말을 하면 그 아니 좋겠느냐. 오늘 심중에 미안한 일을 다 말하여라. 이 자식아, 나는 너를 딸같이 사랑하는데, 너는 나를 아비같이 생각 않고 이 같은 원한을 가지고 말 아니 하고 있단 말이냐?"

이보국은 진정으로 채봉을 딸처럼 여기는 것 같다. 이러한 연출을 위해 이보국의 나이를 80세로 설정한 것이 아닐까. 아버지의 사랑을 받지 못한 채봉에게 아버지를 새로 만들어 준 것이나 다름없어 보인다. 그러자 채봉은 장필성과의 인연, 자신이 기생 송이로 살아온 까닭 등을 이야기한다. 그러자 이보국은 그간의 사정을 이제야 알겠다면서 채봉의 부모를 찾아서 채봉과 장필성의 혼인을 주선하기로 한다.

이보국의 상서(上書)로 허 판서의 죄가 알려지고 김 진사는 풀려난다. 김 진사는 부인과 함께 평양에 와서 취향과 그 어미에게 채봉의 소식을 듣는다. 결국 채봉은 이보국의 도움을 받아 기생 신분을 벗고 상필싱과 혼인하여 행복하게 살게 된다. 따라서 이보국은 기존 고소설에 등장하는 조력자이면서 채봉의 운명을 개척해 주는 인물이라 할 수 있다.

〈채봉감별곡〉의 문학적 의미

〈채봉감별곡〉에 대한 기존 연구를 보면, '애정소설 유형의 신작 구소설'로 분류하고 있다. 그리고 작품성과 관련된 연구 성과를 보면, "기존의 부당한 봉건적인 규범을 뛰어넘어 애정을 성취하는 여성을 성공적으로 그려내고 있으나, 애정 정위(定位)를 가져오는 데 있어서 결정적인 해결은 평안 감사 이보국의 등장에 의존한 점은 한계라 할 수 있다. 그렇지만 세태의 리얼한 반영과 함께 현실적 인물들의 모습을 생생하게 그리고 있으며 적극적인 여성상을 형상화하였다."라고 평가했다.

이처럼 〈채봉감별곡〉은 새로운 형식의 소설을 만들기 위해 부단한 노력을 했다고 볼 수 있다. 그중에서도 강도가 높은 것이 바로 현실성이다. 장필성은 자신의 연인을 만나기 위해 '이방'을 자원한다. 기존의 고소설 같았으면 몇 년 동안 과거 공부를 한 후 장원급제 하여 허 판서를 파직시키고 김 진사를 방면한 후 기방에 있던 송이를 원래의 채봉으로 바꾸어놓았을 것이다. 그런데 〈채봉감별곡〉의 작가는 그렇게 하지 않았다.

김주영은 〈외설 춘향전〉에서 기존 〈춘향전〉과 다른 내용을 담았다. 맨날 술만 먹고 놀던 이몽룡이 과거 급제를 했다는 것은 말이 안 되니, 이몽룡이 남원에 와서 변학도에게 사기를 쳐서 파직시키는 것으로 서사를 바꾼 것이다. 어찌 보면 이러한 것이 더 현실적인지도 모른다.

〈채봉감별곡〉도 기존 고소설과 다른 방식을 찾기 위해 현실성을 강조한 것으로 보인다. 그런데 문제는 평안 감사 이보국이다. 그는 평양에서 절대 권력을 가진 인물이며, 정사(政事)에 매진하는 청백리이다. 그렇기 때문에 고난에 빠진 채봉을 구해준 것으로 보이나, 이는 기존 고소설에서 볼 수 있는 조력자의 모습과 유사하다는 한계로 지적할 수 있다.

그럼에도 불구하고 〈채봉감별곡〉은 기존 고소설과 이후 신문에 연재되는 〈일념홍〉, 〈별계채탐〉의 가교 역할을 했다고 볼 수 있다. '춘향 → 채봉 → 일념홍, 박 참령 별실'의 계보를 살필 수 있다는 말이다. 일념홍과 박 참령 별실은 신여성으로, 자신의 의지를 실천에 옮겨 외국 유학도 하고 자유연애를 위해 가출도 불사한 인물이다. 이로 볼 때 채봉은 춘향보다는 앞선 여성이지만 일념홍이나 박 참령의 별실에게는 아직 못 미치는 단계의 여성이라고 평가할 수 있다.

– 조상우

참고 문헌

권순긍 글, 이윤희 그림, 《채봉감별곡 – 달빛 아래 맺은 약속 변치 않아라》, 휴머니스트, 2013.

조윤형 옮김, 《채봉감별곡》, 지식을만드는지식, 2017.

권순긍, 〈1910년대 활자본 고소설 연구〉, 성균관대학교 박사학위논문, 1990.

김주영, 《외설 춘향전》, 민음사, 1994.

심치열, 〈고전소설 〈채봉감별곡〉의 스토리텔링〉, 《우리문학연구》 41, 우리문학회, 2014.

오유선, 〈구활자본 고소설의 성격 고찰〉, 고려대학교 석사학위논문, 1993.

이정원, 〈신작 구소설의 근대성〉, 《고소설연구》 27, 고소설학회, 2009.

조상우, 〈애국계몽기 한문 산문의 의식지향 연구〉, 고려대학교 박사학위논문, 2002.

조상우, 〈황성신문 소재 한문소설 〈별계채탐〉 연구〉, 《한국언어문학》 65, 한국언어문학회, 2008.

한근희, 〈〈채봉감별곡〉의 교육 방안과 적용〉, 한국교원대학교 석사학위논문, 2015.

제3장

세태소설

세태소설은 특정한 역사적 장르 유형이 있는 것은 아니지만 내용
상 세태 반영 의식이 현저한 작품군을 총칭하는 의미로 흔히 사용된다.
따라서 대상 작품군이 따로 정해져 있다기보다는 세태 반영 정도에 따라
묶는 경향이 강하다. 좁은 의미의 세태소설은 18세기 후반을 거쳐 19세
기 들어 그 이전과 달라진 조선의 사회상과 세태 변화를 포착하는 데 주
력한다. 이를테면 기존의 상하 관계, 남녀 관계가 돈(물질)과 권력, 유흥의
관점에서 결정되는 역전된 상황과 사태, 그리고 신분 사회의 동요와 물

질 중심적 사고가 만연한 사회 모습을 보여줌으로써 기존 윤리와 도덕관념에 대한 비판과 더불어 변화된 세태와 사회의식을 적극 반영하고 있는 것이 그러하다. 유교적 이념에 구속되지 않은 인간의 현실 긍정적 욕망, 즉 물질적 욕망과 성적 욕망을 그대로 보여주고 당대 사회상을 만화경처럼 들여다볼 수 있으면서 인정물태에 대한 풍자와 평가 시각이 현저하다. 물론 이런 세태소설에 해당하는 작품들은 19세기 서민들의 삶의 애환을 바탕에 깔고 다양한 인간 군상의 인정물태를 보여주는 데 주목한다는 점에서 동시대의 판소리계 소설과 겹치는 부분이 있다.

세태소설에 해당하는 작품들은 주제와 성격에 따라 세분화할 수 있다. 첫째, 양반 혹은 양반에 준하는 권위와 위세를 지닌 남성 인물과 기생 사이의 애정을 다룬 작품들이다. 이에는 〈배비장전〉, 〈삼선기〉, 〈오유란전〉, 〈이춘풍전〉, 〈정향전〉, 〈지봉전〉, 〈옥단춘전〉 등이 대표적이다. 이들 작품 중 〈오유란전〉, 〈정향전〉, 〈지봉전〉은 한문본만 전한다. 둘째, 민담에 바탕을 두되 특정 인물이 인생살이에서 맛보는 고난과 행운에 초점을 맞춘 작품들이다. 〈옹고집전〉, 〈정수경전〉 등이 있다. 셋째, 유흥 문화와 물질 중심주의 사고가 팽배해지던 조선 후기 사회 변동과 윤리적 위기를 소재로 한 작품들이다. 〈김학공전〉, 〈이해룡전〉, 〈진대방전〉 등이 여기에 해당한다.

세태소설은 19세기에 경제사회로의 변화 과정에서 새롭게 등장한 다양한 인물 군상들을 역동적으로 그려내는 한편, 기존 관계의 역전 내지 갈등 국면을 풍자·조롱함으로써 이념과 제도에서 탈피한, 특성 시기의 시대 의식과 사회 풍경의 일면을 독특한 시각에서 포착해 내고 있다는 점에서 문학사적으로 고유한 가치를 획득하고 있다고 할 것이다.

—

고전소설 끝자락에서 새롭게 꾸민 이야기

고전소설의 끝자락에서

—

〈이춘풍전〉이라는 이야기책이 있다는 말을 들은 지가 근 10년은 될 것이다. 허랑한 이춘풍과 영리한 그의 아내 김씨가 연출하는 갖가지 포복절도할 유머는 조선 이야기책계의 새로운 경지를 개척한 것이다. 천편일률적인 이때까지의 이야기책과는 매우 다르다는 것이다. 그러나 나는 이런 말만 들었지 정작 〈이춘풍전〉은 도무지 구해 볼 수가 없었다.

우리나라에서 최초로 유물사관에 입각한 문학사를 썼던 이명선이 1947년에 쓴 원고 중 일부이다. 이 말에는 흥미로운 두 가지 정보가 담겨 있다. 하나는 1947년 당시까지만 해도 〈이춘풍전〉 이본을 쉽게 접할 수 없었다는 것이고, 다른 하나는 〈이춘풍전〉이 이전에 보던 고전소설과 전혀 다른 경지를 이루었다고 평가받았다는 사실이다. '이본이 적고, 이전과 다른 내용으로 꾸며진 소설'. 10여 년 동안 그렇게 애타게 찾았던 〈이춘풍전〉을 접한 후에 이명선이 내린 평가이다. 그런데 그의 평가가 당혹스럽다. 이명선이 제시한 두 가지 정보는 지금 우리의 생각과 거리가 있다.

우선 현재 확인된 〈이춘풍전〉 이본만 해도 20종 남짓이다. 적지 않은 이본이다. "단테가 여러 해를 두고 베아트리체를 사모하듯이, 근 10년 동안 나는 늘 〈이춘풍전〉을 머릿속에 그리며 찾았다."라는 이명선의 말과는 딴판이다. 〈이춘풍전〉이 이전 고전소설과 전혀 다른 경지에 있다는 지적도 마찬가지이다. 〈이춘풍전〉은 〈왈짜타령(게우사)〉의 내용과 긴밀하게 엮여 있다. 이명선의 지적처럼 새로운 경지를 개척했다기보다는 기존 작품을 패러디했다고 보는 편이 더 타당해 보인다. 이명선은 당시에 착각을 했던 것일까?

그렇지 않다. 실제 우리 학계에서 〈이춘풍전〉 연구가 시작된 때는 1950년대 중반이다. 작품이 공개된 때는 이보다 늦은 1950년대 후반이다. 연구자들도 1950년대 후반에 와서야 온전한 〈이춘풍전〉을 접했던 것이다. 〈이춘풍전〉에 대한 본격적인 연구는 1970년대에 접어들면서 비로소 시작되었으니, 적어도 1947년 당시 이명선의 말은 사실이었다. 당시는 "한번은 시골 아무개의 집에 〈이춘풍전〉이 있다는 소식을 듣고 찾아갔더니, 이미 몇 해 전에 뜯어 도배를 해버린 뒤였다. 뒤집어 붙어 있는 벽만 물끄러미 바라보다가 돌아왔다."라고 할 만큼 〈이춘풍전〉 보기가 쉽지 않았던 때이다.

그래도 의문은 남는다. 현재까지 확인된 〈이춘풍전〉 이본이 20여 종이나 되는데, 당시에는 왜 그렇게 보기가 어려웠을까 하는 원론적 의문. 그러나 이에 대한 답변은 의외로 간단하다. 〈이춘풍전〉 이본 대부분이 늦은 시기에 필사되었기 때문이다. 현재까지 확인된 이본 중 가장 이른 시기에 필사된 것은 성산(장덕순)본으로, 필사 시기가 1905년이다. 나머지 이본은 1909~1939년에 필사되었다. 그중에는 이명선이 〈이춘풍전〉을 찾아 나선 이후에 필사된 것도 있다. 그리고 필사한 것도 개인이 심심풀이로 써서 보관해 둔 터라, 네트워크가 발달한 오늘날처럼 쉽게 그 이본을 만날 수 없었다. 비교적 많은 이본이 있지만, 향유 폭은 그리 넓지 않았음을 짐작케 한다.

그렇다면 다시 원론적인 물음을 던져보자. 이본 수가 많은데도 향유 폭이 넓지 못한 이유는 무엇인가? 그것은 〈이춘풍전〉이 형성된 시기가 너무 늦었던 데서 그 일차적인 원인을 찾을 수 있다. 〈이춘풍전〉 이본 중 가장 이른 시기의 것이 1905년이라는 사실을 다시금 떠올리자. 〈이춘풍전〉은 다른 고전소설에 비해 늦은 시기에 만들어졌기 때문에 많은 이본이 존재함에도 널리 향유되지 못했던 것이다. 좀 더 시간이 있었다면 〈이춘풍전〉은 지금과 다른 형태로 우리 고전소설계의 큰 축을 만들었을지도 모른다. 이는 추론으로 그치지 않는다. 향유 폭과 무관하게 이본 수가 많다는 점이 그것을 방증하기 때문이다. 이본 수가 많다는 것은 그만큼 작품 자체에 흥미를 가진 사람이 많았음을 뜻하지 않는가. 이야기가 주는 즐거움이 컸기에 사람들도 그 사설을 필사해 두었을 것이다. 이전에 볼 수 없던 재미난 이야기였기 때문에 사람들은 그것을 일부러 기록해 두었고, 그래서 이본도 적지 않게 남은 것이다. 〈이춘풍전〉은 늦은 시기에 형성되었지만, 아주 짧은 기간에 조선 사람들의 사랑을 받았다고 할 만하다. 이 점에서 이명선이 '〈이춘풍전〉이 이전의 고전소설과 전혀 다른 경지를 이룬 새로운 작품'이라고 한 평가는, 당시 조선 사람들이 보여준 행위로 볼 때 어느 정도 타당성을 갖는다고 할 만하다.

〈이춘풍전〉과 〈게우사〉

〈이춘풍전〉 이본 중 20세기 이전의 것은 없다. 이본 모두가 20세기 이후의 것이다. 필사 시기를 곧바로 작품 형성 시기로 볼 수는 없지만, 그래도 모든 이본의 필사 시기가 20세기 이후라는 것은 〈이춘풍전〉의 형성 시기가 20세기에서 아주 멀리까지 거슬러 올라갈 수는 없음을 뜻한다. 〈이춘풍전〉이 20세기를 전후한 시기에 형성되었을 것으로 볼 만한 단서는 또 있다. 1890년에 필사된 〈게우사(왈짜타령)〉는 〈이춘풍전〉의 형성 시기뿐 아니라 그 동인을 묻는 전제가 된다. 이명선이 지적한 것처럼, 〈게우사〉는 〈이춘풍전〉이 어떻게 이전의 고전소설과 다른 경지를 지닌 작품이 될 수 있었는지를 해명하는 가장 중요한 작품이기 때문이다.

〈게우사〉는 〈왈짜타령(무숙이타령)〉의 사설을 적은 대본이다. 1860년대까지만 해도 〈왈짜타령〉은 판소리로 연행되었다. 1940년에 출간된 정노식의 《조선창극사》를 보면, 명창 김정근이 〈왈짜타령〉에 특장이 있다고 밝힌 바 있기 때문이다. 김정근은 철종과 고종 두 시대에 걸쳐 활동했으니, 그 시기가 대략 1860년대임을 알 수 있다. 1860년대에 연행되던 〈왈짜타령〉이 1890년에는 연행되지 않았다. 연행이 끊어진 것이다. 그 때문이었을까, 1860년대에 정리해 둔 자료에서 음악적인 부분을 덜어내고 가독성에 중심을 둔 텍스트를 다시 만들었다. 그 텍스트가 바로 〈게우사〉이다. 〈게우사〉가 당시 연행되던 판소리 사설을 읽기 위한 형태로 바꾼 것이라는 주장과 함께, 당시에 연행되던 판소리 사설을 정착시킨 것이라는 주장도 있기 때문이다. 지금은 두 주장 가운데 후자에 보다 힘이 실려 있다.

〈왈짜타령〉 혹은 〈게우사〉는 1990년 이전까지만 해도 실체가 없었다.

판소리로 전승되지도 않았고, 사설도 존재하지 않았기 때문이다. 하지만 〈왈짜타령〉이 〈이춘풍전〉과 관련이 깊다는 주장은 늘 있어왔다. 그런 주장 가운데 〈왈짜타령〉을 읽기 위한 텍스트로 고친 것이 〈이춘풍전〉이라는 견해도 있다. 그러나 1990년대 이전만 해도 실물이 확인되지 않은 상태여서 추론으로만 그칠 뿐이었다. 그 후 1991년에 〈왈짜타령〉의 사설이라 할 수 있는 〈게우사〉가 발견되면서 두 작품 간의 관계에 대한 논의가 활발해졌다. 〈이춘풍전〉과의 관계에 대한 조망도 정치해졌다.

실제 〈게우사〉와 〈이춘풍전〉을 대비해 보면, 두 작품은 퍽 닮았다. 〈이춘풍전〉은 〈게우사〉를 패러디한 작품처럼 보이기도 한다. 두 작품의 서사 구조를 큰 틀로 구축해 보면 그 양상이 더욱 뚜렷해진다.

〈게우사〉

① 무숙이와 그 부인의 인물됨을 소개함.

② 무숙이가 평양 기생 의양이에 대한 소문을 듣고 첩으로 삼음.

③ 의양이를 위한답시고 무숙이는 자신의 모든 재산을 탕진함.

④ 무숙이는 의양이의 집에서 심부름하는 중노미가 됨.

⑤ 의양이의 계략으로 무숙이는 개과천선함.

〈이춘풍전〉

㉮ 이춘풍과 그 부인 김씨의 인물됨을 소개함.

㉯ 춘풍은 부인이 모아둔 돈을 가지고 평양에 가서 기생 추월에게 빠짐.

㉰ 추월에게 속은 춘풍은 가지고 온 모든 재산을 탕진함.

㉱ 춘풍은 추월의 집에서 심부름하는 하인이 됨.

㉲ 부인 김씨의 계략으로 춘풍은 개과천선함.

최소 단위로 서사 구조를 나누어 비교하면, 두 작품의 틀은 크게 다르지 않다. 불량 남자가 기생 때문에 재산을 모두 탕진한 후 마침내 기생의 집에서 심부름하는 종이 된다는 사실. 그리고 불량 남자가 아내나 기생에 의해 개과천선한다는 사실. 이처럼 틀이 동일하다는 것은 두 작품이 서로 밀접하게 관련되어 있음을 뜻한다. 두 작품에 등장하는 남성 주인공도 〈배비장전〉 같은 다른 훼절(毁節, 절개나 지조를 깨뜨림)소설에서 보았던 인물과 다르다. 다른 훼절소설의 남성 주인공은 여색에 초연한 정남(貞男) 행세를 한다. 그러나 〈게우사〉와 〈이춘풍전〉의 남성 주인공은 그렇지 않다. 오히려 정남과는 반대로, 둘은 모두 오입쟁이다. 이 점도 두 작품만의 특징이다.

　서사 구조의 유사성과 등장인물의 동일성. 이는 두 작품이 같은 뿌리임을 짐작케 한다. 즉 〈이춘풍전〉은 〈왈짜타령〉이 정착된 이후에 이를 토대로 새롭게 개작한 작품이라 할 만하다. 〈이춘풍전〉은 〈왈짜타령〉에서 주변부에 놓인 춘풍의 어진 아내를 부각시켰다. 반면 착한 기생 의양이는 나쁜 기생 추월이로 바꾸어놓았다. '무숙 대 의양·아내'라는 대립 구도를 '춘풍·아내 대 추월'로 바꾼 것이다. 이로써 선악 구도가 더욱 분명한, 일종의 패러디가 되었다. 〈이춘풍전〉은 이렇게 형성되었다.

　이로써 보면 〈이춘풍전〉은 아무리 빨라야 〈왈짜타령〉이 주로 향유되던 1860년대 이후의 작품일 수밖에 없다. 더 좁혀 말한다면 〈왈짜타령〉이 더 이상 판소리로 불리지 않고 소설로 읽히던, 즉 〈게우사〉가 필사된 1890년 무렵이거나 그보다 조금 더 뒤에 나온 작품일 것이다. 〈이춘풍전〉 이본의 필사 시기가 모두 20세기 이후인 것도 이런 정황 때문이다. 이런 점을 고려할 때 〈이춘풍전〉은 20세기를 전후하여 〈왈짜타령〉을 패러디하면서 형성된 작품이라고 말할 수 있다. '〈이춘풍전〉이 어떻게 형성되었는가?'

라는 질문에 대한 일차적인 답변이다.

여기에 하나 더 참조할 것이 있다. 최근에 흥미로운 주장이 전개되었다. 〈이춘풍전〉이 1896년 9월 28일부터 10월 22일까지 한성신보에 연재되었던 〈남준여걸(男蠢女傑)〉을 변개한 작품이라는 주장이다. 한성신보는 일본 정부의 입장을 반영하기 위해 1895년 2월 17일 아다치 겐조가 창간한 신문이다. 이 신문은 오락적 요소를 강화하기 위해 연재소설을 수록했는데, 〈남준여걸〉은 그중 하나이다. 그런데 신문에 연재된 소설이 모두 고전소설의 형식을 빌린 창작소설이라는 점이 흥미롭다. 그렇다면 〈남준여걸〉도 창작소설이라고 볼 수 있다. 이와 관련하여 〈이춘풍전〉이 〈남준여걸〉을 준용하며 형성되었다는 것인데, 논란이 있는 주장이긴 하지만 기억해 둘 만하다.

—

이춘풍과 아내 김씨 - 중세성 대 근대성

—

현대 활자로 출간된 최초의 〈이춘풍전〉은 1947년에 김영석이 조선금융조합협동회에서 간행한 〈이춘풍전〉이다. 이것은 임화가 가지고 있던 필사본을 대상으로 현대적으로 개작한 것이어서 연구 자료로서는 큰 가치를 갖지 못한다. 그러나 책 뒤에 실린 '후기'를 통해 당시 김영석이 이해한 〈이춘풍전〉 혹은 당시 사람들이 이해한 〈이춘풍전〉의 면모를 어느 정도 엿볼 수 있다.

주인공 이춘풍도 우리가 고대소설에서 흔히 볼 수 있는 그러한 판에 박은 듯한 인물이 아니라, 놀기 좋아하고 거짓말 잘하고 익살스런, 다시 말하면 풍부한 인간성을 가진 인물이다. 그러나 이춘풍은 어디까지나 허랑방탕하기만 한 사람이었고, 그리고 지금 우리가 깨끗이 씻어버려야 할 봉건적인 낡은 생각과 풍습에 흠씬 젖은 사람이었다. 그러한 이춘풍을 통하여 나는 이 이야기 속에서 세력을 가진 몇몇 사람이 백성을 자기 마음대로 다스려 가는 게 얼마나 그 세상(사회) 그 백성들에게 해독을 끼치는 것인가를 밝혀보려고 애썼다.

이춘풍은 다른 고전소설에서 흔히 보던 것처럼 틀에 박힌 인물이 아니다. 나름대로 개성적이다. 인간적인 냄새도 풍긴다. 그러나 결국 그 역시 중세 봉건적 인물이며, 그렇기에 우리가 청산해야 할 인물일 뿐이다. 이명선도 이에 대한 서평을 쓰면서 "속에는 아무 지혜도 없으면서 겉으로는 '내가 누군데!' 하며 뻐기는 고집 센 사내들의 모습이 이춘풍을 통해 잘 나타나고 있다."라면서 〈이춘풍전〉은 이런 부류의 인물을 풍자한 소설이라고 했다. 김영석이나 이명선 모두 이춘풍을 청산해야 할 중세적 인물로 읽어낸 것이다.

그렇다면 이춘풍의 아내 김씨는 어떠한가? 그녀를 보는 시각은 춘풍과 정반대이다. 1953년 장덕순은 춘풍의 아내 김씨를 "새로운 시대에 호흡할 수 있는 새로운 유형의 열녀"로 규정한 바 있다. 그리고 헨리크 입센의 희곡 〈인형의 집〉에 나오는 노라에 비견되는 "조선 여성의 해방자이며, 여성의 힘을 과시한 여걸"이라 불러도 좋을 만큼 근대적 인물이라고도 했다. 이후에 여러 학자의 논의도 여기서 크게 벗어나지 않았다. 김씨를 현실적이고 합리적이고 근대적인 인물로 이해한다. 이춘풍과 김씨를 서로 대척적인 자리에 앉혀놓은 것이다. 이에 따라 인물 간 구도도 선명해졌다. 이춘풍은 중세적이며 부정적인 인물로, 그의 아내 김씨는 긍정적이고 근대적인 인물로 존재한다.

이분법적 대립 구도는 작품의 주제를 선명하게 이끈다. 낡은 가부장권을 상징하는 인물 이춘풍과 그런 남성 중심의 가부장적 이데올로기를 극복하는 김씨. 그 대립적 면모를 통해 허위에 찬 남성 중심의 사회를 비판하고, 여성의 능력이나 기능을 부각하려는 의식을 담아낸 것이다. 이 주장은 타당하다. 그러나 이와 다른 주장도 존재한다. 그것은 〈이춘풍전〉에서 '김씨가 스스로를 변화시켰는가?' 하는 의문에서 비롯된다. 남편을 비판하지만, 김씨는 결국 이춘풍을 구원하는 데서 더 이상 나아가지 못했다. 이춘풍을 구원하는 행위는 근대적 면모가 아니다. 그러므로 〈이춘풍전〉은 여전히 남성 중심의 가부장적 이데올로기가 유지되기를 바라는 작품일 뿐이라는 것이다.

이 외에 최근에는 두 사람 간의 관계를 떠나 좀 더 넓은 창에서 인물들 간의 관계에 주목하려는 시도도 있다. 그것은 〈이춘풍전〉이 〈왈짜타령〉을 패러디했다는 점을 강조하며 마련된 문제의식에서 비롯한다. 〈왈짜타령〉의 주인공이 '왈짜' 김무숙이듯, 〈이춘풍전〉의 이춘풍도 그 성향이 왈짜와 퍽 닮았다. 두 작품은 모두 상업이 발달한 곳, 즉 서울과 평양을 소설의 배경으로 설정했다. 상업이 발달한 소비 공간에서 주로 활동하는 유흥적 인물은 왈짜의 전제이다. 따라서 이춘풍 역시 왈짜의 전형적인 표상이다. "춘풍이 하는 일마다 방탕하고 세전지물(世傳之物, 대대로 전해 내려오는 물건) 누만금(累萬金, 아주 많은 돈)을 남용하여 없앨새, 남북촌 오입쟁이와 한가지로 휩쓸려 다니며 호사롭게 주야로 노닐 때에 모화관 활쏘기, 장악원 풍류하기, 산영에 바둑 두기, 장기·골패·쌍륙·수투전, 육자배기……"라고 한 것처럼, 이춘풍은 조선 후기 왈짜들의 소비 행태를 빼다 박았다. 당대의 경박한 인물의 형상인 것이다. 이를 중세성이나 가부장권과 연결시킬 수도 있지만, 그와 달리 급변하는 시대에 물정 모르고 날뛰는, '돈'으로 대표되는 자본 풍조에 대한 비판으로 이해할 여지도 있다. 그러나 춘풍의 아내는 그렇지 않다.

그녀는 춘풍과 뚜렷하게 대비된다. 절약과 근검이 몸에 배어 있다. 그리고 이춘풍의 경박함에 대해 적극적으로 대응하면서 급변하는 사회에서 건강한 균형 감각을 강조한다. 이로써 보면 춘풍의 아내는 당대의 풍속에 대한 시정을 요구하는 선구자적 위치에 놓인다. 춘풍과 그의 아내 김씨를 대립적 구도로 설정했지만, 여기서 도출된 결론은 단지 중세성과 근대성의 대립으로 그치지 않는다. 변동하는 현실에 대처하지 못하고 안주하는 이춘풍과 그와 반대로 현실에 적극적으로 대응하는 춘풍의 아내를 통해 새로운 사회에 균형 감각을 획득케 하려는 의미를 갖춘 작품으로 볼 수도 있는 것이다.

이처럼 〈이춘풍전〉을 보는 시각이 다양하다. 그럼에도 〈이춘풍전〉 해석에 관한 한 이분법적 틀에 이춘풍과 아내를 앉히는 방법은 여전히 유효해 보인다. 다만 그것을 중세성과 근대성으로 볼 것인가, 거기에서 더 나아가 문화사적 측면까지 확장할 것인가에 따라 다양한 해석의 가능성이 열려 있다.

—

근면 성실의 가치관은 위대하다

—

조선 후기 야담집에는 주인공이 장사하러 갔다가 기생에게 홀려 재물을 탕진하는 이야기가 적지 않다. 재물을 탕진한 후 갈 곳이 없어 마침내 기생집의 심부름꾼으로 전락한다는 내용도 어렵지 않게 만날 수 있다. 이런 이야기는 기생에게 빠진 인물을 조롱하려는 의도가 강하다. 〈이춘풍전〉도 이런 이야기가 작품 전반부에 나온다. 〈왈짜타령〉을 패러디하되, 전반부는 조선 후기에 널리 향유되던 삽화를 집어넣은 것이다. 만약 〈이춘풍전〉이 여기서 그쳤다면 아마도 이 소설은 조선 후기 설화를 소설화한 여러 소설 가운데 하나로 여겨졌을 것이다. 그러나 〈이춘풍전〉은 거기서 그치지 않았다. 자칫 밋밋할 수 있는 대목에서 아내 김씨를 등장시켰다. 〈이춘풍전〉이 매력적인 이유가 여기에 있다. 춘풍의 아내 김씨가 전면에 등장함으로써 〈이춘풍전〉은 비로소 의미 있는 고전소설로 자리매김할 수 있었기 때문이다. 그렇다면 김씨는 어떤 사람인가?

애초 김씨는 〈왈짜타령〉의 무숙이 아내처럼 수동적인 존재였다. 춘풍이 풍류 행각으로 패가망신하자 그녀는 그저 자신의 신세를 한탄하며 자살을 생각하는 나약한 존재였다. 자기가 주도적으로 세상을 바꾸겠다는 의지를 지닌 인물은 아니었다. 하지만 김씨는 자신의 삶을 책임져야 할 사람은 그녀 자신임을 깨닫는다. 노부인의 비위를 맞춰가며 마침내 호방 비장이 될 수 있었던 것도 이러한 깨달음 때문이었다. 평양에 가서 춘풍이 빼앗긴 돈을 되찾고, 방탕한 남편에게 매질을 할 수 있었던 것도 어쩌면 지금까지 수동적으로 살아온 자신에 대한 회한과 분노가 표출된 것일 수 있다.

서울로 되돌아온 김씨는 다시금 조용히 살아간다. 그러나 그 삶은 이전으로의 회귀가 아니다. 그녀는 근검하면서 이상적인 가치관을 지향하며 살아간다. 그 모습이 이전과 퍽 닮았지만, 사살을 생각했던 때치럼 폐배주의에 젖어 있는 것은 아니다. 오히려 평온하다. 춘풍은 이제 더 이상 아내에게 가부장적 권력을 행사하지 않고, 방탕하게 지내지도 않는다. 아내가 춘풍을 변화시킨 것이다. 근면함과 성실함은 향락보다 위대한 힘으로 작동한다. 근면 성실의 가치관에 기초하지 않은 가부장의 권위는 결국 허랑한 것임을 춘풍 아내가 몸소 보여준 셈이다.

– 김준형

참고 문헌

김현양 글, 김종민 그림, 《이춘풍전·배비장전》, 현암사, 2014.
최혜진 옮김, 《계우사·이춘풍전》, 지식을만드는지식, 2009.

김종철, 《판소리의 정서와 미학》, 역사비평사, 1996.
김준형, 〈텍스트 〈계우사〉와 왈짜들의 유흥 문화〉, 《쟁점으로 본 판소리문학》, 민속원, 2011.
여운필, 〈이춘풍전〉, 《고전소설연구》, 일지사, 1993.
조현우, 〈〈이춘풍전〉의 인물 형상과 공간 구도〉, 《한국 고소설의 주인공론》, 보고사, 2014.

배신한 양반, 의리를 지킨 기생

〈옥단춘전〉에서 살필 거리

〈옥단춘전〉은 18세기 말에서 19세기 중엽에 창작된 것으로 추정되는 작자 미상의 애정소설이다. 이 작품에는 악행을 저지르는 평안 감사 김진희와 그에게 핍박받는 몰락 양반 이혈룡, 그리고 이혈룡을 신의와 헌신적인 사랑으로 구원하는 기생 옥단춘이 등장한다. 이 작품에서는 권세와 부를 가진 상층 양반이 신의를 저버리고 악행을 일삼는 반면, 천민인 관기 옥단춘은 앞장서서 신의를 지키고 인재를 구원하여 결국에는 악인과의 대결에서 승리하게 된다. 이와 같은 이야기가 창작되고 인기를 끌었다는 점에서, 〈옥단춘전〉은 조선 후기 민중들의 시각을 잘 담아낸 작품이라고 평가된다.

〈옥단춘전〉의 이본으로는 필사본 10종과 20세기에 발행된 활자본

15종이 전한다. 활자본은 박문서관(1916), 청송당서점(1916), 대성서림 (1928), 세창서관(1961) 등에서 간행했다. 발행된 책마다 면수도 다양하지 만, 세부적인 자구의 누락이나 변화가 있을 뿐 내용에는 큰 차이가 없다. 필사본은 발행된 활자본을 필사한 것과 그렇지 않은 이본으로 나눌 수 있 다. 여러 차례에 걸쳐 거듭 출판되었다는 점에서 이 작품이 상당한 인기 를 끌었음을 알 수 있다.

이 글에서는 〈옥단춘전〉을 둘러싼 몇 가지 문제를 차례로 살펴보고자 한다. 먼저 〈옥단춘전〉의 인물 구도를 중심으로 이 작품이 지향하는 가치 가 무엇인가를 검토한다. 이 작품에서는 권력을 가진 상층 양반이 악인으 로 묘사되는 반면, 몰락 양반과 기생은 신의를 지키는 선인으로 그려지고 있다. 이와 같은 〈옥단춘전〉의 인물 구도가 갖는 의미를 이 작품의 창작 층이나 향유층과 연관 지어 이해해 보고자 한다.

이 작품에서 옥단춘은 '의로운 기생'으로 그려지고 있다. 그런데 조선 후기에는 옥단춘과 같이 양반 남성에게 의리를 지키는 기생들이 등장하 는 이야기가 적지 않다. 이와 관련해서 이 글에서는 '의로운 기생'이 담고 있는 시대적 의미 또한 추적해 보고자 한다.

〈옥단춘전〉의 형성 배경은 많은 연구자의 관심거리였다. 이는 비슷한 내용의 문헌 설화들이 존재한다는 점, 고소설의 대표적 작품 가운데 하나 인 〈춘향전〉, 그리고 중국 소설 및 희곡과의 유사성 때문이었다. 따라서 이 글에서는 비슷한 줄거리와 구성을 가진 작품들과 〈옥단춘전〉을 간략 히 대비하고 그 공통점과 차이점을 살필 것이다. 이를 통해 〈옥단춘전〉이 가진 독자적 의의를 살필 수 있기 때문이다.

선인과 악인, 그리고 의로운 기생

〈옥단춘전〉에는 이혈룡·김진희·옥단춘이라는 세 명의 주요 인물이 등장한다. 이 인물들이 서로 맺고 있는 관계와 그에 대한 서술자의 평가는 이 작품이 무엇을 지향하는가를 잘 드러낸다. 먼저 이야기 전체를 몇 개의 서사 단락으로 요약하면 다음과 같다.

① 이혈룡과 김진희는 재상가의 아들들로, 같은 날 태어나 동문수학한 친구 사이이다. 둘은 누가 먼저 출세하든 서로 돕기로 약속한다.

② 김진희가 먼저 과거에 급제해 평안 감사가 되자, 가세가 몰락한 이혈룡은 그에게 도움을 청하기 위해 평양으로 간다.

③ 이혈룡이 잔치 자리에서 김진희에게 신의를 지킬 것을 요구하지만, 김진희는 이혈룡을 광인 취급하면서 대동강 물에 던져 죽이라고 명령한다.

④ 기생 옥단춘이 이혈룡의 비범함을 한눈에 알아보고 사공을 매수해 그의 목숨을 구한다.

⑤ 옥단춘은 이혈룡과 그의 집안을 돕고, 이혈룡은 과거에 급제해 암행어사가 된다.

⑥ 이혈룡이 걸인 행색으로 옥단춘을 찾아가지만, 옥단춘은 변함없는 애정을 보인다.

⑦ 이혈룡이 또다시 잔치 자리에 나타나 김진희를 꾸짖자 김진희는 이혈룡과 옥단춘을 물에 던져 죽이라고 명령한다.

⑧ 이혈룡은 어사 신분을 밝히고 김진희를 파직시킨다. 김진희는 벼락을 맞아 죽는다.

⑨ 이혈룡은 높은 벼슬에 오르고, 옥단춘은 그의 첩이 되어 함께 영화를 누린다.

이혈룡과 김진희는 모두 재상인 아버지를 두었고, 비슷한 태몽을 꾸고 같은 날 태어났다. 거기다 동문수학한 친구 사이로, 사람들은 그들을 같은 배에서 태어난 형제와 같다고 했다. 그렇기에 이들은 누가 먼저 출세하든 서로를 잊지 말자는 굳은 다짐을 한다. 그러나 양쪽 부친이 같은 시기에 죽은 이후, 그들의 운명과 처지는 모든 면에서 달라진다.

이때에 김진희는 운수도 좋게 소년등과(少年登科) 하여 전하께서 평안 감사로 임명하시니 김진희는 천은에 감사하고 도임 길을 떠나게 되었다. 도임 행차가 지나는 곳마다 각 읍에서 바치는 물건과 환영하기 위해서 나온 백성들이 역과 길을 메우고 그 위세가 진동했다.

이때 이혈룡은 가세가 곤궁하여 늙은 모친과 처자를 데리고 살길이 막막했다. 날품을 팔자 하니 배우지 못한 상일이요, 빌어먹자 하니 가문을 더 럽힐까 두려웠고, 굶어 죽자 하니 늙은 모친과 연약한 처자를 두고 차마 죽지도 못하는 처지였다.

김진희는 젊은 나이에 과거에 급제한 후 평안 감사가 되어 권력과 부를 모두 가진다. 하지만 평안 감사로 부임하자마자 향락에 빠져 백성을 돌보는 일에는 무심한 탐관오리가 되고 만다. 반면 이혈룡은 여전히 백면서생인 데다가 가세도 기울어 끼니를 걱정해야 할 처지로 굴러떨어진다. 그는 정승 집안의 후손이라 생계를 책임지는 일에는 너무도 무력하다. 그래서 머리카락을 잘라 팔아 식량을 살 정도로 비참한 처지가 된다.

이처럼 두 사람은 너무나 다른 처지가 되는데, 이러한 설정에는 단순히 인물 성격의 변화만이 아니라 그들이 속한 계층에 대한 윤리적 평가가 개입되어 있다. 이혈룡과 김진희는 평양에서 서로 달라진 처지의 옛 친구가 아니라 약자와 강자, 몰락 양반과 상층 양반, 빈자와 부자, 그리고 무엇보다 선인과 악인으로서 조우하기 때문이다.

철저한 악인으로 변모한 김진희는 절친했던 친구와의 신의를 저버리고 이혈룡을 죽이라고 명령한다. 사실 서사 내적으로만 본다면, 김진희가 이혈룡을 왜 모른 척하는지, 또 그를 무시하는 것을 넘어서서 왜 죽이려고까지 하는지 납득하기 어렵다. 이야기 속에서 김진희는 권력을 가진 상층 양반이 되는 순간 악인이 되는 것으로 그려질 뿐이다. 그런데 바로 이러한 변화야말로 이 작품에 깔린 주제 의식을 파악할 수 있게 해주는 실마리라고 할 수 있다.

> "저 이혈룡은 목을 베어 죽여도 죄가 남을 놈인데, 아까 형방 놈은 내 앞에서 저놈을 '양반'이라고 불러서 존대했으니, 그 형방 놈도 혈룡 놈과 똑같은 놈이다."

형방이 문초 과정에서 걸인 차림의 이혈룡을 '양반'이라고 불렀다는 이유를 들어 김진희가 형방까지 잡아들이라고 명령하는 장면이다. 한때 비슷한 처지였고 동문수학했던 친구인 이혈룡은 이제 김진희에게 '같은 양반'일 수조차 없는 인물이 된 것이다. 이러한 그의 모습은 철저한 악인이라고 부를 만하지만, 단순히 악인이라고 부르는 것으로는 충분하지 않다. 이러한 언급 속에는 이 시기 양반층의 심각한 분화, 더 이상 양반이라고 불리기 어려울 정도로 몰락한 양반 계층의 존재, 그리고 그러한 분화된 계층에 선악의 관점을 투영한 시선이 복합적으로 담겨 있기 때문이다.

그런데 이렇듯 상층 양반이 철저한 악인으로 그려지고 몰락 양반이 선하지만 무능한 존재로 묘사될수록, 그들과 대비되는 인물인 옥단춘은 더욱더 빛나게 된다. 옥단춘은 여러모로 흥미로운 인물이다. 그녀는 기생이지만 송죽(松竹)과 같은 절개를 지니고 있으며, 이혈룡의 비범함을 한눈에 알아보는 '지인지감(知人知鑑)'의 능력을 가지고 있다. 또 옥단춘은 주도면밀한 계획을 세워 이혈룡을 사지(死地)에서 구출하고, 한양에 있는 그의 가족이 살아갈 터전을 마련해 줄 수 있을 정도의 경제적 능력을 갖춘 인물이다. 게다가 그녀는 이혈룡이 재차 죽음의 위기에 처했을 때 그와 함께 죽기를 마다하지 않는 신의 있는 인물이기도 하다. 그런 점에서 옥단춘은 조선 후기 소설에 새롭게 등장한 주체적이고 근대적인 여성 인물이라 할 수 있다.

이와 같은 옥단춘의 면모는 김진희나 이혈룡과 대조적이다. 상층 양반인 김진희는 신의를 저버린 탐관오리로, 벼락에 맞아 비참한 최후를 맞는 인물이다. 몰락 양반인 이혈룡은 아무런 경제적 능력도 없는 무능한 존재로, 기생의 지원을 통해서만 자신의 능력을 발휘할 수 있었다. 이들과 달리 옥단춘은 현실적인 문제를 타개할 만한 능력을 갖추고 있으면서도 자신이 선택한 이혈룡에 대해 신의와 애정을 거두지 않는 인물이다.

권세를 가진 양반의 배신과 천민인 기생의 신의를 극명하게 대조한 것에서, 이 작품을 어떤 계층이 왜 즐겨 읽었는가를 짐작할 수 있다. 〈옥단춘전〉은 민중들이 18~19세기 권력을 가진 양반층을 바라보는 비판적 시선을 드러내며, 기생 옥단춘의 의리를 통해 봉건적 윤리의 허상을 적극적으로 공박하는 작품이라고 할 수 있다.

'의로운 기생'의 구원이 갖는 또 다른 의미

옥단춘과 같은 기생은 흔히 '노류장화(路柳墻花)', 즉 '길가의 버드나무와 담장 밖으로 핀 꽃'으로 지칭되었다. 이 말은 누구나 기생의 성(性)을 쉽게 취할 수 있음을 강조한다. 조선 시대 사대부 남성들에게 기생이란 쉽게 취할 수 있고, 또 그만큼 쉽게 버릴 수 있는 존재로 인식되었다. 그런 점에서 기생은, 자신의 성을 제공해야 하지만 사회적으로 보호받지 못하는 존재였다. 옥단춘의 경우처럼 운 좋게 사대부 남성의 첩이 된 기생이라 해도, 그 지위는 남성의 애정과 관심에 따라 달라질 수 있는 불안정한 것이었다.

그런데 조선 시대에는 '의기(義妓)' 혹은 '의랑(義娘)'이라고 불렸던 기생들이 있었다. '의로운 기생'을 의미하는 이 단어는 주로 기생으로서 혹은 기생임에도 불구하고 의리와 절개를 지킨 여성들을 지칭한다. 진주 촉석루에서 왜장을 끌어안고 강물로 투신한 논개나 병자호란 당시 적병을 피해 투신자살한 금옥 등이 그 대표적 사례이다. 전란이 지난 후 평화로운 시대에는 평안도로 귀양 갔던 윤선도를 후대했던 조생처럼, 어려운 처지에 놓인 남성을 외면하지 않고 애정과 후원을 보낸 기생에게도 이러한 호칭이 사용되었다. 이처럼 곤경에 처한 남성을 구원하는 설화를 '의기 설화'라고 부른다.

〈옥단춘전〉은 의기 설화에서 이야기의 골격을 가져와 구성한 소설이다. 이렇게 본다면, 옥단춘 역시 '의로운 기생'에 포함되며 옥단춘에 대한 소설 속의 긍정적 시선은 이와 관련되어 있다. 그런데 이때 옥단춘의 의로움이란 무엇에 대한 평가일까? 옥단춘이 의기인 것은 일차적으로 본다면 이혈룡에 대한 의리를 지켰다는 점 때문이다. 그러나 그녀가 〈춘향전〉의 춘향처럼 수청을 거부하면서 극단적인 행동을 한 것은 아니다. 따라서 옥단춘의 의로움이란 성공할 수 있는 자질을 지녔지만 현실적 여건 때문에 그렇게 하지 못했던 이혈룡을 성공할 수 있도록 지원했다는 것에 대한 평가이다.

"사람이 일생을 살아가려면 무슨 일을 안 당하리까. 그런 근심 걱정일랑 아예 마세요. 과거를 못 보신 것은 역시 운수입니다. 다음에 또 보실 수가 있으니 그것도 낙망하실 것이 없나이다. 내 집에 서방님 드릴 옷이 없겠어요? 밥이 없겠어요? 그만한 일에 장부가 근심하면 큰일을 어찌 하시리까."

옥단춘은 한양으로 갔던 이혈룡이 자신이 준 재물을 모두 날리고 다시 거지꼴로 나타났을 때에도 그를 저버리지 않는다. 오히려 그녀는 인용문에서 보듯, 경제적 지원을 아끼지 않겠다는 다짐을 하며 그를 위로한다.

흥미로운 사실은 〈옥단춘전〉이 창작되고 향유되던 이 시기에 유난히 기생이 등장하는 소설이 많았다는 점이다. 그리고 이러한 소설들 속의 기생은 옥단춘처럼 궁핍한 남성을 구원하기도 하지만, 〈배비장전〉의 '애랑'처럼 남성을 유혹해 망신을 주거나 〈이춘풍전〉의 '추월'처럼 전 재산을 탕진하게도 한다. 또 〈게우사〉의 '의양'처럼 면밀한 계획을 세워 남성을 위기에서 구하는 구원자의 역할을 맡은 기생도 존재한다. 즉 이러한 소설들 속에서 기생은 남성을 파멸로 이끄는 팜므파탈이거나 반대로 경제적 위기에서 구원하는 구세주라는 상반된 형상으로 나타나고 있는 것이다.

이 시기 소설에 드러나는 기생의 상반된 형상을 참고할 때, 옥단춘의

'의로운' 행동은 다른 각도에서 살펴볼 필요가 있다. 그녀는 위기에 처한 이혈룡 앞에 갑자기 나타나 별다른 이유 없이 그를 완벽하게 구원한다. 그녀는 단 한 번 그를 보고 남루한 행색 속에 감춰진 뛰어난 능력을 간파한다. 또 이혈룡이 거지꼴을 하고 다시 나타났을 때조차도 그를 탓하기는커녕 도리어 그를 감싸고 응원한다. 이혈룡이 옥단춘의 지원으로 성공을 거두지만, 그녀는 그의 첩이 될 뿐 별다른 대가를 얻지 못한다. 그녀는 마치 이혈룡을 구원하기 위해 존재하는 인물처럼 여겨지는데, 이러한 면모는 너무나 완벽하기에 도리어 현실성이 떨어진다.

우리는 앞서 옥단춘이 신의와 애정을 중시하는 근대적 윤리 의식을 갖춘 인물임을 살폈다. 그런 점에서 〈옥단춘전〉은 봉건 체제의 윤리와 가치관에 대한 비판과 저항 의식이 드러나는 소설이다. 하지만 동시에 옥단춘이 자신이 가진 모든 것을 바쳐 남성을 지원하면서도 아무런 대가를 바라지 않는 혹은 바랄 수 없는 기생으로 그려지고 있다는 점도 기억해야 한다. 이러한 옥단춘의 모습에는 이 소설을 짓고 읽었던 이 시기 남성들의 이기적 소망과 환상이 짙게 투영되어 있기 때문이다. 그리고 그들의 현실성을 결여한 소망과 환상은 이 시기 남성들이 불안한 현실을 직시하기보다는 그것을 외면하고 허구 속으로 도피하려는 성향을 지니고 있었음을 보여준다.

—

옥단춘은 어디에서 왔을까?

—

〈옥단춘전〉은 어떻게 형성되었을까? 이 작품의 근원을 두고 여러 가지 논의가 있었는데, 이는 무엇보다 〈옥단춘전〉과 비슷한 내용의 이야기가 다양한 형태로 전해지기 때문이다. 먼저《청구야담》의 〈김승상궁도우의기(金丞相窮道遇義妓)〉,《계서야담》의 〈노옥계진(盧玉溪稹)〉 같은 문헌설화를 들 수 있다. 이러한 설화는 친구 혹은 친척에게 외면당한 가난한 선비를 구원하는 기생의 이야기라는 공통점을 갖는다. 그중 숙종 때의 '김우항 이야기'를 살펴보자.

김우항은 가난한 선비로, 48세가 될 때까지 백면서생으로 지낸다. 그는 딸의 혼례 비용을 마련하려고 단천 부사로 있는 사촌을 찾아간다. 그러나 사촌은 그를 푸대접하고 쫓아낸다. 이때 단천의 기생 하나가 그를 후대하고 딸의 혼례 비용까지 마련해 준다. 이후 김우항은 과거에 급제하고 암행어사가 되어 단천을 다시 찾는다. 그가 걸인으로 위장해 기생을 찾아가자 그녀는 여전히 김우항을 잘 대접한다. 김우항은 단천 부사를 파직하고 한양으로 돌아와 임금에서 전후 사정을 고한다. 그러자 임금은 기생을 불러올려 김우항과 함께 살도록 해주었다.

김우항 이야기는 기생이 가난한 선비를 구원하는 점, 암행어사가 된 선비가 걸인 행색으로 다시 기생을 찾아가는 점, 신의를 저버리고 자신을 홀대한 관리를 파직시키는 점까지 〈옥단춘전〉의 줄거리와 비슷하다. 흥미로운 점은 김우항 설화와 비슷한 줄거리를 지닌 문헌 설화가 상당수 존재한다는 것이다. 그런 점에서 〈옥단춘전〉의 작자는 널리 전해지던 이러한 유형의 이야기에서 줄거리를 빌려와 작품의 골격을 만들었던 것으로 추정된다. 그러나 〈옥단춘전〉이 김우항 설화를 곧바로 소설화한 것으로 보이지는 않는다. 그 이유는 〈옥단춘전〉의 각 장면 구성에서 판소리의 영향이 강하게 드러나기 때문이다. 즉 이 작품은 당대에 널리 읽혔던 문헌 설화에서 큰 줄거리를 가져오되, 판소리의 구체적인 인물 묘사와 상황 묘사를 덧붙여 완성된 작품이라고 할 수 있다.

〈옥단춘전〉형성과 관련하여 언급된 또 다른 배경은 〈춘향전〉이다. 〈옥단춘전〉은 일찍부터 〈춘향전〉과 대비되면서, 아예 〈춘향전〉의 '아류작' 혹은 '모방작'으로 이해되기도 했다. 실제로 〈옥단춘전〉의 기생 점고 장면, 옥단춘 집안 묘사 장면, 어사가 되어 찾아온 이혈룡과 옥단춘의 만남 장면, 암행어사 출도 장면 등은 〈춘향전〉의 해당 대목과 큰 차이가 없을 정도로 유사하다. 또 김진희·이혈룡·옥단춘의 인물 구도 역시 〈춘향전〉의 변학도·이몽룡·춘향의 구도와 상응한다.

그러나 이 두 작품 사이에는 유사성만큼이나 큰 차이점도 있다. 우선 춘향과 옥단춘이라는 인물의 차이이다. 춘향은 퇴기의 딸로 태어나 기생의 삶을 살아갈 수밖에 없었던 인물이다. 그럼에도 춘향은 자신에게 본래부터 허락되지 않은 정절의 권리를 주장하고, 그 때문에 변학도로 대표되는 봉건적 체제와 충돌한다. 그런 점에서 〈춘향전〉은 춘향과 이몽룡의 사랑뿐만 아니라 춘향이 고초를 겪는 과정을 통해 자신에게 주어져 있지 않던 권리를 어떻게 획득하게 되는가의 문제를 다루고 있다.

옥단춘은 춘향보다 훨씬 더 현실적인 인물이다. 그녀는 수청을 들라는 김진희의 요구에 난색을 표하지만 거부하지 않는다. 옥단춘은 현실을 지배하는 체제와 권력을 정면으로 거스르지 않지만, 결정적 순간에 자신의 윤리적 판단에 따라 목숨을 걸었던 인물이다. 그런 점에서 본다면 결국 정실부인의 지위를 차지하는 춘향과 달리, 왜 옥단춘은 끝내 첩이 되는 것으로 이야기가 끝나는가를 이해할 수 있다. 〈옥단춘전〉에는 봉건적 체제에 대한 비판 의식이 분명 존재하지만, 그것에 대한 전면적인 불복이나 저항보다는 온건하고 현실적인 해결책을 추구하려는 사고가 담겨 있다.

명·청 시대의 희곡인 〈옥당춘(玉堂春)〉은 〈옥단춘전〉의 또 다른 배경으로 언급되었던 작품이다. 이 작품은 명문가의 자제 왕금룡과 기생 소삼의 사랑 이야기를 다루고 있는데, 대강의 줄거리는 이렇다.

왕금룡은 과거를 보러 가던 길에 소삼을 만나 사랑에 빠진다. 왕금룡은 소삼에게 '옥당춘'이라는 새로운 이름을 지어주고 가진 돈을 다 털어 그녀와 함께 지낸다. 욕심 많은 기생 어미가 그에게 돈을 더 요구해 어쩔 수 없이 집으로 돌아왔는데, 집안은 화재로 망한 상태였다. 옥당춘은 왕금룡에게 돈을 주어 공부하게 한다. 그러나 기생 어미는 옥당춘을 부유한 상인에게 첩으로 팔아버린다. 상인의 부인은 간부(姦夫)와 모의해 남편을 독살하고 옥당춘에게 누명을 씌운다. 왕금룡은 장원급제 하고 높은 관직에 올라 근처를 지나던 중 이 일을 알게 된다. 그는 옥당춘 사건을 재조사하여 그녀의 누명을 벗긴 후 그녀와 일생을 함께한다.

〈옥당춘〉의 줄거리를 보면 〈옥단춘전〉과 비슷한 부분이 많다. 심지어 '왕금룡 – 이혈룡', '옥당춘 – 옥단춘'이라는 등장인물의 이름도 비슷하다. 그런 점에서 〈옥단춘전〉이 이 작품으로부터 일정한 영향을 받았음을 확인할 수 있다. 하지만 〈옥단춘전〉에는 김진희가 유일하고 절대적인 악인으로 나오는 반면, 〈옥당춘〉에는 여러 명의 악인이 등장한다. 돈에 눈이 멀어 옥당춘을 팔아버리는 기생 어미, 남편을 독살하는 상인의 처, 그녀와 공모한 간부가 그들이다. 또 〈옥당춘〉에서는 두 주인공이 서로를 구원한다. 옥당춘이 먼저 경제적으로 궁핍한 처지에 놓인 왕금룡을 구하고, 이후 그녀가 살인 누명을 쓰자 관료가 되어 성공한 왕금룡이 그녀를 구한다. 즉 이들은 곤경에 처한 서로를 한 번씩 구원하는 것이다. 이러한 모습은 옥단춘이 거의 일방적으로 이혈룡을 구원하는 것과는 차이가 있다.

이상에서 살펴본 것처럼 〈옥단춘전〉은 그 줄거리 구성이나 인물의 관계로 볼 때, 이미 존재하던 국내외의 여러 작품으로부터 영향을 받았음이 확인된다. 그러나 이러한 영향이 곧바로 〈옥단춘전〉을 어떤 작품의 모방이나 아류작이라고 단언할 수 있는 근거가 되지는 않는다. 〈옥단춘전〉은 줄거리를 문헌 설화로부터 빌려오되 문체와 장면 구성에서 판소리를 수용하면서 새로운 작품으로 만들어졌다. 또 자신이 선택한 남성 인물에 대해 신의를 지키며 지원을 아끼지 않았던 옥단춘이라는 새로운 여성상을 창조했다. 조선 후기 민중들의 근대적 시각이 담겨 있다는 점에서 〈옥단춘전〉은 독자적인 의의를 갖는 작품이라고 할 수 있다.

- 조현우

참고 문헌

최운식 옮김, 《옥단춘전》, 지식을만드는지식, 2011.

황패강 역주, 《숙향전·숙영낭자전·옥단춘전》(한국고전문학전집 5), 고려대학교 민족문화연구소, 1993.

김종철, 〈옥단춘전〉, 《한국고전소설작품론》, 집문당, 1990.

최용순, 〈〈옥단춘전〉 고(考)〉, 《새국어교육》 33, 한국국어교육학회, 1981.

최운식, 〈〈옥단춘전〉 소고〉, 《논문집》 6, 서경대학교, 1978.

황혜진, 〈〈오유란전〉과 〈옥단춘전〉의 도덕적 거리〉, 《고소설연구》 39, 한국고소설학회, 2015.

허춘, 〈〈옥단춘전〉 연구 – 〈이왜전(李娃傳)〉과의 대비〉, 《논문집》 29, 제주대학교, 1989.

一二三四五六七八九十
19세기 몰락 양반의 웃음과 불안

남성 훼절형 소설 〈오유란전〉
—

안데르센의 동화 〈벌거벗은 임금님〉에는 '착한 사람 눈에만 보이는 옷'을 입고서 당당하게 거리를 활보하는 왕이 등장한다. 모든 사람이 그의 알몸을 보고 있었지만, 권력이 두려워서 혹은 자신만 왕의 멋진 옷을 보지 못하고 있는 것은 아닐까 하는 걱정 때문에 아무도 그 사실을 말하지 않는다. 순진한 어린아이의 "임금님이 벌거벗었다."라는 외침은 왕과 어른들의 위선을 적나라하게 드러내는 역할을 한다.

조선 후기의 소설 〈오유란전〉에는 〈벌거벗은 임금님〉의 왕처럼 꾐에 빠져 알몸으로 거리를 활보하는 인물 '이생'이 등장한다. 본래 이생은 색 (色)을 멀리하겠다고 자처할 뿐만 아니라 자신처럼 행동하지 않는 다른 인물들을 부도덕하다고 비난하는 인물이었다. 이생의 친구이자 평안 감사인 김생은 아름다운 기녀 오유란에게 이생을 유혹하라고 명령한다. 오유란의 치명적 매력에 빠진 이생은 색에 탐닉하는 인물로 변모한다. 이생은 오유란의 말만 믿고 자신이 죽어 귀신이 되었다고 믿고서 알몸으로 김생 앞에 나타났다가 큰 망신을 당한다. 이후 절치부심한 이생은 과거에 급제해 암행어사가 되어 김생에게 복수하려고 했지만, 그를 용서하고 다시 절친한 친구 사이가 된다.

그런데 〈오유란전〉의 내용처럼 깨끗한 남자, 곧 '정남(貞男)'을 자처하다가 다른 사람과 공모한 기녀의 유혹에 빠져 큰 망신을 당한다는 이야기는 조선 전기부터 지속적으로 창작되고 향유되었다. 가령 〈순안어사(巡按御史)〉(《계압만록》), 〈채수(蔡壽)〉(《기문총화》), 〈기롱장백(妓籠藏伯)〉(《명엽지해》), 〈혹기위귀(惑妓爲鬼)〉(《기문(奇聞)》) 같은 문헌 설화에서 비슷한 내용을 확인할 수 있다. 18~19세기에는 〈정향전〉, 〈지봉전〉, 〈종옥전〉, 〈배비장전〉처럼 유사한 줄거리의 소설들도 등장한다. 이러한 소설들은 '남성 훼절형 소설'이라는 명칭으로 불리고 있는데, 그중에서도 〈오유란전〉은 주인공을 훼절시키려는 음모자의 의도가 잘 드러나 있어 이 유형의 대표적인 작품으로 꼽힌다.

〈오유란전〉은 3종의 한문 필사본이 전해지고 있다. 각 이본별로 약간의 차이가 있지만, 전체적인 내용에는 큰 차이가 없다. 국립중앙도서관 소장본이 1917년, 한국학중앙연구원 소장본이 1874년, 경북대학교 소장본이 1858년에 필사되었다는 점에서, 이 작품의 창작 시기는 19세기 초반 정도로 추정된다. 경북대학교 소장본에는 이 작품의 작자가 '춘파거사(春坡居士)'라는 호를 쓰는 사람이라고 기록되어 있지만, 그가 구체적으로 누구인지는 밝혀져 있지 않다. 여러 가지 정황으로 미루어 볼 때, 작자는 한미한 집안의 몰락 양반으로 추정될 뿐이다.

이 글에서는 〈오유란전〉을 이해하기 위한 몇 가지 질문을 던지고 그 답을 찾아볼 것이다. 누가, 왜 이런 소설을 짓고 읽었을까? 남성의 훼절이라는 설정은 어떤 의미를 갖는가? 유혹에 빠져 알몸으로 거리를 횡행하는 지경에까지 이른 이생을 통렬하게 비웃는 설정을 어떻게 받아들여야 하는가? 인물 간의 갈등이 급속도로 정리되는 소설의 행복한 결말은 어떤 의미를 갖는가? 이러한 질문들에 대한 답은 〈오유란전〉이라는 작품에 대한 이해와 더불어 이 소설이 지어지고 읽혔던 시대에 대한 이해를 더욱 깊게 해줄 것이다.

—

벌거벗은 이생, 거리를 활보하다

—

〈오유란전〉에는 명문가 출신의 두 인물 김생과 이생이 등장한다. 두 사람은 모두 부친이 재상이고, 한날한시에 태어났으며, 동문수학하면서 절친한 사이가 된다. 이들은 누가 먼저 출세하든 서로를 잊지 않기로 굳게 다짐한다. 그러나 이들의 운명은 과거 시험에서 김생만 급제하고 이생은 낙방하면서 갈라지게 된다. 평안 감사로 임명된 김생이 이생에게 평양에 동행하자고 요청하자, 이생은 "자네는 고위 관료, 나는 공부해야 하는 선비"라며 거부한다. 이생의 이러한 태도는 깊은 인연으로 맺어져 있던 두 사람 사이에 분열이 시작되고 있음을 보여준다.

김생이 이생을 위해 잔치를 열었지만, 이생은 "오늘의 잔치는 인간의 도리가 아니다."라며 자리를 박차고 일어난다. 이생의 이러한 행위로 두 사람 사이의 갈등은 더 이상 봉합되기 어려운 지경까지 이르게 된다. 이 날의 잔치는 각 고을의 수령과 수십 명의 기생이 참여할 정도로 성대했다. 김생은 이를 통해 평안 감사라는 자신의 위상과 권력을 뽐낼 수 있었다. 그러나 반대로 이생에게는 자신의 초라한 처지가 도드라지는 자리이기도 했다. 그런 점에서 이생의 행위는 같은 처지였다가 너무도 달라진 친구에 대한 열등감의 표출이자 공공연하게 기생과 즐기는 타락한 관료들과는 달리 자신은 여전히 고결한 선비라는 주장이기도 했다.

김생을 포함한 다른 참석자들은 이생의 돌발 행동으로 모욕감을 느낀다. 이들에게 이생은 고지식하고 세상 물정을 전혀 모르는 답답한 사람이다. 김생은 곧바로 기생 오유란을 불러 이생을 유혹하라고 명령한다. 오유란은 수절 과부로 위장하고 이생 앞에 나타났다가 사라지기를 반복하면서 그를 유혹한다. 고결한 선비를 자처했던 이생은 그녀의 유혹에 넘어가 그녀를 사랑하게 된다.

일단 이생이 오유란의 유혹에 넘어간 후, 소설은 이생이 점차 웃음거리로 전락하는 과정을 단계적으로 묘사한다. 이생은 부친이 위독하다는 편지를 받고 한양으로 가던 길에 부친이 완쾌되었다는 편지를 받고 다시 평양으로 돌아간다. 편지는 모두 김생이 꾸민 계획의 일부였지만, 이생은 이를 전혀 눈치채지 못한다. 이생은 부친의 병환이 아니라 오유란과의 이별 때문에 눈물을 흘리다가 재회를 고대하며 마부를 재촉한다. 이생의 심정이 절박하게 묘사될수록 독자는 그 장면에서 역으로 더 큰 재미를 느끼게 된다.

이생은 평양으로 돌아가는 길에 오유란이 죽었다는 소식을 듣게 된다. 좌절해 있던 그의 앞에 '귀신' 오유란이 나타남으로써 이 소설의 재미기 최고조에 이른다. 이생은 오유란이 귀신인데도 살아 있는 사람과 전혀 다르지 않다는 점에 약간의 의심을 품기도 했지만, 곧 그녀를 전적으로 믿고 심지어 자신도 귀신이 되고 싶어 한다. 그녀의 말에 속아 자신이 죽어 귀신이 되었다고 믿은 그는 알몸으로 거리를 활보하는 지경에까지 이르게 된다.

"날이 너무 더우니 옷을 다 벗고 나가시지요."
"다 큰 어른이 어떻게 발가벗고 다니나?"
"서방님이 저번에 나가셨을 때 서방님을 볼 수 있는 사람이 있던가요?"
이생은 그렇다 싶어 알몸으로 문밖에 나섰다. 거들먹거리며 걸었지만 초라하기 그지없는 모습이었다. 남근은 축 늘어져 두 팔을 움직일 때마다 끄덕끄덕 흔들거렸고, 주먹 반만 한 음낭은 양쪽 다리 사이에서 딜렁딜렁 움직였다. 훤한 대낮에 그 모습을 보고 누군들 웃지 않을 수 있겠는가마는 사또의 엄명이 있던지라 감히 혀를 놀리는 사람이 없었다. 이런 모양을 하고는 도성 문안의 인파를 헤치고 걸어가 곧장 선화당 대청 위로 올라갔다.

인용문에서 이생은 자신이 귀신이기에 다른 사람의 눈에 보이지 않는다는 오유란의 말을 믿고 알몸으로 거리를 활보한다. 이를 본 사람들은 감사인 김생의 명령이 있었기에 웃음을 참으며 이생을 망신 주기 위한 계획에 동참한다. 이러한 모습은 한때 인기를 끌었던 TV 프로그램인 '몰래카메라'를 연상시킨다. 이 프로그램에서 모든 등장인물은 한 사람을 속이기 위해 철저하게 공모한다. 속고 있는지 '모르는' 인물이 그 상황에 몰입하면 할수록, 그것을 '알고' 바라보는 사람들은 점점 더 큰 재미를 느끼기 마련이다.

망신당한 이생, 균형감을 회복하다

〈오유란전〉에서 중요한 역할을 담당하는 인물은 이생과 김생, 그리고 오유란이다. 이들의 역할은 각각 여색을 멀리하겠다고 장담하는 남성(주인공), 그를 유혹하여 훼절하도록 만드는 기녀(공모자 1), 그리고 그렇게 하도록 명령하는 인물(공모자 2)로 정리할 수 있다. 그런데 이와 같은 인물 구도는 18~19세기에 집중적으로 창작되고 향유된 〈지봉전〉, 〈정향전〉, 〈종옥전〉 등 '남성 훼절형 소설'에서 공통적으로 나타난다. 한 연구에서는 이를 "내기와 공모의 구조"(김종철, 1985)라는 명칭으로 정리한 바 있다. 그렇다면 이러한 줄거리의 소설을 이 시기에 누가 왜 짓고 읽었을까? 남성 훼절담이 조선 시대에 널리 퍼져 있었고, 조선 후기에 〈오유란전〉과 비슷한 줄거리의 소설들이 창작·향유되었다면, 누군가가 즐겨 읽을 만한 요인이 소설에 존재한다는 의미이다.

이 소설에서 가장 크게 고난을 겪는 인물은 이생이다. 이생은 왜 그토록 고난을 겪어야만 했을까? 그의 고난은 이 소설을 읽는 독자들에게 어떤 의미로 이해되었을까? 김생의 다음과 같은 언급은 그에 대한 실마리를 제공한다.

"자네는 글 읽는 선비 아닌가. 글 읽는 선비라면 정백자를 본받고자 하지 않는 이가 없는데, '내 마음속에는 기녀가 없다'는 정백지의 말씀을 못 들어봤나? 왜 이리 냉담하게 구는가?"

이 말은 김생이 잔치 자리를 박차고 일어서는 이생을 만류하며 했던 것이다. 이생은 친구 김생의 호의에 지나친 거부 반응을 보이고 있다. 김생은 이에 대해 정호와 정이 형제*의 고사를 들어 점잖게 꾸짖고 있다. 두 사람이 한 잔치 자리에서 기녀와 동석하게 되었을 때, 정호는 기녀와 대화도 나누었지만 정이는 외면했다. 정이가 형 정호에게 어떻게 선비로서 그런 처신을 할 수 있느냐고 따지자, 정호는 "내 눈에는 기녀가 있지만, 내 마음에는 기녀가 없다. 네 눈에는 기녀가 없지만, 네 마음에는 기녀가 있구나."라고 말했다고 한다. 김생은 바로 이 고사를 들어 이생에게 누가 더 여색에 마음을 두고 있는가를 질문하면서 그의 경직된 태도를 비판한다.

그런데 이생은 오유란의 유혹에 빠진 이후 완전히 다른 모습을 드러낸다. 그는 여색에 빠져 가장 먼저 선비의 본분인 학업을 잊고, 부친의 병환 소식에도 아무런 관심이 없다. 심지어 그는 귀신이 된 오유란과 함께 있기 위해 부모보다 먼저 죽는 극단적 불효마저도 개의치 않는다. 즉 이생은 여색에 대해 지나친 결벽성을 드러내다가 반대로 지나치게 여색에 탐닉하여 다른 모든 것을 외면하는 양극단의 면모를 보여주고 있는 것이다. 그런 점에서 이생은 현실에 대한 균형 감각을 상실한 인물이라고 할 수 있다. 유교적 이념을 내세워 여색에 결벽성을 드러내다가 유혹에 쉽게 허물어지는 것으로 그려지는 이생의 모습은, 이 시기에 중세적 이념이 더 이상 효력을 가지지 못함을 보여준다. 그러나 동시에 이생이 오유란의 유혹에 빠져 성적으로 방종해진 모습 역시 풍자의 대상이 된다는 점에서, 이 시기 양반들이 보이는 태도에 대한 비판으로 볼 수 있다.

그러나 이 작품에서 비판과 풍자의 대상이 이생에게만 국한되는 것은

• **정호와 정이 형제** 북송 때의 유명한 철학자들로, 주희에게 큰 영향을 주었다. 두 사람을 함께 일컬어 '이정(二程)'이라고 한다.

아니다. 지나치게 화려한 잔치에 대한 이생의 비판은 그 자체로 틀린 것은 아니었다. 그럼에도 김생은 평안 감사라는 자신의 직위와 권력을 동원해 친구인 이생을 핍박했다. 이러한 모습이 웃음으로 포장되었다 해도, 그러한 행위 역시 비판의 대상이 되는 것은 분명하다. 한밤중에 암행어사가 출두하자 당황한 김생이 알몸으로 허둥지둥 달아나는 모습이나 그 와중에도 여색을 탐하는 것으로 그려지는 것에서 타락한 지방 관리에 대한 풍자와 비판의 시선 역시 감지된다.

그렇다면 〈오유란전〉과 같은 소설들이 이 시기에 몰락 양반층에 의해 창작되고 향유되었던 것은 무엇 때문일까? 연구자들은 대체로 19세기의 전환기적 성격과 그에 대한 향유층의 반응을 들고 있다. 〈오유란전〉에서 이생은 여색에 대한 양극단의 태도를 드러냄으로써 풍자와 웃음의 대상이 되었다. 이는 이 작품의 주된 향유층이 이념과 현실의 균형 감각을 중시했다는 점을 보여준다. 또 양반층의 특권처럼 여겨졌던 성적 방종을 비판하면서도, 동시에 그러한 특권에 대한 은밀한 동경과 환상을 여전히 간직하고 있다는 점도 드러난다. 그런 점에서 이 작품에는 기존의 가치관이 가진 문제점을 인식하고 있었지만 그것을 대체할 만한 새로운 가치관을 찾지 못하고 있었던 이 시기 몰락 양반층의 고민이 투영되고 있다.

―

오유란, 그녀는 왜 사라져야 했을까?

―

〈오유란전〉의 결말에서 이생은 암행어사가 되어 평양에 나타난다. 그는 복수를 꿈꾸며 절치부심 학업에 전념했고, 그 결과 과거에 급제했던 것이다. 그러나 이생은 복수 대신 화해를 선택한다. 먼저 자신을 속여 큰 망신을 주었던 친구 김생을 너그러이 포용하고 그와 화해한다. 또 오유란을 불러 죄를 묻다가 그녀의 얼굴을 보고 역시 용서한다. 그리고 김생과 이생은 모두 높은 벼슬에 오르고 성공적인 삶을 살았다는 것으로 소설은 마무리된다.

이와 같은 결말만 놓고 본다면, 이 작품은 전형적인 '행복한 결말'을 가진 소설처럼 보인다. 그러나 곰곰이 생각해 보면 무언가 불편한 느낌을 지울 수 없다. 이생은 어떻게 자신에게 시련을 안겨준 음모의 주동자 김생을 그토록 쉽게 용서할 수 있었을까? 반대로 이생은 왜 오유란을 죄인 취급했던 것일까? 또 이 작품의 제목이 〈오유란전〉임에도 서사의 결말에서 오유란은 어디로 사라진 것일까? 우리는 앞서 이 작품을 몰락 양반층이 전환기에 자신들의 혼란스러운 가치관과 불투명한 전망을 투영한 것으로 이해했다. 이러한 이해는 철저히 이생과 김생을 중심으로 한 것이다. 그런데 오유란의 역할과 위상에 좀 더 관심을 기울이면 이 작품이 가진 또 다른 면모가 드러난다.

〈오유란전〉과 같이 고결한 선비를 자처하다가 기생의 유혹에 빠져 망신을 당하는 이야기들이 '남성 훼절형 소설'로 불린다는 점은 이미 언급했다. 그런데 이러한 명칭에 대해 불편함을 느끼고 반론을 제기하는 연구도 있다. 이러한 논의들은 주로 남성이 유혹에 빠지는 일을 과연 '훼절'이라는 용어로 설명하는 일이 온당한가에 대해 의문을 제기한다. 조선 시대에 여성은 정절을 지킬 것을 강요당했고, 어쩔 수 없는 상황이었다 해도 정절을 지키지 못하면 참혹한 대가를 치러야만 했다. 가령 임진왜란과 병자호란 중에 포로로 끌려갔던 여성들은 우여곡절 끝에 조선으로 돌아온 이후 '더럽혀졌다'는 비난에 직면한다. 사대부 남성들은 더럽혀진 여성에게 조상의 제사를 받들게 할 수 없다면서 심지어 국왕의 반대에도 불구하고 지속적으로 이혼을 요구했다. 그 결과 포로가 되었던 많은 여성은 고국에 돌아와 이혼당하고 거리로 내몰리는 비참한 신세가 되었다.

〈오유란전〉에서 이생은 오유란의 유혹에 빠져 자신의 정절을 잃는다. 하지만 여성의 훼절 사례와는 달리, 이생은 자신의 훼절 때문에 참혹한 대가를 치르지는 않았다. 물론 그는 대낮에 알몸으로 거리를 활보하다가 큰 망신을 당한다. 그러나 나중에는 높은 관직에 올라 행복한 여생을 보낼 수 있었다.

"자네는 진짜 남자로군. 뜻을 굳게 가진 자가 끝내 성공한다는 말 그대로 일세. 오늘 내가 곤경에 빠져 위급한 처지가 된 것이 지난날 자네가 속임 당하던 때 못지않네. 한번 깊이 생각해 보게. 자네가 순식간에 영예로운 자리에 오른 게 내 한결같은 정성 때문은 아니었는지 말일세. 그렇게 본다면 나는 자네를 저버리지 않은 사람이라 할 수 있을 것이네."
어사가 생각에 생각을 거듭하더니 문득 마음이 풀어지며 입에서 저도 모르게 웃음이 피어났다. 어사가 말했다.
"이미 지난 과거고 다 지나간 일이지."

위 글은 평안 감사 김생과 어사가 되어 나타난 이생의 대화이다. 이생은 본래 김생에게 벌을 주려 했지만, 김생의 말을 듣고 그와 화해한다. 김생은 이생이 어사가 되어 성공한 것이 자신의 계획 덕분이라고 주장한다. 자신이 이생을 골탕 먹이고 망신 주었기 때문에 오늘날과 같이 성공할 수 있었다는 것이다. 김생은 또 자신이 알몸으로 허둥지둥했던 일을 상기시키며 이것으로 지난 일에 대한 빚을 갚은 셈 치자고 제안한다. 그러자 이생은 과거는 지나간 일일 뿐이라며 그의 제안을 흔쾌하게 수용하고, 그들의 우정은 회복된다.

　이러한 모습에서 남성의 훼절과 여성의 훼절이 다르게 받아들여지고 있음을 확인할 수 있다. 여성에게 훼절이란 여성성의 훼손인 동시에 사회로부터의 배제를 의미했다. 그러나 남성이 정절을 지키겠다고 말하는 일은, 다른 남성들에게 비웃음의 대상이자 자신들의 성적 쾌락에 위협이 된다는 점에서 금지되어야 하는 것이었다. 따라서 이생의 훼절과 망신은 그가 정절을 지키겠다고 맹세했던 일에 대한 대가이며, 훼절이 이루어지고 나서 그는 다시 남성들의 사회에 안정적으로 진입할 수 있게 된다. 이렇게 되면 〈오유란전〉은 한 남성의 '훼절'이 아니라 '성장'을 다룬 작품이 되고, 그가 겪은 훼절과 망신은 성장을 위한 '통과의례'의 성격을 갖게 된다. 결국 이생은 '훼절'을 통해 진정한 남성의 세계에 진입할 수 있었다는 점에서, 가장 큰 이익을 얻은 사람이다.

　이런 시각에서 〈오유란전〉을 이해하게 되면, 왜 서사가 김생과 이생만의 행복한 결말로 마무리되는가를 알 수 있다. 그들이 모두 높은 벼슬에 올라 행복한 여생을 보냈다고 서술되지만, 〈오유란전〉의 주인공 오유란의 행방은 어디에도 없다. 오유란은 남성들의 세계에서 외면당하던 이생을 그 세계에 진입하도록 이끌어준 인물이다. 그러나 그녀는 기녀이기에 그에 대한 어떠한 대가나 권리를 주장할 수 없으며, 자신의 역할을 다한 이후에는 마치 존재하지 않았던 인물처럼 사라져야만 하는 것이다.

　그런 점에서 '오유란(烏有蘭)'이라는 이름은 새삼스럽다. 사실 소설 속에서 처음 등장하는 그녀의 이름은 '란(蘭)'이었다. 그녀는 이생에게 자신을 수절하고 있는 과부로 속이며 자신의 이름을 '오유란'이라고 소개한다. 그런데 '오유(烏有)'는 '어찌 있으리오'라는 의미로 '헛것'이라는 뜻의 '자허(子虛)'와 함께 허구적 인물에 붙이는 이름이었다. 김생과 함께 음모의 주동자처럼 보였던 '수절 과부 오유란'은 가공의 존재였고, 그녀가 자신의 본래 자리인 기녀로 돌아가는 순간 그녀의 존재는 사라진다. 이와 동시에 음모를 계획했던 김생은 친구를 출세하도록 도와준 고마운 사람으로, 그리고 유혹에 빠져 훼절한 이생은 어리석었던 과거를 뒤로하고 진정한 남성의 세계에 성공적으로 안착한 인물로 변모하게 된다.

이생은 약간의 고난을 겪지만, 이를 극복하고 성공한다. 또 결말에서 자신의 고난이 성공을 위해 안배된 계획이었음을 깨닫고 진정한 남성들의 세계에 진입한다. 이렇게 보면 〈오유란전〉은 어수룩한 남성이 기녀의 유혹을 통해 성장하고, 이를 바탕으로 성공을 이루는 이야기라고 할 수 있다. 이러한 이야기 속에서 기녀 오유란은 이생의 남성성을 회복시켜 주기 위한 도구이자 타자의 역할만을 수행하고 흔적도 없이 사라지고 만다.

—

〈오유란전〉에 투영된 19세기의 '혼란'과 '불안'

—

19세기는 세도정치, 거듭된 민란, 신분제의 와해, 천주교의 전래 등으로 전통적인 이념이 효력을 잃었지만, 아직 그것을 대체할 만한 새로운 가치관이 확립되지 못했던 시기였다. 〈오유란전〉은 바로 이러한 시대에 몰락 양반층 남성들에 의해 창작되고 향유되었던 소설이다.

이 글에서는 두 가지 관점으로 이 작품을 살펴보았다. 먼저, 몰락 양반층이 이 소설을 짓고 읽었던 이유를 숭섬석으로 검토했다. 이들은 중세석 이념의 약화와 변화된 현실을 어느 정도 인정하면서 이념과 현실 사이의 균형 감각을 찾고자 했다. 정남(貞男)을 자처하다가 여색에 과도하게 탐닉하는 이생은 균형 감각을 잃었다는 점에서 풍자의 대상이 되었다. 그러나 이 소설에는 지방 관리들의 방종한 성적 쾌락을 비판하면서도 동시에 그것에 은밀한 동경과 환상을 가진 시선도 담겨 있었다.

　이 작품을 이해하는 또 다른 관점은 남성의 '훼절'이 갖는 의미에 집중하는 것이었다. 여성의 훼절이 신체적 훼손과 사회적 배제로 이어졌다면, 이생과 같은 남성의 훼절은 오히려 남성들의 세계에 성공적으로 받아들여지는 결과를 낳았다. 이 작품에서 이생의 훼절은 진정한 남성이 되기 위한 통과의례의 성격을 가지며, 그 결과 그는 남성성을 보존할 뿐만 아니라 오히려 강화할 수 있었다. 그러나 이 과정에서 오유란은 그녀의 이름처럼, 남성의 성장을 위한 도구로 사용되었다가 흔적도 없이 사라지게 된다.

　〈오유란전〉에는 이 시기 남성 주체가 느끼는 혼란스러움과 불안함이 내재되어 있다. 즉 그들은 현실이 과거와는 달리 변화했다는 점을 인식하고 있지만, 변화된 현실을 온전히 수용하고 감당할 만한 새로운 가치관을 마련하지 못하고 있었다. 그 결과 이들은 과거의 전통적 가치관을 고수하고자 하는 인물의 경직성을 비난하지만, 과거 사대부 남성들의 특권에 대한 환상을 여전히 간직하고 있다. 이념과 현실의 균형 감각에 대한 강조는 역으로 그러한 균형감을 소설 속에서라도 확인하고 싶어 하는 혼란스러움을 드러낸다. 또 남성들은, 기녀가 유혹해 약간의 고난을 겪지만 곧 크게 성공하는 이야기를 통해 스스로를 위무한다. 그들에게 닥친 고난은 사실 큰 계획 속에서 더 큰 성공을 보장하기 위한 통과의례일 뿐이었다. 이러한 설정은 그들이 급속도로 변화하는 현실에 대한 확고한 전망이 없는 불안한 존재라는 사실을 보여준다.

- 조현우

참고 문헌

박희병·정길수 편역, 〈오유란전〉, 《세상을 흘겨보며 한번 웃다》, 돌베개, 2010.

곽정식, 〈〈오유란전〉 연구 – 입사식의 서사적 수용과 그 의미를 중심으로〉, 《국어교육》
　　　53, 1985.

김종철, 〈〈배비장전〉 유형의 소설 연구〉, 《관악어문연구》 10, 서울대학교 국어국문학과,
　　　1985.

박일용, 〈조선 후기 훼절소설의 변이 양상과 그 사회적 의미 (上)〉, 《한국학보》 51, 1988.

신재홍, 〈고전소설의 알몸 형상과 그 의미〉, 《독서연구》 26, 2011.

여세주, 〈정남 훼절담의 형성과 사회적 의미〉, 《한민족어문학》 16, 한민족어문학회, 1989.

윤채근, 〈조선 후기 남성 훼절 서사에 나타나는 섹슈얼리티의 양상〉, 《한국한문학연구》
　　　42, 한구한문하히, 2008.

정선희, 〈〈오유란전〉의 향유층과 창작 기법의 의의〉, 《국제어문》 38, 국제어문학회,
　　　2006.

조혜란, 〈고소설에 나타난 남성 섹슈얼리티의 재현 양상〉, 《고소설연구》 20, 한국고소설
　　　학회, 2005.

四

판소리와 소설, 두 장르의 만남

판소리 〈배비장타령〉의 다양한 기록들

—

현재까지 〈배비장전〉과 관련된 최초의 기록은 1754년 류진한(1712~1791)이 쓴 〈만화본 춘향가〉에 있다. 〈만화본 춘향가〉는 류진한이 호남 지방을 유람하며 들었던 〈춘향가〉를 한시 200구로 정리해 놓은 것이다. 원제목도 '가사 춘향가 이백구'라 했다. 200구라 했지만 내외 구를 한 짝으로 했으니, 실제는 총 400구의 한시이다. 이 작품은 현전하는 가장 오래된 〈춘향전〉이기도 하다. 여기에는 배 비장과 관련한 내용도 있다.

濟州將留裵將齒　제주에서는 배 비장이 이를 남길 테지

이 기록을 보면 〈배비장타령〉은 〈춘향가〉와 함께 18세기 중반 이전부터 판소리로 향유되었음을 짐작케 한다. 또한 1843년에 송만재가 쓴 〈관우희〉에도 〈배비장타령〉이 실려 있다.

慾浪沈淪不顧身　욕정에 빠져 자기를 돌아보지 못한 채
肯辭剃髻復挑齦　기꺼이 상투 자르고 생니까지 뽑았지
中筵負妓裵裨將　술자리에서 기생 업은 배 비장
自足倥侗可笑人　우둔한 놈이라 놀림 받아도 싸지

〈만화본 춘향가〉보다 90여 년 뒤에 기록된 〈관우희〉에는 배 비장의 행위가 좀 더 구체적으로 그려졌다. 18세기 중반의 〈배비장타령〉에서는 이를 빼서 기생에게 주는 장면이 부각되었다면, 〈관우희〉가 향유될 때에는 배 비장이 상투도 잘랐던 모양이다. 또 배 비장이 술자리에서 기생을 업고 논 이후로 사람들에게 놀림을 받았던 행위도 주목받았다. 아마 이때까지만 해도 〈배비장타령〉은 욕망에 빠진 배 비장을 풍자하고 조롱하는 데에 초점이 맞춰져 있었던 것으로 보인다.

〈관우희〉가 쓰인 때와 비슷한 시기에 이유원(1814~1888)은 '광대의 공연을 보고 쓴 시 8수'라는 뜻의 〈관극팔령(觀劇八令)〉을 남긴다. 여기에도 〈배비장타령〉에 대한 기록이 있다.

耽羅兒女白天下　백주대낮의 제주 여인과
垂柳長亭綠裹馬　푸른빛 말이 멈춘 버들 드리운 장정(長亭)
哭不哭眞笑不眞　울음도 거짓 울음 웃음도 거짓 웃음
麒麟楦對偶人假　기린 같은 행위도 꼭두각시를 만나 거짓이 되었네

〈관극팔령〉은 〈관우희〉와 달리 제목을 '아영랑(阿英娘)'이라 했다. '아영 낭자'라는 말인데, 배 비장을 훼절시킨 상대가 '아영'임을 알 수 있다. 지금 우리에게 알려진 이름 '애랑'과는 차이가 있다. 〈관우희〉를 쓴 송만재는 배 비장이 망신을 당하게 된 주요 삽화에 집중한 반면, 이유원은 〈배비장타령〉의 구조에 주목했다. 즉 배 비장과 아영이 처음으로 만난 장면과 기린아처럼 점잖은 척하다가 목사가 보낸 꼭두각시(아영)에게 속아 그 실상이 폭로되는 데에 초점을 맞춘 것이다.

1855년에 편찬된 조재삼(1808~1866)의 《송남잡지(松南雜識)》에도 "매화타령은 곧 배 비장의 이야기를 다룬 것이다."라는 기록이 있다. 조재삼이 말한 '매화타령'은 현재 창이 전승되지 않는 〈강릉매화타령〉을 말한다. 〈강릉매화타령〉은 창과 사설 모두 전해지지 않다가 1990년 중후반에 〈골생원전〉이라는 자료와 〈매화가〉라는 자료가 동시에 발견됨으로써 그 정체가 어느 정도 드러난 작품이다. 이 작품 역시 점잖은 척하는 골 생원을 조롱하고 풍자한다는 점에서 미의식이 〈배비장타령〉과 유사하다. 그랬기 때문에 조재삼은 〈강릉매화타령〉을 '배 비장 이야기'라고 본 것이다. 두 작품은 다른 작품인데도 조재삼이 이렇게 쓴 것은 아마도 착각에서 비롯된 것이 아닌가 한다. 물론 학계에서는 그렇지 않다는 주장도 있다. 조재삼의 기록을 신빙하여, 본래 두 작품은 비슷했는데 이후에 〈배비장타령〉은 〈강릉매화타령〉과 차별화하기 위해 후반부에 '미궤 설화' 같은 삽화를 추가했다고 보는 것이다. '미궤(米櫃)'는 쌀을 담아두는 궤를 말하는데, 오늘날의 쌀통 정도로 보면 될 듯하다. 현재까지는 두 주장 가운데 어느 쪽이 전적으로 옳다고 판정할 수 없다.

〈배비장타령〉과 관련한 마지막 기록은 신재효(1812~1884)가 남긴 단가 〈오섬가(烏蟾歌)〉에서 만날 수 있다. 1860년대에 신재효가 판소리 광대들을 교육하기 위해 만든 것으로 보이는 〈오섬가〉에는 〈배비장타령〉의 줄거리가 비교적 상세하게 남아 있다. 〈배비장타령〉 관련 내용만 해도 1000자가 넘는 적지 않은 분량이다. 요약하면 다음과 같다.

제주 기생 애랑이가 정 비장을 후리려고 강 머리에서 이별할 제, 거짓 사랑 거짓 울음 두 발을 쭉 뻗고 두 주먹을 불끈 쥐고 가슴을 쾅쾅 두드리며 엎어지고 자빠지며 크게 통곡하며 우는 말이, "나으리 떠나신 후 시름 많은 첩의 설움 어찌할꼬, 어찌할꼬? (중략) 이 원통함을 생각하면 날 버리고 못 가오리. 날 죽이고 가옵소서. 살려두고는 못 가오리. 이도 저도 못할 터면 정이나 두고 가오. (중략)" 정 비장 허허 웃고 "그리하마." 벗어 주니, 애랑이 받아놓고 차차로 벗기기로 거짓 울음 다시 울며 (중략) "나으리 웃는 잇속 앞니 하나 빼어 주오." (중략) 애랑이 하직하고 돌아서며 웃는구나. 배 비장 또 둘러서 궤 속에 잡아넣고 무수한 조롱 장난 어찌 아니 허망한가.

〈오섬가〉에 소개된 내용을 보면, 〈배비장타령〉의 줄거리를 집약해 놓았다. 여기에 소개된 〈배비장타령〉은 현전하는 소설 〈배비장전〉의 전반부에 해당하는데, 그 차이가 크지 않다. 기생 이름도 애랑이고, 칼을 주고 이를 빼고 상투를 자른 인물이 배 비장이 아닌 정 비장이란 점도 동일하다. 〈만화본 춘향가〉나 〈관우희〉에서 보았던 내용과는 차이가 있다. 〈배비장타령〉이 시간이 지나면서 일정한 변화를 겪었음을 짐작게 한다.

이처럼 〈배비장타령〉 관련 기록들은 비교적 많은 편이다. 다른 판소리 작품 기록에 비해서도 적지 않다. 이는 판소리 〈배비장타령〉이 널리 향유되었고, 그러는 도정에서 여러 문인이 그 장면을 포착해 기록으로 남겼음을 의미한다. 특히 1754년에 쓰인 〈만화본 춘향가〉에서부터 1860년대에 쓰인 것으로 추정되는 〈오섬가〉까지 모두 〈배비장타령〉 관련 기록이 있는 것으로 보아, 적어도 〈배비장타령〉은 18세기 중반부터 19세기 중후반까지 향유되었음을 확인할 수 있다. 그러나 그 사설은 일정하지가 않다. 시간의 추이에 따라 사설에도 변화가 있었던 것으로 보인다.

〈만화본 춘향가〉에서는 이를 뽑아 주는 주체가 배 비장이다. 〈관우희〉에서도 마찬가지이다. 그러나 〈오섬가〉에서는 이를 뽑아 기생에게 주는 인물이 정 비장이다. 주체가 달라졌다. 제주 기생의 이름도 〈관극팔령〉에서는 '아영'인데, 〈오섬가〉에서는 '애랑'이다. 명명법도 달라졌다. 이 외에 〈관우희〉에서 기생을 업는 내용이라든가 〈관극팔령〉에서 배 비장이 망신을 당하는 장면도 지금 우리에게 알려진 내용과 차이가 있다. 이런 점들을 고려할 때, 18~19세기에 판소리로 불리던 〈배비장타령〉은 현전하는 소설 〈배비장전〉과 동일한 작품은 아니었던 것으로 짐작할 수 있다.

—

소설 텍스트 〈배비장전〉의 결말 구조

—

〈배비장전〉은 널리 알려진 작품이다. 현대소설로 각색된 것은 물론, 마당극·영화·뮤지컬 등 다양한 매체로도 향유되어 대중에게 친숙하다. 지금만 그런 것이 아니다. 18~19세기 여러 문인이 〈배비장타령〉과 관련한 기록을 남겼던 것처럼, 조선 시대에도 〈배비장타령〉은 사람들에게 제법 인기가 있었다. 그렇다면 여기서 질문 하나를 던져보자. 〈배비장전〉은 어떻게 끝나는가?

이와 관련한 공부를 하지 않은 이상, 대부분은 배 비장이 관아에서 망신

당하는 것으로 끝난다고 말할 듯하다. 실제 각종 공연물도 대부분 이렇게 끝맺는다. 수령의 주관으로 급하게 애랑과 화해하기는 하지만, 그 초점이 '배 비장 망신 주기'라는 데에는 반론이 없다. 이 대답은 옳은가? 틀렸다고 할 수 없다. 그렇다고 맞는 답변도 아니다. 왜냐하면 〈배비장타령〉의 온전한 모습을 담은 텍스트가 없기 때문이다. 〈배비장타령〉이 널리 향유되었다면 이본도 많을 법하다. 그러나 실제 〈배비장타령〉 이본은 두 종뿐이다. 그것도 20세기에 간행된 것들이다. 하나는 1916년 신구서림에서 구활자로 간행된 〈배비장전〉이고, 다른 하나는 1950년에 국제문화관에서 출간한 〈배비장전〉이다. 국제문화관에서 출간한 책은 김삼불 선생이 교주(校註) 작업을 한 것으로 '김삼불 교주본'이라 부른다. 이본이 두 종뿐인데 둘의 결말이 다르다.

둘 중에 널리 알려진 텍스트는 김삼불 교주본이다. 김삼불 교주본은 신구서림본 〈배비장전〉보다 앞선 시기에 필사된 텍스트를 현대식 표기로 바꾼 것이다. 거기에 주석도 붙였다. 그런데 문제는 표기나 주석에 있지 않다. 김삼불이 75장으로 된 필사본 가운데 59장까지만 정리해 놓은 것이 문제이다. 60장에서 75장까지는 완전히 빼버렸는데, 해당 부분이 후대에 첨가된 것으로 추정했기 때문이라고 했다. 59장까지의 내용은 배 비장이 제주 목사와 애랑의 꾀에 빠져 관아 뜰에서 알몸으로 수영하는 데까지이다. 현재 대부분이 알고 있는 〈배비장전〉의 종결이다. 사람들이 〈배비장전〉의 종결 부분을 이렇게 생각한 데에는 이 책의 영향이 컸다.

1916년 신구서림에서 구활자로 출간된 〈배비장전〉에는 후반부의 내용이 남아 있다. 그 내용은 공개적인 망신을 당한 이후 배 비장의 행적이다. 배 비장은 제주 목사의 추천을 받아 정의 현감으로 부임해 가고, 애랑을 그의 첩으로 맞이한다는 내용이다. 후일담은 배 비장에 대한 풍자보다는 그들 집단 간의 조화로움을 지향한 결말이다. 〈배비장전〉의 미의식을 풍자로 보는 시각과도 괴리가 있다. 김삼불은 그것이 불만이었던 모양이다. 그래서 해당 부분은 후대에 누군가가 임의로 추가한 것이라 한 후 이를 과감하게 삭제한 것이다. 김삼불 교주본에서 빠진 3분의 1을 고려하여 〈배비장전〉의 서술 구조를 간략하게 제시하면 다음과 같다.

① 김경이 제주 목사로 부임하면서 배 선달을 비장으로 삼아 데리고 감.

② 고생 끝에 제주에 다다름. 일행은 망월루에서 정 비장과 애랑의 이별 장면을 목격함.

③ 애랑은 정 비장에게서 봇짐에 싼 물건, 입고 있는 옷과 모자, 차고 있는 보검(금병도)은 물론, 상투를 베고 이까지 뽑게 함. 배 비장이 이를 보고 핀잔하자, 방자가 내기를 하자고 함.

④ 내기로 인해 배 비장은 일부러 기생을 멀리함. 사또는 배 비장을 유혹하면 상을 주겠다고 하자, 애랑이 자처하고 나섬.

⑤ 한라산 꽃놀이에서 배 비장은 여염집 아낙으로 변장해 목욕하는 애랑을 보고 미혹함. 방자에게 애걸하며 애랑을 만나게 해 달라고 애원함. 그 도정에서 배 비장은 방자에게 온갖 조롱을 당함.

⑥ 방자의 주선으로 애랑과 하룻밤을 보내는데, 문득 애랑의 남편으로 변장한 방자가 들이닥침. 애랑은 배 비장을 거문고 자루에 담아 욕을 보게 한 후, 나중에는 궤에 들어가게 함.

⑦ 방자는 궤를 바다에 버리겠다며 지고 나감. 사또와 공모한 사람들은 동헌 마당에서 마치 바다에 있는 것처럼 하자, 배 비장은 궤에서 빠져나와 알몸으로 수영하는 시늉을 함. 눈을 뜨고 비로소 속았음을 앎.

⑧ 배 비장은 부끄러워 제주에서 도망치려 했지만 배를 구하지 못함. 문

득 배를 구해 몰래 얻어 탔는데, 그 배는 사또와 애랑이 다시 배 비장을 속이려고 공모한 것임. 배 비장은 뱃삯이 없어서 온갖 구박을 당함.

⑨ 김경이 배 비장을 추천하여 제주도 정의 현감이 되고, 애랑도 그의 첩으로 삼음.

⑩ 배 현감은 선정으로 백성을 다스림. 차차 승진하여 이조참판까지 누림.

⑧~⑩의 내용을 어떻게 이해할 것인가? 현재까지 확인된 이본이 20세기 이후에 간행된 두 종뿐이니 명확하게 설명할 길이 없다. 사실 〈배비장전〉의 이본이 적은 것은 단지 결말 구조의 문제로 그치지 않는다. 현전하는 〈배비장전〉이 판소리로 향유되던 〈배비장타령〉과 얼마만큼 동질적인가에 대한 본질적인 물음마저 던지고 있기 때문이다. 심지어 소설 〈배비장전〉은 20세기에 판소리계 소설의 흥행에 편승하여 새롭게 만든 이야기라는 주장까지 제기되었다. 실제 〈배비장전〉은 1912년 이해조가 판소리를 산정(刪定)하여 소설로 만든 〈옥중화〉와 그 형식과 문체가 퍽 닮았다.

그러나 지금으로서는 그 관계를 확정할 수 없다. 이를 확인할 만한 또 다른 이본이 등장하기를 기대해 볼 뿐이다. 그렇다 해도 현재 전해지는 〈배비장전〉이 판소리로 향유되던 본래의 모습과 일정한 차이가 있는 텍스트라는 점은 분명하다. 결말 구조도 그 연장선상에서 이해해야 할 것이다.

—

〈배비장전〉의 풍자와 웃음

—

〈배비장전〉의 후일담 존재 여부는 '이 작품의 미의식을 어떻게 이해할 것인가?'라는 문제로 이어진다. 후일담이 있는 신구서림본은 '목사(목사와 공모한 애랑) 대 배 비장'의 구조이다. 배 비장에 대한 공격은 새로 부임한 관료의 지나친 경직성을 완화하기 위한 전제가 된다. 그러나 후일담이 없는 김삼불 교주본의 구조는 '방자(방자와 공모한 애랑) 대 배 비장'이다. 이 구조는 '민중 대 지배 계층'이라는 대결 구도를 만든다. 따라서 민중에 의한 지배층의 위선 폭로와 희화화에 무게가 놓이게 된다. 관료 사회 안에서 자신들의 자기 조절을 위주로 한 앞의 구조와는 천양지판이다. 구조를 어떻게 이해하는가에 따라 〈배비장전〉의 희화 대상이나 의미가 전혀 달라지는 것이다.

여러 해석의 가능성이 있지만 〈배비장전〉의 미의식은 풍자에 가깝다. 풍자는 상대에게 악의를 가지고 공격적으로 행하는 웃음을 전제로 한다. M. H. 에이브럼스는 풍자를 "무기로 사용하는 웃음"이라고 했다. 〈배비장전〉의 시각도 대체로 그렇다. 배 비장에 대한 공격은 다분히 악의적이다.

(배) "옳다. 이제야 보았단 말이냐? 상놈 외눈이라 양반의 눈보다 대단히 무디구나." (방) "네. 눈은 양반 상놈이 다릅니까? 소인의 눈은 나리 눈보다 무디어 저런 비례(非禮)한 것이 보이지 않습니다. 그러면 마음도 양반과 상놈이 달라 나으리 마음은 소인보다 컴컴하고 음탐하여 남녀유별의 체면도 모르고 남의 집 규중처녀가 은근히 목욕하는 것을 욕심내어 무례하게 눈을 쏘아 구경한다는 말씀입니까? ……" (방) "저, 눈!" (배) "으, 나, 아니 본다." …… (방) "저 눈! 참 일낼 눈이로군." 배 비장이 깜짝 놀라 두 손으로 눈을 얼른 가리며 (배) "나 아니 본다. 염려 마라."

다소 완화된 대목이지만, 그래도 배 비장에 대한 공격 수위가 만만치 않다. 방자에 의해 배 비장의 허위가 여지없이 폭로된다. 방자와 애랑이 행한 배 비장에 대한 공격은 즉흥적으로 마련된 것이 아니라 철저하게 민중의 목소리를 대변한 것이다. 방자와 애랑은 곧 민중 계급과 연대된 존재였다. 위에서 본 것처럼 배 비장의 허위 의식을 까발리는 데서 그치는 것은 오히려 가볍다. 민중은 배 비장을 위선자로 만들더니, 개로 만들고, 이어서 거문고로 만들고, 마침내 업궤신(業櫃神)으로 만든다. 업궤는 궤에 붙어서 사는 귀신을 뜻한다. 졸지에 배 비장은 사람에서 동물로, 동물에서 사물로, 사물에서 사물에 빌붙어 사는 귀신이 된 것이다. 민중이 배 비장을 그렇게 만들었다. 배 비장도 스스로 자신을 '배걸덕쇠'라고 한다. 〈배비장전〉에서는 걸덕쇠가 배 비장의 이름처럼 되어 있지만, 이는 누가 봐도 '껄떡쇠'를 음차한 것이다. 배 비장 스스로가 여기저기 기웃대며 여색을 탐하는 존재임을 인정한 꼴이다.

이렇게 보면, 후일담이 있는 〈배비장전〉은 배 비장에 대한 공격을 관료 사회 내 소수 지배층의 유연성을 확보하는 통과의례처럼 읽히도록 만들어놓은 셈이다. 그러다 보니 결론도 당혹스럽다. 정의 현감이 된 배 비장은 "선정으로 백성을 다스려서 거리거리마다 선정비"가 세워졌다. 또한 "시비와 선악을 가리는 데 으뜸이요, 정치에 으뜸인" 인물로 재탄생하게 함으로써, 마침내 이조참판에까지 오른다. 한때의 방탕함이 오히려 큰 약이 되었음을 애써 말한 것이다. 이런 이율배반적인 결론이 있다고 해도, 〈배비장전〉 전편에 흐르는 미의식이 풍자라는 사실은 변하지 않는다. 배 비장을 옹호할 목적이었다면, 배 비장을 위선적인 인간으로 비편히는 것으로 그칠 일이다. 거기서 개를 만들고, 사물을 만들고, 사물에 빌붙어 사는 귀신으로까지 나아가게는 하지 않았을 것이다. 판소리로 불렸던 〈배비장타령〉이 새삼 궁금해지는 것도 이 때문이다.

판소리와 소설, 다른 듯 닮은 '배 비장'

지금까지 〈배비장전〉의 원형은 19세기에 그 틀이 완성되어 판소리로 향유되었고, 그것이 20세기에 소설로 정착되었다고 보는 시각이 강했다. 하지만 근래에는 소설 〈배비장전〉과 판소리 〈배비장타령〉이 일정한 거리가 있다고 보는 추세이다.

현전하는 소설 〈배비장전〉은 판소리가 창극으로 극장 무대에서 공연되면서 대중의 관심을 끌었던 1914~1915년 직후에 정착되었다. 이 때문에 〈배비장전〉은 판소리로 불린 것이 아니라 창극으로 새롭게 만들어진 텍스트일 것이라는 추론도 주목을 받는다. 판소리로 불리던 작품들을 1912년에 이해조가 소설로 새롭게 정리해 큰 인기를 얻었는데, 이것이 소설 〈배비장전〉의 등장 배경이라는 주장도 있다. 〈춘향전〉을 산정한 〈옥중화〉, 〈심청전〉을 산정한 〈강상련〉, 〈흥부전〉을 산정한 〈연의각〉 등이 그러하다. 이러한 기류에 편승해 소설 〈배비장전〉도 등장했다는 것이다. 실제 〈배비장전〉의 대화체 형식이나 세부적인 묘사들은 이들 작품과 퍽 닮았다. 이런 점에서 보면, 소설 〈배비장전〉은 판소리 〈배비장타령〉을 토대로 했지만 20세기에 상당 부분 새롭게 재구성된 작품이라 할 만하다.

그러나 이것이 〈배비장전〉을 폄하하거나 비판할 근거는 되지 않는다. 문학이란 언제나 그 시대에 맞게 옷을 갈아입을 수 있어야 한다. 〈배비장전〉은 오히려 그런 점에서 선구적인 역할을 했던 셈이다. 그랬기 때문에 그 짧은 시간 동안에 10쇄 이상 찍어내는 기염을 토할 수 있었던 것이다.

1909년 연흥사에서 〈배비장타령〉을 공연했다. 그런데 당시 관객이 고작 30여 명이어서 폐지할 걱정을 한다는 기사가 대한매일신보에 실렸다. 더 이상의 기사가 없으니 아마도 실패로 끝난 듯하다. 그리고 이후 1913~1914년 단성사에서 〈배비장가〉를 공연했다. 이때는 관객이 많았던 듯하다. 그랬기에 이 대본이 소설로 출간될 수 있었을 것이다. 불과 4, 5년 동안에 배 비장은 시대의 요구에 맞는 얼굴로 바뀌었다. 이후 지금까지 배 비장은 여러 얼굴로 등장했다. 1943년 채만식이 간행한 〈배비장〉에서부터 1966년 현석련의 〈배비장〉, 1969년 권영운의 〈배비장〉, 1983년 유재희의 〈사화 배비장〉 등으로 개작이 이루어졌다. 또한 1965년 신상옥 감독의 영화 〈배비장〉, 뮤지컬 〈Miso 배비장〉·〈살짜기 옵서예〉·〈애랑전〉, 마당극 〈선달 배비장〉 등 배 비장은 공연 예술의 대표적인 주자가 되었다. 그 모습도 다양하게 바뀌었다. 그것은 시대가 요구하는 틀에 맞춰 배 비장이 스스로 변화를 꾀한 결과라 할 수 있다. 판소리 〈배비장타령〉에서 소설 〈배비장전〉으로의 변화는 이미 배 비장이 새로운 장르와의 만남에 대해 열려 있음을 말하는 신호탄이었던 셈이다.

- 김준형

참고 문헌

김기형 역주, 《적벽가·강릉매화타령·배비장전·무숙이타령·옹고집전》, 고려대학교 민족
　　문화연구원, 2005.
서유석·김선현·최혜진·이문성·이유경 엮음, 《옹고집전·배비장전의 작품 세계》, 보고사,
　　2013.

김종철, 《판소리의 정서와 미학》, 역사비평사, 1996.
이상일, 〈〈배비장전〉 작품 세계의 재조명〉, 《판소리연구》 39, 판소리학회, 2015.
정충권, 〈〈배비장타령〉 재고〉, 《고전문학과 교육》, 한국고전문학교육학회, 2004.
주형혜, 〈〈배비장전〉의 성적 환상〉, 《쟁점으로 본 판소리문학》, 민속원, 2011.

제4장

우화소설

우화가 동식물과 기타 사물을 의인화해 인간의 삶을 문제 삼는 이 야기라면, 우화소설은 우화 중 조선 후기에 소설의 양식을 활용하여 만들 어낸 일련의 작품군을 말한다. 18세기 후반에서 19세기에 집중적으로 창 작된 우화소설은, 등장인물은 동물이지만 인간을 동물로 바꾸었을 뿐 인 간의 그릇된 의식과 행태를 풍자하고 비판할 뿐 아니라 지배 계층의 실 속 없는 허위의식과 위선을 폭로하는 데 관심이 많다. 또한 조선 후기 향 촌 사회 내 갈등과 향촌민의 제 문제를 핵심적으로 다루고 있다.

우화소설은 송사와 재판이 문제 해결의 중심이 되는 '송사형 우화소설'과 누가 더 나이가 많은지를 다투는 '쟁년형 우화소설'로 대별된다. 〈서대주전〉(큰쥐), 〈까치전〉, 〈황새결송〉 등이 송사형 작품들이고, 〈두껍전〉(두꺼비), 〈녹처사연회(鹿處士宴會)〉(사슴) 등이 쟁년형 작품에 해당한다. 그런데 〈토끼전〉과 〈장끼전〉(수꿩)은 각각 토끼와 장끼를 의인화했으면서 각각 판소리 〈수궁가〉와 〈장끼타령〉으로 불렸기 때문에 이를 별도로 '판소리계 우화소설'로 구분하기도 한다. 〈장끼전〉은 조선 사회 남존여비와 개가 금지 사상에 대해 비판과 풍자를 가한 작품이다.

우화소설에서는 대개 봉건 해체기의 농촌 현실에서 일어날 법한 갈등 상황을 동물 간 싸움으로 환치시킴으로써 동물보다 나은 인간의 바람직한 행동거지와 의식 문제를 말하고 있다. 이를 통해 타락한 기성 사회의 이념과 허위를 비판하고 풍자하는 한편, 민중이 겪는 고통과 갈등을 반어와 비유에 의한 우회적인 표현으로 잘 나타내고 있다. 이에서 교훈과 흥미를 동시에 추구하고자 했다 할 것이다.

一 二 三 四 五 六 七 八 九 十

윤리 의식의 시대적 반영물

〈장끼전〉 프롤로그

—

〈장끼전〉에 대한 언급은 김태준의 《조선소설사》(1933)가 최초이다. 이후 여러 연구자가 활발히 연구를 진행하고 있다. 그러면 〈장끼전〉의 연구사를 살펴보기 전에 〈장끼전〉의 내용에 대해 알아보자.

장끼가 엄동설한에 까투리와 같이 아홉 아들과 열두 딸을 거느리고 굶주린 몸이 되어 밥을 찾아 큰 들을 지난다. 장끼는 들에 떨어져 있는 붉은 콩 한 개를 발견한 후 먹으려 하지만, 부인인 까투리는 산밤에 꾼 불길한 꿈을 이야기하며 먹지 말라고 간절히 만류한다. 장끼와 까투리는 콩 먹는 것과 만류하는 것을 가지고 논쟁을 펼친다. 결국 장끼는 콩 먹기를 만류하는 까투리의 말을 무시하고 콩을 먹으려다 그만 덫에 치고 만다. 결국 장끼는 까투리의 말을 듣지 않아 죽어가면서도 까투리를 보고 "부디 개가하지 말고 수절하여 정렬부인이 되"라고 유언을 한다. 덫의 임자가 나타나 장끼를 빼어 들고 가버린 뒤 까투리는 장끼의 깃털 하나를 주워다가 장례식을 치른다.

까투리가 상부(喪夫)했다는 말을 듣고 조문 온 까마귀, 부엉이, 물오리 등이 까투리에게 청혼하지만, 까투리는 모두 거절한다. 그러다가 까투리는 문상을 온 홀아비 장끼를 본 후 수절할 마음이 사라져서 그 홀아비와 재혼을 한다. 재혼한 까투리 부부는 아들과 딸을 모두 혼인시키고 명산대천을 구경하다가 큰 물에 들어가 조개가 된다.

〈장끼전〉은 크게 두 부분으로 나눌 수 있다. 앞부분은 장끼가 겨울에 콩을 발견하고는 먹으려 하자 미끼임을 눈치챈 까투리가 결사적으로 반대를 하고, 이 과정에서 중국 고사를 망라하여 두 부부가 의론을 펼치다가 결국 장끼가 까투리의 말을 듣지 않고 죽음을 맞이한다는 내용이다. 뒷부분은 장끼의 '개가' 문제를 다룬다. 조선 시대에 개가는 상당히 어려운 문제였다. 과부의 개가는 원천적으로 봉쇄되어 있었으나, 개가를 하는 이도 있었다. 그러나 개가한 자의 아들은 과거를 볼 수 없게 했다. 그런데 〈장끼전〉에서는 문상을 온 이들이 아직 장례도 치르지 않은 과부에게 개가를 말하고 있다.

과부의 개가는 갑오경장 이후 법적으로 허락이 된다. 〈장끼전〉의 개가 문제도 이와 연관이 있는 듯하다. 〈장끼전〉의 까투리는 예의범절을 따지며 과부에게 수작을 하는 이들에게 반론을 제기한다. 그러나 자신의 남편과 같은 부류인 홀아비 장끼가 나타나자 바로 개가를 허락한다. 남편의 유언에도 불구하고, 그리고 자식들의 생각은 물어보지도 않고 자신의 의지만으로 개가를 정한다. 그리고 개가한 부부는 조개가 되었다는 것으로 끝맺는다.

〈장끼전〉에 대한 중요 연구들을 간략히 살펴보면, 김태준의《조선소설사》에서는 〈장끼전〉을 '동화전설류'로 분류했다. 이후 연구자들은 동화나 민담의 소설화, 의인소설, 동물소설, 동물우화소설, 판소리계 소설 등으로 보기도 했다.

김태준은《조선소설사》에서 〈장끼전〉의 주제를 여자의 충고를 무시한 오만한 가장의 파탄, 특권 계급에 대한 풍자, 개가 금지에 대한 여성의 자아실현으로 보았다. 김동욱은 부창부수, 개가 사상에 정면으로 대립하는 서민 사회 윤리의 옹호라고 지적하기도 했다. 정학성은 장끼와 까투리의 모습을 유랑민의 현실로 파악하여, 까투리의 개가는 이념적인 문제와는 별개라고 주장했다.

정출헌은 〈장끼전〉이 '개가 허용형'과 '개가 금지형'으로 나뉘는데, '개가 삭제형'도 존재한다고 했다. 또 〈화충전(華蟲傳)〉(조동일 소장본)과 〈까토리가〉(임기중 소장본)는 오리의 청혼을 거절하는 것으로 끝나는데, 이는 개가하는 부분을 삭제했기 때문이라고 주장했다. 김종철은 고집 센 남편과 이를 만류하는 까투리 사이의 논쟁, 즉 해몽 부분에서는 남성성과 여성성, 그리고 남성적 말하기와 여성적 말하기의 차이점이 뚜렷이 구분되는데, 특히 해몽 과정에서 남성인 장끼의 뒤틀린 형상이 드러난다고 했다. 이어 이런 뒤틀린 형상은 판소리가 가지고 있는 주요한 미적 특질이라고 주장했다.

이 외에도 여러 선행 연구가 존재하지만 지금까지 서술한 내용의 범주에서 벗어나지 않는다. 결국 〈장끼전〉은 동물인 꿩을 주인공으로 하여 남성의 가부장권과 개가 금지에 대한 당대의 윤리 의식을 시대 상황에 맞게 변개하여 창작한 고전소설이라고 정의할 수 있겠다.

—

조선 시대 개가 문제와 까투리의 개가 의지

—

조선 시대에는 갑오경장 이전까지 과부의 개가가 금지되었다. 그것의 부당성에 대해 문제를 제기한 사람들이 더러 있었는데, 대표적인 인물이 바로 연암 박지원이다. 박지원은 〈열녀함양박씨전〉을 통해서 개가의 부당성을 제시하고 있다. 이 작품에 등장하는 과부는 닳아빠진 동전 하나를 아들에게 보여주며 자신이 얼마나 모진 세월을 견뎌야 했는지를 다음과 같이 토로한다.

> "이것이 네 어미를 살린 부적이다. 십 년이나 손으로 만지고 만져서 다 닳아버렸다. (중략) 혈기가 때로 왕성해지면 과부라고 해서 어찌 정욕이 없겠느냐? 깜빡이는 등불 아래 그림자만 바라보고 홀로 밤을 지새기란 참으로 약약하다. (중략) 내가 이 돈을 굴리면서 온 방 안을 돌아다녔다. (중략) 하룻밤에 보통 대여섯 번 굴리고 나면 날이 새더구나. 십 년 이후로는 혹 닷새에 한 번도 굴리고 혹 열흘에 한 번도 굴렸으며, 혈기가 아주 쇠약해지면서부터는 더는 이 엽전을 굴리지 않았다."

함양 박씨 아들이 옆 동네 과부가 개가한 것을 가지고 그 아들에게 과거를 못 보게 하거나 벼슬을 주지 말아야 한다고 이야기하자 함양 박씨가 그 아들에게 자신이 과부로 어떻게 살았는가를 말하는 부분이다. 함양 박씨는 아들에게 "나의 사정이 이렇다는 것을 아는 네가 어찌 그런 말을 하느냐"면서 개가한 사람의 아들을 더 이상 나쁘게 말하지 말라고 당부하고 있다. 박지원은 과부로서의 삶이 얼마나 힘든가를 함양 박씨를 통해 말하고 있는 것이다.

'열녀'란 무엇인가? 남편이 죽을 때 따라 죽는 것이 열녀이다. 그런데 그것이 과연 쉬운 일이겠는가? 그러니 대부분은 살아 있으면서 죄인이라 여기며, 소복을 입고 평생을 지내야 했다. 이러한 상황이니 여성의 개가가 사회적으로 받아들여지기 어려웠다. 하지만 갑오경장 때부터 과부의 개가가 법적으로 허용된다. 이때 유학자와 계몽주의자 들은 개가에 대해 서로 다른 입장을 취하고 있었다. 두 계열의 대표로 유인석과 유원표를 들어 간략히 살펴보자.

유인석(1842~1915)은 이항로(1792~1868)의 제자로 유학을 신봉하던 유자(儒者)이다. 그는 여성의 개가와 관련된 〈최열부표적비〉를 통해 자신의 투철한 유교관을 피력했다. 〈최열부표적비〉에서 유인석은 "여자가 개가하지 않는 것을 정식으로 삼고" "조선이 소중화이며, 천하에 하나뿐인 예의의 나라임이 극명하다"고 확언하고 있다. 한미한 가문 출신인 최씨가 열행을 할 수 있었던 까닭은 "하늘이 내린 떳떳한 본성을 간직하고" "나라의 예의기맥을 보존했"기 때문이라고 했다. 또 "지금과 같은 시대에는 더더욱 마땅한 일"이라 표현하고 있다.

유인석은 이렇듯 '개가 불가'를 주장했고, 애국계몽기가 아주 혼란한 시기임을 인식하고 있었다. 뿐만 아니라 이를 타파할 기준으로 '소중화 의식'을 제안하고 있다. 여성의 열행을 강조하면서 '중국도 시키지 못한' 문물과 정신을 조선이 보존하고 있음을 증거로 삼는 것에서 알 수 있다. 이것이 곧 조선을 일본이나 서구 세력과 구획 지을 수 있는 지점이기도 했다. 이러한 구획은 곧 일본과 서구의 침탈로 훼손된 '조선의 조선됨'을 회복하여 조선의 민족적 자존감을 쟁취하는 현실의 문제와 직결된다(김남이, 2003: 429).

다음으로 계몽주의 계열의 유원표(1852~?)이다. 유원표는 역관과 군인으로 복무했었고, 을사늑약 체결 후 군대에서 제대하여 황성신문과 잡지 《서우》 등에 투고하며 민중 계몽에 앞장섰던 인물이다. 유원표의 글 가운데 여성의 개가 문제와 관련된 글로 〈민속의 대관건(大關鍵)〉을 들 수 있다.

지난날 잡보에 김 판서의 외손이자 홍 참판의 과부 딸이 이시종의 재취 부인으로 초례를 행하고 납폐하여 예를 갖추어 혼인을 이루었다고 말한 즉 (중략) 이는 비록 사천 년에 있지 않던 행동거지이나 신세계의 특색으로 일종 양속이 될 줄로 과연 자부하고 내심 기뻐하였더니 그 후 신문지에, 이씨 집에 장노(長老)와 어린아이가 적부(嫡婦)와 적모(嫡母)로서 대하려고 하지 않았다고 말한즉…… (유원표, 《서북학회월보》 4, 1908년 9월)

이 글에서 유원표는 14세의 과부를 등장시켜 여성의 개가를 문제 삼고 있다. 과부가 개가한 사실을 통해, 모든 것이 변화하는 시대이니 명문거족 집안에서 전대의 악습을 바꾸어주기를 바랐다. 하지만 그 집안의 어른과 아이들은 개가한 여성을 '적부와 적모로서 대하려고 하지 않았다'는 과부의 언술을 통해 전대의 악습이 없어지지 않고 여전히 이어지고 있음을 지적하고 있다.

뿐만 아니라 여성의 개가는 허용되어야 하고, 여성의 개가가 사회적으로 용인되기 위해서는 먼저 해결되어야 할 것이 있음을 제시하고 있다. 첫째로, 홀아비가 처녀에게 장가들지 못하도록 해야 하고, 집안에 젊은 과

부를 머무를 수 없게 해야 하며, 둘째로, 애초에 하늘이 인간에게 부여한 남녀의 동등을 인식하여 차별을 두지 말아야 한다고 했다. 이상으로 볼 때 유원표는 유인석과 달리 여성의 개가를 찬성하고 있다. 이렇듯 애국계 몽기 지식인들은 자신의 사상에 따라 여성 개가에 대해 다르게 인식하고 있다(조상우, 2004).

그러면 〈장끼전〉에서 까투리의 개가에 대해서 알아보자. 남편 장끼가 죽자 까투리는 바로 장례를 치른다. 그런데 문상객들은 장례를 치르고 있는 과부 까투리를 위로하는 척하며 '꼬실' 생각만 한다. 여성의 예의범절만 강조했지 남성의 예의범절은 논의조차 안 되고 있는 상황이다. 그런데 문제는 바로 까투리에게 있다. 오리, 까마귀, 부엉이 등의 여러 수컷 조문객들이 개가를 권유했지만 냉담한 반응만 보이다가 자기와 같은 류(類)인 장끼한테만은 개가를 허락한다.

까투리 하는 말이,
"죽은 낭군 생각하면 개가하기 절박(絕薄)하나 내 나이를 꼽아보면 불노불소(不老不少) 중늙은이라. 수맛 알고 살림할 나이로다. 오늘 그대 풍신(風身) 보니 수절 마음 전혀 없고 음란지심(淫亂之心) 발동하네. 허다한 홀아비가 예서제서 통혼(通婚)하나, 옛말에 이르기를 유유상종이라 하였으니 까투리가 장끼 신랑 따라감이 의당당(宜當當)한 상사로다. 아모커나 살아보세."

까투리가 홀아비 장끼에게 혼인을 허락하는 말이다. 장끼는 홀아비가 된 지 3년이 지났다고 했다. 그런데 까투리는 지금 장례를 치르는 중에 결혼할 상대를 새로이 정한 것이다. 이를 두고 기존 연구자들은 유랑민의 현실과 관련지어 파악했다. 홀아비 장끼를 보기 전까지는 개가의 마음을 먹지 않았다가 홀아비 장끼를 보고 나서 갑자기 마음이 변한 것은 이상하지만, 위의 까투리 말을 보면 개가에 대한 개인의 의지가 뚜렷하다고 볼 수 있다.

게다가 '수절 마음 전혀 없고 음란지심 발동하네'라 했는데, 조선 후기에 이러한 생각을 가진 여성이 얼마나 되겠는가. 그리고 '유유상종'이라 하여 자신의 배필 선택을 정당화하고 있다. 이러한 사정으로 본다면 개가가 어느 정도 인정이 된 갑오경장 이후의 시대상을 소설에 반영하고 있다고 생각된다.

—

〈장끼전〉의 문학사적 의의

—

〈장끼전〉이 판소리로 공연되었다는 사실은 관극시를 통해 확인할 수 있다. 송만재와 이유원의 한시를 살펴보자.

青楸繡臆雊雄雌　푸른 꽁지 가슴에 수놓은 장끼와 까투리
留畝蓬科赤豆疑　밭이랑에 흩트려진 낟알과 의심스런 붉은 콩
一啄中機紛幷落　한 번 쪼다 덫에 걸려 푸드덕거리네
寒山枯樹雪殘時　추운 산 바싹 마른 가지 눈 덮인 때에

위 시는 송만재의 〈관우희〉 중 일부이다. 장끼와 까투리가 겨울 들녘에 있는 콩을 보고 논쟁을 벌이는 대목이다. 송만재의 〈관우희〉는 송만재가 어려서 본 판소리 배우들의 행동을 보고 시로 옮긴 것이다. 그렇다면 〈장

끼전〉은 판소리계 소설이라 할 수 있다. 그런데 〈장끼전〉의 앞부분만 있지 뒷부분은 보이지 않는다.

雪積千山鳥不飛　눈 쌓인 온 산에 새조차 날지 않는데
華蟲亂落計全非　꿩들이 어지러이 내려앉아 셀 수도 없네
拋他兒女丁寧囑　아녀자의 간곡한 부탁 저버리고
口腹區區觸駭機　구복이 구구해 덫을 건드렸구나

위 시는 이유원의 〈관극팔령〉 중 일부이다. 이 시도 송만재의 시와 같이 〈장끼전〉 전반부 내용만 있다. 이 시에서는 '아녀자의 간곡한 부탁 저버리고'라 하여 아내 말을 듣지 않은 남편을 질책하고 있다. 〈장끼전〉의 뒷부분은 이 시에서도 보이지 않는다.

〈장끼전〉의 다른 이본을 보면, 앞에서 서술했듯이 까투리가 장끼에게 개가하는 내용이 있기도 하지만 없기도 하다. 바로 '개가 삭제형'이라고 선행 연구자가 언급했듯이, 개가 부분이 빠져 있는 이본도 상당수 존재하고 있다.

이러한 상황이 발생한 것은 '달래나보지 설화'와 같은 이유라고 생각한다. 이 설화는 근친상간과 관련된 설화로, 근친상간의 마음을 먹은 남성이 처참하게 죽임을 당한다. 그럼에도 불구하고 이 설화가 지금까지 계속 구전되는 것은 바로 윤리 의식의 승리 때문이다.

〈장끼전〉이 지금까지 전승되는 까닭은 전승사들의 욕구에 맞게 계속 바뀌었기 때문이다. 윤리 의식이 강한 전승자들에게는 '개가 삭제형'이, 여성 개가의 의지가 강한 전승자들에게는 '개가 허용형'이 전승되었던 것이다. 이로 볼 때, 〈장끼전〉은 당대의 윤리 의식을 제대로 반영한 고소설이라고 규정할 수 있다.

- 조상우

참고 문헌

이유경·서유석·김선현·최혜진·이문성 엮음, 《장끼전의 작품 세계》, 보고사, 2013.

최진형 옮김, 《장끼전》, 지식을만드는지식, 2011.

《쟝끼젼》, 아단문고 고전총서 17, 현실문화, 2007.

김동욱 외, 《한국 고소설 입문》, 개문사, 1985.

서유석, 〈〈장끼전〉에 나타나는 '뒤틀린' 인물 형상과 여성적 시선〉, 《서강인문논총》 29, 서강대학교 인문과학연구소, 2010.

소인호, 〈〈장끼전〉에 나타난 수절과 개가의 문제〉, 《인문과학논집》 41, 청주대학교 인문 과학연구소, 2010.

우혜영, 〈〈장끼전〉·〈변강쇠가〉 연구 – 인물 표현 양상을 중심으로〉, 배재대학교 박사학 위논문, 2013.

이미경, 〈〈장끼전〉의 현대적 변용 양상〉, 충북대학교 교육대학원 석사학위논문, 2009.

정출헌, 〈조선 후기 우화소설의 사회적 성격〉, 고려대학교 박사학위논문, 1992.

정학성, 〈우화소설 연구〉, 서울대학교 석사학위논문, 1972.

조상우, 〈애국계몽기 한문소설에 표출된 지식인의 여성 인식 – 《만하몽유록》과 《여영웅》 을 중심으로〉, 《한국고전여성문학연구》 8, 한국고전여성문학회, 2004.

一二三四五六七八九十

양식을 둘러싼 쥐와 다람쥐의 다툼

식량을 두고 벌어지는 쥐와 다람쥐의 갈등

—

우화(寓話)는 동식물이나 다른 사물을 인격화하여 인간의 부도덕한 면이나 치부를 드러냄으로써 이를 풍자하고 교훈을 전달하는 이야기이다. 이러한 우화는 이야기의 성격이나 문제의식에 따라 여러 양식으로 나타난다. 쉽게 말해 우화소설은 소설의 양식을 활용하여 펼쳐낸 우화라 할 수있다. 이때 우화소설은 풍자 양상과 교훈에 초점을 맞추어 읽을 수 있다. 예컨대 뇌물을 받고 부당한 판결을 내린 판관에 대한 내용을 두고 조선후기 관리들의 부패상을 풍자한 것이라고 보는 식이다.

그런데 우리나라 우화소설은 18세기 후반에서 19세기 사이에 집중적으로 창작되었으며, 당시의 역사적 현실을 바탕으로 하고 있다. 그래서 이유형이 단순히 특정 계층을 풍자하는 데 그치지 않고, 조선 후기 향촌 사회, 향촌민, 그리고 그들이 겪는 향촌 사회 내 갈등을 그려낸 것으로 간주된다. 즉 우화소설은 조선 후기 향촌 사회의 여러 문제를 다루었다는 것이 통설이다.

우화소설에 대한 이러한 관점은 조선 후기 농민층의 분화와 관련된다. 부농과 빈농 간의 경제적 격차가 심해지는 한편, 요호부민(饒戶富民, 새로운 경제 질서에 힘입어 자신의 부를 축적하고 향촌 사회 내에서 실력을 쌓아간 부농층)의 등장으로 향촌 구성원 간의 갈등이 심화되어 갔다는 역사적 인식이 깔려 있는 것이다. 그런데 근래에 이것이 역사적 실상과 맞지 않는다는 문제가 제기되면서 이 주장은 점차 타당성을 잃게 되었다. 이에 따라 우화소설에 나타난 인물들 간의 갈등이 관권(官權), 요호부민, 빈농(혹은 중농) 사이의 갈등이 아닌 다른 시각에서 접근할 수밖에 없게 되었다.

그러나 이 글에서는 기존 연구 성과를 토대로 논의를 하려고 한다. 그 이유는 기존 연구 성과를 대체할 만한 새롭고 깊이 있는 논의가 나오지 않고 있기 때문이다. 그리고 향촌 사회의 구성원들이 삶의 과정 속에서 부딪혔던 여러 가지 문제와 갈등을 소설화한 것이라는 관점에서 본다면, 기존의 연구 성과가 여전히 유효하기 때문이다.

이 글에서 다룰 '〈서대주전〉 유형'은 식량 문제를 둘러싸고 벌이는 쥐와 다람쥐 간의 대립·갈등을 송사라는 방식을 통해 해결하는 작품들을 가리킨다. 송사 문제를 다루는 송사형 우화소설은 재물의 탈취와 뺏김이라는 문제를 통해 등장인물 간의 경제적 이해관계를 둘러싼 당대인의 갈등과 이에 대한 관심을 보여주었다. 특히 사건의 발단, 사건 처리 과정, 결말 전반에 걸쳐 재물의 힘이 관철되고 있는 상황을 짚어내었으며, 그 과정에서 이를 관리·감독해야 할 관권이 재물 앞에서 보이는 탐욕스러운 모습을 낱낱이 드러내었다고 평가받는다.

이 글에서 다룰 한문본 〈서대주전〉, 회동서관본 〈서대주전〉(국문본), 영창서관본 〈서동지전〉(국문본)도 송사형 우화소설에 속한다. 이 작품군은 부농의 형상인 서대주와 중농 내지 빈농의 형상인 다람쥐 사이의 갈등을 통해 조선 후기 향촌 사회에서 빚어졌던 갖가지 모순과 갈등, 비리로 얼룩진 송사 모습 등을 총체적으로 담아내었다고 평가받는다.

이 작품들에서 흉년 끝에 맞이한 엄동설한은 서대주와 다람쥐의 대립과 갈등을 일으키는 구실을 한다. 한문본 〈서대주전〉은 서대주가 다람쥐의 식량을 강탈함으로써 송사가 비롯되고, 국문본인 〈서대주전〉과 〈서동지전〉은 서대주에게 식량 구걸을 거절당한 다람쥐의 무고(誣告)로 송사가 진행된다. 그런데 세 작품 모두 다람쥐가 패하는 것으로 결말을 맺는다.

〈서대주전〉 유형 작품들에서 유심히 살펴볼 점은, 이본들의 전체 구성은 비슷하지만 이본마다 인물 형상화 방법, 작자의 시각 등이 다르다는 것이다. 그래서 동일한 인물이 같은 행위를 하더라도 그 면모가 다르게 읽힐 수 있다. 이러한 점에 유의하면서 한문본 〈서대주전〉, 국문본 〈서대주전〉, 〈서동지전〉의 인물 형상화 양상과 의미를 중심으로 작품들을 살펴보자.

—

한문본 〈서대주전〉에 나타난 인물 형상과 의미

—

한문본 〈서대주전〉의 내용을 간추리면 다음과 같다.

① 서대주는 흉년이 들어 먹을 것이 부족하자 남악산에 살고 있는 타남주의 식량을 훔친다.

② 타남주가 이를 알고 서대주를 관아에 고소한다.

③ 서대주는 자신을 잡으러 들이닥친 사령을 후하게 대접한다.

④ 수령이 서대주를 문초하니, 서대주는 공신의 후예임을 자처하면서 도리어 타남주를 무고한다.

⑤ 수령은 서대주의 말이 타당하다고 여겨 서대주를 무죄로 방면하고, 타남주를 무고죄로 처벌한다.

이 작품에서는 서대주가 타남주(다람쥐)의 양식을 절취하자 타남주가 관아에 소지(所志, 청원서)를 제출함으로써 송사가 이루어진다. 이는 조선 후기 백성들이 아전이나 강호(强豪)들의 침탈 대상이 되었던 사정을 반영한 것이다. 서대주가 도적질로 살아가는 인물임이 널리 알려져 있음을 고려하면, 타남주의 소지는 식량을 되찾기 위한 당연하고 정당한 대응이다. 이에 관아에서는 서대주를 잡아들이라 명한다.

이때 서대주를 잡으러 간 사령들이 이중적 태도를 보이는데, 이는 세 이본에서 공통적으로 나타난다. 그들은 위세를 떨며 강압적인 태도로 서대주를 들볶으며 잡아가려 한다. 이는 서대주로부터 무엇인가를 얻어내기 위한 것이다. 아니나 다를까, 서대주가 음식을 후히 대접하자 이들은 매우 비굴한 태도를 보인다. 심지어 서대주 가족이 호화스러운 행장을 차리느라 부산을 떨어도 전혀 재촉하지 않는다. 이러한 사령들의 이중적인 태도는 그들의 물질적 탐욕을 드러낸 것이면서 관령을 빙자한 횡포를 보여주는 것이다. 그리고 서대주의 대접은 명백한 뇌물 수수 행위이다.

관아에 잡혀 온 서대주는 옥에 갇힌 상황에서도 옥졸들에게 뇌물을 써서 편안하게 지낸다. 그리고 다음 날 열린 재판에서 서대주는 세 가지 이유를 들며 자신을 변론한다. 곧 자신이 공신(功臣)의 후예라는 점, 자식의 변고와 아내의 병환으로 괴로운 상태라는 점, 흉년이 든 상황에서 타남주는 알밤을 모아 둘 처지가 못 되며, 부유한 자신이 타남주의 소소한 재물을 훔칠 이유가 없다는 점이다. 첫째 변론은, 서대주가 납속(納粟) 등을 통해 신분이 상승되어 양반을 자처하고 있었던 것으로 볼 수 있다. 그러나 나머지 변론은 작품 초반의 사건, 서대주 집의 살림살이를 고려했을 때 분명히 거짓이다. 이쯤 되면 타남주가 승소하는 것이 마땅해 보인다.

그런데 서대주의 변론은 독자와 판관의 감성에 호소하여 결국 자신이 무고함을 주장하는 것이 결코 허무맹랑하지 않음을 느끼도록 나름대로 치밀하게 구성되어 있다. 그는 자신이 처한 불행한 상황을 구체적으로 진술하고, 이로 인해 물건을 훔칠 겨를조차 없는 자신의 심정을 호소하고는, 상대의 평소 행실이 매우 무례하고 사악함을 폭로한다. 그러고는 상대의 이러한 행실로 봤을 때 자신을 무고한 것이 분명하다고 역공한다. 게다가 자신의 가문 성쇠에 대한 진술은 현재 서대주가 한스러움이 가슴에 쌓여 남의 물건을 탐낼 기력조차 없음을 정당화하는 근거로 기능한다. 이 변론은 서대주가 무고를 당했음을 인정받고 석방 조치를 받는 결과를 가져온다는 점에서 이어지는 이야기와 긴밀한 관련을 맺으면서 서사의 타당성을 부여하고 있다.

결국 서대주는 풀려나고, 오히려 타남주가 무고죄로 정배형(定配刑)을 받게 된다. 서대주는 비록 수령에게는 송사 전에 뇌물을 먹이지 않았지만, 송사를 유리하게 이끌기 위해 하급 관리에게는 직접 돈을 먹였다. 그리고 수령에게는 그의 탐욕과 약점을 간파하여 고도의 수법으로 자신이 지닌 재물과 권세의 힘을 내세움으로써 승소를 했다. 이러한 결말은 뇌물이 송사를 좌우하던 조선 후기의 부패한 사회상을 비판한 것이라 할 수 있다. 그리고 그 중심에 있는 서대주는 이 작품에서 가장 비판받아 마땅한 인물이며, 작품의 서술자 역시 서대주의 이러한 면을 비판적으로 그려내었다.

작품의 서술자가 이에 못지않게 풍자하고 있는 것이 또 하나 있다. 서대주가 승소하기까지 보여준 면모를 살펴보면, 그는 당시 부패한 관원의 속성을 누구보다 훤히 꿰뚫고 있었고, 이를 자신의 위엄을 높이는 데 적극적으로 활용할 줄도 알았다. 이는 단순히 부당하게 재판에서 이기는 것으로 끝나지 않는다. 작품 결말부에 나온 것처럼, 그는 이제 돈을 많이 써가며 관가에 빈번하게 출입하면서 본격적으로 위엄이 거룩한 행세를 하게 되었기 때문이다. 이를 두고 향촌 지배 질서가 수령과 재물을 축적한 요호부민의 공조 체계 속에 들어갔던 19세기의 새로운 사회상을 반영한 것으로 해석한다. 그리고 부패한 관권에 대한 풍자의 시각이 관권과 결탁하는 서대주의 행태에도 투영되었다고 본다.

그런데 서술자는 서대주의 형상을 부정적으로만 그리지 않았다. 예를 들어, 서대주가 감옥에 갇혔을 때 사람들은 그의 행위를 비웃으면서도 한편으로는 측은하게 여긴다. 그가 관가에 끌려와 모진 수난을 당하고 있다는 사실 때문이다. 이는 당시 관원들의 비리나 횡포에 대한 당대인들의 적대감이 만만치 않았음을 보여주는 것이기도 하다.

이렇게 서대주에 대한 서술자의 다면적인 시각에 대해, 한편으로는 무능하고 부패한 관원, 요호부민과 관권의 결탁, 관원의 횡포와 비리에 대한 적대감 등 당대 향촌 사회의 다양한 갈등 양상을 잘 보여주었다고 평가하기도 한다. 그렇지만 한편으로는 타남주처럼 경제적으로 성장해 가던 중농층이 겪어야 했던 문제의 핵심, 곧 아전이나 강호들의 침탈 대상이 되었던 사정에 대한 본질적인 문제의식을 상당히 흐려놓았다는 지적도 있다.

회동서관본 〈서대주전〉에 나타난 인물 형상과 의미

회동서관본 〈서대주전〉은 한문본 〈서대주전〉과 달리, 서대쥐가 다람쥐의 양식을 절취한 사건이 아예 나타나지 않는다. 대신 경제력에 따른 계층적 격차가 뚜렷하게 드러나도록 설정해 놓았다. 서대쥐는 대대로 부요(富饒)한 열후공신(列侯功臣)의 자손으로 홍제원 실직(實職)을 지냈다. 그는 물질에 대해 무한한 관심을 가지고 있으며, 그것의 소중함을 잘 알고 있다. 게다가 이를 적절히 사용할 줄 알아야 한다는 것도 알고 있으며, 실제로도 그러한 모습을 보인다. 그래서 상당히 덕이 있는 어른으로서 풍채와 용모를 지니고 있으며, 군자다운 면모도 강화되었다. 이에 반해, 다람쥐는 빈한하여 서대쥐에게 양식 구걸을 해야 하는 처지이다. 그는 사족(士族)이기는 하지만 빈농의 처지로 떨어진 인물이며, 이미 의식상으로도 완전히 몰락해 있던 존재로 볼 수 있다.

서술자는 다람쥐가 서대쥐에게 양식을 구걸하는 과정과 서대쥐와 다람쥐가 송사를 벌이는 과정에서 서대쥐의 후덕함·강직함과 다람쥐의 간악함을 애써 대조시킴으로써 서대쥐와 다람쥐의 품성을 부각시켜 놓았다. 이는 서대쥐의 절취 행위가 탈락한 데 따른 논리적 보완의 결과로, 이후 진행되는 서사에 타당성을 부여한다.

다람쥐는 서대쥐에게서 양식을 얻어 온 후 얼마 되지 않아 다시 양식을 구걸하러 간다. 그런데 그 과정에서 다람쥐는 서대쥐에게 무례한 언행을 일삼다가 문 밖으로 내침을 당한다. 이에 다람쥐는 분한 마음을 참지 못하고 송사를 일으킨다. 한문본 〈서대주전〉과 달리 서대쥐가 원래 가세(家勢)가 부요한 인물로 설정되어 있고 다람쥐에게 오히려 양식을 빌려주는 존재임이 부각되어 있어, 다람쥐의 소지는 서대쥐에 대한 명백한 무고로서 의미를 갖는다. 재판 과정에서 서대쥐는 한문본 〈서대주전〉과 마찬가지로 자신이 공신의 후예라는 점, 자식의 변고와 아내의 병환으로 괴로운 상태라는 점, 다람쥐는 알밤을 모아 둘 처지가 못 된다는 점 등 세 가지 이유를 들며 자신을 변론한다. 한문본 〈서대주전〉과 달리, 서대쥐가 양식을 훔친 일이 없기 때문에 서대쥐의 이 변론은 다람쥐의 무고에 대한 정당한 대응이라 할 수 있다. 그렇기에 서대쥐는 당연히 승소하게 된다.

그렇다면 서대쥐는 다람쥐의 양식 구걸을 왜 거절했을까? 그리고 이것은 어떤 의미를 갖는가? 서대쥐가 다람쥐의 양식 구걸을 거절한 이유는 두 가지이다. 하나는 다람쥐의 마음이 본디 어질지 못하기 때문에 그가 계속 구걸을 하러 올까봐 염려되어서이고, 다른 하나는 양식을 빌려 왔으면서 언어가 공순하지 못했기 때문이다. 두 가지 이유 중 좀 더 본질적인 것은 첫 번째이다. 표면적으로 다람쥐의 성품이 간악하다는 것을 내세우기는 했지만, 구걸에 계속 시달리는 것은 당대 향촌 사회에서 요호부민이 처했던 상황을 드러낸 것으로 볼 수 있기 때문이다.

조선 후기 요호부민은 자신의 재물을 축적함으로써 향촌 사회 안에서 영향력을 확대해 나갔다. 우화소설 작품에서 흔히 보이는, 재물을 통한 관권과의 결탁이 단적인 예이다. 그렇지만 그들은 빈민 구제라는 구실로 관원의 수탈을 감당해야 했고, 빈한한 형제들뿐만 아니라 일반 백성들을 구휼하는 도덕적인 의무도 져야 했다. 이는 요호부민이 조선 후기에 경험했던 이중적인 삶의 실상이었다. 요호부민의 재산 축적은 향촌 사회 내에서 영향력을 확대해 나가는 계기로 작용하기도 했지만, 반대로 재물을 축적하는 데 막대한 장애 요인이기도 했던 것이다. 결국 이 부분에서 문제 삼은 것은 요호부민의 재물 축적 결과로 초래된 빈부 모순이 요호부민 자신에게 어떤 문제로 되돌아오는가 하는 점이었던 것이다.

여기까지만 보면, 이 작품에서 피해자는 서대쥐이기에 그에 대한 서술자의 시각은 시종일관 긍정적일 것이라 생각할 수 있다. 그렇지만 송사를 계기로 서대쥐가 보여준 갖가지 파렴치한 행위를 보면, 서술자가 그를 결코 긍정적으로 그리지 않고 있음을 알 수 있다. 특히 이 작품에서는 송사 과정에서 서대쥐가 재물을 앞세워 관권과 결탁하는 모습을 좀 더 구체적으로 그렸다. 이를 통해 서대쥐와 같은 요호부민이 관권과 결탁하는 행위가 당시에 만연한 세태였음을 드러내었다.

한문본 〈서대주전〉과 마찬가지로, 관장의 명을 받고 서대쥐를 잡으러 온 사령들이 강압적인 태도를 보이며 들볶자 서대쥐는 그들에게 음식을 후하게 대접하며 그들의 마음을 누그러뜨린다. 이는 행위의 정당성 여부를 떠나 재물로써 자신에게 닥친 위기를 모면해 보려는 의도에서 저지른 일로 볼 수 있다. 여기에다 서대쥐가 옥에 갇힌 상황에서 옥졸들에게 뇌물을 써 편안하게 지내는 상황이 한문본 〈서대주전〉에 비해 상세하게 형상화되어 있다. 뇌물로써 송사에 적극 대처하는 서대쥐의 모습이 보다 생동감 있게 그려진 것이다. 서대쥐의 이러한 행위는 자신의 재물을 수령과 결탁하는 계기로 활용한 것으로, 재물을 통해 수령을 농락한 것이나 다름없다.

결국 이 작품은 서대쥐와 같은 당대 요호부민들이 처했던 이중적 삶에 대한 문제를 제기했다고 할 만하다. 재물을 축적했다는 이유로 빈민 구제를 빙자한 수탈과 도덕적 의무에 시달렸던 그늘의 삶에 내해 동경히는 시선을 보내는 한편, 그들이 재물을 통해 타락한 세상인심을 주도하는 것에 대해서는 비판적으로 바라보고 있는 것이다. 비록 작품에서 서대쥐의 덕 있고 군자다운 모습을 추켜세우고 있기는 하지만 말이다.

영창서관본 〈서동지전〉에 나타난 인물 형상과 의미

영창서관본 〈서동지전〉의 내용을 간추리면 다음과 같다.

① 서대주(서동지)가 자신의 자손들로부터 삶의 지향에 대한 이야기를 듣고 이를 칭찬한다.

② 서동지가 태종 황제로부터 벼슬 교지를 받고 잔치를 배설한다.

③ 잔치에 참석한 다람쥐가 서동지에게 양식을 구걸하자 서동지가 양식을 내어준다.

④ 양식이 떨어진 다람쥐가 다시 양식을 구걸하러 갔다가 거절당하고 돌아온다.

⑤ 다람쥐는 송사를 일으키려다 이를 만류하는 아내와 크게 다투고 아내는 집을 나간다.

⑥ 다람쥐는 백호산군에게 서동지를 무고한다.

⑦ 서동지가 백호산군에게 사정을 고하니 무고한 다람쥐를 옥에 가둔다.

⑧ 서동지가 다람쥐를 풀어주기를 간청하고 다람쥐는 자신의 행위를 반성한다.

③, ④, ⑥은 회동서관본 〈서대주전〉과 거의 같다. ①, ②, ⑤, ⑧은 회동서관본 〈서대주전〉에는 없거나 차이가 나며, 서동지가 백호산군에게 변론하는 ⑦ 부분도 약간 다르다.

영창서관본 〈서동지전〉에서는 서동지와 다람쥐의 경제력에 따른 계층적 격차, 인물의 성품 차이 등이 더욱 뚜렷하게 그려졌다. 서동지는 조상이 전쟁에서 공을 세운 공신(열후공신)의 자손으로, 대대로 부요하게 살아왔으며 임금으로부터 벼슬까지 제수받았다. 작품 전반에 걸쳐 덕을 갖춘 군자로서 면모가 부각된다. 이에 반해 다람쥐는 몰락 사족인데, 게으르고 몸을 아끼는 까닭에 구걸 행위를 통해 연명하는 존재로 설정되었다. 거기다 양식 구걸을 거절당한 후 서동지에게 보인 무례함, 송사를 두고 아내와 벌이는 다툼, 서동지에 대한 무고 등을 통해 그의 성품이 간악하다는 점까지 강조되었다.

서동지는 잔치에 찾아온 다람쥐가 양식을 구걸하자 양식을 내어준다. 그런데 얼마 후 다람쥐가 다시 양식을 구걸하러 오자 거절한다. 서동지는 자신의 집안이 풍족한 것은 사실이지만, 가난을 벗어나지 못하는 친척과 종족을 구휼하기에는 빠듯한 상황이라 다람쥐에게 양식을 내어줄 여유가 없다고 했다. 이러한 거절 사유는 회동서관본 〈서대주전〉보다 구체적이면서도 설득력이 있다. 이는 앞서 언급한 조선 후기 요호부민의 상황을 단적으로 드러낸 것이다. 이 부분만 보면 회동서관본 〈서대주전〉보다 영창서관본 〈서동지전〉이 이러한 문제의식을 좀 더 뚜렷하게 드러내었다고 할 만하다.

그리고 영창서관본 〈서동지전〉에서는 자신들을 잡으러 와서 들볶는 사령들에게 음식을 후히 대접하는 서동지의 모습, 감옥에 갇힌 후 하급 관리들에게 뇌물을 바쳐 편하게 지내는 모습 등 송사를 계기로 서동지가 보여준 갖가지 파렴치한 행위들이 회동서관본 〈서대주전〉에서보다 더 구체적으로 그려진다. 이 역시 당시 만연한 요호부민의 세태를 비판한 것이다.

이러한 비판 의식은 관장인 백호산군 앞에서 자신을 변론하는 모습에서 더욱 두드러진다. 재판 과정에서 서동지가 자신을 변론하며 든 근거는 한문본 〈서대주전〉, 회동서관본 〈서대주전〉과 같다. 그리고 그 역시 다람쥐의 양식을 훔친 일이 없기에 그의 변론은 다람쥐의 무고에 대한 정당한 대응이며 승소할 수 있는 타당한 근거가 될 수 있었다.

그런데 영창서관본 〈서동지전〉에서는 서동지가 자신을 변론하는 과정에서 관장인 백호산군의 무능함을 함께 거론한다. 그는 이러한 송사가 벌어지게 된 원인이 단순히 다람쥐의 성품이 악해서가 아니라 관장인 백호산군의 덕이 부족하여 교화가 이루어지지 못한 데 있음을 역설한다. 서동지의 이러한 언급을 보면, 다람쥐가 양식을 구걸해야 할 정도로 처참한 상황에 처한 것, 다람쥐가 양식을 구걸했다가 거절당하자 앙심을 품고 송사를 일으킬 정도로 예의염치를 잊은 것 등은 모두 상급 관원들의 탓이다. 사실 예의염치 문제는 송사를 일으키려 하는 다람쥐에게 아내가 했던 말에서 잘 드러난다. 다람쥐 아내는 '사람은 모름지기 어떠한 상황에 처하더라도 예의염치를 잊어서는 안 된다'며 송사를 만류한 것이다. 여하튼 이 두 가지는 위정자의 부덕함과 무능함을 문제 삼은 것으로, 일면 정당한 비판이다. 그렇기에 관장인 백호산군은 어이없어 화를 내면서도 이를 인정하고 그를 풀어주었다.

그러나 이 문제를 거론한 서동지의 행태는 자신의 재물을 통해 관권과 결탁하는 파렴치한 모습이었다. 그래서 장관의 부덕함에 대한 언급은 설득력을 갖기 어렵다. 이 문제를 다람쥐의 입이 아니라 서동지의 입을 빌어 했다는 것은, 재물을 통해 관권과 결탁하여 영향력을 행사하면서도 정작 이에 대한 잘못은 상급 관리의 탓으로 돌려버리는 뻔뻔한 행태를 강력히 비판한 것이다. 시종일관 덕 있는 군자로서의 면모를 보여주었던 서동지의 이러한 모습을 통해 풍자의 효과가 더욱 두드러지게 했다.

아쉽게도 영창서관본 〈서동지전〉은 작품에서 보여준 여러 비판 의식을 결말까지 끌고 가지 못했다. 변론을 들은 백호산군이 서동지를 풀어주고 다람쥐에게 정배형을 내리자, 서동지는 다시 백호산군에게 다람쥐의 가련한 처지를 언급하며 그를 용서해 줄 것을 청한다. 이에 감동한 백호산군은 다람쥐를 놓아주고, 다람쥐는 자신의 죄를 뉘우치며 서동지에게 감사 인사를 한다. 이러한 결말은 풍자적인 의미를 함의한 상태로 그려졌던 서동지의 군자적인 모습이 감화를 일으킬 정도로 진실된 모습으로 탈바꿈하게 만들었다. 그래서 그동안 보여줬던 서동지에 대한 비판 의식은 사라지고, 마치 이러한 갈등이 성품의 선악에 기인한 것으로 결론을 내리는 것처럼 비치게 되었다. 이후 다람쥐와 쥐는 서로를 멀리하며 마주치지 않으려 했다는 설화 같은 종결은 그래서 매우 아쉽다.

– 장예준

참고 문헌

신해진 · 유영대 편역, 《조선 후기 우화소설선》, 태학사, 1998.
신해진 편역, 《서류 송사형 우화소설》, 보고사, 2008.

김재환, 《우화소설의 세계 – 동물의 문학적 발상》, 박이성, 1999.
이헌홍, 《한국 송사소설 연구》, 삼지원, 1997.
장예준, 〈19세기 상·하층 소설의 접점과 문화적 의미 – 한문 장편소설과 우화소설·판소리계 소설의 글쓰기 방식을 중심으로〉, 고려대학교 박사학위논문, 2012.
정출헌, 《조선 후기 우화소설 연구》, 고려대학교 민족문화연구원, 1999.

三
새들의 목청 자랑과 황새의 판결

꾀꼬리와 뻐꾸기와 따오기의 노래자랑
—

꾀꼬리, 뻐꾸기, 따오기가 모여 자신들의 목청을 뽐냈다. 누가 목청이 가장 좋은지 결론이 나지 않자 황새에게 판결을 받기로 했다. 황새는 누구의 손을 들어줬을까? 승자는 따오기였다. 도대체 어떻게 된 것일까?

〈따오기 노래자랑〉은 목소리가 가장 나쁜 따오기가 황새에게 뇌물을 주어 꾀꼬리와 뻐꾸기를 이긴다는 이야기이다. 이 이야기는 비교적 이른 시기부터 형성되어 18~19세기에는 이미 민간에 전승되고 있었다. 조수삼(1762~1849)의 《추재집》에 나오는 "산 꾀꼬리 들 따오기 서로 송사를 하니 / 늙은 황새 나리 판결 공정도 하도다"라는 시구가 그 근거이다.

〈따오기 노래자랑〉이야기는 전승되는 과정에서 구연자에 따라 다양한 의미로 변주되었다. 바람직하지 않은 현상을 풍자하기 위해 활용되기도 했지만, 바람직하다고 할 수는 없으나 그것이 때로는 필요함을 드러내기 위해 쓰이기도 했다. 곧 뇌물을 바치는 따오기와 이를 받고 엉터리 판결을 내리는 황새를 풍자하기도 했고, 자기의 목청만 믿고 뻐기는 앵무새와 뻐꾸기의 오만함을 비판하기도 했다. 그리고 조선 후기 과거제도의 문란에 대해 풍자하기도 했다. 또 뇌물을 바치지 않는 수령에게 감사(監司)가 뇌물을 바치도록 유도하는 용도로 활용되기도 했고, 일을 원만히 처리하기 위해서는 적당한 사회성이나 인정(人情, 선물 혹은 뇌물)이 필요함을 강조하기 위해 쓰이기도 했다. 이는 구연자나 작자가 어떤 주제를 드러내기 위해 이야기를 활용하는가에 따라 의미 지향이 달라짐을 보여준다.

송사 문제를 다루는 송사형 우화소설의 경우, 사건의 발단에서부터 시작하여 사건 처리 과정 및 결말에도 재물의 힘이 관철되고 있음에 주목한다. 곧 빈부의 양극화가 심해지면서 식량을 둘러싸고 일어났던 향촌민들 사이의 갈등, 여기에 말단 통치 체제의 일원인 수령과 아전들의 횡포, 그 이면에 감추어진 탐욕을 드러내는 데 초점이 놓여 있다. 이를 통해 조선 후기의 향촌 사회에서 빚어졌던 갖가지 모순과 갈등을 드러낼 뿐만 아니라 그 갈등을 해결해야 할 송사마저도 비리로 얼룩져 있음을 총체적으로 담아냈다. 앞서 언급한 〈따오기 노래자랑〉 이야기 역시 우화소설 〈황새결송〉에 액자 형식으로 들어가면서 작품 내에서 이러한 문제를 꼬집는 중요한 기능을 담당한다.

이 글에서는 송사형 우화소설 〈황새결송〉에 나타난 등장인물 간의 갈등과 풍자 양상 등을 살펴보고, 이 작품이 송사형 우화소설로서 갖는 의미를 알아보도록 한다. 이를 통해 〈황새결송〉에 삽입된 〈따오기 노래자랑〉 이야기가 송사형 우화소설의 문제의식을 드러내는 데 어떻게 기여하는지 확인할 수 있을 것이다.

〈황새결송〉에 나타난 소송의 과정과 결과

〈황새결송〉은 고려대 중앙도서관 및 서울대 가람문고의 《금수전(禽獸傳)》과 대영박물관본 《삼설기(三說記)》에 수록되어 있는 우화소설이다. 재물을 둘러싼 송사에서 비리가 횡행하는 현실을 보여줌으로써 향촌 사회의 계층 갈등을 풍자적으로 그려냈다. 작품의 줄거리를 간추리면 다음과 같다.

① 경상도 만석꾼인 시골 부자에게 포악무도한 친척이 찾아와 재산을 반분(半分)해 달라며 괴롭힌다.

② 이를 견디지 못한 부자는 서울 형조(刑曹)를 찾아 원정(原情)을 올린다.

③ 처결이 미루어지는 사이, 친척은 인맥을 활용하여 관원들을 뇌물로 매수해 둔다.

④ 결국 부자는 친척을 구휼하지 않았다는 이유로 패소한다.

⑤ 분함을 이기지 못한 시골 부자는 관원들에게 〈따오기 노래자랑〉 이야기를 들려준다.

　⑤-1 꾀꼬리, 뻐꾸기, 따오기가 목청 자랑을 하다 황새에게 판결을 받기로 한다.

　⑤-2 제 소리가 가장 못함을 아는 따오기는 황새가 좋아하는 곤충들을 잡아다가 바친다.

　⑤-3 다음 날 황새는 따오기 편을 들어준다.

⑥ 부자가 그릇된 판결을 내린 법관들을 비꼬자 형조 관원들은 부끄러워 아무 대답도 하지 못한다.

경상도 시골에 조상의 가업을 물려받아 대대로 부자로 살고 있는 이가 있었다. 마을 사람들은 부유함을 부러워하면서 그의 덕을 칭송했다. 그러던 어느 날 포악무도하기로 소문난 친척이 찾아와 부자가 가진 재물과 전답 절반을 내놓으라며 소란을 피웠다. 그는 집의 재산을 탕진하고 떠돌아다니던 터였다. 그는 온갖 욕설을 퍼붓고, 집에 불을 지르려 했으며, 죽이겠다고 협박까지 했다. 이를 참다못한 부자는 형조(刑曹)를 찾아가 저간의 사정을 하소연하는 원정을 올렸다.

시골 부자와 친척 간에 벌어진 송사 사건의 원인은 바로 재산 문제이다. 재물의 '뺏음 – 빼앗김'은 송사형 우화소설에서 흔히 제재로 삼는 것이다. 예를 들어, 〈서대주전〉 작품군은 양식의 탈취냐 구걸이냐의 차이는 있지만, 역시 양식을 빼앗느냐 빼앗기느냐 하는 문제로 송사가 발생한다. 〈황새결송〉과 차이가 있다면, 부를 축적한 서대주가 겉으로는 군자다운 모습을 보이면서 실상은 관권과 결탁하여 송사를 좌지우지하는 모습을 보임으로써 강력한 풍자의 대상이 된다는 점이다.

〈황새결송〉에서는 서술자가 부자를 시종일관 긍정적으로 그려나간다. 부자는 아무런 죄가 없기 때문이다. 부자가 올린 원정에 의하면, 부자는 평소 자신의 재산을 가지고 가난한 친척을 구휼해 왔다. 그리고 포악무도한 친척에게도 재산과 전답을 조금 나누어 줘서 떠돌아다니며 살지 않도록 해주었다. 그럼에도 불구하고 친척은 가산을 탕진하여 떠돌아다니다 와서 그에게 재산을 내놓으라고 요구했던 것이다. 이렇게 부자는 자기 스스로 일을 잘못 처리한 것이 전혀 없으며, 그저 자신의 억울한 상황을 해결하기 위해 소송을 일으킨 것이다. 자신의 부를 앞세워 관권과 결탁하려는 모습도 드러나지 않는다. 작품의 정황을 따져보아도 부자가 원정에서 거짓말을 한다고 보이지 않는다.

그런데 어찌 된 영문인지 원정을 올린 지 한참이 지났는데도 판결은 차일피일 미루어졌다. 그리고 그동안에 떠돌이 생활을 하면서 인맥을 넓혀 놓았던 친척은 그 인맥을 활용해 관원들을 매수한다. 재판 결과가 자신에게 유리하게 나오도록 손을 써놓은 것이다. 관원을 매수해 송사를 유리하게 만드는 것은, "예부터 송사는 눈치 있게 잘 돌면 이기지 못할 송사도 아무 탈 없이 이길 수 있나니, 이는 이른바 '사슴 가죽에 가로 왈(曰) 자를 씀'이라"라는 친척의 말에서 보듯이, 당대에 흔한 일이었다. 사슴 가죽에 가로 왈 자를 써놓고서 가죽을 가로로 당기면 가로 왈(曰) 자가 되지만, 세로로 당기면 날 일(日) 자가 된다. 이 말은 원래 일정한 주장이나 견해가 없이 남의 말만 붙좇아서 이랬다저랬다 한다는 의미로 쓰인다. 그런데 여기서는 사건의 실정(實情)이 어떠하건 간에 손을 어떻게 쓰느냐에 따라 일의 형세가 유리하게도 불리하게도 바뀔 수 있음을 나타낸 말로 쓰였다.

친척이 손을 써놓은 것을 전혀 알지 못했던 부자는 자신의 잘못이 없으니 응당 승소하리라고 철석같이 믿고 있었다. 그래서 가만히 형조의 판결을 기다리기만 했던 것이다. 그런데 판결이 있던 날, 뜻밖에도 부자는 형조 판관에게 욕을 실컷 얻어먹으며 송사에 패하고 말았다. 판관은 뭐라고 판결을 했던 것일까?

"네 들으라. 부자는 너같이 무지한 놈이 어디 있는가? 네 자수성가를 하여도 가난한 친족을 살리며 불쌍한 사람을 긴급히 구원해야 하거늘, 하물며 너는 조상 때부터 내려오던 가업을 가지고 대대로 부를 쌓아 만석꾼에 이르렀으니 흉년에 일읍(一邑)의 백성을 구휼하기에도 충분하지 않은가. (그런데) 너의 지친(至親)을 구제하지 아니하고 송사를 하여 물리치려 하니 너같이 무도(無道)한 놈이 어디 있겠는가? 어느 자손은 잘 먹고 어느 자손은 굶어 죽게 되었으니 네 마음에 어찌 죄스럽지 아니하랴. 네 행위를 헤아리면 마땅히 매로 죄를 묻고 정배(定配)할 것이로되 십분 보류하여 송사만 지게 하고 내치나니 네게는 이만한 은덕이 없는지라. 저 놈이 달라 하는 대로 나누어 주고 친척 간에 서로 의(誼)를 상하지 말라."

판관이 부자를 패소하게 한 이유는 간단하다. 만석꾼에 이를 정도로 부를 축적했으면 응당 한 읍의 백성들을 구제하기에 충분한데도, 도리어 친척 한 사람조차 구휼하는 것도 꺼려하여 내침으로써 친척 간의 의(誼)를 저버렸다는 것이다. 부자로서 빈곤에 시달리는 일가친척에 대한 구휼 의무를 다하지 않았다는 것이 주된 이유이다.

여기서 판관이 판결을 내리면서 내세운 이유 자체는 엉터리가 아니다. 판관이 이 이유를 든 것은 조선 후기 상황과 관련된다. 한 가문에 부를 축적한 자가 있으면 그가 여타 형제뿐만 아니라 형편이 어려운 친척들도 구휼해야 한다는 도덕적인 의무가 암묵적으로 자리 잡고 있었기 때문이다. 부자는 자신이 부유하다는 이유로 주변의 어려운 형제와 친척들을 보살피고 챙겨야 한다는 의무를 져야만 했던 것이다.

그런데 부자가 올린 원정에서 보듯, 부자는 자신의 재산을 가지고 가난한 친척들을 구휼하는 데 힘써 왔으며, 소송을 제기한 친척에게도 예외가 아니었다. 그런 점에서 볼 때, 판관이 판결에서 내세운 이유는 부당한 것임이 틀림없다. 더구나 구휼의 의무가 자신이 감당할 수 있는 정도를 벗어나거나 다른 대안이 모색되지 않은 채 형제와 친척들이 오로지 자신의 부유함에만 의지하는 상황이 지속된다면, 이들 간에 갈등이 일어나는 것은 당연하다. 부자로서는 억울하기 짝이 없는 상황에 처한 것이다.

그렇지만 송사는 되돌릴 수 없다. 부자는 쓸쓸히 고향으로 돌아가야 하는 처지가 되었다. 억울함을 참을 수 없었던 부자는 판관에게 이야기 하나 하고 싶다며 청한다. 평소 이야기를 좋아하고 시골 이야기가 궁금했던 판관은 이를 허락했다. 이에 부자는 〈따오기 노래자랑〉 이야기를 관원들에게 들려주었다. 이 이야기의 내용은 무엇이고, 작품 내에서 어떤 기능을 할까?

—

〈따오기 노래자랑〉 이야기 양상과 기능

—

이 작품에 들어 있는 〈따오기 노래자랑〉 이야기의 골격은 같은 유(類)의 여느 이야기와 다르지 않다. 꾀꼬리, 뻐꾸기, 따오기가 목청 다툼을 하다 우열을 가리지 못하자 황새에게 가서 판결을 받기로 했다. 이때 가장 불리한 위치에 있었던 따오기가 황새를 찾아가 뇌물을 바쳤다. 다음 날 꾀꼬리, 뻐꾸기, 따오기가 황새 앞에서 노래를 부르고, 황새는 따오기 편을 들어주었다.

다른 이야기들과 가장 다른 부분은 뇌물을 가지고 찾아간 따오기를 대하는 황새의 모습이다. 황새는 여러 면에서 매우 의뭉스러운 면모를 보여준다. 황새는 평소 자신을 한번 찾아오지도 않던 따오기가 갑자기 밤중에 찾아오자, 반드시 어려운 일로 자신에게 청탁할 일이 있어서일 것이라 짐작한다. 그리고 우선 따오기가 가져온 물건들의 면면을 살펴봐야겠다고 생각하고는 몰래 훑어보았다. 이는 따오기가 자신에게 청탁할 목적으로 찾아온 것임을 눈치채고 뇌물의 수준에 따라 응할지 말지를 결정하겠다는 뜻을 드러낸 것이다. 그러나 그런 모습을 따오기에게는 전혀 내비치지 않았다. 사실 공정한 판결을 기대할 수 없는 판관의 모습을 이미 여기서 보여준 것이나 다름없다.

따오기가 가져온 뇌물에 만족감을 느낀 황새는 그제야 반색을 하면서, 긴급한 일로 온 듯한데 무슨 일이든 무사하게 해주겠노라 말한다. 그러자 따오기는 자초지종을 이야기하면서 내일 송사 때 자신의 소리를 상성(上聲)으로 판결해 달라고 부탁한다. 여기서도 황새는 의뭉스러운 태도를 보였다. 황새는 속으로 '송사를 함부로 일으키면 체면을 손상시킨다는 것을 따오기가 알 리 없다'고 비웃으면서, 따오기의 편을 들어주는 그릇된 판결로 자신의 체면이 상할까 슬며시 걱정했다. 그러면서도 송사의 이치는 옳고 그름을 막론하고 꾸며대기에 있으니, 귀에 걸면 귀걸이요 코에 걸면 코걸이라고 하면서 자신의 뜻에 따라 얼마든지 송사 결과가 바뀔 수 있음도 내비쳤다. 물론 따오기에게는 끝내 확답을 해주지 않으면서 말이다.

다음 날 꾀꼬리, 뻐꾸기, 따오기가 판결을 받으러 오자 황새는 이들에게 노래 한 곡조씩 해보라고 했다. 각자 노래를 부르자 황새는 꾀꼬리의 소리는 애잔하여 쓸데없다고 평하고, 뻐꾸기의 소리는 궁상맞고 수심이 깃들어 있다고 평한다. 그러고는 따오기의 소리가 가장 웅장하다며 따오기 편을 들어주었다.

이런 황새의 모습은 바로 뇌물에 매수된 판관의 모습이다. 그래서 〈따오기 노래자랑〉 이야기는 일차적으로 작품 속에서 뇌물을 받고 부당한 판결을 내리는 관리들에 대한 풍자의 의미를 지니게 된다. 곧 조선 후기 통치 권력의 부패상을 비판한 것이다.

그런데 이 이야기는 부자가 이야기를 마친 뒤 덧붙인 말로 인해 풍자 대상과 풍자의 의미가 좀 더 구체화된다. 부자는 뇌물을 받고 그릇된 판결을 내린 황새에 대해 재앙이 자손에게까지 미치지 않겠느냐고 평가했다. 또한 그는 다른 짐승들이 황새를 두고 "개 아들, 소의 자식"이라며 비웃었다는 말도 했다. 그러면서 서울의 관원도 이와 같으니 자신은 그만 물러갈 따름이라고 끝을 맺었다. 부자의 이 말을 통해 〈따오기 노래자랑〉에서 뇌물을 받아먹고 부당한 판결을 내렸던 황새는 바로 형조의 관원을 빗댄 것이며, 부당한 판결을 내린 형조 관원들 역시 재앙이 자손에까지 미칠 '개 아들, 소의 자식'임이 드러난다. 부자의 마지막 말을 통해 〈따오기 노래자랑〉 이야기는 단순히 부당한 판결을 내리는 관원에 대한 풍자를 넘어서, 뇌물을 받고 부당한 판결을 내렸던 형조 판관 및 그를 둘러싸고 있는 중간 계층에 대한 신랄한 풍자를 전면에 드러내었던 것이다.

—

송사형 우화소설 〈황새결송〉의 의미

—

그렇다면 〈황새결송〉은 송사형 우화소설로서 어떤 의미를 가질까?

앞에서 송사 문제를 다루는 송사형 우화소설의 경우, 사건의 발단에서부터 시작하여 처리 과정 및 결말에도 재물의 힘이 관철되고 있다는 사실에 주목한다고 했다. 지금까지 살핀 대로, 이 작품에서도 재물이 송사를 좌지우지하는 세태를 부자와 친척 간의 소송 과정을 통해서, 그리고 부자가 들려준 〈따오기 노래자랑〉 이야기를 통해서 뚜렷하게 드러내었다.

이치상 자신을 구휼해 준 부자의 재물을 탐한 친척이 벌을 받는 것이 당연하지만, 친척이 서울에 올라가 관원들을 매수함으로써 판결은 도리어 부자가 패소하는 것으로 귀결되었다. 이는 친척의 뇌물이 재판 과정과 결과를 좌지우지하는 양상을 드러낸 것이다. 또한 부자가 들려주는 이야기에서 황새가 따오기에게 뇌물을 받고 따오기 편을 들어준 것 역시 부당한 판결을 내리는 관원들에 대해 풍자하면서 동시에 송사 처리 과정에서 재물의 힘이 관철되고 있음을 드러낸 것이라 하겠다. 결국 이 작품은 뇌물을 받고 부당한 판결을 내렸던 형조 판관 및 그를 둘러싸고 있는 중간 계층에 대해 신랄하게 풍자하는 한편, 송사 과정에서 재물의 힘이 관철되던 조선 후기 세태도 함께 드러내고 있는 것이다.

아울러 부자가 호조에 올렸던 원정과 호조 관원의 판결문에서 볼 수 있는 것처럼, 조선 후기에 부를 축적한 사람들은 부유하다는 이유로 빈곤한 일가친척들과 이웃을 구휼해야 하는 도덕적 의무를 지고 있었다. 이는 구휼을 요구하는 범위와 정도가 부를 축적한 사람들의 능력치를 넘어서거나 부당한 요구가 지속될 경우 향촌 사회에서 심각한 갈등을 일으키는 원인이 되었다. 즉 이 작품은 주변의 형제나 친척들의 곤궁함까지 감내해야 했던 부유한 향촌민의 고충, 그리고 이로 인한 향촌민들 간의 갈등이 결코 심상치 않았음을 짐작해 볼 수 있게 했다는 점에서도 의미가 있다.

- 장예준

〈따오기 노래자랑〉과 〈앵구목송와갈선생전〉

〈따오기 노래자랑〉 이야기 가운데 가장 이른 시기의 모습을 보여주는 자료는 성대중(1732~1812)의 《청성잡기(靑城雜記)》 〈성언(醒言)〉에 실려 있는 것이다. 그리고 작자 미상의 우언(寓言)인 〈앵구목송와갈선생전(鸎鳩鷲訟臥渴先生傳)〉에서도 중요한 모티프로 작용하고 있다. 〈앵구목송와갈선생전〉과 〈황새결송〉은 대략 18세기 말에서 19세기 초반 사이에 나온 것으로 추정되며, 이 두 작품 가운데 어느 것이 먼저 나왔는지는 알 수 없다. 세 작품에 실린 〈따오기 노래자랑〉은 이야기의 기본 골격은 같지만 세부적으로 형상화된 모습은 꽤 다르다. 또한 작자가 지목하고 있는 풍자 대상과 드러내고자 한 의미도 다르다. 여기에서는 〈따오기 노래자랑〉을 모티프로 한 작품 중 〈황새결송〉을 제외한 나머지 두 작품의 풍자 양상과 의미를 살펴보겠다. 이를 통해 〈따오기 노래자랑〉 이야기가 이 작품들 속에서 어떻게 변주되고, 드러내려는 의미가 어떻게 달라지는지 확인할 수 있을 것이다.

1. 《청성잡기》 소재 〈따오기 노래자랑〉 이야기의 풍자 양상과 의미

《청성잡기》 소재 〈따오기 노래자랑〉 이야기에서는 꾀꼬리와 비둘기, 무수리가 서로 목청을 자랑하다 '어르신'인 황새에게 판결을 받기로 한다. 이때 가장 불리한 위치에 있었던 무수리는 뱀을 잡아다 황새에게 뇌물로 바쳤다. 황새는 꾀꼬리에 대해 청아하기는 하지만 애처로움에 가깝다고

평하고, 비둘기에 대해서는 그윽하기는 하나 음란함에 가깝다고 평하고, 무수리에 대해서는 탁하기는 하나 웅장함에 가깝다고 평하면서 무수리의 손을 들어준다.

작품의 서술자는 이들의 형상화를 통해 꾀꼬리와 비둘기, 무수리, 황새 모두 제각기 문제가 있음을 지적한다. 먼저 자신의 소리가 아름답다는 것만 믿어 그윽한 곳에서 쉬면서 비웃던 꾀꼬리와 느릿느릿 걸어 다니며 노래를 불렀던 비둘기를 송사에서 패하게 만듦으로써, 자신의 능력만을 믿고 자만하여 준비를 소홀히 하는 인간의 모습을 비판했다. 황새에게 뇌물을 바쳐 송사에서 승리한 무수리에 대한 눈길도 곱지 않다. 송사에서 승리한 무수리는 마치 자신이 정말 노래를 잘하는 양 부리를 흔들어 대며 노래를 불렀다. 부당한 판결을 끌어낸 당사자가 마치 진실로 그러한 판결을 받기에 합당한 능력을 갖추었던 것처럼 으스댄 것이다. 서술자는 이를 통해 뇌물 제공으로 부당한 판결을 이끌어냄으로써 사회정의를 흐리는 행태도 문제 삼았다.

이 작품에서 풍자의 시각을 가장 강하게 드러낸 대상은 황새이다. 서술자는 판결 전후에 보이는 황새의 행태를 간결하면서도 우스꽝스럽게 그림으로써 판관 황새의 모습을 풍자했다. 우선 꾀꼬리, 비둘기, 무수리의 울음에 대해 서술자는 각각 '지저귀[囀(전)]'고, '울[塢(오)]'며, '부르짖[叫(규)]'는다고 표현했다. 이는 이들의 소리를 명확하게 대비하면서 동시에 후자로 갈수록 소리의 질이 떨어짐을 드러낸 것이다. 그린데 황새는 꾀꼬리의 소리에 대해 '부리를 안으로 향한 채 웅얼거리면서' 말을 하고, 비둘기의 소리에 대해서는 '고개를 숙인 채 천천히 웃으면서' 말을 했다. 그리고 무수리의 소리를 듣고는 '꽁무니를 쳐들고서 빠르게 노래 부르며' 말을 했다. 정말 실력 있는 꾀꼬리 소리에는 미동도 하지 않다가 보잘것없는 무수리 소리를 듣고는 감정이 고양되어 너스레를 떨어댄 것이다. 이 서술은 새 소리 능력이 갈수록 떨어진다는 객관적인 사실과 점점 과장된 행동을 보이는 황새의 모습이 묘하게 대비를 이루면서 풍자성을 강하게 띤다. 게다가 황새는 판결을 내린 후 교만하게 걸으며 먼 곳을 흘끗 보며 스스로 만족해하는 모습마저 보였다. 결국 서술자는 새들의 울음소리와 이에 대한 황새의 반응을 묘하게 대비시킴으로써 황새가 결코 믿을 수 없는 존재였음을 폭로하고, 이를 통해 뇌물을 미끼로 해서 부당한 판결을 내리는 판관에 대해 비판했다.

이렇게 《청성잡기》 소재 〈따오기 노래자랑〉 이야기는 뇌물 제공을 통해 부당한 판결을 이끌어냄으로써 사회정의를 흐리는 인간, 자신의 능력만 믿고서 준비를 소홀히 하는 인간, 뇌물을 받고서 부당한 판결을 내리는 인간의 행태를 꼬집었다고 평가할 수 있다.

2. 〈앵구목송와갈선생전〉의 풍자 양상과 의미

〈앵구목송와갈선생전〉은 한문본 〈춘향전〉의 일종인 〈광한루기〉와 합철되어 국립중앙도서관에 소장되어 있다. 이 작품에서는 꾀꼬리와 비둘기, 따오기가 서로 자신의 문벌과 목청을 자랑하다 우열을 결정짓지 못하자 와갈선생(황새)에게 가서 판결을 받는다. 이 이야기에서도 가장 열등한 위치에 있던 따오기가 뇌물을 바쳐 승소를 한다.

꾀꼬리와 비둘기는 목청 자랑에 앞서 외모, 곧 문벌 자랑을 통해 자신들의 신분을 밝히고, 신분적 우월감을 통해 따오기를 누르려 했다. 문면을 볼 때, 꾀꼬리는 무관 출신, 비둘기는 문관 출신인데, 모두 조상 대(代)에 공업이 높았을 뿐 자신들은 현재 별 볼 일 없는 상황에 놓여 있음을 알 수 있다. 그런데 역시 별 볼 일 없는 따오기가 도학자 집안 출신임을 밝힘으로써 우열을 가리지 못한다. 작품의 서술자는 자신의 분수를 생각하지 않고, 자신들의 후광만을 믿고서 허장성세를 부리는 모습을 풍자적으로 꼬집었다.

따오기에게 무안을 당한 꾀꼬리와 비둘기는 이에 대한 분풀이로 목청으로 내기를 하고 공정하게 판결해 줄 와갈선생에게 가서 판결을 받자고 한다. 따오기는 자신의 목청이 객관적으로 가장 형편없다는 사실과 이들이 송사를 일으킨 이유를 잘 알고 있었다. 게다가 당대의 인정세태에 대해서도 매우 냉철하게 인식하고 있었다. 곧 따오기는 세상살이가 결코 만만하지 않으며, 자신의 욕망을 성취하기 위해서, 그리고 자신과 이해관계에 있는 자를 꺾기 위해서는 정도(正道)도 쉽게 어그러뜨릴 수 있는 현실 세계에 살고 있음을 냉철하게 이해하고 있었다.

그래서 따오기는 몇 가지 선물을 가지고 와갈선생을 찾아간다. 황새는 따오기의 뜻밖의 방문에 매우 반가워하고 따오기와 이별할 적에 그의 정성을 고마워하면서 시를 주고받는다. 따오기와 황새는 모두 몸집이 제법 큰 흰 새인데, 이 점은 둘 사이에 강한 동질감이 형성될 수 있는 바탕이 된다. 게다가 그들이 주고받은 시에는 둘 모두 세상을 등진 채 고결하고 고상한 삶을 지향하고 있음을 밝혀 이미 일정한 공감대가 형성되어 있음을 드러냈다. 결국 따오기의 선물은 질 것이 자명한 송사에서 승소하기 위해 취할 수밖에 없는, 그리고 자기편으로 끌어들이기 위한 부득이한 일이 된 셈이다.

마침내 꾀꼬리와 비둘기, 따오기는 함께 황새를 찾아가서 목청에 대한 판결을 받는다. 여기서 황새는 자신의 가치 지향과 학식을 동원하여 교묘하게 논리화하면서 그것이 새들의 실상에 근거한 것처럼 보이게 만들었다. 그럼으로써 그 판결이 결코 엉터리로만 읽히지 않도록 했다. 그는 꾀꼬리, 비둘기 울음에 대해 '스스로 자기 이름을 말할 뿐'이며, 음률도 맞지 않다고 혹평했다. 꾀꼬리를 가리키는 글자(鶯(앵))의 음이 '앵'이고 그가 '앵앵'거리고 울기 때문이며, 비둘기를 가리키는 글자(鳩(구))의 음이 '구'이고 그가 '구구'거리고 울기 때문이다. 이에 반해 따오기에 대해서는 '문(文)'과 '질(質)'이 균형을 이루고 있다고 칭찬하면서 그 근거로 성인과 현인이 자신들을 '옥(玉)'에다 비유한 전고를 끌어왔다. 이는 옥돌을 쉼 없이 갈아서 고운 옥을 만들어내는 것처럼, 자신도 도를 닦는 데 쉼 없이 정진하여 선정을 펼칠 준비를 해두겠다는 의지를 표현한 것이다. 그리고 이는 황새가 평소 지향하고 있던 가치와 일치하는 것이기도 했다. 황새가 따오기의 목소리를 높게 평가한 것은 바로 따오기의 '따옥따옥(多玉多玉(다옥다옥))' 하는 울음소리가 '나는 그런 덕(玉(옥))이 많소이다.'라고 말하는 것으로 해석을 한 데서 기인한다.

결국 황새는 부정한 뇌물 수수를 통해 뇌물 제공자에게 유리한 판결을 내린 것을 자신의 학식을 이용하여 철저히 실상에 근거한 것으로 둔갑시켰다. 그리고 신분적 '동질감'을 바탕으로 자신의 인품과 학식을 교묘히 이용하여 노골적인 편가르기까지 자행했다. 자신의 고상한 학덕을 부정을 저지르고 부정을 눈감아 주는 데 사용한 것이다.

이 작품의 작자는 뇌물로 인해서 정도가 쉽게 어그러지고, 부정과 노골적 편가르기가 횡행하는 세태에 대한 절망감을 짙게 드러내었다고 하겠다.

참고 문헌

김종태 외 옮김, 《국역 청성잡기》, 민족문화추진회, 2006.

신해진·兪영대 편역, 《조선 후기 우화소설선》, 태학사, 1998.

김재환, 《우화소설의 세계 – 동물의 문학적 발상》, 박이정, 1999.

이헌홍, 《한국 송사소설 연구》, 삼지원, 1997.

장예준, 〈〈앵구목송와갈선생전〉의 풍자 양상과 작가 의식〉, 《한국고전연구》15, 한국고전연구학회, 2007.

정출헌, 《조선 후기 우화소설 연구》, 고려대학교 민족문화연구원, 1999.

제5장

판소리계 소설

판소리계 소설은 조선 후기에 성행한 판소리 사설의 영향을 받아 소설로 정착된 작품을 말한다. 주요 서사를 판소리 사설에서 가져왔기 때문에 이야기 전개 방식과 지향 의식은 상당 부분 유사하다. 그러나 판소리는 구비 연행물인 데 반해, 판소리계 소설은 문자로 창작된 소설이라는 점에서 일정한 거리가 있다.

판소리는 부분의 독자성과 장면의 극대화가 두드러지고 인물의 성격이 불일치하는 등 서사적 당착이 존재할 뿐 아니라 필연적·유기적 구성을 갖추지 못하고 있지만, 판소리계 소설은 완결된 이야기를 제재로 재가공한 것이라 일관성과 서사 전체의 통일성이 현저하다. 판소리 연행의 묘미라 할 삽입가요가 소설에서는 대폭 줄어들었고, 4음보의 반복 형태가 기본을 이루면서 율문체와 산문체가 혼합되어 있다. 대화와 동작보다 서술과 묘사가 두드러지며, 전고와 한자어가 많이 사용되면서도 속된 일상어와 구어적 표현이 자연스럽게 섞여 있다. 주인공이 맞닥뜨린 현실 세계의 모습과 사건을 해학과 풍자, 비장과 골계의 감각으로 섞어가며 풀어내는 것도 탁월하다. 이는 기본적으로 독자들의 흥미 유발을 전제로 한 것이면서 민중들이 삶을 대하는 태도가 반영된 결과이다.

판소리계 소설은 18세기에서 20세기에 걸쳐 일상적 삶에서 추구하는 욕망과 고귀한 이념을 보여주는 데 탁월한 성취를 이룬 국민 소설로 평가된다. 그것은 환상성이 강한 이원론적 세계관을 보여주는 국문영웅소설과 달리, 한문단편소설처럼 당대 현실을 가장 잘 반영한 현실주의적 세계관이 잘 드러나 있기 때문이다. 조선 후기 사회의 다양한 세태를 보여주면서 민중들의 현실 비판 의식과 풍자, 그리고 해학을 통해 온 국민에게 카타르시스를 맛보게 해주었다는 점에서 문학사적으로 그 가치를 높게 평가하지 않을 수 없다. 여기서는 〈춘향전〉, 〈심청전〉, 〈흥부전〉, 〈토끼전〉, 적벽대전을 소재로 한 〈화용도〉, 〈옹고집전〉, 〈게우사(왈자타령, 무숙이타령)〉, 〈변강쇠가〉, 〈숙영낭자전〉 이렇게 9편의 작품론을 준비했다.

—

힘으로 넘어선 신분적 질곡

춘향과 이 도령이 발 딛고 있던 자리

—

동서고금을 막론하고 사랑만큼 흔해 빠진 문학의 테마는 없을 것이다. 사랑하던 남녀가 이러저러한 사정으로 헤어지게 되고, 그 틈을 이용해 사랑을 빼앗으려는 방해자가 등장해 파란이 일어난다는 것은 연애의 공식에 가깝다. 요즘 범람하는 통속적 연애담도 이런 사랑의 삼각관계를 되풀이하고 있고, 우리의 〈춘향전〉도 다르지 않다. '춘향과 이 도령의 사랑을 비집고 들어온 사랑의 방해자 변 사또'라는 진부한 구도. 그럼에도 우리는 이 작품을 우리 고전의 최고 걸작으로 꼽는다. 그렇다면 그 이유는 무엇일까? 〈춘향전〉이 넘쳐나는 삼류 연애 스토리와 구분되는 지점, 다시 말해 고전으로서의 의의를 획득할 수 있었던 까닭을 옳게 이해하는 것은 무척 중요하다.

우선 춘향과 이 도령이 조선 시대에서는 찾아보기 힘든 삶을 실천하고 있다는 데서 원인을 찾을 수 있다. 모두 알고 있듯, 조선 시대는 신분제 사회였다. 인간을 신분에 따라 엄격하게 차별 짓고 있었는데, 남녀의 사랑에서도 마찬가지였다. 양반은 양반끼리, 상놈은 상놈끼리 말이다. 하지만 〈춘향전〉이 그려낸 사랑은 그렇지 않았다. 미천한 기생의 딸 춘향은 존귀한 양반 자제 이 도령을 사랑했고, 양반 이 도령도 기생 춘향을 사랑했다. 게다가 춘향은 남원 사또 변학도의 달콤한 유혹과 무지막지한 폭력에도 자신의 사랑을 굽히지 않았다. 신분을 뛰어넘어 사랑을 나누고, 끝내는 행복한 결연으로 이어지는 결말을 구가하고 있었던 것이다.

뻔한 결말이다. 하지만 뻔하다고 결코 쉬운 일은 아니다. 사랑이 신분에 의해 금지된 중세 사회에서는, 더욱 그러하다. 아니, 결코 쉽지 않은 사랑을 모든 사람이 뻔한 결말로 받아들일 만큼 깊이 각인시켜 준 〈춘향전〉의 문학적 힘은 결코 간과할 수 없다. 작품의 결말을 알고 있는, 그러나 신분으로 금지된 사랑으로 고통 받고 있는 청춘 남녀라면 모두 다짐했으리라. '우리도 춘향과 이 도령처럼, 말도 안 되는 신분의 굴레를 벗어던지고 아름다운 사랑의 결실을 맺자!'라고. 우리는 유감스럽게도 이런 신분을 뛰어넘는 사랑을 전적으로 긍정했던 중세인을 알지 못한다. 중세 최고의 지성이라고 꼽히는 연암 박지원도, 다산 정약용도 이런 생각은 감히 꿈도 꾸지 못했다. 오직 미천한 판소리 광대만이 그런 생각을 품었고, 그걸 공공의 무대에서 소리로 노래했다.

그러나 〈춘향전〉이 우리 고전의 최고 걸작이라는 찬사를 받는 진정한 이유는, 이런 놀라운 애정의 승리를 단지 결론으로 보여주었다는 데만 있지 않다. 여기에 더해 문제적인 사랑을 매우 탁월한 예술적 방식으로 풀어내고 있었다는 점이 진짜 중요하다. 무슨 말인가? 중세 봉건제 사회에서 기생의 딸과 양반의 자제가 사랑한다는 것은 꿈꿀 수 없는, 이른바 '이루어질 수 없는 사랑'에 속한다. 그러나 〈춘향전〉을 읽은 사람이라면 누구나 이들의 사랑은 맺어져야 마땅하다고 생각했다. 400종에 달하는 수많은 〈춘향전〉 이본이 있지만, 그 누구도 신분제에 반하는 이들의 사랑이 맺어져서는 안 된다고 생각한 사람은 없었다. 모두 춘향과 이 도령이 결혼하는 것으로 결말 맺고 있는 것이다. 모두 결론에 합의했다는 반증이다. 신분을 넘어서는 사랑이 금지된 시대에 이들의 사랑과 결혼을 당연하게 만든 것, 그건 〈춘향전〉이 설득력 있는 서사 전략을 구사하여 독자의 전폭적인 지지를 끌어냈기에 가능했다. 그게, 바로 판소리의 예술적 힘이다.

　그렇다면 어떤 서사 전략을 구사하고 있었던 것일까? 그 점을 이해하기 위해서는, 우선 춘향이 놓여 있던 현실을 정확하게 짚어보는 것이 필요하다. 그녀가 이 도령을 처음 만난 것은 광한루라는 공간에서였다. 많은 사람들은 둘이 서로 첫눈에 반한 것으로 알고 있다. 정말 그러한가? 만남의 과정을 꼼꼼하게 뜯어보면, 결코 그렇지 않다. 광한루에 오른 이 도령은 저 멀리 개울 건너편에서 그네를 뛰고 있는 한 여인네를 보게 된다. 그게 누군지 전혀 몰랐다. 공부방에만 틀어박혀 있었으니 남원의 물정을 모르기도 했거니와 멀리서 희뜩희뜩 그네 타는 모습만 보고 누군지 알아채기란 쉽지 않았다. 그래서 방자에게 묻고 방자가 알려준다. 남원 기생 월매의 딸 춘향이란 사실을! 그 말을 들은 이 도령은 "장히 좋다, 훌륭하다."라며 기뻐한다. 왜 그리도 좋아했을까? 그건, 그네 타고 있는 여인이 마음대로 데리고 놀 수 있는 기생이란 사실을 알았기 때문이다. 이 도령의 이런 태도, 그게 기생 춘향이 발 딛고 있었던 엄연한 현실이다.

　그런 태도를 보인 건 이 도령만이 아니다. 변 사또도 이 도령과 마찬가지로, 기생이란 양반이 시키는 대로 따라야 하는 하찮은 존재로 여기고 있었다. 조선 시대 양반 모두의 생각이 그랬던 것이다. 기생의 처지를 가장 정확하게 드러내고 있는 '노류장화(路柳墻花)'라는 말과 같이. 무슨 뜻인가? 길가에 늘어선 버드나무나 담장 너머로 핀 꽃처럼 지나가는 사람이라면 누구나 꺾어 가질 수 있다는 말, 그건 참으로 모욕적인 언사였다. 춘향이 놓여 있던 자리는 바로 여기다. 자신을 향락에 소용되는 노리개로 여기던 중세 사회의 신분적 질곡에 억눌려 지내야 했고, 자신의 사랑을 지키기 위해서는 숱한 인간적 모멸을 이겨내야만 했던 그 참혹한 자리 말이다.

그런데 〈춘향전〉을 읽을 때 소홀하게 여겨서는 안 되는 국면이 더 있다. 춘향과 이 도령의 사랑을 가로막는 신분적 질곡은 '천한' 춘향에게만 가해지는 것이고, 그 극복을 그녀 혼자만의 과제로만 간주해서는 안 된다는 사실이 그것이다. 처한 상황은 매우 다르지만 '귀한' 이 도령도 신분적 질곡으로부터 결코 자유롭지 못했고, 그 역시 자신의 사랑을 이루기 위해서는 춘향 못지않은 혹독한 고통을 겪어야만 했다. 사정은 이렇다. 과거 공부에 전념해야 할 양반 자제가 고을 기생을 사랑하고, 그것도 모자라서 천한 여인과 결혼하겠다는 것은 양반 사회에서는 결코 용납될 수 없었던 것이다. 그럼에도 불구하고 자신의 결심을 실행으로 옮기려 한다면, 그건 자신이 누리고 있던 양반으로서의 기득권 일체를 포기해야 하는 것이다. 실제로 이 도령은 기생 춘향을 서울에 데리고 가겠다는 말을 했다가 어머니에게 매만 실컷 맞고 쫓겨난다. 애지중지하던 자식의 머리채를 휘어잡고 두들겨 팰 만큼, 이 도령의 어머니가 돌변한 까닭은 무엇일까? 양반 사회에서 결코 용납할 수 없는 일이었기 때문이다. 자애롭던 어머니가 이 정도였다면, 엄하기 그지없던 아버지가 어찌 했을까는 상상하고도 남음이 있다. 하긴, 이 도령은 아버지에게 감히 말조차 꺼내지 못한다. 춘향이

이 도령을 사랑해서는 안 되는 것처럼, 이 도령도 춘향을 사랑해서는 안 되는 일이었다. 그게 신분제 사회에서 지켜야 할 절대적 규범이었던 것이다. 이 도령이 겪어야 했던 춘향과의 이별은 이런 모순에서 비롯된 것이고, 그러기에 그 역시 신분제라는 중세적 질곡의 희생자로 보아도 좋다. 이 도령은 어쩔 수 없이 춘향과의 사랑을 접는다. "부친 따라 지방에 내려왔다가 기생을 첩으로 얻게 되면 일가친척에게 비난을 받고 벼슬길에도 장애가 많다고 하니 뒷날 다시 만날 기약을 할 수밖에 없다."라는 말을 춘향에게 남기고는.

이 도령의 태도가 비겁하기는 하다. 그런 그를 비난할 수도 있겠다. 하지만 그때 비로소 이 도령은 신분적 질곡이 양반인 자신에게도 예외일 수 없었음을 깨닫게 되었다는 점을 읽어내는 것이 보다 중요하다. 오리정에서 이별할 때, 춘향은 이렇게 한탄한다. "독하도다, 독하도다. 서울 양반 독하도다. 원수로다, 원수로다. 존비귀천이 원수"라고! 이 도령은 귀한 신분이고, 자신은 천한 신분이기 때문에 이별할 수밖에 없는 사실을 말하고 있는 것이다. 그 말을 듣고 이 도령은 이렇게 답했다. "원수가 원수가 아니라, 양반 구실이 원수로다."라고! 양반으로서의 길을 지켜야 하기 때문에 춘향을 버릴 수밖에 없는 엄연한 사실. 그러나 이 도령은 그런 양반 구실은 원수 같은 질곡이라는 또 다른 인식에 도달한다. 그건 〈춘향전〉을 읽을 때 참으로 소중한 단서가 된다. 불평등한 신분제란 제도는 그곳에 발 딛고 사는 사람이라면 그 누구도 피해 갈 수 없는 질곡이라는 진실을 깨닫게 만들어주기 때문이다. 그러기에 인간석 노빌을 감수하며 살이기야 했던 춘향과 엄격한 양반 사회의 자기 폐쇄성으로부터 자유로울 수 없었던 이 도령, 이들 청춘 남녀가 만들어가는 사랑의 성취 과정에는 신분적 질곡의 극복이라는 시대적 의의가 자연스럽게 담겨지게 되는 것이다.

춘향과 이 도령의 변화하는 형상

우리는 〈춘향전〉의 이본이 400종도 넘는다고 말했고, 그것들은 각양각색 특색을 지니고 있다고 말했다. 그 가운데 가장 특징적인 점은 아마도 주인공이 각각 다른 얼굴을 하고 등장한다는 점이 아닐까 싶다. 어떤 이본에서는 춘향이 요조숙녀와 같은 처녀로 그려지는 데 반해, 어떤 이본에서는 경망스럽기 그지없는 기생으로 그려지기도 한다. 그런 면모를 가리켜 어떤 연구자는 '천의 얼굴을 한 춘향'이라 일컫기도 했다. 이를 학술 용어로 말한다면, 〈춘향전〉 이본은 '기생 계열'과 '비기생 계열'로 나뉜다는 것이다. 전자가 춘향의 신분이 기생으로 설정된 경우라면, 후자는 비록 기생 월매의 딸이지만 기생의 명부에서 이름을 빼 여염집 처녀처럼 지내는 것으로 설정된 경우이다. 이들 이본을 두루 검토해 보면, 창작 초기는 기생 계열이었는데 후대로 갈수록 비기생 계열로 변화한 것으로 보인다.

기생 계열 〈춘향전〉에 그려진 춘향은 얌전하기는커녕 춘정(春情)을 이기지 못해 그네 타러 나왔다가 방자와 같은 외간 남정네에게 입에 담지 못할 욕을 퍼붓기도 하는 영락없는 기생의 딸이었다. 이 도령 역시 다르지 않다. 의젓한 젊은이는커녕 그네 타는 여인이 기생의 딸이란 말을 듣자 꽃 본 나비처럼 미쳐 안달을 떨고 있는 양반집 도련님에 지나지 않았다. 어떤 이본을 보면, 이 도령은 기생집을 쏘다니며 방탕한 짓을 일삼던 위인으로 그려지기도 한다. 그래서 부친은 방자에게 공부방을 항상 감시토록 했는데, 심지어 암캐조차 얼씬도 못하게 했을 정도였다. 영락없는 탕아(湯兒)의 모습이다. 벌건 대낮에 냇가에서 벌거벗고 목욕하며 교태를 부릴 정도로 춘향이 탕녀(湯女)로 그려지고 있었던 것처럼.

이런 모습이 그들의 본래 모습이었다. 그런데 중요한 점은 그들이 사랑을 통해 점점 바뀌어간다는 사실이다. 〈춘향전〉을 최고의 고전으로 만드는 요체가 바로 그것인데, 그 과정을 자세히 살펴보기로 하자.

먼저 기생 춘향이다. 그녀는 밤에 자기 집을 찾아온 이 도령을 능수능란하게 대접하며, 첫날밤 잠자리를 낯 뜨거울 정도로 화끈하게 치른다. 한두 번 치러본 솜씨가 아니다. 그러다가 이 도령이 자기를 버리고 서울로 올라가려 하자 온갖 발악을 하며 표독스럽게 대들기도 한다. 기생으로서의 면모를 유감없이 발휘한다. 따지고 보면, 춘향이 광한루에서 이 도령을 만난 첫날 자기 집으로 불러들였던 것도 순수한 애정의 발로라고 보기 어렵다. 이 도령의 풍모나 인격에 반했던 것이 아니다. 단지 서울 양반의 자제를 후리면 평생 호강하며 살 수 있으리라 여겨 순순히 응했던 것이다. 양반을 만나 호강하며 살고 싶은 인간적 욕구와 양반의 부름을 거역할 수 없던 천한 신분적 처지, 기생이라면 감수하지 않으면 안 되는 현실이었다.

춘향도 여느 기생과 다르지 않았다. 하지만 보통 기생과 다르지 않던 그녀가 이 도령을 만나게 되면서부터 하루하루 변해갔다는 점이 달랐다. 이 도령과 함께 1년 남짓 함께 지내며 싹튼 애정, 이별하면서 맺은 이 도령과의 굳은 약속, 그리고 자신의 사랑을 강탈하려는 변 사또의 수청 요구를 겪으면서 자신이 발 딛고 있는 현실에 눈떠갔던 것이다. 사랑이 가져다준 믿음, 신분적 차별로 인한 아픔, 탐관오리가 자행하던 횡포! 그걸 하나씩 깨달아갔다. 모진 형벌을 겪으며 남원 관아에 꿇어앉아 있는 그녀는, 예전 광한루에서 그네를 타며 희희낙락하던 철없는 춘향이 아니었다.

사또 호령하되, "요년, 아직도 수청 거행 못 할까?"
춘향 독 오른 눈을 똑바로 뜨고, "여보, 사또. 백성을 사랑하고 정치를 바로 하는 것이 백성을 다스리는 도리인데, 음란한 행실 본을 받아 매질하는 것으로 줏대를 삼으니, 다섯 대만 더 맞으면 죽을 터인즉, 죽거들랑 사지를 찢어내어 굽거나 지지거나 갖은 양념에 주무르거나 잡수시고 싶은 대로 잡수시고, 머리를 베어다가 한양성 안에 보내주시면 꿈에도 못 잊을 낭군 만나겠소. 어서 바삐 죽여주오." (이명선 소장본 〈춘향가〉에서)

참으로 대단하다. 죽도록 맞았으면서도 목민관으로서 백성 다스리는 도리를 조목조목 들이대며, 여색을 탐하고 있는 변 사또를 꾸짖는 모습은 준엄하기 그지없다. 급기야 죽여도 좋으니 팔다리는 구워 먹든 지져 먹든 마음대로 하되 머리만큼은 한양으로 보내 달라는 춘향의 항변은 섬뜩하기까지 하다. 춘향의 마음속에는 이 도령에 대한 뜨거운 '사랑'과 이를 가로막는 변 사또에 대한 불굴의 '항거'가 굳게 결합되어 있음을 보여준다. 이제, 그녀의 일거수일투족은 이 도령에 대한 단순한 애정이나 변 사또의 수청 요구에 대한 거부 차원을 훨씬 넘어서게 된다. 신분적 질곡과 지배층의 횡포에 대한 극복 의지까지 담게 되었던 것이다. 그리고 그런 춘향을 바라보는 주변의 시선도 달라진다. 남원의 모든 사람이 춘향의 처지를 눈물로 동정하며 그녀와 한편이 되기 시작한 것은 춘향의 이런 자기 변신 때문에 가능했다. 이쯤 되면 우리도 춘향을 한 남자의 구원을 애타게 기다리는 가련한 여인으로서만이 아니라, 수령의 탐욕스러운 침탈에 맞서 항거하는 당대 민중의 한 전형으로 바라보게 된다.

춘향의 모습이 이렇게 변화해 가는 과정 저편에서, 이 도령 역시 새로운 인물로 변화되어 간다. 이 도령은 춘향과의 만남을 계기로 탕아적인 면모를 쇄신하고 점차 서민의 고통을 이해하는 인물로 변해갔던 것이다. 춘향을 만나면서 눈뜨게 된 순수한 애정, 이별을 하면서 비로소 깨닫게 된 신분제의 질곡, 이와 맞서 싸우고 있는 춘향의 참된 사랑에 대한 확인, 그리고 남원 사람 모두가 겪고 있던 힘겨운 현실의 목격 등이 그런 변화를 가능케 한 동력이었다. 이제 〈춘향전〉에 등장하는 인물들은 물론 당대 독자들도 이 도령이 과거에 급제하여 어사가 되어 내려오는 과정을 새로운 눈으로 바라보게 된다. 한때 사랑했던 연인을 찾아 내려오는 것 이상의 의미를 이 도령에게 부여했던 것이다. 그가 암행어사가 되어 내려오는 모습은 이러했다.

여기저기 빠짐없이 보낸 후에 어사또 고을마다 돌아다니며, 부모께 불효한 놈, 부녀자를 겁탈하는 놈, 나라 곡식 훔쳐 먹은 놈, 남을 속이고 물건 훔친 놈, 일가친척과 화목하지 아니한 놈, 소나무 벌목하는 놈, 큰일 끝에 말썽 부리는 놈, 남편 죽은 아낙 욕보이는 놈, 나이도 어린 것이 어른 능욕하는 놈과 백성의 피땀 빨아먹는 수령들 탐문하며 이리저리 내려간다.

(이명선 소장본 〈춘향가〉에서)

이 도령이 춘향을 만나기 위해 남원으로 내려오는 길은 바로 고을고을 찾아다니면서 부모에게 불효하고, 나라 곡식 훔쳐 먹고, 일가친척과 불화하고, 어른을 욕보이고, 백성 수탈하는 자들을 샅샅이 색출하여 바로잡는 길이기도 했다. 춘향이 남원에서 불의에 맞서 싸우고 있을 때, 이 도령은 그런 불의를 징치하며 남원으로 내려오고 있었던 것이다. 그러니 어찌 춘향과 이 도령을 세상에 둘도 없는 파드너라 부르지 않을 수 있겠는가? 그리고 이런 그들의 정의로운 행로의 정점, 바로 광한루의 변 사또 생일잔치에서 저 유명한 시가 울려 퍼진다.

金樽美酒千人血　금 술잔의 맛난 술은 천 사람의 피요

玉盤佳肴萬姓膏　옥쟁반의 맛난 안주는 만백성의 기름이라

燭淚落時民淚落　촛농 떨어질 때 백성 눈에선 눈물 떨어지고

歌聲高處怨聲高　풍악 소리 높은 곳에 백성의 원망 소리 높구나

그러하다. 많은 사람이 단순하게 생각하듯, 이 도령은 한 여인의 구원자로서만 내려왔던 것이 아니다. 변 사또 같은 지배자들에게 억압받고 있는 백성의 고통을 자신의 아픔으로 보듬고 있는, 그리하여 그걸 풀어주기 위해 내려온 민중의 구원자이기도 했던 것이다. 흔히 우리 고전소설의 특징 가운데 하나로 '평면적 인간형'을 꼽곤 한다. 도통, 등장인물의 성격이 변하지 않는다는 것이다. 악한 사람은 처음부터 끝까지 악하게, 선한 사람은 처음부터 끝까지 선하게 그려질 뿐이라는 말이다. 반대로 시간의 흐름에 따라 등장인물의 성격이 변하는 것을 '입체적 인간형'이라고 부른다. 서구 근대소설이 여기에 해당한다고 배웠다. 변하지 않는 우리의 고전소설과 역동적으로 변화하는 서구 근대소설의 넘어설 수 없는 차이. 하지만 이런 구분은 서구 근대주의 중심의 잘못된 편견이다. 〈춘향전〉을 보라. 춘향과 이 도령은 참으로 놀랍도록 자신의 삶을 완전히 새롭게 변화시키고 있지 않은가. 우리가 〈춘향전〉을 우리 고전의 명편으로 꼽는 까닭이다.

—

민중의 염원을 담아내는 결말

—

춘향과 이 도령의 극적인 해후, 우리가 익히 알고 있는 〈춘향전〉의 대단원이다. 우리 모두 축하해 주는 이곳에 이르면, 청춘 남녀의 진실한 사랑

을 가로막으려 시도했던 신분적 질곡이나 지배층의 강압은 더 이상 발붙일 여지가 없다. 이제, 그런 반인륜적 규범이나 횡포는 박물관에 보관해 두어야 할 케케묵은 유물로 전락할 따름이다. 그렇다면 그동안 온갖 불법적 권력을 행사하며 향락에 빠져 있던 지배자들의 말로를 〈춘향전〉은 어떻게 그려내고 있는가? 이 도령이 거지의 복색을 벗고, 암행어사로 출두하던 장면의 한 대목이다.

애구지구 야단할 제, 동헌 마루 장관이로구나. 부서지느니 양금, 해금, 거문고요, 깨어지느니 장고, 북통이요, 부러지느니 피리, 젓대, 요강, 타구, 재떨이, 사롱, 촛대로다. 양각등은 바람결에 깨어져서 조각조각 부서지는구나.

임실 현감은 말을 거꾸로 다고,

"말 목이 원래 없더냐?"

허겁지겁 도망가고,

구례 현감은 오줌 싸고 칼을 보고 겁을 내어 쥐구멍에 상투 박고,

"누가 날 찾거든 벌써 갔다고 하여 다오."

전주 판관은 갓을 뒤집어쓰고,

"어느 놈이 갓 구멍을 막았단 말이냐?"

개구멍으로 달아나고,

본관 사또는 똥을 싸고 안채에 들어가서 다락에 들어앉아,

"문 들어오늬, 바람 닫아라."

대부인도 똥을 싸고 실내부인도 똥을 싸서 온 집안이 똥 빛이라. (이명선 소장본 〈춘향가〉에서)

남원 현감, 구례 현감, 전주 판관을 비롯한 남원 사또, 그리고 그의 모친과 부인까지 똥오줌을 질질 싸며 벌이는 추한 행태와 몰골이 참으로 가관이다. 얼마 전까지, 그들은 무시무시한 호랑이처럼 힘없는 사람들 위에 군림하며 위세를 부리던 위인이 아니었던가! 판소리 광대들은 행세깨나 한답시고 으스대던 자들의 허둥대던 이런 몰골을 참으로 힘차고도 흥겹게 불렀다. 가장 빠른 장단인 휘모리장단에 얹어 불렀던 것은, 그 기쁨을 효과적으로 연출하기 위한 음악적 배려였다. 그리고 신명나는 민중의 한바탕 축제였다. 다시는 이들이 자신의 위에서 군림하며 위세를 부리지 못하게 하겠다는 다짐과 함께! 우리가 〈춘향전〉의 결말에서 만끽하게 되는 것은, 이런 속 시원한 내용과 경쾌한 장단이 함께 빚어내는 통쾌한 기쁨이었다.

- 정출헌

참고 문헌

조현설 글·유현성 그림, 《춘향전 – 사랑 사랑 내 사랑아 어화둥둥 내 사랑아》, 휴머니스트, 2013.

김흥규, 〈신재효 개작 〈춘향전〉의 판소리사적 위치〉, 《한국고전소설연구》, 새문사, 1983.

박희병, 〈〈춘향전〉의 역사적 성격 – 봉건사회 해체기적 특징을 중심으로〉, 《전환기의 동아시아 문학》, 창비, 1985.

신동흔, 〈〈춘향전〉의 주제 의식의 역사적 변모 양상〉, 《판소리연구》 8, 판소리학회, 1997.

정출헌, 〈〈춘향전〉의 인물 형상과 작중 역할의 현실주의적 성격〉, 《판소리연구》 4, 판소리학회, 1993.

눈물과 환희로 담아낸 민중의 염원

참으로 슬픈, 그래서 많은 사람이 공감하던 서두

—

판소리는 조선 후기 '민중 연행 예술'의 꽃이라 불린다. 거기에는 흥미롭고도 친숙한 인물들이 등장하여 민초들이 겪던 삶의 애환을 노래한다. 춘향은 그 대표적 인물이다. 그녀는 자신에게 가해진 부당한 현실을 순순히 받아들이지 않고 꿋꿋이 맞섰던 강인한 여성의 전형이었다. 그런데 우리가 지금 읽어볼 심청은 이와 다르다. 강인하기보다는 가련하다. 어린 심청은 눈먼 아버지와 함께 많은 사람의 심금을 울린 슬픈 사연의 주인공인 것이다. 조선 시대 이름난 판소리 명창들이 〈심청가〉를 한번 부를라치면, 청중들은 안타까워 눈물을 흘리며 "어찌할꼬!"라는 탄식을 연이어 터뜨렸다. 핏덩이 같은 어린 자식과 앞 못 보는 지아비를 남겨둔 채 죽어가는 곽씨 부인의 죽음에 눈물 흘리고, 거친 파도가 휘감아 도는 인당수 뱃머리에 선 심청을 안타깝게 바라보고, 한 송이 연꽃으로 되살아난 심청을 지켜보며 함께 안도하고, 맹인 잔치 자리에서 부녀 상봉하여 심 봉사가 눈을 뜨자 일제히 환호했다. 〈심청가〉는 청중을 무한 슬픔과 무한 기쁨으로 빠져들게 만들었던 텍스트였던 것이다.

하지만 심청을 눈물만 질질 짜는, 그야말로 가엾고 처량한 신파극의 주인공으로만 치부해서는 안 된다. 그 정도에 그쳤다면 그토록 과분한 사랑을 받을 수 없었을 것이다. 우리는 심청에 대한 무한한 사랑을, 현재 전하는 〈심청전〉의 많은 이본과 다채로운 전승 방식에서 짐작할 수 있다. 〈심청전〉 이본은 무려 150종에 달하는데, 이는 〈춘향전〉 다음으로 많은 숫자다. 〈심청전〉이 이처럼 많은 사랑을 받을 수 있었던 이유는 무엇이었을까? 무엇보다도 힘겹게 살던 당대 민중의 삶과 닮은 인물을 주인공으로 설정하고 있는 데서 찾을 수 있다. 눈먼 지아비의 아내로 살며 평생 고생하다가 딸을 낳자마자 세상을 버렸던 '곽씨 부인', 어린 딸자식을 품에 안고 동네 아낙네를 찾아 젖동냥을 다니던 '심 봉사', 아비의 눈을 뜨게 하기 위해 자신의 몸을 팔지 않으면 안 되었던 '심청'이 바로 그들이다. 힘겹던 조선 후기를 궁핍하게 살아갔던 우리의 어머니, 우리의 아버지, 우리의 딸이었다. 이런 가련한 인물들이 엮어나가는 한 편의 사연은, 그것을 귀 기울여 듣고 있는 바로 자기 자신의 삶이기도 했던 것이다.

작품은 양반의 후예였던 심학규가 집안 운세가 기울어 나이 이십 전에 눈이 멀게 된 사실을 간략히 제시하는 것으로 시작한다. 거기서 집안의 기울어가는 운세와 신체적으로 찾아든 불행은 '우연'처럼 서술된다. 하지만 우연으로만 보아 넘길 것은 아니다. 조선 후기에는 많은 양반이 사회적·경제적으로 몰락해 갔다. 양반이 올라갈 벼슬자리는 제한되어 있는데, 양반의 숫자는 자꾸 늘어만 가니 자연 그렇게 될 수밖에 없었던 것이다. 심학규 집안도 그런 몰락 양반의 부류에 속한다고 보아야 한다. 그때, 몰락해 가던 양반의 심경과 행동은 어떠했을까? 집안이 기울어갈 때의 그 안타깝고 열불이 나던 심경, 어떻게 해서라도 집안을 일으켜 세우기 위해 갖은 애를 쓰던 모습은 보지 않아도 본 듯 뻔하다. 그렇다면 엄청난 정신적 스트레스가 결국 육체적 손상을 몰고 온 것일 수도 있다. 그렇다면 심학규의 안맹(眼盲)은 우연이 아니라 조선 후기 몰락 양반이 겪어야 했던 하나의 전형이었던 것이다. 실제로 〈심청전〉을 근대소설로 리메이크한 채만식은 기울어가는 집안을 일으켜 세우기 위해 과거 공부에 몰두하다가 눈병이 난 것으로 그리고 있다.

조선 후기 궁핍한 현실을 전형적으로 보여주고 있는 인물은 심 봉사만이 아니다. 곽씨 부인 또한 당대 부녀자들이 겪던 고난에 찬 삶을 생생하게 보여주고 있다. 곽씨 부인은 딸 낳은 지 7일 만에 죽는데, 그녀의 죽음이야말로 단순한 불행 또는 우연이 아니었다. 판소리 광대들은 그녀의 죽음을 이렇게 노래했다.

이때에 곽씨 부인 산후 손데(일할 사람) 없어 찬물로 빨래허기 왼갖 일로 과로를 허여 놓으니 뜻밖에 산후별증(産後別症)이 일어나 아무리 생각허여도 살길이 없는지라 (한애순 창본 〈심청가〉에서)

심청을 낳았을 때, 곽씨 부인은 이미 나이 사십을 넘어서고 있다. 노산(老産)인 것이다. 그렇지만 그런 산모를 돌봐줄 사람 하나 없던 것이 그녀가 처한 현실이었다. 자기 혼자 산후 조리를 하고 자기 혼자 찬물로 빨래를 하지 않으면 안 되었던 극한적 궁핍. 그녀의 죽음은 조선 후기 하층 부녀자가 겪었던 비극의 한 정점이었던 것이다. 〈심청전〉이 그토록 많은 사람의 심금을 울린 것은, 이렇듯 작품 서두에 그려진 심 봉사와 곽씨 부인이 당시 청중들로 하여금 자신의 힘겨운 현실을 떠올리며 그들의 사연과 정서적 일체감을 이룰 수 있었기 때문이다.

더욱이 곽씨 부인은 딸을 낳자마자 저세상으로 떠나버리고, 남은 사람이라고는 눈먼 심 봉사와 핏덩이 심청 둘뿐이었다. 그런 이들의 절망적 상황을 가장 절절하게 그려내고 있는 대목, 그리하여 〈심청가〉를 듣는 사람의 눈물을 자아내게 했던 대목은 다음과 같은 장면이다.

심 봉사가 집이라고 더듬더듬 돌아와 보니 부엌은 적막하고 방은 텅 비어 있다. 어린아이 찾아다가 방 안에 뉘어놓고 홀로 앉았으니 마음이 어찌 편안하리? 발광증이 치밀어 올라 벌떡 일어서서 문갑, 책상을 두루쳐 메어다가 와지끈 쾅쾅 내던지고, 곽씨 부인이 쓰던 수건이며 머리 빗던 빗을 냅다 내던지더니만,

"아서라, 이것들 쓸데없다. 이것 두어 무엇 하겠느냐?"

정신없이 문을 박차고 부엌으로 우당퉁탕 내려서며,

"마누라, 거기 있소? 어디 갔소?"

울부짖다 문득 정신을 차리고는 한숨을 쉰다.

"허어, 내가 미쳤구나." (한애순 창본 〈심청가〉에서)

심 봉사가 곽씨 부인을 뒷산에 묻고 혼자 빈집에 돌아왔을 때의 장면이다. 평생 의지하고 살던 부인을 땅에 묻고 집으로 돌아온 뒤, 그 허전함에 미친 듯 발광할 수밖에 없었던 심 봉사의 애절함이 여실하다. 적막한 부엌, 텅 빈 방, 그리고 초상 치른 집에 밴 향내. 명함, 발광, 자문자답, 그리고 다시 명함. '어찌할꼬?'라거나 '죽고 싶다'와 같은 신파조의 탄식 한번 사

용하지 않고 정황과 행위만으로 아내 잃은 심 봉사의 애통한 심사를 곡진하게 드러내는 표현 기법이 우리의 가슴을 더욱 먹먹하게 만든다. 텅 빈 집 안 풍경이 상징적으로 보여주듯, 심 봉사는 절대적인 절망의 바다에 던져지고 말았다. 그때 그런 심 봉사를 일깨우는 소리, 바로 배가 고파 젖을 달라던 갓난아기의 울음소리! 그렇다. 이제, 우리의 관심은 단 하나로 모아진다. '홀로 남겨진 어린 핏덩이 심청과 앞 못 보는 늙은 심 봉사가 이 험난한 세파를 어떻게 헤쳐 나가게 될 것인가?'라는 문제로.

—

적대자 없이 벌이는 심청과 세계의 당찬 대결

—

〈심청전〉의 줄거리는 모두 안다. 심청은 아비의 눈을 뜨게 하려 인당수에 몸을 던지고, 심 봉사는 맹인 잔치에서 딸 만난 기쁨에 눈을 떴다는 동화 같은 이야기! 그럼에도 그런 황당한 이야기가 우리를 무한 감동시킨다. 감동은 어디로부터 오는가? 아마도 심청이 보여준 눈물겨운 분투일 터다. 어미를 여의고 눈먼 아비와 둘이서 험난한 삶을 견뎌내야 했던 심청은, 자신을 고난으로 몰아가는 광포한 세계를 향해 한 번도 투정을 부리거나 악쓰며 대들지 않는다. 대신, 자기 앞의 운명을 고분고분 받아들일 따름이다. 뿐만 아니다. 작품에는 심청을 괴롭히거나 방해하는 인물도 없다. 주인공과 대립하는 적대적 인물이 없기에 인물 간의 갈등도 존재하지 않는 것이다.

이런 서사적 구조는 참으로 특이하다. 잘 알려진 것처럼, 소설이란 등장인물 간의 팽팽한 갈등과 대립을 통해 이야기를 풀어나간다. 적대자가 없는 소설이란 거의 없다. 특히, 권선징악을 특징으로 삼고 있는 고전소설에서는 더욱 그러하다. 그럼에도 불구하고 〈심청전〉은 많은 사람으로부터 과분할 정도의 사랑을 받았다. 갈등 구조가 없이 전개되는 작품을 흥미롭게 읽었던 까닭은 무엇이었을까? 우리는 적대자가 등장하지 않는 대신 주인공을 마구 휘둘러대는 세계의 횡포, 다시 말해 절대적 궁핍에 내던져진 심 봉사와 심청이라는 부녀의 가련한 운명과 그 극복 과정이 흥미의 요체라 생각한다. 생각해 보라. 눈먼 아비의 딸로 태어난 죄로 목숨을 팔아야만 했던 심청, 그리고 의지할 데 없는 고립으로 전락한 상황을 감내하지 않으면 안 되었던 심 봉사! 그들 부녀가 마주하고 있던 세계란, 참으로 가혹하기 그지없었다.

> 그때 심청이는 뱃사람을 따라간다. 끌리는 치맛자락 거듬거듬 걷어 안고, 흐트러진 머리채는 두 귀 밑에 와 늘어졌구나. 비와 같이 흐르는 눈물, 옷깃에 모두 다 사무친다. 엎더지며 자빠지며 천방지축 따라간다. 건넛마을 바라보며,
> "이 진사 댁 작은아가, 작년 오월 단옷날에 앵두 따고 놀던 일을 네가 행여 잊었느냐? '너희들'은 팔자 좋아 부모 모시고 잘 있어라, '나'는 오늘 우리 부친 이별하고 죽으러 가는 길이로다." (한애순 창본 〈심청가〉에서)

남경 상인과 약속한 날 아침, 심청이 뱃사람을 따라가던 정경이다. 이곳에서 심청이 흐느끼며 내뱉던 '너희들은 팔자 좋아 부모 모시고 잘 있어라, 나는 오늘 우리 부친 이별하고 죽으러 가는 길이로다.'라던 탄식은 듣는 이의 가슴을 뭉클하게 만든다. 자신과 친구를 '나'와 '너희들'로 명확하게 구분하여 부르고 있다. '나'와 '너희들', 그것은 단수와 복수의 차이이기도 하다. 동네 사람들의 사랑과 보호 속에 길러졌다고들 하지만, 심청은

그 넓은 세상에 눈먼 아비와 '함께' 혼자였던 것이다. 그러면서 자기 혼자의 힘으로 기구한 자신의 운명을 개척할 수밖에 없다는 이치를 조금씩 깨쳐나갔을 게 분명하다.

우리는 심청의 이런 깨우침의 과정을 좀 더 자세하게 따져볼 필요가 있다. 대부분의 〈심청전〉에서는 도화동 사람들이 심청 부녀에게 젖도 주고 밥도 주며 따뜻하게 대해준 것으로 그려져 있다. 따뜻한 인정이 넘쳐났다는 우리 전통시대의 풍속을 염두에 둔다면 어느 정도 그럴 수는 있겠다. 하지만 인간이란 가련한 이웃을 사랑으로만 감싸주는 존재가 결코 아니다. 그래서 힘없는 자를 짓밟고, 나약한 자를 멸시하고, 어수룩한 자를 등쳐먹는 일이 주변에 비일비재한 것이리라. 그건, 예전이라고 완전 다르지 않다. 〈심청전〉에도 그런 냉혹한 현실이 언뜻언뜻 내비친다. 심 봉사 부녀의 구걸 생활은 이웃 사람들로부터 모욕적인 멸시를 받아가며 몸서리치던 세월이기도 했다. 믿기 어렵다면, 다음의 장면을 보라.

아침 연기 바라보고, 이 집 저 집 바라보며 기웃기웃 엿보면서 이 집 저 집 들어갈 제, 주저하여 한옆에 비껴 서 아미를 숙이고서 애연히 간청하여 한술 밥을 애걸하니 사정없고 몹쓸 년, 효녀 심청 몰라보고 괄세가 자심하다.

"귀찮다, 오지 마라. 보기 싫다, 나가거라."

한술 밥을 아니 주고 모진 말로 쫓아내니 염치 있는 심청 마음 부끄럽기 측냥없고 서럽기 그지없다. 복이 매여 놀아서며 눈물 흘리며 놀아올 제, 임자 같은 모진 개는 심청을 물려 하고, 우둥그려 달려드니 심청이 돌아서며,

"업다, 이 개야. 너의 주인이 괄세한들 너조차 물려 하느냐?"

문 밖에 썩 나시며 한숨짓고 눈물 흘리니 일월이 빛을 잃으니 하늘인들

심청은 일곱 살 되던 때, 늙고 앞 못 보는 아비를 대신하여 자기가 먹을 것을 구해 봉양하겠다고 한다. 심 봉사는 심청의 뜻을 굽힐 수 없었다. 그때부터 어린 심청은 이 집 저 집 다니며 구걸을 했는데, 위의 인용문은 그 첫날의 광경이다. 구걸 길로 나서던 심청의 가엾은 모습, 주저주저하던 심청의 부끄러운 심사, 매몰차게 내쫓던 이웃집의 괄세, 게다가 짖으며 달려드는 모진 개들! 어찌 부끄럽고 서럽지 않았으랴? 어린 심청은 이런 천대와 멸시를 받으며 눈먼 부친을 봉양했던 것이다. 이런 모습이 너무 각박한 것이 아닌가 하여, 도화동의 이웃들이 한결같은 마음으로 도와주는 것으로 윤색되기도 한다. 하지만 동정은 멸시와 동전의 양면과도 같다.

그런데 여기서 중요한 사실은 심청이 이런 모진 멸시에 좌절하지도 않았지만, 이런 값싼 동정에도 길들여지지 않았다는 점이다. 대신, 자기 운명은 자기 스스로 개척할 수밖에 없다는 삶의 이치를 깨닫고 이를 실천해 나가고자 했다. 심청은 열두 살이 되자 "더 이상 다른 사람들이 주는 공밥 먹지 않겠다."라며 삯바느질로 자신의 생계를 꾸려나갔던 것이다. 여기에 이르러 심청이가 왜 자신과 친구를 '나'와 '너희들'로 구분하여 불렀는지 이해할 수 있게 된다. 아무리 친했던 친구들이지만, 자신이 가고 있는 인당수로의 길을 함께 갈 수 없다는 점을 똑똑하게 알고 있었던 때문이다. 이 세상 많은 사람 가운데 심청에게 유일한 삶의 동반자는 부친 심 봉사 한 사람뿐이었던 것이다.

그런 심청의 마음을 이해할 때, 비로소 인당수로 떠나던 날 아침 장 승상 부인이 공양미 삼백 석을 대신 내주겠다는 제의를 거절했던 바보 같은 까닭도 이해할 수 있다. 부친을 위해 목숨을 판 것이 잘못이라고 비난하는 사람 가운데는, 장 승상 부인의 제의를 거절한 것을 가장 바보 같은 짓이라고 나무라곤 한다. 심청의 죽음이 효가 아니라는 말도 있다. 하긴 살길이 있는데도 눈먼 부친을 두고 죽음의 길을 택하다니, 그런 꾸지람을 들을 만도 하다. 하지만 심청의 처지를 이해하며 작품을 읽어보면, 심청의 바보 같은 거절은 우리를 도리어 감동의 지점으로 인도한다. 심청의 거절 이유는 이러했다.

"먼저 말씀드리지 못한 것을 이제 와서 후회한들 어쩌겠습니까? 그러나 부인께서 저를 아껴주시고 은혜를 베풀어주셨는데, 제가 그것을 믿고 부인께 염치없이 돈을 내놓으라 했다면 그것은 사람의 도리가 아닌 것 같습니다. 또한 부모를 위해 정성을 다할 때, 어찌 남의 재물에 의지하겠습니까? 게다가 뱃사람들과 이미 약속하였으니 이제 와서 말을 바꾸기는 차마 못할 일입니다. 저는 이미 마음을 정했고, 제 운명도 이미 정해졌사옵니다. 말씀은 고맙기 그지없으나 따르지는 못하겠나이다. 부인의 하늘같은 은혜와 어진 말씀은 저승에 가서도 결코 잊지 않겠습니다." (완판본 〈심청전〉에서)

심청을 딸처럼 아끼던 장 승상 댁 부인은 심청이 공양미 삼백 석에 몸을 팔았다는 사실을 인당수로 죽으러 가는 날 아침이 되어서야 알게 된다. 그리하여 부둣가로 달려가서 삼백 석을 대신 내줄 테니 가지 말라 만류한다. 숙음을 앞눈 절체절명의 순간, 구원자가 홀연 나타난 격이라 하겠다. 하지만 심청은 구원의 손길을 뿌리치고 만다. 이유는 세 가지였다. 첫째, 다른 사람의 명분 없는 도움을 받을 수 없다. 둘째, 정성이 없는 공양미를 바치는 것은 의미 없다. 셋째, 뱃사람과의 약속을 어기는 것은 잘못된 처사다. 죽음을 앞에 두고 내린 심청의 선택이, 철없고 꽉 막힌 결정이라고 나무랄 수는 있다.

그러나 이런 바보짓은 아무나 할 수 있는 게 아니다. 아니, 자신의 운명을 자신의 힘으로 감당하려는 굳은 의지가 뒷받침되지 않았다면 절대 불가능하다. 심청은 열두 살 되던 해, 다른 사람의 공밥을 먹지 않겠다며 삯바느질로 부친을 봉양하고 생계를 꾸려갔다고 했다. 그때의 결심을, 심청은 죽음을 눈앞에 둔 순간에도 결코 잊지 않았던 것이다. 참으로 놀랍다, 그토록 굳은 심청의 이런 다짐! 눈앞의 이익을 위해 자신의 태도를 아무렇지도 않게 수시로 뒤집으며 살아가고 있는 지금의 우리와 얼마나 다른가? 그것이 바로 우리가 심청을 고전소설 주인공 가운데 가장 인상적인 인물로 기억하고 있는, 아니 바다에 빠져 죽었어도 옥황상제의 힘을 빌려 되살려내고 싶었던 진정한 이유였다. 그렇게 기적을 통해서라도 심청을 환생시키고 싶었다면, 눈먼 맹인이 눈을 뜬다는 황당하게 보이는 결말도 이해 못할 일은 아니다.

—

어둠과 광명의 전환, 그 축제적 결말

—

우리 모두는 심청이 바보 같은 자신의 다짐을 지키기 위해 바다에 몸을 던졌지만, 다시 태어나기를 간절하게 바랐다. 〈심청전〉은 그런 소망을 서사적 허구의 힘으로 완성하고 있는데, 그것이 바로 황후(皇后)로의 환생이다. 이 세상에서 가장 고귀한 여인으로 보답하고 싶었던 것이다. 그리고 그렇게 황후로 환생한 우리의 심청은 세상의 모든 고통 받는 이들을 환한 세상으로 이끌어줄 것이라 굳게 믿었다. 심청이 궁궐에 맹인 잔치를 마련하여 전국의 모든 맹인 눈을 뜨게 만들어준다는 결말은 그런 믿음에 대한 보답이다. 작품의 후반부는 이렇듯 우리의 간절한 소망과 믿음을 충족시켜 주고 있는 것이다.

이처럼 부녀가 극적으로 재회하고, 그 결과 심 봉사를 비롯한 전국의 맹인이 눈을 뜨게 된다는 결말은 뻔하다. 하지만 언제 보아도 감동적으로 다가온다. 그 뻔하고 황당한 결말이 뭐 그리 감동적이냐고 되묻는 사람도 있겠다. 하지만 눈을 감은 채 그 기적의 장면을 상상해 보라. 아마도 새로운 세상이 활짝 열리는 느낌을 함께 받을 수 있으리라. 그렇다면 심 봉사만이 아니라 모든 맹인이 눈을 떴다는 〈심청전〉의 대단원은, 광명의 세계를 꿈꾸던 민중의 염원에 대한 소설적 응답이었던 것이다. 여기에서 전국의 맹인들이 눈뜬다는 것도 심상한 설정이 아니다. 심청이 눈먼 모두를 광명의 세계로 인도했던 것은, 힘겹던 시절 이웃 사람의 도움으로 자라난 데 대한 보답을 잊지 않고 있었음을 의미한다. 심청은 우리가 젖과 밥을 주어 함께 길러낸, 우리의 잊을 수 없는 어린 영웅이었던 것이다.

그럼에도 많은 사람은 〈심청전〉을 읽으면서 "목숨을 버리면서까지 효를 실천하는 것이 올바른 선택인가?"라며 심청의 행위에 시비를 걸곤 한다. 눈먼 아비를 남겨두고 죽는 것보다 살아서 봉양하는 것이 옳다는 생각 때문이다. 실리를 중시 여기는 오늘날의 관점으로 보면 그렇게 보인다. 그렇지만 다음 장면을 읽어보라.

심청이 뱃머리에 서서 물결을 굽어본다. 태산 같은 파도가 뱃전을 두드리고, 풍랑은 우르르르 들이쳐 물거품이 북적인다. 심청이 물로 뛰어들려다가 겁이 나서 뒷걸음질 치다가 뒤로 벌떡 자빠진다. 망연자실 앉았다가, 바람 맞은 사람처럼 이리 비틀 저리 비틀 뱃전으로 다가가서 다시

한 번 생각한다.

'내가 이리 겁을 내며 주저주저하는 것은 부친에 대한 정이 부족한 때문이라. 이래서야 자식 도리 되겠느냐?'

마음을 다잡고서 치마폭을 뒤집어쓰고, 두 눈을 딱 감았다. 그러고는 뱃전으로 우루루루루 달려 나가 손 한번 헤치고 넘실거리는 바다 속으로 몸을 던지면서,

"아이고, 아버지! 나는 죽으오."

뱃머리에서 거꾸러져 깊은 물로 풍…… (완판본 〈심청전〉에서)

인당수에 몸을 던지는 이 대목을 〈심청전〉의 '눈'이라 일컫는다. 작품의 요점이란 뜻이다. 여기에서 우리가 주목하는 대목은, 심청이 죽음 앞에서 두려움에 떨고 있던 모습이 아닐까? 부친의 눈을 뜨게 하기 위해 죽음도 마다하지 않았건만, 실상 심청은 넘실거리는 파도를 보고 무서워 뒷걸음질 치다가 자빠지는 나약한 인간이었다. 그러나 마음을 다잡아 다시 바다에 몸을 던지는 그녀의 모습은 너무도 인간적인, 그러나 이내 평범한 우리네의 일상을 훌쩍 넘는다.

이쯤에서 우리는 〈심청전〉의 주제로 일컬어지는 효에 대해 다시 생각해 보아야 한다. 우리는 심청을 효녀라 부른다. 효녀인 점, 분명하다. 하지만 심청은 중세적 윤리였던 효를 실천하기 위해 자기 목숨을 팔았던 것은 아니다. 인당수에 몸을 던지기까지, 갓난아기 시절에는 눈먼 부친이 심청을 길러내고 조금 자라서는 어린 심청이 부친을 봉양한다. 세상에서 이들 부녀는 진정 한 마음, 한 몸이었던 것이다. 그리고 보면 심청이 7세부터 구걸과 삯바느질로 부친을 봉양하다 마침내 부친을 위해 몸까지 팔았던 행위는 핏덩이로 버려진 자신을 키워낸 눈먼 아비에 대한 인간적 보답,

아니 부녀간에 싹튼 정리(情理)로 이해해야 옳다. 죽음을 앞둔 인간적 두려움을, 뱃전에 선 그녀는 아비에 대한 '정(情)'이 부족해서 그런 것이 아닌가 말하지 않았던가? 그런 그녀를 두고 '효녀네, 아니네, 잘했네, 잘못했네' 하고 따지는 것은 애초부터 잘못된 흠집 내기였는지 모른다. 그러하다. 심청의 죽음이 감동으로 다가오는 까닭은, 간난의 시간을 함께한 육친의 관계가 싹틔운 자연스러운 정의 발로였기 때문이다.

- 정출헌

참고 문헌

정출헌 글, 배종숙 그림, 《심청전 – 어두운 눈을 뜨니 온 세상이 장관이라》, 휴머니스트, 2013.

박일용, 〈가사체 〈심청전〉 이본과 초기 판소리 창본계 〈심청전〉의 관련 양상〉, 《판소리연구》 7, 판소리학회, 1996.

유영내·최동현 엮음, 《심청전 연구》, 태학사, 1999.

정출헌, 〈〈심청전〉의 민중 정서와 그 형상화 방식〉, 《민족문학사연구》 9, 민족문학사연구소, 1996.

최기숙, 〈효녀 심청의 서사적 탄생과 도덕적 딜레마〉, 《고소설연구》 35, 한국고소설학회, 2013.

탐욕이 넘쳐나는
시대를 넘어서는 민중의 꿈

가난한 흥부, 그의 제 모습 찾아주기

—

흥부와 놀부는 형제이다. 그렇다고 이들이 벌이고 있는 다툼의 의미를 형제간의 불화로만 볼 것은 아니다. 그들은 욕심 많은 형과 마음씨 착한 동생이라는 구체적 개인인 동시에 잘사는 사람은 더 잘살고 가난한 사람은 더 가난하게 되는, 이른바 부익부빈익빈 현상이 심화되던 조선 후기의 세태를 대변하는 계층이기도 했다. 흥부의 헐벗은 모습에는 당대 민중의 곤궁한 삶의 실상이 함께 담겨 있었던 것이다. 놀부에게 쫓겨난 뒤 겪게 된 흥부의 궁핍을 잠시 들여다보자.

집 안에 먹을 것이 있든지 없든지, 소반(小盤)이 네 발로 하늘께 축수하고, 솥이 목을 매어 달리고, 조리가 턱걸이를 하고, 밥을 지어 먹으려면 달력을 보아 갑자일이면 한 끼씩 먹고, 생쥐가 쌀알을 얻으려고 밤낮 보름을 다니다가 다리에 가래톳이 서서 종기 따고 앓는 소리에 동네 사람이 잠을 못 자니, 어찌 아니 서러울 건가? (경판본 〈흥부전〉에서)

　형에게 쫓겨난 흥부의 생활을 그리고 있는 대목이다. 집 안에 쌀 한 톨 남아 있지 않는 모습이 해학적으로 그려져 읽는 이에게 웃음을 준다. 하지만 웃어서는 안 되는 상황이다. 비극적 상황을 해학적으로 표현해 내고 있는 여기에서, 우리는 '울리고 웃긴다'는 판소리의 서사 미학을 실감하게 된다. "눈물 나게 기뻐 죽을 지경이다."라는 말이 있는 것처럼, "웃음 나게 슬퍼 죽을 지경이다."라는 상황도 가능한 걸까? 그래, 슬픈 일이 한꺼번에 몰려들면 울다 못해 어이없어 웃음이 나기도 한다.
　흥부의 가난도 그와 같았다. 이런 흥부는, 형의 도움에만 의지하려 한다거나 노력은 않고 신세 한탄으로 세월만 보내는 인물이라는 핀잔을 듣기도 했다. 의타적이고 무능력하다는 것이다. 처자식도 먹여 살리지 못하는 주제에 착한 마음 하나로 세상을 버텨보려 했으니 무기력하게 보일 법도 하다. 친형인 놀부에게도 그렇게 보였거니와 부자 되는 걸 최대의 행복으로 여기고 있는 요즘 사람의 눈에야 말할 나위가 있겠는가? 그렇지만 흥부에 대한 비난이 일그러진 가치관의 소산이라는 점은 차치하고, 작품을 꼼꼼하게 읽고 내린 결론도 아니다. 작품을 읽어보면 알겠지만, 흥부는 결코 의타적이거나 게을러빠진 인물이 아니었다. 놀부에게 쫓겨난 뒤, 자신이 처한 궁핍한 삶 속에서 점차 새로운 인물로 변화되어 갔던 것이다. 그런 계기는 놀부를 찾아갔다가 매만 맞고 돌아오면서, 자신을 도와줄 사람은 자기밖에 없다는 사실을 깨달으면서부터다.
　부자 놀부는 굶주린 동생 흥부가 찾아와서 살려 달라 애원해도 냉정하게 거절했다. 아니, 도움은커녕 매질하여 쫓아 보내고 만다. 동생으로서 형에게 맞는 것이야 참을 수 있었을지 모른다. 그러나 놀부에게 들었던 말은 결코 잊을 수 없었다. "개를 굶길 수 없어 찬밥도 줄 수 없다", "돼지를 주기 위해 지게미도 줄 수 없다", "소를 주기 위해 겨조차 줄 수 없다"던 그 모욕적인 언사들. 놀부는 동생보다 자기 집의 개·돼지·소를 더 소중하게 여기던 위인이었다. 판단의 기준은 오직 자신에게 이익이 되는가 되지 않는가의 여부였다. 동물보다 못한 모욕을 당한 그 잊을 수 없는 날, 흥부는 빈손으로 돌아온 뒤로 다시는 형을 찾아가 손을 벌리지 않았다. 그런 흥부를 의타적인 인물이라고 비난하는 것은 옳지 않다. 그렇다면 게을렀던가? 그렇지 않다. 남에게 의존하지 않고, 흥부 부부는 굶주린 가족을 먹여 살리기 위해서라면 아무리 험한 일이라도 마다하지 않았다. 그 장면을 직접 보기로 하자.

흥부 아내 하는 말이, "우리 품이나 팔아봅시다." 흥부 아내 품을 판다. 용정 방아 키질하기, 술 파는 집에 술 거르기, 초상집에 상복 짓기, 제삿집에 그릇 닦기, 굿하는 집에 떡 만들기, 언 손 불고 오줌 치기, 얼음 녹으면 나물 뜯기, 봄보리 갈라 보리 놓기, 온갖으로 품을 판다. 흥부는 정이월에 가래질하기, 이삼월에 부침하기, 일등 전답 못논 갈기, 입하 전에 면화 갈기, 이 집 저 집 이엉 엮기, 더운 날에 보리 치기, 비 오는 날 멍석 만들기, 먼 산 가까운 산에 나무하기, 곡식 장사 짐 져주기, 각 읍 주인 삯길 가기, 술만 먹고 말 짐 싣기, 오 푼 받고 마철 박기, 두 푼 받고 똥재 치기, 한 푼 받고 비 매기, 식전에 마당 쓸기, 저녁에 아이 만들기, 온갖으로 다 하여도 끼니가 간데없다. (경판본〈흥부전〉에서)

홍부 부부가 살기 위해 했던 일들이다. 그들은 한때도 쉬지 않고 밤낮으로 일했건만 굶주렸다. 게을렀기 때문일까? 아니다. 유사 이래, 날품팔이로 부자가 되기는커녕 하루 세 끼 풍족하게 먹고살 수 있었던 사람은 없다. 사정이 그렇다면 홍부의 가난을 게으름 탓으로 돌려서는 안 된다. 더욱이 살기 위해 노력하던 위의 인용문에서 유의해서 볼 만한 대목이 있다. 목숨을 부지하기 위해 온갖 날품팔이를 했건만, 홍부 부부는 가장 손쉬운 일 하나는 하지 않았다. 구걸이 그것이다. 대단하다. 이런 힘든 처지에 놓여 있었으면서도 어떻게 남에게 구걸하지 않을 수 있었던가? 그건, 자신의 궁핍을 자신의 노력으로 이겨내겠다는 다짐이 없고서는 불가능한 일이었다.

마침내 눈물겨운 분투에도 불구하고 끼니조차 이어가지 못했던 홍부는, 가족을 먹여 살리기 위해 자기 몸을 파는 일조차 마다하지 않았다. 작품에서는 홍부의 그런 비장한 각오를 매품팔이를 통해 그려내고 있다. 매품팔이란, 말 그대로 품팔이 가운데 가장 비참한 품팔이였다. 감영(監營)에 매품 팔러 갔다가 매 삯을 받기는커녕 목숨 먼저 끊어질 것이라며 만류하는 부인을 위로하며 했던 홍부의 말은 참으로 눈물겹다.

"여보 마누라, 볼기 내력 들어보오. 이놈이 장원급제 하여 초헌(軺軒) 위에 앉아보며, 팔도 감사 하였으니 선화당(宣化堂)에 앉아보며, 이골 좌수(座首)가 되었으니 향청(鄕廳) 마루에 앉아볼까? 쓸데없는 이 볼기짝, 감영에 올라가 볼기 삼십 대만 맞으면 논 삼십 냥 생길 터이니, 열 냥은 고기 사서 매 맞은 소복(蘇復)하고, 열 냥은 쌀을 팔아 집안 식구 포식(飽食)하고, 남은 열 냥 가지고는 소를 사세." (경판본 〈홍부전〉에서)

흥부가 부르는 '볼기짝 타령'의 한 구절이다. 여기서도 비극적 상황을 해학으로 풀어내는 판소리의 서사 기법이 잘 드러나 있다. 물론 말하는 사연은 슬프다. 매품을 팔아 온 가족이 배불리 먹을 수 있다면, 매 삯을 받아 농사지을 밑천인 소를 살 수 있다면, 그 어떤 고통도 피하지 않겠다는 비장한 각오! 그렇지만 흥부는 매품조차 팔지 못했다. 흥부보다 더 가난하고 눈치 빠른 옆집 꾀쇠 아비가 듣고, 먼저 매를 맞으러 갔기 때문이다. 흥부 부부는 절대적 궁핍과 절망에 빠질 수밖에 없었다.

그리하여 흥부 부부는 이렇게 한탄한다. "어떤 사람은 팔자 좋아 고대광실 높은 집에 부귀공명 누리며 호의호식하건만, 우리는 세상에 태어난 이후 옳지 않은 일 아니하고 밤낮으로 벌어도 하루 세 끼 밥도 먹을 수 없고 일 년 사시사철 헌 옷뿐이다."라고. 정말 착하게 열심히 살려 했는데, 왜 이리도 사는 게 힘든 것인지를 물었던 것이다. 그의 물음은 지금도 유효하다. 정말로 일한 만큼 잘 살게 되고, 일한 만큼 대접을 받고 있는가? 아마도 아닐 것이다. 이처럼 공평치 못한 삶, 이것이 흥부 부부가 처했던 조선 후기의 엄연한 현실이었다. 이런 사정을 제대로 감안하지 않은 채, 가난하다는 이유만으로 흥부를 의타적이라거나 게으르다고 손가락질해서는 안 된다.

—

부유한 놀부, 그 성공과 파멸의 비밀

—

조선 후기 농촌 사회에는 흥부처럼 점점 궁핍으로 전락하는 부류가 있는 반면, 재물을 모아 점점 넉넉하게 살아가는 부류도 생겨나고 있었다. 놀부는 그런 유형을 대변하는 인물이다. 놀부의 먼 조상은 남의 집 종살이를 하던 미천한 신분이었지만, 재물을 모아 마침내 그 부친이 양반 신분을 사서 양반으로 행세할 수 있었다. 그리고 놀부는 누구 못지않게 부지런히 돈을 모아 정말 떵떵거리며 살 수 있었다. 그런 점에서 놀부는 못된 심술 에도 불구하고, 주목할 만한 입지전적 인물임이 틀림없다. 그가 돈을 벌던 모습은 다음과 같았다.

부모가 나눠준 전답(田畓)을 저 혼자 차지하고, 농사짓기 일삼는다. 윗물 좋은 논에 모를 붓고, 구렁논에 찰벼 하고, 살진 밭에 면화 하기, 자갈밭 에 서숙 갈고, 황토밭에 참외 놓으며, 비탈 밭에 담배 하기, 토옥한 밭에 팥을 갈아 울콩·불콩·청대콩이며 동부·녹두·기장이며 참깨·들깨·피 마자를 사이사이 심어두고, 때를 찾아 기음매어 우적지걱 실어 들여 앞 뒤 뜰에 노적(露積)하네. (경판본 〈흥부전〉에서)

놀부가 재물을 축적할 수 있었던 것은, 물론 부모가 물려준 논과 밭을 저 혼자 차지할 수 있었기 때문이다. 위의 인용문에서 '부모가 나눠준 전 답을 저 혼자 차지하고'라 분명하게 밝혀두고 있다. 하지만 놀부는 부모 가 물려준 재산만 가지고 놀고먹지 않았다. 적절하면서도 기민한 방법으 로 농사를 지어 재물을 늘려갔던 것이다. 토양에 적합한 곡식을 가려 심 고, 수익성 좋은 상업 작물을 재배하고, 때를 잃지 않고 부지런히 농사짓 던 모습은 놀부가 얼마나 합리적으로 농업 경영을 했는지 보여준다. 본받 아야 할 농부의 자세일 터다.

하지만 놀부는 그것만으로 만족하지 않았다. 재물을 모으는 일이라면 무슨 짓이든 서슴지 않았던 것이다. 마을 공동소유의 산을 몰래 팔아먹는 가 하면, 일 년 동안 부려먹던 머슴을 품값도 주지 않은 채 내쫓고, 빚 못

갚는 집에 가서 계집 빼앗아 오는 일도 예사로 자행했다. 남이 잘되는 꼴은 배가 아파 눈 뜨고 보지 못했다. 그래서 다른 집의 노적가리에 불도 지르고, 이웃 논의 물꼬를 남몰래 터놓는 심술도 마다하지 않았던 것이다. 이렇듯 각양각색으로 열거되고 있는 놀부의 심술을 들여다보면, 자신의 이익과 관련되지 않은 게 하나도 없을 정도다. 그 유명한 놀부 심술을 직접 읽어보기로 하자.

> 놀부의 심사를 볼작시면, 초상난 데 춤추기, 불붙는 데 부채질하기, 해산한 데 개·닭 잡기, 장에 가면 억지로 흥정하기, 집에서 몹쓸 노릇 하기, 우는 아이 볼기 치기, 갓난아기 똥 먹이기, 무죄한 놈 뺨치기, 빚값에 계집 뺏기, 늙은 영감 덜미 잡기, 아이 밴 계집 배 차기, 우물 밑에 똥 누기, 오려논에 물 터놓기, 잦힌 밥에 돌 퍼붓기, 패는 곡식 삭 자르기, 논두렁에 구멍 뚫기, 호박에 말뚝 박기, 곱사등이 엎어놓고 발꿈치로 탕탕 치기, 심사가 모과나무의 아들이라. 이놈의 심술은 이러하되, 집은 부자라 호의호식하는구나. (경판본 〈흥부전〉에서)

놀부는 인간이 지켜야 될 윤리에 아랑곳 않던 존재였다. 삶의 가치를 오로지 재물 모으는 데만 두었다. 자신의 이익을 위해서라면 못하는 짓이 없고, 남의 불행이라면 뭐든지 자신의 행복으로 여겼던 것이다. 우리는 그런 놀부를 '탐욕의 화신'이 아니라면 '재물의 노예'라 부를 수 있겠다. 놀부가 삼강오륜(三綱五倫)이라는 당시의 윤리를 하찮게 보았던 것도, 다른 까닭이 아니다. 그런 인간의 규범은 자신이 추구하고 있는 경제적 이익에 아무런 도움도 되지 않는다고 생각했기 때문이다. 하나밖에 없는 동생까지도 재산 축적에 방해가 된다고 쫓아내는데, 충이나 효와 같은 걸 말해 무엇하겠는가? 그리하여 놀부는 함께 더불어 살아가던 공동체의 질서를 무시하고 재물을 최고로 여기는 황금만능주의를 확산시켜 나가고 있었던 것이다.

판소리 광대들은 재물의 힘이 날로 중요해지는 시대를 경험하면서 놀부와 같은 부자가 추구하던 경제적 이익을 강력하게 경계하고 있다. 작품 후반부에서 길게 펼쳐지는 놀부에 대한 징치, 곧 놀부의 파멸은 인간관계를 황폐화시키는 끝없는 탐욕에 대한 당대인의 반감을 단적으로 보여준다. 우리는 그 점을 '놀부 박'에서 찾아볼 수 있다. 놀부의 파멸은 제비가 물어다 준 박에 의해 이루어진다. 황당하기 그지없는 방식이다. 하지만 황당하지만은 않다. 자신을 부유하게 만들어준 탐욕이, 거꾸로 자신을 파멸로 이끌어간다는 현실적인 방식으로 전개되기 때문이다. 무슨 말인가? 잘 알고 있는 것처럼, 놀부는 더 많은 재물을 얻을 수 있다는 탐욕으로 무고한 제비의 다리를 부러뜨린다. 더 큰 부자가 되려는 욕심이 재앙을 자초한 셈이다.

그뿐 아니다. 제비가 물어다 준 박씨를 심었다가 화(禍)를 겪게 되는 과정도 마찬가지다. 놀부는 박통을 탈 때마다 재물을 빼앗겼다. 그만 타야 되는데도 놀부는 멈추지 않는다. 다음 박에서 금은보화가 나올지 모른다는 기대, 곧 욕심을 버릴 수 없었던 것이다. 놀부의 파멸을 지켜보던 삯꾼과 아내는 애써 말렸지만, 놀부는 듣지 않고 이렇게 말한다. "흥하면 흥하고 망하면 망한다(成則成 敗則敗)"라고. 끝까지 포기하지 않던 놀부의 집념, 이것은 탐욕에 눈먼 자의 한탕주의에 다름 아니다. 칼로 일어선 자 칼로 망한다는 격언처럼, 놀부는 탐욕으로 일어섰다가 탐욕으로 파멸했던 것이다.

흥부 박과 놀부 박, 환상으로 담은 현실 세계

〈흥부전〉의 전반부가 조선 후기 부익부빈익빈이 초래한 모순을 그리고 있다면, 후반부는 제비가 물어 온 박을 통해 그 문제를 해결하는 과정을 그리고 있다. 그런데 그것을 다루는 방식이 무척 다르다. 전반부에서는 놀부의 악행과 흥부의 궁핍이 사실적으로 그려지고 있는 데 반해, 후반부에서는 흥부의 성공과 놀부의 파멸이 환상적으로 그려지고 있다. 기적처럼 믿기 어려운 박이 등장하는 것이다. 박이 등장하는 까닭이 뭘까? 조선 후기의 빈부 모순이 '제비 박'이라는 신비로운 도움이 아니고서는 해결될 수 없다는 것을 역설적으로 암시하는 것일 터다. 정상적인 방법으로는 착하고 부지런한 흥부를 부자로 만들고, 탐욕스런 놀부를 망하게 만들 방도가 없었던 것이다.

하지만 그런 환상적인 제비 박에는 당대 민중이 꿈꾸던 세상이 매우 현실적인 모습으로 담겨 있다는 점도 읽어내야 한다. 사연은 이렇다. 선량한 동생 흥부가 못된 형 놀부에게 쫓겨날 때, 모두 "군자 같은 그 마음에 어디 가면 못살겠나, 아무 데 가도 부자 되지."라고 믿었다. 그러나 현실은 그렇지 못했다. 그렇기는커녕 굶고 헐벗은 가난을 면치 못했고, 이를 지켜보던 모든 사람은 "세상이 어찌 이리도 불공평한가?"라며 하늘을 의심했다. 착한 마음을 갖고 열심히 노력하면 하늘에서 복을 준다고 믿지 않았던가? 그게 지켜지지 않는 현실에 대한 깊은 회의를 품었던 것이다. 그리하여 판소리 광대들은 성실히 살아가면 반드시 하늘에서 복을 내려주고, 자기만 잘살기 위해 악행을 저지르면 언젠가는 대가를 치른다는 삶의 이치를 보여주고 싶었다. 모든 사람이 꿈꾸던 올바른 세계를 제비 박을 통해 보여주었던 것, 이것이 신비로운 제비 박을 등장시킨 이유다.

　그렇다면 먼저, 흥부 박을 보자. 흥부 박은 모두 세 통이다. 왜 굳이 세 통인가? 이유는 간단하다. 거기에서는 '쌀과 돈', '각종 비단', '고래 등 같은 집'이 들어 있었다. 밥과 옷과 집, 다시 말해 식·의·주(食衣住)를 해결해 주기 위해서라면 박 세 개로 족한 것이다. 그것이야말로 가난한 사람이 꿈꿀 수 있는 전부이다. 그런데 꿈만 같던 부자 된 흥부가 보였던 태도를 눈여겨볼 필요가 있다.

> 흥부가 좋아라고 한번 놀아보는데, "얼씨구나 좋을시고, 얼씨구나 좋을시고, 얼씨고 절씨고 지화자 좋구나, 얼씨구나 좋을시고. 돈 봐라, 돈 봐라, 얼씨구나 돈 봐라. 잘난 사람은 더 잘난 돈, 못난 사람도 잘난 돈. 생살지권(生殺之權)을 가진 돈, 부귀공명이 붙은 돈. 이놈의 돈아, 아나 돈아, 어디를 갔다가 이제 오느냐? 얼씨구나 돈 봐라. 야, 이 자식들아, 춤춰라. 어따, 이놈들, 춤을 추어라. 이런 경사가 어디가 있느냐? 얼씨구나 좋을시고. 둘째 놈아 말 듣거라. 건넛마을 건너가서 너의 백부님을 오시래라. 경사를 보아도 형제 볼란다. 얼씨구나 좋을시고. 지화자 좋을시고. 불쌍하고 가련한 사람들, 박흥부를 찾아오소. 나도 내일부터 기민(饑民, 굶주린 백성)을 줄란다, 얼씨구나 좋을시고. 여보시오 부자들, 부자라고 뻐기지 말고 가난타고 한을 마소. 엊그저께까지 박흥부가 문전걸식(門前乞食)을 일삼더니, 오늘날 부자가 되니, 석숭(石崇, 예전 중국의 큰 부자)이를 부러워하며 도주공(陶朱公, 춘추시대 재상이자 큰 부자)을 내가 부러워할 거나? 얼씨구 절씨구 좋을시고, 얼씨구나 좋구나." (박봉술 창본 〈박타령〉에서)

〈흥부전〉 전체에서 가장 흥겹게 부르는 '돈타령' 대목이다. 흥부의 입을 빌어 표현된 여기에서 재물이 얼마나 귀한 것인가가 잘 드러나 있다. 돈의 유무로 인간됨이 평가되고, 심지어 사람을 죽이기도 하고 살리기도 하는 돈의 위력! 누가 마다할 수 있을까? 흥부야말로 돈 없는 설움을 누구보다 뼈저리게 실감했던 인물이다. 그런데 그런 그는 부자가 되었음에도 불구하고 자기가 돈 없어 당했던 설움을 다른 사람에게 되갚으려 하지 않았다. 대신 자기를 내쫓은 형을 불러 기쁨을 함께하고자 했다. 어디 그뿐인가? 자기처럼 가난하고 굶주린 사람을 구제하겠다고 선언한다. '둘째 놈아 말 듣거라. 건넛마을 건너가서 너의 백부님을 오시래라. 경사를 보아도 형제 볼란다', '불쌍하고 가련한 사람들, 박흥부를 찾아오소. 나도 내일부터 기민(饑民)을 줄란다.'라고.

　흥부가 보여준 이런 태도야말로 돈이 초래한 황폐화된 인간관계를 반성하고, 모두 함께 잘사는 세상을 꿈꾸던 민중 의식을 잘 보여주고 있다. 그렇다면 놀부 박은 어떠했던가? 놀부 박은 이본에 따라 차이가 나는데, 적게는 대여섯 통이고 많게는 스물세 통도 넘는다. 흥부 박의 세 통에 비해 엄청나게 많은데, 그만큼 놀부에 대한 징치 의식이 컸기 때문이다. 자기 혼자만 잘살기 위해 인간으로서의 도리를 저버렸던 인간에 대한 깊은 적대감을 그렇게 표현했던 것이다. 실제로 놀부는 그 많은 제비 박에 의해 파멸의 길로 빠져든다. 아니, 자신의 탐욕 때문에 파산하게 된다.

　그렇다면 구체적으로 놀부는 어떻게 망하는가? 〈흥부전〉을 제대로 읽지 않은 사람에게 물어보면, 놀부 박에서 도깨비라든가 뱀이 나와 망하게 만든다고 답한다. 하지만 아니다. 제비 박은 환상의 산물이지만, 그 속에 담겨 있는 것은 매우 현실적이다. 사람들이 나오는 것이다. 어떤 사람들인가? 수백 수천 명에 달하는 거지 떼, 풍각쟁이패, 사당패, 초라니패, 짐꾼들을 비롯하여 몰락 양반이 그들이다. 이들이 때로는 무력으로, 때로는 놀이 값으로, 때로는 상놈 면해주었다는 대가로 돈을 빼앗아 가는 것이다.

왜, 하필 이들이 나와서 돈을 빼앗아 가는가? 그걸 이해하기 위해서는 작품 서두에 열거된 놀부의 심술을 꼼꼼하게 살펴볼 필요가 있다. 거기에 그려진 심술은 무척 많지만, '가난한 양반 보면 관 찢기', '거지가 찾아오면 동냥자루 찢기', '초라니패들이 오면 작은북 빼앗기', '옹기장수의 지게 쓰러뜨리기' 등도 들어 있다. 놀부가 평소 놀고먹는다고 구박하고 괄시하던 유랑하던 부류들이다. 그런데 그들이 놀부 박에 들어앉아 놀부를 찾아왔던 것이다. 혼자가 아니라 전국의 모두가 떼를 이루어서! 그게 무슨 의미인지 짐작할 수 있으리라. 놀부를 파멸로 몰아가던 사람들은 다름 아닌 놀부에게 온갖 수모를 받으며 살았던 바로 그들이다. 앞서 지적했듯, 놀부와 같은 소수가 점점 부자가 되면서 흥부와 같은 더 많은 사람들은 점점 가난해져 갔다. 부익부빈익빈 현상이다. 그리하여 가난한 사람들은 삶의 터전을 잃고 여기저기 떠돌아다니면서 구걸도 하고, 장사도 하고, 놀이패에 들어가기도 했다. 유랑민으로 전락했던 것이다. 그랬던 그들이 이제까지 당한 수모를, 수백 수천의 무리를 이루어 분풀이를 했던 것이다. 그런 점에서 제비 다리를 제 손으로 부러뜨려 재앙의 씨앗을 뿌린 것이 재물에 눈멀었던 놀부의 첫 번째 자업자득이었다면, 전국의 유랑민에 의한 파멸이야말로 진짜 자업자득이라 하겠다.

—

〈흥부전〉이 꿈꾸던 세상, 그러나 아직도 미완인 세상

—

이처럼 〈흥부전〉은 단순히 형제간 우애를 권장하던 텍스트가 아니었다. 거기에는 조선 후기의 부익부빈익빈이 초래한 사회 모순과 그 해결 방법을 '흥부 – 놀부'라는 형제의 모습을 통해 보여주었던 것이다. 그렇지만 우애의 문제를 결코 소홀하게 여길 수 없다. 실제로 많은 이본들은 후대로 갈수록 점차 우애를 비중 있게 다루는 방향으로 변모한다. 우리가 〈흥부전〉 하면 으레 형제간의 우애를 떠올리게 되는 것도, 그런 현상의 결과이다. 그런 까닭에 놀부의 철저한 파멸로 작품을 끝맺는 것이 아니라 놀부가 개과천선하여 형제간에 화해를 하는 방식으로 끝맺는 이본도 많다.

물론 〈흥부전〉에 담겨 있는 소망은 형제간의 화해만은 아니었을 것이다. 가진 자와 갖지 못한 자가 서로 나뉘어 갈등하고 있는 세상의 모든 사람도 그러해야 한다고 생각했으리라. 그리고 그런 맥락에서 우리는 오늘, 또 다른 맥락에서 〈흥부전〉이 담고 있는 소망을 음미해 보아야 한다. 〈흥부전〉에서 꿈꾸던 세상은 어떠했던가? 돈이 인간을 지배하는 세상이 아니라, 인간 모두가 함께 더불어 사는 대동세계(大同世界)였던 것이다. 하지만 요즘은 어떤가? 재산 상속을 둘러싸고 형제간에 피 터지게 싸우고, 돈과 권력이 많은가 적은가에 따라 인간관계가 좌우되는 모습은 여전하다. 아니, 더욱더 심해지고 있다. 놀부처럼 탐욕스러운 자들의 횡포는 꺾일 줄 모르고 나날이 높아만 가는 것이다. 그래서 우린, 때론 좌절하고 때론 절망한다. 하지만 끝없는 탐욕으로 일군 재물과 그것을 통해 만끽하는 향락적 삶이야말로 자신을 파멸로 이끌어가고 말 것임을 〈흥부전〉은 생생하게 보여준다. 과거의 놀부만이 아니라 놀부와 같은 오늘날의 인간들도 그렇게 되지 않겠는가? 서로 도와가며 공존하려는 나눔의 정신을 갖지 않는다면. 그게 〈흥부전〉이 꿈꾸던 세상이자 우리가 만들어가야 할 '미완의 과제'인 것이다.

– 정출헌

참고 문헌

신동흔 글, 김혜란 그림,《흥부전 – 이 박을 타거들랑 밥 한 통만 나오너라》, 휴머니스트,
2013.

권순긍, 〈〈흥부전〉의 현대적 수용〉,《판소리연구》29, 판소리학회, 2010.

김종철, 〈〈흥부전〉의 지향성 연구〉,《선청어문》13, 서울대학교 국어교육과, 1982.

인권환 엮음,《흥부전 연구》, 집문당, 1991.

정충권, 〈〈흥부전〉의 아이러니와 웃음〉,《판소리연구》29, 판소리학회, 2010.

四

봉건 국가의 해체와 풍자의 행로

끝내 합의하지 못했던 결말

—

고전소설을 읽는 일은 우리에게 많은 인내심을 요구한다. 판에 박힌 인물형, 상투적인 표현, 천편일률적인 결말 등등. 사정이 이러한데, 고전소설을 읽는 게 뭐 그리 재미있겠는가? 그럼에도 나름대로 흥미로운 고전소설의 독법이 있다. 이본을 견주어가며 읽는 것이 그것이다. 잘 알고 있듯, 고전소설은 한 작품이 여러 이본을 거느리고 있다. 〈춘향전〉의 경우, 현재 전하는 이본만 해도 400종이 넘는다. 이들 이본은 저마다 서로 다른 작품으로 보아야 할 만큼 편차가 크기도 하다. 때문에 다루고 있는 사건에 대한 이본 각각의 독특한 해법을 견주어가며 읽으면 쏠쏠한 재미를 맛볼 수 있다.

〈토끼전〉도 그러하다. 하지만 〈토끼전〉은 다른 작품의 이본에 비해 그 양상이 훨씬 흥미롭다. 해석의 다양함이 몇몇 장면에 그치는 것이 아니라 작품의 결말에까지 일어나고 있기 때문이다. 고전소설은 이본에 따라 차이가 난다고 했지만, 결론만큼은 대체로 동일하다. 춘향이 변 사또의 수청을 거부하고 이 도령과 재회하는 〈춘향전〉의 결말, 심청이 황후로 환생하여 맹인 잔치에서 아비의 눈을 뜨게 하는 〈심청전〉의 결말, 착한 흥부가 부자가 된 뒤 탐욕스러운 놀부가 파멸에 이르게 되는 〈흥부전〉의 결말은 어떤 이본이든 같다. 그런 결론에 모두 합의했던 것이다. 그런데 〈토끼전〉의 결말은 이본마다 다르다.

어떤 이본에서는 자라가 용궁으로 돌아가지 않고 바위에 머리를 부딪쳐 죽어 용왕도 죽는가 하면, 어떤 이본에서는 도사가 나타나 신이한 약을 주어 용왕이 살아났다고 한다. 용왕을 비롯하여 자라의 최후가 다양했던 것이다. 왜 이런 현상이 일어났는지는 뒤에서 자세히 다루겠지만, 결말의 다양함은 〈토끼전〉이 제기한 문제에 대한 결론을 합의하지 못했다는 반증이다. 그렇다. 합의되지 못한 결말, 그래서 단일한 결말을 맺을 수 없었던 것이다. 〈토끼전〉의 이런 결말은 고전소설의 결말이 한결같다고 생각하고 있는 우리에게 신선하게 다가온다. 우리가 〈토끼전〉을 꼼꼼하게 읽어보아야 하는 까닭도 여기에 있다. 〈토끼전〉은 무슨 문제를 다루고 있었기에 결말에 대한 합의를 보지 못했던 것일까?

—

반복의 구조, 수탈당하던 민중의 삶

—

어떤 사람들은 〈토끼전〉을 단순한 재담이라고 생각한다. 아닌 게 아니라 〈토끼전〉은 끊임없이 우리를 즐겁게 만든다. 죽을 위기에 빠졌던 토끼가 매번 번뜩이는 재치를 부려 살아나기 때문이다. 죽을 위기와 그 극복이 숨 막히게 반복되는 것이다. 〈토끼전〉은 그렇듯 반복의 구조를 취하고 있다. 그 점, 독특한 면모이다. 토끼가 용궁에서 살아 돌아왔다고 해서 작품이 바로 끝나지 않는다. 살아난 기쁨에 들떠 팔짝거리며 뛰놀던 토끼는 그만 올가미에 걸려 다시 죽을 위기에 빠진다. 물론 토끼는 그 위기를 벗어난다. 그래서 또다시 좋아라고 방정맞게 춤을 추다가 이번에는 독수리에게 잡혀 다시 죽을 위기에 빠진다. 물론 그 위기도 벗어난다. 계속 이어지는 위기와 극복의 반복 구조! 자세히 들여다보면, 뒷부분에서만 그런 게 아니다. 수궁에서조차 위기와 반전은 거듭된다. 자라의 달콤한 유혹과 토끼의 의심, 토끼의 재치 있는 속임과 용왕의 의혹이 계속 반복되는 것이다. 우리는 위기에 처한 토끼가 이를 어떻게 벗어날 것인가 손에 땀을 쥐며 지켜보고, 그 과정에서 토끼의 재치는 판소리 듣는 마당을 웃음판으로 만든다.

그러나 위기에서 벗어나는 토끼의 재치에 배꼽 잡고 웃을 일만은 아니다. 위기가 반복되는 구조가 뭘 뜻하는가에 유의해야 하는 것이다. 그래서 이런 질문은 정당하다. '그런 되풀이되는 위기-극복의 구조와 토끼라는 힘없는 동물의 존재 방식 사이에는 모종의 관련이 있는 게 아닐까?'라는. 그때, 비로소 토끼는 모두가 만만하게 여기던 힘없는 '사냥감'이란 사실을 깨닫게 된다. 토끼의 입장에서 말한다면, 그건 자신의 목숨을 노리는 살벌한 위험이 도처에 널려 있다는 말이다. 위기가 반복되는 작품 구조는, 이렇듯 토끼라는 인기 좋은 사냥감의 불안정한 삶을 반영하고 있는 것이었다. 자라는 산중에서 토끼를 만나자 그의 힘든 세상살이를 모두 여덟 가지로 압축하고 있다. 세사팔난(世事八難), 곧 '세상 살아가면서 겪어야 할 여덟 가지 어려움'이다. 여기에 그려진 토끼의 모습은 힘겨운 삶 그 자체였다. 엄동설한을 맞이하면 추위와 굶주림에 시달려야 했고, 꽃피는 봄이 온다고 한들 조금도 나을 게 없었다. 호시탐탐 노리는 독수리를 피해 굴속에서 가슴 졸이며 살아야 했다. 어디 그뿐인가? 세사팔난은 범·초동·몰이꾼·포수·매사냥꾼 등이 도처에서 토끼의 목숨을 노리고 있음을 생생하게 보여준다. 그 가운데 포수의 총은 가장 겁나는 물건이었다.

"천만다행으로 목숨 건져 중동으로 도망하면, 총 잘 쏘는 사냥 포수 길목마다 지켜 앉아, 탄알 재운 총을 들고 그대 모습 보자마자, 염통을 겨냥하고 방아쇠를 당길 적에, 꼬리를 샅에 끼고 간장이 콩알 되어, 간신히 도망해서 숨을 곳을 찾아가니, 죽을 뻔한 그 신세가 그대 아니고 누구겠나? 이것이 여섯째요." 토끼 자빠졌다 일어나며, "애고, 총 소리 하지도 마시오. 총하고 나하고는 불구대천지원수(不俱戴天之怨讐)요." "어찌 그렇다는 말이요?" "우리 조부님께서 '탕' 하더니 일거무소식(一去無消息)이요, 부친께서 '탕' 하더니 인홀불견(因忽不見)이요, 큰아버지께서 '탕' 하더니 일거석양풍(一去夕陽風) 하였기에 나하고는 대천지원수요. 듣기 싫은 소리 너무 마오." (가람 이병기 소장본 〈별토가〉에서)

주인공 토끼는 할아버지, 아버지, 큰아버지를 총에 맞아 잃었다. 그뿐 아니다. 부인도 총에 맞아 죽었고, 외아들도 총에 맞아 잃었다. 자신도 언제 총에 맞아 죽을지 몰라 불안했다. 그처럼 위태로운 삶을 살아야 했던, 그래서 안전한 어디론가 도망치고 싶던 토끼는 수궁에 가면 벼슬자리도 주고 예쁜 여인도 구해 주겠다는 자라의 유혹에 빠져들고 말았던 것이다. 어차피 죽을 목숨, 죽든 살든 자라를 따라 바다 속으로라도 가보자는 선택은 그래서 가슴 짠하기도 하다.

비록 토끼라는 산짐승이 겪는 고난으로 의인화되어 있고 때로는 그의 고난이 희극적으로 그려지기도 하지만, 그것이 조선 후기 힘없는 민중이 겪어야 했던 삶을 빗대고 있다는 점은 두말할 필요도 없다. 우리가 토끼를 동정하고 주인공으로 여기는 것도 그 때문이다. 하지만 온갖 재치로 수궁에서의 죽을 위기를 모면하고 고향으로 되돌아왔다고 해도, 떠나기 전에 겪었던 고난까지 모두 벗어난 게 아니었다. 다시 돌아온 고향에는 예전의 고난이 여전히 엄존하고 있다는 점을 보여주는 것, 그것이 바로 후반부에 이어지는 '위기 – 극복'의 대목이다. 위기는 올가미와 독수리 외에 이본에 따라 포수·노구할미·보라매의 위협 등이 다양하게 등장한다. 그 모두는 자라가 말했던 세사팔난의 현실화라는 점에서 동일하다. 어떤 사람은 용궁 탈출 이후에 이어지는 위기와 극복의 장면은 웃고 즐기기 위해 덧붙여 놓은 군더더기라고 생각한다. 그렇지 않다. 토끼의 불안정한 삶이 끝없이 이어지고 있다는 점을 사실로 보여주기 위해서는 반드시 필요했던 부분이다. 〈토끼전〉의 반복 구조는 단지 웃음을 자아내기 위한 서사적 장치만이 아니었던 것이다.

—

토끼와 자라, 이들의 맞섬과 어울림

—

〈토끼전〉이 단지 동물들이 벌이는 우스갯소리가 아니라는 점은 명확하다. 조선 후기의 인간 사회를 동물에 빗대어 풍자했던 것이다. 그렇다면 토끼와 자라, 그리고 용왕이 누구를 의인화한 것인지 묻지 않을 수 없다. 물론 토끼의 목숨을 노리던 용왕과 자라는 명확하다. 썩어빠진 봉건 군주, 그리고 맹목적인 충성을 바치는 신하일 수밖에 없다. 토끼는 그들에게 수

탈당하던 민중을 상징한다. 그런데 확인해 둘 것이 있다. 〈토끼전〉의 주인공은 토끼 혼자가 아니라는 사실이다. 자라 역시 또 다른 주인공이다. 그런 사실을 반영하듯, 〈토끼전〉은 이본에 따라 제목이 다양하다. 〈토끼전〉도 있고 〈별주부전〉도 있으며, 둘의 이름을 나란히 적은 〈토별가〉 또는 〈별토가〉도 있다. 토끼와 자라는 양보할 수 없는 맞수였던 것이다. 19세기 중반 송만재라는 양반도 〈토끼전〉을 이렇게 시화했다.

東海波臣玄介士　동해의 절개 굳은 신하 자라는
一心爲主訪靈丹　한마음으로 임금 위해 약 찾아 나서고
生憎缺口偏饒舌　앙증맞은 토끼는 째진 입으로 잔말을 내어
愚弄龍王出納肝　간을 넣었다 뺐다 한다며 용왕을 우롱하네

송만재는 〈토끼전〉을 읽으며 토끼 못지않게 자라에게도 깊은 관심을 보이고 있었다. 그래서 1~2구에서는 자라가 충직하게 임금 위하는 장면을, 3~4구에서는 토끼가 재치를 부려 용왕 속이는 장면을 다루었던 것이다. 많은 사람은 자라를 단순 조역처럼 소홀하게 취급하거나 용왕과 함께 비판받아 마땅한 맹목적인 인물로 이해하고 있지만, 실제로 자라의 역할은 막중하고 미묘하다. 자라가 재조명되어야 하는 까닭이다. 잘 생각해 보라. 토끼와 자라는 온갖 위험을 무릅쓰고 서로의 목숨을 노릴 정도로 치열하게 맞서고 있다. 그렇다고 해서 자라가 토끼의 적대자인가 하면, 그렇지 않다. 누가 진정 적대자인가? 자라가 아니라 용왕인 것이다. 토끼의 간을 필요로 하는, 곧 무고한 생명을 강요하던 사건의 발단은 바로 용왕의 병 때문이다. 그래서 우리는 용왕이란 인물도 좀 더 자세하게 들여다보아야 한다.

요즘 판소리 광대들은 용왕이 우연히 병든 것처럼 그리고 있다. 하지만 용왕의 병은 본래 주색에 빠져 생긴 것이다. 용왕은 스스로 이렇게 말했다. "생각하지 않으려 해도 저절로 생각나는 것은 여자이고, 잊으려 해도 잊기 어려운 것은 술이다!"라고. 용왕은 주색에 찌들대로 찌든 위인이었던 것이다. 병의 가짓수가 얼마인지 헤아릴 수 없었고, 병든 몰골은 차마 보기 끔찍할 정도다. "눈은 꿈쩍꿈쩍, 코는 벌룩벌룩, 불알은 달랑달랑 하는구나."라니! 병세가 이런데도 용왕은 "밤이면 아름다운 여자와 풍류로 밤을 지내고, 낮이면 의원과 점쟁이에게 병 고칠 방도를 묻느냐고 국력을 소진"하고 있었다. 향락에 대한 탐닉은 그칠 줄 몰랐던 것이다.

  이런 용왕과 함께 가관인 것은, 죽게 된 용왕이 엉엉 울면서 고칠 방도를 묻건만 서로 얼굴만 쳐다보고 묵묵부답하던 신하들의 실상이다. 어느 도사가 나타나 토끼의 간을 먹으면 낫는다는 걸 알려주었지만, 누구도 토끼를 잡아 오겠다는 신하는 없었다. 토끼를 잡으러 육지에 간다는 것이 얼마나 위험한 일인지 모두 알고 있어 뒤꽁무니를 뺐던 것이다. 신하들이 서로 가겠다며 호기를 부리는 이본도 있지만, 그것도 쉽게 결판나지 않았다. 잡아 올 만한 능력이 없는 한심한 위인들이었기 때문이다. 자기 몸만 위하는 보신(補身)이 아니면 무엇 하나 해내지 못하는 무능(無能)으로 가득 찬 신하의 몰골이 여지없이 폭로되고 있는 것이다.

  용왕의 통곡 소리를 듣다 못한 신하들이 갑론을박을 하고 있던 때, 자라가 등장한다. 말석에 앉아 있던 자라가 자청하고 나선 것이다. 어떤 사람은 그런 자라의 행위를 벼슬에 눈이 먼 것이라 해석하기도 하고, 어떤 사람은 충이라는 봉건 이념에 사로잡힌 것이라 해석하기도 한다. 하지만 여기에서 작품이 말하고자 했던 점은 분명하다. 승상 거북, 영의정 고래, 해운군 방게처럼 평소 당당한 체 뻐기던 자들이 뒤꽁무니를 빼던 위험한 육지행을 자라가 결연히 자임하고 나섰다는 점이다. 미관말직에 있다고 모두 업신여기던 바로 그 자라가 말이다.

이처럼 자라의 등장은 수궁 신하의 한심한 상황을 만천하에 폭로하는 효과를 연출하고 있다. 그리고 용궁 신하들의 갑론을박으로 어수선하던 독자의 시선은, 이제 말석에서 엉금엉금 기어 나온 자라 한 몸에 집중된다. 저같이 느릿느릿한 자라가 난생처음 나가보는 육지에 가서 펄펄 뛰놀고 있는 토끼를 과연 어떻게 잡아 올 것인가에 초점이 모아지는 것이다. 자라가 토끼를 잡으러 가는 역할을 맡고 있음에도 토끼와 적대적인 관계로만 읽을 수 없는 이유, 봉건 군주에게 빌붙어 지내는 다른 수궁 신하들과 동일하게 취급할 수 없는 이유가 바로 여기에 있다. 그럼에도 많은 사람들은 여전히 자라를 용왕의 하수인 정도로 보곤 한다. 하지만 그렇지 않다. 용왕과 달리, 자라는 토끼와 양보할 수 없는 '맞섬'만이 아니라 '어울림'의 관계에 있는 인물이다. 토끼는 이렇게 말하고 있다.

수토끼 내려와서 하는 말이 "네 말도 옳다마는 고금의 일렀으되 '남이 죽는 것은 내 고뿔만 못하다' 하니 너는 충성하려니와 나는 무슨 일이냐. (중략) 용왕이 무도(無道)하지 너야 무슨 죄 있느냐? 우리 둘은 혐의 마세. 남아하처불상봉(男兒何處不相逢)이랴, 일후 다시 만나보세." (가람 이병기 소장본 〈별토가〉에서)

죽을 고비를 겨우 넘기고 수궁에서의 탈출에 성공한 뒤, 토끼가 자라에게 했던 말이다. 자기를 죽을 곳으로 끌고 들어갔던 자라의 소행을 생각하면 분통이 터지고도 남을 일이다. 그렇건만 토끼는 자라에게 서로 미워하는 마음을 갖지 말자고 한다. 남아하처불상봉, 곧 남자로 태어나서 어디

에선들 다시 만날 수 없겠느냐며 뒤에 다시 만자보자고 했던 것이다. 왜, 미워만 하지 않았을까? 까닭은, 비록 처한 위치는 자신과 다르지만 둘 다 포악하고 타락한 봉건 군주로 말미암아 그 곤욕을 치렀다는 생각 때문이다. 자라가 밝히고 있듯, 모든 사건의 발단이 '용왕의 무도(無道)'에서 비롯되었다는 말은 바로 이를 일컬음이다. 정말이지 자라가 용왕에게 받아야 했던 시련은 참혹하기 그지없었다. 위험한 육지에 나가 토끼를 잡아 오는 수고를 겪었던 것만을 일컬음이 아니다.

용왕은 자라가 천신만고 끝에 잡아 온 토끼에게 속아 다시 살려 보내고 만다. 토끼를 놓친 자라는 자신의 죄가 아니건만, 차마 수궁으로 돌아가지 못한다. 용왕이 자신의 책임을 자라의 죄로 물어올 게 분명했기 때문이다. 하여, 소상강으로 망명한다. 수궁으로 돌아가지도 못하고 산중에도 살 수 없어, 강과 바다의 경계인 소상강에 숨어 목숨을 부지하고 살아야 했던 것이다. 요즘말로 하면 육지와 바다, 그 어디에도 용납되지 못해 중간 지대에 머문 '경계인'인 셈이다. 참혹함은 거기서 끝나지 않았다. 어느 날, 소상강으로 유배를 온 수궁 신하 메기에게 부인 소식을 전해 듣고는 자기도 바위에 머리를 부딪쳐 죽고 만다.

실상 자라 부인은 잠시 만난 토끼를 그리워하다가 죽은 것인데, 자라는 자신을 기다리다 죽은 걸로 오인했던 것이다. 이런 어이없는 자라의 비극. 그렇다면 죽은 자라는 어찌 되었을까? 작품이 거기에서 끝나 알 수 없지만, 저승의 부인에게도 용납되지 못했으리라. 그리하여 불쌍한 넋만이 구천을 떠돌고 있을 것이다. 우스운가, 슬픈가? 이런 웃지 못할 삽화에서 우리가 놓치지 말아야 할 점이 있다. 자라가 몸담고 있던 현실이다. 자라는 온갖 시련을 감수하며 토끼를 잡아 왔고, 토끼의 속임수에 넘어가지 말 것을 끊임없이 경계했건만, 탐욕에 눈먼 용왕에게 자라의 충정은 받아들여지지 않았다. 더욱이 상을 받기는커녕 용왕에게 배반당하고, 아내에게까지 배반을 당해 철저한 파멸의 길로 내몰리고 말았다. 누구의 탓인가? 자라가 겪어야 했던 이런 비극적 상황이야말로 용왕의 향락과 탐욕으로부터 비롯된 가혹한 시련이 토끼만이 아니라 자라에게까지 미치고 있음을 명확하게 보여준다. 보다 큰 피해자는 자라였다. 토끼와 자라는, 맞섬만이 아니라 어울림의 관계도 있다고 말한 것은 이런 까닭이다.

〈토끼전〉의 결말, 그것이 던지는 질문

〈토끼전〉의 결말은 무척 흥겹다. 토끼는 살아 돌아온 기쁨에 마음껏 춤을 추고, 미련한 용왕에 대해서는 실컷 핀잔을 퍼붓는다. 어느 이본에서든 토끼는 죽지 않고 어디론가 깡충깡충 뛰어 사라진다. 토끼의 문제는 그렇게 완벽하게 해피엔딩으로 해결을 보게 된다. 힘없는 존재라고 해서 아무 잘못 없이 죽여서는 안 된다는 완전한 합의를 본 것이다. 그러나 토끼가 사라졌다고 해서 〈토끼전〉이 제기한 문제가 종결되는 것은 아니다. 토끼에게 숱한 핀잔을 받았던, 또 다른 주인공 자라의 문제가 남아 있는 것이다. 자라는 어찌 되었는가? 토끼를 놓치고 난 뒤, 자라는 어디로 갈지 몰라 망설인다. 조선 후기 가장 많은 사랑을 받은 이본인 가람본 〈별토가〉에서는 수궁으로 돌아갈 수 없어 소상강으로 망명하는 것으로 처리된다. 그러다가 부인이 죽었다는 소식을 전해 듣고, 자신도 따라서 목숨을 끊는다.

어떤 이본에서는 용왕을 뵐 면목이 없다고 자결하기도 하고, 어떤 이본에서는 빈손으로 갔다가 토끼와 공모했다고 처벌을 받기도 한다. 어떤 이본에서는 토끼를 놓치고 어쩔 줄 모르는 자라에게 신선이 나타나 약을 주기도 하지만, 그건 충직한 자라를 불쌍하게 여겨 개작한 후대적 변모의 하나일 따름이다. 자라의 최후는 토끼와 같이 해피엔딩으로 끝나지 않는다. 자라의 이런 비극적 최후는, 우선 그가 발 딛고 있던 사회의 모순에서 비롯된 것이었다. 용왕이란 존재는 옳고 그름을 판단할 수 있는 능력을 상실한, 부패하고 탐욕스런 존재일 뿐이었다. 사정이 그러하다면 토끼를 잡아 오려던 자신의 행위가 비록 충성이란 이름으로 칭찬받을 수 있을지는 모르지만, 따지고 보면 그 모든 고난이 헛된 일일 뿐이다. 토끼가 분명하게 말하지 않았던가? 자신들이 겪는 그 모든 고난이 용왕의 무도함에서 비롯된 것이라고 말이다.

그럼에도 자라는 그런 사실을 끝내 깨닫지 못한다. 용왕의 추악함을 어렴풋하게 눈치채고 있었다 해도, 토끼처럼 그를 거부하고 달아나기에는 부족한 구시대적 인물이었다. 자라의 비극적 최후는 자기 안에 내재되어 있던 한계로부터 말미암은 것이기도 했던 것이다. 자라의 그런 한계는 비난받아 마땅할지 모른다. 하지만 당대인들은 충직한 자라를 무조건 옹호하지 않았던 것처럼, 바보 같은 짓이라고 비난만을 가하지도 않는다. 그 중간쯤, 연민과 동정의 눈길로 지켜보고 있었다고 해야 옳겠다. 자라는 그만큼 판단하기 복잡한 인물이고, 그로 인해 작품의 결말은 그토록 다채로웠던 것이다.

물론 자라가 봉건 지배층에게 이용당하고, 결국에는 비극적인 결말을 맺는다고 해서 토끼와 동등한 역할을 수행하고 있는 것은 아니다. 자라는 아무리 성실하게 살아가려고 해도 몸에 배인 낡은 습속을 버리지 않는 한 새롭게 다가오는 사회에 적응할 수 없는 인물이었다. 반면 토끼는 새로운 시대를 맞이할 수 있을 만큼 발랄하고 확고한 신념을 지니고 있는 인물이었다. 이렇게 생각해 보자. 나라가 극도로 부패했을 때, 그런 나라에 목숨을 바치는 것이 옳은가? 아니면 거부하는 것이 옳은가? 답변은 아마 엇갈릴 것이다. 〈토끼전〉을 듣고 즐겼던 옛사람도 그러했다. 하지만 분명한 점이 있다. 토끼는 "수궁이 좋다 해도 이 산중만 못하더라."라고 노래하며 청산(靑山)으로 훌훌 떠나갈 수 있었던 반면, 자라는 갈 곳을 몰라 주저하다가 끝내 비극적인 최후를 맞이했다는 것이다. 그건 부패한 국가가 부당한 요구를 해올 때, 우리는 누구의 행로를 선택해야 하는가에 대한 분명한 문학적 메시지였던 것이다.

– 정출헌

참고 문헌

장재화 글, 윤예지 그림,《토끼전 – 꾀주머니 배 속에 차고 계수나무에 간 달아놓고》, 휴머니스트, 2014.

김대행, 〈〈수궁가〉의 구조저 특성〉,《국어교육》27, 한국국어교육연구회, 1976.

인권환,《토끼전·수궁가 연구》, 고려대학교 민족문화연구원, 2001.

정출헌, 〈〈토끼전〉의 작품 구조와 인물 형상 – 가람본 〈별토가〉를 중심으로〉,《한국학보》18, 일지사, 1992.

정충권, 〈〈토끼전〉 결말의 변이 양상과 고소설의 존재 방식〉,《새국어교육》71, 한국국어교육학회, 2005.

五

제갈공명에 의한 제갈공명의 이야기

제갈공명이 말했다.

"내 일찍이 신인(神人)을 만나 몸을 바꾸거나 다른 것으로 바꾸고, 하늘의 변화를 부릴 수 있는 술책을 배워 비바람을 부르는 술법을 아옵나니, 이제 도독(주유)을 위하여 남병산에 올라 칠성단을 높이 쌓고 이십일 갑자(甲子)에 바람을 빌려 이십삼일 인병(寅丙)까지 동남풍으로 도독의 군사를 돕게 하오리다."

—

익숙하지 않은 제목, 익숙한 내용

—

'고전소설 가운데 이런 제목의 작품도 있었나?' 대개 '화용도(華容道)'라는 작품의 제목을 처음 대하면 이와 같은 반응을 보인다. 우리에게 그리

익숙하지 않지만, 기억을 더듬어보면 전연 낯선 것은 아니라는 것을 깨닫게 된다. 화용도는 〈삼국지연의〉 중 적벽대전에서 패한 조조가 달아나는 장소이기 때문이다. 동아시아에서 시공을 초월하여 여전히 큰 인기를 얻고 있는 소설 〈삼국지연의〉에 등장하는 장소 가운데 하나가 바로 '화용도'이다.

이 사실만 알아도 '화용도'라는 제목이 마냥 낯설지만은 않을 듯하다. 그리고 작품의 내용을 어느 정도 짐작할 수 있을 것이다. 이 작품은 〈삼국지연의〉 중에서도 화용도를 배경으로 하는 전후 내용에 집중한다. 〈화용도〉는 120회에 이르는 〈삼국지연의〉 가운데 37회부터 50회까지의 이야기를 대상으로 하여 재구성한 작품이다. 이 부분은 제갈공명이 등장하여 적벽대전을 승리로 이끌며 촉나라의 기틀을 마련하는 내용이 주를 이룬다. 그래서 이 작품의 적지 않은 이본들은 적벽대전에서 그 제목을 따와 '적벽가' 혹은 '적벽(대)전'의 형태로 제목을 붙이기도 했다.

이쯤 되면 이 작품이 판소리 열두 마당의 하나인 〈적벽가〉와 관련이 깊을 것임을 예상할 수 있다. 〈적벽가〉는 실전(失傳) 판소리이다. 즉 과거에 연행되던 실제 모습은 전승되지 않고 사설만 전하는 작품이다. 그런데 〈적벽가〉는 사설을 기반으로 하여 이를 소설화한 형태, 즉 판소리계 소설이 존재한다. 바로 〈화용도〉가 이에 해당한다.

비록 과거 판소리 〈적벽가〉의 연행을 더 이상 재구할 수는 없지만, 연행의 기반이 되었던 판소리 사설과 소설화된 형태인 판소리계 소설은 문헌으로 남아 있어 그 일면을 추정할 수 있다. 학계에서는 남아 있는 문헌들을 흔히 '판소리 사설 〈적벽가〉 작품군'과 '판소리계 소설 〈화용도〉 작품군'으로 나누어 인식한다. 그렇다고 두 작품군 간의 차이가 그리 큰 것은 아니다. 하지만 이들 작품군에 속하는 작품들은 판소리 사설의 성향이 강한 작품부터 판소리계 소설의 성향이 강한 작품까지 넓은 스펙트럼을 형성하고 있다.

그렇지만 구체적으로 작품의 이본들을 살펴보면, 두 작품군의 변별성보다는 유사성에 주목하게 된다. 변별적 자질을 밝혀내는 것이 큰 의미가 없을 정도로 두 작품군은 내용적·형식적으로 비슷한 속성을 공유하고 있기 때문이다. 이는 전통시대 고전소설 향유의 방식이 낭독으로 이루어졌다는 사실을 통해 미루어 짐작할 수 있다. 고전소설은 독서물이면서 낭독이라는 구연 행위로 읽혔기 때문에, 비록 판소리만큼은 아니더라도 연행의 흔적을 담고 있을 수밖에 없다. 한편 위 두 작품군에 속한 이본들은 '적벽가'와 '화용도'가 포함된 제목을 특별한 기준 없이 섞어 사용하고 있다. 이를 통해서도 당시에는 '판소리 사설'과 '판소리계 소설'의 경계가 모호했음을 짐작할 수 있다. 따라서 이 글에서는 판소리 사설 〈적벽가〉 작품군과 판소리계 소설 〈화용도〉 작품군을 두루 포괄하며 논의를 전개하도록 하겠다.

그렇다면 우리가 다룰 〈화용도〉라는 작품의 의미는 어떻게 이해하는 것이 좋을까? 그것은 〈화용도〉가 〈삼국지연의〉에서 특정 부분을 선택한 이유를 밝히는 것에서부터 시작해야 할 것이다. 전편(全篇)에 걸쳐 파란만장한 이야기를 담고 있는 〈삼국지연의〉에서 왜 유독 이 부분만을 따로 떼어냈을까? 그리고 그 작품에 왜 '화용도'라는 제목을 붙였을까? 이에 대한 답을 찾아나가는 과정에서 자연스럽게 〈화용도〉의 실체에 접근할 수 있을 것이다. 그리고 〈삼국지연의〉에서 〈화용도〉에 이르는 여정에 대한 탐색을 통해 우리가 이 작품을 읽어야 하는 이유, 배워야 하는 이유가 무엇인지 생각해 볼 수 있을 것이다.

—

선택과 집중, 그리고 변모

—

이미 언급했듯이 〈화용도〉는 120회에 달하는 〈삼국지연의〉 중에서 37회부터 50회까지 14회의 이야기만을 다룬다. 하지만 단순히 〈삼국지연의〉의 14회분을 그대로 옮겨오지는 않았다. 14회 중에서도 다시 약 5회의 사건만을 중심으로 이야기가 전개되고, 인물의 성격이나 주제도 변모한다. 선택과 집중을 통한 재구성과 재창조가 이루어진 것이다.

　이해를 돕기 위해 먼저 〈삼국지연의〉 37회부터 50회까지의 회별 제목을 제시한다.

- **37회: 사마휘가 다시 명사를 천거하고, 유비가 삼고초려하다.**
- 38회: 제갈공명이 융중에서 천하삼분의 계책을 정하고, 손권은 장강에서 싸워 부친의 원수를 갚다.
- 39회: 형주성의 공자가 세 번 계책을 구하고, 제갈공명이 처음으로 박망파에서 군대를 지휘하다.
- 40회: 채 부인이 형주를 조조에게 바치고, 제갈공명이 신야(新野)를 불사르다.
- 41회: 유비가 백성들을 데리고 강을 건너고, 조자룡이 필마단기로 주인을 구하다.
- 42회: 장비가 장판교에서 크게 소동을 일으키고, 유비가 패하여 한진나루로 달아나다.
- 43회: 제갈공명이 많은 선비와 설전을 벌이고, 노숙은 힘껏 중의(衆議)를 물리치다.

- 44회: 제갈공명이 지혜를 활용하여 주유를 자극하고, 손권이 조조를 깨뜨릴 계책을 정하다.
- 45회: 조조가 삼강구에서 군사를 잃고, 장간이 군영회에서 계략에 빠지다.
- **46회: 제갈공명이 기이한 계책으로 화살을 얻고, 황개가 고육지계를 제안하여 형벌을 자청하다.**
- 47회: 감택이 몰래 거짓 항서를 바치고, 방통이 교묘하게 연환계를 전수하다.
- **48회: 조조가 장강의 선상에서 술을 마시며 시를 짓고, 북군이 배들을 연환(連環, 쇠로 된 고리를 잇따라 꿰어 만든 사슬)으로 묶어 놓고 싸우다.**
- 49회: 제갈공명이 칠성단에서 바람을 빌고, 주유가 삼강구에서 불을 지르다.
- **50회: 제갈공명이 화용도로 조조를 꾀어들이고, 관운장이 의리로 조조를 놓아주다.**

위 14회를 간략히 정리하면, 유비가 삼고초려를 하고 제갈공명이 융중에서 천하를 삼분하는 계책을 정하는 내용이 발단이고(37~38회), 제갈공명이 박망파에서 군대를 지휘하는 이야기부터 유비가 한진나루로 패주하는 이야기까지가 전개이며(39~42회), 제갈공명이 조조·주유 등과 지략 대결을 펼치는 것이 위기이다(43~48회). 그리고 적벽대전이 벌어지는 상황에서 절정에 달하고(49회), 적벽에서 패한 조조가 겨우 목숨을 부지하고 달아나는 상황으로 결말을 맺는다(50회).

그런데 〈화용도〉가 위 14회의 이야기를 일정한 비율로 축약 혹은 확대해서 옮겨온 것이 아니다. 〈화용도〉에 선택된 위 14회의 이야기 중에도 크게 주목받지 못한 부분이 있는가 하면, 주목하여 그 이야기가 확대된 부분이 있다. 위 목차에 굵은 글씨로 표시한 것들이 중심이 되는데, 이는 크게 다섯 개의 내용 단락으로 정리가 된다. 37회에서 유비의 삼고초려를 통해 제갈공명이 등장하는 부분, 46회에서 동오로 들어간 제갈공명이 지략으로 조조에게서 화살 십만 개를 얻어내는 부분, 48회에서 조조가 승리를 확신하며 강에서 잔치를 베푸는 부분, 49회에서 제갈공명이 바람의 방향을 돌려놓으려는 부분, 마지막으로 50회에서 적벽대전에서 패한 조조가 겨우 목숨을 부지하는 부분이 그것이다.

우리는 위 14회에서 여러 다채로운 인물과 사건을 접할 수 있다. 그런데 〈화용도〉는 이 모두를 수용하지는 않았다. 그리고 특정 부분만 선택하여 받아들였다. 흥미로운 것은 선택한 부분이 모두 제갈공명의 활약에 초점을 맞추고 있다는 사실이다.

37회의 경우도 제갈공명을 애타게 기다리는 유비의 모습에 초점을 맞춘 것이 아니라, 유비의 제안을 수락하여 세상에 나아가는 제갈공명의 모습에 초점을 맞춰 변형했다. 그리고 상황이 전개되고 위기가 증폭되는 과정에 대해서는 크게 관심을 갖지 않다가, 제갈공명이 조조로부터 십만 개의 화살을 얻어내는 장면부터 이야기가 급격하게 확장된다. 이어지는 조자룡(조조) 탄궁(彈弓) 장면 또한 조자룡의 활솜씨보다는 제갈공명의 선견지명에 초점이 맞춰진다. 주유가 삼강구에 불을 지르는 장면도, 주유보다는 그 계책을 마련한 제갈공명을 묘사하는 데 더 많은 지면을 할애한다. 결국 〈화용도〉의 핵심은 적벽대전이고, 적벽대전의 시작과 끝이 모두 제갈공명에 의해 좌우되고 있다.

서사의 핵심에 제갈공명이 놓이면서 조조는 자연스럽게 그 반대편의 위치를 확고하게 점하게 된다. 작품 전반부에 제갈공명이 빈번히 노출된다면 후반부에서는 조조가 빈번히 노출되는데, 여기서 조조는 호기를 부리고 자신의 판단과 능력을 지나치게 신뢰하다가 죽음의 위기에까지 내몰리는 어리석은 존재로 등장한다. 조조에 대한 묘사는 새로운 내용을 추가하는 방식이라기보다는 기존 〈삼국지연의〉의 내용을 그대로 선택하는 방식이라 할 수 있다. 그럼에도 그 주변 내용들이 〈화용도〉에서 배제되고 특히 제갈공명의 활약이 강조되면서, 조조의 부정적 인물 형상이 자연스레 〈삼국지연의〉보다 부각되었다.

결국 〈화용도〉는 제갈공명의 뛰어난 면모를 강조하면서 반대로 조조의 어리석고 자만심 가득한 면모를 부각하여, 두 인물의 차이를 드러내는 방향으로 〈삼국지연의〉의 내용을 변모시킨 작품인 것이다. 굳이 인물의 선악을 구분할 때, 선인의 위치에 있는 유비, 관우, 장비 등도 〈화용도〉 속에서는 그 활약이 약화된다. 즉 〈화용도〉는 〈삼국지연의〉보다 선악의 구도가 명확하고, 선인 중에서도 제갈공명의 활약에 치중하는 모습을 보이는 것이다.

그렇다면 이를 어떻게 평가해야 할까? 서사적 수준이라는 잣대로 〈화용도〉의 변모를 이야기한다면, 이는 분명 다채로운 서사를 단순하게 변화시켰다는 점에서 좋은 평가를 받지 못할 것이다. 그러나 서사적 수준을 논하기 이전에, 왜 조선 후기 사람들이 〈삼국지연의〉의 특정 부분을 떼어내어 단순화시킨 작품을 만들었을지 생각해 보아야 한다. 이미 그들은 복잡다단한 인물과 사건이 얽힌 〈삼국지연의〉의 흥미를 맛본 이들이었을 것이다. 그런 그들이 왜 단순하게 정리된 서사를 만들어냈을까?

변모의 의미, 그리고 주제

서사가 단순해졌다는 것은 한편으로 작품성이 다소 떨어졌다는 의미일 수도 있지만, 다른 한편으로는 개작의 과정을 거침으로써 전달하고자 하는 메시지가 보다 명확해졌다는 의미이기도 하다. 여러 영웅들이 등장하여 삼자 구도 이상의 복잡다단한 관계를 이루면서 서사가 전개되면, 아무래도 독자들에게 특정한 문제의식을 전달하는 데에는 불편함이 있을 수밖에 없기 때문이다.

이러한 관점에서 본다면, 제갈공명을 긍정하고 조조를 부정하는 구도로 단순화된 〈화용도〉는 분명 우리에게 어떤 특정한 메시지를 전달하고 싶었던 것 같다. 유추하건대, 그것은 일종의 역사의식 혹은 이념일 것이다. 조조에 대한 비판은 그가 천하의 질서를 어지럽히며 오만한 행동을 서슴지 않는다는 데에서 비롯한다. 그리고 제갈공명에 대한 칭송은 이렇듯 어지럽힌 질서를 바로잡기 위해 그가 장고 끝에 현실에 나서고 결국은 난관을 헤치며 그 문제를 해결한다는 데에서 비롯한다. 조선 후기 향유자들에게 이는 명나라를 이어 청나라가 중국의 중원을 장악한 현실, 그리고 이러한 현실을 부정하고 과거 한족(漢族) 중심의 질서로 복귀하고픈 욕망과 오버랩이 되었을 것이다. 실제로 〈화용도〉가 참고한 모종강의 〈삼국지연의〉는 이른바 중화주의를 기반으로 한 역사의식인 '촉한 정통론'을 따르고 있다. 그리고 그중에서노 〈화용노〉가 극단적으로 차용하고 있는 제갈공명과 조조의 대립 항은 '촉한 정통론'에 입각한 시각을 가장 잘 보여주는 관계이다.

흔히 〈삼국지〉 혹은 〈삼국지연의〉에 대해서 사람들이 일상적으로 나누는 대화를 살펴보면, 사람들마다 각기 선호하는 인물이 다르고, 그에 따라 주인공이라고 생각하는 인물이 다른 경우가 많다. 이는 주지하다시피 기본적으로 이들 작품의 분량이 상당히 길기 때문에, 그리고 구체적으로는 작품 속에서 특정 인물에 대한 편파적 인식이 꼭 일관된 것은 아니기 때문에 발생하는 흥미로운 현상이다. 그래서 우리는 이들 작품을 통해 세상에 존재하는 다양한 인간 군상의 대표적인 모델들을 만날 수 있다고 말하고, 이와 관련해서 '〈삼국지〉를 읽지 않은 사람과는 상대도 하지 말라'는 말이 생겨났다.

그러나 한편으로 생각해 보면 복잡다단한 서사가 꼭 좋은 것만은 아니다. 복잡다단한 서사는 오히려 향유자가 어떠한 가치판단을 내리는 데에 불편함을 줄 수 있다. 작품을 향유하는 이들, 특히 대중적 취향을 가진 사람들은 선명한 선악 구도를 지닌 작품을 선호하는 경향이 강하다. 실제로 동아시아 각 지역에서 산출된 〈삼국지〉의 파생 작품들을 보면, 여러 인물과 사건이 병렬적으로 제시되는 원작의 경향성을 최대한 줄이려는 경향이 확인되기도 한다.

결국 〈화용도〉는 '제갈공명'을 주인공으로 삼고, 그가 '적벽대전을 승리로 이끌어 촉나라의 기틀을 닦았다'는 내용을 중심에 놓고자 한 작품이다. 이를 위해 〈화용도〉는 〈삼국지연의〉의 내용을 차용하면서도 제갈공명과 조조의 갈등을 더욱 강조했고, 제갈공명의 능력과 신념을 부각시켰다. 그리고 당시 향유자들은 이렇게 개작된 〈화용도〉를 보며, 어쩌면 작품성이 뛰어나다고 평가했을지 모른다. 우리의 문학작품에 대한 평가라는 것 또한 어떠한 시대적 인식의 장(場)을 기반으로 하느냐에 따라 달라질 수 있다는 것을 전제한다면, 그들의 〈화용도〉에 대한 긍정적 평가가 전혀 불가능한 것은 아니다.

그렇다면 제갈공명과 적벽대전을 부각시켜 전달하고자 했던 이 작품의 주제는 무엇일까? 그간 〈화용도〉의 주제를 놓고 충(忠)의 관점에서 접근 했다고 하는 논의를 비롯하여, 기존 질서를 유지하고자 하는 상층의 의지 를 드러낸 것, 조조를 희화화하기 위한 것, 참지도자의 상을 찾기 위한 것, 현실적 욕망을 드러낸 것 등 다양한 주장이 있어왔다. 이러한 주장들은 모두 일면 타당한 측면이 있다. 그렇지만 이 작품이 〈삼국지연의〉와 다르 게 보다 강조하고자 했던 지점들에 주목해 보면, 그 주제는 '전범적 인물 을 통한 질서의 회복'이 아닐까 한다. 앞서 언급한 것처럼 〈화용도〉의 개 작 의지가 한족 중심의 중화주의 질서로 복귀하고픈 조선 후기의 욕망과 상당히 겹치기 때문이다.

1872년에 정현석이라는 인물은 《교방가요》라는 책에서 〈화용도타령〉 의 주제를 '권지장징간웅(勸智將懲奸雄)'이라고 했다. 즉 〈화용도〉는 뛰어 난 지략으로 유비를 도와 한나라를 구원한 지장(智將) 제갈공명을 긍정하 고, 천자와 제후를 우롱하고 백성들을 괴롭힌 간웅(奸雄) 조조를 부정하 는 작품이라는 것이다. 이러한 평가를 고려해 보면, 당시 사람들도 '전범 적 인물'의 출현과 그러한 인물을 통한 '질서의 회복'을 작품의 주제로 삼 고 있었다는 사실을 충분히 알 수 있다.

—

〈화용도〉를 읽어야 하는 이유, 배워야 하는 이유

—

〈화용도〉를 읽으며 장대한 스케일의 〈삼국지연의〉에서 느낄 수 있는 감 흥을 기대해서는 안 된다. 애초에 〈화용도〉는 〈삼국지연의〉와 같은 미감 을 염두에 두고 만들어진 작품이 아니다. 그렇다면 굳이 〈화용도〉를 읽고 배워야 할 필요가 있을까? 〈화용도〉를 읽고 배워야 한다면 그 이유는 무엇일까?

　우선 첫 번째 이유는, 한국 고전문학의 장르사적 측면에서 이 작품이 판소리 흔적을 지닌 몇 안 되는 작품 가운데 하나이기 때문이다. 우리는 판소리 〈적벽가〉가 존재했었으나 지금은 전하지 않고 있다는 사실을 잘 알고 있다. 그런데 그 인식이 지나치게 명확히 자리를 잡고 있어서인지, 판소리 〈적벽가〉와 관련하여 전승된 정보들이 적지 않음에도 그간 관심을 기울이지 못했다. 〈화용도〉만 하더라도 적지 않은 이본이 존재한다. 이 정보들을 토대로 판소리와 판소리 사설, 판소리계 소설의 교집합과 차집합에 보다 더 천착해서 실전 판소리의 특징을 밝힐 수 있는 단서를 얻어야 한다.

　두 번째 이유는, 비교문학적 측면 혹은 문학작품의 수용과 변용의 측면에서 이 작품이 〈삼국지연의〉의 다단한 수용 양상 가운데 한 층위를 잘 보여주기 때문이다. 〈삼국지연의〉는 이야기로서 그리고 이념의 틀로서 다각도로 수용되었다. 그리고 이야기나 이념으로의 수용은 오직 한 가지 방향으로만 진행되지 않았다. 언뜻 〈삼국지연의〉와 비슷해 보이는 문면의 활자들을 조금 깊이 들여다보면, 작품의 수용 과정에 영향을 끼친 인식의 지도가 그려진다. 그것은 한 작품의 수용 과정을 보여주는 것임과 동시에, 한 사회의 문학적 인식 및 사회적 인식의 지평을 보여주는 것이다. 그런 면에서 〈화용도〉는 〈삼국지연의〉와 견주어 우리의 정체성을 파악하는 데 요긴하게 활용할 수 있다.

　세 번째 이유는, 문학작품에 대한 가치 부여의 측면에서 이 작품이 훌륭한 작품을 평가하는 기준이라 할 수 있는 이른바 '작품성'에 대한 새로운 인식을 가져다주기 때문이다. 우리는 흔히 두 개 이상의 사건이 복잡하게 얽히고, 가변적이고 복합적인 캐릭터를 지닌 인물이 여럿 등장하며, 그래서 서사가 중층적이고 다채로운 작품만을 훌륭한 작품이라고 혹은 작품성이 뛰어나다고 평한다. 이러한 사실을 굳이 부정할 생각은 없지만, 우리는 그간 이러한 잣대가 작품성을 평가하는 유일한 기준인 양 인식한 측면이 없지 않다. 그런데 과연 복잡성이 높을수록 뛰어난 작품이라고 단언할 수 있는가? 또한 작품의 서사가 단순해질수록 작품성이 떨어진다고 할 수 있는가? 이러한 단정적 결론을 경계하고 다시 생각해 볼 수 있는 기회를 〈화용도〉는 제시하고 있다.

일정한 기준에 따라 훌륭한 작품과 그렇지 못한 작품을 나눌 수는 있지만, 의미 없는 작품은 존재하지 않는다. 작품을 읽고 그 작품을 평가하기 전에, 그 작품이 어떻게 출현하여 존재할 수 있게 되었는지를 살펴보아야 한다. 그리하면 현재 우리의 관점이 아닌 당대의 관점에서 작품의 존재 이유를 파악할 수 있다. 그리고 이렇게 밝힌 존재 이유는 현재 우리 앞에 놓인 문학작품의 존재 이유를 해명하는 열쇠가 될 것이다. 〈삼국지연의〉를 수용하여 새롭게 재구성한 〈화용도〉 또한 이러한 측면에서 그 존재 이유를 설명할 수 있다.

- 엄태웅

참고 문헌

김진영 외 편,《적벽가 전집》1-7, 박이정, 1998~2003.

김기형 역주,《적벽가·강릉매화타령·배비장전·무숙이타령·옹고집전》, 고려대학교 민족
   문화연구원, 2005.

최동현·최혜진 교주,《교주본 적벽가》, 민속원, 2005.

김기형,《적벽가 연구》, 민속원, 2000.

김상훈,〈〈적벽가〉의 이본과 형성 연구〉, 인하대학교 박사학위논문, 1992.

이기형,《필사본 화용도 연구》, 민속원, 2003.

六

진정한 '나'에 대한 반성적 성찰

옹고집에 대한 두 가지 시선

—

경상도 똥골에 사는 옹 생원이 마음씨가 심술궂고 음흉하여 남을 해하고
자 했다. 남의 송아지 꼬리 빼기, 호박에 말뚝 박기, 초상난 집에 가서 춤
추기, 불난 집에 부채질하기, 해산한 집에 거적 들고 달려들기, 원두밭에
서 뱀 죽이기, 물 이는 계집 엉덩이 차기, 이웃 사람 이간질하기와, 마음
씨가 이러한 가운데 중을 보면 미워하고, 중이 오면 동냥도 아니 주고, 두
귀에 말뚝 박고, 머리에 대테 메고, 별매로 볼기 치고, 호령이 분간이 없
었다. 이 소문이 자자하여 팔도의 걸립중이 옹 생원을 두려워하여 영남
을 가지 못하는 것이었다.

위 인용문에 등장하는 '옹 생원'이 곧 우리가 잘 알고 있는 '옹고집'이다.

〈옹고집전〉은 적지 않은 이본이 존재하는데, 제시한 인용문은 그중 판소리 〈옹고집타령〉의 모습에 가장 근접한 작품으로 평가받고 있는 '박순호 15장본 〈옹생원전〉'에서 가져왔다. 그리고 인용문은 이 이본의 첫 대목이다. 작품이 시작되자마자 옹고집의 악행들이 차례로 나열되고 있다. 참으로 다채롭게 주변 사람들을 괴롭히고 있음을 확인할 수 있다.

〈옹고집전〉은 잘 알려진 바와 같이 판소리 열두 마당에 속하는 작품으로, 전승 과정에서 창을 잃고 그 사설만이 전승된 이른바 '실전(失傳) 판소리'이다. 그리고 지금 우리가 보고 있는 〈옹고집전〉은 그 사설이 소설로 정착된 판소리계 소설이다. 작품의 인지도와 달리 최근까지 발견된 이본이 많은 것은 아니어서 문헌적 접근이 다소 늦게 시작된 작품이라 할 수 있다. 그러나 현재는 20여 종이 넘는 이본이 발굴되어 문헌적 접근을 통한 연구가 점차 구체화되고 있다. 그리고 이본이 하나둘 추가되면서, 실전 판소리라는 이유로 당시 대중적 인지도가 낮았을 것이라 예상했던 기존의 평가에 대해 반대 의견이 커지고 있다.

그런데 사실 문헌적 접근이 다소 늦었을 뿐 〈옹고집전〉이라는 작품에 대한 기억은 한국 사람이라면 상당히 일상적인 경험으로부터 떠올릴 수 있다. 아마 우리나라 사람 가운데 '옹고집 이야기'에 대해 모르는 사람은 거의 없을 것이다. 굳이 작품의 원전이 아니더라도, 어릴 적 할머니와 할아버지의 구연을 통해, 혹은 동화책을 통해 이미 옹고집을 만났다. 그리고 진짜 옹고집이 가짜로 오해를 받는 상황을 지켜보며, 개인적인 욕심에 집착하고 타인을 배려하지 않는 삶을 경계해야 한다는 것을 배웠다.

그런데 개인적인 경험이지만, 어린 시절 어른들에게서 '옹고집 이야기'를 들으면서 진짜 옹고집에 대한 이중적인 감정이 교차했던 기억이 있다. 진짜 옹고집은 분명 악행을 저지른 인물이기 때문에 벌을 받아 마땅하다는 생각을 하면서도, 한편으로는 진짜 옹고집이 가짜 옹고집에 밀려 진정성을 인정받지 못하는 것에 다소간 연민의 감정이 들었던 듯하다. 그리고 두 상반된 감정은 굳이 어느 한쪽으로 치우치지 않았다. 옹고집에 대한 비판적 시선과 연민의 시선은 어느 한쪽으로 결론이 나지 않고 옹고집에 대한 평가의 양 축으로 존재했다. 그 이유는 과연 무엇일까? 어쩌면 이 두 가지의 화합할 수 없는 감정이 〈옹고집전〉을 이해하는 단서가 될 수 있을 것이다.

—

비판적 시선

—

> "이놈 중아, 듣거라. 네놈이 중으로서 부처님 제자가 되어 산문(山門)을 지키고 밤낮으로 염불 공부할 때, 솔잎 한 가지만 달게 먹고 팔만대장경을 밤낮으로 읽어 부처님의 도를 배우는 것이 옳거늘, 너는 방자하게 도승이라 일컫고 속가(俗家)에 다니면서 목탁을 두드리고 이 집 저 집 시주하러 다니고, 아이 보면 예쁘다고 하고, 계집 보면 입 맞추고 얼러보고, 고기 보면 입맛 다시고, 술을 보면 침을 흘리며 흉악한 일을 모두 하니, 네 죄를 엄하게 다스리리라."

위 인용문은 옹고집이 시주를 부탁하러 온 도승에게 한 말이다. 참고로 이 둘은 처음 만나는 사이이다. 그런데 옹고집은 마치 그간 도승의 행적을 다 알고 있는 것처럼 지적을 해댄다. 옹고집은 도승이 속세로 나와 세속의 사람들에게 감정을 느끼고 세속의 음식들에 유혹되었다고 문제를 삼고 있다. 그리고 도승에게 곤장을 수십 대 친다. 참을 수 없는 고통을 주는 곤장을 말이다.

그런데 작품에서 도승이 실제로 이러한 행동을 했는지는 나와 있지 않다. 그리고 도승의 전후 행적을 고려해 볼 때, 그러지 않았을 가능성이 훨씬 크다. 따라서 그날 처음 만난 옹고집이 도승의 행적에 대해 알 가능성은 전혀 없다. 그럼에도 옹고집은 도승이 승려로서 해서는 안 되는 온갖 악행을 저질렀다며 그 죄를 다스리겠다고 한다.

도대체 옹고집은 왜 근거도 없는 내용으로 도승을 죄인 취급하는 것일까? 그리고 도대체 무슨 자격으로 도승의 죄를 다스리려는 것일까?

문면으로 확인되는 근거는 도승이 옹고집의 관상을 보고 한 말에서 찾을 수 있다. 시주를 부탁하기 위해 옹고집의 집을 찾은 도승은, 자신의 관상을 봐 달라는 옹고집의 말에 솔직하게 대답을 한다. 도승은 옹고집이 고집불통이며 욕심이 많고 말년에 고생을 할 것이며, 심지어 근친상간을 할 것이라고 비판한다.

언뜻 보면 도승의 발언이 다소 과한 듯하지만, 사실 작품의 첫 대목이나 도승을 아무런 근거 없이 이상한 사람으로 몰고 가는 장면을 볼 때, 옹고집의 실제 모습에 들어맞는 평을 내린 것이다. 더욱이 도승은 어떠한 개인적 감정도 섞지 않고 관상이 말해주는 대로 대답을 했다. 그런데 이에 대해 옹고집은 불같이 화를 내며 처음 보는 이를 매질로 다스린 것이다.

결국 가짜 옹고집이 등장하여 진짜 옹고집을 곤란하게 만든 것은 이와 같은 진짜 옹고집의 무례하고 오만한 성격을 고치기 위한 것임을 알 수 있다. 진짜 옹고집은 자신의 가산을 매우 소중하게 여겼지만 결국 원님의 질문에 제대로 대답을 하지 못한다. 반면 가짜 옹고집은 가산을 일목요연하게 읊는다. 이 때문에 진짜 옹고집은 집에서 추방을 당하고 사회적으로도 매장된다. 요컨대 진짜 옹고집은 자신이 애지중지하던 가산이 결정적 계기가 되어 가짜 옹고집으로 낙인찍히게 되는 아이러니한 상황을 맞게 되는 것이다.

이 작품은 개인적 욕망을 경계하고 타인의 입장을 배려하는 삶을 권장하고 있다. 그리고 그렇지 못한 진짜 옹고집의 태도를 풍자적으로 비판하고 있다. 따라서 이는 공동체 사회가 지니고 있는 예의와 윤리를 지키는 삶이 중요하다는 것을 역설한 셈이다. 〈옹고집전〉은 개인이 단순히 개인의 삶에 국한되는 것이 아니라 사회적 존재로 인정받아야 한다는 사실에 주목하고 있는 것이다.

—

연민의 시선

—

친구네 집에 찾아가니 벗도 또한 이 소문을 듣고, "저 미친놈이 여기 왔다." 하고 막대 들고 내쫓으니, 옹가가 하는 말이, "자네가 나를 몰라보나? 나와 자네가 한날한시에 태어난 벗인데, 일시 내가 잘못되었다 한들 이다지 괄시하는가?" 저 벗이 하는 말이, "네 세간을 네가 모르고, 네 사조(四祖)를 네가 모르고 송사에서 패소하니, 네가 가짜가 아니냐?" 꼭뒤를 잡아 내치니, 옹가 거동 보소. 발을 동동 구르며 두 주먹 불끈 쥐고 가슴을 땅땅 치며 "애고 답답 서러운지고. 이를 어찌한단 말인가? 천지 천지 알건마는 우리 벗도 모르는가? 어머님 날 잡아가오."

〈옹고집전〉에서 옹고집은 명백한 악인이지만, 작품 전체에서 일관되게 그렇지는 않다. 읽다 보면 옹고집이 일순간 모든 것을 잃고 방황하는 불쌍한 존재가 되어 독자들이 연민의 정을 느끼기도 한다. 그렇다면 그의 악행을 좀 다른 각도에서 조명할 수는 없을까? 그의 행위가 잘못되었음을 인정하면서도 그 행위가 비롯된 과정에 대해 다시 생각해 볼 여지는 없을까?

우리는 그 단서를 찾기 위해 옹고집의 악행에 다시 집중해야 한다. 옹고집의 악행은(물론 악행은 그 정도와 상관없이 비판을 받는 것이 마땅하지만) 사실 그의 존재 자체를 부정당할 만큼 심각한 수준은 아니다. 이 글의 맨 처음에 인용한 대목에서 확인할 수 있는 것처럼, 옹고집의 행위는 타인에게 적지 않은 불쾌감을 주는 것이기는 하지만, 그것이 목숨의 문제와 연결될 만한 것들이라고 보기는 어렵기 때문이다.

그런데 그의 악행에는 흥미로운 공통점이 있다. 옹고집의 악행은 그것이 향촌 사회의 질서를 어지럽히는 것들이라는 사실이다. 소위 말하는 해코지 수준의 악행인 것이다. 악행의 수위가 높지 않다 하더라도 악행을 저질렀다면 당연히 이에 대해 뉘우치는 내용이 나와야 한다. 그런데 작품에서는 옹고집이 잘못을 뉘우치는 내용이 길게 서술되지 않는다. 어떻게 보면 옹고집은 처음부터 징벌을 받아야 할 대상이었으며, 그를 징치하기 위해 내려온 도승은 이러한 징치를 예견하고 준비한 상태에서 옹고집에게 다가간 것처럼 느껴진다.

결국 옹고집은 죽은 것이나 마찬가지의 처지가 되었다. 생물학적으로는 존재하지만 진짜 옹고집을 알아주는 이는 아무도 없기 때문이다. 앞의 인용문에서 확인할 수 있는 것처럼 친구들도 옹고집을 외면한다. (어찌 보면 이렇듯 괴팍한 옹고집에게 친구가 있었다는 것이 의아하다.) 이른바 사회적 죽음에 이른 것이다.

그렇다면 여기서 한 번 더 질문을 던질 수 있다. 과연 옹고집이 사회적 죽음에 이르러야 할 만큼 큰 잘못을 저지른 것인가? 옹고집의 잘못에 비하면 그 징계가 지나치게 가혹한 것은 아닌가?

길게 서술되어 있지는 않지만 〈옹고집전〉의 결말부에서 우리는 옹고집이 그간의 악행을 모두 반성하고 개과천선을 다짐하는 장면을 확인할 수 있다. 가짜 옹고집과 진가(眞假) 다툼을 벌이게 된 이른바 진가쟁주(眞假爭主) 이후 진짜 옹고집은 당대 사회 이념과 도덕이 요구하는 인간상으로 변화할 것을 결심하는 것이다.

옹고집의 악행은 옹고집이 겪은 곤란과 어려움에 비하면 상당히 가벼운 수준이다. 같은 맥락에서, 그 잘못에 비하면 결말 부분의 다짐 또한 지나치게 보편적이고 형이상학적이다. 악행의 대가가 너무나 가혹한 것이다. 이러한 모습은 당대 윤리와 이념의 빈틈을 요구하지 않는 경직된 통제 사회를 연상시킨다.

경직된 통제 사회에서는 이념과 사상의 유연성을 인정하지 않을 뿐만 아니라, 이념과 사상의 허용 범위를 매우 좁게 설정하기 마련이다. 그러다 보니 보다 창조적이고 혁신적인 생각이 나올 수 없다. 물론 옹고집의 악행은 그야말로 악행이다. 그렇지만 옹고집의 해코지가 철저하게 징벌당하는 모습에서, 이는 어쩌면 다양성을 인정하지 않는 사회의 단면을 보여주는 것은 아닐까 하는 생각을 하게 된다.

물론 진짜 옹고집은 개과천선 이후 사람들로부터 비판을 받게 되지 않아 참으로 기뻤을 것이다. 이는 항상 법과 질서의 테두리 안에 존재함으로써 자신의 존재 가치를 확인하는 요즘 사람들의 모습과 크게 다르지 않다. 이러한 개개인의 반성적 성찰을 통해 각 사회는 그 사회가 지니고 있는 특정 시스템을 안정적으로 유지하게 된다.

그러나 이러한 관행은 한편으로 구성원들의 다양성을 없애버리는 양상을 보일 수밖에 없다. 항상 악행을 저지르던 진짜 옹고집이 개과천선하여 변모했다면, 그 변화된 모습을 진짜 옹고집의 본래 모습이라고 말할 수 있을까? 오히려 모든 사람이 비슷해지고 획일화되는 것은 아닐까? 진짜 옹고집의 행위가 너무나 명확하게 악(惡)을 지향하고 있기 때문에 쉽게 공감이 가지 않을 수 있을 것이다. 하지만 만약 '두 갈래의 다른 가치'를 지닌 입장이 존재하고 우리 사회에서는 이중 하나만이 인정받는다고 가정한다면, 이때 이와 같은 윤리적·이념적 통제는 사유의 다양성을 존중해 주지 못한다고 평가받을 것이다.

결국 진짜 옹고집을 조금 비틀어서 보면, 그는 자신이 애초에 지녔던 주체적 정체성보다는 사회가 요구하는 이데올로기적 인간으로서의 정체성에 더 충실한 방향으로 변모했다는 것을 알 수 있다. 진짜 옹고집이 자신의 주체적 정체성이라면 가짜 옹고집은 사회가 요구하는 정체성인 것이다. 더욱이 진짜 옹고집은 가짜 옹고집에게 완벽하게 백기 투항을 하고 말았다. 즉 사회가 요구하는 정체성을 지닌 존재에게 자신의 모든 것을 내준 셈이다.

다시 말하지만, 그렇듯 정체성의 전면적 전환을 가져온 계기 치고는 진짜 옹고집의 악행이 너무 빈약해 보인다. 그렇다면 진짜 옹고집의 가짜 옹고집으로의 정체성 변화는 어쩌면 사회적 이념과 윤리의 틀이 견고했던 당시의 상황을 극명하게 보여주는 사례가 아닐까. 진짜 옹고집의 오만한 행동을 그저 악행이라고만 치부하여 비판하지 못하는 이유가 여기에 있다. '틀림(옳지 않음)'과 '다름'에 대한 엄격한 구분을 기반으로 하여, '다름'에 대해 그 가치를 인정할 수 있는 사회. 진짜 옹고집은 어쩌면 이러한 사회를 찾지 못해 슬퍼했을지 모른다.

우리는 진정한 '나'일까 - 강요된 삶을 넘어

옹 생원이 백배사례하고 집으로 돌아와서 방 안에 들어갈 때, 문을 열고 부적을 던지면서 왼발을 구르고 주문을 외우니, 이때 등촉을 밝히고 손님이 자리를 가득 메운 가운데 허수아비 자빠지니, 모든 손님이 크게 놀라 얼뜬 사람은 기절하고 겁내는 사람은 똥 싸더라. 그제야 진짜 옹 생원이 전과 다름없이 앉아 있으니, 보는 사람이 무안하여 열없어 하고, 처자 노복은 어찌할 바를 모른 채 보고, 다 얼굴을 가리며 코를 쥐며 서로 탄식함을 마지아니하였다.

위 인용문과 같이 진짜 옹고집은 결국 스스로 자신이 진짜 옹고집임을 증명한다. 사람들은 잠깐이나마 가짜 옹고집을 진짜 옹고집으로 착각한 사실에 몸 둘 바를 모른다. 그런데 사실 진짜 옹고집이 '가짜 옹고집화'된 이상, 이제 더 이상 둘의 구분은 의미가 없다. 진짜 옹고집은 그 전에 지니고 있었던 자신의 정체성을 포기하고 새로운 정체성을 찾아가고 있기 때문이다. 그것은 개과천선이라는 사회적 요구에 맞는 정체성 찾기이며, 그렇기 때문에 진짜 옹고집의 정체성 찾기는 곧 '가짜 옹고집 되기'라고 말할 수 있다.

대부분의 사람들은 〈옹고집전〉의 줄거리를 잘 알고 있을 것이다. 그렇지만 〈옹고집전〉이 단순히 착하고 성실하며 배려하는 삶을 권장하는 작품만은 아니라는 사실을 아는 사람은 많지 않을 것이다. 특히 한국 사회를 살아가는 우리는 〈옹고집전〉을 통해 강요된 삶의 쓸쓸한 여운을 확인할 수 있다는 사실에 주목할 필요가 있다.

한국 사회 구성원의 경우, 성장의 과정에서 여러 차례 강요된 삶의 방향성을 제시받는다. 그리고 깊은 고민을 할 겨를도 없이 제시된 삶의 방향성이 옳다는 막연한 판단만을 한 채 살아간다. 그렇게 해서 선택한 삶이한 개인에게 물질적 풍요와 안정적 기반을 가져다주었다 한들, 그것이 과연 주체적인 삶, 행복한 삶이라고 말할 수 있을까? 우리에게 너무나 익숙해서 주목하지 않게 되는 작품인 〈옹고집전〉. 이 작품에 대한 새로운 접근을 통해 단순히 문학에 대한 가르침을 넘어 삶에 대한 가르침을 얻을수 있다.

- 엄태웅

참고 문헌

김기형 역주, 《적벽가·강릉매화타령·배비장전·무숙이타령·옹고집전》, 고려대학교 민족문화연구원, 2005.

정충권 옮김, 《흥보전·흥보가·옹고집전》, 문학동네, 2010.

김종철, 〈〈옹고집전〉 연구〉, 《한국학보》 75, 일지사, 1994.

서유석, 〈〈옹고집전〉에 나타난 진가쟁주의 숨은 문제〉, 《어문연구》 38(3), 한국어문교육연구회, 2010.

정충권, 〈〈옹고집전〉 이본의 변이 양상과 그 의미〉, 《판소리연구》 4, 판소리학회, 1993.

七
왈짜의 유흥 문화

왈짜와 〈게우사〉

—

조선 후기 신윤복이 그린 그림에는 붉
은 옷을 입고 패랭이(초립)를 쓴 사람이
자주 보인다. 그의 옷맵시가 퍽 화려하
다. 옷맵시만 화려한 게 아니다. 옷 틈새
로 보이는 주머니를 비롯한 여러 장신
구가 제법 멋스럽다. 이렇게 멋을 부린
혹은 멋을 부릴 줄 알았던 그는 누구일
까? 일찍이 송만재(1788~1851)는 이런
시를 남긴 바 있다.

신윤복의 〈야금모행(夜禁冒行)〉

遊俠長安號曰者　장안의 유협(遊俠)을 왈짜라 부르는데
茜衣艸笠羽林兒　붉은 옷에 초립을 쓴 우림아(羽林兒)들이지
當歌對酒東園裏　노래하고 술 마시는 동원 안에서
誰把宜娘視獲驪　누가 의랑을 차지하여 끝맺음을 보일까

　서울에서 못된 짓을 일삼는 무리를 왈짜라 부르는데, 그들은 붉은 옷에 초립을 쓴 우림아라고 했다. 신윤복의 그림에서 보았던 멋스러운 남자가 곧 우림아이고, 왈짜였다. 그들은 힘깨나 쓰며, 재물을 물 쓰듯이 써대고, 기방에 토대를 두고 지내며, 예술적 감각도 갖춘 자들이었다. 왈짜들은 서울이 행정 중심지에서 상업 도시로 변모되면서 새롭게 등장한 독특한 인물 군상이었다. 위에 제시한 송만재의 시는 왈짜의 놀이 문화를 반영해 놓은 것이다.

　시의 내용은 이렇다. 붉은 옷에 패랭이를 쓴 왈짜들은 동원에서 연회를 베풀었다. 많은 돈을 주고 이름난 기생도 많이 데려왔다. 많은 기생 중에서도 의랑이라는 기생이 단연코 돋보였던 모양이다. 연회에 모인 왈짜들이 그녀를 누가 차지할 것인가를 두고 서로 다툰다는 내용이다. 시를 통해 왈짜들의 생태를 적나라하게 엿보게 된다. 송만재는 왈짜들의 행태를 어떻게 단 네 줄의 시로 남길 수 있었을까? 사실 이 시는 송만재가 왈짜들의 모습을 직접 보고 쓴 게 아니다. 그는 당시에 향유되던 판소리 〈왈짜타령〉을 네 줄의 시로 압축해 놓았을 뿐이다.

　송만재는 1843년에 〈관우희(觀優戲, 광대의 놀이를 보고)〉라는 한시를 썼다. 그는 당시의 놀이 양상을 시 50수에 담았다. 50수 가운데 9~20수는 판소리 열두 마당을 칠언절구로 각각 요약한 것이다. 9~20수는 〈춘향가〉, 〈적벽가〉, 〈흥부가〉, 〈강릉매화타령〉, 〈변강쇠가〉, 〈왈짜타령〉, 〈심청가〉,

〈배비장타령〉,〈옹고집타령〉,〈가짜신선타령〉,〈수궁가〉,〈장끼타령〉 순으로 실렸다. 앞의 시는 14번째에 수록되었다. 〈왈짜타령〉이 당시 '판소리 열두 마당'으로 향유되었음을 확인할 수 있다.

〈왈짜타령〉은 1990년 이전까지만 해도 실체를 알 수 없는 판소리였다. 창으로 전승되지도 못했고, 사설도 전해지지 않았기 때문이다. 그러다가 1991년에 〈왈짜타령〉의 사설을 적은 소설이 발견되었다. 〈왈짜타령〉의 내용을 확인할 수 있는 유일한 텍스트의 등장이었다. 소설 제목은 '게우사'였다. 소설에 나오는 왈짜처럼 방탕하게 살지 말라고 '계우사(戒友辭, 벗에게 경계하는 말)'를 제목으로 내세운 것이다. '계우사'가 맞는 표기지만, 학계에서는 소설 내제(內題)에 쓰인 '게우사'라는 표기를 존중하여 '게우사'로 쓴다. 〈왈짜타령〉의 주인공은 무숙이다. 그래서 〈왈짜타령〉을 〈무숙이타령〉이라고도 부른다. 주인공의 이름에 주목한 명명법이다. 〈왈짜타령〉,〈무숙이타령〉,〈게우사〉는 무엇에 초점을 맞췄는가에 따라 부르는 이름이 다르다. 하지만 이들 세 호칭은 동일한 텍스트를 가리키는 서로 다른 이름으로 보아도 무방하다.

—

탕자 길들이기

—

〈게우사〉는 본래 44장으로 되어 있었다. 하지만 책 중간 부분이 한두 장 뜯겼고, 후반부는 여러 장이 떨어져 나가 지금은 총 37장만 남아 있다. 하지만 작품의 내용을 이해하는 데에는 큰 무리가 없다.

〈게우사〉에 그려진 시공간적 배경은 성종 즉위 원년(1470) 서울이다. 주인공 김무숙이 살던 동네가 중촌이고 평양에서 내려온 기생 의양이가 머물던 곳은 화개동이니, 공간적 배경은 서울이 틀림없다. 좀 더 좁혀 말하면, 지금의 청계천을 중심으로 한 종로 일대와 안국역 위쪽에 위치한 정독도서관 일대가 배경인 셈이다. 특히 중촌은 왈짜들이 집단으로 거주했던 곳이니, 비교적 사실에 기초한 공간 설정이라 할 만하다. 하지만 시간적 배경은 사실과 다르다. 〈게우사〉에서는 시간적 배경을 성종 원년이라 했지만, 실제 소설의 배경은 19세기 중반이다. 이는 〈게우사〉에 등장하는 실존 인물의 행적만 추적해도 쉽게 확인할 수 있다. 일례로 판소리 가왕(歌王)이라 불렸던 송흥록을 들 수 있다. 소설 속의 송흥록은 이미 백발인 데다가 기침까지 극성을 부리던 노년기의 모습이다. 송흥록은 1800년 이전에 출생하여 1830년대부터 명창으로 이름을 날린다. 그렇지만 그가 서울에서 활동한 시기는 1859년에서 1863년으로 한정된다. 이런 점을 고려하면 〈게우사〉의 시간적 배경도 이 무렵이 될 수밖에 없다. 결국 〈게우사〉는 서두에서 제시한 것과 달리 19세기 중반 서울을 배경으로 한 소설이라 할 수 있다.

판소리계 소설 대부분이 그렇지만 〈게우사〉의 줄거리도 비교적 단순하다. 어진 아내를 둔 왈짜 김무숙이 평양에서 내려온 기생 의양이에게 혹해 가산을 탕진한다. 그 후 김무숙은 의양이 집에서 심부름꾼 노릇을 하며 온갖 설움을 받다가 마침내 의양이의 도움을 받아 개과천선한다는 내용이다. 전형적인 '탕자 길들이기' 구조이다. 이 구조를 염두에 두고 줄거리를 소개하면 다음과 같다.

① 성종대왕 즉위 원년. 왈짜 우두머리인 김무숙은 방탕하지만 그의 아내는 어짊.

② 어느 봄날, 봄나들이 갔다가 청루에 들른 무숙이는 왈짜들에게 마지

막으로 한번 크게 놀고 난 뒤에 착실히 살겠다고 함.

③ 무숙이는 평양 기생 의양이가 화개동 경주인(京主人) 집에 머물며 탁신할 사람을 찾는다는 말을 들음. 이에 곧바로 의양이에게 찾아가 자기가 기둥서방이 되겠다고 요청하지만 거절당함.

④ 낙심한 무숙이는 의양이에게 다정한 편지를 보내 환심을 얻고, 마침내 의양이는 무숙이에게 몸을 맡김. 무숙이는 큰돈을 보내 내의원에서 부역하는 의양이를 속량시키고, 초호화 살림살이를 마련함.

⑤ 물 쓰듯이 돈을 써대는 무숙을 걱정한 의양이는 무숙이에게 돈을 얼마큼 호탕하게 쓸 수 있는가를 보이라고 함. 무숙이는 유산(遊山) 놀음, 선유(船遊) 놀음에 어마어마한 돈을 씀. 의양이는 무숙이 뒷바라지에 고생하는 아내를 생각하라고 하자, 무숙이는 오히려 눈과 귀가 좋아하는 바를 좇겠다고 함.

⑥ 의양이는 무숙이 아내에게 몰래 편지를 보내 개과천선시키겠다고 한 후, 종 막덕이를 시켜 집안 살림 모두를 경주인에게 맡김. 무숙이에게는 살림을 모두 팔았다고 함.

⑦ 사치로 돈을 탕진한 무숙이는 외삼촌에게 돈을 빌리지만, 그마저도 노름으로 탕진함. 이에 무숙이는 몸에 지닌 장신구와 옷가지를 비롯하여 마침내 상투까지 베어서 팖. 더벅머리에 개가죽을 걸친 무숙이의 모습은 마치 낮도깨비와 같음.

⑧ 의양이는 무숙이 친구인 대전별감 김철갑과 짜고, 무숙이가 보는 데서 애정 행각을 벌임. 무숙이는 아내에게 돌아감.

⑨ 한동안 이런저런 품팔이를 하며 지내던 무숙이는 의양이의 요청에 따라 그녀 집에서 심부름을 하며 지냄. 의양이가 일부러 무숙이의 죽마고우 김 선달에게 편지 심부름을 시키자, 무숙이는 비상(砒霜)을 사서 죽겠

다고 생각함.

⑩ 의양이는 또 무숙이 앞에서 김철갑과 애정 행각을 벌임. 무숙이는 비상을 먹으려다가 도로 놓고, 하늘에다 두 사람을 죽여 달라고 축원함. 이 말을 엿들은 의양이는 무숙이를 붙들고 그간 사정을 이야기하자, 무숙이는 눈물을 흘림. (이하 낙장)

방탕한 무숙이. 그는 "꽃은 다시 피지만, 우리네 삶은 단 한 번뿐"이니 그저 눈과 귀가 즐거우면 그만이라 생각한다. 눈과 귀가 즐거우려면 보고 듣고 즐기는 것이 화려해야 할 터. 탕자 본능은 여기서부터 출발한다. 당시에는 "천 냥이 두 냥 다섯 푼"이라는 말이 유행했다. 노름판에서 패가 네댓 번 도는 동안에 천 냥이나 되는 큰돈을 모두 잃고, 고작 두 냥 다섯 푼만 남긴 무숙이를 조롱하는 말이다. 무숙이의 씀씀이가 이랬다. 이런 사람을 서방으로 맞이한 의양이. 그녀의 마음은 어땠을까?

애초 의양이는 무숙이의 첩으로 살기를 거부했다. 그랬던 그녀가 마음을 바꾼 결정적인 계기는 오로지 무숙이가 보낸 편지 때문이었다. 머릿속은 언제나 의양이 생각뿐이어서 그것이 끝내 병으로 이어질 테니 부디 살려 달라는 편지. 편지에서 무숙이의 진심을 읽었기에 의양이는 마침내 그를 기둥서방으로 맞이한 것이다. 그러나 그녀의 기대와 달리 무숙이의 방탕함은 바뀌지 않았다. 오히려 더 심해졌다. 특단의 수가 필요했다. 결국 의양이는 무숙이의 아내를 비롯한 그의 친구들과 공조하여 무숙이를 끝모를 바닥으로 추락시킨다. 탕자의 최후다.

그러나 우리나라의 정서상 탕자를 처벌하는 경우는 거의 없다. 그를 용서하여 회개시킨다. 그렇게 함으로써 한바탕 요란스러웠던 갈등이 수면 아래로 가라앉는다. 화목한 결말, 이른바 해피엔딩이다. 〈게우사〉도 그렇다. 이 책 뒷부분은 떨어져 나갔지만, 결말은 충분히 예측할 수 있다. 무숙이는 지난 잘못을 반성하고 어진 아내와 함께, 그리고 의양이와 함께 행복하게 살았을 터다. '탕자 길들이기' 구조는 이렇게 마무리된다.

그런데 이 구조가 그리 낯설지 않다. 아마도 〈이춘풍전〉과 퍽 닮았기 때문이리라. 〈게우사〉의 '아내 – 무숙 – 의양'의 행태가 〈이춘풍전〉의 '아내 – 춘풍 – 추월'의 행태와 유사하다. 서사 구조의 유사성과 등장인물 유형의 동일성은 두 작품의 뿌리가 같음을 의미한다. 그러나 두 작품 사이에는 큰 차이가 있다. 탕아를 개과천선하게 하는 주체가 완전히 다르다. 〈게우사〉에서는 기생 의양이가 그 역할을 한 데 비해, 〈이춘풍전〉에서는 아내가 직접 나서서 춘풍을 개과천선시킨다. 두 작품의 큰 틀은 비슷하지만 세부적인 내용이 달라졌다. 이는 무엇을 말하는가?

그것은 판소리로 향유되던 〈왈짜타령(무숙이타령)〉이 서로 다른 경로로 정착되었음을 뜻한다. 판소리 〈왈짜타령〉이 문헌으로 정착되면서 작자의 취향이 개입되어 이러한 변화가 나타난 것이다. 〈게우사〉는 판소리로 향유되던 〈왈짜타령(무숙이타령)〉을 비교적 원형에 가깝게 기록한 반면, 〈이춘풍전〉은 탕자 길들이기 구조는 살려둔 채 〈왈짜타령(무숙이타령)〉에서 불만스러웠던 내용 일부를 변용했다. 입으로 불리던 판소리가 글로 읽히는 소설로 정착되면서 나타나는 한 현상이다. 이를 도식으로 나타내면 다음과 같다.

판소리 연행과 서울의 유흥 문화

〈게우사〉 표지에는 경인년, 즉 1890년에 필사했다는 기록이 있다. 그러나 필사 시기가 곧 소설 향유 시기를 의미하지는 않는다. 〈게우사〉는 1890년에 필사되었지만, 이 작품이 판소리로 향유되었던 때는 1860년대 이전이다. 이는 송흥록이 서울에서 활동했던 시기가 1859~1863년이라는 데서도 알 수 있다. 즉 〈게우사〉는 1860년대에 누군가가 필사해 둔 대본에 기초하여 그로부터 30여 년이 지난 1890년에 새로 필사한 텍스트라 하겠다.

아직까지 〈게우사〉의 대본(臺本)이 되었던 텍스트는 발견되지 않았다. 하지만 그 텍스트는 1860년대 당시 판소리 현장에서 향유되던 사설을 옮겨놓은 내용이었을 개연성이 높다. 그것은 〈게우사〉의 구성을 통해 알 수 있다.

〈게우사〉는 전반부와 후반부의 구성이 다르다. 그 양상은 크게 두 가지로 요약된다. 우선 〈게우사〉의 전후 문체가 다르다. 전반부는 판소리 창으로 불렸음 직한 문체이고, 후반부는 읽기에 적합한 소설 문체에 더 가깝다. 또한 소설 중간에 삽입된 가요의 수도 전후가 다르다. 전반부에는 사설 중간에 6개의 삽입가요가 있는 반면, 후반부에는 삽입가요가 없다. 1890년에는 〈왈짜타령(무숙이타령)〉이 창으로 불리지 않았기 때문에 이런 현상이 나타난 것이다. 〈게우사〉 필사자는 대본이 된 텍스트를 충실하게 베껴 쓰다가, 뒤로 가면서 삽입가요를 모두 배제했다. 판소리 창을 전달한다는 생각보다는 단지 읽기 위한 자료로 〈왈짜타령(무숙이타령)〉을 수용한 것이다. 1890년에는 판소리가 연행되지 않기 때문에 음악성보다는 가독성에 중점을 둔 결과이다.

그러나 〈게우사〉가 필사되기 전, 그러니까 1860년대에는 〈왈짜타령(무숙이타령)〉이 판소리로 연행되었다. 1940년에 출간된 정노식의 《조선창극사》를 보면, 김정근이라는 명창이 〈왈짜타령〉에 특장이 있었다고 밝힌 바있기 때문이다. 김정근은 철종과 고종 두 시대에 걸쳐 활동했으니, 그 시기가 대략 1860년대임을 알 수 있다. 어쩌면 〈게우사〉의 대본은 김정근이판소리로 연행했던 〈왈짜타령〉의 정착본이었을지 모른다.

다른 판소리 작품과 달리 〈게우사〉는 1860년대 이전의 서울을 배경으로 했다. 서울 중에서도 기방에 초점을 맞추었다. 주인공도 왈짜와 기생이다. 서울의 기방과 왈짜라는 불량아. 〈게우사〉에서 소비 공간과 향락적인물이 이렇게 만났다. 소비 공간과 향락적 인물의 만남은 우리의 시선을자연스레 유흥 공간으로 이끈다. 유흥 공간에서 놀던 사람들과 놀이 행태,그 양상이 자못 궁금해진다.

먼저, 당시에 유흥 문화를 주도했던 인물은 〈게우사〉 작품 초반에 나타난다. 봄나들이를 마친 무숙이가 기방에 찾아갔을 때, 마침 그 자리에 모여 있던 왈짜들을 소개한 대목이 그렇다.

청루고당 높은 집에 어식비식 올라가니 자리에 앉은 왈짜. ① 가장 윗자리에는 당하천총(堂下千摠), 내금위장(內禁衛將), 선전관(宣傳官), 비변랑도총(備邊郎都摠), 경력(經歷)이 앉았고, ② 그 다음 자리를 바라보니 관아의 교련관(教鍊官)을 따라다니며 세도하는 중방(中房), 관아의 서리(胥吏), 북경을 오가는 역관(譯官), 포도청에서 활동하는 군관(軍官), 대전별감(大殿別監) 등 울긋불긋 당당한 붉은 옷이 색색이라. ③ 또 한 쪽을 바라보니 나장이(羅將), 승정원 사령(使令), 무예별감(武藝別監)이 섞여 있고, ④ 각 전 시정 상인, 남촌 한량, ⑤ 노래 명창 황사진, 가사 명창 백운학, 이야기 으뜸 오물음, 거짓말 으뜸 허재순, 거문고의 어진창, 대금 으뜸 장재량, 퉁소 으뜸 서계수, 장구 으뜸 김창옥, 피리 으뜸 박보완, 해금 으뜸 홍일등, 판소리의 송흥록과 모흥갑이가 다 있구나.

이를 보면 당시 왈짜들은 네 부류로 나눠 앉았음을 알 수 있다. 그중 가장 윗자리는 궁궐에서 근무하는 인물이거나 무관이 차지했다. 두 번째 자리는 궁궐이나 관아에서 심부름하는 인물들의 몫이다. 이들은 주로 아전 혹은 중인이다. 세 번째 자리는 관아에서 잡다한 심부름을 하는 인물들이 차지했는데, 이들은 두 번째 부류보다도 직위가 낮다. 신분에 따라 앉는 자리가 정해졌음을 증명한다. ④와 ⑤는 왈짜라기보다는 왈짜들의 유흥 문화를 후원하거나 조력하는 사람들이다. ④는 왈짜들에게 줄을 대기 위해 자발적으로 모인 상인이거나 구직자들이다. 이들은 왈짜들의 유흥 문화에 소요되는 비용을 제공했을 개연성이 높다. 마지막으로 ⑤는 왈짜들의 유흥 문화 공간에 불려 온 당대 최고의 연예인들이다. 여기에 소개된 인물들은 향유 과정에서 매번 바뀌었을 것이다. 판소리로 불릴 때에는 당시 자리에 있던 연예인들을 위의 도식에 맞춰 대입시켰을 터다.

①, ②, ③은 왈짜들이다. 이들을 두고 지금의 조직폭력배와 비슷하다는 주장이 있다. 왈짜의 특징이 폭력성, 수탈성, 유흥성에 있다는 견해도 있다. 어떻게 보든 왈짜 집단은 당시에 퍽 문제적인 집단이었음이 틀림없다. 실제 〈게우사〉를 보면 7, 8명의 왈짜가 무리 지어 다니며 도로를 막고 행인의 통행을 막는 행동도 한다. 이는 가벼운 장난으로 치부할 수도 있지만, 실제 이들은 정치권력과 경제력을 야합하여 백성들에게 상당한 피해를 끼친 집단이었다. 이들은 당시 유흥업소를 장악하고, 경제력에 기반을 둔 새로운 유흥 문화를 만들어갔던 것이다. 무숙이는 이런 부류들 중에서

도 대방 왈짜였다. 그러나 무숙이는 으뜸 왈짜가 아니었다. 그와 같이 놀았던 친구도 대전별감이니, 아마도 무숙이는 두 번째 부류에 속했던 것으로 보인다.

다음으로 〈게우사〉에는 당시 유흥 문화를 주도했던 인물들에 대한 정보 외에 다양한 연예 양상도 그려져 있다. 그중에서도 당대 최고의 연예인들을 소개한 대목은 매우 중요하다. 이를 통해 조선 후기 연예 문화에 대한 정보가 풍부해졌기 때문이다. 그중에는 오물음, 장재량, 박보완처럼 이미 확인된 인물도 있지만, 황사진, 백운학, 허재순, 어진창, 서계수, 김창옥, 홍일등처럼 소개된 적이 없는 예인도 많다. 왈짜들의 모임에 이들이 참석하여 노래·가사·이야기·거짓말 같은 각종 구연을 하기도 하고, 거문고·대금·퉁소·장구·피리·해금 등 각종 악기를 연주하기도 했음을 알 수 있다. 여기에 모홍갑과 송홍록을 위시한 판소리도 별도로 향유되었다. 당시 왈짜들이 놀던 장면을 연상케 한다. 특히 〈게우사〉에는 우춘대에서부터 송홍록까지 판소리 명창의 계보를 '소리풀이'로 제시하기도 했다.

명창 광대들이 각자 그들이 잘하는 대목을 노래할 때, 최고의 고수 서너 명은 북을 들여놓고 팔을 돌려가며 쳐나간다. 우춘대의 화초타령, 서덕염의 풍월성, 최석황의 내포제, 권오성의 원담소리, 하은담의 옥당소리, 손등명의 짓거리, 방덕희의 우레목통, 김한득의 너울가지, 김성옥의 진양조, 고수관의 아니리, 조관국의 한거성, 조포옥의 고등세목, 권삼득의 중모리, 황해천의 자웅성, 임만엽의 새소리, 모홍갑의 아귀성, 김제철의 기화요초, 신만엽의 목재주, 주덕기의 갖은소리, 송항록의 중항성, 송계학의 옥규성을 차례로 시험할 제 송홍록의 거동 보소.

22명의 인물 가운데 행적이 확인된 인물은 밑줄 친 12명뿐이다. 이렇게 판소리 명창의 계보를 제시한 것은 왈짜들의 유흥 문화에 판소리 광대가 필수적인 존재였음을 짐작케 한다. 특히 뱃놀이(선유 놀음)에 광대들을 집단으로 불렀다는 점에서, 판소리는 당시 대규모 행사에 반드시 동원되었던 정황도 읽어낼 수 있다. 평양성의 모습을 담은 8폭 병풍 그림인 〈평양도〉에서도 모흥갑이 판소리를 부르고 있는 장면을 확인할 수 있다.

〈평양도〉 일부

또한 〈게우사〉에서는 판소리가 불리기 전에 인형극을 하고 사당과 거사(居士)들이 서로 화답하는 노래를 불렀던 정황도 간략하게 제시하고 있다. 그러나 놀이의 핵심은 여전히 판소리였다. 실제 뱃놀이가 끝난 후 무숙이가 놀이에 참석한 연예인들에게 보수를 주는데, 그 액수가 균일하지 않다. 연예인 간에 엄격한 차이를 고려한 까닭이다. 사당과 거사에게는 백 냥, 판소리 광대에게는 칠백 냥을 주었다는 점에서 그 차이를 엿볼 수 있다.

창으로 전승되지 않는 판소리 〈왈짜타령〉 혹은 '일상타령'

현전하는 판소리는 형식적이나마 중세 이데올로기를 표면적으로 드러낸다. 〈춘향전〉의 '열', 〈심청전〉의 '효', 〈토끼전〉의 '충' 등이 그러하다. 그에 반해 〈게우사〉는 서울의 소비 공간인 기방과 향락적인 인물 왈짜를 표면에 내세웠다. 왕도 정치를 실현해야 할 공간에서 소비적이고 향락적인 인물을 대상으로 향유되던 〈왈짜타령〉은 중세 질서의 단면을 여실히 반영한 결과일 터다. 〈게우사〉의 가치는 여기에 있다. 즉 중세 사회와 근대의 가치라는 이율배반적인 공존 양상을 보여주고 있다. 〈게우사〉를 읽는 재미도 여기에 있다. 〈게우사〉는 당대의 비뚤어진 일상을 때로는 사실적으로, 때로는 과장적으로, 때로는 비판적으로 그린다. 중세에서 근대로의 패러다임의 변화가 이렇게 한 작품에서도 다양하게 나타나고 있다.

　〈왈짜타령〉은 창을 잃었다. 더 이상 창으로 부를 수도 없다. 창을 잃게 된 원인은 무엇일까? 그 이유는 분명치 않다. 그래도 왈짜들의 유흥 문화 도정에서 생성된 것처럼, 그 자체적인 모순 때문에 소멸했다는 점은 분명하다. 그 모순이 음악적 요인인지 문화적 요인인지, 그도 아니면 왈짜들의 생활 방식의 변화 때문인지 판단하기 어렵다. 그러나 언제나 유흥 자체가 이데올로기를 넘어설 수 없다는 점을 고려하면, 〈왈짜타령〉이 창으로 전승되지 않는 이유를 그리 어렵지 않게 생각할 수 있다. 오히려 일상적이고 소비적인 것을 기록해 놓은 〈게우사〉가 지금까지 남아 있는 것이 더 신기한 일이 아닌가? 우리 주변에 보이는 일상이 늘 똑같아 보이지만, 조금만 시간이 지나면 지천에 널려 있던 것들이 오히려 더 찾기 어렵지 않은가? 아파트 문에 무차별적으로 붙인 광고물, 그것도 1, 2년 후에는 찾기 어려운 법이다. 내 주변에서 늘 보는 사람들, 그들도 마찬가지다. 우리는 〈게우사〉를 통해 1860년대 일상을 만나는 중이다.

– 김준형

참고 문헌

김기형 역주, 《적벽가·강릉매화타령·배비장전·무숙이타령·옹고집전》, 고려대학교 민족
　　문화연구원, 2005.

강명관, 《조선의 뒷골목 풍경》, 푸른역사, 2003.

김종철, 〈〈무숙이타령(왈짜타령)〉 연구〉, 《한국학보》 68, 1992.

김종철, 《판소리의 정서와 미학》, 역사비평사, 1996.

김준형, 〈텍스트 〈게우사〉와 왈짜들의 유흥 문화〉, 《쟁점으로 본 판소리문학》, 민속원,
　　2011.

인권환, 〈무숙이타령〉, 《판소리 창자와 실전 사설 연구》, 집문당, 2002.

八

길 위의 여인 옹녀와 유랑민의 삶

옹녀, 길을 떠나다
—

변강쇠와 옹녀는 이몽룡과 춘향이만큼이나 유명한 캐릭터이다. '남녀의 사랑'이라는 공통점이 있으면서도 그들이 〈춘향전〉의 주인공들과 다른 종류의 관심을 받는 이유는 무엇일까? 그네들에게 씌워진 '정력이 강한 남자'와 '음탕한 여자'라는 성적인 이미지가 너무나 강렬했기 때문이다. 이러한 이미지는 1980년대에 에로 영화 시리즈로 제작되면서 더 확산되었다. 성애(性愛)를 다루었다는 이유로 많은 관심을 받았지만, 그 때문에 정작 교육과정에서는 잘 다루어질 수 없었다. 캐릭터에 대한 지대한 관심과는 상반되게 〈변강쇠가〉의 구체적인 서사는 잘 알려져 있지 않다. 제목을 보면 강쇠가 이 이야기의 주인공인 것 같지만, 그는 텍스트 전체 분량의 절반 즈음 지났을 때 죽는다. 이 때문에 서사 구조가 불균형한 것으로 지적되기도 했다. 그 이후로 시체의 모습으로만 존재하는 강쇠를 주인공으로 보기는 어렵다. 그렇다면 진짜 주인공은 누구이고 〈변강쇠가〉는 도대체 어떤 이야기인 걸까?

원래 판소리로 불리던 〈변강쇠가〉는 창은 사라지고 신재효(1812~1884)가 개작한 사설만 전해지고 있다. 이 사설의 첫머리는 옹녀의 아름다운 외모와 그녀의 충격적인 인생 역정을 서술하는 것으로 시작된다. 평안도 월경촌에 사는 옹녀는 미인의 대명사인 서시(西施)와 포사(褒姒)에 비견되지만, 팔자가 험상궂어 상부살(喪夫煞, 과부가 되는 살)이 겹겹이 쌓인 여인으로 묘사된다.

열다섯에 얻은 서방 첫날밤에 힘쓰다가 죽고, 열여섯에 얻은 서방 매독으로 죽고, 열일곱에 얻은 서방 지랄병에 죽고, 열여덟에 얻은 서방 벼락 맞아 죽고, 열아홉에 얻은 서방 천하의 큰 도둑이라 이 집 저 집 담 넘다가 붙잡혀서 맞아 죽고, 스무 살에 얻은 서방 독약 먹고 세상 뜨니, 사내라면 치 떨리고 송장 치기 신물 난다.

옹녀는 첫 남편이 비명횡사한 후 개가를 하지만 여러 번의 결혼에서 계속 남편을 잃는다. 판소리 사설의 특성상 골계적이고 반복적으로 과장된 측면이 있기도 하지만, 간통한 남자나 애인 외에도 입만 맞추거나 손만 잠시 만져본 놈, 심지어 치맛자락만 스친 사람까지 옹녀 곁에 있는 사내라면 모두 결단이 났다는 서술에서 사태의 심각성이 느껴진다. 결국 고을의 여인들은 옹녀의 집을 헐고 마을에서 그녀를 쫓아낸다.

그럼에도 불구하고 옹녀는 한껏 치장을 하고 "어허, 인심 한번 흉악하다. 황해·평안 양서(兩西) 아니면 살 데가 없겠느냐. 삼남(三南, 충청·전라·

경상도) 좆은 더 좋다더라!"라고 악을 쓰며 남쪽으로 길을 떠난다. 즉 〈변강쇠가〉의 중심적인 골격은 길 위로 나선 옹녀가 강쇠를 비롯한 여러 남성을 만나 겪는 사건들에 관한 이야기이다. 아름다워서 남성들의 눈길을 머물게 만들기도 하지만, 비참한 상황을 여러 번 겪고도 결코 좌절하지 않는 이 여인, 매력적이지만 뭔가 꺼림칙한 느낌을 주지 않는가? 그런 옹녀를 뒤따라가면서 〈변강쇠가〉를 읽어보도록 하자.

옹녀와 강쇠의 생활 방식

양서(兩西)에서 쫓겨 나온 옹녀와 삼남(三南)에서 북쪽으로 올라가던 강쇠는 개성 청석관 좁은 길에서 운명처럼 마주친다. 혼자 가냐고 묻는 강쇠의 말에 옹녀는 "내 팔자가 무상하여 서방 죽고 자식 없어 함께 갈 길동무는 그림자뿐이지요."라고 애련한 목소리로 읊조린다. 과부와 홀아비니 같이 살자고 수작을 거는 강쇠에게 그녀가 가장 먼저 확인한 것은 궁합이었다. 자신의 상부살을 의식하고, 다시 낭군을 얻으려면 궁합을 먼저 보겠다는 강력한 의지를 내보인다. 궁합을 본 다음 바위 위에서 벌거벗고 당당히 사랑을 나누며 〈기물타령〉과 〈사랑가〉를 부르는 '천하 잡놈' 강쇠와 그에 걸맞은 짝 옹녀는 각자의 성적 본능과 생존에 대한 의지로 서로를 알아본 것이다. 둘이 서로의 기물(器物, 여기서는 남녀의 성기를 의미)을 보고 각각 제사상과 세간 살림을 떠올리는 것은 이들이 안정된 삶에 대한 욕망을 지니고 있었음을 뜻한다.

하지만 옹녀는 정절이나 일부종사에 대한 의식은 별로 없는 것처럼 그려진다. 이것이 바로 옹녀에게 씌워진 음란한 여성이라는 혐의이다. 옹녀의 잘못은 도대체 무엇일까? 전통 사회에서 여성이 혼자 살아간다는 것은 거의 불가능한 일이라 할 수 있다. 남편이 죽으면 먹고살기 위해서 개가를 할 수밖에 없으며, 이는 조선 후기의 하층 여성에게는 드문 일이 아니었다. 옹녀는 많은 남자를 거치지만 그들은 대부분 생활의 뿌리가 불완전한 사람들, 즉 쉽게 죽음으로 내몰릴 수 있는 계층의 사람들이었다. 그녀는 하층 남성들이 처한 생활 조건 때문에 상부와 개가를 반복한다. 잘 살아보고자 개가를 하면 할수록 더욱 열악한 처지로 굴러떨어지고 남의 손가락질을 받게 되는 상황이다. 가장 큰 피해자는 옹녀인데도 불구하고 오히려 그녀가 자꾸 남성들을 죽음으로 이끌어 가정과 사회를 파괴한다고 여기는 것이다.

강쇠의 삶도 평탄치는 않다. 그는 유흥과 오입(誤入)을 생활 방식으로 삼고 쾌락만을 추구한다. 남의 재물을 빼앗고 노름하며 여자에게 폭력을 행사하는 나쁜 남자로, 시정 주변에서 생겨난 인물 행태를 반영하고 있다. 이와 대조적으로 옹녀는 생계를 위해 여러 포구의 도회지를 다니며 온갖 장사와 날품팔이를 하는데, 가리지 않고 악착스레 일을 해 치산(治産)하는 생활인의 모습을 보여준다. 즉 옹녀와 강쇠의 생활상은 조선 후기 화폐경제의 확산이 만들어낸 하층민 나름의 생존 방식을 의미한다.

〈변강쇠가〉에서 서사가 크게 전환되는 것은 강쇠가 장승을 패어 아궁이에 때는 사건을 계기로 해서이다. 이것은 떠돌이 생활을 하던 이 부부가 지리산 속 빈집에 화전민으로 정착한 직후이다. 나무를 해 오라는 옹녀의 성화에, 평생 일이라고는 해보지 않아 노동이 체질적으로 맞지 않는 강쇠는 쓸데가 있는 큰 나무들 대신 마침 눈에 띈 장승을 뽑아 가겠다는 발상을 한다. 그러나 그가 열심히 일하지 않는 데에도 나름의 이유가 있다. 강쇠 같은 일반 백성들은 일 년 사철 쉬지 않고 일을 해도 추위와 배고

품을 이기지 못하기 때문이다. 그래서 온갖 호사를 누리며 오입쟁이로 살려고 했는데, 어찌 나무를 하냐는 것이다.

전통 사회에서 마을 입구마다 있었던 장승은 정착민의 상징이다. 그것을 공격한 것은 강쇠가 체질적으로 정착민이 될 수 없음을 보여주는 것이라고 할 수 있다. 또 장승은 마을의 수호신으로, 나쁜 귀신이나 역병을 막아준다고 여겨졌다. 하지만 강쇠는 장승을 쪼개 아궁이에 넣어 불을 지피고 목신(木神)과 조왕(竈王, 부뚜막을 관장하는 신)을 화해시킨다면서 옹녀와 성행위를 해버린다. 땔감이 된 함양 장승은 원한을 품고 귀신으로 구천을 떠돌다가 대방 장승을 찾아가 하소연한다. 이 소식을 들은 전국의 장승들은 강쇠를 징치하기 위해 통문(通文)을 돌리고 새남터부터 시흥에 이르기까지 빽빽하게 서서 질서 있게 회의를 진행한다. 장승들의 모습을 지배체제에 대한 비유로 본다면, 강쇠는 이에 대한 민중의 대응을 반영하는 인물이기도 하다. 즉 공동체적 질서와 신성(神聖)을 상징하는 장승을 파괴한 강쇠는 질서의 교란자이며 동시에 공동체에 해를 끼치는 존재로 그려지는 것이다.

강쇠는 팔도 장승들의 복수로 온갖 병에 걸려 장승처럼 뻣뻣하게 선 상태로 죽음을 맞이한다. 강쇠는 옹녀에게 기가 막힌 유언을 남긴다.

"…… 자네를 생각하면 눈을 편히 못 감건만, 아무리 살자 해도 병세가 지독하여 기어이 죽을 테니, 이 몸이 죽거들랑 염습하고 입관하기 자네가 손수 하게. 무덤 옆에 초막 짓고 시묘살이 삼년상을 극진히 치른 후에, 비단 수건 목을 졸라 저승으로 찾아오면 이승에서 못다 한 연 저승에서 함께하세. 한창 나이 청상과부 어떤 놈이 가만둘까. 내가 지금 죽은 후에 열 살 안 된 아이라도 자네 몸에 손대거나 집 근처에 얼씬하면 즉각 사단

날 것이니, 부디부디 그리하소."

옹녀의 가랑이로 손을 풀쑥 집어넣고 여인의 옥문 쥐고 으드득 힘주더니
불끈 일어 우뚝 섰네. 건장한 두 다리는 화살을 쏘려는지 엉거주춤 디딘
채로, 바위 같은 두 주먹은 누구를 위협하나 눈 위까지 높이 들고, 방울만
한 두 눈은 사냥 앞둔 호랑인가 찢어지게 부릅떴네. 상투 풀어 산발하고,
혀 빼어 길게 물고, 짚단같이 부은 몸에 피고름이 낭자하네. 강쇠 기물 주
장군은 쓸모없이 그저 뻣뻣, 목구멍에 숨소리 딸깍, 콧구멍에 찬바람 웽,
마지막 숨 내쉬고서 장승 죽음 하였구나.

강쇠는 옹녀에게, 직접 치상(治喪)하고 삼년상을 치른 후에 정절을 지켜
자결하라고 요구한다. 그녀에게 접근하는 남자들은 죽음을 면치 못할 것
이라는 저주를 남기고 온몸에 병이 든 채로 서서 죽은 강쇠의 시체는 그
자체로 폭력적인 남성성의 상징이다. 하지만 강쇠의 끔찍한 시체를 치우
고 당장 먹고살 걱정을 해야 하는 옹녀의 곤경을 해결해 줄 수 있는 것은
또 다른 남자이다. 강쇠의 소원대로 그녀가 열녀로 살기 위해서는 삶의
기본적인 조건을 포기해야 하는 역설적 상황에 놓인 것이다. 이는 정절을
지킬 신분이 아니고 지킬 수 있는 조건도 되지 않는 하층 여성에게는 가
혹한 남성 중심적 사고이다.

강쇠가 죽게 된 것은 옹녀 때문이 아니었지만, 일방적인 강쇠의 유언 때
문에 옹녀는 남자를 죽게 만드는 여자라는 혐의가 점점 짙어진다. 그러나
소복을 입고 길에 나가 울고 있던 옹녀가 남성들에게 제안한 것은 강쇠의
시체를 치워주면 함께 살겠다는 조건부 만남이었다. 여기에는 산중에서
여자 혼자 강쇠의 장사를 지내기 어렵다는 것과 이후의 생존을 위해서는
또 다른 남자를 만날 수밖에 없다는 현실적 계산이 깔려 있었다. 강쇠와

는 다른 초라니의 부지런한 모습을 보고 같이 생활하면 굶지는 않겠다고 생각하거나 한양에서 온 말몰이꾼 뎁득이를 보고 듬직하게 여겨 의지하는 옹녀의 모습은 이런 현실적 사고에서 비롯된 것이다.

—
떠도는 이들의 삶과 그들에 대한 시선
—

옹녀가 강쇠의 치상을 위해 길에 나가자 걸승·초라니·풍각쟁이패·말몰이꾼·각설이패·사당패 등이 나타난다. 즉 〈변강쇠가〉의 후반부는 유랑 예인 등 옹녀가 길에서 만난 사람들이 사건을 전개해 나간다. 사회 변동이 극심해진 조선 후기에 향촌 사회를 이탈하여 길에서 유랑하는 여러 유형의 인물을 등장시킨 것이다.

옹녀와 강쇠는 정착과 유랑의 경계에 서 있다. 옹녀는 떠돌이 생활을 오래 하다가는 강쇠의 목숨이 위험할 수 있다고 여겨 지리산으로 들어가 정착할 것을 제안한다. 정착 생활에 대한 욕망이 강렬한 옹녀는 부지런히 화전을 일구지만, 강쇠는 여전히 게으름을 피우며 정착민들이 공동체의 상징으로 생각하는 장승을 땔감으로 씀으로써 심각한 금기를 어기게 된다. 향촌 사회에 정착하기로 결심한 시점에 그들의 생존 자체가 큰 위험에 빠지게 되는 비극이 시작되었던 것이다.

길 위에서 불안하고 위태로운 삶을 영위하고 있는 유랑민은 공동체의 주변부에 어른어른 나타난다. 이러한 유랑민에 대한 향촌 사회의 대응은 완고하다. 옹녀가 고을 여인들에 의해 살던 곳에서 내쫓길 때와 강쇠가 장승들에게 징치당할 때의 집단적인 대응은 어마어마하다. "이놈 그저 두어서는 한겨울에 장작감으로 근처 장승 다 패 때고 순망치한 남은 화가 안 미칠 데 없을 테니 십분 통촉하옵소서."라는 장승의 말은 유랑민에 대한 두려움과 동시에 유랑민의 정착을 받아주지 않는 사회의 완강함을 보여준다. 또 떠돌아다니는 유랑민의 모습은 공동체의 사람들에게 전염의 공포를 유발한다. 약간의 접촉으로도 남자들을 죽게 만든다고 여겨지는 옹녀가 그렇고, 모여든 사람들을 자꾸 죽게 만들거나 붙게 만드는 강쇠의 모습 또한 그렇다.

다른 유랑민들은 공동체가 담당할 수 없는 위험한 일을 떠맡는데, 전염과 죽음을 무릅쓰고 시체를 치워주러 왔다가 변을 당한다. 유랑민 중 하나인 초라니는 "신사년 괴질 통에 험악하게 죽은 송장 내 손으로 다 쳤으니"라며 자랑하고, 장돌뱅이로 나오는 각설이패 역시 송장을 지고 갈 테니 삯을 달라고 요구하고 있다. 이들은 "송장 하나 닷 냥 삯에 술 밥 고기 잘 먹이면" 시체를 치워주는 소박한 이들이지만, 서술자는 여색에 대한 탐닉 때문에 그들이 죽게 되는 것으로 그리고 있다. 이들은 정상적인 방법으로 성욕구를 해결할 수 없거나 열악한 사회적·경제적 기반 때문에 보통 사람처럼 향촌 사회에 정착하여 가정을 꾸리기 힘들다. 송장을 치워주면 같이 살겠다는 옹녀의 말에 그녀와 결혼하거나 성욕을 해결할 수 있을 거라는 희망을 품고 덤벼들지만, 강쇠의 저주로 희망은 좌절되고 모두 즉사한다. 옹녀와 강쇠, 유랑민들은 사회로부터 배제되어야 하기 때문에 음욕(淫慾)을 가진 존재로 치부되고 있는지도 모른다. 특히 강쇠의 성적 능력이 강조되는 것이 그러하다. 이는 유랑민의 방종한 이미지와 연결된다.

뎁득이는 유랑민들과는 좀 다른 모습을 보인다. 그는 옹녀에 대한 욕심으로 그녀를 따라와 갈퀴로 송장의 눈을 파내다가 강쇠 시신의 눈알이 튀어나오자 도망치는 소심한 면모를 보인다. 하지만 곁에만 있어 달라는 옹녀의 애원에 그녀를 가엾게 여겨 다시 돌아와 강쇠의 시신을 처리해 준다. 다른 유랑민들과는 달리 의지할 만한 남성인데, 사실 뎁득이는 서울 재상집 마종(馬從)으로 정착과 유랑의 중간적 존재라고 할 수 있다. 해결자인 뎁득이는 큰 욕심을 부리지 않고 불쌍한 옹녀의 처지를 동정하여 치상을 해주었기 때문에 죽음에 이르지 않았던 것이다.

뎁득이는 뒤늦게 찾아온 각설이패와 함께 유랑민들의 시체를 짊어지고 북망산으로 떠난다. 그런데 이 지점을 기준으로 서술자의 시선이 옹녀에서 뎁득이로 옮겨가고, 사건의 배경도 지리산 속 빈집에서 '움 생원의 오이밭'이라는 마을 안의 공간으로 옮겨간다. 이곳에서 잠깐 시체를 내려두고 쉴 때 오이밭과 시체, 치상꾼들, 생원과 좌수, 지나가던 사당패까지 다 붙어버리는 기상천외한 상황이 벌어진다.

〈변강쇠가〉는 '횡부가(橫負歌)' 또는 '가루지기타령'이라고도 불렸다. 시체를 가로로 짊어지거나 시체를 갈아버린다는 서사에서 파생된 이름이다. 시신에 대한 태도가 상식적인 수준을 넘어서기도 한다. 유랑 예인들의 죽음이 골계적으로 묘사되고, '송장 장사, 송장 풍년'이라는 묘사에서 기괴한 미감이 발현된다. 초라니의 신사년(1821) 괴질 경험 역시 '송장 풍년'과 관련되어 서술되고 있다. 초라니의 경험은 실제 있었던 호열자, 즉 콜레라의 유행을 뜻한다. 또 벽에 붙어 떨어지지 않는 강쇠의 시체를 떡메를 이용해 쓰러뜨린다는 설정이나 시체의 뜬 눈을 갈퀴로 덮어준다는 설정에서는 시신을 사물로 대하는 태도가 보인다. 한바탕 놀던 사당패가 자신들의 몸이 시체에 달라붙은 것을 알고 공황 상태에 빠지는 장면도 인상 깊다.

두 주먹 불끈 쥐고 우르르 달음박질 나무 사이로 쑥 나가니, 짊어진 송장 짐이 셋으로 나뉘었구나. 위아래 두 도막은 땅에 절퍽 떨어지고, 가운데

한 도막은 고목나무 매미처럼 끈덕지게 달라붙어 암만해도 뗄 수 없다. 하늘이 토해내는 푸른 폭포 칼날 바위 한걸음에 찾아가서 등 대고 비비는데, 그 사설 한번 들어보자.

강쇠의 시체는 원혼의 성격을 지닌다. 살아 있는 사람들을 땅과 시체에 붙게 만들었기 때문이다. 사람들이 계대네(굿판의 장구잽이)를 불러 넋두리를 해주자, 치상꾼들과 시체들을 제외한 나머지 사람들은 떨어지게 된다. 뎁득이가 여덟 구의 송장에게 비는 소리를 하자, 뎁득이와 각설이패도 일어설 수 있게 되었다. 북망산으로 가서 각설이패 세 사람은 시신들을 내려 땅에 묻을 수 있었지만, 뎁득이가 등에 지고 있던 강쇠와 초라니의 시신은 끝내 떨어지지 않는다. 시체가 붙는다는 것은 전염의 성격과 통하며, 원인을 모르는 전염은 공포를 불러일으킨다. 시체가 몸에 붙어서 떨어지지 않자 겁에 질린 뎁득이는 '갈이질 사설'을 부르면서 시체를 갈아버린다. 〈변강쇠가〉의 등장인물들이 말하는 "지금까지 듣도 보도 못한" 경험이었으므로, 뎁득이는 전에 없던 방법으로 시체를 처리할 수밖에 없었던 것이다.

죽음에 대한 공포는 억압된 욕망의 분출로 이어진다. 미래가 불안하고 불확실할수록 사람들은 현재의 쾌락에 몰두하는 경우가 많다. 극단적 상황에서 죽음에 대한 공포와 동시에 삶을 즐기려는 욕구, 즉 쾌락에 대한 강한 욕구가 분출하는 것이다. 위태로운 삶을 살아가던 강쇠를 비롯한 여러 유랑민의 성적인 욕망은 이러한 공포와 연결된 것으로 볼 수 있지 않을까?

서술자의 시선과 옹녀의 행방

〈변강쇠가〉가 19세기 '판소리 열두 마당' 가운데 하나였다는 것은 송만재의 〈관우희〉(1843), 윤달선의 〈광한루악부〉(1852), 이유원의 〈관극팔령〉(1871) 등에서 확인된다. 19세기 후반 신재효의 개작 때까지 살아남은 판소리 여섯 마당 가운데 하나이기도 했다. 19세기 중반의 명창 송홍록과 장자백, 20세기 초반의 명창 전도성 등이 〈변강쇠가〉를 잘 불렀다고 한다. 현재는 신재효 개작본의 사설 내용만 전해지고 있기 때문에 판소리계 소설로 칭해져 〈변강쇠전〉이라고도 명명한다. 텍스트에 남아 있는 판소리적인 특징으로는 노정기(路程記), 기물(器物)타령, 치레 사설, 나무타령, 약성가(藥性歌), 병(病) 사설, 봉사 독경(讀經), 중타령, 성주풀이 등 다른 판소리나 무가에서 차용된 여러 노래와 사설의 모습을 살펴볼 수 있다는 것이다. 또 유랑 예인들이 등장하는 후반부의 사설은 판소리 광대들이 그들 자신의 경험을 판소리 대목으로 구성한 것으로 보는 연구도 있다.

〈변강쇠가〉는 서도(西道)나 강원도에서 타령으로 불리기도 했고, 기존의 여러 설화적 요소들이 결합된 것으로 추정되기도 한다. 하지만 신재효가 만년에 개작한 본 이외에는 남아 있는 사설이 없고 1920년대 이후 소리로 전승되지 못했기 때문에 개작 이전 〈변강쇠가〉의 모습이 어떠했을지, 강쇠와 옹녀의 캐릭터에 변화가 있었는지 없었는지는 지금으로서는 알 수 없다. 이것이 우리가 〈변강쇠가〉를 이야기할 때 신재효의 관점에서 정리된 〈변강쇠가〉를 읽을 수밖에 없는 이유이며, 강쇠와 옹녀를 바라보는 서술자의 태도에 유의해야 하는 까닭이기도 하다.

옹녀는 공포를 불러일으키는 동시에 매혹의 대상이다. 서술자는 옹녀의 처지에 애잔한 시선을 보내면서도 "상부에 이력 있어 소복은 많다"거나 "새서방 후리는 것이니 오죽 맛이 있겠느냐"라면서 일관되지 않은 시선으로 그녀를 바라본다. 여기에는 유교적 가부장제와 정착민의 질서에서 벗어난 새로운 여성상에 대한 관심과 두려움이 동시에 투사되고 있다. 이는 당대 향촌 사회의 일반적인 인식이면서 사설의 정리자인 신재효의 인식이기도 할 것이다.

시체를 처리한 후 뎁득이는 오입쟁이들에게 성적 욕망을 조심하라고 경계한다. 갈이질 사설에서도 "먼저 죽은 여덟 송장 거울이 되어주었는데 철모르는 이 인생이 또 그 길을 밟았구나."라거나 "헛된 세상 오입 참고 참사람이 되세."라는 등의 깨달음을 보이기도 한다. 그는 송장을 모두 갈아버린 후에 고향으로 돌아가 처자식과 함께 살겠다고 말한다. 옹녀에게는 좋은 남자 만나 백년해로하라는 말을 남긴다. 의지했던 뎁득이가 떠나간 후 옹녀는 다시 고독하고 불온한 존재로 남게 된다.

서술자 역시 마지막 부분에서 여인네에게 빠져드는 일을 경계한다. 이 모든 사건이 옹녀 때문에 일어난 것처럼, 여러 남자의 운명을 옹녀가 그르친 것처럼 책임을 돌리는 것이다. 옹녀에 대해서는 강쇠와 뎁득이, 그리고 서술자 등 여러 남성의 시선이 겹겹이 걸쳐 있다. 진짜 주인공 옹녀의 삶을 살피기 위해서는 '음란한 여성'이라는 편견을 걷어내고 자세히 들여다보아야 하는 것이다. 옹녀의 다음 소식이 궁금하다. 강쇠가 원한 대로 수절하고 열녀가 되었을까? 뎁득이가 말한 대로 좋은 남자를 만나 백년해로를 했을까? 아니면 남자 없이도 살 수 있는 길을 찾아 씩씩하고 당당하게 지내고 있을까?

성적인 표현과 기괴한 이미지가 많이 나타나긴 하지만, 〈변강쇠가〉의 사설은 무겁지 않으며 생명력이 넘치고 유쾌하다. 전통 사회 사람들의 생활상이 우리말 사설을 통해 잘 드러나고 있는 것이다. 또 강쇠와 옹녀, 여러 유랑민들, 해결자 구실을 하는 뎁득이 등은 분명 하나하나 매력적인 캐릭터이다. 〈변강쇠가〉는 조선 후기 사회 변동에 따른 새로운 세태와 인물형을 반영하고 있고, 신분 차별과 성적 모순에 시달리던 하층 여성의 생활상, 그리고 떠도는 이들의 삶과 운명에 대해 이야기하고 있다는 점에서 지금도 많은 시사점을 던져주는 중요한 작품이라고 할 수 있다.

– 이주영

참고 문헌

김태준 역주, 《흥부전·변강쇠가》, 고려대학교 민족문화연구소, 1995.

김현양 글, 홍지혜 그림, 《변강쇠전 – 천하 잡놈 강쇠와 과부 팔자 옹녀가 만났으니》, 휴머니스트, 2016.

이현진·최정옥 풀어 읽음, 《낭송 변강쇠가·적벽가》, 북드라망, 2014.

김종철, 《판소리의 정서와 미학 – 창을 잃은 판소리를 중심으로》, 역사비평사, 1996.

신동원, 〈〈변강쇠가〉로 읽는 성·병·주검의 문화사〉, 《역사비평》 67, 역사문제연구소, 2004.

이주영, 〈'기괴하고 낯선 몸'으로 〈변강쇠가〉 읽기〉, 《고전과 해석》 6, 고전한문학연구학회, 2009.

정출헌, 〈옹녀 – 어느 하층 여성의 기구한 인생 역정〉, 《우리 고전 캐릭터의 모든 것 2》, 휴머니스트, 2008.

정환국, 〈'초옥'과 '옹녀' – 19세기 비극적 자아의 초상〉, 《한국문학연구》 33, 동국대학교 한국문학연구소, 2007.

─二三四五六七九八 九─

낭만적 사랑과 현실적 고난에 대한 공감

〈숙영낭자전〉은 어떤 소설인가?

천상의 선관과 선녀가 죄를 짓고 지상의 인간계에 내려와서 위기와 고난
을 극복하고 행복한 생을 마무리한 후 다시 천상계로 복귀한다는 적강 모
티프는 조선 후기의 다수 영웅소설과 애정소설에 등장하는 화소이다. 애
정소설에 이 모티프가 등장한다면 남녀 주인공은 재자(才子)와 가인(佳
人)일 테고, 빼어난 두 사람의 결연은 독자들의 관심을 끌 것이다. 그렇다
면 정절을 의심받은 여성 주인공이 정절을 증명하는 이야기, 또 죽음을
맞이한 인물이 다시 살아난다는 이야기는 어떨까? 여기다 주인공을 모함
하는 악인이 등장하여 이야기를 더 흥미롭게 만든다면? 이러한 재미있는
이야기들이 결합되어 조선 후기에 큰 인기를 끌었던 작품이 바로 〈숙영
낭자전〉이다.

작자를 알 수 없는 〈숙영낭자전〉은 〈숙향전〉과 함께 많은 독자들에게 읽힌 애정소설이다. 두 작품은 주인공들의 적강과 천정연분(天定緣分)을 다루고, 꿈속에서 본 여주인공을 남주인공이 찾아 나서며, 남녀 주인공이 부모의 허락 없이 인연을 맺고, 여주인공이 남주인공의 부친에게 핍박을 받는다는 점 등에서 유사하다. 또 〈숙영낭자전〉은 열정적인 사랑을 주제로 삼았고, 남주인공이 서울에 간 사이 여주인공에게 위험이 닥치며, 과거에 급제해 신분이 향상된 남주인공이 다시 돌아와 여주인공의 억울함 또는 고난을 해결해 준다는 점에서는 〈춘향전〉과도 비슷하다. 한편으로, 집안의 악인을 징치한다는 내용에서는 〈사씨남정기〉나 〈장화홍련전〉과도 비교가 가능할 것이다.

이렇듯 당대에 인기 있었던 여러 소설들의 소재나 모티프가 집약되어 있는 것이 〈숙영낭자전〉의 특징이다. 이러한 스토리를 통해서 〈숙영낭자전〉은 인간 생활과 사고의 어떤 면을 드러내고 있을까?

〈숙영낭자전〉의 여주인공은 '숙영' 또는 '수경', '낭자' 등으로 표기된다. 연구자들은 한글소설인 〈숙영낭자전〉의 창작 연대를 대략 18세기 후반이나 19세기 초로 추정하는데, 이는 경판 28장본 간기(刊記)의 '함풍경신(咸豊庚申, 1860)'이라는 표기 때문이다. 창작되고 나서 인기를 얻어 판각 및 출판되기까지 일정 정도의 기간을 감안한 것이다. 김태준의 《조선소설사》(1933)에서는 〈숙영낭자전〉의 한문본 〈재생연(再生緣)〉이라는 작품도 언급하고 있으나 이에 해당하는 자료는 현재 확인되지 않고 있다. 그런데 〈숙영낭자전〉은 필사본으로 된 다양한 이본이 있고, 그 내용이 판각본이나 활자본보다 비교적 풍부하며, 결말 부분이 여러 버전으로 변개되었다는 특징이 있다.

필사자들은 주로 여성이었을 것으로 추정되는데, 이들은 왜 여러 버전의 〈숙영낭자전〉을 만들어낸 것일까? 〈숙영낭자전〉이 다루고 있는 소재나 문제의식이 독자들에게 공감이나 반발, 그리고 흥미를 불러일으켰기 때문이 아닐까? 또 〈숙영낭자전〉은 판소리로도 존재했었는데, 이 판소리와 소설의 관계는 어떻게 된 것일까? 이런 궁금증을 해소하기 위해 우선 적강한 선녀 숙영의 자취를 밟아가며 〈숙영낭자전〉의 내용을 파악해 보도록 하자.

—

적강 모티프의 변형과 열렬한 사랑

—

〈숙영낭자전〉은 기본적으로 적강 모티프에 따른 구조를 취한다. 적강 모티프는 천상계와 지상계라는 이원(二元) 세계를 설정하며, 천상에서 받은 죄과에 따라 지상에서 전개되는 주인공의 일대기가 중요하게 다루어진다. 이 과정에서 주인공의 고귀함과 그들을 돕는 천상계의 개입이 환상적 요소들을 통해 드러나게 된다. 애정소설 중에서는 〈숙향전〉이 이러한 구조와 특성이 잘 드러나는 작품이라고 할 수 있다. 〈숙영낭자전〉은 〈숙향전〉보다 길이가 짧고 서사의 폭이 넓지 않아서 단순 비교는 어렵지만, 〈숙향전〉이 전란으로 인한 여주인공의 고난과 극복 과정을 중심으로 서사가 전개되는 데 반해, 〈숙영낭자전〉은 남녀 주인공의 열렬한 사랑과 여주인공의 비극적 죽음을 중심으로 서사가 전개된다.

　우선 〈숙영낭자전〉이 어떤 내용을 담고 있는지 이해하기 위해 대강의 줄거리를 살펴보도록 하자.

　① 백 상공 부부는 소백산에서 기도를 드리고 아이를 잉태한다. 선군이

태어날 때 한 선녀가 숙영 낭자와의 삼생연분(三生緣分, 부부 인연)을 알려 준다.

② 열다섯이 된 선군의 꿈에 여러 번 낭자가 나타나, 삼생연분이 있으니 3년만 기다리라고 한다. 선군은 상사병을 앓게 되고 시비인 매월을 첩으로 맞기도 하지만 병이 낫지 않는다.

③ 선군은 옥연동으로 낭자를 찾아가 결연한다.

④ 낭자는 선군을 따라 시집으로 와서 8년을 함께 살며 그사이 춘양과 동춘 남매를 낳는 등 행복하게 지낸다.

⑤ 선군은 과거 시험을 보러 가기 위해 상경하던 도중에 남몰래 두 번이나 귀가하여 낭자와 밤을 보낸다. 백 상공은 남자 목소리를 듣고 낭자를 의심한다.

⑥ 매월은 하인 돌쇠와 짜고 낭자가 외간 남자와 간통한다고 모함한다. 백 상공은 낭자를 고문하면서 자백을 강요한다.

⑦ 낭자는 선군이 집에 왔던 사실을 말하고 옥비녀를 섬돌에 박히게 하여 자신의 결백을 입증한 후 칼로 가슴을 찔러 자결한다. 낭자의 가슴에 박힌 칼이 빠지지 않고 사체도 바닥에서 떨어지지 않아 장례를 치르지 못한다.

⑧ 선군은 꿈에서 피투성이인 숙영 낭자의 모습을 보고 귀향을 서두르고, 백 상공은 금의환향한 선군을 임 소저와 혼인시키려 하나 선군은 이를 거절하고 집으로 돌아온다.

⑨ 선군은 낭자의 죽음을 알고 통곡하며 매월과 돌쇠를 죽여 낭자의 누명을 벗긴다. 낭자가 선군의 꿈에 나타나 옥연동 연못에서 장사를 치러 달라고 부탁한다.

⑩ 옥연동 못에 장사 지내자 숙영이 재생하고, 이들 부부는 아이들을 데

리고 천상으로 돌아간다.

　이야기의 배경은 세종대왕 때 안동 지방으로, 숙영 낭자의 천정배필인 선군은 적강하여 백 상공 부부의 아들로 태어난다. 숙영은 선군과 달리 인간으로의 탄생 과정 없이 옥연동이라는 선계(仙界)의 이미지를 띤 공간으로 귀양 온다. 선군은 인간 세상에 태어난 까닭에 천정연분이 있는 줄을 모르지만, 옥연동에 거처하는 숙영은 이 천정연분을 알고 있다. 선군의 출산을 도운 선녀는 숙영으로 추정되며, 그녀는 선군의 부모에게 아기의 천정배필은 숙영임을 명심하라는 당부도 해두었다. 결혼 적령기에 이른 선군이 배필을 구하자, 위기의식을 느낀 숙영 낭자는 선군의 꿈에 나타나 3년만 기다리면 인연이 이루어진다고 알려준다. 선군이 그리움에 병이 들자, 숙영은 자신의 모습을 그린 그림을 보내기도 하고, 시녀 매월을 첩으로 삼도록 하는 방편을 제시하기도 한다. 또 먼저 선군에게 옥연동으로 찾아오라고 하는 등 천정연분이 반드시 이루어지도록 선군을 이끄는 적극적인 모습을 보인다.

　숙영은 3년 후에 육례(六禮)를 맺어 백년해로하자고 제안하지만, 선군은 당장 숙영과 결연하고 싶어 한다. 대부분의 애정소설은 남녀 주인공 간의 결연을 지연시키거나 방해하는 장애 요소가 있어 두 남녀가 이별의 시간을 견딘 후 결연을 맺는다. 이와 달리 〈숙영낭자전〉의 두 주인공은 지상에서 떨어져 있어야 하는 기간을 인내하지 못한다. 그리고 다른 적강형 소설에서 꿈 외에도 구원자의 암시라는 천상계의 개입이 나타나는 데 반해, 〈숙영낭자전〉에는 이들의 결연을 돕거나 고난에서 구원하는 매개자가 존재하지 않는 대신 주로 선군의 꿈에 숙영이 나타나는 방식을 취한다. 이는 〈숙향전〉의 남녀 주인공이 그들의 구원자나 조력자의 조언을 잘 듣고 인내하여 마침내 사랑을 이루는 것과는 거리가 있다. 〈숙영낭자전〉은 다만 천정연분을 이루겠다는 숙영의 의지와 선군의 열렬한 사랑이 서사를 이끌어간다.

숙영은 선군을 따라 인간 세상으로 와서 시집살이를 한다. 두 사람은 하늘이 부여한 징벌의 기간을 어기고 서둘러 결연했기 때문에 결연 이후에 큰 시련을 겪게 된다. 그런데 그 시련이 시아버지에 의해 발생한다는 점이 특이하다. 백 상공의 명에 따라 선군이 과거를 치르기 위해 집을 떠나면서 두 사람은 혼인 이후 처음으로 떨어지게 되는데, 이때 백 상공이 숙영 낭자의 정절에 대해 오해하는 일이 생긴다. 〈숙향전〉에서도 장래 시아버지가 될 사람에 의해 숙향이 고난을 겪는 장면이 나오지만, 숙영은 혼인 이후 8년이나 지난 상태에서 선군이 자리를 비운 사이에 집안에서 핍박을 받는다.

백 상공은 천상의 인연과 애정을 중시하는 아들 부부와 대립하는 인물이다. 그는 하늘에 치성을 드려 아들을 낳았고, 선녀로부터 적강 사연을 들었으며, 삼생연분의 암시를 받았으면서도 천상계에 대한 인식이 없는 것처럼 서술되고 있다. "그 낭자를 생각하니 하루가 삼 년처럼 느껴지나이다. 그런데 어떻게 삼 년을 기다릴 수 있겠나이까? 이로 인해 저도 모르게 병이 골수까지 깊이 들었나이다."라고 호소하는 아들에게, "너를 낳을 때 하늘에서 한 선녀가 내려와 이러이러하더니 그 낭자가 바로 숙영 낭자로다. 그러나 꿈은 모두 헛된 것이니 그 낭자는 생각하지 말고 밥이나 잘 먹거라."라고 말한다.

이러한 백 상공의 태도는 현실 중심적 사고를 바탕으로 한 것이다. 숙영이 선군을 따라 집으로 오자 이들의 관계를 인정하긴 하지만, 여전히 천상의 존재인 숙영의 정체성에는 관심이 없는 듯 그려진다. 이것은 아들에게 과거를 보고 입신양명할 것을 권했던 것처럼, 그가 며느리에게 들이대는 윤리가 양반 사대부가의 아녀자가 지녀야 할 태도와 덕목이라는 점에서 잘 드러난다. 또 백 상공은 숙영이 자결한 뒤에는 선군과 임 소저의 혼인을 추진함으로써 문제를 세속적인 방법으로 해결하려고 한다. 이러한 백 상공과 숙영 사이에는 애초부터 갈등이 생길 소지가 잠재되어 있었던 것이 아닐까?

그런데 선녀인 숙영이 문제를 해결하는 과정은 인간과 별다를 바가 없다. 그녀는 선군이 밤에 몰래 돌아온 일을 감추어 백 상공의 의심을 산다. 특히 숙영은 선군과 함께 있는 것을 들키게 된 상황에서 동춘을 재우는 척하거나 매월과 함께 있었다는 거짓말로 위기를 모면한다. 이는 초월적 존재의 품위와는 거리가 멀다. 또 옥비녀가 대청 뜰 섬돌에 꽂히거나 자결 후에 가슴에 꽂힌 칼이 빠지지 않거나 시체가 땅에 붙어 움직이지 않는 것 등은 그녀의 억울함을 강조하는 것이지 천상 존재의 신성성을 증명하는 것으로 보기 어렵다. 초월적 능력으로 고난을 해결하는 것이 아니라 남편에게 억울함을 하소연하고 있기 때문이다. 그러나 숙영은 결말 부분에서 "제가 이렇게 된 것은 천상에서 지은 죄 때문이며, 이 모든 것이 천명 아닌 것이 없나이다."라고 말한다. 남녀 주인공의 열렬하고 낭만적인 사랑이 생사의 경계를 초월할 수 있는 힘을 지니고 있었고, 그러한 시련조차 천상으로부터 예정된 바였다는 것으로도 읽을 수 있다. 즉 〈숙영낭자전〉은 남녀 주인공의 열정적 사랑과 여주인공의 비극적 죽음을 소재로 하여 가정 내 갈등이라는 현실을 환상적 요소와 결부시켜 형상화한 작품이라고 할 수 있다.

선녀의 시집살이와 여성 현실에 대한 공감

앞에서 살펴본 서사 단락 가운데 ⑨와 ⑩은 이본 간 차이가 가장 큰 부분이다. 결말이 다른 여러 이본이 발생할 만큼 필사자와 독자들이 〈숙영낭자전〉에 몰입했던 까닭은 무엇일까? 왜 그들은 〈숙영낭자전〉을 다시 쓰게 되었을까? 그리고 그 결말의 차이는 주제나 세계관의 차이까지도 이끌어내는 것일까?

먼저 숙영 낭자와 선군의 관계를 살펴보자. 숙영 낭자와 선군은 천정인연이기 때문에 꼭 이루어져야 하지만, 선군의 부모는 이 인연을 알면서도 방관적인 태도를 취한다. 선군은 "비록 부모님의 뜻을 어길지라도 어쩔 수 없나이다."라고 하며 부모의 만류도 물리치고 숙영이 있는 옥연동으로 달려간다. 애정에 대한 열망이 부모에 대한 효성을 넘어선 것이다. 이는 자유연애를 지지하는 한편, 조선 후기의 도덕관념이나 사회적 관습을 극복하려는 몸부림으로 볼 수 있다. 혼인 후 과것길에 올라서도 선군은 숙영이 그리워서 집으로 두 번이나 돌아왔다. 이렇듯 숙영을 사랑하고 아끼는 선군의 언행은 여성 독자들의 공감을 이끌어내기에 충분했을 것이다. 즉 〈숙영낭자전〉의 서사에는 낭만적 사랑에 대한 독자들의 열망이 깔려 있는 것이다.

부모의 관여 없이 자유롭게 결연한 숙영 낭자와 선군은 부부 중심의 행복한 결혼 생활을 이어간다. 이에 대해 백 상공 부부가 큰 반대를 하는 것도 아니다. 그러나 시댁으로 들어간 후에도 서로에게만 빠져 지낸 것이 문제였다. 선군은 과거를 보라는 아버지의 권유를 거절하는데, 그 까닭은 낭자의 곁을 떠나고 싶지 않아서였다. 그러다 마음을 돌리는 것조차 숙영

낭자의 권유 때문이다. 선군은 사랑에 빠져 '과거 급제를 통한 입신양명'이라는 책무를 등한시함으로써 주변의 걱정을 사게 된다. 입신양명은 양반 사대부가 남성의 의무이자 목표이다. 유교 이념과 가문 공동체의 질서를 중시해 온 전통 사회의 입장에서 보면, 남녀 간의 자유로운 사랑과 결혼은 위태로운 일이다. 따라서 사랑의 욕망과 부부간의 애정은 봉건적 질서와 규범에 의해 억압당할 수밖에 없었던 것이다.

여기서 더 살펴보아야 할 것은 숙영의 신분이나 위치에 관한 것이다. 흥미로운 점 가운데 하나는 결연하기 전 숙영 낭자가 선군 집안의 재산을 불려준다는 것이다. 어떤 연구자는 이 부분을 부유한 신부 집에서 가난한 신랑 집으로 재물을 보내어 살림을 크게 일으켜주었다는 의미로 읽어내면서, 신분제가 흔들리고 있던 당대의 사회상을 반영한 것으로 본다. 그럼에도 불구하고 지체의 차이가 있어 갈등이 쉽게 해소될 수 없다는 것이다. 선녀인 숙영에 대한 자세한 정보가 제시되지 않는 것을 통해 그녀의 출신이 불분명하거나 신분이 낮았던 것으로 추정할 수 있다. 또 숙영과 선군이 정식으로 혼례를 치르지 않은 상태에서 함께 살기 시작한 것이 가정 내 갈등의 계기가 되었을 가능성이 크다. 선군에게 임 소저와의 혼인을 강권할 당시 백 상공은 "부모가 구혼하고 육례를 갖추어 혼인하여 부모를 영화롭게 하는 것이 자식 된 도리"라고 말한다. 절차를 갖춘 정당한 혼례의 중요성을 강조하는 것이다. 선군과 숙영 낭자의 결연이 그렇지 못했다는 것은 "낭군과 저는 하늘이 정해준 인연이 분명하거늘, 제가 어찌 외간 남자와 간통하겠나이까? 아무리 육례를 갖추지 않은 며느리라 할지라도 어찌 제게 이처럼 흉한 말씀으로 꾸짖으시나이까?"라고 호소하며 결백을 주장한 숙영 낭자의 말에서 알 수 있다. 즉 백 상공은 숙영 낭자를 정식 며느리로 인정하지 않았거나 탐탁치 않게 여겼을 가능성이 크며, 이러한 갈등 요소가 평소 잠재되어 있다가 선군이 집안을 비운 사이에 폭발한 것으로 볼 수 있다. 그런데 서사 내적으로 보면, 부모의 허락을 받지 못했고 더구나 신분적인 차이도 있는 결합이기 때문에 그 사랑을 증명하기 위해 시련이 필요한 것은 아닐까? 즉 부모의 인정과 사회적 공인을 받기 위한 장치가 숙영의 시련과 죽음이 아닐까?

한편으로, 이 작품의 서사는 가부장 또는 가부장제의 권위에 대한 문제 제기로 읽을 수도 있다. 선군이 부모의 만류를 뿌리치고 옥연동으로 달려가거나 과거 시험을 보러 가다가 두 번이나 다시 집으로 돌아온 것은 아버지의 권위를 절대적인 것으로 여기지 않는 태도를 보여준다. 또 며느리 숙영은 "아무리 시아버님의 명령이 제왕의 위엄처럼 엄숙할지라도 저는 조금도 잘못을 저지른 일이 없나이다."라면서 항변한다. 숙영의 죽음을 대면한 선군은 아버지의 행위에 대해 "어찌 아버님께서 제게 이러실 수 있나이까? 저를 속이고 임 소저에게 장가들라고 말씀하신 것이 옳으십니까?"라고 하면서 정면으로 따지기도 한다. 즉 가부장의 판단에 착오가 있어도 그것을 따라야 했던 가족 구성원들의 불만과 원망이 표출된 것이다. 심지어 백 상공의 부인조차 "상공께서 눈이 어두워 일을 제대로 보지 못하고", "그대는 망령이 들고 앞뒤가 없도다! 상공인지 중공인지 옥석을 몰라보고 아무 잘못이 없는 낭자를 모함해 이 지경이 되게 했으니"라며 남편의 잘못을 꾸짖는 장면에 이르면 가부장의 권위가 무너지고 있는 모습까지도 목격하게 된다.

비록 숙영을 죽음으로 몰고 간 책임이 가장 큰 백 상공은 징치하지 못했지만, 다른 악인들을 징치함으로써 독자들에게 카타르시스를 느끼게 했을 것이다. 첩인 매월은 선군이 숙영을 데리고 온 후 자신을 돌보지 않자 질투를 느끼고, 하인 돌쇠와 공모하여 숙영 낭자가 정절을 지키지 않았다는 누명을 씌운다. 과거 급제 후 한림이 되어 돌아온 선군은 매월과 그 공범인 돌쇠를 찾아내어 자백을 받은 후 처단하는데, 숙영의 가슴에 꽂힌 칼을 선군이 뽑았을 때 가슴에서 나온 청조(靑鳥) 세 마리가 범인의 이름을 알려주는 이본도 있다.

악인을 징치하는 것만큼 원혼을 달래주는 것도 중요한 일이다. 숙영은 선군의 꿈에 피투성이의 원혼으로 나타나 억울한 죽음을 하소연한다. 선군이 '제문(祭文)'을 지어 제를 지내고 나서 숙영이 다시 살아나는 것은, 그녀의 억울함이 공식적인 절차를 통해 해소된다는 의미이다. "남녀 사이에 일어나는 누명은 인간의 예삿일"이라고 말하는 백 상공의 태도에 대응하여, 숙영은 인간적 자존을 지키고 부조리한 현실에 항거할 수 있는 방법으로 자결을 선택했다고 볼 수 있다. 요컨대 〈숙영낭자전〉은 조선 후기 시집살이의 문제, 가부장에 의한 핍박, 여성 정절의 문제 등 가정 내의 현실적 갈등을 원혼의 문제를 통해 드러내고 있다.

〈숙영낭자전〉의 큰 특이점 중 하나는 이본에 따른 후반부 내용의 차이이다. 고본(古本)으로 추정되는 필사본들의 경우 대체로 선군과 숙영이 아이들을 데리고 승천하여 천상의 세계로 환원한다는 내용으로 끝맺는다. 또 숙영의 죽음 이후에 행해지는 장례의 유무가 필사본과 판각본, 활자본을 가르는 중요한 기준이 된다. 숙영이 다시 살아난 이후 시부모와의 동거 여부, 임 소저와 선군의 혼인 여부 등도 이본 유형을 분류하는 데 중요한 요소이다.

그중 숙영 낭자가 자결하고 나서 시댁을 벗어나 옥연동이라는 제 3의 공간에서 수장된 후 재생한다는 설정은 문제적이다. 이 과정을 통해 시댁과의 관계 설정이 새롭게 이루어지기 때문이다. 옥연동은 천상과 지상 모두와 거리가 있는 공간으로, 숙영의 정체성이 유지되는 공간이기도 하다.

서사 전개에서 중요한 공간인 옥연동을 여성적 상상력이 발휘된 공간, 여성의 세계관이 투영된 공간, 여성 해방의 공간 등으로 파악하는 연구도 있다. 숙영이 옥연동에서 재생 후 선군과 자식들을 데리고 이곳에서 생활한다는 내용의 이본도 있는 것으로 보아, 옥연동은 억압을 극복하고 사랑을 추구하려는 의지가 담긴 공간이라 할 수 있다. 이는 빈소에서 바로 재생하여 시부모와 함께 행복한(?) 결말을 맺는 경판본이나 활자본과는 달리 당대의 결혼 관습이나 여성이 처한 현실에 대한 강한 비판 의식을 드러내는 것이다.

즉 결말의 차이는 시집살이하는 여성이 갈등을 정면으로 돌파한 후 미래를 고민하는 전망의 문제라는 측면에서 중요하다. 이본에 따라서는 숙영이 다시 살아난 후 백 상공 부부를 일정 기간 모시다가 승천하거나, 선군이 임 소저까지 아내로 맞아 부모를 봉양한다는 보수적인 이념이나 세속적 가치를 옹호하는 내용도 있다. 이처럼 숙영 낭자의 죽음과 재생에 관한 서사는 그것을 둘러싼 가치관의 대립과 세계관의 대결, 여성 수난에 대한 공감을 보여주고 있다는 점에서 큰 의의가 있다.

—

소설에서 판소리로 - 인기의 증거

—

최근의 연구에 따르면 〈숙영낭자전〉은 필사본 140여 종, 경판본 3종, 활자본 4종, 창본 4종 등 이본이 150여 종을 넘는다. 이렇게 많은 이본이 존재한다는 것은 〈숙영낭자전〉에 대한 독자들의 관심이 대단했다는 것을 말해준다. 그리고 이본이 발생한다는 것은 독자층이 적극적으로 이야기 변개에 나섰다는 것이고, 특히 여성 독자층의 호응이 매우 높았다는 것을 의미한다.

소설 〈숙영낭자전〉의 높은 인기는 다른 장르로 변용되는 데에 추동력이 되었다. 판소리 〈숙영낭자전〉, 즉 〈숙영낭자타령〉은 대부분의 연구자들이 소설을 판소리화한 것으로 본다. 송만재의 〈관우희〉(1843)에서는 언급되지 않지만, 정노식의 《조선창극사》(1940)에서는 열두 마당의 하나로 헌종 - 고종 연간의 명창 전해종이 잘 불렀다고 한 것으로 보아 19세기 초 중반 무렵 판소리로 존재했음을 알 수 있다. 20세기 초 정정렬과 이후 몇몇 창자들에 의해 소리가 다시 구성되어 불렸으나, 19세기 당시의 소리가 전승되지는 못했던 것으로 보인다. 20세기 이후의 창본을 검토해 보면, 소설 내용의 몇 부분을 선택적으로 재구성하여 특정 부분을 확장해서 서술했고, 기존의 판소리 사설들을 원용하거나 새로운 사설을 창작하기도 했다. 요컨대 판소리 〈숙영낭자전〉은 19세기 판소리 전성기에 저변을 확대하기 위해서 소설이 가진 인기를 이용했다고 보는 것이 타당하다. 〈적벽가〉와 마찬가지로 독자에게 인기 있는 소설을 모태로 창작되었지만 흥행에는 실패했다. 판소리로서의 밀도 있는 구성이 결여되어 있고, 갈등 과정 자체의 서사적 형상화가 부족했던 것으로 보인다. 이러한 이유로 이 작품은 판소리 레퍼토리의 형성과 전개 과정 연구에 중요한 단초가 된다.

19세기에 큰 인기를 끌었던 연행 장르인 판소리로 불렸다는 사실 자체가 〈숙영낭자전〉의 인기를 말해준다. 〈숙영낭자전〉은 1930년대부터 현재에 이르기까지 공연물로 발표되기도 했다. 최근에는 〈숙영낭자전을 읽다〉라는 극중극 형태의 연극이 공연되어 큰 호응을 얻었고, 국립창극단의 창극 〈숙영낭자전〉도 공연되고 있다. 영화로는 1928년(감독 이경손)과 1956년(감독 신현호) 두 차례 제작되어 개봉된 적이 있다.

이처럼 〈숙영낭자전〉이 끊임없이 독자들의 호응을 얻고 재생산되는 이유는 무엇일까? 주인공들의 열정적 사랑이 주는 재미와 감동 때문일까, 아니면 친숙하고 흥미 있는 여러 화소가 등장하는 대중적 성격 때문일까? 〈숙영낭자전〉은 남녀의 사랑과 시련 극복에 대한 공감을 통해 지금도 생명력을 유지하는 귀중한 고전 텍스트라고 할 수 있다. 또 소설의 향유와 독자들의 적극적 참여, 조선 후기 다른 소설과의 관련성 및 여타 여러 장르에 미친 영향이 큰 문학작품이라는 데에 의의와 가치가 있다.

– 이주영

참고 문헌

이상구 옮김, 《숙향전·숙영낭자전》, 문학동네, 2010.

황패강 역주, 《숙향전·숙영낭자전·옥단춘전》, 고려대학교 민족문화연구소, 1995.

김선현, 〈〈숙영낭자전〉과 여성적 상상력〉, 《한국어와 문화》 18, 숙명여자대학교 한국어문화연구소, 2015.

김일렬, 〈도선적 신비 속의 역사적 현실 – 〈숙영낭자전〉의 경우〉, 《어문논총》 29, 경북어문학회, 1995.

김종철, 《판소리의 정서와 미학 – 창을 잃은 판소리를 중심으로》, 역사비평사, 1996.

서유석, 〈고소설에 나타나는 여성적 공간과 장소의 의미 연구 – 〈숙영낭자전〉의 '옥련동'을 중심으로〉, 《어문논집》 58, 중앙어문학회, 2014.

이유경, 〈'낭만적 사랑 이야기'로서의 〈숙영낭자전〉 연구〉, 《고전문학과 교육》 28, 한국고전문학교육학회, 2014.

이지하, 〈〈숙영낭자전〉의 성속(聖俗) 갈등과 그 의미〉, 《한국문화》 72, 서울대학교 규장각한국학연구원, 2015.

제6장

국문장편소설

국문장편소설은 장편이라는 분량이 중요한 갈래적 변별 자질이 된다. 그것은 내용상 종적으로 누대에 걸친 서사로 확대되고 횡적으로 가문 간 문제로 확대되면서 수많은 등장인물들이 부딪치고 갈등하는 서사 전개 방식을 취하고 있기 때문이다. 한 가문의 여러 대에 걸친 흥망성쇠 이야기나 여러 가문 간 결혼을 통해 벌어지는 갈등과 사건을 다룬 장편 분량의 작품이 많기에 '가문소설', '대하장편소설'로도 불린다.

한국 서사문학의 기본 구조 중 하나라 할 '삼대 이야기'를 바탕으로 하되,

주제 면에서 충효열과 같은 유교 이데올로기 구현을 통한 중세적 질서 회복 의지와 가문 창달에 집중한다. 이런 점에서 가문소설은 상층 지식인의 이념 지향적 논리를 합리화하기 위한 목적문학으로서의 성격이 강하다. 내용 면에서 유형적 반복을 통해 서사가 전개된다. 비슷한 유형의 서사를 반복함으로써 이것이 소위 '단위 이야기'로서 장편의 서사를 가능케 하는 주요 동력이 된다. 여러 명의 주인공이 등장하여 여러 가지 이야기를 동시에 펼쳐나가는 방식을 취하는 가운데, 문벌이 대단한 상층 귀족 출신의 복수의 남녀 주인공이 서로 얽히면서 다양한 종류의 갈등을 빚어낸다.

이런 장편소설을 즐겨 읽었던 이들은 사대부가와 궁중의 여성들이었다. 18세기 들어 화폐경제가 발전하면서 서적 대여를 통한 책의 상업적 유통이 가능해졌다. 그러한 사회 환경에서 독서할 여가가 있는 여성 독자들의 한글본 독서가 확대되면서 세책 소설을 즐겨 읽게 된 것이 한몫을 했다. 교양을 넓히고 가정 내 예의 규범과 가문 구성원 간의 올바른 행동과 태도 교육을 위한 교양서로서 여성들에게 널리 권장되기도 했다.

17세기 말에 등장한 〈소현성록〉과 그 연작들, 최장편인 〈완월회맹연〉(180책), 그리고 19세기 들어 통속화한 국문장편소설 〈하진양문록〉의 독특한 작품 세계를 맛볼 수 있게 될 것이다.

17세기 가문주의의 소설적 형상

소씨 가문 번영의 기록, 〈소현성록〉 연작

—

공이 살아 있을 때의 별호가 현성선생이었던 까닭에 첫머리 제목은 '소현성록'으로, 자손의 이야기는 별도의 제목을 써서 '소씨삼대록'이라고 했다. 여러 권 이야기를 지어 세상에 전하는 것은 대개 사람의 어미 되어서는 공의 모친 양씨 같고 자식이 되어서는 공처럼 효도하기를 권하는 까닭이다. 아, 이 이야기를 본다면 방탕하고 무식하여 부모를 생각지 않는 불효자라고 해도 느끼는 바가 없을 수 있겠는가? 경오 18년 기을 7월 13일에 포 학사와 여 상서가 천자의 명을 받들어 〈현성록〉을 지었으니 길이 전해지기를 바란다.

송대(宋代)를 배경으로 하는 〈소현성록〉 연작의 서두에는 위와 같은 내용의 〈소승상 본전별서〉가 들어 있다. 주인공인 소현성 사후에 인종 황제가 학사 포증과 여이간 등에게 그 행적을 기록하게 하자, 포증과 여이간이 그의 집에 가 문서를 얻어 그가 태어난 일부터 죽은 일까지를 꼼꼼히 비교하여 기록하고 자식들의 이야기를 추가하여 〈소현성록〉 연작을 지었다는 것이다.

이를 보면 송대에 소현성이라는 인물이 실존했는가 하는 의문을 갖게 된다. 저작의 구체적인 연도와 날짜까지 제시되고 있기 때문에 더욱 그러하다. 또 이화여자대학교 소장본*의 경우 작품의 마지막에 〈유문성 자운산 몽유록〉이라는 부기(附記)가 실려 있는데, 명나라 공신 유기가 산수를 유람하다가 자운산에 이르러 졸았는데 꿈에서 소현성의 아들인 소운성을 만나 〈소현성록〉의 행방을 알게 되고, 이를 옮겨 써서 세상에 전하게 된다는 내용이 보인다. 이 또한 실전(實傳)인 듯한 인상을 준다. 그러나 이 작품은 송대의 명문거족이자 충신 가문의 기록을 허구적으로 상상해 본 것이다. 그럼에도 실제 있었던 이야기로 읽히기 위한 의도적 장치라고 할 수 있다.

〈소현성록〉, 〈소씨삼대록〉으로 이어지는 〈소현성록〉 연작은 옥소(玉所) 권섭(1671~1759)의 모친인 용인 이씨가 이 작품을 필사하여 장자에게 상속하도록 했다는 기록이 남아 있다. 용인 이씨의 필사 시기를 근거로 하면 17세기 후반 이전에 창작된 것으로 추정된다. 17세기는 양란 이

• 〈소현성록〉 연작은 총 16종의 이본이 남아 있는데, 이중 완질(完帙)로는 이화여자대학교 소장본 (15권 15책), 서울대학교 규장각 소장본(21권 21책), 서울대학교 소장본(26권 26책), 박순호 소장본(16권 16책), 국립중앙도서관본(4권 4책)이 있다. 이중 선본(先本)이자 선본(善本)으로 인정되는 이본은 이화여자대학교 소장본으로, 내부 표제가 권1부터 권4까지는 '소현성록'으로, 권5부터 권15까지는 '소시삼딕록'으로 되어 있으며, 전자를 본전(本傳), 그 이후를 별전(別傳)으로 지칭하고 있다. 여기에서는 이화여대 소장본을 대상 텍스트로 한다.

후 혼란스러운 사회상의 재편 과정에서 가부장적인 가족제도가 확립된 시기이다. 가부장제는 가문 의식 혹은 문벌 의식의 강화를 기반으로 한다. 〈소현성록〉 연작이 소현성이라는 한 개인의 영웅적 일대기에서 끝나지 않고 그의 자식들인 10자 5녀의 이야기를 연작으로 구성한 것은, 이와 같은 가문 중심의 사회상과 긴밀하다고 할 수 있다. 한 가문의 회복과 번영에 대한 정밀한 기록의 양식 역시 이와 같은 사회상에 부합하는 소설적 대응이라고 할 수 있다.

용인 이씨의 필사 기록에서 알 수 있듯이, 〈소현성록〉 연작의 향유에 상층 가문의 여성들이 존재한다는 것도 사회상과 관련된다. 상층 여성들이 적극적으로 필사하고 돌려 읽을 수 있으려면, 자신들의 삶을 핍진하게 담고 있다는 흥미 요소도 중요하지만, 규방 속 여성들에 대한 교훈서나 수신서로서의 역할이 무엇보다 중요한데, 이때 교훈이나 수신의 내용은 결국 가문 유지와 번영을 위한 여성의 덕목이기 때문이다.

이처럼 〈소현성록〉 연작은 17세기 사회상의 변동 속에서, 텍스트 내적으로나 외적으로 상층 가문의 가문 의식과 가문 번영에 대한 염원을 적극적으로 반영하고 있는 작품이라고 할 수 있다.

—

소현성의 가장 되기와 가문의 회복, 〈소현성록〉

—

소현성이 태어나기 전 아버지 소광이 죽음으로써 소부(소씨 가문이 거처하는 공간)는 가부장이 부재하는 상황에 놓인다. 이 때문에 유복자로 태어난 소현성의 성장 과정은 그야말로 가부장의 공백을 메울 '새 가장 되기'라고 해도 과언이 아니다. 실제 어려서부터 수신(修身)에 전념하며 홀로 계신 어머니 양씨에게 지극한 효성을 보이는 등 이상적인 사대부의 면모를 보이면서 소부의 가장으로 성장하게 된다.

소현성이 가장의 역할을 맡기 힘든 어린 시기에는 그 어머니 양씨가 가장의 역할을 대리하는데, 무엇보다 자식들을 엄격하게 훈육하는 모습이 두드러진다. 둘째 딸 교영에게 사약을 주어 자살하게 한 사건이 대표적이다. 교영은 시가(媤家)가 간신의 참소로 역적으로 몰려 모두 죽임을 당하는 화를 입고 서주로 유배를 가게 되는데, 그곳에서 유장이라는 사람을 사귀어 3년간 동거한다. 이를 알게 된 양씨는 교영에게 사약을 주어 자살하게 함으로써 가문의 명예를 지킨다.

교영이 아뢰었다.

"제가 비록 잘못했지만 어머니께서는 남은 목숨을 용서해 주세요."

그러자 부인이 꾸짖었다.

"네가 스스로 네 몸을 생각해 본다면 다른 사람이 죽으라고 재촉할 때까지 기다리지도 않을 것이다. 하물며 그렇거든 무슨 면목으로 '용서' 두 글자를 입 밖에 내느냐? 내 자식은 이렇지 않을 것이니 내게 어미라 부르지 마라. 네가 비록 유배지에서는 약해서 절개를 잃었다지만 돌아오게 되어서는 그 남자를 거절했어야 옳거늘, 문득 서로 만나자고 언약하고 사는 곳을 가르쳐주어 여기까지 찾아왔으니 이는 나를 흙이나 나무토막 같이 여기는 것이다. 내가 비록 일개 여자이지만 자식은 처단할 것이니 이런 더러운 것을 집안에 두겠느냐? 네가 비록 구천(九泉)에 가더라도 이생과 아버지를 무슨 낯으로 보겠느냐?"

말을 마치고 약을 빨리 마시라고 재촉하며 교영에게 먹이니 월영이 머리를 두드리며 애걸하고 석파 등이 계단 아래에서 무릎을 꿇은 채로 슬피

빌며 살려주기를 바랐다. 그러나 부인의 노기가 등등하고 기세가 매서워 겨울바람 부는 하늘에 걸린 찬 달 같았다. 소생은 눈물이 비단 도포에 젖어 자리에 고였지만 입을 닫고 애원하는 말은 한마디도 입 밖에 내지 않으니 그 속뜻을 알 수가 없었다. 양 태부인은 소월영과 석파 등을 앞뒤에서 부축하여 들어가게 하고 그들의 청을 끝내 들어주지 않은 채 교영을 죽였다.

양씨는 절개를 지키지 못하고도 자결하지 않고 용서를 구하는 교영에게 여성이 지녀야 할 절개의 덕목을 들어 야단친 후 주위의 만류에도 불구하고 교영을 죽인다. 그리고 그 시신을 시가인 이씨 가문의 선산은 물론 친정인 소씨 가문의 선산에도 묻지 못하게 한다. 이와 같은 양씨의 모습은 실절(失節)한 딸에 대한 어머니의 어쩔 수 없는 선택이라는 평가를 받는 동시에, 가부장적 남성의 목소리를 내면화한 여가장의 여성에 대한 폭력이라는 평가를 받기도 한다.

이후 양씨는 한미한 가문을 일으키기 위해서는 유복자인 소현성이 벼슬길에 나아가 번듯한 가문의 딸과 혼인을 올려야 한다고 생각했다. 그래서 소현성이 단 한 번 기생과 어울린 일에 대해서도 엄하게 꾸짖고 몸가짐을 경계하도록 한다. 실제 소현성은 이 일이 있은 후 더욱 수신(修身)에 힘쓰며 더 이상 흐트러진 모습을 보이지 않는다.

소현성은 과거 급제 후에 화씨와 혼인을 하지만 천성이 여색을 좋아하지 않아 화씨와의 관계가 그리 좋지 않았다. 그러자 집안에서 다시 석씨를 부인으로 맞이한다. 이에 화씨는 석씨를 투기하지만, 소현성이 화씨와 석씨 두 부인을 공평하게 대하고 집안일을 화씨에게 전임하자 화씨의 투기심이 누그러진다. 이때 다시 황제의 명에 따라 여씨를 부인으로 맞이하게 되는데, 소현성이 세 부인의 침소에 공평하게 들면서 고루 잘 다스리지만, 여씨는 석씨의 아름다움을 질투해 석씨를 모해한다. 여씨는 개용단(改容丹)*이라는 약을 먹고 석씨로 변신하여 음욕을 드러내는데, 이를 오해한 소현성은 석씨를 친정으로 쫓아낸다. 하지만 그런 후에도 소현성이 자신을 멀리하자 다시 개용단을 먹고 이번에는 화씨로 변신해 소현성을 유혹하여 소현성이 화씨를 멀리하도록 만든다. 이후 소현성이 친지들로부터 개용단의 이야기를 듣고 모든 것이 여씨의 음모임을 알게 된다. 이에 소현성은 여씨를 본가로 내보내고 석씨를 다시 데려온다.

이 일화는 소현성이 비록 잠시 개용단에 미혹되기는 했지만, 가장으로서 사건의 진위를 가려 정당하게 가사를 처리하고 있음을 드러내는 것이다. 그러나 이 일로 소현성은 장인인 여추밀의 모함을 받아 강주 안찰사로 가게 된다. 강주는 땅이 험하고 인심이 거칠어 도적이 자주 출몰하는 곳으로, 소현성에게 가문 외부적으로 주어진 첫 번째 시련이자 위기라고 할 수 있다. 이처럼 가문소설에서는 가문 내적인 갈등과 가문 외적인 갈등이 긴밀히 교직되면서 가문 내의 선인과 악인, 가문 외의 충신과 간신의 행적이 궤를 같이하는 경우가 일반적이다. 동시에 이런 위기는 곧 주인공이 공적인 영역에서 위상을 높일 수 있는 기회가 된다. 실제 소현성은 소란한 민심을 수습하고 사방의 적들을 평정하여 황제로부터 예부상서를 제수받는다.

이처럼 소현성의 일대기를 중심으로 하는 〈소현성록〉은 소광의 유복자로 태어난 소현성이 아버지가 없는 가문의 가장으로서 권위를 확보하고,

---

* 얼굴을 다른 사람 얼굴로 바꾸는 약을 말하며, '여의개용단'이라고도 한다. 이런 약이 실제로 존재했으리라 보기는 어렵지만 국문장편소설에서 악인의 모해와 관련하여 자주 등장한다.

승상이라는 지위에 올라 몰락한 가문을 회복하는 과정을 그리고 있다. 이 과정에서 무엇보다 소현성의 도덕군자형 인물상을 강조하여 이상적 사대부상, 나아가 이상적 가부장상을 제시하고 있다. 또한 한 남성과 여러 여성의 혼인이 이루어지면서 일부다처제의 여성 현실이 핍진하게 나타나고 있으나, 가문의 질서를 혼란하게 하는 문제 여성에 대한 징치를 통해 결국 가부장제가 요구하는 여성의 도리와 규범에 대한 지향을 드러내고 있다.

—

소운성의 성장기와 가문의 부흥, 〈소씨삼대록〉

—

소현성의 10자 5녀인 소씨 삼대(三代) 이야기를 중심으로 전개되는 〈소씨삼대록〉에서도 소현성은 집안의 어른으로서 혼인을 주선하고 자식들의 기강을 잡는 등 중심 역할을 하고 있다. 또한 가문 외적으로는 황제를 보필하고, 백성들에게 선정을 베풀며, 운남의 반란을 진압하는 공을 세우기도 한다. 이런 상황에서 삼대의 인물 가운데 소현성과 대등한 인물로 부상하는 이가 바로 둘째 부인 석씨의 장자 소운성이다.

소운성은 8세에 《육도삼략》을 한 번 본 후 서너 달 만에 병법을 터득하고, 3년 동안 만 권의 책을 읽어 문무를 겸비할 정도로 빼어나게 영리했다. 하지만 성격이 호방하고 방탕하여 아버지 소현성의 염려와 경계의 대상이 된다. 소운성의 이런 면모는 그가 10세 때 자신에게 앵혈(鸎血)•을 찍

• 앵혈은 원래 '처녀의 팔에 꾀꼬리의 피로 문신한 자국'을 이르는 말이다. 성교를 하면 이것이 없어진다고 하여 순결 여부를 확인하는 징표로 삼았다고 한다.

고 놀리는 석파(할아버지의 첩)에게 앙갚음하기 위해 석파의 양녀인 12세의 소영을 겁탈하는 사건에서 단적으로 드러난다.

> 운성이 석파를 미워하며 마음속으로 웃으며 말했다.
> "내가 당당히 소영을 첩으로 삼아 앵혈을 없앨 것이다."
> 몸을 낮게 하여 난간에 와서 소영을 옆에 끼고 동산에 이르러 소영을 위협하며 말했다.
> "네가 만약 소리 내어 발악하면 부친께 고하고 너를 죽일 것이다."
> 소영이 두려워 소리를 못 내니, 운성이 기뻐하며 친압(親狎)하고 나서 당부하여 말했다.
> "너는 조금도 이를 발설하려는 마음을 먹지 마라. 내가 나중에 너를 첩으로 삼겠다."
> 말을 마치자 몹시 웃고는 자기 팔을 보았다. 앵혈이 없기에 환희하며 서당으로 들어갔다.

놀림에 대한 앙갚음으로 한 집안의 여성을 겁탈하는 행위나 그 이후에 아무 일도 없었던 것처럼 웃으면서 돌아가는 모습은 매우 문제적으로 보인다. 그러나 소영에게 이 사실을 들은 석파 또한 놀라고 어이없어 하면서도 소운성이 아버지에게 크게 혼날 수 있으니 발설하지 말라고 한 후 결국 소현성에게는 알리지 못한다. 서술자 또한 "운성의 행실이 이같이 지나치고 얄미운 데가 있었다." 정도의 서술에서 그치고 있다. 여성 겁탈이라는 폭력적 사건이 호방함과 방탕함이라는 남성적 성품으로 변호되고 어릴 때의 치기 정도로 덮어지고 있는 것이다.

14세가 되면서 풍모와 지략을 겸비하게 된 소운성은 참정(參政) 형옥의 집을 방문했다가 우연히 형씨를 본 후 상사병에 걸려 형씨와 혼인하지만, 황제의 명으로 형씨를 친정으로 돌려보내고 명현공주의 부마가 된다. 명현공주는 우연히 황제전에서 글을 쓰고 있는 학사 소운성에게 반하여 스스로 소운성을 남편감으로 정한 것이다. 그런데 명현공주의 이러한 행동은 순종적이고 법도에 맞는 행동을 하는 여성이 최고라는 가치관을 가진 소운성에게 처음부터 반발의 대상이 될 뿐이다. 여기에 더해 명현공주가 자신의 권력을 내세워 형씨를 쫓아내기 위해 온갖 모해와 불의한 사건을 일으키자 소운성의 냉대는 더욱 심해진다. 결국 자신의 뜻을 이루지 못한 명현공주는 화병에 걸려 앵혈이 남은 채로 죽지만, 소운성은 기뻐하며 황제에게 부마 직을 거두기를 청하여 허락받고 공주의 처소인 명현궁을 아예 허물어버린다. 소운성의 행위는 지나치게 편벽되고 차갑지만 이 또한 명현공주의 심각한 악행에 의해 정당화되고 있다.

소운성과 명현공주의 이 같은 갈등 서사는 일종의 공주혼 서사에 해당한다. 공주와 일반 가문의 남성이 혼인하는 공주혼은, 〈소현성록〉 연작과 같이 정혼자가 있는 남성에게 늑혼(勒婚, 억지로 하는 혼인) 유형의 사혼은지(賜婚恩旨, 혼인을 명하는 임금의 뜻)가 내려진다. 그리고 공주가 먼저 혼인한 후에 정혼자가 재실로 들어오는 경우에 그 갈등의 양상이 더욱 심각하다. 이는 물론 부부 갈등의 한 양상이지만, 공주와 일반 가문의 남성 간 혼인이라는 점에서 왕권과 신권(臣權)의 대결과 갈등이라는 측면이 부각되고 있다. 〈소현성록〉 연작의 경우 명현공주의 혼인 과정에서 일단 왕권이 우세하고 이 때문에 소씨 가문이 흔들린다. 하지만 이후 명현공주를 다스리는 과정에서 황제가 가부장인 소현성에게 그 처분을 전적으로 맡김으로써 왕권보다 가문과 가부장권의 권위가 더 중시된다. 결국 공주혼 서사를 통해서도 조정의 권력보다 가문의 위상이 중시되는 가문주의를 드러내고 있는 것이다.

이와 같은 가문 내적 위기를 극복한 후 소운성은 아버지 소현성을 도와 변방의 난을 평정하는 공을 세우고, 소현성을 대신해 진왕 작위를 받는다. 소현성이 죽고 난 후에도 첫째 형인 소운경을 대신해 소씨 가문의 구심점 역할을 하면서 가장의 자리를 물려받는다.

이처럼 〈소씨삼대록〉은 소현성의 10자 5녀 가운데 특히 소운성의 성장과 성공기를 통해 소씨 가문의 부흥과 번영을 보여주고 있다. 특히 공주혼 서사를 통해 가문주의를 강하게 드러낸다. 또한 다소 비현실적이었던 도덕군자형 가장 소현성과는 다른 영웅호걸형 가장 소운성을 만들어내고 있다. 소운성은 문무에 뛰어난 영웅이면서도 성격이 자유분방하고 호방하며 무엇보다 남성적인 욕망을 여과 없이 드러낸다. 이는 새로운 가장의 모습일 뿐 아니라 17세기의 다른 소설 속 남성 캐릭터에서 볼 수 없었던 유형이기도 하다. 다만 그의 남성적인 매력에 가려진 여성들에 대한 정신적·물리적 억압과 폭력은 분명 짚고 넘어가야 할 것이다.

—

한국적 가족 서사의 효시

—

〈소현성록〉 연작은 같은 17세기 작품인 〈구운몽〉, 〈사씨남정기〉, 〈창선감의록〉에 비해 가문 의식이 강화된 본격 가문소설이자 그 분량 또한 거질(巨帙)의 장편화를 이루었다는 점에서 동시대 소설사에서 중요한 위치를 차지한다. 무엇보다 그 이후 본격적으로 창작되고 향유된 '가문소설', '장편가문소설', 혹은 '국문장편소설'이라 불리는 일군의 작품들이 양산되는 데 토대가 되는 작품으로, 그야말로 국문장편소설의 효시이자 전범이라 할 수 있다.

〈소현성록〉연작은 '소광 – 소현성 – 소현성의 아들 – 소현성의 손자'에 이르는 4대에 걸친 이야기로, 본전에서 소광 사후 소현성의 일대기를 다루고, 별전에서 그 차세대들의 일대기를 다루고 있다. '할아버지 – 아버지 – 아들' 혹은 '아버지 – 아들 – 손자'로 이어지는 삼대기(三代記)는 〈단군신화〉의 '환인 – 환웅 – 단군', 〈주몽신화〉의 '해모수 – 주몽 – 유리' 등에서 원형적인 모습을 보여주고 있는 한국적인 서사의 한 양상이라고 할 수 있다. 이러한 원형 서사가 본격적인 가족 서사의 모습으로 완성된 것이 〈소현성록〉연작이다. 이후 창작된 일군의 국문장편소설들도 기본적으로 삼대기의 양식을 계승하고 있으며, 전후편의 연작으로 이루어졌다. 전편은 인물 중심의 제명(題名)으로, 후편은 'O씨삼대록'의 제명으로 이루어진 작품들, 즉 〈유효공선행록〉·〈유씨삼대록〉, 〈현몽쌍룡기〉·〈조씨삼대록〉, 〈성현공숙열기〉·〈임씨삼대록〉 등은 '삼대록계 소설'이라는 하위 유형으로 존재하고 있다. 〈소현성록〉·〈소씨삼대록〉 연작은 이런 삼대록계 유형의 효시이기도 하다.

〈소현성록〉연작은 소현성과 소운성이라는 두 남성 가장의 일대기를 각각 축으로 하고 있지만, 그 축을 돌리는 동력은 소씨 가문에 시집온 여성 인물과 여성들의 삶이라고 할 수 있다. 가장인 남편이 부재한 상황에서 가문을 회복하기 위해 가장 역할을 하면서 자식들을 엄준하게 훈육하고, 아들 소현성을 가문 내외적으로 명실상부한 소씨 가문의 가부장으로 만들었으며, 자식들과 손자들의 혼인 등 대소사에서 대모로서의 면모를 보이면서 115세까지 살다가 죽은 소현성의 어머니 양씨와 그녀의 삶이 대표적이라고 할 수 있다. 또한 시어머니 양씨를 중심으로 며느리와 그 딸 등 여성들의 일상이 사실적으로 그려지고 있다. 여성들이 한담을 나누면서 차를 마시는 장면, 그림을 그리는 등 문화생활을 하는 모습, 경대 앞에서 화장을 하는 모습 등 다양한 일상이 반복적이고 구체적으로 나타난다. 이와 함께 결혼한 여성이 다양한 가족 관계 속에서 어떻게 처신해야 하는가를 악한 여성에 대한 징치나 선한 여성에 대한 찬사 등을 통해 제시하고 있다. 이처럼 규방이라는 한정된 공간에 처할 수밖에 없는 여성의 삶과 일상을 중심으로 하고 있다는 점에서, 또한 복잡다단한 여성 현실에 대한 선명한 상상적 지침을 제시한다는 점에서 〈소현성록〉 연작은 사대부가의 부녀자를 중심으로 교훈적인 읽을거리로써 향유되었을 것으로 추정된다.

가족의 이야기는 가족이 존재하는 한 여전히 많은 사람의 관심사가 될 것이다. 요즘 방송되는 드라마들도 다양한 외피들을 걸러내고 나면, 그 내피에는 가족이 있다고 해도 과언이 아니다. 또한 가슴 따뜻한 가족 드라마뿐 아니라 막장 드라마도 가족 드라마이긴 마찬가지이다. 여전히 가족 드라마의 주요 갈등은 가족 내부에 있으며, 갈등의 연쇄 가운데서도 가족의 일상이 잔잔하게 다루어진다. 이는 현대소설도 마찬가지이다. 이런 점에서 비록 조선 시대와 21세기 한국이라는 시간적 거리와 가문주의와 개인주의라는 문화적 거리가 존재하지만, 〈소현성록〉 연작이 들려주는 가족 이야기는 현대 가족 이야기의 원천이 되고 동시에 다시 재현되고 있다고 할 수 있다.

– 탁원정

참고 문헌

조혜란·정선희·최수현·허순우 옮김,《소현성록》1~4, 소명출판, 2010.

지연숙 옮김,《소현성록》, 문학동네, 2015.

박영희, 〈〈소현성록〉 연작 연구〉, 이화여자대학교 박사학위논문, 1993.

정서희, 〈고전소설의 주인공: 영웅호걸형 가장의 시원(始原) - 〈소현성록〉의 소운성〉,
《고소설연구》 32, 한국고소설학회, 2011.

정창권, 〈〈소현성록〉의 여성주의적 성격과 의의 - 장편 규방소설의 형성과 관련하여〉,
《고소설연구》 4, 한국고소설학회, 1998.

조혜란, 〈〈소현성록〉 연작의 서술과 서사적 지향에 대한 연구〉,《한국고전연구》통권 13,
한국고전연구학회, 2006.

二 그때 드라마 사회

조선판 180부작 대하드라마

낙선재 궁인들의 베스트셀러, 〈완월회맹연〉

—

조선 헌종이 후궁 경빈 김씨에게 지어준 창덕궁 낙선재에 소장돼 있던 궁중소설 84종 2000여 책이 발굴 소개되면서, 조선 시대 궁중의 사람들이 어떤 소설을 읽었을까 하는 궁금증이 일정 부분 해소되었다. 주로 궁중 여인들이 읽었을 것으로 추정되는 '낙선재본' 소설들은, 주로 3~4대에 걸친 상류층 가문 내부의 이야기를 담고 있어 방대한 분량을 이루고 있는데, 그중 가장 긴 작품이 바로 180권 180책에 달하는 〈완월회맹연(玩月會盟宴)〉이다.

낙선재본 소설의 창작자는 몰락한 사대부나 재주 있는 여성으로, 궁 밖에서 창작된 소설을 들여와 상궁 등이 필사했을 것으로 추정된다. 〈완월회맹연〉의 경우도 조재삼의 《송남잡지》에 "〈완월회맹연〉은 안겸제의 어머니가 지은 것인데, 궁중에 흘려보내 명성과 영예를 넓히고자 했다"는 기록이 있어 안겸제의 모친 전주 이씨(1694~1743)의 작으로 추정되기도 한다. 그러나 그 방대한 분량과 각 권 서술 등의 차이로 인해 전주 이씨를 중심으로 하여 그 주변의 여성들이 함께 참여해 창작했을, 집단 창작의 가능성도 제기되고 있다.

〈완월회맹연〉은 정씨 가문의 4대에 걸친 이야기로, 작품 초반에 제1대 인물인 정한의 생일잔치가 열리는데, 그 자리에서 집안의 계후자(繼後子, 대를 잇게 할 양자)가 결정되고, 친분 있는 가문들이 모여 겹겹이 혼약하게 된다. '달이 빛나는 밤의 잔치에서 한 약속' 정도로 풀이할 수 있는 제명은 여기에서 비롯된 것이다. 그리고 이날 혼약을 한 여러 주인공은 이후 수많은 고난과 장애 속에서도 결국엔 부부로서의 연분을 맺게 되는데, 작품의 주된 서사는 이 과정에서 나타나는 혼인 과정의 장애와 혼인 이후의 갈등을 다루고 있다.

요즘 드라마 속에는 어김없이 재벌가가 등장한다. 시청자들은 "또 재벌 이야기인가" 하며 식상하다는 반응을 보이지만, 그것도 잠시일 뿐 결국은 재벌이라는 거대한 가족 관계 속 복잡다단한 갈등과 사건에 빠져들고, 그 속에서 나타나는 재벌가의 일상사에 대리 만족을 느끼기도 한다. 또한 매회 유사한 사건과 갈등이 반복되지만 마지막 장면의 예고편에 목말라하며 다음 방영 시간이 되면 어김없이 다시 텔레비전 앞에 앉는다. 〈완월회맹연〉은 텔레비전이 없던 조선 시대에 이런 재벌가 소재 드라마의 역할을 했던 작품이라고 할 수 있다. 정씨 가문이라고 하는 명문거족을 중심 가문으로 하면서, 혼인으로 비롯되는 가족 관계의 심각한 갈등부터 이를 이완하는 일상사까지 다루어지고, 이것이 매 권마다 일정하게 반복되고 있으며, 180권으로 나뉘는 매 권의 마지막에 다음 권의 내용을 궁금하게 하는 극적인 장치가 나타난다는 점에서 그러하다. 또한 현대의 시청자들은 재벌가의 이야기를 다룬 드라마를 보면서 자신들의 일상을 한순간이나마 벗어나는 해방감을 느끼게 되는데, 궁중이라는 폐쇄적이고 한정된 공간 안에서 생활해야 했던 궁중 여인들도 명문거족 집안의 복잡다단한 사건 사고와 그들의 일상이 180권이라는 방대한 분량 속에서 흥미롭게 전개되는 〈완월회맹연〉을 보는 순간만큼은 답답하고 지루한 궁중 생활을 잠시나마 잊을 수 있었을 것이다.

〈완월회맹연〉의 방대한 분량은 어쩌면 이야기가 끝나지 않기를 바라는 궁중 여인들의 욕구가 반영된 결과일지 모른다. 그런 점에서 〈완월회맹연〉은 궁중 여인들이 밤마다 기다리던 조선판 드라마이자, 누구나 할 것 없이 빠져들어 읽었던 열독의 대상이었다고 할 수 있겠다.

복잡다단한 인간관계의 자극적 형상화

〈완월회맹연〉은 180권에 달하는 방대한 분량 안에서 인간관계 속 복잡다단한 갈등들을 구체적인 사건과 인물의 심리 묘사 등을 통해 형상화하고 있다. 〈완월회맹연〉 전체에서 가장 두드러진 갈등은 두 가지인데, 하나는 정씨 가문의 계후자 정인성과 계모 소교완 사이에서 벌어지는 '계후 갈등'이고, 다른 하나는 정의롭고 당찬 사위 정인광과 권력과 부귀에 아첨하는 소인형 장인인 장헌 사이에서 벌어지는 '옹서(翁婿, 장인과 사위) 갈등'이다.

먼저, 계후 갈등은 정씨 가문의 장자인 정잠에게 아들이 없자 아우 정삼의 쌍둥이 아들 중 정인성을 계후자로 정하고 양아들로 받아들인 상태에서, 첫째 부인 사후(死後)에 들인 둘째 부인 소교완이 쌍둥이 아들 정인중과 정인웅을 낳게 되면서 이미 계후자로 정해진 정인성을 없애려는 갖은 음모를 꾸미는 가운데 발생하게 된다. 쌍둥이 형제까지 낳았는데도 양자가 계후자가 된다는 상황은 소교완의 입장에서 매우 억울할 수 있다. 그러나 계후 갈등의 당사자인 정인성뿐만 아니라 그의 아내인 이자염에게도 혹독한 학대를 가하고, 그 와중에 정인성 부부로 하여금 몇 번의 죽을 고비를 맞게 하는 모습은 분명 지나친 것이며, 이로 인해 소교완은 작품 전반에서 가장 악독한 여성 인물이 된다.

이와 같은 소교완의 학대와 폭력 속에서도 정인성 부부는 소교완을 원망하지 않고 오히려 효심을 다하여 소교완을 봉양하고 묵묵히 고통을 인내한다. 남편인 정인성은 이런 상황에서 많은 양의 피를 토하는 토혈(吐血) 증상을 자주 보이고, 부인인 이자염은 독약인 줄 알면서도 마지못해 먹고는 해독약을 복용해 죽을 위기를 모면하는 모습이 여러 차례 나타난다. 특히 이자염은 철편으로 혹독하게 맞아 거의 숨이 끊어져가는 상황에서 단도로 얼굴 가죽이 벗겨지고 독약이 입에 넣어진 후 후원의 연못에 버려지는 극도의 참혹한 지경에 처하기도 한다.

흥미로운 것은 이와 같은 악독한 폭력과 학대를 가하는 소교완 자신도 정인성 부부에 대한 미움 때문에 육체적·심리적 고통을 겪는다는 점이다. 정인성의 뛰어난 인물됨과 자질, 그리고 지독히 괴롭히는 자신에게 지극한 효성을 보이는 모습은 소교완의 미움을 더욱 증대시켜, 차라리 자신이 죽어 정인성 부부를 죄인으로 만들 생각까지 할 정도로 강박적인 모습을 보인다. 또한 육체적으로도, 분함과 억울함에 피를 토하고 혼절하거나 심각한 등창으로 죽기 직전에 이르는 등 심각한 양상을 보인다. 특히 등창의 원인이 독기가 오장육부에 사무쳐 생긴 것이라 하여, 온몸에 난 종기를 터뜨려 그녀의 병근(病根)을 없애고자 하는 종기 제거 시술이 남편인 정잠 주도하에 이루어지는데, 이 장면은 〈완월회맹연〉 전체에서 치료 과정이 가장 상세하고 적나라하게 그려진 부분이라고 할 수 있다.

> 상국 정잠이 일일이 가르쳐 종기의 뿌리를 다 뽑아내고 뼈를 긁어 소독할 때, 예부상서 조세창은 본래 신기한 술법이 전설적으로 의술이 뛰어난 인물인 기백과 훤원보다 못함이 없어 눈이 남달리 밝으며 손이 빠른 것도 보통과는 다른 모습이었다. 큰아버지의 가르치심을 따라 뼈를 긁어내기를 한참 하니 신기하게도 독혈(毒血)이 낭자하게 흘렀다. 살을 찢고 뼈를 긁어내기를 다 하자 흰 뼈가 분명하게 드러나니, 소 부인이 비록 독하지만 결국은 규중의 잔약한 부인이라 갑자기 정신을 잃고 쓰러져 생기가 전혀 없었다.

가족들의 극진한 치료로 인해 병이 나아가는 과정에서, 소교완은 꿈에서 아들 정인웅의 수명을 단축시키겠다는 옥황상제의 명을 듣고 놀라 깬 후 그간 저지른 자신의 죄과에 대해 참회하는 모습을 보이고 이후 이들의 갈등은 완화된다.

〈완월회맹연〉의 또 다른 주요 갈등인 옹서 갈등은, 경박하고 부귀와 권세를 좇는 장헌이 정씨 가문에서 입은 은혜를 배반하고 정인광과 혼약한 딸 장성완까지 경태 황제의 후궁으로 들여보내려 했던 것에 대해, 강직하고 불의를 참지 못하는 정인광이 이를 적대시하고 함부로 대하는 과정에서 발생한다. 이러한 갈등 관계는 옹서 간에만 유지되지 않고 정인광과 장성완 간의 부부 갈등으로 확대·심화된다.

옹서 갈등의 경우도 전반적으로 심각한 양상을 보이지만, 장헌과 정인광의 갈등 상황에서는 장헌의 인물됨 때문에 벌어지는 해프닝으로 인해 긴장이 완화되는 측면이 나타나기도 한다. 혼인 전 정인광이 장헌의 첩으로 들어가게 된 사촌 누나 정월염을 대신해 여장을 한 채 장헌의 첩 노릇을 하는 상황이 대표적이다. 평소 유난히 여색을 밝히던 장헌은 여장한 미인 정인광에게 반해 육체관계를 가지려고 하지만 정인광이 차가운 태도로 일관하자 서운해하는 등 진정 아름다운 여성에 빠져든 모습을 보여줄 뿐 아니라, 장성완을 경태 황제의 후궁으로 보내는 일까지 여장한 정인광에게 의논하고 있어, 이를 지켜보는 정인광은 물론 독자에게까지 웃음거리가 되고 있다.

이렇게 질색하는 인물인 장헌을 속임수로 인해 장인으로 모시게 되는 상황에서, 부친의 엄명에 의해 장인에게 예의를 갖출 수밖에 없었던 정인광의 분노는 부인인 장성완과의 불화, 엄밀히 말해 철저한 박대로 이어진다. 남편인 정인광으로부터 지속적으로 모욕과 냉대를 당하는 장성완 역시 계후 갈등의 당사자들처럼 다양한 병증을 보인다. 먼저 장성완은 남편 정인광을 보기만 하면 심리적으로 매우 불안해한다.

장 부인 성완이 개인 처소에 물러나오자 본래 불평한 기운이 있던 차에 병부상서 정인광의 거동을 대하니 불안함이 더해져서 베갯머리에 머리를 기대고 한번 누우니 통증이 더 심해질 뿐 아니라 스스로 자신의 신세를 한탄하여 마음속 걱정이 한가득하여 병약한 몸에 결국 아침 문안을 불참하게 되었다.

장성완은 이후에도 정인광이 잘못을 지적하거나 자결하라고 독촉하며 막말을 퍼부을 때마다 그릇이 넘칠 정도로 피를 토하는 모습을 보인다.

정인광의 분노를 피해 친정에 와 있으면서도 하루에 한 번 미음도 능히 넘기지 못하고 각혈하는 위중한 병세를 보이며, 이후 임신한 상태에서도 병세는 점점 위중해진다.

정인광은 아버지 정삼의 병구완 명령에도 장성완을 간병하기는커녕 밤새 잠만 자다 새벽이 되면 침소 밖으로 나가는 등 싸늘한 태도를 보인다. 그러던 정인광은 후에 장성완이 시어머니인 화 부인의 병구완을 위해 추운 겨울밤 후원의 산에 올라 피로 글을 지어 화 부인의 병을 자신의 목숨으로 대신하기를 기원한 일을 알고 그에 감복하여 그녀에 대한 냉대와 폭력을 자제하면서 갈등은 해소된다.

이와 같은 핵심 갈등의 씨줄에 그 밖의 가족 관계 속 갈등이나 가문 외적인 정치적 갈등 등이 날줄로 교직되면서 〈완월회맹연〉은 복잡다단한 인간관계의 전모를 형상화하고 있다. 또한 소교완의 미움과 학대, 장헌의 추잡함과 비루함, 정인광의 무시와 몰인정함 등 날것 그대로의 인간상을 자극적인 설정과 묘사를 통해 드러내고 있다.

―

상층 가문의 일상과 비일상을 생생히 엿보다

―

정씨 가문 사람들의 일상은 집안의 최고 어른인 서 태부인에게 아침 문안을 드리는 것으로 시작해, 저녁을 먹은 후 다시 서 태부인의 침소에 모여 저녁 문안을 드리는 것으로 마무리된다고 할 수 있다. 이런 공통된 일상 외에 남성들이 주로 외부 사람을 대접하는 공간인 대서헌, 계취정 등에 모여 한담하거나 명광헌, 청심헌 등에서 술을 먹거나 함께 잠을 자는 것으로 되어 있다. 여성들도 백자당이라는 공간에 모여 함께 쉬는 모습이 나타나지만, 남성들이 자신들만의 여유로운 시간을 주로 갖는 데 비해, 여성들은 하루 종일 시어른을 모시거나 침선과 방적, 음식 만들기 등의 집안일을 하는 것으로 되어 있으며, 친정에 가서 부모를 뵙는 근친(覲親)을 할 때나 이런 일과에서 벗어날 수 있다.

또한 〈완월회맹연〉은 당대 최고 귀족이자 벌열 가문 출신 인물들의 서사를 다루는 만큼, 등장인물들이 모두 주자가례에 의한 관혼상제를 일상생활에서 그대로 구현한다. 특히 그 가운데 상례(喪禮)는 서사에서 가장 빈번하게 등장하며 절차 또한 구체적으로 제시된다. 다음은 소 처사의 상례를 치루는 과정에 대한 대화를 원문 그대로 인용한 것이다.

"범간 치상(治喪)이 운명(殞命)하매 수시(隨時)하여 이윽고 습(襲)하고 명일(明日)에 염(殮)하고 우명일(又明日)에 입관(入棺) 성빈(成殯)하고 제사일(第四日)에 성복(成服)하는 바로대, 이는 벌써 일이 고이하여 날이 많이 어기었으니 금야(今夜)에 아주 염하고 명일에 입관하미 열위(列位) 제사의 소견은 어떠하니잇고."

위 인용문에 의하면, 사람이 죽으면 먼저 습을 한 후 다음 날에 염을 하고, 그다음 날에 입관을 하고 빈소를 차리며, 4일째 되는 날에 성복을 한다. 이는 실제로 《증보사례편람》에 나오는 상례 절차와 일치한다. 〈완월회맹연〉에서 당대에 실제로 행해지던 상례 절차가 그대로 반영되고 있음을 알 수 있다.

그런가 하면 남성과 여성 공히 사서삼경(四書三經)을 비롯한 다양한 분야의 학문 수양에 힘써 지식이 매우 뛰어난 인물들로 그려지는데, 아버지가 없는 가문에서 가장 역할을 하는 서 태부인이 교육자이자 스승으로서 큰 역할을 하는 것으로 나타난다. 다음은 서 태부인이 자신의 박학다식함을 유가(儒家) 덕목으로 녹여내어 아들들을 개유(開諭)하는 모습이다.

> 태부인이 말했다. "민자건과 복자하는 성문(聖門)의 학자였으나 부모의 삼년상을 마치니 원금 이가하여 절절히 슬퍼하고 간간이 즐겨 선왕의 예를 '불감불이애(不敢不已愛)'라 하니 공자께서 가라사대 군자로다 하시고, 자공(子貢)이 육 년간 상을 지낸 데 대해서는 공자께서 '취하지 않는다' 하시니, 무릇 슬퍼함은 절도가 있고 거상(居喪)함에는 도가 있느니라. 너희가 이제 돌아가신 아버지의 삼년상을 마치고 상복을 벗으니 지극한 슬픔이 어찌 처음 상을 당했을 때와 다르리오마는, 오늘 육즙을 먹는 것을 공맹(孔孟)께 여쭈어도 그르다 하지 않으실 것이다. 모름지기 고집하지 말라."

여성들의 경우에는 여성 규훈서인 〈열녀전〉이나 〈여훈〉, 〈여계〉 등을 익히는 모습이 일상적으로 나타나며, 아이를 가졌을 때는 특별히 성녀(聖女)의 태교법을 강조하고 있다. 이와 같은 수학(修學)의 여가에, 기국(碁局)이라고 하는 바둑을 두거나 투호(投壺)라고 하여 화살을 단지에 달린 귀에 던져 넣는 놀이를 여흥으로 즐기는 모습도 나타난다.

이와 같은 일상 사이사이에 집 안팎으로 사건 사고가 발생해 일상을 흔들기도 한다. 먼저, 정잠이나 정인광 같은 주요 남성 인물이 오랑캐를 진압하기 위해 북쪽 변방으로 떠나 정부 일가가 온통 근심에 싸이게 되는데, 이때 천문(天文)과 상수학(象數學)에 능한 여가장 서 태부인은 점을 쳐서 정잠이 돌아올 날을 미리 알고 집안을 안심시키기도 한다.

집안의 사건 사고는 남성과 여성이 다소 다른 모습으로 나타난다. 남성들은 주로 가사를 잘 다스리지 못하거나 방탕한 행동을 했을 때 매를 몇십 대씩 심하게 맞고 몸저눕는 모습이 빈번하게 나타나며, 상처가 너무 심해 창독(瘡毒)이 생겼을 때 고약을 발라 상처를 치료하는 모습도 나타난다. 여성들의 경우, 한 남성과 여러 여성이 결합하는 과정에서 여성 간 질투나 모해의 사건 사고가 주로 일어난다. 이때 요약(妖藥)을 활용하는 삽화가 자주 나타나는데, '미혼단'이나 '개용단' 등은 다른 국문장편소설에도 종종 등장하지만, 여의개용단·적색환혼단·환장변성단·흑색소혼단 등의 요약들은 〈완월회맹연〉에서만 등장하며 사건을 훨씬 복잡하고 다채롭게 만들고 있다. '미혼단'은 먹으면 정신이 흐려져 사리 분별을 잘 못하게 만드는 요약으로, 집안 어른을 미혹시켜 악인이 하고 싶은 대로 악행을 저지를 수 있게 하는 데 활용되고, '개용단'은 원하는 사람의 외모로 바뀌게 하는 요약으로, 대개 악인형 인물이 선인형 인물로 변신한 다음 잘못을 저질러서 선인형 인물이 누명을 쓰게 만드는 수법으로 활용된다. 그런가 하면 이런 일이 발각되거나 다른 죄를 지었을 때 여성 인물들은 집안의 가법에 따라 누실(陋室)이나 누옥(陋屋)이라 불리는 공간에 갇혀 지내는 벌을 받는다.

이처럼 〈완월회맹연〉에는 상층 가문의 다양한 일상사와 비일상사가 혼효(混淆)되어 나타나고 있으며, 180권이라는 방대한 분량 속에서 이를 구체적이고 생생하게 엿볼 수 있다.

—

다양한 인간 군상과 심리에 대한 고전 탐구서

—

〈완월회맹연〉은 180권에 달하는 이야기 속에서 대략 140여 명의 인물들의 복잡다단한 관계와 갈등을 통해 인생사의 전면을 드러내고 있다. 사건의 대강이나 줄거리만 보면 현대판 막장 드라마보다 더하다는 평가를 받을 수 있지만, 〈완월회맹연〉은 가족, 가문 구성원들의 애정과 갈등, 욕망과 좌절, 다양한 인간상 등을 총망라하여 보여주는 대하소설이다. 실제 작품 속에는 인간 심리와 성격 등에 대한 묘사와 복잡한 설정이 섬세하게 나타난다.

〈완월회맹연〉은 특히 여성 인물의 현실, 욕망과 심리 등에 대한 묘사가 섬세한 작품으로, 여성 정감을 잘 드러낸 대표적인 서양 소설로 인정받는 제인 오스틴의 〈오만과 편견〉에 못지않은 소설이라고 할 수 있다. 특히 6권 전체가 정씨 가문의 여가장이었던 서 태부인이 자식을 잃은 후의 심리를 묘사하는 것으로 되어 있을 정도로 여성 심리 묘사에 공을 들이고 있다. 실제 서 태부인이 언니인 범 부인을 만나 이런저런 가문의 일들을 처리하면서 겪은 심정을 토로한 부분은 그녀에 대한 이해와 공감을 자아내기 충분하다.

"부귀와 영복이 있다 한들 이러한 미망 인생에 어찌 즐거움이 있겠습니까. 자손이 어질고 효성스러워 제 일신을 괴롭게 아니 하였으나, 스스로 족함을 알지 못하여 그러한지 근심이 놓인 적이 없고 아끼던 며느리 양씨를 잃었으니 젊은 아이를 먼저 떠나보낸 슬픔이 여러 세월 동안 병이 되고, 조카 흠을 영원히 이별하니 그 또한 그지없는 슬픔으로 친자식과 무엇이 다르겠습니까. 지난 일들이 괴롭고 즐거운 바가 극에 달아 슬픔과 기쁨이 서로 어긋나니 육십 인생에 괴로움이 심합니다. 어렵고 힘들었던 날들에 골몰해 있는 것이 아니오, 하늘에 사무치는 설움이 슬픈 것이 아니로되, 아이들을 잃는 것이 너무 잦고 집안에 괴이한 일들이 연속

으로 일어나니 저의 이 미천한 몸이 편히 있을 수 있다 해도 무엇이 편하
겠습니까. 쓸데없이 오래 사는 것이 마침내 욕된 일이 될 것입니다."

그런가 하면, 자신의 자식이 아닌 양자에게 계후 자리를 내주어야만 하
는 상황에서 극악한 계모의 모습을 보이는 소교완이라는 인물의 복잡하
고 강박증적인 심리 묘사도 그녀의 악행을 인간적인 관점에서 재고해 보
게 한다. 이 밖에도 장성완 같은 여성 인물이 남편과의 사이에서 나타내
는 극도의 불안과 공포 등의 심리를 섬세하게 묘사함으로써 한층 공감과
접근이 용이해진다. 또한 이들의 현실과 그에 대응하는 방식들이, 한 집안
의 딸이었다가 다른 집안의 며느리가 되고 아이들의 어머니를 거쳐 시어
머니나 친정어머니로 살아가야 하는 한국 여성 특유의 존재 방식에서 비
롯되고 있다는 점에서, 여전히 유사한 삶을 살아가는 한국 여성의 정서나
감성에 오히려 더 잘 부합되는 여성소설이라고 할 수 있을 것이다.
　대를 이를 아들이 없어 양자를 들였으나 이후 자신의 혈육이 태어나는
애매한 상황에 처해서도 여전히 양자를 고집할 수밖에 없었던 가장 정잠
의 고뇌, 가문의 대를 이을 양자로 들어간 이후 불화하는 양아버지와 양
어머니 사이에서 자신을 한없이 낮출 수밖에 없었던 정인성의 아픔, 소인
배인 장인에 대한 증오로 일부러 아내에게 폭력을 행사했던 정인광의 딜
레마 같은 남성 인물들의 복잡다단한 심리 또한 여전히 가족 관계 속에서
배회하는 현내 한국 남성의 그것과 겹쳐진다. 그런가 하면 중심 가문의
주변에 연쇄되어 있는 다른 가문이나 공적인 영역에 관계된 인물들과의
다양한 이해관계와 그 속에서 비롯되는 처신의 방법 등은 가정을 벗어난
일반적인 인간관계에도 적용되기에 충분하다.
　이런 점에서 〈완월회맹연〉은 조선 시대에 창작된 소설이지만, 그 속에

담긴 다양한 인간 군상과 그들의 심리에 대한 섬세하고 생생한 분석으로 인해, 현대인에게도 인간과 인간관계에 대한 이해에 유효한 고전 탐구서가 될 수 있을 것이다.

- 탁원정

참고 문헌

김진세 역주, 《완월회맹연》1~12, 서울대학교 출판부, 1987~1994.

정병설, 〈〈완월회맹연〉 연구〉, 서울대학교 박사학위논문, 1997.

정창권, 〈조선 후기 장편 여성소설 연구 - 〈완월회맹연〉을 중심으로〉, 고려대학교 박사학위논문, 2000.

탁원정, 〈국문장편소설 〈완월회맹연〉에 나타난 여성 인물의 병과 그 의미 - 소교완, 이자염, 장성완을 대상으로〉, 《문학치료연구》 40, 한국문학치료학회, 2016.

한길연, 《조선 후기 대하소설의 다층적 세계》, 소명출판, 2009.

三
애정을 갈구하는 남성 영웅과
도덕군자인 여성 영웅

19세기에 유행한 국문장편소설
—

김태준의 《조선소설사》(1933)에서는 〈하진양문록(河陳兩門錄)〉에 대해 "영·정조 시대의 소설 항목에 배치되고, 번안물"이라고 했는데, 이에 대한 근거는 밝히지 않았다. 필사기(筆寫記)를 통해 볼 때 적어도 19세기 전반에는 작품이 존재했으리라고 추론되기 때문에, 창작 시기는 18세기 말이나 19세기 초로 여겨진다.

〈하신양문록〉은 하씨와 진씨 두 가문에 얽힌 이야기로, 19세기에 20여 종의 이본을 남긴 것에서 알 수 있듯이 인기를 끌었던 국문장편소설이다. 제목은 가문소설처럼 보이지만, 일반 가문소설이 가문의 여러 세대에 걸친 이야기인 것과 달리 이 작품은 여성영웅소설이면서 남녀 주인공의 애정 갈등에 주목한다는 특징을 지닌다. 중국을 배경으로 한 고소설에서 이

만큼 남녀 주인공의 개성이 뚜렷한 작품은 없을 것이라 평가되기도 한다. 김태준은 〈임화정연(林花鄭延)〉과 함께 당시 '가장 인기를 끈 작품'일 것이라 언급하기도 했다.

그렇게 인기를 끈 이유는 아마도 여성의 사회적 한계에 대해 문제시하고 남성에 종속되어 있는 현실에 반대되는 여성과 남성 인물을 창출함으로써 독자에게 문제의식과 웃음을 선사했기 때문일 것이다. 여자가 남자를 추종하는 것이 아니라 남자가 여자를 줄곧 못 잊어 쫓아다닌다든지, 여주인공이 남장을 하고 남주인공과 우정을 나눈다는 설정은 당시 현실에서는 가능하지 않은 것으로서, 여성 독자의 감성을 자극했을 것이다. 하희지의 원비(元妃) 윤씨의 소생인 옥윤과 백화는 선한 인물이고 계비(繼妃) 주씨의 소생인 교주와 영화·등화는 악한 인물이라고 하여, 적서의 차별을 공고히 하고 선악의 차이로 연결시키는 방식에서는 보수적 태도를 취하고 있다. 그러나 남녀 문제를 다루는 데서는 기존의 여필종부 관념을 탈피하여 관계를 역전시킨다.

주인공인 하재옥과 진세백은 본래 둘 다 신선이었다. 둘은 세상에 나가고 싶은 마음이 일었던 탓에 옥황상제에게 벌을 받아 인간 세상으로 적강하여 고난을 겪고 부부가 되는 운명에 처한다. 이때 남녀의 성별은 바둑의 승패로써 결정된다. 이렇게 남녀의 성 구별이 우연히 결정된 것이고 본질은 동일하다는 설정은 남존여비라는 현실 관념에 의문을 제기한다. 둘의 바둑 실력이 현격하게 차이가 나지도 않았고 다른 능력의 차이도 보이지 않았다. 우연한 승패로 남녀 구분이 되었기 때문에 한 쪽이 다른 쪽의 결정에 따라야 하는 관계에 놓이는 것이 불만일 수밖에 없다. 이 관계가 작품 내 모든 여성에게 해당되는 것이 아니라 여주인공이라는 특정 인물에 국한된 설정이라는 면에서 남녀 관계로 일반화하기는 어렵다. 그러나 삼종지도(三從之道)가 엄연한 윤리로 자리매김하고 있는 상황에서 특출한 주인공이 아니라면 거기서 벗어나는 상황을 만들기 어려운 것일 테고, 서사 과정 속에서 여필종부 관념에 대한 문제의식을 지속적으로 보여주고 있다는 점에서 주목할 만하다. 이 작품 이외에도 〈홍계월전〉이나 〈이대봉전〉 등 남성보다 뛰어난 여성을 다루는 일군의 작품이 존재한다는 점에서 또한 일회적인 흥미에 그치는 것이 아니라 남녀 관계에 대한 사회적 의식의 변화를 보여주는 것으로 해석할 수 있다.

—

남성 영웅보다 우위에 선 여주인공

—

여주인공 '하옥윤'은 자살을 시도했다가 도사의 도움으로 살아나서 선계(仙界)에서 얼마간 지내다가, 다시 인간 세상으로 나와서는 '하재옥'이라고 이름을 바꿔 남자 행세를 한다. '하옥윤'에서 '하재옥'으로의 변화는 단순한 이름의 변화가 아니라, 일반적인 여성에서 그와는 다른 지향을 가진 인물로의 변화를 나타낸다. 자신의 본적이 탄로난 이후에도 '하재옥'이라는 이름을 유지하게 되는 것은 그러한 이유 때문일 것이다.

여주인공이 변화하는 방향은 '남성보다 우위에 서기'라고 할 수 있다. 하재옥으로 이름을 바꾸어 세상으로 돌아와서는 장원급제를 한 후 원수가 되어 문무 양면에서 이름을 떨친다. 남주인공 '진세백'은 천하의 기남자이지만 하재옥에 비하면 한 수 아래이다. 하재옥은 원수가 되어 부원수인 진세백을 지휘하는가 하면, 진세백이 홀로 출전하여 위태로운 상황에 놓이자 그를 위기에서 구출하여 승전하게 만들고, 마지못해 두게 된 바둑에서도 그를 능가한다. 이렇게 남자보다 뛰어난 여성의 설정은 여성영웅소설의 계보를 잇는 것이다.

하재옥의 두 번째 특징은 '성관계의 거부'이다. 하재옥은 진세백에게 자신의 정체가 탄로난 뒤 합방을 애걸하는 진세백을 거절하고, 나아가 결혼하고 나서도 성관계 갖기를 거절한다. 결국 아이를 낳기는 하지만 하재옥은 결코 성관계를 원하지 않았다. 애걸하는 진세백과 귀찮아하는 하재옥의 모습은, 이본 간의 차이가 있기는 하지만 공통적으로 나타나는 부분으로 독자의 웃음을 자아내기에 충분하다. 성관계의 거부는 가문소설 〈옥원재합기연〉과 〈창란호연록〉 등에서 이미 활용된 바 있다. 국문장편소설에서 일반적으로 남성 인물의 애정 욕망이 긍정되는 반면 여성 인물의 애정 욕망은 철저하게 부정된다. 여성영웅소설에서도 여주인공은 대단히 적극적이고 능동적인 주체이면서도 애정에 관해서는 수동적이고 비주체적으로 형상화된다. 하재옥과 진세백의 성에 대한 태도는 이러한 조선 시대 여성들의 은폐된 애정 욕망이 발현된 것이다.

하재옥의 세 번째 특징은 신선 세계를 추구한다는 점이다. 자살을 감행하다가 선계로 가게 된 옥윤은 '성선'으로 이름을 바꾸고 인간 영욕(榮辱)을 사절하며 수련한다. 그러한 하씨가 세상으로 돌아오게 된 이유는 아버지와 동생이 유배되어 곤핍한 상황에 처했기 때문이다. 세상에서 하재옥은 누구도 능가할 수 없는 재능을 발휘하며 인신(人臣)으로서는 최고의 명예를 누리지만, 아버지와 동생의 역명(逆名)을 벗긴 후 신선 세계로 돌아간다. 그러나 하재옥은 다시 인간세계로 돌아오게 되는데, 그것은 진세백의 목숨이 경각에 달렸고 더불어 황후의 위치가 위험한 지경에 놓이게 되었기 때문이다. 하재옥은 그 두 가지 문제를 해결하고는 선계로 돌아가려 하지만, 진세백이 놓아주지 않아 결국 돌아가지 못한다.

가문의 문제나 황궁의 문제 모두 가부장의 편애와 무능함으로 벌어진 일이고 그것을 해결하는 주체가 여성이라는 점에서, 가부장적 사회질서를 문제시한다는 해석이 가능하다. 하재옥이 최고의 남성보다 뛰어난 능력을 발휘하며, 성관계를 거절하고, 선계에 가고자 하는 이유는 '봉건적인 여성의 처지를 거부'하는 데 있다. '삼종(三從)'이 으뜸이라고 하던 하옥윤과 달리, 하재옥은 남편을 봉양하는 여성의 처지가 달갑지 않음을 토로한다. 이로써 볼 때 하재옥이 추구하는 것은 남성과 동등한 위치이다. 인간 세상에 염증을 느끼는 이유도 자신이 여성이기 때문이며, 인간 세상에서는 불평등한 상황을 벗어날 수 없기 때문에 선계를 갈망하는 것이다. 하재옥은 그렇게 선계를 갈망하지만 결국 인간세계를 벗어나지 못한다. 진세백이 붙든 것에도 원인이 있지만, 그것보다는 하재옥 자신이 인간관계를 사절하지 못했기 때문이다. 아버지와 헤어지면서, 때가 되면 자주 왕래하여 부녀가 상봉할 날이 있을 것이라고 말한 것을 보면, 하재옥은 인간관계를 떨쳐버리지 못했다. 부녀 관계를 부정하지 않은 상태에서 선계를 추구한다는 것은, 신선의 도를 닦기 위함이라기보다는 '여필종부'가 없는 상황에 대한 갈망을 드러내는 것이다. 이러한 해석과 달리 하재옥이 세속적 가치 자체를 부정한다고 해석하기도 한다.

진세백과 구별되는 하재옥의 특성 가운데 하나는 '윤리성'이다. 진세백은 하재옥을 상대로 할 때 윤리보다는 감정이 앞서는 행위들을 곧잘 보인다. 예를 들면, 하영화 형제자매의 계략을 피할 때 하옥윤을 설득하기 위해 예의를 무시하고 하옥윤의 방으로 들어가 미주 대하고, 하재옥의 정체를 파악하고 나서는 하재옥을 겁탈하려고 하는 등 윤리에 어긋나는 행위를 하곤 한다. 그러나 하재옥은 전혀 윤리를 벗어나지 않는다. 오직 결혼 이후에도 성관계를 갖지 않는다는 점이 윤리에 어긋난다면 어긋날 뿐이다. 이렇게 윤리를 강조하는 이유는 진세백으로 대표되는 남자의 경우 윤리를 어느 정도 벗어나도 지위에 변화가 없으나 그렇지 않은 여자로서는 자신의 존엄성을 지키기 위한 유일한 방도가 되기 때문이다. 윤리성을 절 대시한다는 점도, 하재옥의 신선 추구가 '인간 세상과의 절연을 기본으로 한 도(道)의 추구'가 아니라는 점을 드러낸다. 이러한 특성에 대해, 여군자 로서의 삶이 목적이고 여성 영웅으로서의 삶은 수단이었다고 해석하기 도 한다.

여주인공 하씨는 세 개의 이름이 있으니, 아버지가 지어준 하옥윤, 스스 로 지은 하재옥, 그리고 선계와의 접점인 법선관에서 받은 '성선'이 그것 이다. 이 세 개의 이름은 곧 하씨가 감당하고 조율해야 할 세 가지 삶의 길 을 의미하는데, 이들이 상호 배타적으로 분리될 수 없이 겹쳐 있다는 점 에서 이는 세 겹의 중층적 삶을 표상한다. 그것은 태생적인 여성으로서의 삶, 스스로 요청한 남성의 외피를 두른 삶, 그리고 자기 운명의 기원이자 궁극적 지향점이기도 한 선계의 삶이라는 영역이다. 이에 관한 서사화 과 정은 독자에게 한 인물에 투영된 다면적 정체성과 '정체성의 조율'이 갖 는 생의 의미를 사유할 기회를 제공한다. 남성과 여성의 성적 차이를 의 식하면서 다중적 정체성을 보유한 인물을 새롭게 창안하여 성품과 자질, 능력의 차원에서 존경할 만한 여성상을 보여줌으로써 당대 독자들에게 새로운 여성상을 제안한 것이다.

―

귀족 여성을 대상으로 한 장편소설로서의 특징

―

〈하진양문록〉은 영웅소설의 일대기 구조와 달리, 주인공이 공적을 세운 이후에 마무리되지 않고 계속해서 고난이 발생한다. 이는 다른 영웅소설과 달리 애정 양상에 더 관심을 두기 때문이다. 갈등의 양상으로 삼각 갈등이 반복된다는 특징이 있다. 하옥윤은 아버지 하희지의 뜻에 따라 진세백과 인연을 맺는데, 여기에 교주가 개입하여 갈등을 일으킨다. 뒤에는 진세백과 하재옥 사이에 명선공주가 개입하여 갈등을 일으킨다. 이러한 삼각 갈등은 송 태종·정궁·장 귀비의 갈등, 송 태종·정궁·조 첩여의 갈등 등에서도 발견되듯 여러 차례 내용만 바뀌어 반복된다.

이 작품이 장편화되는 방식으로는 우선 동일 유형 및 동일 사건의 반복을 꼽을 수 있다. 예를 들어, 장 귀비가 황후의 필적을 모사하여 벽사(辟邪)를 행한 사건, 조 첩여의 꽃놀이 사건 등은 궁중에서 후궁이 황후에게 도전한 사건이라는 점에서 동일하다. 그리고 간주 자사와 노주 자사의 반란, 서촉 왕과 서융 왕의 관서 반란, 관동 절도사 백윤과 허창후의 관동 반란, 운남 왕과 교지 왕의 반란 등은 반란 세력을 주인공이 물리치는 군담이라는 점에서 동일하다.

효(孝)에 관한 담론이 지속적으로 전개된다는 해석도 이런 측면에서 거론될 수 있다. 효 담론은 효와 정절의 긴장 관계, 효와 애정의 긴장 관계를 통해서 구현된다. 먼저 효와 정절의 긴장 관계는 아버지와 가문을 위해 효를 내세우는 하옥윤과 혼인하기 위해 정절을 내세우는 진세백의 갈등으로 구현된다. 효와 정절 논쟁은 명선공주와 혼인하여 임금의 명을 따르라고 주장하는 하재옥과 이전에 약속한 것이 중요하다고 결혼할 것을 주장하는 진세백의 충절 논쟁 등으로 변개되기도 한다. 효와 정절의 긴장 관계는 하재옥과 진세백의 혼인 후에 효와 애정의 긴장 관계로 대체된다. 이 긴장 관계는 친정 가문에 대한 효를 내세우는 하재옥과 부부간의 애정을 중시하는 진세백의 갈등으로 구현되어 작품 결말부까지 팽팽하게 유지된다. 그 과정에서 예(禮)와 애정의 긴장 관계로 변개되기도 한다.

서술 면에서 보이는 장황한 대화 역시 주요한 특징이다. 예를 들어, 하재옥이 선관(仙館)에서 나와 남장하고 도로에 있다가 진세백을 만나 같이 거처하게 되는데, 진세백이 하재옥에게 지난날을 토로하는 장면이 러시아본의 경우 7권에서 4장에 걸쳐 길게 이어진다. 이어서 하재옥이 진세백과 교유할 때 진세백이 날이 저물도록 돌아가지 않고 대화하는 장면이 러시아본 9권에서 5장에 걸쳐 서술된다. 둘의 대화는 19권에서도 5장, 22권에서도 6장에 걸쳐 나타나는 등 이러한 예는 여러 곳에서 발견되는데, 대중화를 염두에 둔 세책본이나 활자본에서는 대폭 축소되는 부분이기도 하다. 사건의 흐름보다는 감정과 분위기의 공유를 중시하는 이런 장황한 대화는 그것을 향유할 만한 시간이 있었던 귀족 여성의 취향이라고 볼 수 있다.

이본 간의 차이

〈하진양문록〉의 이본을 정리하면 크게 셋으로 구분된다. 개인 필사본인 '러시아 동방학연구소 소장본, 장서각본과 국민대 소장본', 세책 필사본인 '동양문고 소장본', 그리고 활자본이 있다. 러시아본은 다른 이본들보다 분량이 많고 맥락이 자연스럽다. 러시아본도 완전하지는 않지만 필사자의 몇몇 오류를 제외하면 서사의 흐름이 온전하고 주제 의식이 명확하다.

개인 필사본은 여성 중심적 주제 의식이 강하게 드러나고, 세책 필사본과 활자본은 주제 의식이 대중적으로 희석되는 양상을 보인다. 문장 서술에서는, 세책 필사본이 개인 필사본보다 대체로 생략된 표현이 많다. 그런데 간혹 생략하면 안 되는 부분이 빠져서 문맥이 부자연스러운 경우도 있다. 주제 의식이 명확하고 문장 흐름이 자연스럽다는 점에 근거하여 개인 필사본이 세책 필사본보다 앞서는 것으로 본다. 필사 연도를 보면, 동양문고본 〈하진양문록〉의 '세무신(歲戊申)'은 1908년으로 추정된다. 동양문고본과 거의 동일한 고려대본은 경자년에 필사되었다는 기록이 있는데, 경자년은 1900년인 것으로 추정된다. 낙선재본과 러시아본도 무신년에 필사했다는 기록이 있는데, 세책 필사본보다 선행한다는 판단에 따라 그 저본의 필사 시기는 1848년으로 추정한다.

〈하진양문록〉은 남성을 희화화하고 여성을 우위에 서게 하는 인물 관계를 보여준다. 이러한 기본적 틀을 공유하지만 이본들 간에 의미 있는 차이를 보이기도 한다. 일례로 진세백이 운남으로 정벌하러 가기 전에 부인을 대하는 모습을 들 수 있다. 러시아본에서는 진세백이 태몽을 꾸고는 군영(軍營)을 몰래 빠져나와서 자기 집의 담장을 뛰어넘어 들어가고, 하재옥에게 가서는 부인의 꾸지람을 무릅쓰고 잠자리를 청하고, 날이 밝아서도 떠날 뜻이 없다가 부인의 꾸지람과 재촉에 못 이겨 군영으로 돌아가 출정한다. 이 대목이 아주 장황하게 서술되면서 진세백은 예의염치를 돌보지 않는 인물로 폄하되고 있다. 이에 비해 동양문고본의 서술은 꽤 다르다. 진세백은 출전을 앞둔 장수로서 아내와 이별하는 모습이 예의에 어긋나지 않고, 중대한 상황이니만큼 긴장한 모습도 보여준다. 활자본은 동양문고본과 유사하다.

러시아본과 비교하면 동양문고본에서 남성 폄하를 약화시킨 예는 하나둘이 아니다. 러시아본에서는 남성을 탈권위적인 귀여운 모습으로까지 형상화하는데, 이는 다분히 여성적인 취향으로 보인다. 예를 들어, 하재옥이 옷시중을 들지 않자 진세백이 화가 나서 종일토록 누운 채 식사를 거

절하다가 하재옥이 달래자 겨우 못 이기는 척 식사를 하는 대목이 러시아
본에 다음과 같이 서술되어 있다.

왕이 금관을 반탈(半脱)하고 주기만면(酒氣滿面)하여 짐짓 부인에게 옷
을 벗기라 하니 진비가 상궁에게 명하되, 왕이 노목(怒目) 질왈(叱曰) "현
비(賢妃) 내 옷 벗김이 그토록 욕되리이까?" (중략)
진비 내심에 실소(失笑)하나 강잉(强仍)하여 화색으로 가까이 나아가 진
식(進食)함을 청하니 말씀이 간낙하고 남남하여 흉금이 쇄락(洒落)하거
늘 왕이 소매 사이로 보건대 기이한 용화(容華)에 호치반개(皓齒半開)하
여 웃음을 머금고 옥성이 도도하니 심신이 쇄락하고 반가워 그으기 함소
하여 견권지정(繾綣之情)을 이기지 못하나 거짓 견집(堅執)하여 양안(兩
眼)을 흘리 떠보고 노색(怒色) 왈 (중략)
진비 봉관(鳳冠)을 숙여 잠소(潛笑)하고 사례 왈 (중략) 왕이 그 온순 화열
함을 보고 비로소 일어나 석반을 진식하니 진비 바야흐로 상을 내와 먹
을새 왕이 간간이 투목지시(偸目之視)하고 석식에 마음이 없더라. (러시아
본 18권 622면, 표기를 현대어에 맞게 고치고 한자를 삽입함.)

위 장면은 아이가 투정을 부리는 듯한 인상을 주므로 다른 이본에서는
생략한 듯하다. 이렇게 남성 주인공보다는 여성 주인공을 우위에 둔 서사
의 주된 방향은 벗어나지 않지만, 동양문고본이 러시아본보다 남성의 예
의와 격식을 차리는 방향으로 변화된 것은 동양문고본이 세책본이라는
점 때문이다. 세책본의 특성상 여성 독자만이 아니라 남성 독자도 의식하
지 않을 수 없기 때문이다.
　대화를 장황하게 서술하는 방식에 대해서 위에서 언급했는데, 이본 간

의 차이가 대화에서도 분명히 드러난다. 러시아본 22권의 대부분과 23권 중간 부분까지는 하재옥이 명선공주를 구금하고 나서 황제께 사정을 아뢰고 스스로 심당(深堂)에 처하는 대목이다. 이렇게 많은 분량이 사건의 우여곡절에 따른 것이 아니라 인물들 간의 대화와 황제께 올린 표문(表文)을 통해 장황하게 서술되고 있다. 그런데 동양문고본 등에서는 이것이 대부분 생략되고, 황제가 하재옥에게 공주 처리를 맡기는 정도의 서술만 남아 있다. 러시아본으로 한 권이 넘는 분량이 단 4장으로 축약된 것이다. 황제의 딸을 감금한다는 것이 그만큼 부담스러운 일이므로 러시아본에서는 장황한 서술을 펼친 것인데, 동양문고본에서는 대화나 표문 따위를 전부 삭제하고 주요 행위와 언급만 간략하게 남겨두었다. 그런데 이렇게 대폭 생략하다 보니 오류가 발생하기도 했다. 러시아본에서 하재옥이 심당에 머물며 삼가는 가운데 진세백이 틈을 보아 들어와서는 억지로 동침하게 된다. 이것은 뒤에 출산으로 이어지는 중요한 장면인데 동양문고본에서는 삭제되었다.

남성 독자를 의식한 세책본인 동양문고본의 통속성은 전투 장면을 부연 서술하여 흥미를 강조하는 점에서도 확인된다. 예를 들어, 운남 왕과 싸우는 대목에서 1차 전투 장면까지 서술 분량을 보면, 러시아본의 경우 2000자 정도에 해당한다. 그런데 동양문고본은 3000자 정도로 분량이 꽤 부연되어 있다. 동양문고본이 대체로 러시아본보다 분량이 줄어들었다는 점에 비추어 보면 이러한 부언은 상대적으로 더욱 두드러진다. 활자본의 경우도 2500자 정도로 다른 부분보다 상대적으로 분량이 많다.

1915년에 간행된 활자본은 대체로 세책본의 특성을 이어받았다. 세책본과 달라지는 부분이 더러 보이는데, 그중 호용과 하재옥이 대결하는 장면이 주목된다. 여기서 활자본은 개인 필사본의 대화와 진법을 이어받아 부연하는 한편 세책 필사본의 칼싸움 장면도 계승했다. 활자본이 세책본의 변화를 수용하는 한편 이에 국한되지 않고 다른 이본들도 참고한 것이다. 활자본이 세책본의 변화를 대거 수용한 이유는 두 매체가 공히 상업성을 목적으로 하여 대중성을 획득하려고 했기 때문이며, 활자본 발행자와 세책본 발행자 간에 긴밀한 관계가 있었기 때문일 것이다.

러시아본과 동양문고본의 서술은 동일하지만 활자본만 다른 경우들을 대비하여, 활자본은 인물 형상화를 강화하고 비개연적이라고 판단된 부분은 삭제하거나 새롭게 첨가하여 개연성을 추구했다는 주장도 개진되었다. 활자본을 대상으로 할 때, 남주인공 진세백을 영웅호걸의 기상을 지닌 뛰어난 인물이면서도 한 여인에 대한 일편단심으로 괴로워하는 감성적 인물로 묘사하고, 그의 짝사랑을 서사의 핵심으로 삼았다고 해석되기도 한다. 나아가 단순히 여성 우위형 여성영웅소설에 속한다고 보기 어렵다고도 하는데, 작품 해석할 때 이본 간의 차이에 유의해야 한다.

– 이대형

참고 문헌

김기동 편,《활자본 고전소설전집》, 아세아문화사, 1977 영인.

낙선재본 고소설총서 Ⅰ,《하진양문록》, 한국학중앙연구원, 2005 영인.

이대형 교주,《하진양문록》Ⅰ~Ⅲ, 이회문화사, 2004.

김민조, 〈《하진양문록》의 창작 방식과 소설사적 위상〉, 고려대학교 석사학위논문, 1999.

이경하, 〈하옥주론 - 〈하진양문록〉 남녀 주인공의 기질 연구〉,《국문학연구》6, 국문학회,
　　　 2001.

이대형, 〈19세기 장편소설 〈하진양문록〉의 대중적 변모〉,《민족문학사연구》39, 민족문학
　　　 사연구소, 2009.

조광국, 〈《하진양문록》 - 여성 중심의 효 담론〉,《어문연구》38-2, 한국어문교육연구회,
　　　 2010.

최기숙, 〈여성 인물의 정체성 구현 방식을 통해 본 젠더 수사의 경계와 여성 독자의 취향
　　　 - 서울 지역 세책본 〈하진양문록〉의 서사와 수사 분석을 중심으로〉,《한국고전여
　　　 성문학연구》19, 한국고전여성문학회, 2009.

찾아보기

기획위원 및 집필진

한국 고전문학 작품론 2 한글소설

민족문학사연구소 편

1판 1쇄 발행일 2017년 11월 13일

발행인 | 김학원
편집주간 | 김민기 황서현
기획 | 문성환 박상경 임은선 최윤영 김보희 전두현 최인영 이보람 김진주 정민애 이효온
디자인 | 김태형 유주현 구현석 박인규 한예슬
마케팅 | 이한주 김창규 김한밀 윤민영 김규빈
저자·독자서비스 | 조다영 윤경희 이현주(humanist@humanistbooks.com)
스캔·출력 | 이희수 com.
용지 | 화인페이퍼
인쇄 | 청아문화사
제본 | 정민문화사

발행처 | (주)휴머니스트 출판그룹
출판등록 | 제313-2007-000007호(2007년 1월 5일)
주소 | (03991) 서울시 마포구 동교로23길 76(연남동)
전화 | 02-335-4422 팩스 | 02-334-3427
홈페이지 | www.humanistbooks.com

ⓒ 민족문학사연구소, 2017
ISBN 979-11-6080-088-3 04800

• 이 도서의 국립중앙도서관 출판예정도서목록(CIP)은 서지정보유통지원시스템 홈페이지(http://
  seoji.nl.go.kr)와 국가자료공동목록시스템(http://www.nl.go.kr/kolisnet)에서 이용하실 수 있습
  니다.(CIP제어번호 CIP2017026291)

만든 사람들

편집주간 | 황서현
기획 | 문성환(msh2001@humanistbooks.com)
디자인 | 박인규